JN143079

D.H.ロレンス

書簡集

IX

1919～1920/6

吉村宏一・吉田祐子・藤原知予・
北崎契縁・小川享子ほか編訳

松柏社

THE CAMBRIDGE EDITION OF
WORKS AND LETTERS OF D. H. LAWRENCE

by D. H. Lawrence and James T. Boulton

Introductory material and editorial apparatus
© Cambridge University Press 1984, 2000: Letters of D. H. Lawrence: copyright 1932 by the estate of D. H. Lawrence; copyright 1934 by Frieda Lawrence; Copyright 1933, 1948, 1953, 1954, © 1956, 1957, 1958, 1959, 1960, 1961, 1962, 1967, 1969 by Stefano Ravagli and R. G. Seaman, executors of the estate of Frieda Lawrence Ravagli; © the estate of Frieda Lawrence Ravagli 1981, 1984

Japanese translation rights arranged with the Estate of Frieda
Lawrence Ravagli c/o Peters, Fraser and Dunlop Ltd.
in association with Pollinger Limited, London
through Tuttle-Mori Agency, Inc., Tokyo

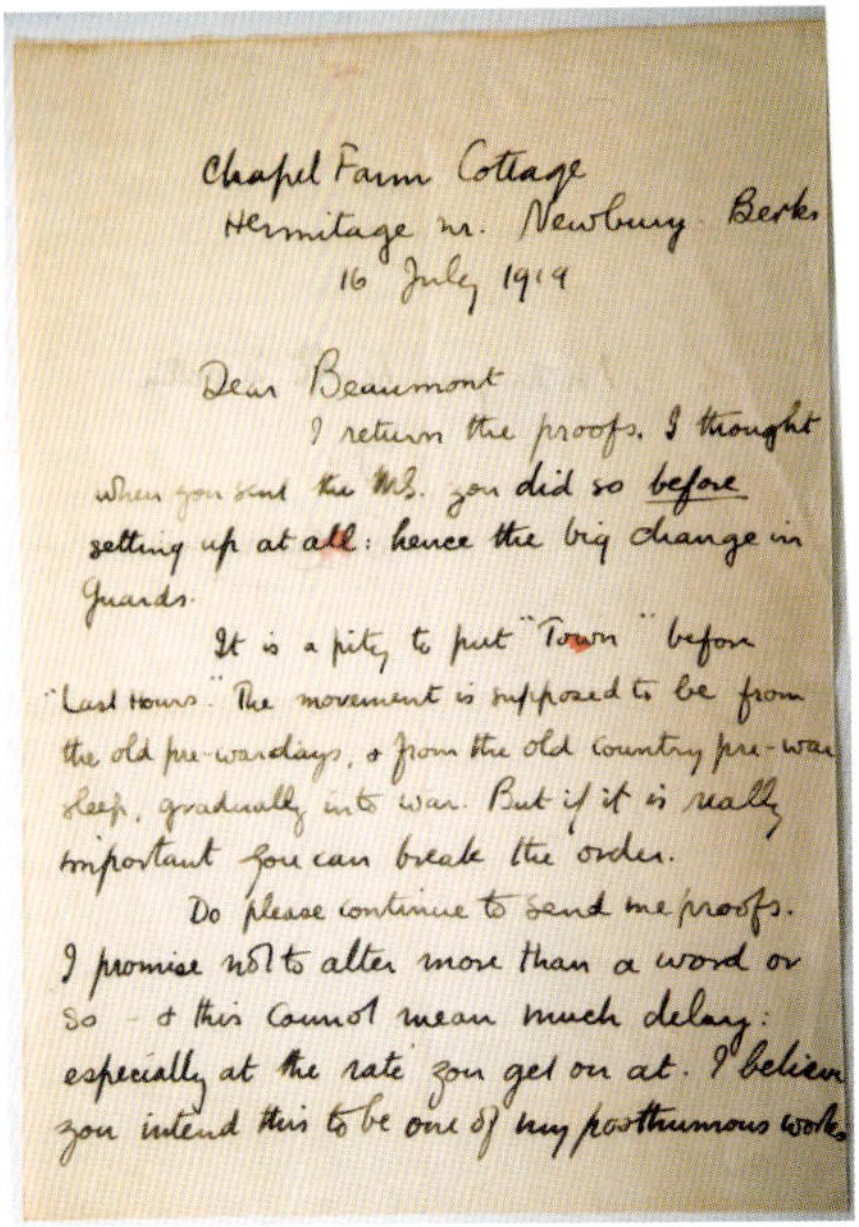
Chapel Farm Cottage
Hermitage nr. Newbury Berks
16 July 1919

Dear Beaumont

I return the proofs. I thought when you sent the MS. you did so before setting up at all: hence the big change in Guards.

It is a pity to put "Town" before "Last Hours." The movement is supposed to be from the old pre-war days, & from the old country pre-war sleep, gradually into war. But if it is really important you can break the order.

Do please continue to send me proofs. I promise not to alter more than a word or so – & this cannot mean much delay: especially at the rate you get on at. I believe you intend this to be one of my posthumous works.

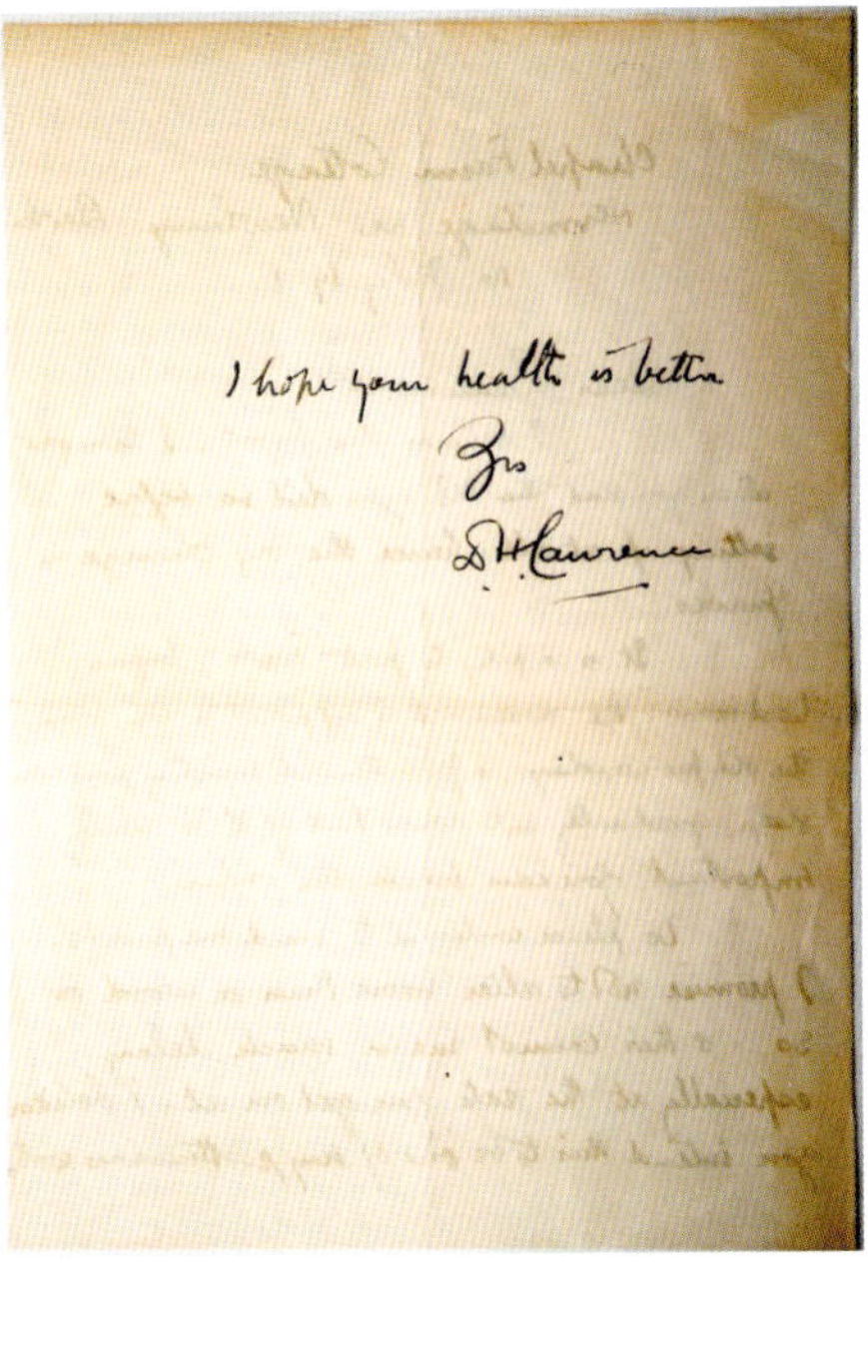
I hope your health is better

Yrs

D. H. Lawrence

シリル・ボーモント宛（1919年7月16日）書簡
（河野哲二氏所蔵、森信久氏撮影）

ロレンスが旅をしたイタリア

1　フィレンツェ ― アルノ川とヴェッキオ橋

1919 年 11 月 19 日、ロレンスは初めてフィレンツェを訪れ、ノーマン・ダグラスに再会し、ヴェッキオ橋近くの、部屋の窓からアルノ川が見える宿でフリーダの到着を待った。(1919 年 11 月 24 日付、E・キング、H・ブラウン、M・セッカー宛の書簡など参照。)

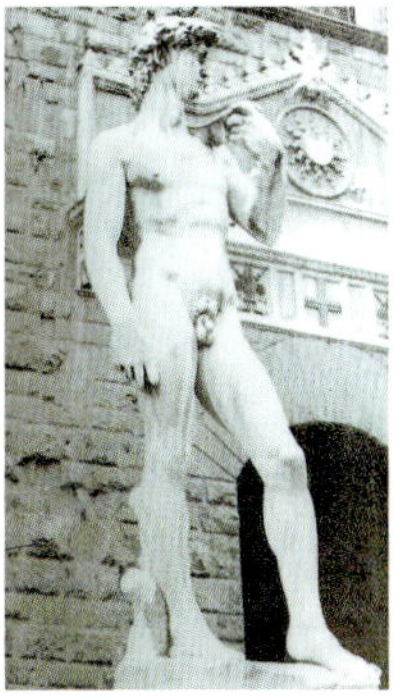

2　シニョール広場に立つ「ダビデ像」
(ミケランジェロ)

3　ウィフィッツィ美術館収蔵「ヴィーナス誕生」
(ボッティッチェリ)

ロレンスは 11 月に約 2 週間フィレンツエに滞在した。その間に宿から近いシニョール広場やウィフィッツィ美術館を訪れたと推測できる。書簡にはそれらについての言及は見当たらないが、死後出版されたロレンスの選集『不死鳥』には、「ダビデ」や「絵画集序論」が掲載されていて、多数の絵画についての深い論考が展開されている。D.H.L.(E.D.McDonald (ed.), *Phoenix*, (1936)、『不死鳥』[上、下] (山口書店) 参照。)

4　エトナ山

1920 年 2 月 26 日、ロレンスはカプリ島を経てシチリア島へ行き、3 月 7 日にタオルミーナのフォンタナ・ヴェッキアに住まいを定める。タオルミーナの町から眼前に壮大なエトナ山を眺望できる。

5　夕闇せまるエトナ山

エトナ山は太古より煙を噴き上げている活火山であり、時々噴火する。(最近の噴火は 2019 年 2 月 19 日。)

6　丘の中腹にあるフォンタナ・ヴェッキア付近の住宅街とイオニア海
(2018年4月撮影)
ロレンスが愛したこのあたりの景色は、100年後の現在、ずいぶんそのたたずまいを変えたのではないかと思える。

7　フォンタナ・ヴェッキア荘
ロレンスはこの建物と付近の風物を大いに気に入り、1年間の契約で借りた。(1920年3月20日付、F・クレンコフ宛や、31日、J・E・ブルックス宛の書簡など参照)。

白黒写真は、ロレンス夫妻が当時借りていた建物と思われる。右のカラー写真は、1991年、井上義夫氏撮影。

D. H. ロレンス書簡集　IX
1919–1920/6

目　　次

凡例

一　本書は、一九一九年一月〜一九二〇年六月に書かれたD・H・ロレンスの書簡を宛先人ごとにまとめ、アルファベット順に並べて編集したものである。そのため目次では、英文表記も合わせて記しておいた。同じ宛先人への書簡は年月日の順に並べた。

二　［　］に入っているのは推定される日付と発信地である。推定される日付とロレンスの日付が異なる場合には前者を採用し、その旨、注に記した。

三　書簡の内容を明確にするために、編訳者が語句などを補ったものについては、本文中の［　］内に記した。愛称、ファースト・ネームのみが記されている場合には、原則としてその下の［　］内にフルネーム（あるいはラスト・ネーム）を記した。

四　書簡の文中で言及されている人名、地名、新聞、雑誌については、巻末に［人名一覧］、［地名一覧］、［新聞・雑誌一覧］としてまとめ、五〇音順に掲載し、解説を付けた。ただし書簡の宛先人となった人物については、それぞれの書簡の冒頭に解説を付けた。それ以外の事項に関する訳注は、各書簡のあとに付けた。訳注は主にケンブリッジ版『D・H・ロレンス書簡集』の注を参照しているが、それ以外にも訳者が適宜書き加えている。

五　ドイツ語、イタリア語、フランス語など英語以外の言語で書かれている箇所は、長さに応じてルビもしくは傍点を付し、段落全体が外国語の場合、さらには全文が外国語の場合には（　）で表記した。

六　本文中の聖書の日本文は、原則的には日本聖書協会の新共同訳によっている。

七　漢字のふりがな、いわゆるルビについては三冊の国語辞典を参照した。発行年の順から『角川国語辞典』（一九九九年）、『ベネッセ表現読解国語辞典』（二〇〇四年）、『三省堂国語辞典　第七版』（二〇一四年）の三点である。

リチャード・オールディントンへの書簡

リチャード・オールディントン(Richard Aldington, 1892-1962)

イギリスの詩人、小説家。ロンドン大学を金銭的理由で中退。一九一一年に、ヒルダ・ドゥーリトルと出会い、二年後に結婚。二人はイマジズム運動を代表する詩人で、一九一四年に、イマジストの最初の選集が出版され、『イマジスト』には多くの詩が掲載された。

一九一四年一月から文芸雑誌『エゴイスト』の編集助手を務める。一九一六年に兵籍に入ったのをきっかけに妻のヒルダ・ドゥーリトルが後任を務める。一九一五年、ロンドンで二人は引っ越し、ロレンス夫妻の近所に住むこととなったが、一九一九年には、リチャードがドロシー・ヨークと関係を持ち始めたことから、ロレンス夫妻との関係がぎくしゃくしたと言われている。代表作は、第一次世界大戦での従軍体験をもとに書いた、『英雄の死』(*Death of a Hero*, 1929)。

▽リチャード・オールディントン　一　［一九一九年一一月四日？］

N・W、八、セント・ジョンズ・ウッド、アカシア通り　五

［ロレンスがロンドンを経由して大陸に向かう途中だと書いてある短いメモを、わたし［オールディントン］が受け取ったのは、一九一九年のことだったが、そんなに驚かなかった。］

▽リチャード・オールディントン　二　［一九二〇年五月三〇日］

フォンタナ・ヴェッキア

ご希望に添うといいのですが、『ダイアル』に出すことのできる別のスケッチが手元にあります。執筆料に非常に魅力があります。(二)

やっとマルタ島から戻って来ました。あの島は干からびた欠片《かけら》のような小島でした。恐ろしいほど暑く、気に入りませんでした。ここも暑いですね。でも小麦は刈り取られ、畑には秋らしい感じが広がっています。キバナノクリンザクラのことを思い出してしまいます。ここにはイギリスで咲くような花がありません。あなたがどうおっしゃろうと、そうなのです。

また滅多に雨も降りません。

もしお金が少しでも手に入るようなら、ドイツに、ブラック・フォレストに、しばらくですが、出

かけるかもしれません。

　これから先のことは、神の手に委ねられています。

　わたしのために、そんなにご苦労なことをしていただいて、ありがとうございます。タイプ代の請求書をわたしのところに送ってください。


A（アラベラ）［ドロシー・ヨーク］にもよろしく《ヴィダ・ゼーエン》　DHL

（一）ご希望に添うと……魅力があります　『ダイアル』は、それまでに、ロレンスの短編小説「アドルフ」を受け入れ、一九二〇年九月号に掲載している。この雑誌の編集者は、「アドルフ」と対をなす「レックス」を掲載するようロレンスに勧め、一九二一年二月号に収められた。ロレンスが「魅力がある」と書いている稿料は、「アドルフ」が四〇ポンド、「レックス」が五〇ポンドであった。

レディ・シンシア・アスキスへの書簡

レディ・シンシア・アスキス（Lady Cynthia Asquith, 1887-1960）

第一一代ウィームズ伯（11th Earl of Wemyss, Hugo Charteris, 1857-1937）の長女で、英国上流階級に典型的な華やかさと質素倹約が同居した環境の中で育つ。夫のハーバートは、一九〇八年から一六年まで英国首相を務めたH・H・アスキスの次男。両家の政治信条は正反対だったが、二人は周囲の反対を押し切って一九一〇年に結婚し、三男をもうけた。シンシアは、法曹界から文筆業へ転身し、鳴かず飛ばずだった夫を抱え、作家、画家、女優に挑戦するという才色兼備で、童話や自伝風のエッセイを残している。ロレンスとは一九一三年夏、夫と共に滞在していたキングズゲイトでエドワード・マーシュを介して知り合い、それ以降、書簡をやり取りしている。一九一九年八月、アスキスは三男サイモンを出産するが、その後、産後うつに悩まされていたようである。

▽レディ・シンシア・アスキス　一　（一九一九年三月六日）

ダービーシャ、リプリー、グローヴナー通り、クラーク方

あなたからのお手紙と戯曲の原稿拝受しました。戯曲のほうは気にされなくて結構です。（一）妊娠の件はお気の毒ですが、決してそうとばかりも言えませんよ。（二）わたしの場合も母は決してわたしを望んではいなかったのですが、でも結局わたしが人生の宝物になったのですから。インフルエンザ（三）とその合併症で惨めにも臥《ふ》せっていました。この妹の家に三週間前に来たのですが、突然寝込み、未だに床の中です。しかしおやつの時間に一時間ばかり起き上がれるようにはなりました。二日前にあなたの夢を見ました。あなたがやって来て、一緒にヒーノーの教会に行き、人ごみの中、礼拝か何かをする夢です。

　一週間後にはまたミドルトンに担ぎ込んでもらえるでしょう。そこで数週間過ごすことになると思います。フリーダの家の人たちは、いつでもすぐにドイツに来るように言っています。義理の兄［エトガール・ヤッフェ］は嵐を乗り越え、バイエルン共和国（四）の財務大臣の地位にとどまっています。わたしたちがドイツへ行けるのは、いつごろになると思いますか。もし何か情報がおありでしたら、ぜひ教えてください。その後はアメリカへ行きたいと思っています。でももしかしたらその前にパレスチナに行くかもしれません。いずれこの祖国とも永久におさらばすることになると思います。わたしにとって何ら有益なことはありませんし、この国にとってもわたしがいたところで何ら利することもないでしょう。この国の外にはきっと大きな世界が広がっているはずです。

ご主人は帰還されましたか。これからどうなさるおつもりですか。また教えてください。わたしの望みは一つだけです。世界に乗り出して、放浪することです。病気で寝ていたのでこんなことを考えるのかもしれませんね。

春の訪れが間近、太陽が輝いています。これまでとは違った方向に舵《かじ》を切って、人生をもう一度新しくやり直したい思いです。一つの時代が終わりました。大きな時代の終わりです。新たな時代の幕開けです。

フリーダは元気です。ドイツに行きたがっています。もちろん一時的にです。あなたによろしくと言っています。

戯曲のことは気にしないでください。機が熟していないのです。わたしは気にしていません。

さて、少し残念な気もしますが、いずれ運も向いてきますよ。きっとすぐに。近況をまた聞かせてください。

DHL

(一) 戯曲のほうは……結構です　ロレンスは前年一八年の一〇月に『一触即発』の原稿をアスキスに送り、彼女の感想を待っていた。

(二) 妊娠の件は……言えませんよ　アスキスは一九年八月二〇日、三男サイモン・アンソニー・ローランド(Simon Anthony Rowland Asquith, 1919-73)を出産する。

(三) インフルエンザ　一九一八年から一九年にかけて「スペイン風邪」と呼ばれたインフルエンザが世界的大流

行を見せ、イギリスも例外ではなかった。第一次世界大戦による栄養面や身体的状態の悪化も大流行の一因となったと考えられている。アスキスは前年一八年の七月に感染している。

（四）バイエルン共和国　英語名バヴァリア共和国。第一次世界大戦後、バイエルンで社会主義者たちが革命を起こして一時的に作った社会主義政権。

▽レディ・シンシア・アスキス　二（一九一九年五月一〇日）

バークシャ、ニューベリ近郊、ハーミテッジ、チャペル・ファーム・コテッジ

こちらにやって来ました。あなたともそれほど離れていませんから、一度落ち合いましょうか。あなたのお手紙によると、出産（というか子を授かること）が、すべての災いを払い落としてくれるとのことでしたね。わたしには子どもがいませんから、他の厄払いの方法を探さないといけません。この前のお子さんが戦争の落とし子とすると、今回は平和の落とし子というわけですね。あなたは紛れもなく現代の年代記とも言うべき人でしょう。まさに時代の運び屋です。おそらくお子さんの名前はダヌンツィオにあやかってゲイブリエル、いやイタリア風にガブリエッレでしょう――ボルシェヴィキにあやかってボルシェヴィナなんてことはないでしょうね。

エディー［・マーシュ］がルパート［・ブルック］の印税から二〇ポンドをこちらへ送ってくれました。（一）実はわたしの考えでは、この件にはあなたが絡んでいるのではないかと思っています。ですからあなたとルパート、そしてエディーに感謝しなければいけませんね。

サンキュー《メルシー》、レイディー《マダム》・アンド《エ》・ジェントルマン《メシュー》。

田舎はこの時期とても気持ちがいいですよ。この前いただいたお手紙はスタンウェイからでしたが、もし今ロンドンにいらっしゃるなら、サクラソウを送りますよ。連絡ください。

八月ごろにドイツに行くことを考えています。可能でしょうか。誰そ知らん？　とにかくわたしの足は解き放たれたように感じます。いずれどこかに、何らかの形で旅立つことと思います。

じきにロンドンに行くつもりです。あなたもお近くにいらっしゃれば、お会いしましょう。

F［フリーダ］からもよろしくとのこと　DHL

（一）エディーがルパートの印税から……送ってくれました　マーシュが執筆した、ルパート・ブルックについての回想録の印税。「エドワード・マーシュへの書簡　一」参照。

▽レディ・シンシア・アスキス　三　（一九一九年六月二〇日）

バークシャ、ニューベリ近郊、ハーミテッジ、チャペル・ファーム・コテッジ

寡黙があなたを捉えて離さないようですね。平穏と夏の静寂と受胎がただその原因だと推察しますが。われわれはここに移り、無為に毎日を過ごしています。

木版画を送ります。あなたに献呈する詩集［『入り江』］を「飾り立てる」ために挿絵として使うかも

しれません。［シリル・］ボーモントからもらった物です。彼は詩集の製作に着手しました。半分できたでしょうか。完成するまで長生きしてくれるかどうか。版画は、アン・エステル・ライスという、知り合いのアメリカ人の作です。出来がよいとは言えませんね。全く駄目です。それにしても「本は美しくあらねば」が口癖のボーモントには――ご本人のささやかな役割をぜひ果たしてもらいたいものです。

わたしの本を出してくれているニューヨークの出版社の方［ベンジャミン・ヒューブッシュ］が、来月イギリスに来ます。わたしの渡米、そして向こうでの講演や客寄せの計画の打ち合わせです。わたしが「ご来場の皆様方」なんて――ご免です。でもおそらく行くことになると思います。ここではもう腑抜《ふぬ》けのような生活ですから。人は生きねばなりません――そして世界を見ねば。

あなたの「コロンブ」ちゃんがすやすやとお腹の中でお休みになっているよう願っています。お腹の子は女の子だとわたしの独断で決めました。

お返事お待ちしています。前回はロンドンの住所に送りましたので、今回はスタンウェイのほうに送ってみます。

F［フリーダ］からもよろしくとのことです。

DHL

▽レディ・シンシア・アスキス　四　（一九一九年七月一日）

バークシャ、ニューベリ近郊、ハーミテッジ

最悪だなんてお気の毒に。東海岸に行くなら、気の置けない人以外とは決して行ってはいけないのに。なぜまだそこにいるのですか。ロンドンにすぐに戻ったらどうですか。

そうしましょう、ロンドンでお会いしましょう。神の思し召しです。わたしはすぐに上京します、おそらく今週末に。そして渡米について探り、パスポートの申請をします。パスポートがあった一九一五年に、この国からとっととおさらばしなかったのは大失敗でした。しかし他に方法はありません。旗をしぶとく掲げて、新たな場所を目指して航海を続けていかねばならないのです。ここにしがみついていてもよいことは何もありませんし、新たな試みもできません。アメリカでは比較的容易に生活していけると確信しています。いつの日かあなたも、西部の丸太小屋にでも住んでいるわれわれにきっと会いに来ることになるでしょう。「わが人生を謳歌せん」です。

ご主人はどうされていますか。あなた方の今後の見通しはいかがですか。陰気になってはいけませんよ。一度自分のちっぽけな穴から抜け出せば、世界は広いのです。大切なのは、折れない心です。冒険心を失わないことです。本当にここでの人生は終わったも同然です。わたしがそうです。しかしたくさんの人生があるのです。わたしに九つの人生があるとしたら、その二つも終わっていません。まだ七つも残っています。そして人生が唯一大切なものなのです。愛でもお金でも、他の何ものでもありません。生きて、自分自身を開花させることこそ大切なのです。愛にはいろいろなものがくっつ

いて身動きできなくなっています。わたしは別の馬に跨《また》がろうと思います。わたしが言っているのは、一般論としての愛や人間性など諸々についてです。わが人生を謳《おう》歌せん。——ロンドンでお会いしましょう。

DHL

▽レディ・シンシア・アスキス　五　（一九一九年九月二日）

バークシャ、ニューベリ近郊、ロング・レーン、グリムズベリ・ファーム

ここに少しの間滞在します。Ｆ［フリーダ］は家でパスポートが届くのを待っています。お元気ですか。無事三男を出産されたと新聞で読みました。（一）体調は回復しましたか。幸福感は増しましたか。お返事お待ちしてます。

D・H・ロレンス

（一）三男を出産されたと新聞で読みました　アスキスは三男サイモン・アンソニー・ローランド（Simon Anthony Rowland Asquith, 1919-73）を八月二〇日に出産する。

▽レディ・シンシア・アスキス　六（一九一九年九月一六日）

バークシャ、ニューベリ近郊、ハーミテッジ、チャペル・ファーム・コテッジ

サイモン君は将来ペテロとなり、汝この岩の上に汝が要塞を建てんか。[一]　あなたが聖母マリアよろしく振る舞っている姿をしばらくの間は週刊誌で目にすることになるのでしょうね。しかし週刊誌で騒ぎ立てられた女性がどのような目に遭うのか、気をつけたほうがよいですよ。一人は天窓から落下したのではなかったですか？[二]　週刊誌のためにマドンナを演ずるのはお止めなさい。

パトモス島というベッドで幻覚を見ていたあなたは、叩き起こされて、もうご自分の足で立ち上がったことと想像します。サイモン！　サイモン！　ユダヤ風の響きがありますね。でも泡に向かって[三]また飛び込むほうがましです。ジュディスや、あるいはメアリという名のどんな女性より、アフロディーテのほうがましです。より誇り高い名前です。ユダヤなどうんざり。

サイモン君のこと以外に何かニュースはありますか。豊かになりましたか。サセックス・プレイスに戻ってきて嬉しいですか。ご主人は何をされていますか。わたしが「豊か」というのは、単に「ブラッドベリー」[四]がたくさんあるか、という意味です。あなたはある種の若き既婚女性として「社交界」に足を踏み入れる準備をしているつもりですか。何とまあ下らない！　どんな肩書にするのですか。新しい肩書きが必要ですよ。「三児の母」。ちょっと今ひとつですね。「カピトリヌスの丘のユーノー」？　「壷皿のヘーラー」？　「多乳のアルテミス」[五]？　馬鹿ばかしい！　「いつでもどこでも三児の母」。「この岩の上に」。近ごろは何でもかんでもこんな感じです。ファーテ・アテンツィヨーネ・アル・サッソ

――小石に気をつけるべし。岩に気をつけるべし。

いえ、わたしは世間に対して怒りをぶつけているのではありませんよ。怒るのにもほとほと疲れました。わたしも新しい肩書きが一つ欲しいくらいです。そろそろ世間からよくしてもらわないと、と思っています。わたしにはそうしてもらう資格があります。

わたしも近いうちに成功できる、と強く思うようになりました。ただしアメリカで。イギリスにいるよりきっとましです。昔はいくらか楽しい時もあったのですが。もしかしたらあなたはまたそのうち、政府の義理の娘的立場（六）を楽しむようになるかもしれませんね。

フリーダは、今でもまだ試練の時にあると「感じる」と言い張り、ドイツから手紙が届くたびに腹を立てたり、めそめそ泣いたりしています。ドイツに行くと心に決めているのに、許可が下りないのですから。こちらも厄介です。忍耐は己《おの》が凡《すべ》ての子によりて正しいとせらる。（七）あなたの一家が政府の中での輝きを再び取り戻すことができたら、フリーダもパスポートが手に入るのでしょうね――われわれがすべてを変えることができれば。（八）ただしわたし自身はすべてを変えることなどに全く興味はないのですが。

［シリル・］ボーモント、悪臭を放つ、かわいそうなチビのボーモントが、ゆっくりゆっくり詩集を編んでいます。完成に近づいているはずです。おそらくクリスマスごろまでには作品を実際に産んでくれることでしょう。

マーティン・セッカーが春に『恋する女たち』を出してくれることになっています。アメリカでは今秋にも出版される運びです。

エディー〔・マーシュ〕と昼食を食べた時、彼は「詩人たちが美のほうをまた向くようになって、すばらしいことじゃないかね」と言っていました。食後に、彼はわたしと一緒にマル街を歩くのに恐れをなしたようで、アリスの白ウサギのように走り去っていきました。わたしが知りたいのは、わたしの外見のせいでしょうか、あるいはわたしの名声のせい？　あるいは彼の？　美しき神《ベル・ディオ》よ！

気持ちのよい穏やかな秋、いろいろなキノコが生え、コテッジの庭から煙が立ち上り、晩には肌寒く……いつもヤマウズラが食卓に……いや、そんなんじゃありません――いつもウサギ鍋が食卓に。ロンドンへ行った折には（そう遠くない時期に行けるでしょう）、サセックス・プレイスに立ち寄ります、もし然るべく招待いただければ。フリーダからよろしくとのこと。心のこもった贈り物の配給はありませんので悪しからず。

DHL

（一）サイモン君は将来……要塞を建てんか　キリストの一二使徒の一人ペテロは、もとシモン・ペテロ（英語読みサイモン・ピーター）と呼ばれていた。ロレンスはそのことと新約聖書「マタイによる福音書」第一六章一八節（「我はまた汝に告ぐ、汝はペテロなり、我この岩の上に我が教会を建てん」）をもじって書いている。

（二）一人は天窓から落下したのではなかったですか？　一九一五年にブライトンでタクシーの窓から捻《ねじ》り出ようとして足を骨折したレディ・ダイアナ・クーパー（旧姓マナーズ、Lady Diana Cooper, née Manners, 1892-1986）への言及と推測される。ダイアナは流行の最先端をいく女性として、一時毎号のように週刊誌に写真が掲載されていた。アスキスの友人でもあり、入院先に彼女を見舞った様子をアスキスは日記に残している。

（三）泡に向かって　ギリシア神話の美と愛と豊饒の女神アフロディーテは泡から生まれたとされる。またジュディス(ユディト)は「ユダ」の女性形、メアリは「マリア」の英語読み。
(四) ブラッドベリー　サー・ジョン・ブラッドベリー (Sir John Bradbury, 1872-1950) が蔵相であった時に発行された一ポンド紙幣を指す。
(五) 「カピトリヌスの丘のユーノー」……「多乳のアルテミス」　ローマのカピトリヌスの丘にジュピターを祭った神殿があった。ユーノーはジュピターの妻でギリシア神話のヘラにあたる。アルテミスはギリシア神話で月と狩りの女神。
(六) 政府の義理の娘的立場　アスキスの夫ハーバートは、一九〇八年から一六年までイギリス首相を務めたハーバート・ヘンリー・アスキスの次男。
(七) 忍耐は己が……正しいとせらる　新約聖書「ルカによる福音書」第七章三五節(「智慧は己が凡ての子により て正しいとせらる」)のもじり。
(八) われわれがすべてを変えることができれば　モリエール『いやいやながら医者にされ』(一六六六年)の主人公スガナレルの台詞「しかしわれわれがすべてを変えたのです」のもじり。

▽レディ・シンシア・アスキス　七　(一九一九年一一月一八日)

スペツィア、レリチ、パルメ・ホテル

何とかかんとか、やって来ました。寝台車に乗る金がないと、旅は悲惨の極みです。列車が次の一キロをどう進もうかと座り込んで頭をひねっているかのごとく、乗車時間の半分は止まっていました。パリは意地の悪い街です。フランス人とは馬が合いません。トリノに二晩泊まりましたが、金持ちのイギリス人の厄介になりました。称号が勲爵士だったか、バス二等勲爵士、OBMだかOBとか、とにかく成金の大金持ちで、実際そんなに感じの悪い人ではなかったのですが、しかしわたしの腹が、どうしようもなくねじくりかえるのです。わたしの腹が、居心地が悪いと水の外に出されたイルカのようにのたうち回るのです。わたしはその老公子と、熱くなって半ば嘲り合いのような議論をしました。かの吾人《ごじん》は安全と自分の貯蓄残高と権力を擁護し、わたしは丸裸の自由を擁護しました。最終的には双方がそれぞれ、あちらは貯蓄残高、こちらは丸裸に落ち着きました。お互い憎々しく思いました。でも尊敬も忘れていませんよ。しかし死すは彼なり《セ・ルイ・キ・ムラ》。彼が死ぬのです、我に非ず《モア・ノン》。その不具の古狼《おおかみ》はそれが自分で分かっていますから、わたしを半殺しにする気です。わたしは彼に手を出す気はありません——彼が死んでいくのに任せるのみです。

　昨日はここまで来るのがやっとでした。列車め！　海はすばらしいです。昨日は強く強く照りつける日差し、そして波打つ地中海。美しい《ベレッツァ》！　南！　南、南！　南しかありません。南へ行かなければ。一緒に太平洋に行くのはどうですか。行きましょうよ。シギを狙う豆鉄砲に当たらないようにすれば大丈夫でしょう、違いますか？

　イタリアはいまだ賑やかです。メディアは嘆く材料に事欠きません。ワイン片手に政治を語り、楽しんでいるように見えます。総選挙が近く、大盛り上がりです。でも悲観的な感じや深刻な感じは全くなく、皆夢中になって興奮しています。

　明日フィレンツェへ行く予定です。お手紙は
フィレンツェ、ヴィア・トルナブオーニ、トマス・クック社気付

へお出しいただくか、新住所の連絡をお待ちください。眠れないとのことですが、そんな時は旅をなさい。それに勝るものはありませんよ。これまでの虚飾を捨てて旅に出ておしまいなさい。それがいい。

窓の下には海が広がっています。海です！　ああ、海に漕ぎ出して行けるのであれば、何でも差し出します。南へ行けるのであれば、ヌクヒヴァやヌメアへ行けるのであれば、何でも差し出します。美しい《ベッロ》、美しい海《ベッロ・イル・マーレ》！　海！　いざ行《ゆ》かん。

DHL

▽レディ・シンシア・アスキス　八　（一九一九年一二月六日）

フィレンツェ

こちらからの書簡にも葉書にもお返事をくださいませんね。何となしに調子が悪い、なんてことでなければよいのですが。もしそうなら、旅をなさい。

われわれは一〇日の水曜日にここを発《た》って、ローマに向かいます。住所は

ローマ、ヴィア・システィーナ　一二六、サントロ嬢方

ですが、ローマには一週間しか滞在しません。一七日からは

カゼルタ地方、ピチニスコ、オラツィオ・チェルヴィ様方

です。ローマから六〇キロほど南の山の中です。そこにしばらく滞在して、ちょっとばかり仕事に精

を出したいと思っています。
食事の量が少なめでフリーダはちょっとスリムになりました。でもとても元気です。
調子がよくなったらまたご連絡ください。神経過敏で怖気《おじけ》づいているとお見受けしました。

D・H・ロレンス

▽レディ・シンシア・アスキス　九　（一九二〇年一月五日）

（ナポリ）、カプリ、パラッツォ・フェラーロ

揺れに揺れてずぶ濡れになった挙句、やっとのことでカプリの首根っこに上陸しました。小さな可愛《かわい》らしい町の中心にある、古風な屋敷の上の部屋を借りています。嵐のような天気で風が強いのですが、寒くはありません。暖炉も必要ありません。野生のスイセンが咲いていて香りを振りまき、青いアネモネもちょうど咲き始めています。コンプトン・マッケンジーに出会って旧懐を温めました。それから誰に会ったと思いますか。われらが朋友、メアリ・カナン（サー・J・M［・バリー］の奥様）です。すべてこの世は舞台に過ぎぬ。（二）ご気分はよくなりましたか。近日中にまた一筆したためます。われわれ二人から明けましておめでとう《ブオ・ナノ》。

DHL

（一）すべてこの世は舞台に過ぎぬ　ウィリアム・シェイクスピア『お気に召すまま』(William Shakespeare, 1564-1616; *As You Like It*, 1599) 第二幕第七場、ジェイクィーズの有名なセリフ。

▽レディ・シンシア・アスキス　一〇　（一九二〇年一月二五日）

イタリア、カプリ、パラッツォ・フェラーロ

ずっと書こうと思っていたのですが、電電公社のストライキ、そしてお次は鉄道のストときて、外の世界との通信手段が途絶えていたものですから、申し訳ありません。原稿が届くのを首を長くして待っているのですが、すでに投函されているはずなのに、おそらく最後の審判の日までポストに置き去りにされるのでしょう。わたし宛のクリスマスの小包も同じ目に遭っています。妹からのスイート・ケーキ、美味しいミンスパイ、紅茶一パウンド、コーヒー一パウンド、それからチョコレート。イタリアでは喉から手が出るほど貴重なこれらの宝物は、きっとすべてストライキ中の電電公社の職員の喉を通っていったに違いありません。香油のみならず、甘松《かんしょう》香油をすら台無しにしてしまうハエは必ずいるもので、スープに髪の毛は付きものです。ですから、無駄な抵抗はやめて安逸《ドルチェ・ファール・ニエンテ》を貪るに限ります。わたしは屋敷の上階のこの部屋で、何もせずに、安逸を貪《むさぼ》っています。やることといったら昼食を食べに出かけたり、島の端から端まで歩くことくらいです。島を縦走すると書きましたが、心配ご無用です。巨人ならずも狭き世界を踏みしだく（一）です。この屋敷の屋根は――F［フ

リーダ」とわたしはそこに洗濯物を干していますが――まさにカプリ島に置いた鞍で、ここに腰掛けては島に馬乗りになった気分でいます。われわれにとってはまさにヒッディガイガイ（二）が逃げ込んだ屋根で、このヴィッラ・フェラーロはカプリ島の中枢です。

　ところで、天気はと言うと、極めて良好です。快晴、暑い太陽が美しく、快晴です。太陽が海に沈んでいくのを見ていました。まるで下の世界で約束があるかのように、地平線の淵《ふち》に急ぎ足で沈んでいきました。すてきな赤い夕暮れでした。われわれは、ここの宿主のお嬢さんと、ヴィッラ・スメラルドを見に行って来ました。内装も済んだ貸物件で、お嬢さんがそこの鍵を持っていました。とても美しい家で、外で木の枝を拾って客間の暖炉に火を入れました。そして楽しくお茶をいただいたり、一緒にいたイタリア人が弾くピアノに合わせて大理石の床の上でダンスをしたり、結局いろいろなことをして、気がつくと日が暮れていました。澄んだ海とファラリョーニ岩礁群を臨《のぞ》み、太陽をいっぱいに浴びる、美しい邸宅です。別荘にいかがですか。月一、〇〇〇フラン、現在の為替レートで二〇ポンドです。そしてわれわれがあなたから一部屋間借りすれば、この島で皆で楽しむことができます。周囲に気兼ねなく暮らしていけます。いわば自分たちだけの世界、といった感じで。ちょっと先にコンプトン・マッケンジーも住んでいます。気さくで楽しい人です。南太平洋を話題にしたりして、わたしにも同行するように勧めてきます。でも残念なことにそれは一種の宣伝用の旅で、きちんと記録をつけて、屋外でレポートを録音したり、映像を撮ったりまでするのです。撮られるなんて真っ平御免です。きっと未開人のように「魔除け」の力が奪われてしまうように感じることでしょう。

　あなたもぜひカプリにいらしてください。寒さもこれまでのところましです、特に南側は。暖炉が必要な晩は数えるほどしかありません、本当に。それにミルクやバターもたっぷりあって、倍の値段を払ったとしてもイギリスよりたぶん少し安いくらいです。確かまだ一〇〇ポンドあるので、浮かれて踊っています。

　知り合いも多少いますよ。マッケンジー、それからブレット・ヤング夫妻（夫のフランシス・ブレット・ヤングはエディ［・マーシュ］の庇《ひ》護のもとにあります、蛇足《パ・グランド・ショーズ》ですが）、それからメアリ・カナン。あなたはB［バリー］夫人とお呼びでしたね。他にもいます。大勢と言ってもいいくらいですね。

　本土に行って、小さな家を探すつもりです。大きな邸宅以外は、ここには一軒も空きが無いことが分かりました。カプリはご存知ですか。晴れた日に、南西のサレルノ湾を眼下に仰ぎ、岩でできた汚れのない山ともいうべき断崖のような岩肌の海岸をおぼろげながら足下に望むと、それはもう美しく、ユリシーズになったような気さえして、仮の衣を脱ぎ捨てて、われわれの先祖である地中海民族が持っていた、失われし自己を取り戻すことができるようにさえ感じます。

　ただカプリ自体は、噂《うわさ》話がすぐに広まる、別荘ばかりの、双《ふた》こぶの石灰岩の塊で、ここが天国ならば問題ないでしょうが、人間の住む場所としてはいただけません。人間としては紛れもなく不可能です――ここに長いこと住むのは。

　お知らせです。『恋する女たち』出版に先立ち、ロンドンで『虹』がまもなく再出版となるかもしれません。ボーモントはやっと詩集の出版にこぎつけました。ただし上質和紙製の版はもう少し時間がかかりそうです、というのもわたしがサインしなければならない頁がまだここにありますから。明日には郵便で送りたいと思っています。もしエディに会ったら、彼にも一部送ると伝えてください。それから校正が終わったばかりの例の歴史書『ヨーロッパ史のうねり』も。

イタリアは政治的にはまともとは言えない王国で、統治能力も欠如しているので、人びとの関心は——フィウメ(三)だとか、ユーゴスラビアとかなんとかの——政治の方向には全く向かず、コーヒーがないとか郵便が止まっているとか、そんなことばかりわめき立てています。そうは言っても、眩《まばゆ》いばかりに輝く太陽、人間の営みなど構わず肩をいからせるように波立つ海を見ていると、そんなこと誰も気にする必要などないような気がしてきます。たくさんの世界が過ぎ去っていきました。しかし「わたし」という世界だけは失うわけにはいきません。

フリーダからもよろしくとのこと。わたしたちはもちろん、南太平洋やアフリカのことを考えています。アフリカの気候のよい地域に住んでいる知り合いはいませんか。給料などなくても構いませんから、その土地に住まわせてくれて手伝いをさせてくれるような知り合いはいませんか。アフリカで農場か何かを営んでいる人の手伝いがしたいのです。われわれ二人分の食いぶちは執筆で何とかなります。『ナイロビ新聞』にでも広告を出したい気分です。ではまた《アノン》。

D・H・ロレンス

(一) 巨人ならずも狭き世界を踏みしだく　シェイクスピア『ジュリアス・シーザー』(William Shakespeare, 1564-1616; *Julius Ceasar*, 1599) 第一幕第二場、「奴は巨人のように狭き世界を踏みしだく」のもじり。
(二) ヒッディガイガイ　ドイツの詩人、ヨーゼフ・ヴィクトール・フォン・シェッフェル (Joseph Viktor von Scheffel, 1826-86) の長篇叙事詩で国民的愛唱詩『ゼッキンゲンのらっぱ吹き』(*Trompeter von Säckingen*, 1853)

に登場する猫。屋根に逃げ込む場面がある。
（三）フィウメ　クロアチア第二の都市リエカのイタリアでの呼び名。第一次大戦終結後の和平交渉での争点となった都市。一旦はユーゴスラビア帰属となったが、一九二四年にイタリアのものとなり、その後一九四五年に再びユーゴスラビアに返還された。

▽レディ・シンシア・アスキス　一一（一九二〇年三月二五日）

シチリア、（メッシーナ）、タオルミーナ、フォンタナ・ヴェッキア

お手紙確かに拝受しました。カプリから転送されてきました。三週間前からシチリアに来ています。今住んでいる家を一年間借りることにしました。（一）とてもきれいで、（われわれ二人には）かなり大きい家です。タオルミーナの外れの、海を見晴らす緑の高台に立っている、東向きの家です。とても気に入っています。シチリアもとてもすばらしい。よい意味で崖っぷちにいるような感覚です。ひょいと一飛びでヨーロッパの外、いい感じです。フリーダもこの家と小さな青塗りのキッチンが気に入っています。裕福なオランダ人が建てたもので、オランダの雰囲気も若干漂っています。ロバート・トレヴェリアンの奥様［エリザベス］の従兄弟《いとこ》たち、ユーブレヒト家の人たちが住んでいました。

ボーモントから『入り江』が送られていることと思います。わたしの姉妹たちは受け取ったと——そして献辞も入っていたと——連絡がありました。ところがカプリに送られてきたものを見ると、あの臆病者のボーモント奴《め》が献辞を忘れていたのです。よりによって献辞を度忘れするなんて。そこで

怒って怒鳴りつけると、献辞は入れ直すと言いました。詩は気に入ってもらえると嬉しいです。繊細な詩になっていると思います。いつものわたしの作品とはかなり毛色の違ったものになりました。

元気になられたようで喜んでいます。そうでなくちゃいけませんね。また落ち込まないよう気をつけてください。気持ちを強く持てば長続きします。元気を維持して、以前の鬱《うつ》状態に落ち込まないようにしてください。

小説『堕ちた女』を——楽しみながら——書いています。もうじき書き終えるかもしれません。タオルミーナの最悪な点は、イギリス人が雑草のごとく生い茂る土地と化していて、誰もがわれ先にと自我を伸ばそうとしていることです。イラクサがタンポポを押しやって上に伸び、倦怠《けんたい》と美徳のユリはここでは刺々《とげとげ》しく凝り固まり、バラと悪徳の歓喜が発育不全の雑草のように生えている様《さま》を想像してみてください。同国人からわたしをお救いください。

本当にイタリアにいらっしゃいますか。五月ごろには暑いくらいになっているのではないかと思います。F［フリーダ］からもよろしくとのこと。

DHL

（一）今住んでいる家を一年間借りることにしました　ロレンスとフリーダは、三階建てのフォンタナ・ヴェッキアの上の二つの階を年二、〇〇〇リラで借りた。

▽レディ・シンシア・アスキス　一二

（一九二〇年五月七日）
（メッシーナ）、タオルミーナ、フォンタナ・ヴェッキア

　先日お手紙落手しました。お元気そうで何よりです。今年の夏タオルミーナへいらっしゃるのであれば、楽しみにしています。しかし八月と九月は大抵恐ろしく暑くなるようですよ。でも暑いほうがお気に召すかもしれませんね。とにかくこの時期にはブリストルとサン・ドミニコという二つのホテルがオープンし、一番豪華なサン・ドミニコのペンションでも一泊四〇フラン、つまり一〇シリングで泊まれます。ブリストルのほうは二六か二八フランです。われわれの滞在しているフォンタナ・ヴェッキアは街から約一〇分で、涼しくすてきなところです。すでに蒸し暑い日が何日かありましたが、テラスの付いたこの家にいれば、さほど暑くはありません。緑がいっぱいですから。外国人たちはほとんど退去しました。タオルミーナの地元民たちは自堕落な日々に戻りつつあります。わたしが思うにシチリアはアダム以来、フェニキア人、ギリシア人、アラブ人、ノルマン人、スペイン人、イタリア人といったよそ者の支配階級に絶えず牛耳られてきたのではないでしょうか。そして現在では、ホテルに滞在している人たち、つまりわたしのような彷徨《さまよ》える雑魚たちに。ここの地元民たちは、われわれがいないと萎《しお》れて影が薄くなります。一方で為替相場が高騰するとわれわれに憎しみを向けてくるのです。

　こちらは空気がとてもカラッとしています。バラはすべて咲き終わり枯れ果て、雑草はすべて刈り取られ、茶色い地肌が見えています。この家の周りは広々とした大地、農民の土地です。貯水池のあ

る谷間まで行ってきました。とても甘い香りのするレモンの林があって、そこで夏のネスポリを採りました。ネスポリというのはアプリコットのような果物で、味も少し似ています。形は西洋ナシのような形です。西洋カリンの一種です。とてもおいしいのでぜひ召し上がっていただきたいものです。こちらでは木にいっぱいなっていますよ。今日の海は薄青くきらめいていて、ウチワサボテンには黄色い花が咲いていました。

　たった今、新しい小説を書き上げたところです。『堕ちた女』です。道徳的に「堕ちた」わけではありませんので、ご心配なく。あなたのおっしゃる、わたしの帽子の中の蜜蜂――それは「性《セックス》」(二)のことではと勘ぐっていますが――は、この小説ではさほど飛び回ってはいません。ミューディーズ的基準からしても十分クリアしているとわたしは思っています。現在ローマに送ってタイプで清書してもらっているところなのですが、一、〇〇〇フランという巨額の費用がのしかかってきそうです。ポンドが安くなったら一巻の終わりです。

　これとはまた別に、『恋する女たち』と『虹』をセッカーがやってくれています。つまり(彼によれば)『恋する女たち』のほうはすぐにでも出版できるように印刷屋に送るところだそうです。そしてもしすべてがうまくいけば、それに続いて『虹』の出版となります。もちろん彼には臆病《おくびょう》なところがあって、検閲を恐れています。彼がちゃんとやれるように、誰か手取り足取りやってくれないものでしょうか。もし訴訟にでもなれば、費用を負担しなければいけないのはわたしでしょう。主よ、この世とは何と浅はかなものでしょう。第一次大戦はこの世の人びとすべてを臆病者にした(二)――というのもあながちありえないことではありません。

何はともあれ最善を尽くしましょう。そして後は野となれ山となれ。『堕ちた女』がわたしにとっての宝箱となりますように。

とは言えここフォンタナ・ヴェッキアでは、気楽な無為徒食の日々を過ごすことができます。ブロンテ公のことは聞いたことがありますか。(ホレイショ・)ネルソン提督の子孫で、ネルソン‐フッドという方です。ネルソン提督はナポリの人たちを絞首刑にしたので、ブロンテ公に叙せられたのです。ブロンテ公の領地がエトナの麓《ふもと》にあり、このネルソン‐フッドという方がそこに住んでいるのです。その方に会いに行きました。なかなかすてきなところでした。ただ《メ》、ああ《モン・ジュ》、公爵殿《ムシュー・ル・ドュク》が――フッド氏が、と言うべきですね。この人のことはあなたもご存じでしょう。

侯爵領はどこにある
頭の中でか、瞳の奥か？

間違えました。

侯爵領はどこで育つ
瞳の奥でか、頭の中か？(三)

もしわたしがブロンテ公だったら、シチリアの暴君になったのに。ヒエロン［Ｉ世］のような人物が必要な時です。とは言えもちろん人物を作るのは金です。猿ですらまともな人物に見えるでしょう。ところでお元気ですか。家にかかる法外な二〇ギニーはともかく、懐具合はいかがです？　社交でテーブルを囲むのは楽しいでしょう。詩の推敲をしているよりマシであることは確実です。

フリーダからよろしくとのこと。わたしに代わってご主人に敬礼しておいてください。

D・H・ロレンス

（一）ミューディーズ　一九世紀中ごろから二〇世紀始めにかけて流行した、一定の会費を取って本を貸し出す貸本屋の一つ。他にW・H・スミス、ブーツなどがあった。当時書籍の値段が高かったため、下層中産階級、労働者階級の読者層を広げる大きな役割を果たした。しかしその一方、ロレンス、H・G・ウェルズ（Herbert George Wells, 1866-1946）、アプトン・シンクレア（Apton Sinclair, 1863-1946）などの作品が置かれないなど、ミューディーズを始めとする貸本屋の（恣意的）倫理基準は作家、出版社にとって、時に悩みの種となった。

（二）第一次大戦はこの世の人びとすべてを臆病者にした　ウィリアム・シェイクスピア『ハムレット』（William Shakespeare, 1564-1616; *Hamlet*, 1600）第三幕第一場（「かように良心はこの世の人びとすべてを臆病者にする」）のもじり。

（三）侯爵領はどこにある　ウィリアム・シェイクスピア『ヴェニスの商人』（*Merchant of Venice*, 1600）第三幕第二場（「浮いた夢想はどこで育つ／胸の奥でか頭の中か？」）のもじり。

クリフォード・バックスへの書簡

クリフォード・バックス（Clifford Bax, 1886-1963）

スレイド美術学校で絵の勉強をしていたが、文学（特に詩や劇）を志すために絵画を断念する。ロレンスには一九一二年に出会う。一九一〇年に、『中国の二〇編の詩、意訳集』（*Twenty Chinese Poems, Paraphrased*）を出版し、その第二版を一九一六年に出した。

▽クリフォード・バックス　一　（一九一九年七月二日）

ニューベリー近郊、ハーミテッジ、チャペル・ファーム・コテッジ

わたしは明日ロンドンに出かけるつもりです。――そして、セント・ジョンズ・ウッド、アカシア通り　五のファーブマン夫人のところに滞在するつもりです。あなたのお住まいがその近くではないかと思っています。――残念ですが、フェローズ通りは知りません。ファーブマン夫人に気づかれずに、あなたと二人だけでお会いして、お話しできないでしょうか。ファーブマン夫人のところでもいいですし、あなたのところでもいいのですが。

それでは　　D・H・ロレンス

ヘルトン・ゴドウィン・ベインズへの書簡

ヘルトン・ゴドウィン・ベインズ (Helton Godwin Baynes, 1882-1943)

ゴドウィンは医者であり、一九一九年から二二年まで、精神科医でありまた心理学者でもあったカール・グスタフ・ユングの助手をしていた。彼はユングの『心理学的類型』(*Psychological Types*, 1921) 等を英語に翻訳し、ユングの分析心理学を英国社会に紹介する活動を行なった。デイヴィッド・ガーネット (David Garnett, 1892-1981) が彼の友人であり、ロレンスは一九一二年にゴドウィンと知り合った。ゴドウィンは一九一三年にロザリンド・ソーニクロフト (Rosalind Thornycroft, 1891-1973) と結婚し、三人の娘をもうけるが、一九二〇年にロザリンドとの間に離婚訴訟を起こし、一九二一年四月に離婚仮判決が出た。

▽ヘルトン・ゴドウィン・ベインズ　一　［一九二〇年三月?］(一)

［シチリア、(メッシーナ)、タオルミーナ、フォンタナ・ヴェッキア］

［読解不能］どうしてわざわざ離婚するのでしょうか。(二)離婚が世間に公表されるのは不愉快なものです。そこから得るものはありません。愛が生命《いのち》にとって二義的なものであることを人は知らなければなりません。まず第一に必要なことは、自由な誇り高いひとりの人間であることです。すなわち、己を自由にし、他者を自由にし、人に何も強要しないことです。また己も他者から何事も強要されないことです。自由というもの、つまり、誇り高い自由というものは、人の内部に孤高として在り、この世の他のすべてのものに勝ります。もしあなた方が二人共、感情的に自分のことばかり主張せずに、個人的自我の次元から抜け出し、それぞれが自己充足し、ある程度相手を放っておくか、あるいは相手のことを気にかけずにいるのであれば、あなたとロザリンドは夫婦関係を続けていけるでしょう。愛を強要したり、愛を追い求めることは恥ずべきことです。愛はそれほどまでに重要ではありません。人の自由な魂こそが第一に大切です。

このような口出しをお許しください。さて、ロザリンドによれば、あなたはホイットマンの大ファンであるとのことですね。わたしもファンです。彼の『菖蒲《しょうぶ》』と『同志』の中に、真の解決への糸口、つまり人間関係の新しい繋がりをわたしは見出すのです。わたしは彼が「男らしい勇敢な愛」(三)と呼んでいるものを信じます。それは、ひとりの男が暗黙のうちに別の男へよせる真の信頼であり、すなわち、結婚と同じく聖なる結び付きであるのです。ただしそれは、感情や個性を越えたより究極的なものでなければならず、冷静厳格な孤独を保ちながら、互いを信じる根本の信頼でなければいけません。他の道徳に関しては知ったこっちゃない《ジュマフィッシュ》のです。人は自分の魂を誇り高く、孤高に保っておくべきです。以上がすべてです。

この長演説をお許しください。わたしと同様にあなたも埒《らち》のあかないことをなさっていらっしゃると感じました。解決できない障害物に体当たりして、自分の経験に基づいてわたしは話しているのですが。

D・H・ロレンス

（一）一九二〇年三月　掲載しているこの手紙は完全ではなく、元々の書面の一部が書き写されて残されたものである。書き写した人物も不明であり、投函日を明確に断定することができない。一九二〇年三月一五日付のロザリンド宛の手紙で、ゴドウィン・ベインズとの離婚に関して尋ねていることから、この手紙はこの月に書かれたと推測される。（「ロザリンド・ベインズへの書簡　六」を参照）

（二）離婚　ロレンスの助言を聞き入れず、ベインズは離婚訴訟を開始した。彼の妻ロザリンドがその訴訟に異議を申し立てなかったので、彼は離婚仮判決を得た（『タイムズ』、一九二一年四月二七日を参照）。

（三）男らしい勇敢な愛　『草の葉』（*Leaves of Grass*, 1855）の中の「男の友愛を詠った菖蒲シリーズ」にある「同志たちの男らしい勇敢な愛」（'By the manly love of comrades'）と表現されている。

ロザリンド・ベインズへの書簡

ロザリンド・ベインズ (Rosalind Baynes, 1891-1973)

旧姓はソーニクロフト (Thornycroft)。ヘルトン・ゴドウィン・ベインズ (Helton Godwin Baynes, 1882-1943) の妻。ロザリンドとゴドウィンは一九一三年に結婚し、三女をもうけた。ロレンス夫妻は一九一九年八月にパンボーンにある、ロザリンドが所有するマートル・コテッジに一か月間滞在した。その後ロレンス夫妻は、ゴドウィンが起こした離婚訴訟や子どもたちを伴なったイタリア滞在に関して、ロザリンドに助言を与えている。ロレンスは一九二〇年九月に二、三週間、ロザリンドと子どもたちが滞在していた、フィレンツェにあるカノヴァイア邸に滞在し、数篇の亀の詩、「イチジク」、「糸杉」等の詩を書いている。ロザリンドの父親であるハモ・ソーニクロフト卿 (Sir Hamo Thornycroft, 1850-1925) は、彫刻家であり、英国ロイヤル・アカデミーの会員であった。一九二一年四月にゴドウィンとの離婚を認める仮判決が出た。

▽ロザリンド・ベインズ　一　［一九一九年八月一日］（一）

マートル・コテッジ

そちらに伺う前に、前もって手紙を送ります。わたしは午前中ずっと庭仕事をしていました。わたしたちはマートルがますます気に入っています。（二）フリーダは家の中で忙しくしています。

妹が来ることになっております。いつ到着するか分かりませんので、日曜日にはスプリング・コテッジには行きません。マーガレット［・ラドフォード］がそちらにいるならばなおさら行きません。差し支《つか》えなければ、月曜日か火曜日に伺います。おそらく義理の弟［エドウィン・クラーク］がわたしたちをオートバイに乗せて行ってくれるでしょう。

さようなら《オ・ルヴワール》　D・H・ロレンス

（一）八月一日　次に出された手紙がDHLの親戚の者が八月三日に到着することを伝えている。従ってこの手紙はその日付の前に書かれたものであり、パンボーン滞在の最初の金曜日に書かれたものである。

（二）わたしたちは……ますます気に入っています　ロレンス夫妻はパンボーンにあるロザリンドのコテッジ、マートルに滞在していた。ロザリンドは、妹ジョーン・ファージョンとその夫であるハーバート・ファージョンが所有していたバックルベリー・コモンにあるスプリング・コテッジに滞在していた。そこはロザリンドが初めてロレンスと出会った場所であった。エドワード・ネルズ（Edward Nehls）の『D・H・ロレンス――合成的伝記　第一巻一八八五―一九一九年』(*D.H.L., A Composite Biography, Vol. I, 1885-1919*)、四九七頁を参照。

▽ロザリンド・ベインズ　一　［一九一九年一一月一二日］

N・W、八、セイント・ジョンズ・ウッド、アカシア通り　五

わたしは列車で金曜日の朝出発します。肝心なあの船は出航しませんでした。しかし、あと一〇日も経てば確実に乗船できるでしょう。しかしながら、ジェノバ港では大規模なストライキが行なわれており、船は出航できず、乗客はホテルも見つけられないようです。陸路で行くのが最善でしょう。わたしの荷物は、ゴンドランド・フレール運送会社を通じてローマに送ります。わたしは運べる物だけ持って行きます。トリノまでの切符を買います。クック社は両替で人から金を搾取します。今日の為替レートは一ポンドが五〇―五二リラです。法外なレートです。明日イタリア銀行《バンカ・イタリアーノ》でイタリア通貨を買うつもりです。トリノに滞在しようと思います。フリーダから連絡があるまで他の人たちと共にいることになるでしょう。(一)チャリング・クロスからトリノまで二二時間足らずなので、すべてうまく行くでしょう。フリーダから手紙が届きません。ドイツでは客車の運行が完全に停止しているようです。ですが運転は再開されるに違いありません。トリノからフィレンツェへ行き、そこでフリーダを待ちます。そこからローマへ行き、そしてピチニスコへ行きます。あなたはグラツィオ(二)の住所に何と書き送ったのですか。わたしはイタリアから彼に手紙を書きます。もしあなたがすぐに出発するので

したら、明日わたしに電報を打ってください、そうすれば、トリノかローマであなたの手助けができるでしょう。もしそうでなければ、わたしの住所が決まり次第あなたに連絡します。あなたの荷物はパンボーンから直接ゴンドランド社、E・C、三、グレート・タワー・ストリート　四六へ送れます。でもまずグラツィオに手紙を書きなさい。アイヴィを連れて行かれるのですか。彼女は、あの小切手とネリーに関して不愉快なことをしましたが。(三) 人は誰でも信用できるのでしょうか。あなたは例の本を送りましたか。もし送っていなければ、あの大判の児童書――デュラックの本(四)――をまだ手元に持っていますか。もし持っているならば、それをダンロップ夫人、S・W、一九、ウィンブルドン、ワープル通り　六三へ郵送していただけませんか。ダンロップは領事です。彼はわたしのために多くのことを調べてくれました。彼の子どもたちに何かしてあげたいと思うのです。彼らはおとぎ話が好きです。デュラックの本の代金として、わたしの本をあなたに差し上げます、あるいはその収益金を差し上げます。わたしには何かを買う余裕がありません。イタリア通貨の為替をよく見ていて、為替レートが下がる前に買いなさい。為替レートは大幅に高くはならないでしょう。よい銀行ならば五一リラ払ってくれるでしょう。しかし、まず彼らに尋ねなさい。あなたの父上かゴドウィンがあなたのために両替してくれるでしょう。イタリア領事館とフランス領事館でビザを取ることは極めて簡単です。でも朝かなり早く行きなさい――イタリア領事館は一〇時に、フランス領事館は八時にそれぞれ始まります。午前中に両方とも取得できるでしょう。イタリア領事館では積極的に行動し、質問用紙に記入するために仕切りの中に入ってよいか尋ねなさい。アイヴィも彼女本人が行かなければならないでしょう。それぞれのビザに対してもう一枚さらに写真が必要です。

わたしは金曜日朝八時にチャリング・クロスを旅立ちます。

さようなら《オ・ルヴォワール》　　DHL

（一）トリノに……なるでしょう　「シンシア・アスキスへの書簡　七」を参照。

（二）グラツィオ　DHLがグラツィオと呼んでいる人物は明らかにオラツィオ・チェルヴィ（Orazio Cervi, 生没年不詳）のことである。彼は、ロザリンド・ベインズの父親でありまた彫刻家であるハモ・ソーニクロフト卿の彫刻モデルとして働いたことがあった。オラツィオは『堕ちた女』に登場するパンクラツィオのモデルである。彼はナポリから北に四五マイル離れたピチニスコ・セッレに住んでいた。ロレンス夫妻は、ピチニスコにあるオラツィオの家が、ロザリンドと彼女の子どもたちがイタリア滞在の折に住むのに適切かどうかを下見することになっていた。一九一九年一〇月から一二月にオラツィオがロザリンド・ベインズとハモ卿に送った手紙が掲載されている、エドワード・ネルズ（Edward Nehls）の『D・H・ロレンス――合成的伝記　第二巻一九一九―一九二五年』（*D.H.L., A Composite Biography, Volume Two, 1919-1925*）、六―八頁を参照。

（三）アイヴィ……しましたが　アイヴィはロザリンド・ベインズの子どもたちの乳母であり、ネリーはメイドであった。

（四）デュラックの本　エドマンド・デュラック（Edmund Dulac, 1882-1953）は、英国で活躍したフランス出身の挿絵画家。『アラビアン・ナイト』（*Stories from the Arabian Nights*, 1907）、『テンペスト』（*Tempest*, 1908）、『眠り姫、その他のおとぎ話』（*The Sleeping Beauty and Other Fairy Tales*, 1910）等の挿絵で名を馳せた。当時出版されていた作品に、『エドマンド・デュラックのおとぎ話』（*Edmund Dulac's Fairy-Book*, 1916）や『ハンス・アンデルセン童話集』（*Stories from Hans Andersen*, 1911）がある。両方とも版が大きく、高価であった。

▽ロザリンド・ベインズ　三（一九一九年一一月一七日）

車内にて

フランスとイタリアの列車にはもううんざりだと言わなければなりません。金曜日の夕方六時半にパリに着きました。タクシーでリヨン駅に行き、九時半にリヨン駅を発《た》ち、モダーヌ（国境）に翌日の午後一時半ごろ着き、トリノには午後八時（土曜日）に着きました。列車は所要時間の半分ほどはただひたすら停車していました。今朝八時半にトリノを発ち、今わたしは動かない列車の中でじっと坐っています。横には美しい日没の海が広がっています。現在五時半です。ジェノバから五〇マイルの間はずっと海です、線路に付きそうな海、最高に美しい燃え立つ太陽、そして青い空、まさにイタリアそのものです。あなたはこちらではただ好きなようにすればよいのです。もしあなたが列車に発車してほしくないならば、ドアを開けてただ立っていればよいでしょう。人びとは愛想よくあなたを待っていてくれるでしょう。わたしはスペツィアで一泊し、朝フィレンツェへ向かいます。

もし列車でいらっしゃるならば、パリからローマまで寝台列車――仕切り列車《コンパートメント》――を取るとよいでしょう。費用を気にしてはなりません。その場合には、イギリスからは夜行の船が一番よいと思います。そしてパリ（リヨン駅）発二時の列車に乗ります。クック社に調べさせなさい。ですが寝台列車を予約しなさい。そうなさればすべて大丈夫でしょう。

もし昼の船にするならば、クック社は一〇時発のヴィクトリア、ニューヘブン、ディエップ経由の便が一番よいと言っていました。航海がより長く、陸路がより短くなります。わたしは快適に海峡を渡りました。このディエップ発の列車は夕方六時ごろにパリに着きます。しかし大抵一時間遅れます。ですから到着は七時かあるいはさらに遅れるでしょう。それから急いでリヨン駅にタクシーで向かいます。ロンドンからパリまでは二等車でも申し分なく快適に来れるでしょう。しかしその後は寝台車にしなさい。午後二時パリ発の列車が、午後九時三五分発の列車よりも確実によいかどうかをクック社に調べさせなさい。もしそうであるのならば、午後二時発の列車に間に合う適切な船についても調べてもらいなさい。

すべては全く簡単です。ただ、ゆっくりと、ゆっくりと、のろいスピードで進むでしょう。国境では煩《わずら》わしいことはありません。ただかなり混雑しています。船上の一等客室でフランス紙幣を少し両替し、船が港に近づいたら下船の用意をし、パスポート・タラップのほうへ移動するとよいでしょう。それは船首の一等客室の下の甲板近くにあります。一等客室のポーターをつかまえ、彼に荷物をすべて委ね、税関へその荷物を持って行かせるとよいでしょう。そして列車の座席を三席取らせなさい。常にどこかに到着したらすぐにポーターをつかまえ、すべてのことをしてもらうとよいでしょう。彼らはとても信頼できますし、分別があります。税関の手続きはとても楽です。パスポートの手続きも簡単です。ただ混雑しています。列車ではそれほどひどい混雑はありませんが。

モダーヌではあらゆる場所が混雑(二)しています。しかしイギリス兵士があなたにすべてのことを教えてくれるでしょう。子どもたちを客車に残しておくようにしなさい。イタリアの税関ではバッグを開けてはいけません。彼らはただそれらにチョークで印を付けるだけです。列車には手荷物は三、四個持って行けるでしょう。その数ならポーターたちが対処してくれます。また何かおいしい食事を持って行きなさい。わたしの列車にはパリからトリノまで食堂車がありませんでした。わたしが言ったように、モダーヌでポーターを見つけなさい。行き先がローマであろうと他のどこであろうとも、彼に一等客車か二等客車かを告げなさい。後のことは彼がやってくれます、あなたはただ役人の前に行き、バッグにチョークの印が付けられるのを見ていなさい。よいポーターはたくさんいます。イタリアでは「運搬人《ファッキーノ》」と叫びなさい。

イタリアはすてきです。実際にとてもよいところです。ただひたすら美しい太陽と海。

住所が決まりましたら、お伝えします。

海が暗くなってきました。空は今でも光り輝く紅い一本の帯のように続いています。

DHL

（一）子どもたち　ロザリンドの子どもたちは、ブリジット (Bridget, 1914-?)、クロエ (Chloe, 1916-?)、とジェニファー・ナン (Jennifer Nan, 1918-?) である。

▽ロザリンド・ベインズ　四

［一九一九年一一月二八日］

フィレンツェ、ピアッツァ・メンターナ　五あなたの小さなメモ書きがここにあります。一月の初旬にいらっしゃるのですね。フリーダは次の水曜日の一二月三日に来ます。わたしたちは一二月九日ごろまでここに滞在します。それから五、六日、ローマに滞在し、ピチニスコに行きます。少なくともそこがどのようなところなのかを見るために。いずれにせよ、わたしはある程度長く住むための家をシチリアに持ちたいと思っています。とにかくピチニスコは拠点になりえます。

あなたは、冬にはナポリのまかない付き宿にたぶん行くことになると言っておられますが……。大抵の宿は料金が高く、特にローマは途方もありません。クック社が一晩泊まる宿を予約してくれるでしょうが、必ず自分で部屋を予約しておかないといけません、さもないとローマの路上で一晩過ごすことになります。

ここはとても快適で安いまかない宿です。ワインを除いてすべて込みで、一週間八五フランぐらいになります。宿代が一日一〇フラン、一週間の光熱費と洗濯代が約一〇フランかかります。食事はおいしくて、たくさん出ます。イタリアのどんな宿よりも安いです。ここに滞在しようと思うのであれば、あなたが希望する部屋と必要条件を知らせてください。為替は一ポンドに対して五〇リラでした。ですから一〇〇フランはちょうど二ポンドです。あなたが子どもたちと一緒に部屋で食事をしたいと望まれる場合は、おそらくすべてを含め週三〇〇フランぐらい必要になるかもしれません。たぶん、二五〇フランぐらいに収まるでしょう。部屋は大きく、アルノ川を見下ろせます。セントラル・ヒーティングです。すべてのことが少々いい加減でだらしがないのですが、快適で親切ですし、気楽です。ピア嬢は英語を上手に話します。もちろんあなたはドア続きの二部屋がご希望ですね。わたしたちはここを間もなく去りますから、電報を打ってください。あなたはフィレンツェに二、三か月間滞在したいと思われることでしょう。イギリス会館があり、差し当たり必要なイギリスのすべての物があります。

人は終の住処に落ち着く前に当てのない旅をして行かなければならないと感じます。

日中世話をしてくれる乳母は必ずここで見つかるでしょう。

DHL

もしかしたら、わたしたちがここを去る前にあなた方はここに到着できるかもしれませんね。そうなったら楽しいでしょう。人は南に行くべきだと思いますが、かかる費用に注意して進まなければなりません。フィレンツェはよい都市で、おそらくイタリアで一番物価が安いと思います。わたしはあなたにフィレンツェに住んでみることをお勧めします。

電報を打つ時には、部屋、到着日、滞在期間と、乳母を同伴させるかどうかなどを知らせてください。

あなたはピサで乗り換えると思います。そこはここから三時間もかかりません。直通列車は毎週火曜日、木曜日、土曜日の午後二時にパリを発車し、モダーヌ(国境)に午前二時に着き、モダーヌを午前四時一〇分に発車し、ピサに午後三時一五分に到着します。残念ながらあなたは、午後八時三〇分までピサで待たなければなりません。フィレンツェには、午後一一時五分に到着します。わたしたちがまだフィレンツエにいれば、もしよろしければピサまでお迎えに行きます。一緒に食事をしたり、大聖堂を見学したりできるでしょう。またフィレンツェまで一緒に行動できるでしょう。

あなたがパリで一泊しなければならない理由がわたしには分かりません。夜行で移動することのどこが悪いのでしょうか。子どもたちは列車で眠れます。列車は一二月一日にダイヤが変わるかもしれません。クック社が知っているでしょう。電報で「ピサで合流」と知らせてください。

あなたがこちらにいらっしゃれば、もちろん南下するうちに徐々にイタリアが分かることでしょう。ヴェネチアはさほど遠くではありません。電報を送る時には、乳母をお連れになるかどうか知らせてください。どのくらいの期間ここに滞在なさるかも。必ずすぐにこちらに来られますように。

▽ロザリンド・ベインズ　五　（一九一九年一二月一六日）

カゼルタ地方、ピチニスコ、オラツィオ・チェルヴィ方

ローマは胸くそが悪くなるので、わたしたちはここに来ました。ここは唖然《あぜん》とするほど未開の地です。石がごろごろころがっている広い川床を横切り、凍った川に架けられた板を渡ります。それから足場のない道を登ります。背後でロバが荷物を背負いあえぎます。家は階下に洞窟のような台所があります。他の部屋はワイン用ブドウの圧縮場所やワインの貯蔵庫になっており、また穀物の貯蔵箱が置かれています。二階には三つの寝室とトウモロコシの穂軸を入れておく納屋のような場所がありますす。寝室には剝《む》き出しの床にベッドがあるだけです。茶さじ一本、受け皿一枚、コップ二個、平皿一枚、グラスが二個、瀬戸物一式があります。料理はすべてジプシー風に薪《まき》を燃やす炉で作らなければ

なりません。ここではヒヨコが家の中に入り込み、ロバが戸口の柱に繋《つな》がれ、戸口の上り段に糞《ふん》を落とし、首を振っていないないています。村の住人たちは「この土地の衣装」を身に付け、皮のサンダルをはき、山賊スタイルです。

［スケッチ］（一）

そして白い布を巻き付けた足を革紐で結んでいます、女性たちはスイス風のぴったりとしたベストを身に付け、ふっくらとした袖の白いブラウスを着ています。がっしりとしていて器量がよく、わたしには分からない方言を話し、イタリア語は話しません。山賊風のなりをした男たちは決して荒々しくはなく、むしろ女たちのほうがこの地方の荒々しい気質を備えているようです。村へは二マイルあります。全くのでこぼこ道です——道と呼べないようなものです。アティーナ・マーケットまで五マイル離れています。わたしたちは昨日行ってきました。牛乳があり、パンも手に入ります。肉もありますが、ワインはほとんど見かけません。家には家事をする女性はいません。わたしたちはジプシーのように薪の火で料理をし、暗い台所で膝の上に料理をのせ、燃える薪の前にある長椅子に座って食べなければなりません。

けれども、太陽は熱く美しく輝いています。しかし夜は凍るほど寒く、周囲の山々は雪をかぶり、とても美しいです。

オラツィオ（二）は風変わりな人物です。とてもよい人ですが、動作がゆったりとしていて、おずおずとした人です。ですからわたしがあれこれ動き回らねばならないのです。二階に小さな暖炉があります。

ござと皿とカップを買わなければならないでしょう。少しの間ここに滞在してみます。しかし天候が悪くなれば、引っ越さなければなりません。ちょうど今人びとは大騒ぎをしています。窓の下ではバグパイプが演奏されています。騒々しく吠えるようなバラードに聞こえます。内容が全く理解できませんが、それは彼らにとってクリスマスのセレナーデなのでしょう。今の時期、クリスマスまでは毎晩これが続きます。

あなたはここでの生活を楽しめると思います。しかし子どもたちはどうなのでしょうか。彼らには無理でしょう。風呂と言えるものがここにはありません。あなたは大きな銅の煮鍋で子どもたちを洗わなくてはならないでしょう。その煮鍋で住人は豚の餌を作るのですが。

もし天候が悪化すれば、わたしたちはナポリかカプリへ行かなければならないでしょう。哀れなオラツィオ！

道中スリに気を付けてください。寝台車でも小さな荷物に注意を払わなければなりません。スリはわたしのバッグを開け、ペン、四〇〇フランそして品々を盗みました——そしてわたしのポケットの中も漁《あさ》ったのです。(三)

フリーダが愛を送ります——ＤＨＬ

(一)［スケッチ］　ＤＨＬは皮サンダルと脛に巻く革紐の素描を描いている。

(二)オラツィオ　オラツィオ・チェルヴィのこと。「ロザリンド・ベインズへの書簡　二」の注(二)を参照。

(三)スリは……漁《あさ》ったのです　キャサリン・カーズウェルの著書『狂暴なる巡礼』(*The Savage Pilgrimage*, 1932)

一一八―九頁を参照。

▽ロザリンド・ベインズ　六　［一九二〇年三月一五日］

シチリア、タオルミーナ、フォンタナ・ヴェッキア

やっと落ち着く家を見つけ、ほっとしています。カプリ島は、常にどこかに到着しようとしながら、到着しない船のようでした。わたしたちは、ここシチリアにいます。広い庭の中に建てられたすてきな大きな家を見つけました。快適な部屋と手ごろな台所があります。庭の大部分には野菜が植えられており、アーモンドの木が青々としています。家は東を向き、海を見下ろす急な坂の途中に立っています。左にはカラブリア海岸とメッシーナ海峡があります。ここは美しく、葉が青々と繁り、花々に満ちています。カプリ島は乾いた岩でした。

わたしはこの場所が本当に気に入っています。かなり多くのイギリス人がいますが、カプリ島よりは少なく、至るところにイギリス人がいてうんざりしてしまうほどではありません。それに、イギリス人の連中と知り合いになる必要もないのです。とても平和で静かです。大地はたっぷりの樹液を含んでいます。ここの人びとの中に色濃くあるサラセンの要素が好きです。連中は細身であり、浅黒く、風変わりです。この地はヨーロッパのようではありません。ここは最終的にヨーロッパが果ててしまうところなのです。彼方には、アジアとアフリカが広がっています。人は、非ヨーロッパが、アジア

的ギリシアが、どうしてフェニキア的要素を帯びているのかを悟るのです。

　フリーダはこの土地が好きです。エトナ山は見えませんが、単なる土地の盛り上がりであるヴェスヴィオ山よりもずっと魅力がある美しい山です。一年の契約でこの家を借りました。たぶん一年間はここにじっとしていることになるでしょう。しかし夏はとても暑いと思います。あなたは、サン・ジェルヴァージオにまだいる予定ですか。暑い夏の時期にお会いする計画を立てませんか。われわれはここイタリアにいるのですから、イタリアのどこかで会うべきです。タオルミーナまで何とか来れませんか。こちらに来られるならば、一部屋空いています。子どもたちは、イギリスにいる時よりもここのほうが、あなたをより身近に感じながらあなたに甘えていられるでしょう。フリーダとわたしは常に、彼女たちが新しい環境でどのように暮らしていくだろうかと思いを馳せています。

　仕事を開始しました。小説を書き始めました。終わりまで行くかどうか分かりませんが。ゴドウィンとの離婚はどのように進んでいますか（一）。肉体の疲弊、それはすべて遠く彼方にあり、現実ではないように思えますね。背後に残してきたものは、日々現実的なものではなくなっていきます。イギリスから、そしてすべての過去から、引き離されるように感じます。あたかもイギリスへ戻ることは決してないかのように。しかし、誰にそんなことが分かりましょうか。フリーダがあなたに愛を送ります。すべてがうまくいくように願っています。

DHL

（一）ゴドウィン……進んでいますか　「ヘルトン・ゴドウィン・ベインズへの書簡　一」とその注（二）を参照。

▽ロザリンド・ベインズ　七　（一九二〇年五月七日）

（メッシーナ）、タオルミーナ、フォンタナ・ヴェッキア

第一に、わたしの小説が完成しました。

第二に、今やわたしは仕事から離れ、自由人です。

あなたのインフルエンザはひどかったのですか。

もうよくなりましたか。

ジョーン［・ファージョン］とバーティ［ハーバード・ファージョン］は帰りましたか。ジョーンよりシエーナから葉書を受け取りました。あなた方が皆こちらにいらっしゃることを期待して、返事の葉書を出しました。それ以上のことは書きませんでした。

さて、この夏は何をするつもりですか。ここはさほど暑くはありません。この家は日陰に恵まれています。わたしたちはどこかで会う機会を作ったほうがよいと思います。カノヴァイア邸にどのぐらい滞在するのですか。(二)この冬は何をするのですか。ここではかなり簡単にあなたに貸家を見つけられます。一週間でおよそ三〇シリングです。夏はどうするのですか。海水浴をなさりたいとおっしゃっていましたね。もちろんわたしたちの住居は、海から急な坂をたっぷり三〇分上ったところにあります。フリーダはドイツへ行きたがっていますが、行けるかどうか分かりません。しかし、ほぼ確実にこの冬はここにいることになるでしょう。ここはとても魅力があり、一旦住み着いてしまうと、経費はあまりかかりません。七月に会いましょうか。カノヴァイア邸かどこかで。計画を知らせてください。

あなたの体調がよくなっているとよいのですが。

シェストフの本を手に入れました。出版されています。パンボーンの庭でこの本について話したことを覚えていますか。[二]

わたしの小説『堕ちた女』は、ローマで今タイプをしてもらっています。タイプするのに一、〇〇〇リラかかるそうです。高すぎます。しかしこの作品は極めて正統的な小説なので、成功するかもしれません。セッカー社は『恋する女たち』を今印刷に送っていると言っています。『虹』は初秋に印刷に送るとのことです。[三] すべてがうまくいっています。

クライヴ[不詳]とゴドウィン伯爵は元気ですか。哀れなゴダイヴァ夫人であるあなた。[四] ゴダイヴァ夫人と違って、あなたは身体を覆い隠すほど髪の毛が長くないのですから、身を守る知恵を身に付けないといけませんね。

そのために対策が重要です。

やんちゃな天使たちはどうしていますか。

フリーダより愛を送ります　DHL

（一）カノヴァイア邸……滞在するのですか　ロザリンド・ベインズは一九二〇年一月にフィレンツェのサン・ジェルヴァージオ通りにあるカノヴァイア邸に移住した。エドワード・ネルズ (Edward Nehls) の『D・H・ロレンス――合成的伝記　第二巻一九一九―一九二五年』(*D.H.L., A Composite Biography, Volume Two, 1919-1925*)、四四頁を参照。

(二) シェストフ……覚えていますか　ロレンスはたぶんロザリンド・ベインズの別荘「マートル・コテッジ」で話題に上ったレフ・シェストフについて述べているのであろう。ロザリンドとロレンス夫妻は一九一九年八月一五日から二九日までマートルで一緒に過ごした。
(三) 『虹』　『虹』(*The Rainbow*, 1915) の初版本はメシュエン社 (Methuen) から一九一五年に出版された。
(四) ゴダイヴァ夫人……あなた　Lady Godiva (1040?-?80)。英国のマーシア伯爵 (Earl of Mercia) であるレオフリック (Leofric) の妻。伝説によれば、夫がコヴェントリーの町民に課していた重税を夫に廃止してもらう約束のもとに、町中を全裸で馬に乗って駆け回ったという。

▽ロザリンド・ベインズ　八　［一九二〇年六月二日］

シチリア、タオルミーナ、フォンタナ・ヴェッキア

マルタ島へ行ってきました。二週間程ここを離れていました。マルタ島はそれほど遠くありません。シラクーザから船で渡りました。とてもすばらしいところですが、非常に暑く、ぼうっとして気が遠くなりそうでした。まだ体調は回復していません。ですから今はしばらく静かにしていようと思います。今月はどこにも移りません。山間地にお住まいのあなた方はどこへ行く予定ですか。フィレンツェの近くですか。ヴァッロンブローザ方面ですか。どこへ行きたいのでしょう。ブリジット［・ベインズ］のために冬には海へ行くのでしょうか。こちらにいらしたらどうでしょう。家を見つけられると思います。タオルミーナは冬には最高です。

わたしたちもこの家が気に入っています。涼しく、天井が高く、美しい家です。マルタ島から戻ってきて本当によかったです。フリーダは初秋にドイツへ行きたいと言っています。でもなぜそんなに遠くまで行く必要があるのか分かりません。もっと近くのマッジョーレ湖でフリーダの母親に会うこともできます。その時にあなたとも会いましょう。秋には必ず会いましょう。冬にはぜひこちらにいらしてください。今からあなた方の家を探してみます。あなた方をここに縛り付けるつもりはありません。でも考えておいてください。

もし北へ行くのであれば、少しの間ヴェネチアにいたいと思います。ヴェネチアはまだ見ていないので、見たいと思います。

ここでは夏を凌《しの》ぐこと、つまり夏眠する以外にはすることがありません。しかし、ある程度の仕事をしていくらかのお金も稼ぎたいと思います。

クリフォード・バックスがここに現われるのではないかと恐れていました。彼に会うのは耐えられないでしょう。（二）

イギリスにいるあなたの二人の英雄たち「ゴドウィン・ベインズとクライブ」はどうしていますか。彼らに関するニュースはありますか。

ご家族が皆あなたと一緒にいて、くつろいでいらっしゃることでしょう。わたしたちも一緒にティーパーティを開けたらよいのに。

サン・ジェルヴァージオで暮らすのにはいくらかかかりますか。わたしたちはハーミテッジにいる時よりももっと費用がかかっています。

フリーダですが、体調がよくなったら手紙を書くでしょう。強い日差しに当たったので、まだぼうっとしています。

三人のお嬢さんたち［長女ブリジットと次女クロエ、三女ナン］は皆元気ですか。

DHL

（一）クリフォード・バックス……耐えられないでしょう　逆に、詩人であり劇作家であったクリフォード・バックスもロレンスに対して耐えられない気持ちを抱いていた。DHLに関する回想（*Some I Know Well*, 1951）、一二二頁において、バックスはロレンスを尊大な偽救世主として捉えている。

シリル・ボーモントへの書簡

シリル・ボーモント (Cyril William Beaumont, 1891-1976)

イギリスのバレエ研究家、文芸評論家、出版者、書店経営者、翻訳家。二〇世紀の最も重要なバレエ史家の一人と考えられている。一九一七年から三一年までボーモント出版社を経営しながら現代作家の作品の出版に情熱を注ぎ、一九一九年一一月にはロレンスの戦争詩集『入り江』も出版した。しかし次第にバレエ関係書に力を注ぐようになり、彼の書店は一九二〇年ごろには、バレエやダンス関連の愛好家が集まる場所となった。生涯でバレエに関する著作を四〇冊以上著している。

▽シリル・ボーモント　一　（一九一九年五月二三日）

バークシャ、ニューベリ近郊、ハーミテッジ、チャペル・ファーム・コテッジ

また体調を崩していると聞いて心配しています。快方に向かうよう願っています。

例の木版画（一）はとてもおもしろいですね。滑稽なくらいです。ただ最後の作品（二）はどうも詩と合っていないように思えるのですが。

原稿を同封します。こちらで書き写しておけるように、必要でなくなったら他の詩もこちらに送ってもらえますか。本ができ上がるのはいつごろになりそうですか。見たくてうずうずしています。とてもよいものになるのではないかと期待しています。

「これらの詩のうちの何編かは『詩』および『イングリッシュ・レヴュー』に掲載されたものである」という但し書きをどこかに入れるのを忘れないでください。（三）これはぜひともよろしくお願いします。いつもつい忘れてしまって、ひと悶《もん》着ありますから。

ロンドンに着き次第、顔を見に馳せ参じます。

では　D・H・ロレンス

（一）木版画　ロレンスの詩集『入り江』に使われた、アン・エステル・ライス作の木版画。それぞれの詩の冒頭に、頁の四分の一から三分の一の大きさの版画が添えられている。「エイミー・ローウェルへの書簡　三」参照。

（二）最後の作品　巻末の詩「追憶」に添えられたライスの木版画（次頁参照）。ただしこれがロレンスがここで言

及している作品か、差し替えられたものかは不明。

(三)「これらの詩のうち……忘れないでください　出版された版にこの但し書きは見られない。

▽シリル・ボーモント　二　(一九一九年六月一八日)

バークシャ、ニューベリ近郊、ハーミテッジ、チャペル・ファーム・コテッジ

[『入り江』の]原稿を返送します。ハイド・パークの詩[「近衛兵」('Guards')]に筆を入れました。これで分かりやすくなったと思います。出版まであまり時間をかけないでください。お願いします。イギリスを離れる予定ですが、出発前に本を見たいので。しかしおそらくまだ数か月はかかるでしょうね。

では　D・H・ロレンス

とりあえずゲラ刷りができ上がったら見せてください。

▽シリル・ボーモント　三　(一九一九年七月一六日)

バークシャ、ニューベリ近郊、ハーミテッジ、チャペル・ファーム・コテッジ

ゲラ刷りを返送します。前回、「近衛兵」を大幅に修正して送り返したのは、校正が済む前に原稿を返してくれたものと思っていたからです。

「最後の時間」の前に「［一九一七年の］町」が来ているのはいただけません。戦争前のかつての日々、戦争前の古き田舎でのまどろみから、だんだんと戦争に突入していく、という流れなのです。しかしゲラ刷り通りにすることが重要なら、順番が崩れても構いません。

新しいゲラが刷り上がったら、引き続きぜひ送ってください。一語程度以上は訂正しないと約束します。出版に遅れが出ることもないでしょう、特にこれまでのあなたのペースからして。まさかあなたはこの詩集をわたしの遺作にしようと目論んでいるのではないとは思いますが［以下欠落］

▽シリル・ボーモント　四　（一九一九年九月七日）

バークシャ、ニューベリ近郊、ハーミテッジ、チャペル・ファーム・コテッジ

行の頭の字下げをすべて調節しました。(一) これで見栄えもよくなりました。頁数が増えて、そちらに余計な手間をかけることもありません。このように少し普通とは違った構成にしたいのです。残念なことにゲラ刷りでは一行欠けていたので、(二) ちゃんと直してもらえるのかすごく不安です。最初の頁にもう一行増やせませんか。奇数行になっても二九頁の冒頭の見栄えが悪くなることはないと思います。「陰」はこのままでいいと思います。ただダッシュを挿入してください。(三)

小さな頁にきれいに配置するのは厄介な仕事でしょうね。よりよい形にしていただけるよう願っています。

D・H・ロレンス

最終確認として、最終稿のゲラ刷りを見せてもらえないでしょうか。こちらではこれ以上は訂正しませんから。

（一）行の頭の字下げを……調整しました　「葬送歌」は五行もしくは六行からなるスタンザ七つから構成された詩であるが、そのスタンザそれぞれの一、二、四行目もしくは二、五行目の行頭を一字ずつ下げるようロレンスは指示している。

（二）一行欠けていた　おそらく印刷会社のミスで、「葬送歌」第四スタンザの二行目が抜けていた。

（三）ダッシュを挿入してください　「陰」の一行目の末尾にロレンスはダッシュを入れる指示をしている。

▽シリル・ボーモント　五　（一九一九年一二月六日）

イタリア、カゼルタ地方、ピ、チ、ニ、ス、コ、

これがわたしの住所です。『入り江』はどうなっていますか。『入り江』が日の目を見るのはいつでしょう。一言でいいので連絡ください。イギリスにいる何人かの人に、わたしの代わりに献本を送ってもらいたいのですが、お願いできますか。ピチニスコへは二冊ほど送ってもらえれば結構です。イ

タリアはすてきなところです。フィレンツェは今のところとても魅力的です。

D・H・ロレンス

▽シリル・ボーモント　六　（一九二〇年一月五日）

（ナポリ）、カプリ、パラッツォ・フェラーロ

ピチニスコで、吹雪の中、お手紙拝受しました。ピチニスコは雪山に囲まれた土地です。われわれはそこから何とか抜け出し、ここへ来てとりあえず一息ついているところです。署名する必要のある書類か何かがあれば、ここへ直接送ってください。お願いします。

コンプトン・マッケンジーもここにいます。それからブレット・ヤング、そしてイギリス人が何人か。お隣のルーマニア人が言います――イギリス人にとってのパルナッソス山（一）と化していますね、カプリは。われわれは墓に入るようにいずれこのパルナッソスへ集まって来ることでしょう。しかしこのルーマニア人にはこう答えねばなりません――パルナッソスの住人とはちょっと違いますよ、わたしは。

新年あけましておめでとう。

D・H・ロレンス

（一）パルナッソス山　英雄パルナッソスがデルポイの神託所を開いたギリシア中部の山。詩歌、文芸の象徴とされる。

▽シリル・ボーモント　七　（一九二〇年一月二九日）

（ナポリ）、カプリ、パラッツォ・フェラーロ

今日、『入り江』が早速一部送られてきました。確かにすてきな装丁ですね。でも、どうしてシンシア・アスキスへの献辞を忘れたのですか。彼女にも約束したので、きっと楽しみにしているはずです。何とかならないのですか。今からでも可能ならば献辞を入れてください。「シンシア・アスキスへ」だけで結構です。何度も言ったはずです。それから一四頁、「最後の時間」の挿絵ですが、わたしが見たところ、これは上下逆さまではないでしょうか。それから四二頁の第二スタンザの最終行、「視覚の大《おお》根《ね》が裂けるかの如くまで」ですが、この「如く」に付いた三単元のsは取ってください。まあ大した問題ではありませんが。装丁はすばらしい出来ですね。でも少し春みたいじゃないですか。そして中綴じですが、逆に真っ黒すぎやしませんか。紫とか、灰色と黒とかの、もう少しくすんだ感じのほうがいいと思いませんか。装丁に使う紙のサンプルが見てみたければ、フィレンツェのわたしの知っているところからいくつか取り寄せられると思います。

全体的な体裁はとても美しいとわたしは思います。右で指摘した細かい点は、すぐに訂正できるも

のだと思います。それにしても献辞に関してはいただけません。何か方法がないか考えてみてください。(一) 表紙の上質皮紙《ヴェラム》にわたしが自分で献辞を書こうかと思います。まだここにありますから。何度も送ろうとしたのですが、郵便局と鉄道のストがあって送れませんでした。郵便局は責任放棄の状態です。あなたが編纂した詩集『新たな道　詩、散文、絵画　一九一七年—一八年』に入れた二つの詩、「労働部隊」ともう一つ「来ない知らせ」ですが、あなたは今度の詩集にも絶対に入れると言ったのに、入っていなくて驚きました。

今回の本は献呈先への発送もお願いします。献呈先リストは同封します。

今後はどのような種類の新しい本を出そうと考えていますか。教えてください。

ではまた　D・H・ロレンス

(一) 何か方法がないか考えてみてください　ボーモントは、「シンシア・アスキスへ」と印字した頁を印刷し、それを完成した本に差し込む形で対応した。

ジョン・エリンガム・ブルックスへの書簡

ジョン・エリンガム・ブルックス (John Ellingham Brooks, 1863-1929)

英国のピアニスト、古典研究家。朋友としてW・S・モームの作品に影響を与えたことでも有名。同性愛者である彼は、オスカー・ワイルドが同性愛で裁判にかけられてからはカプリに移り住み、ロレンスとはそこで知り合った。妻となるロメイン・ゴダード (Romain Goddard, 生没年不詳) との出会いは、彼女が一八九九年にカプリを訪れた時である。一九〇三年に彼女が再びカプリに戻って来た時に結婚をしたが、翌年、離婚。その後も彼はカプリで残りの人生を過ごすことになる。

▽ジョン・エリンガム・ブルックス　一　（一九二〇年三月八日）

タオルミーナ、フォンタナ・ヴェッキア

なかなか戻って来られませんでした。それにしても、カプリに対してはちょっとした郷愁《ハイムヴェー》の念を抱いています。今夕、わたしたちの家に到着しました。とても大きな家で、かつてはあるオランダ人の所有物だったようです。イブレヒト、あるいはウブレヒトだったと思います。[二]でも今は、ティメオホテルの料理長の所有で、下には農夫たちが住んでいます。ＢＹ［フランシス・ブレット・ヤング］家の誰か［ジェシカ・ブレット・ヤング］があなたに話をすると思いますが、ああ、それにしても、この家主は本当にわたしをうんざりさせます。子どもっぽくて怒りっぽい、おせっかいな独裁者のようです。そして、いつもだだっ子のような声色で、最後には命令口調で判断を下すのです。わたしはここでは少しばかり枠を踏み外さざるをえず、カプリにいた時のようにくつろいだ気分になれません。ただ、ゆったりとした空間は十分あるし、空気もたっぷりと吸え、そして植物はとても青々としていて瑞々《みずみず》しいのです。メアリ［・カナン］は彼女が滞在しているティメオホテルに戻って来ました。魅力のないその場所に。わたしはブリストルホテルのほうがはるかに好きです。もし年金などを受給されていれば、一日たったの二二フランですみ、本当にいいところなのです。もう一度タオルミーナに来てください。奥さん［ロメイン］と一緒に。ホテルに滞在するだけなら、パスポートも必要ないのです。ただ、居住者として登録すると必要ですが。あなたにお借りしているベデカー旅行案内書を送り返すつもりでいましたが、あいにくこの小さな茶色の本は、あなたにさよならを告げてきたと言っております。わたしに愛着を感じてくれているようです。郵便局に行き、わたし宛の手紙が現住所に直接届くように、わたしの住所変更をしていただけませんか。手紙がパラッツォ・フェラーロへ届かないようにしたいのです。鉛筆書きをお許しください。インクをまだ買っていないものですから。フリーダがよろしくとのことです。わたしたちに会いに来てください。

D・H・ロレンス

（一）イブレヒトあるいはウブレヒト　綴りが定かではなかったようである。マリー・ヒューブレヒトのこと。

▽ジョン・エリンガム・ブルックス　二　［一九二〇年三月三一日］

タオルミーナ、フォンタナ・ヴェッキア

お手紙を受け取り、状況が分かって喜んでいます。次はどこに住むのですか。奥さんはもうヴィッラ・チェルコラに行かれたんですね。（二）カプリはどんな感じですか。あなたの足の指の具合はいかがですか。ここにいると、まるで一〇万年もの間ずっと住み続けているような心地がしてきます。何が一体親密な感じを与えてくれるのか、わたしには分かりません。［アルバート・］ストップフォードが、シチリアはわたしのことをおよそ二、〇〇〇年間待っていたと言ってくれましたが、覚えていますか。（三）ずっと長い間待つ、あの感覚に違いありません。ただ、シチリアはわたしだけを待っていてくれたわけではないと思いますが。

シチリアは一人ひとりを待っている
シチリアは生れ落ちたすべての人間を待っている(三)

何のために。人間をペテンにかけるため、高値をふっかけるため、だましてやっつけるために。この土地、トリナクリア(四)を大蛇に喩えるならば、カプリはまだ孵《ふ》化していない卵のようなものです。無類の泥棒とも言うべき両替屋たちは、店を閉じてしまいました。何かを買う場合、地元の奴らはいい加減な「為替相場《イルカンビオ》」を用いて、あなたを鼻であしらうのです。つまり、奴らにしてやられてしまうのです。

小説を五万語、書き上げました。とてもおもしろいのですが、おそらくわたし以外の人間はそうは思わないでしょう。メアリ[・カナン]に渡して批評をしてもらうつもりです。ティメオホテルの一室に座っている彼女は、大衆というものを、わたしが求めうる最も近い形で代表してくれていると思います。ロベスピエールの前に立つ「貴族」のように「自信があっても」わたしはびくびくすることになります。

ここはとても美しいです。ええ、村をはずれた北側にいます。エトナ山は見えません。美しい花々が咲いています。指の長さと同じくらいの小さな青色のアヤメの花が草地の中で一日中咲き誇っています。これまで見た中で朝のすがすがしさ《モルゲンシオーン》を最も強く感じさせてくれる花です。そのアヤメと野性のシクラメンが、これこそまさに「この世の朝」だ、とわたしに感じさせ、わくわくする感覚へと誘ってくれます。それからピンク色のグラジオラス、ピンク色のキンギョソウやランが咲いています。老人がいて、蜂、そして鳥の巣もあります。シチリアの内陸部は、とても魅力的に思えます。もしお金がいくらか入り、この小説を仕上げることができさえすれば、歩いて内陸へ入って行きたいものです。海岸線から離れれば、おそらく為替《レート》のことが現地の人たちの口から飛び出すことはなくなるでしょう。とにかく、為替の件でわたしが人間以下の存在になってしまうことはないわけで、彼らもそんなふうに人間以下の存在に変わってしまうようなことがあってはいけないのです。でも、実際はそうなっています。

　モンテ・ヴェナーレを仰ぎ見ながら出発することにしました。どうして出発していけないことがありましょう。それにしてもこの家から見える朝焼けはとても美しいです。五時に眼を覚ますと、その時、ちょうどご来光が仰げます。五時半になると、ほら黄色になり、六時には、そう、ピンクとスモークブルーになり、六時一五分にはきれいなオレンジ色の炎が見え、それから流れるような太陽光線がキラキラしながらわたしの目の中に入ってきます。こうしてわたしはそろそろ起きる時刻であることが分かるのです。そして、毛布の角の部分で太陽の光を遮《さえぎ》り、全宇宙の問題について思いを巡らしたりします。明け方の太陽をシーツの角の部分でかわしながら、全宇宙の問題について思いを巡らせることは、わたしにとって最も快い贅沢《ぜいたく》だと思っています。それはとても暖かいのです。まるでファーストキスのような暖かさを感じます。

　わたしたちはそれぞれが自分のやるべきことをやっているのですが、それがとてもおもしろいのです。頂上階に住んでいるのですが、それがまるで要塞にでもいるような感じなのです。高さの違うテラスが二つあることは、ご存知ですよね。そのテラスをゆっくりと歩いたりもします。

いつあなたにお会いできるのでしょう。しばらくして熱さのために北のほうへ逃げて行くことになれば、カプリ経由で行くことにしますね。例のルーマニア人はもういないのでしょうか。(五) パレストラに会ったら、(六) 優しくしてあげてください。トラガーラ荘園の下手のほうでは、あるいは庭では今、どんな花が咲いているのでしょうか。それにいくつかあった庭園にもハンニチバナは咲いていますか。フリーダがよろしくとのことです。

D・H・ロレンス

(一) 奥さんは……行かれたんですね　「奥さん」とはロメインのことを指しているが、彼女とジョンとはすでに離婚をしているので、正確には「元の奥さん」と書くべきところである。コンプトン・マッケンジーの回想録の内容を総合すると、ロメインが一九一九年の八月の初めに、ジョンの居たヴィッラ・チェルコラに到着したために、その家を画家の彼女が夏の間使えるようにするため、彼のほうが出て行ったと推測される。

(二) ストップフォードが……覚えていますか　ジェシカ・ブレット・ヤングはモーリス・マグナスのロレンスへの言葉を次のように伝えている。「シチリアは……テオクリトス［ギリシアの田園詩人(310-250B.C.)］の時代からずっと彼［ロレンス］のことを待っていた。」

(三) シチリアは……待っている　スウィンバーン(Algernon Charles Swinburne, 1837-1909)の「プロセルピナの庭」('The Garden of Proserpine', 1866)より。

(四) トリナクリア　シチリアの別名。

(五)ルーマニア人は……いないでしょうか　「ヴァイオレット・モンクへの書簡　一」参照。カプリ島で住んでいたパラッツオ・フェラーロの隣人。
(六)パレストラ　不詳。

ヒルダ・ブラウンへの書簡

ヒルダ・ブラウン(Hilda Brown, 不詳)

ロレンスは、バークシャ州にあるハーミテッジのチャペル・ファーム・コテッジに一九一七年一二月から一九一八年五月まで住んでいた。隣人にブラウン夫妻がいたが、その娘がヒルダ・ブラウンであった。(一)第一次世界大戦が終わりに近づいたころ、ロレンス夫妻はコーンウォールから当地に移り住んでいた。ヒルダの母親が受けたロレンスの第一印象は、非常に病弱で、「赤ひげ」をたくわえ、痩せてひょろりと背が高く、悲しそうな目つきをした、青白い顔つきの男であった。地域の子どもたちは、このようなロレンスの姿を捉えて「生きたイエス」と呼び習わしていた。またこのロレンスからヒルダは算数の勉強などを教えてもらった。彼女にとって特に印象に残っているのは、フリーダとの激しい言い争いの模様と、どんなにヒルダが邪魔になろうとも、いったん執筆に入ると、信じられないくらいに集中し、すばやくペンを運ぶロレンスの様子だったという。またこの時期は、コーンウォールにいたころからの経緯で、官憲が絶えずコテッジに出入りしていた。

(一) ロレンスは、……ヒルダ・ブラウンであった　この辺りの詳しい経緯はエドワード・ネルズ『D・H・ロレンス——合成的伝記第一巻一八八五年—一九一九年』(Edward Nehls, *D.H. Lawrence: A Composite Biography, Vol. I, 1885-1919*: University of Wisconsin Press, 1977)、四五四—五七頁、四九八—五〇〇頁参照。

▽ヒルダ・ブラウン　一　［一九一九年一一月二四日］

フィレンツェ、ピアッツァ・メンターナ　五

わたしはここアルノ川を見下ろす部屋に宿を取り、妻の到着を待っています。彼女から電報が届いたからです。彼女は自分のパスポートの手はずを整え、スイス経由でやって来ることになっています。イタリアは実にすばらしく、気候もよいし楽しいところです。それに旨い赤ワインもあります。ここフィレンツェには数人友達がいるお陰で、愉快に過ごしています。ロレンス夫人がやって来たら、さらに数日滞在をし、その後でローマに行きます。皆さんいかがお過ごしでしょうか。

心より愛を込めて　D・H・ロレンス

▽ヒルダ・ブラウン　二　［一九一九年一二月一三日］

ローマ

これが聖ペテロ大聖堂です。妻もわたしもローマはあまり好きではありません。わたしたちは移動するつもりです。当分の間は左記の住所におります。

イタリア、カゼルタ地方、ピチニスコ

妻はピチニスコからちょっとした品物をあなたにお送りする予定です。クリスマスに間に合います

ように。

お元気で　D・H・ロレンス

▽ヒルダ・ブラウン　三　［一九二〇年六月一一日］

［シチリア、（メッシーナ）、タオルミーナ、フォンタナ・ヴェッキア］

お手紙ありがとうございました。わたしたちはマルタ島に出かけていましたので、帰宅したら手紙が届いていたというわけです。マルタ島はそんなに遠くはありません。シラクーザから海路で約八時間あまり、穏やかな船旅でした。でも、喉がからからになるくらい、非常に暑くて難儀しました。こちらに帰ってみると、ずっと涼しいです。小麦畑ではすっかり取り入れが終わり、ロバを使った脱穀をするための場所を用意しているところです。その様子をテラスから見守っています。庭はすっかり干し上がってしまいましたが、それでもインゲン豆と小さなトマトが植わっています。明るい太陽がこのように日長照りつけるのは、気分がよいものです。時には海水浴もします。しかし、いつも思い浮かぶのは、ハーミテッジの花々や森のことです。いつの日かわたしたちは故郷に戻るつもりです。ロレンス夫人からもよろしくとのことです。

DHL

ベアトリーチェ・キャンベルへの書簡

ベアトリーチェ・キャンベル（Beatrice Moss Campbell, ?-1970）

ゴードン・キャンベルの妻。後にレディ・ベアトリーチェ・メグレナヴィ（Lady Beatrice Glenavy）となる。

▽ベアトリーチェ・キャンベル　一（一九一九年三月一〇日）

ダービーシャ、リプリー、グローヴナー通り、クラーク夫人方

あなたの手紙は土曜日に着きました。お菓子とバターは今日届きました。——体調が回復されて何よりです。——次にもう一度高潮が来たら押し流される難破船のようなお気持ちなのですね。ゴードン［・キャンベル］は、明らかに一枚のリトマス試験紙です。彼をダブリンの雰囲気の漂う場所に連れて行ってごらんなさい。(二) そうすれば、彼はブリテン風の鮮やかな赤色に変わるでしょう。ところが今度、ロンドンの高級住宅街、セント・ジョンズ・ウッドに連れて来たら、町の強い雰囲気に反応して、緑も緑、鮮やかなエメラルド・グリーンに変わるでしょう。——それにしても、彼がある一定期間、例えば一か月か二か月、ロンドンに戻って来る可能性はあるのでしょうか。おそらく彼がロンドンのことを自分の将来の安全な投資先だと思うかどうかによるでしょう。わたしはと言えば、お茶の席へ這《は》い下りてきた、溺死した幽霊のような代物になっています。——当然のことながら、こんな自分の状態がいやになっています。それだけは断言できますよ。

本来あるべき夫婦間のやり方にしたがって、いつの日か、もう一度フリーダの目のあたりに一発平手打ちを食らわせてやるぐらいの力を取り戻せるだろうと、思っています。でも今は、口汚く罵《ののし》るくらいが精一杯です。

わたしたちがエメラルド島［アイルランドの異名］を訪れることはあるでしょうか。どう思われますか。とにかく、そこは地図上にぽっかり空いた穴のように見えます。実在しない場所のように思え

ます。おそらくいつかは何らかの運命がその空白を埋めることになるでしょう。（二）

今週にでもミドルトンに連れ帰ってもらいたいと思いますが、ここからすぐ動くことはできません。まるであらゆるものの表面をつるつると滑っているような感じがしています。——滑り回ってどこに行きつくのかぜんぜん分かりません。わたしたちは、みんな根無し草状態になってしまっているのです——。コット［S・S・コテリアンスキー］は、ロシアの崩壊地獄に向かって、黒い小石のように転がり落ちています。ゴードンは街灯にぶら下がっています。［マーク・］ガートラーはリージェント・パークの運河に身を投げ込もうとしています。あなたはと言えば、地下墓地にいるダンテのベアトリーチェのように、少しばかり光を発しながら遠くへと漂っています。（三）［J・M・］マリは、キャサリンのことを思って腕に喪章を巻いています。

どうかお手紙で、そちらの様子をお教えください。バターは本当に助かりました。と言いますのは、わたしはマーガリンには吐気を催すのです。フリーダは元気です。自分の祖国のことをじっと目を凝らして見ています。彼女もよろしくと言っています。何か楽しい計画を考え出して、再会できることを祈っております。

それではまた　DHL

（一）彼をダブリンの……ごらんなさい　一九一九年から二一年までアイルランド労働省の長官を務めた。

（二）何らかの……でしょう　一五四一年イングランド王ヘンリー九世がアイルランド王を自称して以来、イングランドによるアイルランドの植民地化が進行。この書簡に直近の事件としては、一九一六年ドイツの支援を受けたアイルランド義勇軍による蜂起が起こったが（イースター蜂起）、イギリスにより直ちに鎮圧。参加者数を上回る逮捕者、首謀者の処刑があり、それに対するナショナリストへの同情が高まって、次第に独立を求めるアイルランド独立戦争（イギリス側は争乱と呼んでいる）へと進展した。それは一九一九年一月二一日、アイルランド義勇軍による警官の襲撃に始まった。ロレンスのこの書簡において、アイルランドを地図に空いた穴のようで、やがて運命がそれを埋めると表現したところに、このような歴史的動向が反映されていると考えられる。

（三）あなたはと言えば……います　ベアトリーチェ（Beatrice Portinari, 1266-90）フィレンツェの女性。ダンテの理想の愛人。裕福なファルコ（Falco Portinari）の娘でシモーネ（Simone de' Dardi）と結婚した。ダンテの詩集『新生』、それに『神曲、浄罪篇、天国篇』で永遠化された。

キャサリン・カーズウェルへの書簡

キャサリン・カーズウェル（Catherine Carswell,1879-1946）

スコットランドの女流作家、ジャーナリスト。伝記作家でもありスコットランドの国民詩人ロバート・バーンズの伝記を手がけている。旧姓はマクファーレンという。最初の結婚でジャクスン、二度目の結婚でカーズウェルという姓になった。『グラスゴー・ヘラルド』紙上で批評家として活躍していたキャサリンは、ロレンスと知り合い、大きな影響を受けることになる。知り合った翌年の一九一五年にはロレンスの『虹』に対する好意的な書評を書いたことがきっかけで、『グラスゴー・ヘラルド』での仕事を失なってしまった。しかしその後も『オブザーバー』、そのほかにロレンスの劇の評論などを書いている。作家としての最初の小説『ドアを開けよ』（*Open the Door!*,1920）はロレンスとの交友の強い影響の下で書かれた。一九二〇年にロレンスの戯曲『ホルロイド夫人寡婦《かふ》になる』がマンチェスター近郊でアマチュア劇団によって上演された際には、イタリアに滞在していたロレンスの強い要望を受けて観に出かけ、その批評が『タイムズ』に掲載された。ロレンスの死後『狂暴なる巡礼』（*The Savage Pilgrimage*, 1932）という彼の伝記を著した。

▽キャサリン・カーズウェル　一　（一九一九年一月二三日）

ダービーシャ、ミドルトン・バイ・ワークスワス、マウンテン・コテッジ

あなたは戻っておられるのかなと思っていました。お手紙は昨日、原稿［不詳］は今日着きました。原稿はあまり大事ではありません。写しを取っていますから。当地ではお知らせするようなことは何もありません。［ジョージ・シドニー・］フリーマンがわたしの短いエッセイを送り返してきました。「とても興味深いエッセイでしたが、いささか理解を超えるものだと感じました。他の人の意見も聞き、これは新聞の埋め草の雑文ではなく、書物にすべきものだと考えるに至りました」ということなので、ご勝手に。彼らは本当に臆病者です。だから奴らはみんな放っておけばいいのです。全くどうでもいいのです《ジュ・マン・フィシュ》。バーバラ［・ロウ］があのエッセイを読んで、スタンリー・アンウィンに見せました。彼はわたしに同じくらいのものをまた書いてほしい、そうすればちょっとした書物として出版し、現金で一五ポンドをわたしに支払うと言っているそうです。だからあのエッセイも無駄にはなりません。それはそうとして、わたしはオックスフォード大学出版局のために『ヨーロッパ史』を書いてきましたが、もう少しで終わります。あと一章だけ書けば、すぐに五〇ポンド入るでしょう。コーンウォールで持っていたものは売り払いました。その代金で当座の間は生活します。この国から永久に解き放たれるために、自分自身を震い立たせているという感じがします。

フリーダはひどい風邪を引いていましたが、かなりよくなってきました。よろしくと言っています。あなたがスコットランドで不愉快な思いをされたことをお気の毒に思います。わたしは北へ向かうと

いつも気分が悪くなります。誰でも北方と過去のすべてに背を向け、可能なら、新しい道へと進むべきだと思います。お送りした小物入れがお気に召すといいのですが。あなたの部屋にあるものとマッチするでしょう。

もうわたしはイギリスの社会と政治に、ヨーロッパにも、全くうんざりしています。何ひとつ信じていませんし、それらにこれっぽっちも関わりたくありません。本当のところわたしはイギリス社会からすると無価値な人間なのです。だからさっさと立ち去ってもいいはずなのです。それしかわたしは望んでいません。

J［ジョン］P［パトリック］が故郷の空気に触れてまた元気になったことが嬉しいです。何と、もう早くも歯が生えているとは。わたしたちが居場所を転々としているうちに彼は公然とたばこを吸うようになるでしょうね。

わたしたち二人から愛を　DHL

▽キャサリン・カーズウェル　二　［一九一九年二月二八日］

リプリー

頂いたワインのお礼をまだ申し上げておりませんでした。あのワインのおかげで体の中から活力が湧いてきて、ありがたいことにわたしはよくなってきました。実にいやな病気にかかり、生涯でこれほど泥沼にはまったように落ち込んだことはありません。ひどい病気です。日曜日になれば三〇分くらいはベッドから起き上がれるでしょう。

海辺にあるコテッジを見つけたいと思っています。ミッドランズにいると死ぬでしょう。どこかいいところをご存じですか。すばらしいところでぜひお会いしたいと思います。人生は実に耐え難いほどいやなものです。だからぜひお会いしてちょっとした幸せな時を過ごしたいのです。

D［ドナルド・カーズウェル］に手紙のお礼をお伝えください。またお便りいたします。

DHL

叔父から今シャンパンが二本送られてきました。

▽キャサリン・カーズウェル　三　［一九一九年三月一一日］

ダービーシャ、リプリー、グローヴナー通り、クラーク夫人方

あなたの短い手紙を受け取りました。わたしからの手紙は受け取られましたか。きっと行き違いになったのでしょう。わたしは回復してきましたがまだまだ弱っています。お茶には階下へ降りて行きますが。日曜日にマウンテン・コテッジへ連れて帰ってもらいます。車でわずか二〇分です。海辺で暮らすという考えはあきらめました。旅行できるようになるまではミドルトンにいて、それからハーミテッジに行きます。ハーミテッジであなたにお会いすることを楽しみにしています。お宅では皆さ

んお元気なのが嬉しいです。でもあなたは少し侘《わ》びしい思いをしておられるのではと推察しています。悲しいですが、どうしようもないですね。わたしはイギリスから出たいと切望しています。[デイヴィッド・]エダーがミドルトンにやって来ます。わたしたちに会ってパレスチナのことを話すためです。復刊する『アシニーアム』の編集者がマリであることをご存じでしたか。わたしも寄稿するつもりです。毎週少しばかり稼げたら結構なことです。もっともわたしはマリを信頼してはいませんけれど。

J[ジョン]P[パトリック]は大変元気だとうかがって喜んでいます。彼にはとにかく生は満足そのものですが、われわれ大人にとって、生は今のところ死んだネズミ同然です。誰もが是が非でも新しい空気のあるところへ出ていかねばならない、逃れていかねばならないという気がします。あなたは何の計画もお持ちではないでしょうね。

歩けるようになり、少し元気を取り戻せたら、ありがたいと思います。わたしたちは四月にハーミテッジへ行けるだろうと思っています。そうすればぜひ会いに来てください。[ゴードン・]キャンベルの一家がアイルランドへ行ったことをご存知でしたか。彼がアイルランドで職を得たからです。間もなく残っている人は誰もいなくなるでしょう。シンシア・アスキスにはまた子どもが生まれますが、不運なことだと思っているようです。何ということでしょうか。ドン[ドナルド]に何か案件の依頼がありましたか。

本当にすばらしい[イギリス]脱出計画をわたしたちが立てられたらいいのに、と思いませんか。忌《い》まいましいことに、わたしたちは堆肥の下のヒキガエルよろしく、長いこと抑えつけられてきました。今こそ這《は》い出る時なのです。

マスカテル(一)をいただいたお礼をきちんと申し上げたでしょうか。あのワインはとてもおいしく、元気を回復してくれました。わたしはシャンパンよりもあのワインのほうが好きです。

さあ、わたしたちは十二分に痛めつけられてきたという気がします。立ち上がる時が来ました。すぐに集まって、悪魔に挑みましょう。あなたはハムステッドの息苦しさ、あるいはイギリスの息苦しさをずいぶん長い間味わってきたと思いませんか。しっかり呼吸をしましょう。

ご様子をお知らせください。あなたがた三人にわたしたちから愛を。すぐお便りをください。

ＤＨＬ

(一) マスカテル　マスカットから作った白ワイン

▽キャサリン・カーズウェル　四　[一九一九年四月二二日]

ダービーシャ、リプリー、シャーリー・ハウス(二)

お手紙受け取りました。具合がとてもよくないとはお気の毒です。わたしはよくなってきて、以前とほぼ同じように歩き回っています。ただすぐ疲れるというだけです。わたしたちは木曜日か金曜日に、とにかく今週ハーミテッジへ行くつもりです。マウンテン・コテッジにはもう行くことはないでしょう。ハーミテッジまで会いに来てくださいませんか。わたしはちょうど『歴史』[『ヨーロッパ史のうねり』」を書き終えるところです。その先は何も分かりません。何をするか、そもそも何かをするかも分かりません。わたしたちはドイツへ行きたいと思っています。

では《オ・》また《ルヴォワール》　DHL

（一）ダービーシャ……シャーリー・ハウス　ロレンスはこの住所が印刷された便箋を使っているが、この後の手紙から、実際にはロレンス夫妻とエイダ・クラークがまだミドルトンにいることは明らかである。

▽キャサリン・カーズウェル　五　（一九一九年五月一四日）

バークシャ、ニューベリー近郊、ハーミテッジ、チャペル・ファーム・コテッジ

次の火曜日においでください。一番いいのは、パディントン駅三時発ニューベリー行きの列車に乗ってニューベリーで乗り換え、ハーミテッジ駅四時三〇分着です。これで来てください。ただ三時発の列車に何か変更がないかどうかをよく確かめてください。ニューベリー四時一五分発ハーミテッジ行きは大丈夫です。

もう一便だけこの三時発の列車より遅く出るのがあり、パディントン発五時五分、ニューベリー着六時二三分ですが、七時二五分発ハーミテッジ行きの列車まで一時間待たねばなりません。だからパディントン三時発のがベストです。

いいえ、ベレスフォードを責めないでください。彼らの側には金色の天使が味方しているのですから。（一）

田園はすばらしいです。世間のことは気にしません。だから計画を立てましょう。F［フリーダ］がよろしくと言っています。彼女はヨハネス［ジョン・パトリック］のために子ども服用の端布《はぎれ》を数枚入手しました。

DHL

追伸　交通費を一ポンド差し上げます。一、〇〇〇ポンドならいいのにと思います。

（一）いいえ……味方しているのですから　言及不詳。

▽キャサリン・カーズウェル　六　［一九一九年五月二四日］土曜日（一）

ニューベリー近郊、ハーミテッジ、チャペル・ファーム・コテッジ

ロウ夫人［ベシー・ロウ］は聖霊降臨祭の間は部屋を貸しておりません。でも借りたいならすぐに手紙をお書きなさい。（二）食事などすべてを含めて週に三五ペンスです。一日五ペンスになりますが、週末だけなら別料金が少し必要です。彼女は地域の看護の仕事で忙しくしていますが、あなたがある程度自分のことは自分でしてくださるなら、大いに喜んで部屋を貸してくれるでしょう。つまり期間は

長いほうがいい、という意味です。そこはブラウン夫人のコテッジよりもずっと居心地がいいでしょう。部屋だけ借りる場合なら、かなり安く、たぶん週に一五ペンスか一ポンドだと思います。

バーバラ［・ロウ］がやって来ました。かなり調子がいいようです。わたしの青いリンネルのコートをあつらえるのでわたしたちは忙しいです。

また元気になったとあなた自身が思えるようにと心から願っています。ジョン・パトリックとドン［ドナルド］によろしく。

ではまた《オ・ルヴォワール》　DHL

（一）土曜日　この手紙の五月二四日という日付は聖霊降臨祭（一九一九年六月八日）およびその日より前にロレンスがキャサリン・カーズウェルや他の人とやり取りした手紙と関連がある。［五月三〇日］のコテリアンスキー宛のものはキャサリン・カーズウェルが六月五日にやって来ることを予期している。こういうわけでこの手紙は五月三〇日前の土曜日に書かれたものであろう。
（二）でも借りたいなら……お書きなさい　ロレンス夫妻は一九一八年二月にベシー・ロウ夫人のところに滞在していた。彼女はハーミテッジで村の店を管理していた。キャサリン・カーズウェルによると、彼女は地元の産婆でもあった。
（三）ブラウン夫人のコテッジ　このコテッジはチャペル・ファーム・コテッジに隣接していた。

▽キャサリン・カーズウェル　七　［一九一九年五月三〇日］

ハーミテッジ

ロウ夫人［ベシー・ロウ］によると、水曜日にあなたに手紙を書いたという話ですので、きっと今ごろは夫人の手紙を受け取っておられることかと思います。あなたが来られることを夫人は非常に喜んでおられるようです。アイヴィにも別に部屋を一つ使ってもらっていいということです。居間はあなた方と一緒に使う計画のようです。乳母車も探してみようと考えておられますが、見つからない場合は、山に木を取りに行く時に使うおなじみの手押し車を代用することができるでしょう。アイヴィにロウ夫人へ手紙を書いてもらい、いつ到着するのか知らせておいてください。あなた方は皆さん揃《そろ》って木曜日に来られるだろうと考えています。駅でお会いしましょう。

タイプライターのことでお問い合わせをいただきありがとうございます。ところで、お送りいただいた小包はこの上なく元気づけてくれるものでした。わたしはちょっと体調を壊していて、お気遣いいただき感謝しております。それでは、木曜日にお会いしましょう。

DHL

▽キャサリン・カーズウェル　八　［一九一九年六月一九日］

同封の手紙は、タイプライター関連の仕事をしている人からもらいました。二ポンドは安すぎるように思われますが、でもたぶん、その値段で処理するのが妥当なのかもしれませんね。どう思われますか。（一）

無事、帰宅されたとのこと、よかったですね。わたしの妹はあのビーズが大変気に入っておりました。ショールよりもずっと好きだったのです。あのようなものをくださるとは、ありがとうございました。コーンウォールの知り合いがあの翡翠《ひすい》の推定価格を送ってくれると言っておりましたので、送ってきたらあなたにお知らせしましょう。

新しくお知らせすることは何もありません。ただ一つあるとすれば、アメリカの出版業者の［ベンジャミン・］ヒューブッシュが来月のはじめにイングランドにやって来て、わたしがアメリカ行きの打ち合わせをすることぐらいでしょう。何はともあれ、困ったことに世の中何もかも非常に悪くなって行くようです。

ロウ夫人は「ジョン［・パトリック］がかわいかった」と、ずっと言い続けています。

あなたがニューフォレストに出かけられる前には、ロンドンにいるようにするつもりです。

（一）どう思われますか　カーズウェルは、ロレンスからタイプライターを誰かに売ってほしいと頼まれ、みん

な少し高いとは感じたが、彼女の弟が四ポンドで引き取ったということを、回想録で書いている。

▽キャサリン・カーズウェル　九　［一九一九年八月一五日？］

バークシャ、パンボーン、マートル・コテッジ

七月二八日からずっとここにいます。ロザリンド・ベインズが自分の家を貸してくれたのです。快適な家です。でもパンボーンの町自体は大嫌いです。

トマス・クック社によると、パスポートは、平和条約が批准されるまでは発行されないそうです。いつ批准されるのか誰にも分かりません。ドン［ドナルド・カーズウエル］はパスポート取得に必要な事項を書き入れ、それをトマス・クック社に送ってくれないでしょうか。いずれパスポートは手に入るでしょう。

二五日まで、当地に滞在しようとわたしは思っています。それからハーミテッジに向かいます。そこのコテッジにいるか、あの農場の女性たち［セシリー・ランバートとヴァイオレット・モンク］と一緒にいるかということになるでしょう。例の手におえないマーガレット［・ラドフォード］が今このコテッジにいます。そのせいで、わたしたちは追い出されたのです。二三日に彼女は出て行ってくれますが、九月には、一週間か二週間なのですが、また舞い戻ってきます。その時はたぶん農場で暮らすことになるでしょう。先週、わたしの妹に来てもらって、今は、姉に来てもらっています。

これから自分たちにどのようなことが起こるのか、わたしには分かりません。現時点では、ドイツに行こうとも思いませんし、アメリカに行こうとも思いません。そうわたしは思っています。実際、アメリカ行きのことを考えると、ニューヨークのことやプリンス・オブ・ウェールズ［英国皇位継承者］のことなどがあり、気分が悪くなります。（一）

ところで、あなたが住んでおられるところはいかがですか。このひどい暑さなので、戸外で過ごしておられることと推察しています。八月の終わりには今のお住まいを出られるのでしょうか。

こちらは何も変わったことはありません。ただマーティン・セッカーが、わたしの詩を集めた詩集を出版したいそうです。どうしてなのか、よく分かりません。

J［ジョン］・P［パトリック］は元気で楽しくしていますか。もちろんお母さんのあなたもね。

それでは《オ・ルヴォワール》　DHL

（一）実際……なります　プリンス・オブ・ウェールズは八月六日に出航し、カナダを経て、アメリカに向かった。ドナルドにわたしのパスポート申請のために写真を付けて、代理申請してもらえないでしょうか。

▽キャサリン・カーズウェル　一〇　［一九一九年八月二〇日］

パンボーン

あなたが上機嫌で浮かれておられる様子が伝わってきます。わたしたちも出かけることができていればよかったのですが、残念ながら、それはできません。どれほど滞在されるのでしょうか。この地には月曜日までおります。その後はハーミティッジに向かいます。もしあなた方が二週間余分に滞在されるのであれば、わたしたちも、何とか急いで会いに行けるかもしれません。今、雨が降っています。本当にどんより曇っていて、何週間も雨が続くような感じがします。ニューフォレストでの秋は、この上なく美しいことでしょう。

二人より愛を　DHL

▽キャサリン・カーズウェル　一一　[一九一九年一〇月三〇日]

ハーミテッジ

目下、イタリアに出かける準備をしています。レディングで本を処分するつもりです。あなたとドン[ドナルド・カーズウェル]はド・クインシーが気に入られるのではないかと思います。お金に余裕がある時に、クインシーの本を製本し直してもらうことができるでしょう(一)。そうすれば立派な本になりますよ。彼はこの上なくすばらしい男です。何度も何度も彼の本を読み返しています。昨日も彼のゲーテ論を読みながら大笑いをしました。彼、ド・クインシーのことが好きです。彼はプラトンやゲーテのような人たちが大嫌いなのです。わたしも彼らが嫌いなのです。

わたしは先週ミッドランズに出かけてきました。姉［エイダ・クラーク］は体調がよくなく、気分がすぐれません。でも少しずつよくなってきております。今週、わたしは風邪を引いて家にずっと閉じこもっていました。

ローマにおられるあなたのいとこの方［エリス・サントロ］に手紙を書いて、わたしが数日ローマに滞在できるような安い部屋を一つ見つけてもらえるよう頼んでくれませんか。ナポリ近くのカゼルタに出かけて、そこの農場のことを聞くつもりでいます。船では出かけることができないようですので、陸路で出かけるつもりです。

十中八九、月曜日にはロンドンに出かけます。コテリアンスキーのところに泊まるつもりです。あなたにお電話をして会いに出かけるつもりにしています。本当にひどい天候ですので、皆様のご健康を心から祈っております。フリーダはバーデン［＝バーデン］に着きました。

DHL

（一）あなたとドン……でしょう　カーズウェルは、ボロボロだが一冊も欠けていないド・クインシー（Thomas de Quincey, 1785-1859）をロレンスから譲り受けたと、回想録に書いている。

▽キャサリン・カーズウェル　一二　［一九一九年一一月二〇日］

フィレンツェ、ピアッツァ・メンターナ　五、ペンション・バレストラ

ここは雨が降っています。フリーダを待っています。彼女からはまだ何も連絡がありません。イタリアは戦争でかなり損なわれました。人びとの気質自体が変わってしまいました。すてきなユーモアがなくなってしまいました。もう一度エレジーナ［エリス・サントロ］に手紙を書きました。返事をもらえたらと思っています。わたしたちはここに一週間いて、そのあとローマに向かうつもりです。裏地がきちんとついたコートは宝物でした。本当にそうでしたよ。この地の列車は実に寒いのです。

DHL

▽キャサリン・カーズウェル　一三　［一九一九年一一月二四日］

フィレンツェ、ピアッツァ・メンターナ　五

エレジーナから手紙をもらいました。ご親切に、わたしたちのために部屋を見つけてくれるというのです。フリーダからの手紙が来て、彼女はパスポートを留め置き検査されて、非常に心配しています。わたしはここで、ただ待つだけです。ここが気に入っています。アルノ川を見渡せる、実に日当たりのいい部屋にいます。おいしいワインもありますし、何一つ気を遣わなくてもいいというのが、何よ

りもいいです。この家の人たちはみんな本当にゆったりしていて、日々気楽に過ごしています。ここの住所を記帳しておいてください。何でもいいですから、一筆、そちらの様子を知らせてください。このままぶらぶら過ごして、持ち金全部を使い果たしてしまうような気がしています。でも、それをいいいいいい、心から楽しんでいます。

DHL

▽キャサリン・カーズウェル　一四　（一九二〇年一月四日）

（ナポリ）、カプリ、パラッツォ・フェラーロ

今日お手紙を受け取りました。わたしたちはあちこち転々としていて非常に落ち着かない状態だったので手紙を書くことができませんでした。ピチニスコは言葉にできないほど美しかったのですが、すごく原初的なところですごく寒くて、二人ともきっと死んでしまうだろうと思ったくらいです。山々が周りをぐるりと囲み、悪魔のように白くきらめいているのです。クリスマス前の土曜日は一日中雪が降っていました。だから月曜日にはそこを脱出したのです。わたしたちは五時三〇分に起き、アティーナまで五マイル歩いて郵便集配のバスに乗り、一〇マイル先にあるただ一つの駅カッシーノまで行きました。ナポリに着いてから三時のカプリ行きの船に乗ったのですが、ナポリ湾を出ると海が荒れてきて、七時三〇分までにはカプリの浅瀬にある港に入ったものの、波がとても高くなってきた

ので船から降りることができなくなりました。それでわたしたちは後戻りしなくてはならず、ソレント[港]の停泊所に留めた船の中で、一晩中揺れながら横になっていました。イタリア人たちは気分が悪くなっていいいました。ありがたいことに、わたしたちは何とか無事でした。

わたしたちはきれいな部屋二つと共用台所のあるアパートを、月一五〇フランで借りました。このアパートは古い宮殿の最上階にあります。階段部分は宮殿ではなく監獄のようですけれど。ここは島の地峡、小さな町のちょうど首の部分にあり、最高に美しいです。風変わりな半球状のドゥオーモがあって、手を伸ばしたらもう少しで触れることができそうです。島の全生活が眼下に見渡せます。右のほうは海がずっと広がり、遠くにイスキア島が、そしてナポリ湾が見えます。左のほうは地中海が大きく広がっています。どちらの側も海までほんの数マイルですが、急傾斜になっています。スイセンの花は岩の間にまだたくさん咲いていますが、盛りは過ぎようとしています。ギリシア由来のスイセンは美しい。ピンクのシスタスの花もところどころに咲いています。暖かいけれど天気はかなり荒れ模様です。暖炉の火は一晩に一箇所だけ入れるのですが、他のところも寒くありません。でもあなたからいただいた肩掛けは貴重なものですし、これもいただいたかわいいセーターはフリーダには宝物です。肩掛けもセーターもイタリアでは重宝で、家の中でちょっと羽織れます。アパートは最上階の一部にあり、ナポリ出身のブルボン家の末裔であるパレンツイア嬢が所有していて、すてきなものです。おもしろいルーマニアの若者がいて、自分のストーブの火を猛烈に煽《あお》るように、わたしを捕まえて社会主義を注ぎ込もうとします。愉快でボヘミア的です。あなた方お二人もここにおいでになったらいいのに。一緒に生活すると楽しいでしょう。

わたしたちは時々昼食あるいは夕食をコンプトン・マッケンジーと一緒にします。彼はいい人です。でも彼の背後に何世代にもわたる演技者の気配を感じるので、真に本気になれません。演劇の影響は何と奇妙なものでしょう。彼はかなり金持ちらしく、贅沢《ぜいたく》に暮らし、独特の美的センスを持っています。「彼はイギリスのリアリズム派のリーダーじゃないですか」、とあのルーマニア人が聞くのです。彼が目の色にマッチした薄青色のスーツを着て、髪の色にマッチした女性用の大きな茶色のベロア帽を被って歩いているからです。大晦日《おおみそか》、カプリの中心に位置するわが家の階下にあるモルガーノ・カフェへ行った時は、見ものでした。F［フリーダ］とわたしは年老いたオランダ人と［ジョン・エリンガム・］ブルックスという上品な男性と同席し、手ごろなパンチを飲みながら、大晦日に十字架を持ってやって来る楽団の、驚くような音楽を聴いていました。それは聞き慣れない、雑な感じのものです。アナカプリからの連中が、今まで聞いたこともない伴奏つきで三八行ほどのバラードを吟唱しましたが、全く意味が分かりませんでした。一一時ごろマッケンジーが、かなり酔っぱらっている金持ちのアメリカ人たちとやって来ました。ティベリオからの楽団もやって来ました。モンティ［マッケンジー］は十字架を手に取って、それをアメリカ人たちの顔の前でひょこひょこと動かしたのですが、その様子はピラト総督の面前にいるキリストのようでした。ティベリオ楽団の少年二人が、これもうなっているような音楽に合わせてタランテラを踊りました。それは奇妙な、淫《みだ》らな男色的行為の光景でした（ドン［ドナルド］がわたしの「男色的」の綴りが正しいかを見てくれるでしょう）。真夜中にモンティのグループはシャンパンを注文し、酔って女性の振りをしようとしました。しかし悲しいかな、その行為は耐え難いほど自意識的な演技であり、モンティにとっては文字通り「悲しみの道《ヴィア・ドロローサ》」（二）だったので、彼は吐き気を催していました。この英雄気取りの若者たちのやっていることは何とひどい放埒《ほうらつ》でしょうか。彼らは周りにいる多くのイタリア人を非常に意識しているのです。なのに彼らはイタリア人たちのかすかな冷笑を、正真正銘の冷笑を、全然見ていないのです。シャンパンのグラスが道路掃除の老人ド・リギュール(綴りは分かりません)にも渡されました。その間、わたしたちはパンチの最後の滴《しずく》を啜《すす》り、テーブルの片隅にいる「貧しき縁故者」のように無視されていましたが、そのことをおもしろがっていました。マッケンジーは明日の朝一〇時三〇分きっかりに『富める親戚』に着手します。彼は『親戚』を、先に出版した『[貧しき]縁故者』の補完的作品と考えています。すごくいい考えです。(二)

ところで、わたしは自分が他のカプリの人と同じくらい意地悪だと分かりました。この島にはくだらない国際人《コスモポリタン》を気取る人びとがたくさんいます。イギリス人、アメリカ人、ロシア人、ドイツ人などあらゆる国の人たちです。英語を話すグループは、悪意に満ちたスキャンダルには最も縁遠い存在です。キャサリン、ここと比べるとロンドンは祈祷《きとう》会のようなものですよ。そんな風にメアリ・カナンから聞いた話で知りました。ここカプリで彼女に会ったのですよ。彼女はこの島ではまともな人びとの一員なのです。彼女はわたしたちにバターとイチジクを持って来てくれます。バターは一キロ二〇フランもするのに。でも彼女が滞在しているのは地方判事か何かの妻のところで、その人は噂話が大好きなイギリス人です。彼女からメアリが聞いた話というのは信じ難いものです。わたしたちのような普通の人間は、まだまだ知るべきことがたくさんあるようです。彼女が聞いたスキャンダルを逐一書き留めるなら、おもしろい文書になるでしょう。スエトニウスなら恥じて足まで赤くなるだろうし、ティベリウスならノミに咬まれたぐらいにしか感じないでしょう。

ここにはブレット・ヤング家の人たちも来ています。作家であり詩人でもあるフランシス・ブレット・ヤングと奥様です。わたしたちはその人たちのことをほとんど知りません。彼らはマッケンジーが来るようにと言うとやって来て、帰るようにというと帰って行きます。

　さてあなたからの吉報に関してですが、「アンドリュー・」メルローズやその他誰の目にも留まる小説の中であなたの小説が一番だとわたしは確信しています。わたしにその小説をどこかで論評できないかなと思ったりしますが、わたしの論評では役に立てないでしょうね。しかしあの小説は出版されるので、あなたには弾みが付いて次の作品に取りかかれるでしょう。特にＪＰ〔ジョン・パトリック〕が成長期にある時ですからね。わたしたちにはまだ活動の可能性があるでしょう。もしそうでない時には分かることでしょう。

　でも例の五〇ポンドについては、もらうことはできません。実際もっと必要としているのはあなたですから。

　とはいえ、わたしはイタリアの物価の高さを嘆かねばなりません。バターは二〇フラン、ワインは一番安いので一リットル三フラン、砂糖は一キロ八フラン、オイルは一リットル七、八フラン、石炭は二キロで一フラン、ポーターは海辺から運ぶ荷物一個に一〇フランは当然だと思っている、などなど。「一ポンド」五〇フランの為替レートなら何とかやっていけます。本当にぎりぎりですが。

　それから、イースターには来られるのでしょうね。とても楽しく過ごせるでしょう。このアパートのすばらしい一部屋をあなただけで使ってください。そしてアイディアを育《はぐく》んでください。

　わたしはエレジーナ「エリス・サントロ」がとても好きでした。ファニーがまた元気になって嬉しいですし、あのショックな事柄を遺憾に思います。そしてドン［ドナルド・カーズウェル］がお変わりなくやっておられることを祈っております。

ご多幸を祈りつつ

DHL

（一）「悲しみの道《ヴィア・ドロローサ》」　キリストが処刑地ゴルゴタまで歩んだ道

（二）マッケンジーは明日の朝……いい考えです　マッケンジーの小説『貧しき縁故者』(*Poor Relations*,1919) に続いて二年後には『富める親戚』(*Rich Relatives*,1921) が出版された。ジェシカ・ブレット・ヤングは回想の中で「貧しき縁故者」という言葉を、ロレンス夫妻、メアリ・カナン、自分たち夫婦に当てはめた。

▽キャサリン・カーズウェル　一五　（一九二〇年二月五日）

（ナポリ）、カプリ、パラッツオ・フェラーロ

これまで何度もあったストライキがやっと終わって、あなたのお手紙が着きました。あの小説が今も順調に進んでいるとはよかったですね。できるなら序文はつけないように。でもあなたは心の奥では［アンドリュー・］メルローズが結構好きなんだと思います。彼は変わった人のようですが。出版されたら、ぜひまた目を通したいし、もう一度読みたいと思います。

ドン［ドナルド・カーズウェル］が担当している訴訟事件がとてもうまく行き、解決に至ることを願っています。どうしようもないことといつも取り組まねばならないとは、全く命が縮まりますね。彼が

意気消沈しているのが分かります。しかし物事をあまり真剣に考えてはいけません。あなた方お二人がここイタリアに来てのんびりと暮らすことができればいいなと思います。なぜ人はいつも努力し苦闘しなくてはならないのでしょうか。

［マーティン・］セッカーが手紙を寄越して、わたしが彼に版権すべてを二〇〇ポンドで売却する気があるなら『虹』を出版する、と言ってきました。わたしにそんな気は毛頭ありません。彼はかんかんに怒っています。それでわたしは今ダックワースと連絡を取っています。おそらく彼なら出版してくれて（祈っています）、適切な印税を払ってくれるでしょう。これこそがわたしの願っていることです。そうすれば彼は『恋する女たち』も出版してくれるでしょう。もちろんダックワースがちょっと小心者だとは分かっています。どうにか出版できるんだと彼が確信を持ってくれることを願っています。今やっとわたしたちが勝利する時が来たのだと思います。助け合って絶望を切り抜けて来たではありませんか。今団結して、皆一緒に成功を収めるべきです。ロンドンから離れてみたらどうですか。また新しい小説を書いて、それで不足なく生活してはどうですか。それにドンが『タイムズ』を通じてわたしたちを援助してくれてもいいでしょう。(二)世間はずっと忌《い》まいましいほどあなたに厳しかったと感じています。今やもっと寛大になってもいいのに。わたしが一旦その気になると、きっと金を儲《もう》けることができるでしょう。そうすればそれをわたしたちで分けられます。間もなくそうなるでしょうから、見ていてください。

数か月ぶりに［シリル・］ボーモントから便りがあり、小さな詩集を受け取りました。手刷りで一七か月かかったそうです。でも彼は少々おかしいのです。彼からの手紙を見てもらいたいです。彼はわたしがしてもらいたいことを何一つしていません。いくつかの詩を飛ばし、献詞を省き、大事なことは何もしていないのです。わたしが猛烈に苦情を言うと、無意味な言葉を並べてきます。あの男はどうしようもありません。彼に会ったことがありますか。『入り江』という馬鹿げた感じの小さな書物ですが、何とまあ、紙と印刷は美しいのです。ところが、つまらない小さな木版のカットがあり、詩と全く調和していないのです。詩の中には本当に美しくてすばらしいと思うものもあるのに。あなただったら一冊欲しいと思ってくれるでしょうか。

　わたしは何も耳にしていませんが、ダニエルは戯曲『一触即発』をもう発行したはずだと思います。また大失敗でしょう。昨日ダグラス・ゴールドリングの戯曲『自由への戦い』(二)を受け取りました。これが民衆劇場での上演シリーズの第一作目となったのですが、実に忌《い》まわしい非芸術的動機によって書かれた宣伝用の戯曲です。ゴールドリングは『一触即発』をわたしから入手し、『一触即発』は「民衆劇場のための戯曲シリーズ」の一作目になる、と言いました。するとずる賢いジャーナリストは、この低劣な『自由への戦い』を第一作目にするようにしたのです。彼は確かにこの巡り合わせを二重に呪ったことでしょう。『自由への戦い』とその不埒《ふらち》な序文とに関わりを持ちたくありません。その上に『一触即発』の序文もわたしが特別に書いたのですから。ずるくて汚い奴らは呪われればいいのです。幸運なことに、『自由への戦い』は完全に無視されました。だからともかく世間的に、『一触即発』は(彼のあの作品と)あまり関わりを持たなくて済みます。あなたにはこの戯曲がお気に召さないとは思いますが、ともかく低級な作品ではありません。

　さて、わたしたちのことです。先週ちょっと「イタリア」本土へ遠足して、アマルフィ海岸へ行ってきました。アマルフィは本当に美しく、カプリよりもずっとすばらしい。カプリにはすごくうんざりしています。カプリはいわば生半可な知識人の寄せ鍋です。わたしはコンプトン・マッケンジーを一人の人間として好きですが、お世話にはなりたくありません。彼の影響が大きすぎるこの島に耐えられないのです。費用がかかろうとも、とにかく立ち去らねばならない、シチリア島へ、と考えています。汽船でナポリからパレルモまで一二時間で着きます。だから行こうと思っています。でもわたしの荷物はまだ来ていないのですよ。トリノからその知らせを受けました。鉄道のストライキが三週間あったことをご存じでしょう。それでわたしはドイツから発送したあの小説［『堕ちた女』］の原稿の郵便を受け取れずにいます。でも何があっても、カプリの生半可の知識人の社会から去って行かねばなりません。あまりにも神経に触るのです。今わたしは風邪からくる気管支炎で寝込んでいますが、ひどくはありません。わたしは彼らを皮肉ったりしたいのではありません。そんなことは人間としての情を全く干からびさせるだけで、好みません。シチリアへ行ってしかるべき場所を見つけましょう。そうすればあなたがたもやって来て、二、三か月いることができますね。J［ジョン］P［パトリック］はもう走り回っているでしょう。彼のためにイタリア人のナースを頼むことができます。海路で来ることもできますよ。

明るく晴れたいいお天気です。すべてがうまくいくことを切望しています。

DHL

（一）それにドンが『タイムズ』を通じて……いいでしょう　ドナルド・カーズウェルは一九一六年一月一六日に

法廷弁護士の資格を得る前に『タイムズ』の仕事をしていたので、新聞関係の友人が多くいた。
（二）『自由への戦い』　「ダグラス・ゴールドリングへの書簡　一〇」を参照。

▽キャサリン・カーズウェル　一六　（一九二〇年二月二二日）

（ナポリ）、カプリ、パラッツオ・フェラーロ

同封のものをお受け取りください。何とか都合がつけられるなら、あなたにぜひこの戯曲を見に行ってほしいのです。（一）遠いですができればぜひ行ってください。そしてどこかの新聞に紹介文を書いてください。この戯曲が舞台ではどのように見えるかをとても知りたいのです。ご迷惑をおかけしないように、五ポンドの旅費をお送りします。充分でないことは分かっています。でも交通費にはなるでしょう。オールトリンガムはチェシャでマンチェスターの近くです。あなたが来られるかもしれないと劇団事務局長に話しておきます。

いかがお過ごしですか。わたしはある小説［『堕ちた女』］に着手しました。

DHL

（一）あなたにぜひ……ほしいのです　キャサリンは、オールトリンガムにおける『ホルロイド夫人寡婦《かふ》になる』上演の批評に対して『タイムズ』からコミッションを受け取った。だからロレンスが送った五ポンドは不要だった。

▽キャサリン・カーズウェル　一七　［一九二〇年三月七日］

（メッシーナ）、タオルミーナ、フォンタナ・ヴェッキア

わたしたちはここでとても美しい庭付きの家に、一年間住むことになりました。会いに来てください。

愛を込めて　DHL

▽キャサリン・カーズウェル　一八　［一九二〇年三月一四日］

シチリア、タオルミーナ、フォンタナ・ヴェッキア

オールトリンガムへ今週末に行きます、というあなたの葉書を受け取ったところです。上演は大失敗になるかもしれないと恐れています。そして今回あなたにいろいろとお頼みしたことが、後味《あとあじ》の悪いものになるかもしれません。でもそうでないことを期待しましょう。とにかく、あなたとドン［ドナルド・カーズウェル］にはこの度の上演に関してとてもお世話になりました。ここのニュースは何もありません。ただ大変暑かったあとで雨が降り、涼しくなりました。雨が降って本当にほっとしました。あなたがカプリへ手紙を出さないうちに、ここの住所がお手元に届きますように。

DHL

▽キャサリン・カーズウェル　一九　［一九二〇年三月三一日］

シチリア、タオルミーナ、フォンタナ・ヴェッキア

お手紙とあなたの論評が掲載されている『タイムズ』を受け取りました。（一）『ホルロイド夫人』は全体に少し退屈で、あなたは浮かない気分になったのではないかと心配しています。そうだったらすまないと思います。いずれにしてもサセックスで楽しく過ごされますよう願っています。あなたはずいぶん熱心に仕事をなさっているようですね。ロンドンはとても疲れるところに違いありません。ロンドンでは何ごとも神経をひどく擦《す》り減らすようです。シチリアの人は実にずるくて両替の時でも交換レートをごまかそうとします。この前わたしが聞いた時は一ポンドが八二リラでした。そのような交換レートは彼らには無関係で、人を困らせておもしろがるだけです。そういうところがわたしたちと違っています。でも実際彼らは両替の時にわたしたちをだまして、わたしたち外国人に対してことごとくすごく不機嫌になるのです。しかしそれはわたしの責任ではありませんね。美しい日々が続いています。オレンジの花は終わりかかっていて、北方の木々、リンゴやナシやサンザシの花が咲いています。緑色の小麦は高く伸び、朝は天国です。この世の苦難や悩みなど少しも構わないという気になってきます。わたしを困らせようと苦難が今すぐ頭上に降りかかってくると仮定してみましょう。たとえそうであっても、起こらないうちにあれこれ心配することなどありません。ここの人たちはイタリアの国内状況にすごく不安を持っているように見えます。だからと言って、さっさと立ち去らねばならないでしょうか。

ところで、ここではイギリスの新聞は隅々まで偽りと腐敗まみれの記事ばかりで、非常に不快なものに見えます。だからイタリア人が度を超えていらいらしてしまうのも無理はありません。わたしは小説『堕ちた女』を二分の一ほど書きました。わたし自身はおもしろい小説だと思いますが、他の誰もがそう思うかは分かりません。風刺ではなくて喜劇となることを意図しています。あなたがここへすぐに来られないのが残念です。でもたぶんあなたはすぐには来たくないでしょう。わたしは今イギリスをまた見たいとは思いません。よそへ行くなら、その時はもっと遠くへ、ずっと遠くへ行きたい。でもそんなことは分かりません。

もう一度言いますが、あなたの小説がお金になったら、それをそのまましばらく持っていてください。出版社が『虹』に対して現金で支払ってくれるかどうかわたしに分かるまで、わたしに一文たりとも送金しないでください。金はおそらく払ってくれると思っているので、そうなれば五〇ポンドは必要なくなります。もし全く入らなければ、あなたにお知らせします。とにかく待っていてください。あなたにとって万事順調でありますように。

DHL

郵便はここではとてつもなく遅れて着きます。『ホルロイド夫人』のことでは本当にお世話になりました。

（一）『タイムズ』に掲載された……を受け取りました　キャサリン・カーズウェルが書いた『ホルロイド夫人寡婦《かふ》になる』の眼識ある論評は、一九二〇年三月一二日の『タイムズ』に掲載されたが、キャサリンは誤って

五〇〇語でなく一、〇〇〇語近くの批評を書いてしまった。論評からはこの戯曲上演に対する彼女の「心からの称賛」の部分が無断で削除されていた。キャサリンはもちろんむかつく思いであった。『狂暴なる巡礼』（*The Savage Pilgrimage*, Cambridge University Press, 1981）一三七頁を参照。『タイムズ』の論評は次のような文で終わっている。「作者が（残念ながら健康上の理由で在海外）自分の劇の上演に足を運び演者の演技を見れば、人を活気づけるこのすばらしい戯曲をさらによいものにするには、ここかしこでどんな改変をすればいいかがはっきりと分かったであろう。」

▽キャサリン・カーズウェル　二〇　（一九二〇年五月一二日）

（メッシーナ）、タオルミーナ、フォンタナ・ヴェッキア

昨日、あなたからのお便りが着きました。それに、一昨日にはお写真も届いています。本当にいい写真で、お二人共とてもよく写っていました。J・P［ジョン・パトリック］はいい笑顔でした。

万事うまくいっているのですね。よかった。もちろんルーアンのヴィッラはとても魅力的に聞こえます。しかし、まず自分の目で見ないといけません。それも、ちゃんと修理が施されているかをしっかり見ないといけません。それこそがまず成されるべきことです。そして、どれくらい家賃と税金がかかるかを見極めるべきでしょう。ここイタリアでは両方とも法外に高いですよ。フランスでは、反イギリス感情はいかがですか。深刻ではないと考えたいところです。次にわたしたちがどこに向かうかは神のみぞ知るといったところです。風の吹くままということでしょう。しかし、直感が、さらに

さらに南方へ、ヨーロッパからできるだけ遠くへ向かえと言っています。今いるここがヨーロッパではほとんど最南端に当たるのに、心はさらに南の方角に向いています。まるで人がどこか違うところに足を踏み入れなければならない衝動を感じているかのようです。しかし、実際何をすべきかは分かりません。ここを一年間二、〇〇〇フランで、借りることにしました。大した額ではありません。一ポンド八〇フランの為替レートなので、とりあえず二五ポンドで済みます。七月と八月には違う場所にちょっと出て行って、九月にまた戻って来ることになるでしょう。九月でもまだとても暑いということです。九月末ぐらいにこちらに来られますか。暑さには強いほうですか。この家は、中に入ると、気持ちよくて涼しいですよ。

　本当にこちらに来ようと考えておられるのなら、来てください。例の五〇ポンドは、ストランド二六三にあるロンドン・カウンティ・ウェストミンスター銀行、ロー・コーツ支店のわたしの口座に送金してください。あなたがいらっしゃる休暇用の費用として保管しておきます。何があっても、あなたが必要になるまでそのお金はただお預かりしておくだけです。

［マーティン・］セッカーとの契約を結びました。それによると、彼はまず『恋する女たち』を出版し、一〇〇ポンドを即金で払い、それからいつも通りの印税を払うことになっています。『恋する女たち』の後は、『虹』を出版し、出版から三か月後に一〇〇ポンドを即金で払うことになっています。しかし万が一法的手段を取らなければならないことが起こったら、その費用は即金でもらう予定の一〇〇ポンドから差し引かれる約束です。セッカーは少し怖気づいているようです。もしドン［ドナルド・カーズウェル］に時間の余裕があれば法律に関することをきちんと調べてもらえるでしょう。しかしたぶ

んお忙しいでしょうし、わたしとしてもご活躍を願っています。とにかく、十中八九、『恋する女たち』の一〇〇ポンドは間もなくもらえるだろうと思います。

それから、新しい小説、『堕ちた女』が完成しました。かなりおもしろくて、とても道徳的な小説です。かわいそうであっても、主人公は道徳的に堕ちているのではありません。ローマで今タイプしてもらっています。一、〇〇〇フランという高額で。わたしにはとても応える額です。さて、ここの郵便事情は実に悪いのです。あなたからの四月二一日付の便りは五月一一日に受け取りました。二〇日かかっています。ここに着くまでの間にいったい何が起こっていたのでしょう。

この地は暑いですよ。例えばアフリカのような乾燥している南の国で暮らすのがどんな感じか知っていますか。今までは知らなかったのですが、ここの暑さが気に入っています。ただ太陽の光は少し強すぎます。ほとんどの外国人はここを出て行ってしまいました。今日は海水浴に行く予定です。しかし、海岸に下って行くのにたっぷり半時間かかり、帰って来るのに一時間かかります。メアリ・カナンがここに三か月間スタジオを借りています。いいところですよ。彼女はマルタ島にとても行きたがっています。船はシラクーザから出ています。けれど、彼女は一人では行けないので、わたしたちに一緒に行ってほしいと考えています。わたしたちの船賃を彼女が払ってくれるのであれば、八時間ほどで行くことはできます。四、五日ならばおもしろいかもしれません。しかし、マルタ島はとても魅力的というわけではなく、お金を使う価値があるだろうかと感じています。

メルローズ賞の受賞おめでとうございます。(二) 名前にメルがついているけれど、薔薇《ローズ》の香りは同じですね。わたしが思うに、他の職業と同じく、出版業それ自体が病んでいるのです。とは言え、あなたの本は世に出ていかないといけません。わたしも一刻も早くもう一度読んでみたい。わたしの堕ちた女はイタリア人と結婚しますよ。

『ヨーロッパ史のうねり』がどうなっているか、最近連絡を受けていません（世界の歴史じゃないですよ。そちらのほうはまだです）。校正はすべて終了しましたが、今は索引を付けるために校正済みのゲラができ上がるのを待っています。今どの段階なのか神のみぞ知るというところでしょう。『一触即発』が出版されたようですね。あなたにも一冊行きましたか。あなたに一冊送るよう頼んだのですが、まだ着いていないようならば、わたしが送ります。

あなたとJ・Pにごきげんよう《ミラ・サルティ》を

DHL

（一）メルローズ賞の受賞　キャサリン・カーズウェルの小説『ドアを開けよ』(*Open the Door!*, 1920) は、アンドリュー・メルローズの出版社から出版され、彼自身が「メルローズ二五〇ポンド小説賞」として、この作品を選んだということである。カーズウェルはロレンス夫妻の貧窮ぶりを心配して、五〇ポンドを送るが、この書簡ではロレンスが一時的に預かっておくだけにしたいと述べている。

▽キャサリン・カーズウェル　二一　［一九二〇年五月二八日］

フォンタナ・ヴェッキア

とうとうメアリ・カナンに誘われてマルタ島に行ってきました。たった二日間だけ滞在する予定でしたが、船員のストライキが起こり、今夜になってやっと戻ってきました。ほぼ一日を費やしてしまったのです。それに何とお金がかかったことか、とても不機嫌になっています。マルタ島は不思議なところです。乾燥していて、まるで砥石《といし》でできているような島で、ギラギラしていて、気が休まりません。とても乾燥しているので、人間の方にパキパキひびが入ってしまいそうです。ヴァレッタ港は美しくてすばらしいところです。しかし、イギリスの統治に対しては苛立《いらだ》ちを感じます。統治のやり方はとても控え目ですが、命の流れを止めてしまいそうです。人間的な反応を十分に示すことができなくなっています。中途半端で抑圧された、不完全な感情が漂っているだけです。そのせいでわたしは消化不良を起こしてしまうのです。

あなたの二通の手紙と例の小切手が届きました。(一) お伝えしたように、この小切手を使うつもりはありません。あなたが必要になるまで預かっておくだけにします。本も入っていたので、明日から読み始めます。出版は一大行事ですね。あなたの本が売れることを祈りましょう。明らかに、儲《もう》けるのはあなたでなければなりません。だから、やるべきことは最も簡単な方法を見つけることです。人間にはそれ相応のお金が必要です。もうそろそろわたしたちのほうに簡単な方法が見つかってもいいでしょう。ドン[ドナルド・カーズウェル]に対しては気の毒に思います。『タイムズ』もその他もろもろの出版社も糞《くそ》食らえ。心からそう思います。ドンには一つ欠点があります。彼は出版業に対してあまりにも礼儀正し過ぎます。あなたには失礼に聞こえるかもしれませんが、奴らなんてくたばってしまえとわたしはきっぱり言いたいです。

フランス人のいないフランスというのは最高に聞こえますね。そんなフランスならわたしも好きかもしれない。どんなに節約しようとしても、イタリアはとにかく金のかかるところです。汽車賃は法外だし、馬車でさえぼったくりです。ここでは何もかもがぼったくりに近い料金です。イタリア人はというと、下品な豚野郎とも言うべきものに成り下がっていて、昔とは大違いです。それでもなお、シチリアなら、他のどこより、まだ我慢ができます。マルタ島よりもましです。もちろんマルタ島にはマルタ島の魅力があり、いまだに原始的なところを持っているのです。マルタ島生まれの人びとは、アラビアーヘブライ語系の不思議な古代の言語を話します。彼らには実のところ英語は通じません。だから、マルタ島ではイングランドやフランスよりましに感じるのです。それでも、真に人間らしくという観点からは、シチリアにおいてさえ、人びとは人生を楽しむより我慢をしています。そのことは今やどこにいても同じでしょう。

　ギルバート・カナンについてですが、わたしを巻き込んで、〔エイミー・〕グウェンの悪口をさんざん言いました。[三] 二時間付き合いましたが、その後は会っていません。わたしたちがお茶を一緒にするのはあの哀れなメアリ・カナンだけです。

　何か知らせがあれば伝えてください。わたしからは何もありません。

DHL

ここはひどく暑くなっています。

わたしは例の小説を連載で出したいのです。セッカーはそれを、『堕ちた女』ではなく、「苦いサクランボ《ビター・チェリー》」という題名にしたいと言っています。

小説の連載化のチャンスはどれくらいあると思いますか。

（一）例の小切手が届きました　「キャサリン・カーズウェルへの書簡　二〇」を参照。
（二）グウェンの悪口を……言いました　一九二〇年一月二八日に、カナンの恋人だったグウェンが、カナンのアメリカ滞在中に、のちに父の跡を継いで男爵となり、企業家・政治家として成功するヘンリー・L・モンド（Henry Ludwig Mond, 1898-1949）と結婚したということである。

▽キャサリン・カーズウェル　二一　（一九二〇年五月三一日）

シチリア、タオルミーナ、フォンタナ・ヴェッキア

『ドアを開けよ』をもう一度読みました。人の記憶力も捨てたものではありません。少し手を加えて、よくなっています。でも、本質的にはわたしが記憶しているままです。ドン［ドナルド・カーズウエル］があなたの表現の細かいところを変えるように言いましたか。そのような感じを受けましたが、この小説はよくできています。時代を生き残るでしょう。そこには満足感がありますね。

送ってくださっていた小切手についてですが、燃やしてしまおうときっぱり決めました。アメリカの出版社から二、〇〇〇リラ受け取りました。今は十分にお金があります。だからあなたのお金を持っておく必要があるでしょうか。そこで、あなたからのお気持ちはありがたくいただいて、小切手のほうは焼いてしまいました。（一）

メアリ・カナンも自分の小説をとても書きたがっています。でも彼女はやきもちをやいています。なぜなら、彼女が言うには、彼女が言おうとしていたことをすべてあなたが言ってしまい、しかも比

べものにならないほどうまくやってしまったそうです。けれど、彼女もそのうち試みてみるでしょう。いかようにして彼女自身の表現を見出すかは神のみぞ知るでしょう。

あなたの作品への書評はとてもよかったと聞いています。『オブザーバー』は読みました。好意的な書評で喜んでいます。まだ印税はもらえる状況なのでしょう。まさか版権を出版社のメルローズには完全に売ったりしていませんよね。必要なのはお金だけなのだから、それだけを得ればいいのです。心からのおめでとうと、これからの活躍を。

DHL

(一) でも、あなたからの……焼いてしまいました　ロレンスは五月三一日の日記に、「セルツァーからの送金を一、二九〇リラに換金し、ダックワースの一〇ポンドを銀行に入れ、キャサリン・カーズウェルの五〇ポンドの小切手は焼いた」と書き込んでいる。E・W・テッドロック(Ernest W. Tedlock, 1910-?)、『フリーダ・ロレンス所蔵、D・H・ロレンスの原稿――関連文献一覧』(*The Frieda Lawrence Collection of D.H. Lawrence Manuscript: A Descriptive Bibliography*, 1948)、九〇頁参照。

エイダ・クラークへの書簡

エイダ・クラーク（Lettice Ada Clarke, 1887-1948）

ロレンス一家の三男二女の末娘。ロレンスはほぼ終生にわたって書簡の交換を続け、クリスマスを彼女の家で過ごすなどしている。死の床にあった母親リディアの看病をロレンスと共にし、また一九一一年にロレンスがクロイドンで肺炎を患った時には彼女が付き添って看病している。

エイダはロレンスと一緒にイルキストンの教員養成所に通い、そこでジェシー・チェインバーズやルイーザ・バロウズと出会っている。教員免許を取得後、一九一三年まで教職に就き、仕立屋を営むウィリアム・エドウィン・クラーク（William Edwin Clarke, 1889-1964）と結婚した。その後もイーストウッドに近いリプリーで暮らし、父親アーサーの世話も引き受けた。ロレンスの没後、G・S・ゲルダーと共著で回想録『若きロレンゾ』（*Young Lorenzo: Early Life of D. H. Lawrence*）を一九三一年に出版している。

▽エイダ・クラーク　一　［一九一九年一一月二四日］

フィレンツェ、ピアッツア・メンターナ　五

フリーダより電報を受け取りました。パスポートの用意がまだのようです。早く彼女と合流できればと思います。それでも、わたしはここにいてとても幸せです。部屋から川が見え、この宿にはイギリス人の友人も滞在していますし、街に出かけて地元の人たちと食事を取ったりもします。フィレンツェは美しくて、活気に溢《あふ》れています。あなたは最近どうされていますか。ご一報ください。このとても有名な絵画『ヴィーナスの誕生』の複製を取っておいてくださいね。

ではまた　DHL

▽エイダ・クラーク　二　［一九一九年一一月二九日］

フィレンツェ、ピアッツア・メンターナ　五

エミリー［・キング］からの手紙を受け取りました。郵便物が届くようになってきたからです。フリーダが帰って来ることになりました。スイスを発《た》って水曜日の朝四時に到着します。彼女の旅がよいものになればいいのですが。彼女はトランクを取り戻しましたが、オランダの泥棒たちが中に入れていた新しいものをすべて持って行ってしまいました。エイダおばさんからの葉書を受け取りました。

シェーンベルクからロンドンに送ってくださったようで、その後わたしがいるここへ転送されたものです。フリッツおじさん［フリッツ・クレンコフ］が故郷に戻った時には、お母さんが亡くなっていたそうです。それも到着のたった三時間前に。穏やかな最期だったそうです。そんな最期を迎える人を見たことがありますか。わたしたちはここに一二月九日まで滞在し、その後ローマへ向かいます。また住所を知らせますが、手紙はしばらくここから転送されるでしょう。フィレンツェはとても快適で、住みやすいところです。ここにはたくさんのイギリス人の友人がいます。あなたの近況もお知らせください。

お元気で　DHL

▽エイダ・クラーク　三　［一九一九年一二月四日］

［フィレンツェ、ピアッツア・メンターナ　五、ペンション・バレストラ］

フリーダが昨夜無事に到着しました。痩せましたがとても元気です。あなたの一〇ポンドのおかげでとてもお金持ちです。本当によくしてくれましたね。ドイツからすばらしいものをいくつか持って来てくれました。あなた宛のものをすぐにお送りします。われわれはここに一〇日までいようと考えています。その後はローマへ、そしてピチニスコへ向かいます。ピチニスコでの住所は、カゼルタ地方、ピチニスコ、オラジオ・セルビ様方　です。

またすぐにお便りします。写真の中の街灯のそばの宿がわたしたちの滞在している宿です。ではまたすぐに。

わたしたちから愛を込めて　DHL

▽エイダ・クラーク　四　［一九一九年一二月一三日］

ローマ、、、

ローマはとても人が多くて、滞在できるところではありません。すぐにピチニスコに向かいます。青い空が広がっていて、本当に美しい天気です。

ではまた　DHL

▽エイダ・クラーク　五　［一九一九年一二月二〇日］

カゼルタ地方、ピチニスコ、プレッソ・オラジオ・セルビ様方

ピチニスコはとても寒いです。月曜日にナポリへ、それからカプリ島へと向かいます。住所は、ナポリ、カプリ島、カーサ・ソリタリア、コンプトン・マッケンジー様方です。

マッケンジーは小説家です。カプリは暖かいでしょう。

メリー・クリスマス　DHL

▽エイダ・クラーク　六　［一九二〇年一月二七日］

アマルフィ

本土へとやって来ました。郵便ストライキや鉄道ストライキにはうんざりします。手紙も仕事の原稿も送ることができません。アマルフィ海岸はすばらしいところですよ。写真に写っているのはわれわれが滞在しているホテルの回廊で、ここはかつて修道院でした。太陽が光り輝き、とても暑いので日焼けしました。蒸気船で八マイル、徒歩で八マイル、馬車で一二マイルの旅でした。海岸には花が咲き乱れています。クロッカスにスミレ、スイセン、そして紫色のアネモネが至るところに自生しています。桃やアーモンドの花は満開です。インゲンやエンドウの花も咲いていて、ジャガイモは収穫中です。本当にあなたもここに一緒にいたらいいのに。ストライキは今日終わりました。

では、また　DHL

このストライキのおかげでもう三週間程郵便を受け取っていません。二日後にカプリに戻ります。三日間の旅です。

▽エイダ・クラーク　七　［一九二〇年三月三日］

シチリア、タオルミーナ、フォンタナ・ヴェッキア

大きな庭のあるとてもすてきな家をこちらで見つけました。フリーダは土曜日に到着すると思います。また手紙を書きます。

では、また　DHL

フォンタナ・ヴェッキアとは古い泉を意味します。この家の名前です。

▽エイダ・クラーク　八　［一九二〇年四月二日］

シチリア、（メッシーナ）、タオルミーナ、フォンタナ・ヴェッキア

嬉《うれ》しい知らせです。クリスマスの小包の一つが今朝届きました。ブリキ製容器の中に砂糖やチェリー、ミンスミート、それにプラムプディングが入っていて、全部すばらしいものです。でも、チェリーとミンスミートは半分しか残っていません。ああ、残りはどうなってしまったのでしょう。食べられてしまったに違いありません。

DHL

▽エイダ・クラーク　九　［一九二〇年四月二五日］

シラクーザ

友人の誘いで、(一) シラクーザにやって来ました。このホテルに二、三日滞在します。ラトミーアは大きな採石場の一つで、ギリシア人が町を作るために石を得ていました。(二) ここでは多くのアテネの若者たちが悲惨な死を遂げたそうです。ここはすばらしいところです。この地は、マルタ島に近くて、そのためにイギリスの影響を感じます。(三) 郵便はここでは全く機能していません。

DHL

(一) 友人の誘い　フリーダ『わたしではなく、風が……』によると、ロレンスはこの時、ヤン・ユタ、ルネ・ハンサード、そしてアラン・インソルと旅をした。

(二) ギリシア人が町を作るために石を得ていました　古代、奴隷の罪人が罰としてラトミーア（採石場）で働かされていた。ロレンスのラトミーア体験は、『堕ちた女』のチューク夫人の描写に影響を及ぼしたと言われる。

(三) イギリスの影響を感じます　ナポレオンの一時的な支配の後、マルタ島は一八一四年に正式にイギリス領となり、一九六四年にイギリス連邦内での独立を獲得した。一九七四年に共和国となった。

▽エイダ・クラーク　一〇　［一九二〇年四月二七日？］

シチリア、（メッシーナ）、タオルミーナ、フォンタナ・ヴェッキア

あなたからお便りをもらってもうずいぶんたちますが、その後わたしに手紙を書いてくれましたか。わたしの便りは着いていますか。郵便の状態が本当にひどいのです。エトナ山に登ってわたしたちは二人とも風邪を引き、くしゃみで頭がどうにかなりそうです。エトナ山にはブロンテ公爵に会うために行ったのですが。彼はネルソン総督の子孫で、そこにお城を所有しています。すばらしいところでした。またお便りください。

お元気で　DHL

マニアーチェに行った時、フリーダがあなたからいただいた青いシルクのドレスを着ていて、まるでわれわれが王族の人間であるかのようにおもてなしをしてもらいましたよ。おかしいですね。

▽エイダ・クラーク　一一　（一九二〇年六月一二日）

シチリア

今朝、お葉書を受け取りました。パメラ［エミリー・キング］が無事で何よりです。そして小さな

女の子も。(二)　姉は男の子のほうがよかったのでは。すべて順調で何よりです。しばらくこちらに来ませんか。一〇月にでも。それまでは暑すぎますので。その時に来てください。［クラーク・］ジャックにこの葉書に描いてあるような「手押し車」を送りました。あなた自身の調子はどうですか。

それではまた　DHL

(二) 小さな女の子　ロレンスの姉のエミリー・キングが二人目の娘のジョーン・フリーダを出産した。

ガートルード・クーパーへの書簡

ガートルード・クーパー (Gertrude Cooper, 1885-1942)

ロレンス家の隣に住んでいたので、ロレンスとは幼いころからの友達であった。イーストウッドの友達の多くは結核にかかって亡くなっていたが、彼女は四二歳の時に肺の切除手術を受けている。

▽ガートルード・クーパー　一　［一九一九年一一月二〇日］

フィレンツェ、ピアッツァ・メンターナ　五、ペンション・バレストラ

ここに一人で泊まって、フリーダを待っています。わたしの部屋は［アルノ］川に面していて、この橋［ポンテ・ヴェッキオ］のほんの近くです。でも残念なことに今日は雨が降っています。ビジネス客用の列車の旅はひどいものです。――もしもあなたが来られるとしたら、デラックス車両で来られるといいと思います。一週間ほど、ここにいる予定です。――一筆お送りください。

ご機嫌よろしく　DHL

▽ガートルード・クーパー　二　［一九二〇年二月二五日］

カプリ

今日の夕方エイダ［・クラーク］から届いたお茶の中に、あなたの手紙が入っていました。この時期なのに、ここでは六月と同じくらい暑いのです。チョウチョが花々の間を飛び回っています。あなたもここに一緒におられたらなあと、本気で思っています。本当に美しい緑色のお茶なのです。明日、ナポリから、船でシチリアに出かけるつもりです。住む家が見つかるようなら、海を渡って行きます

よ。父のための二ポンドをエミリー［・キング］宛に送ったと、エイダに伝えてください。お体がよくなるよう祈っています。

DHL

ノーマン・ダグラスへの書簡

ジョージ・ノーマン・ダグラス（George Norman Douglas, 1868-1952）

小説家、エッセイスト。一八九三年に外務省に入り、一八九四年から九六年までセント・ペテルブルグに勤めた。後に、カプリ島に落ちつく。代表作の小説『南風』（*South Wind*）を一九一七年に出版。ロレンスとのかかわりでは、舞踏家イザドラ・ダンカンのマネージャーでジャーナリストでもあったモーリス・マグナス（Maurice Magnus, 1876-1920）の『外人部隊の思い出』（*Memoirs of the Foreign Legion*, Secker, 1924）をめぐっての諍《あらそ》いである。マグナスは一九二〇年マルタ島で自殺するが、その遺産はすべてノーマン・ダグラスのものとされていたのだが、ロレンスが『外人部隊の思い出』の序文を書いて出版してしまった。ダグラスもすかさず『D・H・ロレンスとモーリス・マグナス――紳士への道』（*D. H. Lawrence and Maurice Magnus: A Plea for Better Manners*, 1924）を書いて、ロレンスを非難した。ロレンスの「序文」の邦訳や議論については、吉村宏一ほか訳、『不死鳥　下』（山口書店、一九八八年）、六〇四―七頁を参照されたい。

▽ノーマン・ダグラス　一　［一九一九年一一月］(一)

［N・W、八、セント・ジョンズ・ウッド、アカシア通り　五］

［ロレンスは次のように思い出したことがあった。「ノーマン・ダグラスにフィレンツェのどこかに安い部屋を取ってほしい。そのホテルの名前を書いたノートを、トマス・クック社に預けておいてもらいたい。」］

(一) 一九一九年一一月　『外人部隊の思い出』の序文の中で、一九一九年一一月一四日イタリアに発《た》つ前に、ロレンスはダグラスに葉書を書いたと記しているので、この内容の書簡が書かれた日付を一一月に書かれたと推測した。

デイヴィッド・エダーへの書簡

デイヴィッド・エダー（Montagu David Eder, 1865-1936）

フロイト学派の初期の心理学者で、その理論をイギリスに紹介した。労働党との関係も深く社会主義的な思想を持っていて、シオニズム運動の指導者であった。精神分析学者のバーバラ・ロウの姉、イーディス・ロウの夫である。ロレンス夫妻はイーディスの姪のアイヴィ・ロウを介してエダー夫妻と知り合い、一九一五年クリスマスのころ、エダー宅に滞在している。

▽ドクター・デイヴィッド・エダー　［一九一九年四月二五日］

［バークシャ、ニューベリ近郊、ハーミテッジ、チャペル・ファーム・コテッジ］

どうぞ、わたしをパレスチナへ連れて行ってください。そうしてくだされば、一生涯感謝します。あなたと一緒にその地を訪れ、すみずみまで見て回りましょう。そうなれば喜びのあまりわたしの心は天にも昇ることでしょう。そしてあなたのために美しい小さな本を書きましょう。題名は「祝福を受けし者たちのパレスチナ入場」にしましょう。わたしがそちらに行ってその小冊子を書き上げることはできないでしょうか。というのも、もしかしたらパレスチナに対する熱い興味がわたしに起こるかもしれないからです。あなたの妹［バーバラ・ロウ］も言っておられたように、わたしは何かにつけて首を突っ込みたがる多くの人びとの存在を恐れています。パレスチナに魔法の火花を放ちましょう。――さもなければパレスチナでの計画は完全な失敗に帰してしまうでしょう。

第一の法則、いかなる法則も存在すべきでない。誰もが自分自身に責任を持ち、みずからの魂の声に応えることができると高々と手を挙げなければならない。

第二の法則、誰もが衣食住と知識を保証され、自由に相手を選ぶ権利を持たねばならない。生きるという最低の権利以外に［パレスチナに］入る男はすべて、そして女もこの二つの法則に完全に同意する旨を片手を挙げて示さなければならない。

そうすれば、他のすべてのことが法ではなく、取り決めによってなされる。時間が経てば深遠で苦々しく甘美な事柄が多く存在することを知り学ぶことになる。しかし、これら二つの法則を受け入れた時、まるでまだ何も知らぬ人のように、初心者同様ミサに仕える侍者のごとくに、みずからが純粋な注視の境地に入っていかねばならない。

さて、これは実現可能なことだろうか、そして正当なことなのだろうか。そこで語られることは何であれ、その境地は同様に語られなければならない。そして他の世俗的な喜びはあのヨーロッパ系のエジプト人を堕落させるまやかしに過ぎない。

本当にわたしをパレスチナへ連れて行ってください。現実問題としてわたしが一緒に行かない場合、パレスチナ行きを実行しないと信じています。わたしはパレスチナへ行きたいと本気で考えているのです。

イーディス・エダーへの書簡

イーディス・エダー（Eder, Edith, 生没年不詳）

精神分析医、医師のデイヴィッド・エダーの妻。ロレンスは「理想郷」を求めて、一時はエダー夫妻とパレスチナ訪問を本気で考えていたようで、シオニストでもあったデイヴィッド・エダーにユダヤ人問題について戦争中から手紙を書き続けていた。

▽イーディス・エダー　一　（一九一九年一月二日）

ダービー、ミドルトン・バイ・ワークスワス、マウンテン・コテッジ

あなたの体調が思わしくないということで残念に思っています。今年の冬は悪魔そのもので非情です。冬をしのげればまた状況も変わってくるでしょう。

[デイヴィッド・]エダーは帰国するでしょうか。本当に彼に会いたいです。今わたしはこの国を脱出しなければなりません。ヨーロッパ、英国から出て行かなくてはならないのです。この先、英国には腐敗の進んでいないものは何もありません。全般には徐々にではありますが、中には急激にそして常に腐敗の度合いが進んでいるものもあります。パレスチナにわれわれイギリス人にとって何らかの希望があるのなら、わたしはパレスチナについて知りたいです。わたしは今でも少人数でわれわれがここから逃れ、本当に自立して生きていければという昔から持っている夢を諦《あきら》めずにいます。それは可能なことだと今でも考えています。わたし自身の想像するアンデス地方について考えることはこの上なくすばらしいと思えます。しかしもしアンデス地方で暮らすことが実際不可能なことで、もしパレスチナが現実的なら、その時はパレスチナに行くつもりです。エダーに会いたい。今年にもヨーロッパ脱出です[この部分は未完]。

エリナー・ファージョンへの書簡

エリナー・ファージョン（Eleanor Farjeon, 1881-1965）

イギリスの児童文学作家、詩人。『本の小部屋』（*The Little Bookroom*, 1955）でカーネギー賞と、第一回国際アンデルセン賞を受賞した。ロバート・フロスト、アーサー・ランサム、エドワード・トーマスなど、詩人や作家との交友関係は深い。ロレンスとの出会いは、エリナーがサセックス、グレタムのラッカム・コテッジにマーガレット・ラドフォードと共に滞在している時に開かれたパーティにロレンスが参加した時であった。その後も交友を続け、『虹』やその他のエッセイのタイプ打ちを手伝っている。一九五八年に出版した『エドワード・トマス――最後の四年間』（*Edward Thomas—The Last Four Years*）の中で、一九一五年にダウンズの丘陵地を二人で徒歩旅行した楽しい思い出を語り、「今のわたしがあるのはロレンスのおかげです」と書いている。

▽エリナー・ファージョン　一　（一九一九年七月九日）

ニューベリー近郊、ハーミテッジ

実は二日ほどロンドンにいました。あなたにお知らせすべきだったのでしょうが、限られた時間でひどく急いでいたのです。

今朝届いた住所をお知らせします。

W・C、二、チャンセリー・レーン　二七　そこの緊急委員会（一）に対して、以下の手続きをしてください。

一、内容証明伝票のための申請書　各小包みにそれぞれ伝票が必要だから。

二、伝票を発行してくれるので、それを持って、小売店に行く。

わたしの経験では、セルフリッジ百貨店は作業がとても遅かった。作業の間そばで待てば、もう少し早く送ることができるかもしれません。何よりまず、ストッキング、縫い糸、石鹸、それから食品では、牛乳、ココア、砂糖、肉の脂、ベーコン、そしてインゲンマメかエンドウマメが必要だそうです。

わたしたちが六月一四日に注文した荷物は、七月四日まで発送されていませんでした。遅すぎます。あなたがやってみて早くできたら教えてください。

あなたのお気の毒なご友人が必要とするものを義妹から聞いたので、すべて同封します。きっと軍需品工場のようなところで働いていらっしゃるのでしょう。芸術家たちで溢《あふ》れかえっているミュンヘンは、カトリック流に言えば「堕落した」女たちの町なのです。

またすぐお目にかかれることを楽しみにしています　D・H・ロレンス

ヘレン・トマスが今週末オットフォードであなたに会いたいと言っていましたよ。わたしは彼女が好きでした。小包の送り先は、

ミュンヘン、ルックボイド　二、エルツギーセライ通り　四、クレッセンツ・ヴァインガルトナー様方

彼女には二人の幼い子どもがいて、一人は養子です。全員非常《ヴィア》に飢えています《フェルフンガート》。わたしから内容証明伝票の申請書を一枚同封します。手紙を出す時、宛名のところに「[緊急援助]小包関係」と書き、あなたの住所を記載した封筒を同封してください。早いほうがよいでしょう。説明用ビラも同封してくれるように書いておいてください。

(二)W・C、二、チャンセリー・レーン　二七にある緊急委員会　一九一九年五月二九日付『タイムズ』によると、困窮しているドイツ人、オーストリア人、ハンガリー人を救うために作られた組織で、救援物資を送るには、大きさや内容物など厳しい規定が設けられ、この委員会を通してしか物資を送ることはできなかった。

▽エリナー・ファージョン　二一（一九一九年七月一五日）

バークシャ、ニューベリー近郊、ハーミテッジ、チャペル・ファーム・コテッジ

もうオットフォードから戻られているでしょうね。ヴァインガルトナー行きの荷物が無事に出荷されたようで、よかったです。義妹に子どもたちの名前について聞いています。緊急委員会に、ドイツへ直接手紙や小包を送ってよいのか、輸送物の内容を知らせる必要はなくなったのか、教えてくれるよう問い合わせています。このことについて何か情報はありませんか。郵便局に貼り紙はありませんか。もしあれば、教えてください。

昨日、あなたの住む場所を探してきました。一つは、小さな家ぐらいの、こじんまりしたすてきなバンガローです。築二〇年で、居心地はいいのですが、狭いかもしれません。もう一つは古いコテッジです。一階と二階それぞれ元あった間取りに一つずつ広い部屋を建て増ししてあるので、家としては趣がありません。外には、かなり広い果樹園と放牧場のような庭があります。敷地を全部入れて、四〇〇ポンドです。もう少し安くなるかもしれません。いただけないのは、そこが世間からはずれたところにあるということです。住所はハンプシャ、キングスクラー近郊、ヘッドリー近郊、サマーハースト・グリーンです。ニューベリーとサッチャムからは、それぞれ五マイル離れています。世界の果てのような遠いところで、路地のさびれた窪《くぼ》地を上がったところにあります。あなたに気に入ってもらえるかどうかですが……やはり、もらえそうにありません。

ささやかな冒険を新たに始めました。ダグラス・ゴールドリング主催の民衆劇場というところが秋に、『一触即発』の脚色版を演じてくれます。うまくいけばと思います。まもなくわたしもロンドンに出ます。その時にお目にかかりましょう。

気が向いたらわたしたちに会いに来てください。マーガレット［・ラドフォード］が八月の一週目にここであなたに会いたいと言っています。

ヒューバート・フォスへの書簡

ヒューバート・フォス (Hubert James Foss, 1899-1953)

イギリスのピアニストで作曲家であり、雑誌や大学出版局の編集者でもある。一九一九年から一九二〇年にかけては、第一次世界大戦とその直後の時代を扱うイギリスの雑誌『陸と海』(*Land and Water*) の副編集者を務め、その後、一九二三年から一九四一年にかけては、オックスフォード大学出版局音楽部門の初代編集者となり、その地位を確立し、二つの大戦の間、イギリスの音楽と音楽家を後押しするために尽力した。ロレンスがフォスに『堕ちた女』の原稿を『クイーン』に取り次いでもらえるよう依頼する様子が書簡から伺えるが、それは失敗に終わったようである。

▽ヒューバート・フォス　一　［一九二〇年六月二三日］

シチリア、タオルミーナ、フォンタナ・ヴェッキア

お便りありがとうございました。『クイーン』で連載していただければと真剣に考えております。(一) 教養人向けの『イングリッシュ・レヴュー』のあとですので、気分転換になります。向こう側の提案ではないのでしょうか。

いずれにせよ『堕ちた女』の原稿をお送りします。わたしはセッカー社と契約中ですので、ここが本の形で出版するでしょう。(二) もしこれから一〇日の間にあなたに電報を打ち、「原稿をセッカーへ転送されたし」とお願いしたら、申し訳ありませんがそのようにしていただけませんか。まだ少なくとも八日間はあります。もしわたしからの電報がなければ、『クイーン』に送った原稿を見せてください。セッカーからは、原稿の写しも送ってほしいとの手紙をもらっているのですが、元の原稿を持っているので、なぜこの原稿までほしいのか見当も付きません。いずれにせよ、わたしは『クイーン』にこの原稿を見てもらいたいのです。だからあなたにお送りします。わたしがあなたに電報を送ったら、お手数をお掛けしますがアデルフィ、ジョン・ストリート 五のセッカーに送ってください。もしわたしに用がありましたら、シチリア、タオルミーナ、ロレンスに電報を送ってください。この住所で大丈夫だと思います

よろしくお願いします　D・H・ロレンス

(一)『クイーン』で……考えております。　ヒューバート・フォスは『堕ちた女』連載の取り次ぎに失敗した。
(二)わたしは……出版するでしょう　マーティン・セッカーは『堕ちた女』を一九二〇年一一月に出版した。

マーク・ガートラーへの書簡

マーク・ガートラー（Mark Gertler, 1891-1939）

現在のポーランド（一九一八年まではオーストリア－ハンガリー帝国）からイギリスへ移住したユダヤ人夫妻の第六子（末子）。家が貧しく一六歳でステンドグラス会社に就職したが、一七歳（一九〇八年）で全国芸術コンテストに入賞し、ユダヤ人のための奨学金を得て、スレイド美術学校に入学、ドロシー・ブレット（Dorothy Eugenie Brett, 1883-1977）やドラ・キャリントン（Dora de Houghton Carrington, 1893-1932）と出会う。一三年にギルバート・カナンに出会い、彼を介してロレンス夫妻やレディ・オットリン・モレルと知り合う。一四年、エドワード・マーシュがガートラーの庇《ひ》護者となったが、一六年には、第一次世界大戦が長引く中、マーシュがチャーチル（Winston Churchill, 1874-1965）の私設秘書となったために関係を絶った。ガートラーは、庇護を受けることとみずからの芸術上の主張とのジレンマに苦しみ続け、生活は貧しく、ついには結核に侵されている。三〇年には結婚、一子をもうけるが、三九年に自殺した。一九一九年には二通の書簡だけで、ロレンスとの親交が始まってから最も少ない数である。

▽マーク・ガートラー　一　（一九一九年三月二〇日）

ダービーシャ、ミドルトン・バイ・ワークスワス、マウンティン・コテッジ

また大雪です。体調はなかなか思うようにいきません。絵を描くことができれば楽しいだろうと思います。一番やりたいのは、ウッチェロの複製です。あの狩りと戦いのシーン（一）をぜひ模写してみたいものです。白黒で構わないので、複写本を、一冊か二冊、郵送してくれませんか。フラ・アンジェリコ、ジオット、マンテーニャ、ヴァン・ゴッホなど、誰の作品でもいいので、「きっちりした構図」を備えていて、人物がしっかり描いてあって、テーマがおもしろいものを送ってください。手数をおかけして申し訳ありません。必ずちゃんと送り返しますから。

一か月ほどすれば、ハーミテッジに引っ越せると思います。その時までは、医者の世話にならないといけません。ハーミテッジに行ったら、会いに来てくださいね。大いなる再会を果たしましょう。なぜなら、そのあと大きな別れが待っているからです。

ウッチェロの複製を送ってくれるなら、どんな色が使ってあるか教えてください。例えば、深紅の半ズボン《トランク・ホーズ》、（二）雪、木製の矢柄などの色を教えてください。

本当に、この冬にはうんざりしています。

D・H・ロレンス

君の様子を知らせてください。僕のほうは、相変わらずで、お知らせすることはありません。

（一）あの狩りと戦いのシーン　ウッチェロの作品の中で、遠近法を駆使した晩年の作、『サン・ロマーノの戦い』（製作は一四五〇年代～六〇年代と推定）に言及しているのかもしれない。

（二）半ズボン《トランク・ホーズ》　一六～一七世紀に英国で流行した膨らみのある半ズボン。

▽マーク・ガートラー　二　［一九一九年四月二三日］

ミドルトン・バイ・ワークスワス

コット［コテリアンスキー］もきっとこの本に関しては君に感謝したことでしょう。けれど、複写の質が悪いですね。掲載されている葉書の絵を基にして、ウッチェロの複製を描く気にはなれません。とは言え、二枚模写しました。送ってくれて、本当に感謝しています。

今日、もう一度荷造りをしています。この金曜日には、ハーミテッジに向かいます。バークシャ、ニューベリー近郊、ハーミテッジ、チャペル・ファームになります。そこへ、コットと一緒に僕たちに会いに来てください。君がコットを説得して、彼が動いてもいいという気持ちになればですが。僕たちが引っ越して最初の一週間は、マーガレット・ラドフォードが滞在する予定です。彼女は僕に『メンデル』（二）がとてもいい、読みやすく、率直で共感できると手紙に書いてきました。

最近の状況はいかがですか。うまくいっていることを念じております。僕はと言えば、世界の果てにぶらりと出かけてみたい、そんな気持ちです。これからは、手紙はハーミテッジ宛でお願いします。

D・H・ロレンス

（一）『メンデル』　ギルバート・カナンの『メンデル——ある若者の人生』（一九一六年）。スレイド美術学校での時代を含むガートラーがモデルとなっている小説。キャサリン・カーズウェル宛、一九一六年一二月二日付の手紙の中で、ロレンスは、この小説はガートラーがカナンに話したことを書き留めただけの想像力に欠ける作品だと酷評している。『D・H・ロレンス書簡集VII』の「キャサリン・カーズウェルへの書簡　二〇」参照。

ルイ・ゴールディングへの書簡

ルイ・ゴールディング（Louis Golding, 1895-1958）

小説家、詩人、批評家。一九一九年二月に、処女作『詩集・戦争の悲しみ』（*Sorrow of War: Poems*）が、一九二〇年に『バビロンから』（*Forward from Babylon*）が出版された。

▽ルイ・ゴールディング　一（一九一九年三月二六日）

ダービーシャ、ミドルトン・バイ・ワークスワス、マウンテン・コテッジ

手紙、エッセイ、それに『ヴォイシズ』を送ってくださって、ありがとうございます。(一) あなたは、エッセイで、わたしのことを余りにも褒めすぎておられますよ。──でも褒められて困るということはありませんが。これまでわたしは余りにも侮辱されてきましたから──。『ヴォイシズ』は、一度さあっと目を通しただけです。気に入っています。カフェ・ロワイアル風じゃないところがいいですね。少々気取ったところ、それでいて畏敬の念を感じさせるところが好きです。ブランフォードは何歳なのですか。なぜ彼の名前の前に空軍大尉と付け加えるのですか、ほとんど喜劇風とも言える感じを与えるのですが。(二)

後ほどまた書くつもりですので、詩をいくつかお送りします。

それではまた　D・H・ロレンス

(一) 手紙……ございます　『ヴォイシズ』(*Voices*) は、一九一九年一月にマンチェスターでトマス・モールトによって第一号が編集された。そこには何編かの詩とゴールディングの序文が掲載されている。

(二) なぜ……与えるのですが　ブランフォードは『ヴォイシズ』では空軍大尉と紹介されていて、八編の詩が掲載されている。また彼は『イングリシュ・レヴュー』への常連の投稿者であった。

ベアトリックス・ゴールドリングへの書簡

ベアトリックス・ゴールドリング（Beatrix Goldring, 生没年不詳）

ダグラス・ゴールドリングの妻。ゴールドリング夫妻は、共に「人道主義」（humanitarian causes）に基づく活動を積極的に行なっていた。ベアトリックスは「子どもたちを救う基金」（'Save the Children Fund'）に熱心に取り組んでいた。

▽ベアトリックス・ゴールドリング　一　［一九一九年一〇月一四日］

N・W、三、ハムステッド、ホーリー・マウント、ホーリーブッシュ・ハウス、カーズウェル夫人方

今日こちらに着きました。——あなたが置き忘れた手袋とワックスを預かっています。——たぶん、木曜日にはお会いできるでしょう——。明日は、大急ぎでビザを取りに出かけます。フリーダがもしできるならここを出て行きたいと思っているからです。

D・H・ロレンス

ダグラス・ゴールドリングへの書簡

ダグラス・ゴールドリング(Douglas Goldring, 1887-1960)

イギリス、グリニッジ生まれの小説家、劇作家、編集者。オックスフォードで学ぶが、学位は取得せず、文筆家を目指しロンドンに出る。一九〇九年にフォード・マドックス・ヒューファー(Ford Madox Hueffer, 1873-1939)の指導のもとで、『イングリッシュ・レヴュー』の編集助手となる。また、みずからの文学雑誌『トランプ』(*The Tramp*)(一九一〇―一一)の編集も行なった。ウィンダム・ルイス(Wyndham Lewis, 1884-1957)や未来派のマリネッティ(Filippo Tommaso Marinetti, 1876-1944)などの作品を出版したり、「渦巻派」(ボーティシズム)というキュビスムや未来派の影響を受けて、一九一〇年代半ばにイギリスに興った美術と詩に関する「渦巻派」の雑誌『ブラスト』の発行にも関わった。自身は『自由への戦い』(*The Fight for Freedom*,1919)を著わした。ロレンスはゴールドリングが一九一九年に立ち上げた「民衆演劇協会」に関心を持ち、自分の作品の上演を依頼した。また、ゴールドリングは『恋する女たち』のアメリカにおける出版に関わったセルツァーのロンドンにおける代理人だった。

▽ダグラス・ゴールドリング　一（一九一九年七月八日）

バークシャ、ニューベリ近郊、ハーミテッジ、チャペル・ファーム・コテッジ

「民衆劇場」(一)の発想はとても魅力的ですね。もっと以前から知っていればよかったのですが。今ちょうどロンドンから戻って来たところです。もし知っていれば、ロンドンであなたにお会いし、そのことについてお話ができたのですが……。あなたに『一触即発』の出版をお願いしたいものです。でも、今、ピンカーの元で話を進めています。つまり、彼がわたしの代理人をしてくれているのです。そのため、彼と話をつける必要があります。でも、もし、「民衆劇場」が本当に誕生するのであれば、わたしとしてはぜひ皆さんの仲間に加わりたいと思っています。

この劇［『一触即発』］の出版に関しては、実は今のところ具体的には何も進んでいません。普通の出版社にお願いするよりも、わたしとしてはぜひともあなたにお願いしたいと思っています。この件について一緒にお話ができればと思います。二週間以内にはロンドンに行けると思っていますが、ご都合はいかがでしょうか。

それではまた　D・H・ロレンス

(一)「民衆劇場」　ゴールドリングが立ち上げようとした「民衆劇場協会」は、国際的な社会主義者の協会である「クラルテ」(「ダグラス・ゴールドリングへの書簡　三」参照)の流れを汲んでいて、主な目的の一つは、ロレンスの劇を上演することであった。

▽ダグラス・ゴールドリング　二　（一九一九年七月一〇日）

バークシャ、ニューベリ近郊、ハーミテッジ、チャペル・ファーム・コテッジ

ピンカーに手紙を書き、『一触即発』については自分の思うようにしたいと伝えたところです。「民衆劇場」のために、この劇をあなたにお任せしたいと思っています。これが第一作になって成功してくれればと思います。人が新しい試みをするという時に、わたしが共感を抱くなんて、実際めったにないことなのです。今回はこういうふうに共感できたので、このままやってみたいと思っています。あなたのほうも、ご自分の一連の劇シリーズの中にこの作品を組み込んで、宣伝してくれていいですよ。でも、今月末までには出向いて行きますので、あなたとこの件でお話ができればと思っています。

それではまた　D・H・ロレンス

『ホルロイド夫人寡婦《かふ》になる』(一)というわたしの劇はご覧になりましたか。ダックワースからあなたに一冊送ってもらうよう、頼んでみましょうか。

(一)『ホルロイド夫人寡婦《かふ》になる』　執筆は一九一〇年、出版は一九一四年、そして初演は一九一六年。

▽ダグラス・ゴールドリング　三　［一九一九年八月八日］

バークシャ、パンボーン、マートル・コテッジ

ロンドンでは昼食を採《と》る時間もありませんでした。しかも、ロンドンに滞在し続けることもできなかったので、わたしたちは今ここに戻って来ていて、あと二週間、滞在する予定です。

オランダで何が起こっているのか、教えてください。正気になるために、そして本物のクラルテを（一）目指して、わたしはできることであれば、いつでもどんなことでもやる心の準備はできています。ただ、おそらく事を起こすにはもう少し待たなくてはならないのかもしれないとも感じています。もっとも、「民衆劇場」はうまくいくだろうという予感はあります。

本［不詳］を貸してくださって、ありがとうございました。とても興味深かったです。しかし、あ神よ、それにしても人生は何と陰鬱《いんうつ》であることか。こんなにもやるせなく、うんざりするものであるとは。

奥様［ベティ・ゴールドリング夫人］によろしくお伝えください。彼女が演じる姿を見たいものです。（二）わたしにできることがありましたら、必ずご連絡ください。またあなたご自身の近況をお知らせください。

（一）クラルテ　クラルテ（Clarté）とは、フランス語の「光明」の意。第一次大戦直後、フランスの作家バルビュスが発表した小説『クラルテ』（一九一九年）がきっかけとなって始められた社会主義的な国際的反戦平和運動。

週刊誌『クラルテ』を拠点とし、各国の文学者・科学者が運動に参加した。小説は、平凡な勤め人が戦争体験によって社会の不条理や階級意識に目覚め、「光明」は万人のためのものだということを知る過程を描いたものである。

（二）彼女が演じる姿を見たいものです　ロレンスはゴールドリング夫人が「ホルロイド夫人」の役を演じてくれることを願っていたらしい。（「ダグラス・ゴールドリングへの書簡　一〇」参照。）

▽ダグラス・ゴールドリング　四

（一九一九年九月九日）

ニューベリ近郊、ロング・レイン、グリムズベリー・ファーム

オランダからの手紙を受け取りました。充実した訪問だったようで、よかったですね。わたしのほうは『言葉』（二）のために、デモクラシーに関するエッセイを書いているところです。

今はもう帰国なさいましたか。ロンドンに戻って来られる際には、わたしに教えてください。そのうち伺うことができるかもしれませんから。

ドイツには行かれましたか。妻がどうしてもバーデン－バーデンにいる母親に会いに行きたくて仕方がないのです。でもドイツ行きのパスポートをイギリスでは発行してもらえません。あなたはどういうふうにしてドイツに行けたのでしょう。妻がパスポートをもらうために、あるいはドイツに入国するために、何か手はないでしょうか。もしあれば、どうか教えてください。彼女はバーデンからは、入国許可を得ているんですよ。

チャペル・ファーム・コテッジに直接戻るつもりです。すぐそこなので。よければわたしたちに会いに来てください。お二人で。こちらの天気は晴れわたっていて心地よいですよ。いかがですか。

では　D・H・ロレンス

(一)『言葉』　みずからを国際的な社会主義者と名乗る「得体の知れない」ドイツ人たちの集団が関わっていた雑誌で、正式には『三か国語による言葉（*The Word in Three Languages*）』と呼ばれていた。ゴールドリングはこの編集者の招待を受け、オランダのハーグに滞在していた。（「ダグラス・ゴールドリングへの書簡　五」参照。）

▽ダグラス・ゴールドリング　五　（一九一九年一〇月六日）

バークシャ、ニューベリ郊外、ハーミテッジ、チャペル・ファーム・コテッジ

あなたに何か起こったのかと心配していました。連絡をいただいて喜んでいます。妻はいまだにパスポートを待っています。でもそのうちにもらえることと思います。彼女がドイツに向けて出発する前にお会いしましょう。わたしも冬にはイタリアへ行くつもりです。

今日、『言葉』に載せるための「デモクラシー」に関する四つのエッセイ(一)を送ったところです。週刊ではなく、間違いなく月刊だと思います。この雑誌の件で、あなたに会いたいものです。どんなことでもいいのですが、民衆劇場、あるいは劇について、何か新しい情報はありませんか。奥様と一緒に週末にここに来られる時間はありませんか。お話したいことが本当にたくさんありま

す。

では　D・H・ロレンス

（一）四つのエッセイ　「平均人」（'The Average'）、「自己性」（'Identity'）、「人格性」（'Personality'）の三つのエッセイは実際に『言葉』に掲載されたが、四つ目については確認されていない。これら三つのエッセイは、後にエドワード・マクドナルド編の『不死鳥』（Edward D. McDonald (ed.), *Phoenix — The Posthumous Papers of D. H. Lawrence*, 1936）の「民主主義」（'Democracy'）の中に収められている。

▽ダグラス・ゴールドリング　六　［一九一九年一〇月一五日］

ハムステッド

フリーダが今晩発《た》ちます。わたしは、午前中、あるいは午後にはあなたに会いに行くつもりです。明日の夜にはハーミテッジに行こうと思っています。午前中、一〇時ごろに、カーズウェル夫人宅に電話をして、わたしを呼び出してください。ホリー・ブッシュ・ハウスで、番号はハムステッド四〇五九だったと思います。間違っていないか、実際に電話をしてみてください。そして、あなたがいつご在宅かについても教えてください。

DHL

▽ダグラス・ゴールドリング　七　［一九一九年一一月五日］

N・W、八、アカシア通り　五
ハムステッド六五三四［電話番号］

一日、二日、ここにいます。イタリアに行く予定です。あなたと奥様にお会いしたいものです。今日は忙しいです。午前中に電話で呼び出してくださいませんか。
お二人にとってすべてうまくいっていますように。

D・H・ロレンス

▽ダグラス・ゴールドリング　八　［一九一九年一一月一三日］

アカシア　五

今日、お伺いできなくて残念でした。明日の朝、発《た》ちます。イタリアから手紙を書きますね。

DHL

▽ダグラス・ゴールドリング　九　（一九二〇年一月三日）

（ナポリ）、カプリ、パラッツォ・フェラーロ

わたしたちはイタリアを南へ南へとずっと移動し続け、休む暇もありませんでした。だからこれまで手紙を書くことができなかったのです。ここにしばらく留まろうと思っています。

さて、もし最初から分かっていれば、［ノーマン・］マクダーモットにはあの選択（二）をさせることはなかったでしょうに。でもまあ、そんなに大したことではありません。必要であれば、彼から一五ポンドで買い戻すことは必ずできますから。

あの小説［『恋する女たち』］のおかげで、スコット・アンド・セルツァーがわたしに五〇ポンド送ってくれたと聞きました。でも、彼らが［アメリカで］出版してくれるかどうかは疑わしいものです。おそらくイギリスではセッカーが出版してくれることでしょう。

イタリアでは恐ろしいほど物価が高いです。特に旅をする場合は。再び移動をしようなどという気にはなれません。しかも、ベルンははるかかなたですし。人は常に経済的な苦境に立たされるものですね。しかしそれは仕方のないこと。わたしとしては『一触即発』が早く世に出ることを期待するだけです。［チャールズ・］ダニエルにわたしのここの住所を伝えていただけませんでしょうか。そして、彼がいつ原稿を出版社に送る予定なのか、わたしに教えてください。わたしも何人かに手紙を書いて、何とか書評家たちに動いてもらいたいと思っています。

チャップマン・アンド・ホールがあなたの本の出版にあたって協力してくれるとうかがって喜んで

います。そう、もしわたしに献辞を書いてくださるなら、とても嬉《うれ》しいです。(二)一体どうして書評家たちはあなたの劇(三)を無視したのでしょう。わたしに一冊、送ってもらえませんか。時期はこんなに遅くなりましたが、『タイムズ』を説得して関わってもらうよう頼めるかもしれません。

妻はバーデンが大好きです。イタリアよりはずっといいと思います。イタリア人たちは今やわたしたちに恨みを抱いています。おそらく五月にはわたしたちはドイツに行くことになるでしょう。そこで一緒に集まり、楽しい時を過ごしましょう。あなたたちの話を、よくしています。とにかくわたしはイングランドには戻りたくないのです。

［奥様の］ゴールドリング夫人があの「パンフレットショップ」(四)から抜け出せることを切に願っています。本当にひどいものですから。

言葉では言い尽くせないほどの思いを込めて　D・H・ロレンス

(一)あの選択　マクダーモットがロレンスから一五ポンドで『一触即発』(*Touch and Go*)を上演できる権利を買い取ったこと。マクダーモットが怠惰ゆえになかなか動かないことにロレンスはいらだっていた。

(二)もし……嬉《うれ》しいです　ゴールドリングは小説『黒いカーテン』(*The Black Curtain*, 1920)をロレンスに献じている。彼はロレンスの詩「春を待ち焦がれて」('Craving for Spring')からの詩行を、その小説の題辞の一部として引用している。ゴールドリングによれば、それは「一九二〇年、そしてその後数年の間にイングランドで出版された小説の中で、最も強烈に反戦的で革命的な作品」であるという。

(三)あなたの劇　『自由への戦い』(*Fight for Freedom*)のこと。一九一九年一一月にダニエルによって出版された。(『タイムズ』は書評を出さなかった。)

(四)「パンフレットショップ」　ゴールドリング夫妻は人道主義的な運動に情熱的に身を捧げていた。彼は「飢《き》饉《きん》と闘うクラブ」（'Fight the Famine Council'）のために運動に参加し、彼女のほうは「子どもたちを救う基金」（'Save the Children Fund'）のために活動した。ロレンスの「パンフレットショップ」という表現から、そういった「よい活動」に対する彼らの熱を帯びた情熱に対してロレンスが否定的な態度を取っていたことが分かる。

▽ダグラス・ゴールドリング　一〇　（一九二〇年三月九日）

シチリア、（メッシーナ）、タオルミーナ、フォンタナ・ヴェッキア

二月二八日付のあなたからの手紙を受け取ったところです。わたしたちはここで家を見つけました。一年間滞在するためです。住所を書き留めておいてください。

あなたの『自由への戦い』(一)についてですが、［アンリ・］バルビュスはそれも自分の党の傘下にうまく入れ込んでしまうことでしょう。まずはバルビュスに序言を書いてもらうことができれば、いい方向に進んでいたかもしれませんね。(二)でも、一番いいのは、そんなに政治的にならないことです。

ええ、どうか『一触即発』［の上演権］を［ノーマン・］マクダーモットから取り戻してください。一五ポンドは彼に返すからとも伝えてください。オールトリンガム劇場協会が『ホルロイド夫人』をどういうふうに演出するつもりなのか、知りたくてたまらないのです。H［ホルロイド］夫人役として、鼻筋の通ったB［ベティ・ゴールドリング］がどう演じるのか、見てみたいものです。彼女は物言わずとも存在感がありますから。

アイリーン・ルークのことが大好きです。というか、彼女に会った時、とても気に入りました。［ミルトン・］ロズマーのことも。「クラルテ」運動[三]がイングランドで活発になるかどうかについては、わたしは懐疑的です。ここではすべてのことが不確かです。しかし、七か月間の日照りの末、ようやく少し雨が降り出しました。おかげでピリピリしている社会を少しは和らげてくれることでしょう。

便りをください。

D・H・ロレンス

(一) あなたの『戦い』　「ダグラス・ゴールドリングへの書簡　九」注(三)を参照。

(二) まずは……しれませんね　セルツァーは一九二〇年にゴールドリングの『自由への戦い』(*Fight for the Freedom*)をバルビュスの序言をつけて出版している。

(三) 「クラルテ」　「クラルテ」については「ダグラス・ゴールドリングへの書簡　三」注(一)を参照。

▽ダグラス・ゴールドリング　一一　(一九二〇年五月二六日)

マルタ、ヴァレッタ、メッツォーディ通り　五〇、オズボーンホテル

最後にお便りをいただいてからずいぶん時が経ちました。郵便事情はただただひどい状態です。ストライキとの関連を連想させないために、たまった郵便物を一挙に燃やしてしまうのだと思います。

そんな中、『黒いカーテン』(一)を受け取り読みましたが、興味深かったです。しかし、ああ、戦争なんて大嫌いです。その徴候さえ疎《うと》ましいです。

マルタには数日の予定でやって来たのですが、ストライキのために汽船が出ず、帰ることができなくなってしまいました。明日、わたしたちはやっとタオルミーナに戻ることができます。ここは忌まわしい島です。もっともヴァレッタ港は美しいところですが。でも、ああ神よ、シチリアに戻るのがとても楽しみです。

ここに来る直前に『一触即発』の本を何冊か受け取りました。本の体裁がとてもすてきです。あなたの民衆劇場はいかがですか。うまく進展していますように。何かそれについて新しい情報はありませんか。ここにいるある人がさまざまな劇の原稿をわたしに見せてくれました。翻訳ですが。本当にいいものばかりです。

クヌート・ハムスンの『愛の悲劇』(二)四幕もの。有名な作品ですが、イングランドでは知られていません。

レオニド・アンドレーエフの『星々へ』(三)、四幕もの。奇妙な作品。

『蛇使い』、とても滑稽な作品です。三幕もの。ドイツ人のユリウス・ビエルバウムの作品。

ゲオルク・フォン・オンプテーダの『淑女ソフィア』、四幕もののコメディ。

フーゴ・フォン・ホフマンスタールの『白い扇』、一幕もの。詩的な作品。

これらの作品(四)について、何かできるとお考えでしょうか。原稿を持っている[モーリス・]マグナスは、可能であれば出版したいと望んでいます。出版社に即刻売りたがっています。しかし、上演権についてはそのまま保持しています。

すべてに関して、どんな具合か教えてください。もちろんあなたのことだから、ドイツあるいは地球の端の国々に行ってしまっていて、今はいないかもしれませんね。あるいは、劇をたくさん生み出しているのかも。わたしは仕事をするためにタオルミーナに戻る予定です。気分転換に自分で料理をしているゴールドリング夫人はいかがお過ごしですか。

では　D・H・ロレンス

（一）『黒いカーテン』　「ゴールドリングへの書簡　九」注（二）を参照。
（二）『愛の悲劇』　モーリス・マグナスにより翻訳された。ゴールドリングに一九二〇年六月に送っている。イングランドでの出版には至らなかったようである。
（三）『星々へ』　マグナスによって翻訳された劇。マグナスはこの作品が「アングロサクソンの芝居好きの人びとにとっては、あまりにも文学的で、難解である」と心配したが、一九二一年五月にダニエルにより、一〇番目の「民衆劇場のための劇」（'Plays for a People's Theatre'）として出版された。
（四）これらの作品　ビエルバウム、オンプテーダ、ホフマンスタールによって創作された劇も一つとしてイングランドで出版されたり演じられたりすることはなかった。

ナンシー・ヘンリーへの書簡

ナンシー・ヘンリー（Nancy Henry, 生没年不詳）

オックスフォード大学出版局のフリーランサーの編集者として編集に携わっていたと推測される。ロレンスの『ヨーロッパ史のうねり』（*Movements in European History*, 1921）の出版にも積極的に関わった。

作曲家、音楽評論家、詩人でもあるレイ・ヴォーン・ヘンリー（Leigh Vaughan Henry, 1889-1958）はナンシーの夫であり、戦争時、ベルリン近郊のルーレーベン捕虜収容所にずっと抑留されていた。『ドクター・ジョン・ブル――一五六二―一六二八』（*Dr John Bull 1562-1628*, 1937）などの作品を残した。

本巻の書簡では、ロレンスは体調を崩したナンシーに対する心配りを示したり、仕事への助言をしたりしている。

▽ナンシー・ヘンリー　一　（一九一九年一月二三日）

ダービーシャ、ミドルトン・バイ・ワークスワス、マウンテン・コテッジ

体調がすぐれない状態が続いているとのこと、お気の毒に思います。最近、大気そのものが何か毒気でも含んでいるような感じですね。ご気分がよくなりますように、心から祈っています。仕事を続けるのに体調は問題ないですか。

わたしたちはここでは鳴りを潜めています。妻は風邪のためにずっとベッドの中でしたが、今はかなりよくなりました。わたしはというと、歴史もの『ヨーロッパ史のうねり』を引き続き書いています。あと一章を残すのみです。どの章でも書き始める前は、バラバラになった多くの歴史的な事実に本当にうんざりして、苦しみを味わいますが、一旦、一連の歴史の流れの意味がつかめると、幸せな気分になり、先に進めるのです。かなり注意深く修正をしないといけないと思っています。でも、きっと分かっていただけると思います、これら最後の四つの章をあなたが受け取られたら、それらが本として実際に申し分なく自然な展開をしているということが。自分としては結構気に入っています。この本全体には、一本の筋道が通っていて、それが本をリアルなものにしているのだと思います。もしわたしが書けそうな本が何かほかにもあると思われたら、どうぞわたしにご提案いただければと思います。もしわたしがイギリスにいれば、ということですが……。

ここでの状況にはもううんざりしています。さっさとここを引き払いたいと思っています。旅行できるような状況になれば、わたしたち二人ですぐにでもスイスに出かけたいと思っています。それか

らおそらくバイエルンへも。その後、さらにアメリカにも行きたいものです。可能であれば、南部へ。わたしはこんなヨーロッパでは打ちのめされ、もう終わったも同然の気分です。

どのようにお過ごしになっているのか、お知らせください。歴史の本については、お時間ができるまでそのままにしておいてくださって結構です。もしダービーシャにいらっしゃることがあれば、ぜひ会いに来てください。ご主人様にもよろしくお伝えください。

DHL

▽ナンシー・ヘンリー　二（一九一九年二月三日）

ダービーシャ、ミドルトン・バイ・ワークスワス

寝込んでいらっしゃるとのこと、お気の毒です。またすぐに健康を取り戻されることを祈っています。気候がよくないと思います。わたしも一両日、ずっと寝込んでいました。ここでは雪が積もり、景色はとても美しいのですが、かなり寒いです。

あなたに立ち入った助言をすべきかどうか分かりません。でも、将来の準備を何もしないまま、今の仕事を辞められるというのは、絶対に賢明ではないと思います。いかなる表現形式であろうが、芸術で金を稼ぐことがこれほど困難なことはかつてありませんでした。芸術家の運がこんなに悪いことはなかった。芸術家に対して、世間がこれほど冷たく無関心を決め込むなんてことはなかったし、世

間の人びとがシリング硬貨をこんなにしっかりと掴《つか》んで手放さないなんてことはなかったのです。大災害を心配してお金を使うのを手控えているだけだと、人びとは皆感じています。だから、芸術、あるいは慈善なんかに、重要な時間を一瞬でも費やそうなんて考える人間は一人もいないのです。あなたのご主人［レイ・V・ヘンリー］は世の中が今どのようになっているのかご存知ないのです。五年前とは違っているのですから。もしあなた方が餓死するような状況に身を置いてみようとするなら、間違いなくそうなってしまうでしょう。このことについては妄想を抱いてはいけません。妖精の後見人《ゴッドマザー》が助けに乗り出して来てくれるような時代はもう過ぎ去ったのです。金を所有しようともがく人びとの緊張状態が非常に高まってきたため、金を儲けるか、金を払うか、どちらかの立場に実際に立たざるをえないのです。さもなければ、無価値な存在になってしまうことでしょう。そういうことですから、もしご主人が音楽を生み出すつもりであれば、彼自身の魂から湧いてくる勇気に従って音楽を生み出させてあげてください。それ以外のことは売春のような身を売る行為ですから。たとえそれが芸術であっても、身を売るなんてことをしてはいけません。とにもかくにも芸術は生死に関わるようなものではありえず、何といっても胡散《うさん》臭いところもあるのですから。あなたがもし賢明であるなら、仕事を続けていくことでしょう。芸術がわたしたちを救うことができないような日々がやって来ることでしょう。あなたもわたしも他の誰であっても。

わたしが書いている歴史の本を気に入ってくださって嬉《うれ》しいです。後の四章をこの中に入れてお送りします。タイトルは『ヨーロッパ史のうねり』にしようと思っています。それでいいと思いますか。匿名で出すことになると思います。［ハーバート・G・］イーリーはわたしの名前が出るのをいやがっているのです。わたしもそれは望んでいません。もしペンネームが出版社にとって必要だというのであれば、そうしましょう。(一)地図があれば教えてくださいませんか。お困り時にお手間を取らせてしまうのは不本意ですので。

わたしたち二人から心からの敬意を込めて　D・H・ロレンス

(一) もし……そうしましょう　『ヨーロッパ史のうねり』の出版者であるハンフリー・ミルフォード(Humphry Milford, 1877-1952)は、「D・H・ロレンス」の名前では困るという意向を示していた。ロレンスのこの申し出は、その意向と一致している。

スタンリー・ホッキングへの書簡

スタンリー・ホッキング（Stanley Hocking, 生没年不詳）

ロレンス夫妻がコーンウォールで最も早い時期に交流を持ったのがホッキング家の人びとであった。スタンリーが一六歳の時、ロレンスはゼナーに借りる家がないかを尋ねているが、それがロレンスとホッキング家との交流の始まりであった。農家であったホッキング家の雰囲気に若き日に過ごしたハッグズ農場に似た愛着をロレンスは抱いていたと思われる。同家の農作業や家事を手伝うなど、『虹』の発禁に傷ついていたロレンスは同家の人びとと時間を過ごすことによって癒されていたと思われる。

ロレンスにとっては第一次世界大戦後の困難な時期を支えてくれたホッキング家の人びとであったが、同家の長男ヘンリーと親しく交わったことは、ロレンスが同性愛者であるという風潮を生み出した原因の一つとされている。

▽スタンリー・ホッキング 一（一九一九年一月一〇日）

ダービーシャ、ワークスワス・バイ・ミドルトン、マウンテン・コテッジ

昨日あなたの手紙を受け取りました。［ジョン・トレガーゼン・］ショート船長はわれわれがコテッジを手放し、家具も売り払ってしまうつもりでいるとあなたに言ってしまったことでしょう。ウィリアム・ヘンリーにも手紙を書いて、このことを知らせましたが、いまだに返事がありません。ウィリアムに、ほしいのであれば贈り物としてピアノを持っていっても差し支えないと書いたのです。その後彼からの返事はありません。ほしいと思っているのやらどうやらも分かりません。わたしは彼が望んでいないと判断しました。そういうわけで、ベニー氏［セント・アイヴズの家具屋］がピアノをもらってくれればと考えています。というのも彼は代価としてわたしに六ポンドか七ポンドほど払うつもりだと言ってきているからです。

ウィリアム・ヘンリーにも、大きなペルシャ絨毯《じゅうたん》を巻き上げ、しっかりと荷造りして貨物便でダービー近郊リプリー・ロード、グローヴナー通りに居るわたしの妹、クラーク夫人に送ってくれるように頼んでいるところです。おそらくあなたがやってくれるか、ショート船長に頼んでもらうことになるだろうと思います。それからわたしのために手をかけてくれたほかのものもみんなコテッジの中に戻しておいてくれればショート船長はそれを荷造りするか処分することでしょう。

あなたにも何か差し上げようと思っています。あなたもお持ちの世界の地理の本の大型版を進呈しましょうか。(二) それとも他のものがよいですか。それからメイベルにわたしたちが冗談の種にしていた

小さなランタンを壊さないように大切に持っておくように言っておいてください。そして、お茶の道具の残っているものをほしいかどうか聞いてください。多くのものが壊れていない状態だと思います。彼女が気に入っているものは差し上げると伝えてください。

メアリがどこにいるのか分かりません。ちょうどクリスマスの前ごろから何の連絡も受けていません。彼女はロンドンへ行くと言っていたのですが。それにあなたは彼女のことに触れていませんね。状況を知らせてください。

手紙をください。ピアノや絨毯、そして分かっていることをすべて知らせてください。絨毯を送ったのなら送料はどのくらいかかったのか知らせてください。ショート船長はあなたのお母さんがマホガニー製の四角いテーブルを持っておられて、わたしたち二人の思い出としても置いておられると言っていました。

わたしたちが出国するまでここに留まることになると思います。出国は三月ごろになるものと思います。世界の情勢がこれ以上混乱しなければの話ですが。でも、その可能性はありそうですね。あなたのお母さんと皆さんにお目にかかりたくて、いつかトレガーゼンにもう一度行くつもりです。もちろんわたしの妻は帰国するということを考えるだけで興奮しています。わたしの義理の兄はバイエルン［暫定革命政府の］財務大臣です。わたしたちも変革を目の当たりにすることになるでしょう。もし時を置かず手紙をくだされればわたしたちがどこにいるかお知らせできるでしょう。

わたしたち二人のことをお母さんと皆様にくれぐれもよろしくお伝えください。

ではまた　　D・H・ロレンス

（一）あなたもお持ちの……進呈しましょうか　ここで言及されている世界地理の大型版の題名は『今日の世界』（*The World of Today*）である。ホッキングはロレンスから進呈されたこの書に「一九一七年、ロレンス氏よりの進呈」と書き込んでいる。

▽スタンリー・ホッキング　二　（一九一九年三月八日）

ダービーシャ、リプリー

あなたが健康を取り戻していることを念じています。この地であなたからの手紙を受け取りました。わたしはこの三週間、インフルエンザと合併症で寝込んでいました。病のために弱りきっていましたが、少しずつ回復して、今は体を起こしてお茶を飲むこともできる状態です。来週には車で、マウンテン・コテッジに連れて帰ってほしいと思っています。自動車なら二〇分の距離なのですから。わたしは何か月もの旅行には耐えられないでしょう。叔父は車に乗せてわたしを海辺に連れて行こうとしています。クローマーか、そこと似たようなところに。十分に健康を取り戻せたなら。しかし連れ回されるのは、御免です。

敷物はとてもよい状態で届きました。丁寧な荷造りをありがとう。カーディフにいるショート船長から少し前に手紙をもらいました。彼に返事をしなければなりませんね。

もう春が近づいています。部屋にたくさんの種類の花を置いています。トレガーゼンでは子羊が生まれ、サクラソウが咲き始めていることでしょう。遠い場所のことに思えます。病気なのが残念でたまりません。ジャック［ホッキングの近くに住む隣人］が結婚すると考えると少しばかり恐ろしいように思えます。どのような女性が彼と結婚しようとしているのでしょうか。

十分に復調すればわたしたちは海外へと向かうことになるでしょう。ドイツかスイスか、もしくは少しの間パレスチナに行こうとも思っています。ミュンヘンでは義理の兄が混乱に前もって対処して財務大臣の地位に留まることができるでしょう。ベルリンでは何もかもがどのような具合なのかさっぱり分からない状態です。ヨーロッパは理屈の通らない、朽ち果てた場所です。

心からあなたが元気になって病気がこれ以上ひどくならないように願っています。そちらでは何頭の子羊が生まれたか教えてください。もし元気に育っているなら。そして礼拝堂の空き地にサンザシがつぼみをつけてキンポウゲがゼナーの道端に咲いていたなら。妻は元気です。心を込めて皆様のことを思っています。お母様と皆様にくれぐれもよろしくお伝えください。

D・H・ロレンス

▽スタンリー・ホッキング　三［一九一九年一一月二〇日］

フィレンツェ、ピアッツァ・メンターナ　五、ペンション・パレストラ

しばらくの間、妻がスイス経由でフィレンツェに到着するのを待っています。わたしのほうはナポリ周辺で冬を過ごすことになると思います。皆さん、お元気でしょうか。全員が変わりなくお過ごしでしょうか。落ち着き先の住所を書いた手紙を送ります。最近の出来事をぜひお知らせください。イタリアはすばらしいですが、戦火のため損傷を受けたところもあります。皆様によろしくお伝えください。

D・H・ロレンス

ウィリアム・ヘンリー・ホッキングへの書簡

ウィリアム・ヘンリー・ホッキング（William Henry Hocking, 生没年不詳）

コーンウォールのハイヤー・トレガーゼンにロレンスが滞在中、親しくした隣家の農夫。ロレンスと懇意であり、たびたびロレンスの書簡で言及されている。ロレンスとの間に性的関係があったという説もある。

▽ウィリアム・ヘンリー・ホッキング　一　（一九一九年一月二日）

ミドルトン、マウンテン・コテッジ

わたしたちは二月か三月には間違いなく外国に行けるということが分かりました。そのため、自分たちがいつ戻って来られるか分からないので、トレガーゼン・コテッジから引き上げ、家具を売ることにしました。メアリがたいていのことを把握してくれているのですが、彼女がトレガーゼンにいるかどうか分からないため、あなたにお願いできるものについては、手紙で書かせてもらいます。

ペルシャ絨毯《じゅうたん》は巻いて、貨物列車で下記のわたしの妹の住所に送ってもらえればと思っています。

クラーク夫人宛　ダービー近郊、リプリー、グローヴナー通り

もしご面倒であれば、ショート船長がそれをやってくれる人を誰か見つけてくれることでしょう。

ピアノについては、もしいやでなければ、贈り物として受け取ってもらえるといいのですが。もし困るということであれば、ショート船長が見つけてくれた人物に任せて処分してください。

牧場にある他のものについては、わたしのコテッジに運び込んでもらえればと思います。そこでショート船長が管理をしてくれることになっています。コテッジにあるものであなたがほしいものがあれば、どうぞお知らせください。あるいはショート船長に知らせてください。ベニーが買い取りに来る前に、どうすべきかを決めてもらえればと思います。

手紙を書いてもらえば、こちらの状況を折に触れて知らせます。あなたのお母さんはじめ、皆さんにどうかよろしく伝えてください。いつか皆さんとまた会いたいものです。奥さんにも心からのお礼

を伝えてください。

サリー・ホプキンへの書簡

サリー・ホプキン (Sallie Hopkin, 1867-1922)

イーストウッドに住んでいたホプキン夫妻は、毎週木曜と金曜に、自宅を開放し、若者を集めて、社会や文化などの問題を論じていた。ロレンスもその会合に一九〇八年ごろから出席していた。妻のサリー・ホプキンは婦人解放運動をイーストウッドで推し進めていた改革者の一人で、「婦人社会連合」のメンバーであった。

▽サリー・ホプキン　一　（一九二〇年一月五日）

（ナポリ）、カプリ、パラッツォ・フェラーロ

現在、この小さな島に来ています。ナポリから二〇マイル離れたところにあり、ヴェスヴィオ山が穏やかに煙を上げています。非常に美しいところですが、風が激しく吹いています。嵐のような風です。高々とそそり立つ岩と岩との間を吹き抜けていきます。でも、寒くないので、部屋には暖房はありません。わたしたちが今いるすてきなアパートの部屋は古い宮殿の上階を改装したものです。大きな部屋がいくつかあり、やや冷ややかな華麗さのようなものを感じさせます。わたしたちのアパートの下では、小世界である、この町の生活が営まれています。この地へ来て、友達ができました。小説家のコンプトン・マッケンジー、そしてメアリ・カナン、その他にもできました。ここでは、何もかも生き生きしていて、陽気です。でも船がやって来ない時は、郵便も何もやって来ません。

お元気で、二人より　ＤＨＬ

ウィリアム・ホプキンへの書簡

ウィリアム・ホプキン（William Edward Hopkin, 1862-1951）

炭鉱の職員、郵便局員を経て、一種の町会議員に当たる役職を四五年勤め、人びとの間のもめ事を調停する名誉職の治安判事の役職や「アングロ・サクソン」というペンネームで地方紙にコラムを担当していた。毎週木曜と金曜に、自宅を開放、若者を集めて、社会や文化などの問題を論じていた。ロレンスもその会合に一九〇八年ごろから出席していた。ロレンスとは生涯を通じて深い親交で繋《つな》がっていた。

現在、イーストウッド公立図書館に、彼の蔵書コーナーがあり、ロレンスに関する貴重な書籍が保管されている。

▽ウィリアム・ホプキン　一　［一九二〇年一月二八日］

アマルフィ

イタリア本土でちょっとした旅をしています。現在、このホテルに滞在しています。このホテルのテラスには年老いた修道僧の像が座っています。ここは、美しいところなのですが、わが国、イギリスの真夏のような暑さです。庭の斜面には、無数のクロッカスが見事なラベンダー色の星のようにどこまでも咲いています。スミレや水仙、紫色のアネモネも咲いていて、実に美しい。木々に生《な》っているオレンジは、太陽に当たって実際熱くなっています。桃やアーモンドの木々が雲のように広がっています。ここは本当に愛くるしい海岸です。土曜日にカプリに戻るつもりです。何事もなく平穏にお過ごしくださいますように。

DHL

サリーとウィリアム・ホプキンへの書簡

サリー・ホプキンとウイリアム・ホプキン宛の人物紹介を参照。

▽サリーとウィリアム・ホプキン　一　（一九二〇年一月九日）

（ナポリ）、カプリ、パラッツォ・フェラーロ

本日、フィレンツェから送られたハンカチと数通の手紙が届きました。かなり時間がかかっています。わたしたちも、寄り道をしていて、ここにすぐには来ませんでした。ローマへ、次にローマの南にあるアペニン山脈の荒れ野に出向き、そこからこの地へとやって来ました。ハンカチは、赤い下地全体に光沢のある緑色が浮き出ていて、心が惹《ひ》かれます。それは、赤々と色濃く染まる夕焼けの下、だんだん黒味を帯びてくる芝生を思い出させます。隣屋の社会主義者のルーマニア人は、話すイタリア語がルーマニア語なまりで分かりにくいことを除けば、たぶんウイリー［ウィリアム・ホプキン］を楽しませてくれると思います。彼が郵便を持って来てくれました。社会主義的共産主義の流儀に従って、そのハンカチを丁寧に折って、首に巻きつけ、満足げに眉を上下に動かすはずなのですが。でも、わたしは彼にハンカチは渡しませんでした。

　フリーダは一か月ほど前にフィレンツエに来ました。菜食主義をやっているせいか、少々痩せましたが、しごく元気です。そしてバーデン - バーデンでの生活を楽しんできました。でも、あそこでは何もかもが不足しています。肉やミルクがありません。実際、牛肉も石炭もないのです。イングランドから何か品物を送ってやるべきでした。フランスは、本当に無礼な態度をとっているように思われます。有罪だとされているドイツの軍人たちに対する連合国による裁判は、恐ろしいほど不当で、個人の尊厳を無視したやり方です。まさしく、神よ、堕落しきった世界なのですね。

フィレンツェは非常にすばらしいところでした。本物の文化が、今もなお、その町にある種の完璧な感じを醸し出しています。ローマは、派手で安っぽく、たくさんの人びとで混み合っていました。そんなローマは嫌いです。ピチニスコでは、家を出ると、すぐに自然の世界が飛び込んできます。驢《ろ》馬が戸口の辺りに住みついていて、玄関の中に入ってきました。鉄製の洗面台の上で雄鶏が鳴いていました。外見は、実に大きく、立派に見える家なのですが、でも中に入ってよく見ると、大きな部屋の一つには、ブドウ酒の圧搾機があり、別の部屋には穀物と油が置かれていました。二階に上がっていくと、二階の半分はスペースが空いていて、他のところにはトウモロコシの穂軸が一杯詰められた美しい納屋もありました。台所といっても、半円筒の屋根のついた穴ぐらなのですが、それが作られて以来掃除などされたことがない様子でした。食事は、大きな煙突の前に置いてある長椅子に座って食べました。鍋は鉤《かぎ》状のものに引っ掛けられており、生木はパチパチと音を立てて燃えました。誰もテーブルで食べることなど考えなかったし、テーブル・クロスをして食べようなんてこれっぽっちも思いつきませんでした。暖炉の火は、いつでも身を引けるようにしながら灰の中に足を入れて、古くから使われてきた長い、長い鉄の鞴《ふいご》を使って焚《た》きつけていました。その鞴は火を焚きつけるために何世代にもわたって人から人へ伝えられてきた代物でした。衛生問題などは全く無関係でした。こういった家の様子に加えて、周辺と言えば、頂きが雪できらきらと輝く山々にぐるりと取り囲まれ、まるで地獄の中にいるようでした。その山々からずっと下のほうにある樫《かし》の木が茂る丘陵地に出てみると、そこでも空気には氷の匂いが漂っていました。荒々しく流れる川には白っぽい大きな巨石がころがっていて、そこを冷たい水が青白く泡立ち、音を立てて流れていました。わたしたちの家に通じている道はありませんでした。どんなものでも、驢《ろ》馬の背に載せ、川の浅瀬を歩いて運ばなくてはなりません。最も近い店でも、一時間半ほど歩かなければなりません。最寄りの鉄道へは、恐るべき山道を一五マイル歩かなくてはなりません。クリスマス前の土曜日には一日中、雪が降っていました。どうなったか想像できるでしょう（二）

わたしたちはここに逃げて来ました。船に乗りました。蒸気船とはいえ、ぼろ船でした。通常カプリまでは四時間です。しかし、波が荒れ、夜の八時ごろカプリ島に到着したのに、闇の中船を桟橋につけることができず、高い波に五時間ももまれていました。やっと一艘《そう》のボートがわたしたち乗客を迎えにやって来ました。しかし高い波のせいで、そのボートがわたしたちの船のデッキに飛び込んできそうになりましたが、再び、底知れない暗闇の中へと落ちていきました。その瞬間、イタリアでもそれまで聞いたことのないほどの大きな悲鳴が上がりました。やって来たボートは水浸し状態になり、岸へと引き返して行ったのです。何と、わたしたちはぶうぶう不満を言うたくさんのイタリア人たちと一緒に波で大きく揺れる船に取り残されてしまいました。船は本土に戻らなくてはならなくなり、ソレントの避難場所で停泊しました。朝になって、もう一度カプリに向かうことになり、その時は、すばらしい真っ赤な朝焼けが地中海の空に見られました。カプリに着くと、飛び跳ねる馬のようなボートに、わたしたちは荷袋か何かのように投げ込まれました。

とにかく、わたしたちはこの元宮殿だった建物の上階に落ち着きました。ここには二つの豪華な部屋、三つのバルコニー、上のほうに台所があり、そこに途方もなく広い平らな屋根がついていて、世界でも指折りのすばらしい場所の一つに入るでしょう。北のほうには、イスキア島、ナポリ、噴煙をたなびかすヴェスヴィオ山が見え、西のほうには広々と海が広がっていて、その手前に、モンテ・ソラロ山が見えます。南のほうに目をやると、ゴロゴロとした岩とサレルノ湾があります。わたしたちの眼下には、カプリの小さな町が混みあったジャングルのように見えます。カプリはイーストウッドほどの大きさで、ちょうどイーストウッドの教会からプリンセス・ストリートぐらいまでのサイズです。いや、それよりももっと小さいかもしれません。家々がぎっしり詰まっていてこじんまりした町並みです。下のほうには、小さな四角形の広場《ピアッツァ》があり、そこにはこの島の生命が脈打っています。わたしたちが住む宮殿のバルコニーの端っこから、小さな溝のような通りを挟んで向こう側に、何ともおかしげに白亜の大聖堂がそそり立っています。

　この島は、今わたしたちのいるあたりが一・五マイルほどの幅の広がりがありますが、ちょうど島の一番細くなったところとなっていて、小高い丘を上り詰めたところです。カプリは、長さが四マイルで幅が二マイルありますが、全域はほぼ山稜《さんりょう》地帯で、今わたしたちが立っている背後には、険しい崖が迫ってきています。ここには、世界を旅する裕福な人たちがかなりたくさん住んでいます。イギリス人、アメリカ人、ロシア人が何十人もいますし、オランダ人、ドイツ人、デンマーク人も、この小さな地域に住んでいます。コンプトン・マッケンジーはすばらしい別荘《ヴィラ》を持っていて、半ばロマン派風の生活を地で行っています。ともあれ、わたしは彼が好きです。彼はいい人です。その他には、「J・M・」バリーの奥さんだったメアリ・カナンにも会いました。それに小説家のブレット・ヤングが奥さん共ども来ています。知ろうという気になれば、他にもたくさん来ていますよ。でも、わたしはイタリア人のほうが好きです。

イタリアは物価が高いのですが、イングランドのポンドに対しては、大体それに相当する価値で貨幣交換をしてくれます。ここは暖かいところです。これまで二回しか暖炉を点《つ》けていません。ほんの二晩だけです。今は海に出掛けて水浴でも始めようかなと、思っています。海があまりにも美しいからです。

メクレンブルグ・スクウェアにあるような本物のイタリアのお店がここにもあります。そこへ行けば、よいというか少なくとも本物のオイルが手に入ります。でも残念ながら、その店がある通りの名前を忘れてしまいました。もしオイルを入れるきちんとした容器を手に入れたら、ここからあなたのところにお送りしましょう。何とかしますからね。

ウイリー［ウイリアム・ホプキン］、申し訳ありません。お問い合わせの図書館の本のことですが、エイダ［・クラーク］がずっと前にあなたに送り返したと思っていました。彼女に手紙を書いておきます。

わたしたちに会いにここへおいでくださいませんか。心から願っています。何とかできないでしょうか。運賃だけご用意していただければいいのですが。E・C、四 ラッドゲイト・サーカスにあるトマス・クック・アンド・サン社が、あなたのパスポートを取るための作業をやってくれます。その会社に手紙を書けば、何もかも教えてくれますよ。思い切ってぜひおいでください。

フリーダがご機嫌よろしくと言っております。もちろんわたしからもです。

DHL

（一）どうなったか想像できるでしょう　一九一九年一二月二〇日、エイダ・クラーク宛に、月曜日にナポリからカプリ島に向かうとの連絡をして、二四日（水曜日）にカプリ島にいるブレット夫妻に会いに来ましたとの

メモを残している。したがって、ピチニスコを出た日がこの土曜あたりかもしれないと推察される。

マリア・ユーブレヒトへの書簡

マリア・ユーブレヒト (Maria Hubrecht, 1865-1950)

オランダ出身の画家。姉のブラミネ (Abrahamina Arnolda Louise Hubrecht, 1855-1913) も画家、兄のA・A・W・ユーブレヒト (Ambrosius Arnold Willem Hubrecht, 1853-1915) は自然史博物館の学芸員、ユトレヒト大学の生物学教授。マリアは書簡中のフォンタナ・ヴェッキア、ロッカ・ベラ、ロッカ・フォルテを所有していた。書簡中で言及される「白亜館」はユトレヒト近郊にある彼女の自宅で、本書収録の書簡の前半はそこに滞在する彼女とのやり取りである。一九二〇年の五月から六月にかけて、イギリス、そしてノルウェーに滞在している。

マリアはロレンスの肖像画を描いており、現在はロンドンの国立肖像画美術館《ナショナル・ポートレート・ギャラリー》に所蔵されている。この肖像画は国立肖像画美術館のＨＰで見ることができる。(https://www.npg.org.uk/collections/search/portrait/mw03796/DH-Lawrence?)。

▽マリア・ユーブレヒト　一　（一九二〇年四月一八日）

タオルミーナ

今ごろはオランダの藁葺《かやぶ》き屋根のご自宅でくつろいでいらっしゃることでしょうね。ご自宅のほうがよいですか。暑いこちらもなかなかよいですよ。

二五〇フランには本当に感謝しています。エトナの風がわたしの足元まで届けてくれました。これはエトナの風にしては珍しい風の吹き回しですよ。物の本によればエトナの風は、別れのそよ風であり結婚生活を破壊する強風とのことですから。翌日Ｆ［フリーダ］とわたしは早速カターニアを訪れ、わたしはシャツとサンダルを調達し、フリーダは歯医者にかかり、二人して日常生活に復帰することができました。ですから、今わたしはギリシア神話の神々のように、風の靴を履き、雲を身に纏《まと》っています。

それから懐中電灯もありがとうございました。「応接室《サロータ》」の本棚を明るい緑色に塗りました。棚ではシェイクスピアが優雅にくつろぎ、そして時計の針が小さな音を立てています。棚の中では時計の音がどのように聞こえているのか、想像してみるのも一興です。

ユタからお聞きおよびかもしれませんが、チッチョ兄弟が出ていった後は、メアリ［・カナン］があなたのアパート［ロッカ・フォルテ］に移って来るようです。ユタはあなたが「カンカンに腹を立てる」だろうと言っていますが、わたしの予想では声を立ててお笑いになるのではないでしょうか。メアリは可哀想にティメオ・ホテルがいやでいやでたまらず、アパートに移りたがっているのです。

　ギルバート・カナン、つまりメアリのご亭主がここフォンタナ・ヴェッキアに突然現われて、ひと騒動でした。ただ一泊だけでローマに旅立ったので、幸いにしてメアリとは遭遇せずに済みました。

　今日、ユタとインソルとハンサード夫人がランダッツォに発《た》ちました。その前に皆でブリストル・ホテルに昼ご飯を食べに行ったのですが、ユタは本当にご機嫌斜めでした。ここで落ち着いて仕事をしたいのに、あとの二人が毎日のように彼をせっついて追い掛け回すからです。あなたは彼のことをご存じないでしょうが、本当にムッとしていて一言も喋《しゃべ》りませんでした。インソルは一人ひそかに勝ち誇った様子で静かにじっとニヤニヤしていて、哀れなユタは針の筵《むしろ》に座らされたといった風情、H［ハンサード］夫人は二人に愛想をつかす、といった感じでした。滑稽なまでに不愉快極まる三人組なのです。われわれも明日から月曜までランダッツォに行くと約束しましたが、この約束を守るかどうかは分かりません。とても暑いのです。彼らもここには長くは留まらないでしょう。火曜に戻って、それからパレルモ、ジルジェンティ、シラクーザと回り、ローマに戻る予定のようです。ローマ到着はおそらく一〇日後くらいでしょう。

　ここのところタオルミーナは変わりありません。今日F［フリーダ］とわたしは、ロッカ・ベラのあなたの応接間に行き、そこの本を手に取ったりしてくつろいできました。庭には太陽の日差しが降り注いでいましたが、部屋の中は涼しいですね。(ウッドによれば)ボールドウィン氏(二)が五月一〇日に到着するというので、庭師がせっせと片付けをしていました。ロッカ・ベラは少し閑散としていて、いつもと違う感じがしました。H夫人がやって来てからというもの、あの兄弟も以前のようには親切にしてくれません。全体的な印象としては、エトナの風が北へ吹くので、タオルミーナは暑さで萎《しお》れ、ロッカ・ベラは死んだようです。

そのあと二度目のハイティーをして、「チキン《ポッロ》」も食べました。メアリは参加しませんでした。彼女は白いハイヒールで足首を捻挫《ねんざ》して、ティメオ・ホテルで大人しくしていなくてはならない羽目になったのです。ハイティー《テ・アルト》を一日二回するというのも楽しいものですね。とは言っても不思議と落ち着かず、不安になってきます。エトナ山が慈悲のかけらもない風を吹かせて、われわれ皆を吹き飛ばしてしまうのではないかという気がしてくるのです。

チッチョからお聞きでしょうか、彼は妻のエマを連れて、金持ちのアメリカ人たちと、二年間の予定でアメリカ合衆国のボストンに行きます。料理人兼使用人といった形で、オムレツを作る合間に主人のズボンにブラシをかけたりするそうです。あれやこれや身の回りの世話をして、このカコパルド夫妻は月に六五ドルもらい、それで旅費を賄うとのことです。六月に出発と決意しているようです。二人がいなくなるのは残念です、一緒にいると楽しい連中でしたから。

メアリは、クスコナという男［不詳］の貸家を見に行きました。ホワイトさん［不詳］のかつての住まいで、パンクラツィオ・ホテルの足下にある家です。その後クスコナ氏が突然われわれの元へやって来て、メアリは家を借りると確かに言った、訴訟も辞さない、とまくし立てるのです。さらに彼は弁護士をティメオ・ホテルに送り込み、ホテルの若女将《おかみ》のフロレスタが伝言に遣《や》られ、哀れなM［メアリ］に「家賃を払わなければ警察が荷物を差し押さえる」と伝えたというわけです。メアリは大急ぎでウッドさんに相談に来るし、あちこち大騒ぎでした。今は嵐も過ぎ去ったようです。

ティメオ・ホテルでの最近の出来事を一つ。男爵夫人［不詳］が、「自分たちのところには料理の少ない皿ばかり運んでくる」と言って給仕係のパンクラツィオと言い合いになりました。給仕係は「あんた方は他のお客より支払いが少ないんだから、量が少なくて当然だ」と言い返しました（一二月から滞在しているこの哀れな男爵夫人は、三〇フランの年金しかないのです）。男爵夫人の巻き起こした嵐を想像してみてください。ホテルの上役全員を集めての大噴火でした。

庭にはネスポリのとても美味しい実がなっています。オリーヴの樹の下には、小麦に混じってピンクのグラジオラスが可愛らしく咲いています。白金色の海と対岸のカラブリアが光り輝く、すばらしい夕べです。

世界は何を企《たくら》んでいるのでしょう。

あなたに贈るためにイギリスに本を二冊注文しました。

フリーダがよろしくとのこと、もちろんわたしからも。

D・H・ロレンス

（一）ボールドウィン氏　ロレンスの勘違いで、正しくは「ボードウィン」。

▽マリア・ユーブレヒト　二一（一九二〇年五月一三日）

タオルミーナ、フォンタナ・ヴェッキア

昨日お手紙拝受しました。チッチョもあなたからのお手紙受け取りました。そしてメアリ［・カナン］の件でとても慌ててやって来ました。あなたはアパート［ロッカ・フォルテ］を貸したくないとのことで、意に染まぬ形になってしまって残念です。空いているのであなたも了承されるだろうと思っていたものですから。それにユタも今月の家賃一五〇フランを手にしてとても喜んでいましたので。ユタがローマへ立った五月一日にメアリはアパートへと移りました。ユタに家賃の一五〇フランも払いました。ですから六月一日までは彼女を追い出すのはむずかしいかと思います。ただそれ以降なら、別の場所を見つけるようにチッチョも彼女に気兼ねなく頼めると思うのです。そうなれば彼はこの下の自分の部屋を提供するでしょうね。実はいくらなんでも近すぎるので、われわれがここにいる間はフォンタナ・ヴェッキアには来てほしくないのですが。しかしあなたがアパートをどうしても貸したくないとのことであれば、その線も考えないといけないでしょうね。メアリは八月には北へ居を移して、今年の冬はカンヌの友達のところに厄介になると言っています。ボードウィンさんはまだ来ていません。

ローマへ行ったユタからはまだ便りを受け取っていません。五月三一日に（一）パレルモから短信が届いたきりです。でもあなたには便りが行っていることと思います。

タオルミーナはすでに閑散としています。外国人はほとんど姿を消しました。暑いです。時々海に水浴びに行きます。

ユタ夫妻とランダッツォに行きました。ハンサード夫人のことをよく知って、一層好きになりました。彼女は面倒な社交上の付き合いをやめて質素に暮らしていて、好感が持てました。ランダッツォで楽しい時を過ごし、マニアーチェまで車を飛ばし、閣下《ドゥーカ》「A・N・フッド」とお茶をしました。その後インソルがわれわれをシラクーザへ招いてくれて、本当に楽しかったです。彼らが行ってしまって寂しく感じます。もう一度全員でアフリカで会おう、と話しました。果たして実現やいかに。

『息子と恋人』がお気に召したようで、喜んでいます。あなたのおっしゃる通り、多少自伝的です。セッカー社はもう一度『虹』の、そして新作の出版準備もしています。出版された暁には、一部ずつすぐにお送りします。フロイトは、頭の弱い御仁には、おっしゃる通り危険な代物です。わたしも大嫌いです。しかしわれわれは「頭の弱い御仁」ではありませんから、フロイトから何がしかを得ることはできます。『金枝篇』なんかはきっとあなたのお気に召すと思います。ブラヴァツキーの本も一度読んでみてください。

白亜館《ウィッテ・ホイス》をしばらく空けるのですね。この手紙もおそらくあなたを追って北へ行くことでしょう。北の海で泳いだら不思議な感じがするでしょうね。ここはとても乾燥しています。ロッカ・ベラの庭では、ユタ夫妻の植えた飛燕草《ヒエンソウ》が咲いています。カーネーションと赤いユリもです。しかし地面は恐ろしく乾燥しています。

妻からよろしくとのことです。アパートのことは申し訳ありませんでした。

ではまた　D・H・ロレンス

（一）五月三一日　この日付はロレンスの間違いと考えられる。

▽マリア・ユーブレヒト　三　（一九二〇年五月二八日）

タオルミーナ、フォンタナ・ヴェッキア

あなたからの五月一八日付のお手紙を今日拝受しました。メアリが八月までアパートを使ってもよいとのこと、ありがとうございます。あなたからのお便りをずっと待っていました。ヒルさん［不詳］のものはすべて元通り返却しました。閣下《ドゥーカ》のロウソク立てもです。アパートには、チッチョのものがいくらか残っているほかは、もうあなたの物しかありません。とてもすてきな場所になりました。ピカピカに磨き上げて整理整頓し、本当に可愛らしくなりました。メアリが薄絹に房飾りの付いた服を着て自慢して回って、とても楽しそうです。時々一緒にお茶をして、そのあと庭に座って、夕暮れ時の月明かりを眺めたりしています。あの海岸にはいつもうっとりします。

しかしここのところとても暑い毎日です。小麦の収穫はほぼ終わり、畑は黄色に乾いてあなたの庭も草木はまばらです。ゼラニウムだけが、枯れて干からびた草の中で、太陽の日差しを浴びて赤く咲き誇っています。テラスの下の灌木の生垣も薄青の花房で覆われています。それ以外は、枯れて黄色くなった草と干からびた土、そしてエトナ山が、照りつける日差しにぼんやり浮かんでいます。

ボードウィンは、お母様がお亡くなりになったとかで、まだ来ていません。客間の鍵を持っている庭師がなかなか捉まらないので、最近は本を読むことができません。手元にある『両世界評論《ルヴュ・デ・ドゥ・モンド》』（一）もほとんど全巻読んでしまいましたので、われわれも干からびる寸前です。

マルタに行くことは話していたでしょうか？　実際行ってみて嫌いになりました。むさ苦しい集落が散在する、日差しが強くて埃《ほこり》っぽく、乾燥した黄色い塊ともいうべき島です。ヴァレッタ港だけが、特に夜には、綺麗《きれい》でした。イギリスの統治にもうんざりしました。善意を振りかざすだけで無意味な、ある種の不毛さを感じずにはいられません。イギリス人たちは一見人当たりはよくても、不毛な生を生きているようにわたしには見えます。

今日、創作用ノートが二冊送られてきました。こちらでは貴重品です。眼前の開《ひら》けた大地を前に、また執筆再開といきたいところです。書き上った戯曲をそちらへ送りました。小品ですが、オックスフォード大学出版局のために書いたヨーロッパ史『ヨーロッパ史のうねり』も近々お送りします。楽しんでいただけるかもしれません。ドールンのほうの住所へ送れば、あなたのお手元に届きますよね。

チッチョは水曜日にヴェネチアへと出発します。六月二日です。六月一一日にはナポリから出帆します。アメリカに行くなんて不思議な感じがしますね。

フリーダはドイツへ行きたがっています。アメリカで小説の連載ができれば、二人で黒い森《シュバルツバルト》へ何か月か行くことになるかもしれません。時に人は、北の吐息、針葉樹、そして湿った緑の草と液汁たっぷりの涼しげな花を求めるものなのです。

メアリが部屋を空けた時には、あなたの持ち物はちゃんと元通りにしておきます。現在のところあなたの書籍はすべて以前と変わらぬ状態で本棚に収めてあります。

新しい住所をお教えください。こちらで起こったことはすべて報告します。フリーダがあなたによろしくとのことです。

D・H・ロレンス

（一）『両世界評論《ルヴュ・デ・ドゥ・モンド》』「コンプトン・マッケンジーへの書簡 六」注（七）参照。

▽マリア・ユーブレヒト 四 （一九二〇年六月二一日）

タオルミーナ

あなたからのお手紙、両方落手しました。一四日のものは今朝受け取りました。今ごろはイギリスにいらっしゃるのでしょうね。そしてじきにノルウェーでしょうか。どこへ行っても人は自我を持ち続けますよね。一方で人は変化するというのも事実ですね。

あなたの甥御《おいご》さんの続報を待っていたのですが——お会いできそうにありませんね。メアリはアパートで静かに過ごしています。彼女はチッチョに三か月分の家賃を支払ったので、すべてけりがつきました。いずれにしてもありがとうございました。エトナの風のように変わりやすいあなたに感謝します。毛布をしまう時にはナフタリンを忘れないようにします。メアリの計画では、七月の終わりにフィレンツェへ行き、今年の冬はフレンチ・リヴィエラ［コート・ダジュール］で過ごすようです。

ハンサード夫人はカンヌで英語本の図書室を開く計画だそうです。ちょっとした名所になるかもしれませんね。多くのイギリス人がイタリアを出てフランスに向かっているようです。

ボードウィンはまだ現われません。移住者でまだ残っているのはキトスンだけです。水曜日に出て行く予定です。彼には一度会ったことがあって、とてもいい人だと思いますが、それ以上の関係ではありません。ウッドはもちろん残っています。しかし彼のことはよく知りません。

こちらは美しい季節を迎えています。一度雨が激しく降り、アーモンドの樹と蔦《つた》が緑に輝いていました。大体毎日晴れて、涼しい風がそよ吹きます。小麦はすべて刈り取られて束ねて積み上げられ、脱穀を待っています。ブドウの房が大きくなってきました。今年最初のイチジクの実がなって、アプリコット、サクランボ、黄桃もたくさん実りました。果実の季節になり喜んでいます。それに比較的安いのですよ。アプリコット一キロ八〇チェンテジミ、サクランボも同じ、イチジク一リラ二五チェンテジミです。

庭は、特にロッカ・ベラ側の急な坂のところが枯れ果てています。庭師たちは盛んに水撒《ま》きをしていますが、あまり効果はありません。青いイソマツだけは綺麗《きれい》です。庭の道路沿いの岩を花で埋め尽くしています。

あなたの夢にはどうコメントしたらよいのでしょう。雄牛は太古以来、生殖力の象徴です。バラは充足と魂の伸長の象徴です。

北部の人についてどう思われますか。髪の毛は金髪、ブロンドで、日焼けした肌に金色の毛が氷の棘《とげ》のようにはっきりと見えています。身体は泡のように機敏で、す早く、水のように、そして空のように青い瞳、非常に惹《ひ》きつけられます。時に喉が乾くように、北へ行きたいという気持ちが湧き上がります。しかし今は違います。ここにもう少しいたいのです。

フリーダは八月にドイツに行きたいと言っています。すべては状況次第です。いずれにせよ一〇月にはまた戻って来るつもりです。またもしかしたらここから離れないかもしれません。今はほとんど一日中われわれだけです。チッチョが去って以来、フォンタナ・ヴェッキアは閑散としていて、われわれが独占しています。しかし裏の小道は人通りが絶えず、農民たちが行き交い、ヤギの群れが丘を下っていき、ロバがゆっくりと歩き、また輝く小麦の大きな束を頭に載せた女の子たちが列をなして通ってゆきます。このように農耕生活の、おそらくは精髄と言っていい部分が、われわれの足元を通り抜けていきます。あまり近づきすぎるのではなく、このような薄い儚《はかな》いつながりこそわたしが一番好きなものなのです。

『居酒屋』というハンサード夫人の本が手元にあります。あまりよい出来ではないと思います、よい本だと思いたかったのですが。

昨夜ブリストル・ホテルでディナーを食べました(日曜日です)。それから塔に座って、海岸を見下ろしました。陸側は小さな月のようで、エトナ山もかなりはっきり見えました。岸には灯りがともり、花火がずっと音を立てたり火のしぶきを上げていました。この海岸はいつ見ても幻想的で、いつも心惹かれます。あなたのロッカ・ベラは薄暗くひっそりとしていて、居住者を待っています。闇の中で柱が召使のように立っています。

フリーダがよろしくとのことです。ノルウェーが気に入りますように。

それでは　D・H・ロレンス

ベンジャミン・ヒューブッシュへの書簡

ベンジャミン・ヒューブッシュ（Benjamin Huebsch, 1876-1964）

ニューヨークの出版業者。ロレンスの作品をアメリカに紹介することに熱心で、『プロシア士官』、『イタリアの薄明』、『恋愛詩集』などを手始めに、かなりの数の作品を出版した。削除版ながら『虹』を一九一五年一一月三〇日に出版し、一九一六年にはより高額な版を出した。『恋する女たち』の出版にも関心を示したが、ロレンスとの連絡の行き違いもあって、先にロレンスと交渉して権利を得ていたセルツァーから譲り受けることはできなかった。一九二〇年から四年間にわたって週刊誌『フリーマン』（*Freeman*）を発刊。一九二五年にヴァイキング・プレス社と合併した。

▽ベンジャミン・ヒューブッシュ　一（一九一九年一月二七日）

イギリス、ダービーシャ、ミドルトン・バイ・ワークスワス、マウンテン・コテッジ

貴社の出版案内を送っていただいてありがとうございました。先日受け取りました。『見よ、われわれは勝ちぬいた！』がアメリカでどのように受け取られているのか教えてくれませんか。それから『プロシア士官』と『イタリアの薄明』が売れているかどうかも教えてください。ロンドンのわたしの代理人であるピンカーに聞きましたが、何も情報が得られません。

わたしの『アメリカ古典文学研究』は何かご覧になりましたか。こちらで『イングリッシュ・レヴュー』に掲載されている評論です。アメリカのために書きましたし、自分でも大作だと思っています。こちらではかなりたくさんの論評が出ました。[編集者のオースティン・]ハリスンに頼んで『イングリッシュ・レヴュー』に掲載済みのものをあなたに送ってもらいます。四篇あるでしょう。(一) 全部で一二篇あります。彼が忍耐強く最後まで出版してくれるかどうかは分かりません。

この夏にぜひアメリカに行きたいですし、行けると思っています。ただし、今のところエイミー・ローウェルを除くと、アメリカ中で誰も知り合いはいないのですが。貴社の出版リストが気に入りました。じきにお会いできることを願っています。

心より　D・H・ロレンス

(一) 四篇あるでしょう　ロレンスは『イングリッシュ・レヴュー』二八号(一九一九年二月)、八八―九九頁に

掲載の「フェニモア・クーパーのアングロアメリカ小説」('Fenimore Cooper's Anglo-American Novels')のことを想定して四篇としている。その前に出版された三篇は「地霊」('The Spirit of Place')、「ベンジャミン・フランクリン」('Benjamin Franklin')、「ヘクター・セント・ジョン・クレヴクール」('Hector St. John de Crèvecoeur')。

▽ベンジャミン・ヒューブッシュ　二　(一九一九年五月九日)

イギリス、バークシャ、ニューベリー近郊、ハーミテッジ、チャペル・ファーム・コテッジ

お手紙と[書評の]切り抜きをありがとうございました。(一) 昨日あなたに『新詩集』を一部送りました。セッカーが扱った本です。それと『白孔雀』を一部、わたしからの依頼として、ダックワース社にあなた宛に転送してもらうように手配しました。『アメリカ古典文学研究』の完全草稿は、わたしが直接お送りします。[オースティン・]ハリスンが『イングリッシュ・レヴュー』に掲載してくれています。八番目(二)が六月に出ることになっています。アメリカの文芸誌にも載せてもらえればと願っています。何とかして出版できるようになると思われますか。

『セブン・アーツ』が復刻されることを願っています。八月か九月にニューヨークに行くつもりです。できるなら何としてでも行きます。講演はしたことがありませんし、自分が壇上に立っている姿を想像できません。でも、必要であれば、やらねばなりませんし、やりますよ。生計を立てねばなりませんから。アメリカ文学について講演できるかもしれません。[講演を手配する]代理人のことを考

えてくださってありがとうございます。ただ、一番厄介なのは、わたしは公的な人間ではないし、そのかけらもないということです。いつも自分の帽子に「私用限定」の注意書きを張り付けているのです。それに、ニューヨークに行くと思うと、野蛮なジャングルに行くよりもずっと恐ろしいのです。ニューヨークが野蛮だからではなく、機械文明があまりにも度が過ぎているからです。ですので、わたしが行く時には、必ずあなたが迎えてくださって、摩天楼の狭間《はざ》にそっと置いてくださるように、お願いします。

あなたがこの夏イギリスにおいでになるよう願っています。こちらでお会いして手筈を整えることができれば、ずっといいでしょう。ぜひお知らせください。

短編のことですが、わたしからは送ることはできません。[代理人の]ピンカーが立腹するでしょう。しかし、アメリカに行ったら、自分の好きなようにします。ピンカーには前もって了解を得ておきます。この夏イギリスでお会いすることを期待しております。

心より　D・H・ロレンス

写真は全く持っていません。もしあったほうがよければ、一枚撮ってもらうことにします。

(一)お手紙と[書評の]切り抜き……ございました　ヒューブッシュが一九一九年四月二一日付で送った手紙のこと。この長文の手紙には、ロレンスのイギリスにおける代理人との関係で手紙が遅れたことへの詫《わ》びと、アメリカの読者にロレンスを紹介することへの熱意が書かれていた。ヒューブッシュは、ロレンスに関心を持

つアメリカの読者が少なくないことを告げ、イギリスで出版禁止の『虹』を自分がアメリカで出版するために一九一五年秋に準備していたが、出版に伴うさまざまな困難を考慮して取っておいた版があり、それを数か月前、広告を打たず密《ひそ》かに販売したというエピソードを紹介している。

（二）八番目　『イングリッシュ・レヴュー』二八号（一九一九年六月）、四七七―八九頁に掲載された「二大原理」（'The Two Principles'）のこと。この評論は『アメリカ古典文学研究』には収録されず、本としては『象徴的意味』（*The Symbolic Meaning*, Ed. Armin Arnold, 1962）に初めて収録された。

▽ベンジャミン・ヒューブッシュ　三（一九一九年六月八日）

イギリス、バークシャ、ニューベリー近郊、ハーミテッジ、チャペル・ファーム・コテッジ

あなたからもらった手紙に対して返事を書いたのですが、着きましたか。返信をお待ちしています。講演とか、それとも何か少しばかりお金を稼げる仕事を手配してもらえればありがたいです。というのも、わたしはアメリカにすぐにでも行きたいからです。あなたからはっきり返事を伺い次第、パスポートを手に入れ、宿の予約をします。もっとも、たぶんそんなことに大して時間はかからないでしょうが。でも、できるだけ早く手紙で知らせてくださいね。あなたを煩《わずら》わせるのはいやなのですが、どうしたらよいのか分かりません。それに、わたしはすぐにアメリカに行きたいのです。こちらにいるのはもううんざりです。

現在、極めて「まともな」小説［おそらく『アロンの杖』］を書いています。出発する時までには書き

上げられると思います。そうなったら、原稿をあなたのもとへ持参します。とにかく、返事をお願いします。漠然と待っていても仕方がありませんので。

心より　D・H・ロレンス

▽ベンジャミン・ヒューブッシュ　四　（一九一九年八月二六日）

変更に着手されたし。（一）

パンボーン

（一）変更に着手されたし　この手紙は電報で送られたものであり、ヒューブッシュの八月一一日付手紙に対する返信である。ヒューブッシュは『新詩集』をアメリカで出版する手配に着手してよいか、またその場合、この詩集は版権がなくて誰もが勝手に出版できる状況になっているので、序文を付けるなどして少しだけ変更を加えることで版権も合わせて取得したほうがよいのではないか、という提案をし、電報で返事をもらいたいという内容の手紙をロレンスに書き送っていた。

▽ベンジャミン・ヒューブッシュ　五　（一九一九年八月二九日）

バークシャ、ニューベリー近郊、ハーミテッジ、チャペル・ファーム・コテッジ

二六日に電報を送りました。序文を同封します。(二)よい出来栄えだと思います。『新詩集』の広告に、「本詩集に数篇の詩の再録を許可された『詩』に感謝します」という一文を印刷してもらえませんか。そして、ハリエット・モンローに詩集を一部送付してください。どうか忘れずにしてくださいね。あなたがこの詩集を出版するつもりであることをピンカーに伝えました。すると彼は、あなたの意向を何も知らないので『見よ、［われわれは勝ちぬいた！］』についてきちんと同意書を作成すると、慌てて書いて寄こしました。やっと代理人らしいことをしてくれます。売れ行きや印税がどうなるかということについて、直接わたしにお知らせ願えればと思います。その他の取り決めも、わたしとしてください。そして、もしピンカーが介入する必要があるなら、あとからやってもらいましょう。

今はまだアメリカに行けません。さまざまな理由があるのです。でも、何としても行ってみせますよ、ある日突然にね。じきに『アメリカ［古典］文学［研究］』評論集の草稿を揃《そろ》えてお送りします。でもまだ何一つできていません。いろいろな事柄とあらゆる人間に対して腹が立つし、行き詰っています。でもわたしはやりますよ。

D・H・ロレンス

『新詩集』が出たら、六部送ってもらえるとありがたいです。それと『見よ、［われわれは勝ちぬい

た！」』を一部お願いします。

それから『虹』を二、三部お願いできますか。イギリス人があなたに直接『虹』を申し込むことはできますか。もしできるなら、一部いくらですか。わたしにそれを聞きに来る人がたくさんいて困っています。

もし施しをしてくださるのなら、ブラザー・シプリアンに彼が求めているものを送ってやってください。（二）

（一）電報……序文を同封します　「ヒューブッシュへの書簡　四」の注（一）を参照。
（二）ブラザー・シプリアンに……ください　このいきさつの詳細は不明であるが、ヒューブッシュからの返信（九月一七日付）によれば、ヒューブッシュはこの人物を詐欺師扱いしているようである。

▽ベンジャミン・ヒューブッシュ　六　（一九一九年九月三〇日）

バークシャ、ニューベリー近郊、ハーミテッジ

『新詩集』の出版はクリスマスが過ぎるまで延期になるだろうと書いてあるあなたからの手紙を昨日受け取りました。（一）猥褻《わいせつ》文書検察官があなたに対してわめき声をあげたがっているのが分かりました。屑《カネイユ》どもが！　先週の土曜日に［ハーマン・］シャフがやって来て、アメリカの話をしていきました。わたしは今日、ジェイン・バーから本の小包を受け取り、『輝かしい希望』（二）を読みました。人間的見地

からすると、アメリカは何と恐ろしいところでしょう。心臓が凍りつきます。何てことをするのか《クワ・フェイユ》！　あなたのいるそちらでは、人間がもはや人間ではありません。言ってみれば、獲物をそっとつけ回す感情的な悪魔どもです。あなたは紛れもなくユダヤ人であり、常に人から距離を置いた判断ができるはずです。世界の目利きであるユダヤ人――人間の生の目利きでさえあり――美術品と宝物の商人――ユダヤ商人なのです。そのあなたがアメリカのことを本当は何と考えているのか教えてもらいたいものです。

『アメリカ古典［文学研究］』の評論を書き終えました。ホイットマン論で締めくくりました。このホイットマン論は政治的で出版に向かないと思われるかもしれません。もしそう思われたら論集には入れないでください。修正などしないでください。その他のものは問題ないはずです。五年もかけてやり遂げた仕事です。全体として「生の哲学《ヴェルタンショウング》」を含んでいます。古くても新しい――新しい心理科学――純粋科学なのです。それをここイギリスでは出版業者に渡したくないのです。まだ駄目です。本当のところ、完全校が印刷されるまでは、人びとに読んでほしくないのです。あなたが出版してくれなくても、あるいは返してもらっても、構いません。ただ分かっているのは、ここイギリスの精神分析学者たち、少なくともその中の一人が、(三) 今ウィーンに出かけて、フロイトとフロイトの無意識の理論にわたしの思想をうまく接ぎ木する作業に必死になっているということです。彼らが脆弱《ぜいじゃく》な無意識の理論を補強するために、わたしのこれらのエッセイから原意識の理論を手に入れようとしていることが、わたしには分かっているのです。それから彼らは、それを自分たちの発見としてひけらかすでしょう。実は、わたしはアーネスト・ジョーンズとエダー家の人びとにこの思想をうっかり漏らしてしまったのです。しかし、さいわい彼らはそれをどう扱うかを知りません。それに、誰もまだわたしのホイットマン論を目にしていません。世界中でまだ誰もそれを目にしてはいません。どうかこの原稿を大事に持っていてください。シャフはあなたがアメリカで唯一の「信用のおける《ホワイト》」出版者だと言っています。最高の、とね。わたしはここイギリスで、出版業者のダニエルという男と戯曲『一触即発』を出版することを取り決めました。彼はアメリカでの著作権についても誰かと話を付けました。トビーとか何とか（四）という人ですが、わたしは知りません。それとまた、『恋する女たち』という小説で、『虹』の続きのような作品ですが、これを、見てみたいと依頼してきた別のニューヨークの連中（五）に送りました。あなたがこの作品の出版には関心を持たれていないだろうと思ったからです。原稿はご覧になったでしょう。ピンカーがもう二年も保持しています。シェストフというロシアの哲学者の作品の翻訳を、ロシア人の友人のために編集しました。セッカーがそれを来年の春に出版します。五万から六万語程度の短くておもしろい本です。紙型をご覧になりたいですか。もしそうなら、すぐに知らせてください。「無根拠性の神格化」というタイトルで、短くて皮肉の利いた愉快な文章です。

現在進行中の鉄道ストライキが終わり次第（六）、アメリカについてのエッセイの原稿をお送りします。今週中に終わるといいのですが。

たぶん冬の間イタリアに行くかもしれません。健康のためです。

シャフは『アトランティック・マンスリー』がデイナとハーマン・メルヴィルに関するエッセイを掲載してくれるかもしれないと言いました。でももしそれらが定期刊行物に掲載されるのをあなたがお望みでないなら、気にしないでください。

ピンカーにはもう契約を代行させないでおこうと思います。とにかく最初にあなたに言うことにします。

ごきげんよう《グッド・ラック》　D・H・ロレンス

（一）『新詩集』の……受け取りました　ヒューブッシュは九月一七日にロレンスに宛た手紙で、労働争議の悪化のためストライキが見込まれ、出版予定だった本の印刷と製本の仕事に支障が出ていることを知らせていた。また、アメリカでの『虹』の出版について、猥褻文書検察官がヒューブッシュを起訴する恐れがあり、現行の郵政法と司法制度の下で出版すれば、自分は投獄され、ロレンスの名声は落ちるだろうと知らせてきていた。

（二）『輝かしい希望』(*Glorious Hope*)　作者のジェイン・バーはこの本を一九一八年に出版する責任があったが、実際には、一九二一年にセルツァーとダックワースの二社から出版された。

（三）その中の一人　精神分析学者のアーネスト・ジョーンズ博士のことで、彼はフロイトの同僚で親友だった。あとになって『ジーグムント・フロイト――その生涯と仕事』(*Sigmund Freud: Life and Work*, 1953-7)を上梓した。

（四）トビーとか何とか　不詳

（五）ニューヨークの連中　スコット・アンド・セルツァー社のこと

（六）鉄道ストライキが終わり次第　実際にはストライキは一九一九年一〇月五日まで長引いた。

▽ベンジャミン・ヒューブッシュ　七（一九一九年一〇月一〇日）

ニューベリー近郊、ハーミテッジ、チャペル・ファーム・コテッジ

今日は『アメリカ古典文学研究』をお送りします。前にも言いましたが、もし「ホイットマン」を出版しないほうがよいと思われるなら、全体を論集から外してください。「民主主義」についての四篇の小論を含んでいます。どれも例のハーグで出版されている小型の国際週刊誌の『言葉』に掲載されるだろうと期待しています。もしよければ、これらを「ホイットマン」の代わりに入れてもらってもよいし、「ホイットマン」と合わせてということでもいいので、好きなようにしてください。

今の時点では、わたしに投資することを危険な冒険と感じておられるでしょうね。デイナやメルヴィルについてのエッセイは、例えば『アトランティック』のような月刊誌に載せてもらったらどうでしょう。シャフ氏は編集者と面識があるので、現物を彼に直接見せると言いました。もしこれらのエッセイを数篇、しっかりした堅実な定期刊行物に掲載してもらうように取り計らってもらえるなら、大いにわたしの評価を高める助けになるし、あなたも仕事がやり易くなるでしょう。誰かが「民主主義」のエッセイを扱ってくれるかもしれません。イギリスではこれらをまだどこにも送っておりません。

では、ごきげんよう。『アメリカ［古典文学研究］』のエッセイについてわたしが述べたことを覚えておいてください。もし二の足を踏むように感じておられるなら、出版はしないで、単にわたしに返してくださるだけで結構です。

妻がドイツ行きのパスポート等を用意できたので、出かけるところです。家族がドイツ人なのです。

わたしはイタリアに行くと思います。たぶんコンプトン・マッケンジーと一緒にカプリで冬を過ごすでしょう。何らかの形で連絡させていただきます。

タイプ原稿をお送りできなくて申し訳ありません。お許しください。

D・H・ロレンス

▽ベンジャミン・ヒューブッシュ　八　(一九一九年一一月二日)

ニューベリー近郊、ハーミテッジ

あなたの電報を受け取りました。(一)「セルツァーに」もしまだ印刷に回していないなら、小説『恋する女たち』を返してほしいと書いて送りました。来週イタリアに行きます。場所は分かりません。わたしへの手紙の宛先は　ロンドン・N・W、八、セント・ジョンズ・ウッド、アカシア通り　五にしてください。それならいつでもわたしに届きます。

D・H・ロレンス

(一) 電報を受け取りました　おそらく日付不明で、「もちろん小説入手希望す。ピンカー従わず。「セルツァー社に」原稿引き揚げの電報を打ち、こちらに転送されたし。ヒューブッシュ」と書かれていた電報のこと。

▽ベンジャミン・ヒューブッシュ　九　（一九一九年一一月一二日）

N・W、八、セント・ジョンズ・ウッド、アカシア通り　五

一一月一日付の手紙と二〇ポンドの小切手をありがとうございました。神のおぼしめしで、明日フィレンツェとローマに向かいます。健康のために、イタリアで冬を越します。バーデン－バーデンで家族に会っている妻も合流します。手紙の宛先を書いてお送りします。

時間のある時に、これまでのわれわれの仕事に伴う収支計算書を送ってくださいね。あなたが昨年来、わたしの本の収支計算書を作っておられないことは分かっています。だから確かにこの二〇ポンドは今後の売り上げから出ているのではなく、過去の利益から生じているはずです。

小説『恋する女たち』の原稿を取り返して、すぐにあなたにお送りしたいと思っています。両替のレートを何とかうまく扱って、イタリアで暮らせればと願っています。

心より　D・H・ロレンス

▽ベンジャミン・ヒューブッシュ　一〇　［一九一九年一一月二六日］

フィレンツェ、ピアッツァ・メンターナ　五

ということで、冬を過ごしにイタリアにやって来ました。現在の住所か、あるいは

カゼルタ地方、ピチニスコ、オラッツィオ・チェルヴィ様方
に宛て手紙を書いてください。

一二月一六日ごろにはこの住所におります。現在の住所からは、来週妻がバーデン-バーデンから来た時に退去するつもりです。『アメリカ[古典文学研究]』のエッセイはどうなりましたか。ピチニスコにはおそらく数か月滞在するでしょう。例の小説[『恋する女たち』]については原稿を入手次第お知らせします。

心より　D・H・ロレンス

▽ベンジャミン・ヒューブッシュ　一一（一九一九年一二月三日）

イタリア、カゼルタ地方、ピチニスコ、オラッツィオ・チェルヴィ様方

『ワインズバーグ』（一）を受け取ったところです。ベッドで横になって読みました。ぞっとします。誰もが変わっていて、全員が精神障害なのです。よい作品だとは思いますが、何か腑《ふ》に落ちないのです。悪夢でも見たかのように、はっきりとは思い出せないのですが。とにかく送ってくださってありがとうございました。

郵便はとても遅いです。[セルツァー社から]返してもらうように頼んだ『恋する女たち』の原稿がどうなっているのか、何か知らせを待っているところです。セッカー社が[イギリスで]それをすぐさ

ま印刷したいと言っています。セッカーが印刷したら、その刷り本を彼から送ってもらいたいですか。『恋する女たち』が貴社から本当に出版されたら、もう一冊小説を用意しています。あくまでも『恋する女たち』が先ですが。こちらはおそらくもっと通俗的な作品です。（二）

わたしの友人で、N・W、八、アカシア通り　五のS・コテリアンスキーが、[ジナイダ・]メリズコウスキーの妻の戯曲『緑の指輪』を翻訳しました。これはロシアで騒ぎを起こした作品です。彼はあなたがこの作品を出版する気があるかどうか知りたがっています。

わたしは定期刊行物用にいろいろな小品を書くつもりです。イタリアや精神分析について（三）取り上げようと思っています。週刊誌とか月刊誌とか、アメリカの雑誌について何か分かればよいのですが。どういう雑誌がよいのか、その位置づけをわたしに忠告してくださることはおいやですか。アメリカの大衆に対して、われわれは何らかの系統的な働きかけを仕掛けるべき時です。あなたが雑誌の位置づけを手伝ってくださるなら、書くことを担当します。

わたしの戯曲『一触即発』についてお尋ねになりましたね。イギリスの出版業者[チャールズ・]ダニエルが、わたしに相談せずにアメリカでの著作権を取り決めたということを、あなたに話しましたか。これからは、何でもイギリスで出版する前に、あなたに知らせます。そうすれば、時間に余裕を持って、われわれで何かしらの理解を共有することができますから。

『虹』はあとで発行してくださるのでしょう。その時は、イギリスにいくらか送ってもらえるとありがたいです。実際のところ五〇〇冊ぐらい。わたしが取り計らいます。イギリスにも紙型があるといいのですが。そちらから送ってもらえませんか。何とか工面して、わたしに知らせてください。そうしてくだされば、イギリスでのことはわたしが取り計らいます。

D・H・ロレンス

(一)『ワインズバーグ』　シャーウッド・アンダースン (Sherwood Anderson, 1876-1941) の『ワインズバーグ・オハイオ――オハイオの小さな町の暮らしに関する一連の物語』(*Winesburg Ohio: A Group of Tales of Ohio small town life*, 1919) のことで、ヒューブッシュが最近出版したばかりだった。

(二) もっと通俗的な作品です　『アロンの杖』のこと。一九一九年、「ベンジャミン・ヒューブッシュへの書簡　三」参照。

(三) 精神分析について　ロレンスは一九二〇年一月に『精神分析と無意識』を執筆している。

▽ベンジャミン・ヒューブッシュ　一二　（一九一九年一二月六日）

イタリア、カゼルタ地方、ピ、チ、ニ、ス、コ

スコット・アンド・セルツァー社から今日連絡がありました。彼らは『恋する女たち』の原稿を返却するつもりはなくて、それを印刷したいと願っており、印税を払う前にお金を渡すと言うのです。原稿を送ってしまっているので、この件は断ることができません。実のところ、ピンカーがずっと前にあなたに原稿を見せたとわたしは思っていたのです。それがこの有り様です。わたしのせいではありません。

あなたからの便りを待っています。もし『アメリカ古典文学研究』を出版したくないと思われるなら、どうかすぐさま、この手紙の住所に宛て、送り返してください。

今日、ジェイン・バーから手紙(一)が来ました。

D・H・ロレンス

(一) ジェイン・バーから手紙　一九一九年、「ベンジャミン・ヒューブッシュへの書簡　六」参照。

▽ベンジャミン・ヒューブッシュ　一三　[一九二〇年一月四日]

[(ナポリ)、カプリ、パラッツォ・フェラーロ]

ルイ・アンターマイヤー、ジャン・アンターマイヤーとエミール・タスからの贈り物だとあなたが言われる[二五ポンド七シリング七ペンスの小切手ありがとうございます。(二)]彼らは大変親切ですね。もっとも、そのお金を受け取るのは少々恥ずかしいのですが。でも、とにかく、いい人たちですね。両替する時に運がよければ、それで一、二五〇リラ受け取ることもできるかもしれません。それだけあればわたしたち二人の五週間分の生活費を十分賄えます。わたしたちはイタリアをあちこち苦労しながらここまでやって来て、ようやくここカプリに辿《たど》り着きました。カプリ自体は美しい小島ですが、やたらいろいろな人がやって来ているので、「わしらは今どこにおるのか分かりゃせん」というような状態です。(二)わたしたちはカプリ島のまさに中心となるこの古い宮殿の天辺にいます。モルガノ・カフェが階下にあります。屋上が見え、右手にナポリとヴェスヴィオ山、後方にサレルノ湾、左手に広い海が輝いて見えます。何に対してか分からないのですが不思議な郷愁を覚えます。わたしは屋上に立ち、神々に呼びかけ、四囲の風を感じ、あたかもこの地のど真ん中に入り込んでしまって抜け出る方法が分からないかのごとく、何だか恐ろしい気がします。ここでは過去がただただものすごい存在感を持っていて、まだ死んではいないのです。わたしはワッと泣き出して、パルテノペとレウコテアー(三)にどうかわたしを解放してくださいと頼みたい気持ちになります。されど、いずこへか《アベール・ウォーヒン》。

(一)ルイ・アンターマイヤー……ありがとうございます」　ヒューブッシュが一九一九年一二月五日にロレンスに宛て書いた手紙には、返信が遅くなったことと、出版に関する相互の誤解について詫《わ》びを述べたあと、友人の中にいく人かのロレンスに深く傾倒している人びとがいて、その気持ちを示すために一〇〇ドル相当の小切手をロレンス宛の手紙に同封して渡してほしいと彼らから頼まれた、と記されている。友人とは、詩人のルイ・アンターマイヤーと、彼の妻で詩人のジャン・スター・アンターマイヤー、オランダ系アメリカ人でダイヤモンド研磨を生業にするがチェロの演奏と読書をこよなく愛する欧風文化人のエミール・タスであると説明されている。ヒューブッシュが三〇年後の一九五〇年六月一日にリチャード・オールディントンに宛た手紙によると、この時の贈り物のお金は、ロレンスがその後モーリス・マグナスに渡したお金ということであった。

(二)やたらいろいろな人が……状態です　ロレンスはコンプトン・マッケンジーやブレット・ヤングを含めてカプリ島にいるいろいろな人たちのことを言っている。

（三）パルテノペとレウコテアー　パルテノペはギリシア神話でユリシーズに恋をして海中に身を投じ、ナポリの入り江に打ち上げられたセイレン（半女半鳥の海の精）のこと。ナポリはこのセイレンの名前によって知られている。レウコテアーは息子のひとりを殺害したあと、海に身を投げた。「白い女神」として神格化された。

▽ベンジャミン・ヒューブッシュ　一四（一九二〇年一月一五日）

イタリア、（ナポリ）、カプリ、パラッツォ・フェラーロ

マーティン・セッカーが出版するロシアの哲学者［レオ・］シェストフの翻訳の初校原稿をお送りします。友人のコテリアンスキーが翻訳し、わたしが英語としてふさわしい表現にしました。かなりおもしろいと思われるでしょう。コテリアンスキーはこの書物の公認翻訳者です。彼はこの翻訳書を、著作権のことなど気にせず　すぐさま売りたがっています。あなたにこの本を出版する気はありませんか。もしあるなら、いくらぐらい支払ってくださるつもりなのか聞かせてくれませんか。もしあなたにその気がないなら、ハーマン・シャフが検討してくれるように、彼に渡してくれませんか。彼の住所を失くしてしまったものですから。それと、彼によろしくお伝えください。あなたが出版するつもりがないなら、どうか初校を彼に渡してください。

この初校原稿にはたくさんミスがあります。じきに完全に校正したものをお送りします。コテリアンスキーはご多分に洩れず貧乏なので、すぐに手に入るお金を欲しがっています。この件についてはわたしに直接、早急に、返事をくださいね。セッカーはこれを三月か四月に出版します。

もちろんお望みならあなたにその刷り本を譲りましょう。(一)

あとでお送りする再校にはシェストフ自身の短いコメントが付いています。

D・H・ロレンス

(一) もちろんお望みならあなたに……譲りましょう　ヒューブッシュは二月二七日までロレンスに返事を出さなかったようである。ヒューブッシュのロレンスに宛た二月二七日付の手紙には、コテリアンスキーの翻訳に五〇ポンド即金で渡す用意があること、すぐにコテリアンスキーに連絡してコテリアンスキーから自分(ヒューブッシュ)に電信で返事をするように頼んでほしいということが書かれている。また、セッカーに手紙を書いて、すぐさま校正原稿を送ってほしいと頼んだこと、アメリカでの著作権を自分たちが得られるように、他と交渉して出版するのは控えてほしいと頼んだことが記されている。

▽ベンジャミン・ヒューブッシュ　一五

(一九二〇年一月一六日)

イタリア、(ナポリ)、カプリ、パラッツォ・フェラーロ

『恋する女たち』の件で再度スコット・アンド・セルツァー社に手紙を書いています。あなたの電報(一)が今日ピチニスコから届きました。ひと月ほど前にセルツァーがこの小説の印税として五〇ポンド送ってきました。ひとまずこれを受け取りました。今日彼に手紙を書いて、原稿をわたしにもう一度返してくれないかと頼み、返してくれるならこの五〇ポンドを返金したいと伝えました。われわれは

彼の返事を待たねばなりません。彼の承諾を得ないとわたしは行動できないのです。

とにかく、すべての交渉をわたしは直接やることにしたいと思っています。ピンカーとの契約は破棄するつもりです。彼もそう望んでいます。これからは自分で行動したいと思います。あらゆることをはっきりさせねばなりません。これまでのような曖昧《あいまい》で、友達づきあいのようなふわふわしたビジネスは好みません。それでは苛々《いらいら》するし、他人任せになってしまいます。慈善とか、親切とか、その類のものは一切望みません。少なくとも、そんなものをビジネスと一緒くたにしたくはありません。今後は互いにはっきりと取引をしていきましょう。

とにかく、まず、これまでのわたしの本の売り上げについて収支計算書を送ってください。

さらに、六か月ごとに収支計算書を送ること、そして精算は支払い期日の三か月以内に済ませることに同意してください。

おそらくピンカーはわたしの代理人として書いたあなたとの同意書を返却してくるでしょう。もし彼が送ってこないなら、あなたからわたしに、われわれの同意書の写しを送ってください。

あなたが『新詩集』をどうされるつもりなのかをはっきり知りたいと思います。また、『アメリカ古典文学研究』の原稿も受け取られたか知りたいです。この『研究』を出版するつもりかどうかお聞かせください。出版がおおよそいつになるかもお知らせください。もしも出版する気がないなら、すぐに原稿を返してもらえませんか。

これ以上ことを進める前に、はっきり確実な足場に立つことにしましょう。感傷じみたビジネスを、これ以上曖昧に進めることには耐えられません。もしも収支計算をして、あなたに借金を背負っていることになっても構いません。二ペンス借りがあるなら、二ペンスのままにしておきましょう。ただ、もう一歩進む前に、はっきりしておきたいのです。

心より　D・H・ロレンス

それと、『虹』がどうなっているのかはっきりおっしゃってください。本当に絶版になっているのか、それともそう言われているだけなのか。再版はあるのか、あるとしたらそれはいつのことか。困難が伴っていることは分かっています。でも知りたいのです。(二)

(一) あなたの電報　一通目は一九一九年一二月三〇日付で「ロレンス殿、誤解忌避せり。スコット［アンド・セルツァー］社に小説出版保留を電報で依頼。追って書く。ヒューブッシュ」。二通目は一九一九年一二月三一日付で「ロレンス殿、カナンは反対。スコット社はわが社からの出版を強く推奨。ヒューブッシュ」。

(二) 知りたいのです　これに対するヒューブッシュの返事は残されていないが、一九五〇年六月一日付リチャード・オールディントンへの報告にはそれと関連する記述がある。ヒューブッシュはアメリカでの検閲を避けながら、『虹』を密かに搬入し売り切ったこと、その後も購入希望があり、窮余の策として「限定版」(削除版)を広告も控えながら出版したこと、また「限定版」を何度か刷り直し、大型本にして(当時小説としては高額な五ドルで)販売したこと、その後さらに販売を継続してロレンスに対する義務を果たしたかったが、単独経営のヒューブッシュ社には、ロンドンでの出版禁止を踏まえた訴訟に耐えるだけの力はなかったことなどが記されている。

▽ベンジャミン・ヒューブッシュ　一六　（一九二〇年一月二九日）

（ナポリ）、カプリ、パラッツォ・フェラーロ

あなたが立腹しているのと同様、わたしもとても怒っています。わたしに何かが起きたのです。ピンカー、出版者たち、誰もが――以前はあなたさえも――あたかもわたしをカモにしやすい低能者であるかのごとく、曖昧かつのらりくらりと扱い、わずか六ペンスで食いつなぐままにしたのです。畜生《バスタード》！　もうたくさんだ《アバスタンザ》！　ピンカーのような連中や出版者たちが愛想よく曖昧な振る舞いをしている限りは、人は自分の古靴でも食べて食いつなぐしかなくなるでしょう。だからわたしはピンカーに我慢がならなくなったのです。これからはたとえしくじっても、代理人など通さずに、自分でやることにします。

要するに、ピンカーが、できるだけのことはしているとわたしにずっと思わせておきながら、［『恋する女たち』の］原稿を、あなたには何も言わずに、ほぼ二年間も持ち続けていたなんて、想像もしませんでした。全く思いつきませんでした。あなたが何か月も前に、原稿を見て、出版を断ったのだと思い込んでいました。たまたまセルツァーが、友人からその原稿のことを聞いて、わたしに手紙と電報を寄こしたのです。そこで彼に、手元にあった唯一最後の原稿を渡しました。彼は礼儀正しくて、わたしは大方の条件に同意しました。もしピンカーがあなたに原稿を――三部も彼は持っていたのですよ――見せていないと思いついていたら、わたしが一年前にあなたに直接原稿を送らなかったはずがありません。必ず送っていましたよ。一人の出版者にしがみつくことほど信用できないことはあり

ませんね。しかし、あなたもほかの連中と同様、わたしを荷車に乗せた振りをしただけで放っておいたのです。とても友好的に、でも、何にも言わないまま。

そういうことなんです。もう一度セルツァーに手紙を書いて、絶対原稿を返してくれるように言います。彼が負担した金は返します。それでも、法的には何もできません――法律が何の役に立つというのか――もともと彼とは誠実にやるつもりでした。でも取り返します。

フロイトの無意識に関する六篇の短いエッセイを送ります。

呪わしいストライキがまだシェストフ［の翻訳原稿］を送付する妨げになっています。でもおそらく普通郵便なら送れるでしょう。明日もう一度やってみます。物事の処理に関する限り、イタリアは最悪です。シェストフがそちらに届いて、アメリカで出版できそうなら、コテリアンスキーのために原稿を買い取って、一定の額を払ってやってください。印税の心配はいりません。

今夜はこれ以上書きたくありません。

D・H・ロレンス

今夜あなたからの一月二日付手紙(一)を受け取りました。もし［ギルバート・］カナンに会われたら、彼からわたし宛の電報をもう一通受け取ったが、半分は全く判読できなかったと伝えてもらえませんか。

(一) あなたの一月二日付手紙　この手紙の所在は不明。

▽ベンジャミン・ヒューブッシュ　一七　［一九二〇年一月三〇日］

［（ナポリ）、カプリ、パラッツォ・フェラーロ］

［ブックセラーのカタログ（一九六三年）によれば、ロレンスはシェストフの『すべてが可能だ』の校正にあったミスについてコメントし、ストライキのためにそれをヒューブッシュに送ることはむずかしいと述べたとされる。……ロレンスは校正をまだ終えていないとメモに記している。］

▽ベンジャミン・ヒューブッシュ　一八　（一九二〇年二月一〇日）

ナポリ、カプリ、パラッツォ・フェラーロ

本日スコット・アンド・セルツァー社のセルツァーからわたしが打った電報に対する返信としてこの電報を受け取りました。(二)　わたしが電報を打ち返す必要はありません。彼はわたしが『恋する女たち』をあなたに引き受けてもらいたいと思っていると書いた手紙を、もう受け取っているでしょうから。セルツァーからあなたに連絡が行くと思います。とにかく、彼が何と言うかあなたにお知らせしておきます。おそらく彼は本の出版権利を手放すでしょう。彼が言うには、わたしの手書き原稿には書き直しで読みにくいところがあるので、タイプで打ち直させているということです。それで、もしも足が出たら、わたしが全額費用を払うと言ってやりました。あなたが原稿を入手されたら、もし万が一彼がやっていなかった場合には、タイプでの打ち直しの手配をしてくださると嬉《うれ》しいです。［イギリスで］『虹』を再出版し、さらに『恋する女たち』を出版することについては、セッカーではなくダックワースと進めたいと思っています。ダックワースが引き受けるかどうかをあなたにお知らせします。とにかく、わたしはD［ダックワース］に『恋する女たち』の原稿を一部保有してもらいたいので、セルツァーがまだ送っていないなら、あなたから送ってほしいのです。セルツァーはタイプ原稿を一部セッカーに送ることになっていたはずですが、これまでに聞いたところでは、まだそうしていません。

わたしは自分の本の中で他のどれよりも『恋する女たち』に執着しています。

わたしの作品を託すのに、あなたがどの代理人にするつもりか教えてくれませんか。［イギリスにおけるわたしの代理人である］ピンカーは草稿をすべてわたしに返却する予定です。いくつかいい短編が手元にあってアメリカで出したいと思っているので、ニューヨークのいい代理人が必要なのです。貴社の『フリーマン』に掲載できそうなものは直接お送りします。

何ごともはっきり包み隠さず言ってください。代理人はもう結構、曖昧な話ももう要りません。

今はアメリカでの評判を確保することが、当面の仕事だと感じています。長いことごまかされてきましたからもう十分です。

D・H・ロレンス

セルツァーには、わたしが『恋する女たち』をあなたにやってもらいたいと思っていることとその理由、そして彼から送られた五〇ポンドは返却し、タイプにかかった費用があるならそれも支払うつもりであるということを、はっきり言いました。

（二）この電報を受け取りました　一九二〇年二月八日ニューヨーク発の電報は、ピチニスコで受信された時、文面にはスペルの間違いが夥《おびただ》しく含まれていたが、内容は「別の出版人に譲渡の件、すべて電報で、費用は当方セルツァー」ということであった。

▽ベンジャミン・ヒューブッシュ　一九　（一九二〇年三月九日）

シチリア、（メッシーナ）、タオルミーナ、フォンタナ・ヴェッキア

家を求めて海岸の近くを歩き回りましたが、とうとう見つけました。右記が今後一年間のわたしの住所です。

次の宛先に『虹』を一冊送ってくださいませんか。

（ナポリ）、カプリ、ヴィラ・ファルネシーノ、ガラタ夫人

郵便が届くようになって、どうなっているか分かったら、また手紙で知らせます

心より　D・H・ロレンス

▽ベンジャミン・ヒューブッシュ　二〇　（一九二〇年三月二四日）

シチリア、タオルミーナ、フォンタナ・ヴェッキア

昨日『ピーター・ミドルトン』が届きました。ドクター・マークスにどうかこの書付を送ってください。（一）

先週セルツァーの手紙を受け取りました。彼は『恋する女たち』をすでに印刷に回したし、それを譲渡する考えはないと言っています。そういうことです。わたしは彼の小さな契約書に署名をしてしまいました。わざとそうしたと思われるでしょうが、そうではありません。今はもうどうしようもありません。[ギルバート・]カナンはスコット・アンド・セルツァー社が破産しかかっていると書いてきました。でもそれは別の問題です。どうなるのか様子を見ることにしましょう。セルツァーは『アメリカ古典文学研究』をやりたいと言っています。彼にやらせることに賛成ですか。（二）もし賛成なら、彼に原稿を送ってください。もし賛成しないなら、あなたの提案をわたしに知らせてください。とにかく彼には、他の本を拒否することを伝えねばならないでしょう。

しばらくあなたから手紙をいただいておりません。短いエッセイを集めた『精神分析と無意識』をタイピストから受け取ったところです。あなたの雑誌『フリーマン』のためにこれを書きました。けれども今この原稿を送っていいものか迷っています。アメリカに原稿を郵送するということは、それを底のない穴に落としてしまい、地獄の風が吹き上げてくれるのを当てにするようなものに思われます。また、ピンカーからいろいろな短編を返してもらいましたが、それらをどうしたらいいのか分かりません。

カナンはニューヨークから出発するという手紙を書いて寄こしました。わたしに送るようにあなたに四〇〇ドルを手渡しているところだと書いています。（三）彼がそうしたとは思いません。彼はもし卵の一つでも手に入れたら、それを自分で食べてしまう人でしょう。彼は今パリにいると（四）、人伝《づて》に聞いています。

送金される場合は、どうかアメリカ・ドルで送ってください。こちらのほうがずっとよい為替レートで両替の交渉ができます。

（一）ドクター・マークスに……送ってください　ヘンリー・キングドン・マークス（Henry Kingdon Marks, 1883-1942）に宛られた書付は現存しない。彼の小説『ピーター・ミドルトン』（*Peter Middleton*）は一九一九年にボストン、一九二〇年六月にロンドンで出版された。マークスとロレンスの交流は知られていない。このころマークスはニューヨークの神経学研究所の医療助手だった。マークスの小説はある若い芸術家の経歴についてであり、この芸術家は最初の結婚の失敗後、性病にかかり、それを愛人と二番目の妻にうつして、最後には自殺する。ストーリーは技巧と辛辣さをもって語られている。

（二）彼にやらせることに賛成ですか　セルツァーは一九二三年八月に『アメリカ古典文学研究』を出版した。

（三）わたしに……書いています　「ベンジャミン・ヒューブッシュへの書簡　二一」と「同　二二」を参照。

（四）彼は今パリにいる　カナンがアメリカから戻った時、新婚のモンド夫妻（ヘンリーとグウェン）が彼をパリ経由でイタリアへドライブに連れて行った。

▽ベンジャミン・ヒューブッシュ　二一

（一九二〇年四月九日）

シチリア、タオルミーナ、フォンタナ・ヴェッキア本日セッカーからシェストフの『すべてが可能だ』のアメリカにおける出版について手配したという知らせを受け取りました。綴じた校正原稿を一〇週ほど前にわたしからあなたに送ったものです。彼を長く待たせることになりましたが、あなたからは何の提案もありませんでした。どうかシェストフのことはこれ以上気に留めないでください。

［ギルバート・］カナンが昨日ここへ来て、わたしのための一五〇ドルを、ニューヨークを発《た》つ前にあなたに渡したと言いました。たぶんもう送ってくださったと思います。もしまだなら、［イタリア・］リラではなく、［アメリカ・］ドルで送ってください。ここではよりよいレートで両替ができますから。セルツァーに関するわたしの手紙をもう受け取られたでしょう。全く苛々《いらいら》させられるのですが、どうしようもありません。それ以外はあなたにとって事態がうまく進んでいることを願います。

心より　D・H・ロレンス

『アメリカ古典文学研究』についてどうなっているかお知らせください。

▽ベンジャミン・ヒューブッシュ　二二一　（一九二〇年四月二一日）

シチリア、（メッシーナ）、タオルミーナ、フォンタナ・ヴェッキア

昨夜あなたからの二月二六日付手紙を受け取りました。二、七〇〇リラの小切手をありがとうござ

いました。カナンの一五〇ドルに相当するものですね。ドルで送ってもらいたかったのですが。ここなら一ドル一八リラでなくて、二一リラで両替できたかもしれません。でも、とにかくありがとうございます。

それ以外のすべてのことについては、返事をもらっていない手紙がたくさんあるので、あなたがそれらを受け取られるまで待つことにします。しかし、セッカーはシェストフの件をアメリカではロバート・マックブライド社との間ではっきり取り決めたようです。(一) しかし、わたしとしては、あなたがそれを貴社の『フリーマン』に使えるだろうと考えています。直接セッカーかマックブライドに手紙を書いてみてください。

セルツァーと『恋する女たち』の件については、現時点でわたしはもう何も言いません。あなたがた双方で片を付けてもらうことにします。あなたが原稿を取り戻してくださるなら嬉《うれ》しいです。しかし、どうかわたしがセルツァーに送った『恋する女たち』の原稿のタイプの写しをセッカーが手に入れられるように手配してください。セルツァーが約束してもう何か月にもなります。そしてセッカーがその本を印刷するため待機しているのです。、この点は確実に実現できるようにお願いします。

ということで、さらなる知らせをお待ちします

D・H・ロレンス

(一)セッカーは……取り決めたようです　マックブライド・アンド・ナスト社はニューヨークの出版業者。『すべてが可能だ』は結局アメリカでは出版されなかった。

▽ベンジャミン・ヒューブッシュ　二三　（一九二〇年四月二九日）

（メッシーナ）、タオルミーナ、フォンタナ・ヴェッキア

あなたの二月二七日付手紙を今日になって受け取りました。本当に気が狂いそうです。すぐさまセッカーに電報を打って、もしできるならあなたにシェストフの件をやらせたいと伝えます。近ごろは手紙でなく電報にしなくてはなりません。彼から知らせが行くはずです。とにかく『フリーマン』用のものを確保してください。あなたがコテリアンスキーとわたしから直接優先権を得ていると言ってください。

『フリーマン』のためのエッセイを数篇――六篇――あなたに送ります。（一）好きなように使ってください。どれもいい作品です。他にはまだ誰も目を通していません。

あなたとセルツァーの件について、わたしには片が付けられません。あなた方にお任せするしかありません。

本当に頭に来ます、この遅延と混乱には。セッカーはこむずかしい厄介な小悪魔です。

D・H・ロレンス

（一）『フリーマン』のため……送ります　結局ヒューブッシュの週刊誌に掲載されたものはなかった。

▽ベンジャミン・ヒューブッシュ　二四

（一九二〇年六月五日）
シチリア、タオルミーナ、フォンタナ・ヴェッキア

セルツァーと『恋する女たち』の件では、これ以上話しても無駄です。

セッカーとシェストフの件では、あなたから一言もありません。しかし明らかにそれもまた終わったことです。彼はコテリアンスキーとわたしのどちらにも相談なしに、刷り本をロバート・マックブライドに売ってしまったのです。彼に電報を打ったところ、彼はあなたとの取引はしたくないと言ってきました。わたしはコテリアンスキーに行動を起こすように言いましたが、コテリアンスキーは動こうとしません。この何も得ることのないシェストフから、わたしは面倒ばかりを得るべきなのでしょうか。

ロンドン、N・W、八、ジョンズ・ウッド、アカシア通り　五、S・コテリアンスキーに宛て『フリーマン』に掲載された彼の記事に対する小切手をできるだけ早く送ってやってくれませんか。彼はロシアに行きたがっていて、お金がないのです。

『アメリカ古典文学研究』の件をはっきりさせたいと思います。あなたから何も便りがないので、あなたがそれを出版するつもりがないのだと今のところは推測しています。今月末までにあなたから連絡がなければ、どこか別のところにその原稿を持って行くことにします。

どのくらい長い間、『虹』を印刷しないままにしておくつもりですか。わたしの権利にも関わることですので、知りたいと思います。

心より

D・H・ロレンス

エルゼ・ヤッフェへの書簡

エルゼ・ヤッフェ（Else Jaffe, 1874-1973）

リヒトホーフェン家の長女でフリーダ・ロレンスの姉。一九八六年、女性として初めてハイデルベルク大学に籍を置き、社会学者マックス・ヴェーバー（Max Weber,1864-1920）のもとで経済学を学ぶ。一八九八年にベルリン大学（現在のフンボルト大学）に入り、一九〇一年に経済学博士の学位を授与された。一九〇〇年には、女性として初めてバーデン州の「工場視察官」に任命されている。

一九〇二年、大学教授で経済理論学者のエトガール・ヤッフェ（Edgar Jaffe, 1866-1921）と結婚。一男一女をもうけるが、一九〇六年にフロイトの弟子である精神分析学者オットー・グロース（Otto Gross, 1877-1919）と深い関係になり、翌年に彼の子どもを産んでいる。その後マックス・ヴェーバーの愛人となり、ヴェーバーが死去した後は、彼の弟で大学教授のアルフレート・ヴェーバー（Alfred Weber, 1868-1958）と同棲した。

ロレンスとの出会いは一九一二年五月。教育、結婚における女性の役割、芸術に対する考えや関心においてロレンスと相通じるところが多かった。ロレンスとフリーダを経済面で援助し、『ユーカリ林の少年』、「狐」をドイツ語に訳すなど、彼らのよき協力者、理解者であった。『虹』は彼女に献じられている。

▽エルゼ・ヤッフェ　一[一]　（一九一九年三月二九日）

ダービーシャ、ミドルトン

長いこと手紙を書きたかったのですが、インフルエンザにかかり、その後遺症に苦しんでいました。本当は春だというのに、まだ雪が家の周りに積もっています。かなり高地に住んでいるので、風が身を切るように冷たいのです。わたしたちは四月二四日にチャペル・ファーム・コテッジに行きたいと思っています。そこなら気候ももっと穏やかです。イギリスを出るまでそこに滞在したいのです。脱出できるまでは、フリーダは針のむしろに座っているようなものです。たぶん七月に、わたしもドイツに出かけたいと思います、本当に。ここにはもううんざりしています。イギリス人はドイツに行ったら相当な反感に出会うと思われますか。わたしはそうは思いません。こちらでは、労働者や国内の不安のせいで戦争はすでに消えかけた、半ば忘れられた出来事になりつつあります。ドイツではさらにそうでしょう。心理的な面で不快な雰囲気が漂っています。人間が想像のつく限りで最もいやな気分になっているように思われるのです。それは一体どのようにして解決されるのでしょうね。あなたと同様、わたしはいばりくさっている俗悪な民主主義を嫌悪しています。これによってあらゆるものが非常に下劣で卑しい、単に物質的な存在となるのです。確かに、古い帝国主義的で貴族的な秩序は確実に時代遅れとなりました。現在あるのは、歴史上、醜い猛進状態、ある種の痙攣《けいれん》を起こしている無価値な状況のように思われます。おそらくそうに違いありません。でも、わたしはそれとは金輪際関わりたくありません。わたしは選ばれた人の存在を信じます。選ばれた人が世界を作るべきです。

大衆ではありません。

フリーダは元気です。わたしたちはここでとても静かに暮らしています。あなた方に再会できることを、ここよりももっとずっと大きな風景の中にいられることを、本当に心待ちにしています。イギリスはあらゆる点で狭苦しいのです。相も変わらず充満している表面的な心地よさを除けばの話ですが。皆さんに食べ物が行き渡ることを願っています。

早期の再会を願い、愛を込めて。(全文ドイツ語)

DHL

(一)エルゼ・ヤッフェ 一 この手紙はフリーダ・ロレンス『わたしではなく、風が……』(ベルリン、一九三六年、ドイツ語版)、一三九―四〇頁に収録されている。

ヤン・ユタへの書簡

ヤン・ユタ（Jan C. Juta, 1885-1990）

南アフリカ出身の画家、壁画家。一九一九年にロンドンのスレイド美術学校で学び、一九二〇年にはローマのブリティッシュ・スクールに在籍していた。ロレンスの『海とサルデーニャ』（*Sea and Sardinia*, 1921）の挿絵を描いたことで知られる。ロレンスと懇意にしており、彼が描いたロレンスの肖像画が、ナショナル・ポートレート・ギャラリーに所蔵されている。イギリス壁画家協会の会長を二期（1949-52,1975-79）務め、フランス、イタリア、南アフリカで活躍したあと、晩年はアメリカのニュージャージー州に定住し、その地で没している。

▽ヤン・ユタ　一　［一九二〇年五月二九日］

タオルミーナ、フォンタナ・ヴェッキア

ありがたいことに昨夜、干からびて骨になりそうな、かのマルタ島から戻って参りました。ヴァレッタ港は美しいのですが、一か月の間、まるで、ビスケットを焼くオーブンの中にいた気分です。

あなたからの二通目の手紙を今朝受け取りました。タイプ打ちの作業を巡っては、もう涙がこぼれそうです。わたしは、三週間前にヴィットーリア・コロンナ通り一二のウォレスさんに『堕ちた女』の原稿を送りました。彼女は少なくとも一、〇〇〇リラ請求してくるでしょう。タイプ打ちの話をするのはやりきれません。けれど、あなたが紹介してくださった女性の住所を教えてください。まもなくまた別のタイプ打ちをお願いしたいと思います。六月一〇日までにお発《た》ちになる予定ですか。チッチョ［フランチェスコ・カコパルド］がヴェニスからナポリへとイタリアを縦断し、わたしに代わって原稿『堕ちた女』をアメリカに届けてくれる予定です。その時あなたがまだローマにいらっしゃれば、駅まで行ってチッチョに原稿を渡していただくようお願いしたいところなのですが、おそらく、あなたがお発ちになったあとでしょう。

あなたの箱のことが呪《のろ》わしいです。今日の午後ブリストル・ホテルに行き、そして明日ジアルディーニ駅に行くつもりです。もう手荷物引換証をもらわれましたか。ジアルディーニ駅で引換証をもらうのはいやでならないので、列に並ぶことにします。

ある女性に、わたしが写った写真をくれと責《せっ》付かれ、死ぬほどいやな思いをしています。その箱が届けば、そのスケッチの写真を送ってくださいますか。そうしていただけると助かります。彼女はその写真を、特にニューヨークの『ヴァニティフェア』に載せるのに欲しがっているのです。「ヤン・ユタによるスケッチ」と、絵の表面にはあなたの名前を、よく分かるように立派にしたためてください。［マリア・］ユーブレヒトから便りがありました。「わたしは、噛《か》みつく時より吠《ほ》える時のほうがたちが悪い」と書いて寄こしてきました。メアリ［・カナン］が居残るかもしれません。

［モーリス・］マグナスは貴重な人物です。彼はマルタ島では白のスーツに身を包み、ハイボールを浴びるほど飲んでいるような趣だったのですが、オズボーン・ホテル（封筒とブロンテ伯［フォン・フード］を見てください）に「明日昼食にやって来る」のです。彼はチッタ・ベッキアにこじんまりした家を借りたので、この次爆発する時が来るまでは、マルタ島で悠々自適にあぐらをかいているでしょう。いえ、あの男には好感が持てないので、彼についてこれ以上とやかく言うのはやめておきましょう。

本を気に入っていただけて何よりです。［アラン・］インソルも受け取ってくれたでしょうか。注文した部数の半分はあなたに、半分はインソルに受け取っていただくつもりでしたので。『入り江』が届くと思いますが、あなたはつまらない作品だと思われるでしょう。出版を依頼したボーモントは、この世で一番頼りにならない奴です。

ルネ［・ハンサード］から連絡があったのは嬉しいです。お金の話だとよいのですが。アメリカから今日二、四〇〇リラを受け取りました。ルーク［不詳］から公式な手紙を受け取ったのです。ですがアメリカに赴くことはできないので、また別のちゃんとした代理人に行ってもらいます。こちらはひどく暑いです。もう少しお金が入ってくるようなら、わたしたちはまたドイツに行くかもしれません。

周りのイタリア人たちにちょっとうんざりしてきましたので。人がやるべきこととは何なのでしょうか。あなたが生来の情緒不安定な方とは考えたくありません。アンティーコリのお住まいの住所を教えてください。

フリーダがよろしくと申しております。

DHL

マルタ島ではひどく物価が高かったのが残念です。

タイプ打ちの女性を紹介してくださり、いたく感謝しております。この先も仕事をお願いしたいので、彼女の名前と住まいを教えてください。

▽ヤン・ユタ　二　（一九二〇年六月一三日）

シチリア、タオルミーナ、フォンタナ・ヴェッキア

ボルネオの野人の写真（一）が今朝届きました。実に見事なのですが、はて、その先住民が『ヴァニティフェア』という鏡（二）を通して世に姿をさらした場合、わたしの評価がまだ定まっていないアメリカで、わたしの評判はどうなるでしょうか。とにかく、あの女性はすぐにもこの写真を一部入手するでしょうし、わたしも、必要になる時が来るのに備え、ローマにいるその男性から予備を受け取れるでしょうか。

あなたのアンティーコリのお住まいは何ともすばらしい様子《ベニッシモ》ですね。泉や花々に囲まれたお住まいは、羨《うらや》ましい限りです。こちらでは小麦の収穫が終わり、下手にあるアーモンドの木々の青々とした実と葉が、味も素っ気もない小麦の切り株を一面覆うように垂れ下がっています。すべてが乾ききった夏の静けさの中、時間が止まってしまったかのようです。それでも午後になると、鳥たちの奇妙で力強いさえずり声が聞こえてきます。

そう、チッチョ［フランチェスコ・カコパルド］がその原稿『堕ちた女』を持って行き、コンプトン・マッケンジーが、イングランドで出版するのに原稿をもう一部渡すようにと言ってきました。すばらしいことです。ウォレスさんのところへ足を運んでくださり、ありがとうございます。あのタイピストの奴は、きっかり一三四八リラ請求してきました。それは、仮にロンドンで熟練のタイピストに仕事を頼んだとしても、法外な金額です。ウォレスさんの腕前はそれほどでもないというのに。

わたしが何を考えているかなんて、ずいぶんしおらしい《カリノ》ことをお尋ねになるじゃないですか。わたしが書くものは、大体が風刺的な作風になってしまいます。山麓《ろく》でおいしいワインの大瓶を二本仕入れ、カルメロ［チッチョの兄］にロバに乗せて運んで来てもらいました。三四リットルで一〇〇フランでした。昨日は夕食に七面鳥の若鳥をいただきました。グラーツィア［チッチョの母親］が、牛舎かとも思えるくらいの大きな釜戸に火を焚《た》き、燃え盛る木の番をして、まるで魔王《ベルゼブブ》のように釜戸の前に構え、若鳥をジャガイモと一緒に鍋に入れ、釜戸にかけました。その鍋はジュージューと音をたて、あたかも暗黒の天空のような円天井の下に漂う小舟のようでした。けれど七面鳥は、二二フランにして、大変美味でした。フリーダは、こんな美味なものを食べ損ねるとは。今はアーモンドがよく実っていて、初物のふっくらした緑色のイチジクもいただきました。こういった話はいずれも、あなたの「さあ《ブォン》、召し上がれ《マンジャー》」という言葉に応《こた》えたものです。

メアリ［・カナン］は、ブリストル・ホテルに滞在している映画の撮影に携わる人たちと、エトナ山に登り、噴火口を見に行きました。もし彼女がエンペドクレスに続いてエトナ山に飛び込む(三)のなら、わたしは彼女に哀歌を書きましょう。今ごろ、彼女はラバに乗って火山岩の上を歩いているでしょう。何事もなければの話ですが。彼女が、一二ポンドに値するみずからの容貌を、すでにシチリアの咽喉《いんこう》［たるエトナ山の噴火口］に捧げたかどうかは分かりません。メアリは髪を切りました。ある日、雷が鳴り、稲妻が光り、何ともエトナ山に似つかわしい空模様になったところ、それがスタジオに一人きりでいたメアリの神経に障り、彼女は出て行って自分で、断髪《ボブ》にしてしまったのです。フリーダは彼女に似合っていると言いますが、それ以来わたしには、メアリの姿は見るに堪えません。彼女の姿は、好戦的で利己的で偉ぶった、男まがいの宿なし娘さながらで、近ごろでは、誰かがわたしの目に黒胡椒《こしょう》でも振りかけてきたら腹が立つように、男としてのわたしの癪《しゃく》に障ります。ただ彼女のことがいやでならないのです。メアリはそんな男まがいの容姿を頼みにして、小説を書き始めました。その小説はスタジオで幕を開け、美しい不可思議な女性が長い黒髪の巻き毛を切り落とします。その様子をこっそりのぞき見した若い紳士は、興奮し、心奪われます。「その紳士は善良な若者で、かなり若く、情熱に満ち、パリッとした身なりをし、それまで女性とはほとんど縁がなかったような類の男」(引用)だとか。

　こうした欲求不満の中年過ぎの女どもの頭が、この先どうなるかはお分かりでしょう。けれど、わたしが汚らわしい虫さながらのあの小説を足で踏みつけ、その生命を絶ってやったのです。うぬぼれが、忌《い》まわしい誇大妄想狂患者さながらの中高年の性に取りつかれたうぬぼれが、漁《あさ》ってものを食らうこういった熟年の女どもに巣くっているのです。もしエトナ山がまともな感覚を持ち合わせているのなら、噴火口一杯の溶岩を彼女めがけて噴出させるでしょう。

　こちらは何も変わったことはありません。タオルミーナは非常に静かで、この土地の人たちは、外国人たちが来ないと、あたかもネジを巻いてもらうのを待っていると言わんばかりに、死んだように不活発になります。食べ物はほとんど買えません。法外な値段がついているのです。わたしは、大半の時間をフォンタナ・ヴェッキアという高台にある家で過ごしています。只今四時で、今日は日曜日で休日なので、青々とした海と、白く柔らかで夏らしい色調のカラブリア［シチリアの隣の州］が、玉髄のように見事に輝いています。雌鶏《めんどり》が鳴いていますが、あたりは静まりかえり、眠っているかのようです。そのうちに夜の花火が迫ってきます。

　アンティーコリを発《た》たれる前に、妻とちょっとお訪ねできればと思うのですが、どうなることやら。フリーダはドイツを恋しがっており、秋になったら訪れたいと言っています。どうなるか分かりません《チサプレイ》が（四）。言いたいことはたくさんある気がするのですが、あなたがこちらにいらっしゃった時にはいつも、妻もわたしも言うのを避けていたようです。ひょっとするとある日言ってしまうかもしれませんし、決して口にはしないかもしれません。それが大事なことかどうかなど、知る由もありませんから。チッチョはもう行ってしまったので、階下は静まりかえっています。ボードウィンはロカ・ベラ荘にまだ来ていません。ブリストル・ホテルのポーターは行ってしまいました。どこかちょっと足りない奴でしたが。［ロバート・ホーソーン・］キトスンは二五日ごろ発《た》つ予定です。マルタ島でシルクのスーツを六ポンドで入手したことをお話ししたでしょうか。大変上品なスーツです。［モーリス・］マグナスはそれを人造絹《レーヨン》と呼びますが、そう呼ぶと上品さが損なわれてしまう感じです。

DHL

［アラン・］インソルは、彼のテーブル掛けに関してわたしが指示したようにしました。仕立て屋の女性が言うには、今月末に仕上がってくるそうです。紫色の絹地ではないようです。

（一）ボルネオの野人の写真　ユタは木炭画でロレンスを描き、その写真をロレンスに送っていた。
（二）『ヴァニティフェア』という鏡　ユタによって描かれたロレンス自身の木炭画の写真が、雑誌『ヴァニティフェア』に掲載される可能性を、先の手紙でロレンスが言及している。
（三）エンペドクレス……飛び込む　ギリシアの哲学者、詩人、政治家エンペドクレス (Empedocles, c.490-430 B.C.)は、エトナ山の噴火口に身投げしたと言われている。
（四）どうなるか分かりませ《チサプレイ》んが　原文にある Chisaprei は意味を成さず、おそらく「誰に分かるだろうか《チサプレブ》」"Chi saprebbe" を意味したと考えられる。

エミリー・キングへの書簡

エミリー・キング (Emily Una King, 1882-1962)

ロレンスの姉。長女として一家の面倒をよく見た。一九〇四年一一月、スティーム・エンジン・トラックの運転手サミュエル・テイラー・キング (Samuel Taylor King, 1880-1965) と結婚。サミュエルは一九一二年に一時期失職していたが、のちに「スコットランド農業組合」で運転手として仕事をするため、家族と共にグラスゴーに移った。

▽エミリー・キング　一　［一九一九年一一月二四日］

フィレンツェ、ピアッツァ・メンターナ　五

フリーダを待っているのですが、彼女からの電報によると、パスポートがまだ発行されていないとのことです。ここで過ごせるのは何ともすばらしいです。太陽が燦々《さんさん》と輝き、アルノ川を見下ろせる感じのいい部屋に、愉快な仲間たち、そして外で食事をすることもできます。本当に、イタリアは暮らすには最適です。この住所宛に手紙をくだされば、もしわたしがもうよそへ移っていてもそちらへ転送してもらえますし、どうしていらっしゃるかぜひ知りたいので、お便りをください。F［フリーダ］が失くした荷物はきっと戻ってきていると思います。早いもので、ここに来てもう一週間になります。イタリアでは、ぼんやりしていると人生はあっという間に過ぎ去ってしまいます。

お元気で　D・H・ロレンス

▽エミリー・キング　二　［一九一九年一二月四日］

フィレンツェ

フリーダが昨夜無事到着しました。ドイツ滞在中に少し痩《や》せたようですが、至って元気で、義母君からの結構な土産の品々を届けてくれました。お知らせしておくと、一〇日にはここを発《た》つ予定です。

フィレンツェでは今ストライキをやっていて、ちょっとした騒動になっています。フィレンツェというのはもちろん、フローレンスにあたるイタリア語です。
古い宮殿の外側にあるこのダヴィデ像は大変有名です。

二人より愛を込めて　DHL

ローマ

▽エミリー・キング　三　［一九一九年一二月一三日］

こちらはすばらしい天気です。けれど町はひどい人だかりで、こんな風に混み合った光景をあなたはご覧になったことがないでしょうね。まっすぐピチニスコに向かいます。住所をお知らせしていなかったでしょうか。ガゼルタ地方、ピチニスコになります。これからはこの住所よりお便りします。

お元気で　DHL

ピチニスコ

▽エミリー・キング　四　［一九一九年一二月二〇日］

こちらは雪が降っています。月曜日にはナポリに行き、それからカプリ島に渡ります。友人のところへ行くのです。住所は、ナポリ、カプリ島、カーサ・ソリタリア、コンプトン・マッケンジー様方になります。

クリスマスにあふれる愛を込めて　DHL

ここからはペグ［姪《めい》のマーガレット・エミリー］に小包を送ることはできません。

▽エミリー・キング　五　（一九一九年一二月三一日）

（ナポリ）、カプリ、パラッツォ・フェラーロ

ペグ［姪のエミリー］に玩具をこちらから送ることができました。紅茶の茶葉を三、四オンス紙に包んで細長い封筒に入れ、書留の手紙としてわたしに郵送していただけるでしょうか。手紙も同封してください。あと数日で茶葉が切れるのです。（二）あなたに手紙を送ったのですが、番地を間違えてしまったのだと思います。昨日エイダ［妹］から便りがあり、あなたのことも伺いました。もしエイダから伺った知らせが本当なら、ひょっとするとあなたにとっては喜ばしいことかもしれません。話を聞かせてください。

郵便料金は馬鹿になりませんが、仕方ありません。葉書の絵は、ポンペイのとある家の壁を模写したものです。

お元気で　DHL

（一）あと数日で茶葉が切れるのです　フリーダはマーガレット・キング宛に一九二〇年三月二〇日付の葉書で「茶葉が届き、喜んでいるとお母様にお伝えください……お母様からの小包に二人共感謝しています」と書き送っていることから、ロレンス夫妻はキング一家を頼りにしていて、一家はおそらく度々物資を提供していたと推測される。

▽エミリー・キング　六　［一九二〇年四月二五日］

シラクーザ

お元気でしょうか。郵便事情が非常に悪く、手紙が何も届かないのです。エイダとあなたの両方から便りをもらえると、嬉《うれ》しいです。数日ここに滞在します。友人たちが（一）誘ってくれたのです。ここはギリシア風の採石場（二）になっています。日光が恐ろしく強いです。

それでは　DHL

（一）友人たち　ロレンスはヤン・ユタ、ルネ・ハンサード、アラン・インソルらと旅行中だった。
（二）ギリシア風の採石場　おそらくラトミーア・デル・パラディーソと呼ばれる採石場で、そこではギリシア時代に、神殿や住居を建てるための石を切り出していた。

▽エミリー・キング　七　（一九二〇年五月二〇日）

マルタ、グレイト・ブリテン・ホテル

こちらヴァレッタは何ともすばらしいです。特筆に値するのは、食料が豊富なことと、店に商品がずらりと並んでいることです。イタリアではどの店に行っても品薄でしたので、こちらは物価も安く思われます。マルタの女性は皆、町では黒い絹の着衣をまとっていて、闇《ダーク》を秘めた東洋の趣を醸しています。水曜日には帰路につく予定ですので、木曜日の夜には、フォンタナ・ヴェッキアに着くと思います。あなたのことを思っては、元気でいてくれることを願っています。

ではまた　ＤＨＬ

青々とした緑あふれる風景はどこにもなく、土地はからからに干上がっています。

マーガレット・キングへの書簡

マーガレット・エミリー・キング（「ペギー」）(Margaret Emily King [‘Peggy’], 1909-2001?)

ロレンスの姉エミリーとその夫サミュエル・テーラー・キングの長女でロレンスの姪にあたる。ロレンスは誕生日にプレゼントを贈るなど、この姪を「ペギー」と呼んで可愛がった。

▽マーガレット・キング　一［一九一九年一一月二〇日］

フィレンツェ、ピアッツァ・メンターナ　五、ペンション・バレストラ

ここでわたしはあなたの叔母フリーダがスイス経由でやって来るのを待っています。それから二人でローマへ行くのです。一週間そこそこはまだこちらに滞在するので、何か変わったことがあれば手紙で知らせてくださるよう、お母上にお伝えください。こちらには友人が二人いるので、独りぼっちというわけではありません。ですがおや、雨が降ってきました。

愛を込めて　DHL

▽マーガレット・キング　二［一九一九年一二月一八日］

［イタリア、ガゼルタ地方、ピチニスコ、オラツィオ・チェルヴィ様方］

エイダ叔母さんにちょっとした小包を送ったのですが、人形の揺りかご《クレイシュ》を入れたあなた宛の小包はピチニスコでは送れませんでした。受け付けてもらえなかったのです。それで、もしできれば今日、直接あなたの住んでいるカールトンに送ります。（二）どうか無事届きますように。

二人からクリスマスに愛を込めて　DHL

（一）カールトンに送ります　キング一家は当時ノッティンガム、カールトン、メインストリート　四八〇に住んでいた。

▽マーガレット・キング　三一　［一九二〇年一月二七日］

アマルフィ、ホテル・カプチーニ

郵便と鉄道のストライキのために手紙が一切届かなくなっていたので、ひどくふさぎ込んでいました。それで、イタリア本土にやって来たのです。アマルフィは何ともすばらしいところです。このホテルはもと修道院だった建物で、海を見下ろす丘にそびえ立っています。写真に写っている女性たちは、山からワインを運んで降りて来たところです。丘の斜面一面に野生のクロッカスやスイセンや赤紫色のアネモネが咲いていて、アーモンドや桃の木は花が満開です。非常に暑いので日焼けをしました。ストライキは今日で終わったので、手紙も届くようになるでしょう。

それでは　ＤＨＬ

▽マーガレット・キング　四

［一九二〇年　五月二二日］

ヴァレッタ、グレイト・ブリテン・ホテル

今日ちょっとした刺繍《ししゅう》の飾り物をお送りしました。あるエジプトの壁画をそっくりそのまま模《かたど》ったものです。川の女神が太陽と創造の偉大なる神に、生まれたばかりの春の神を捧げているところを描いてみました。エジプトの神は皆、神秘的な何かを象徴しているのです。いつかエジプトの神々について話をしましょう。こちらはひどく暑く、わたしたちは強い日差しに当たって息も絶え絶えです。次の水曜日には船で戻ろうと思います。女神は平らにして置かないで、壁に掛けてください。

それでは　DHL

S・S・コテリアンスキーへの書簡

S・S・コテリアンスキー（S.S. Koteliansky, 1880-1955）

ウクライナ生まれのユダヤ系ロシア人。一九一一年七月にイギリスにやって来た。渡英の理由は明らかではないが、その後一九二九年にイギリスに帰化し、終生イギリスで暮らした。コテリアンスキーはロレンスをはじめとする多くのイギリスの作家と共同、あるいは単独で、ロシア文学の翻訳を行なっていて、英訳した作品の数は、三〇以上に及ぶ。なお、生前交流のあった著名人から受け取った書簡は、彼の意向により、大英博物館に遺贈された。

今回の時期の書簡では、ロレンスが大流行したインフルエンザに苦しんでいる時には、グレープフルーツやお茶を送ったりしている。また、コテリアンスキーの手になるロシアの思想家シェストフの英訳を出版し、コテリアンスキーの生計の一助にしたいと思うロレンスとの間で、かなりの書簡のやり取りがあった。

▽S・S・コテリアンスキー　一　（一九一九年一月一日）

ダービーシャ、ミドルトン・バイ・ワークスワス

今朝お手紙受け取りました。深い雪の朝です。一年の最初の日としては、実に静かですが孤絶したような感じがします。わたしたちにとって、今年が新しい時代の新しい出発の年になることを心から願っています。わたしはとにかくこの境遇を飛び出て、もっと自由で活動的な何かに向かってゆきたいのです。

そうです。新年のちょっとした贈り物をわたしに贈ってくださいませんか。といっても高価で贅沢《ぜいたく》なものを願っているわけではありません。本が一冊、二冊はほしいですね。ここでは読書しかありませんので。ここで生活すればするほどに、人類が残したすばらしい本物の書物を大事にするようになるのです。エヴリマンズ・ライブラリーに入っている次の二冊を読みたく思います。

ベイツ著『アマゾン河の博物学者』一シリング九ペンス

シェッフェル著『エックハルト、一〇世紀の物語』一シリング九ペンス

最初に書いた本がほしい理由は、いつの日にかわたしは南アメリカに行きたいからです。といっても、アマゾン河ではなくペルーかエクアドルですが。それにしてもベイツはすばらしい。わたしがほしい二番目の本は、今わたしが書いている『ヨーロッパ史［のうねり］』執筆の助けになると思うからです。以前に一度読み始めたことはあるのですが、完全に読み終えていなかったのです。といっても、エヴリマンズの豪華版ではなく、戦前に出た一シリング、今ならきっと一シリング九ペンスになって

いると思われる廉価版でよいのです。

お金のことで言えば、二編のエッセイ(一)執筆代金として〔オースティン・〕ハリスンから一〇ポンドを受け取りました。このエッセイ二編は、ピンカーの手中にあったのですが、そんな彼を出し抜いてやりました。だから今のところまだあなたからお金を借りなくてよいのです。これから先、もし困ったことが生じたらあなたに無心をするつもりです。わたしは今歴史を書いています。あとひと月半はかかると思います。もし〔モンターギュ・〕シャーマンが少しでもお金を送ってくれれば、それはそれで結構なことですが。しかし彼を煩《わずら》わせたくはありません。

わたしの書いた劇『一触即発』が、シンシア・アスキスの手元にあり、読んでもらっていることを、〔マーク・〕ガートラーに伝えてください。彼女は演劇に関する新たな事業に関わっているので、わたしの劇に彼女なりの役割を見出したようです。たぶんそれは〔アーノルド・E・〕ベネットのような類いの人たちに関係していると思います。おどけたプリンスであるビベスコが、アスキス夫人の紹介で(二)わたしのためになりたいと昨年言ってきたということも、ガートラーに知らせてください。ビベスコは、お金を直接あげるよりも、わたしの作品出版の手助けをしたほうがよいと言いました。彼は小説『恋する女』の原稿を手にしましたが、一言も言わないままにこちらに返却し、何もしませんでした。そんな訳で、こういったおどけたプリンスたちは、お金があって見かけはよいのですが、結局は〔アーノルド・〕ベネットや〔H・G・〕ウェルズ、あるいはセルフリッジ百貨店やライアン・レストランと(三)、あるいはハワード・ド・ウォルデン(四)といった類の人や場所に過ぎません。彼らの共通点は、自己宣伝のためにしかお金を遣わないのです。ベネットやビベスコといった筋の人たちとは何もすることはない、とガートラーに伝えてほしいのです。ふん。そんな連中とは付き合わないほうがはるかによいのです。

ドイツからの便りをもらいました。わたしの義理の弟で資産家のユダヤ人教授であるエトガール・ヤッフェは、バイエルン［共和国］の財務大臣を務めています。フリーダの母親からの知らせによると、彼女は娘のためにお金を用意しているとのことです。親切な義理の母と財務大臣の世話になり、このお金の問題は解決するかもしれませんし、そうならないかもしれません。

わたしは今でもラナニムに対していくばくかの希望を抱いています。最後の望みになるかもしれません。

妹がジンを一瓶くれました。新年に乾杯。

DHL

『タイムズ』が教育を論じたわたしのエッセイを返送してくれました。いわく「実に興味深いが、あまりに深すぎて付録にするよりは一冊の本にするべきもの」。(五)

（一）二編のエッセイ　「ベンジャミン・フランクリン」（'Benjamin Franklin', *English Review*, xxvii, December 1918）と「ヘンリー・セント・ジョン・ド・クレヴクール」（'Henry St. John de Crèvecoeur', *English Review*, xxviii, January 1919, 5-18）

（二）アスキス夫人の紹介で　『D・H・ロレンス書簡集Ⅷ』第二部一九一八年「レディ・シンシア・アスキス夫

人への書簡　七」の注(二)参照。

(三)ライアン・レストラン　商品・サーヴィス拡大のスピードに長け、マーケティングやブランド確立を長・短期にわたって持続する市場主導型のレストラン・チェーン店。一八八七年「サーモン・アンド・グルックシュタインタバコ会社」の企業分割で誕生した。

(四)ハワード・ド・ウォルデン　(8th Baron Howard de Walden, 1880-1946) みずからオペラの三部作の台本を執筆した、資産家で多趣味で寛大な人物であった。しかし、彼が見せる芸術家などに対する気前のよさに対して、ロレンスは疑いの心を抱いていた。

(五)『タイムズ』　フリーマン (George S. Freeman, 1879-1938) がわたしのエッセイを送り返してきました。(一九年、「キャサリン・カーズウェルへの書簡　一」を参照。)

▽S・S・コテリアンスキー　二　(一九一九年一月六日)

ダービーシャ、ミドルトン・バイ・ワークスワス、マウンテン・コテッジ

『エックハルト、一〇世紀の物語』と『アマゾン河の博物学者』が今日届きました。楽しく、すばらしい書物が手元にあるのはありがたいことです。ロイド・ジョージやオットリン・モレルやミドルトン・マリなどよりは、はるかに意味のある存在です。わたしにとってこういった書物は、真に生きている人間とはどのようなものかを教えてくれるのです。彼らは人としてまかり通っていますが、卵から孵《かえ》ったばかりの、うじゃうじゃいる魚同然の生き物で、真の人間とは似て非なる存在だからです。本物の本を携えている限り、わたしが惨めな人間になるはずはありません。

憤慨していた［レディ・］オットリン［・モレル］に同情して、プリンス・ビベスコの口封じをしたのは、他でもないジャーナリストで文芸批評家のデズモンド・マッカーシィであったことをわたしは知りました。(二)わたしには分かっていたのです。それで、わたしか、シンシア・アスキスのどちらかに一言も言う勇気がないまま、プリンスは無言で原稿を送り返してきたことも分かっていたのでした。さらに、デズモンド・マッカーシィという人物は、オットリンとプリンスにおべんちゃらを言って二人を同時に自分の味方に付けたことで自己満足しているのです。オットリンもプリンスも、デズモンドにとっては実にありがたいパトロンなのです。だから、デズモンドは今回のことでお返しができたと喜んでいるというわけです。コット君、こういったことは、すべてわたしには分かっていましたし、今でははっきりと自覚しています。実際、わたしは多くのことを学びました。でもこういったことは、有機肥料ができる時のように放っておいたほうがよいのです。そうすれば、知らない間に、肥やしができるように、わが魂の中で腐って、新しい発芽を促す腐葉土となるはずだからです。

ニューヨークにあるユダヤ人の［ベンジャミン・］ヒューブッシュという名の出版社により『虹』が印刷されました。しかし発禁処分がなされると、彼には本を出す勇気がありませんでした。今でも作品はきっとヒューブッシュの手元にあるはずです。わたしは一冊持っています。教科書のような貧相な装丁の黒っぽい本で、イギリス版にあった数頁が削除されています。コット君、わたしが著作でお金が儲《もう》けられるという、あなたが抱いていた夢はまぼろしだったのです。ウィルスン大統領がニューヨークで鳩のように嬉《うれ》しそうに囀《さえず》り、オットリンたちがガーシントン辺りで悪臭を放ち、クレマンソーがフランスでぺらぺらおしゃべりをし、マリが「ドストエフスキー」のような奴に夢中になったり、あなたが「ランボー」に熱を入れたりしている間、(二)わたしは一ペニーの値打ちもない人間になり果ててしまいました。それどころか、「ゴードン・」キャンベルはキャンベルで「アイルランド」のことを口にし、キャサリン「・マンスフィールド」ですら服屋に入って紫色のカシミアのショールを優雅に腕に巻き付けたりしているのですよ。でも、このような事態が終わる前に世界が崩壊します。コット君、だからここイギリスで出る新しいすばらしいジャーナルであっても、あるいはアメリカ合衆国で評判のよい読み物が出ても、それらにも限界があるということです。「アメリカ」に関して、グリーシャ「マイケル・ファーブマン」の意見を今聞きたく思います。当地では雪が深く積もり、決して寒くはありませんが、実に真っ白で奇妙な美しさです。でも道を歩くのは危険です。わたしは例の歴史書をせっせと書いているところです。すぐにでも終えてみずからの窮状を脱したく願っています。そうでないと、一〇ポンドの無心をあなたにお願いせねばなりません。プリンス「・ビベスコ」には何もねだるつもりはありません。わたしはそんなことはしません。まもなくパスポート取得のために格闘しなければならないと思います。出国が可能になれば、イギリスを出立します。永久にイギリスに背を向けることさえできれば、どこへ行こうとも構いません。ただ立ち去ることさえできれば、将来何をしようと構いません。

ソニアとギタ「マイケルの妻と娘」にくれぐれもよろしくお伝えください。マトロックまで行けば、ひどい時代の思い出としてあなたのためにちょっとした品物を買っておくつもりです。本当にひどい時代でしたね、この四年間は。しかし、戦争時はよかったと考えられるようになるかもしれませんね。何とも言えませんが。

（一）デズモンド・マッカーシィ……知りました　レディ・シンシア・アスキスの一九一八年の記録によると、彼女自身とプリンス・ビベスコ、そしてジャーナリスト兼文芸批評家であったデスモンド・マッカーシィの三人は、『恋する女たち』出版の可能性について議論したとのことである。レディ・オットリン・モレルが風刺の対象になって傷ついている姿を見たデスモンドは、真剣に彼女の苦しみを受け止め擁護しようとした。そして、彼はロレンスのことを明らかに天才だとは認めていたが、芸術家では「ありえない」と言っていた。このような会話の一部始終をロレンスはレディ・シンシアから聞いていたと思われる。

（二）「ランボー」　ランボーに関する著述や翻訳をコテリアンスキーが行なったという点については不明である。

▽S・S・コテリアンスキー　三　［一九一九年一月一七日］

マウンテン・コテッジ

あなたが陸軍省（二）に行かれるということを聞いてショックを受けました。そんなところへ行かれるのはあなたの性に合いません。わたしのほうに少しでもお金があれば、ぜひ融通できるのですが。わたしはコーンウォールにある家財道具を売り払って、一〇ポンドを手に入れてやって行こうと考えています。そうすれば『歴史』［『ヨーロッパ史のうねり』］が完成するまでは何とかやってゆけるはずです。今はあと二章を書けばでき上がります。全体を通して手を加えるだけです。バーバラ［・ロウ］がスタンリー・アンウィン[二]のことについてあなたに喋《しゃべ》ったようですね。わたしは一旦自分の吐き出したもの、[三]つまり古い仕事に戻るのは大嫌いだし、その上よくても一五ポンドどまりでしょう。それでも、とにかくやってみようと思います。[四]

わたしが興味を覚えおもしろく思っているのは、あなたと陸軍省との相性はどんなものかなあということです。ぜひ教えてください。それにキャンベルには一日か二日、わたしが会いたがっているので、こちらに来るよう伝えてください。本当のところ、キャンベルこそ変わるべき人間なのです。［J・M・］マリにはわたしたちのありがたいパトロンの役をやってもらいましょう。[五]あっはぁはぁ！　わたしはひどく気が狂いそうで、心の中は荒れ放題といったところですが、じっと机に向かって歴史などの書き物をこつこつと書き続けているだけです。世界など吹っ飛んでしまえ、吹っ飛ばせ。世界は腑《ふ》抜けのように腐ってしまっているので、人が一歩でも踏み出せば、真っ逆さまに腐敗の只中に頭から突っ込んでしまうでしょう。

ソニア［・ファーブマン］にはくれぐれもよろしくお伝えください。グリシャ［マイケル・ファーブマン］はみずからの行く末を見出すでしょう。知らせを待っています。

DHL

（一）陸軍省　コテリアンスキーが陸軍省に勤務したという証拠は残っていない。

（二）スタンリー・アンウィン　(Stanley Unwin, 1884-1968) 一九一四年に出版会社ジョージ・アレン・アンド・アンウィン (George Allen & Unwin Ltd.) を設立した。

（三）吐き出したもの　旧約聖書「箴言」二六章一一節「犬が自分の吐いたものに戻るように、愚か者は自分の愚かさを繰り返す」より。

（四）それでも、……思います　一月二三日のキャサリン・カーズウェル宛の手紙にも似たような内容が書かれている。一九年、「キャサリン・カーズウェルへの書簡　一」参照。

（五）マリは……パトロン　『アシニーアム』の編集者であったマリが、同年三月六日にロレンスに投稿依頼をした手紙のことを指している。（一九年、「J・M・マリへの書簡　一」参照。）

▽S・S・コテリアンスキー　四　（一九一九年二月八日）

ダービーシャ、ミドルトン・バイ・ワークスワス、マウンテン・コテッジ

少し前ですが、わたしは直接手紙を書いて、あなたの英雄的な勇気を褒め、こちらに来て、わたしたちのところにしばらく滞在してほしいと頼みました。フリーダからの一言も同封しておきました。あの手紙を受け取らなかったのですか。どうして返事が来ないのかと思っていました。わたしに今二〇ポンドが届いたところです。［オースティン・］ハリスンからの五ポンドと、一五ポンドはコーンウォールの家財道具を売却して入ったお金です。だからあなたから借りていた小切手分をお返しせねばなりません。というのも自分が身分不相応にお金持ちになったと思い違いをするといけませんから。湯水のように使える三〇ポンドものお金を持たされたら、わたしという人間は何をしでかすか分かったものではありません。聖書にあるように「お金は、その日が暮らせたら十分であ

る」[一]という気持ちでいたいと思います。

新聞でロンドンのニュースを読みましたが、興味がわきません。何ともわが国は、偉大ですね。もしも地下鉄が止まれば、イギリス連邦まで崩壊してしまうという記事です。[二]もうそんな話はたくさんだ！　こちらは雪に覆われ、ひどく凍《い》てついています。わたしは風邪を引いて一週間ベッドに臥《ふ》せっていましたが、だいぶよくなりました。日の光が注いでいますが、窓という窓には綺麗《きれい》な氷の花が張りついています。だから、わたしたちは凍った海底にすっかり閉じ込められた感じがします。

他に言うべきことは全くありません。聞くところによると、ダービーの鉄道員もストライキを予定しているそうです。

「同志よ、鉄は熱いうちに打てよ《ストライキをせよ》。」

グリシャ［マイケル・ファーブマン］はどうお過ごしでしょうか。ソニアとギタ［ファーブマンの妻と娘］にくれぐれもよろしくお伝えください。これほど寒いと、ロシア語でも話せるようになるのではと思ったりします。

お元気で

DHL

（一）聖書にあるように　ケンブリッジ版の本文は、'Sufficient unto the day is the good thereof,' となっているが、'the good thereof' の 'the good' は 'the evil' が英文聖書の原文である。「その日の苦労は、その日だけで十分である」（マタイによる福音書、六章三四節）というのが、聖書的には正しい表現であるからだ。にもかかわらず、ケンブリッジ版が聖書の原文通りに書き換えなかったのは、この文脈に込められたロレンスの意図を尊重した

からではないか。つまりロレンスは、自分にとって身分不相応なお金は災いの元になるという気持ちを出したいため、わざと原文を'the evil'「苦労」ではなく、'the good'「利益・お金」ともじったのではないか、と推測される。

（二）イギリス連邦……記事です　ロンドンの地下鉄は二月四日、超過勤務に異議を唱えた運転手たちがストライキに入ったため、運行停止となる。しかし六日には解決し、一〇日には完全に元の運行に戻った。このストライキには、すべての組合員に招集をかけて全鉄道を止めてやるという労働組合からの当局への脅迫があり、ロンドン地下鉄のストライキは、イングランド、スコットランド、北アイルランドの中の一つのストライキに過ぎなかった。ロレンスが心配しているのは、このストライキがやがて国中を揺るがすゼネストに結びつくのではないかという点にあった。

▽S・S・コテリアンスキー　五

［一九一九年二月二六日］

［ダービーシャ、リプリー、グローヴナー通り］

いろいろなものを送っていただき、感謝いたします。こんなにもたくさん送ってくださらなくても大丈夫です。お茶用の甘いお菓子と蜂蜜も今日届きました。本日になって久しぶりに、旨くもないミルクと、食事らしきものが取れるようになりました。ようやくベッドに坐ることができたので、こうして手紙を書いています。直《じき》によくなると思います。次の日曜日には三〇分ほどベッドから出られるのではないでしょうか。わたしはすっかり疲れ果て、実のところ、ちょっとばかり精神的には参っています。というのも、わたしたちの前に広がる世界が悪意に充ち満ちているからです。また手紙をします。近々にお会いしたいものです。

DHL

［フリーダ・ロレンス］ロレンスのことについては明日手紙を書きます。あなたとは離れていても気遣ってもらえるので元気が出るのです。

F［フリーダ］

▽S・S・コテリアンスキー　六　［一九一九年二月二八日］

リプリー

昨日は［あなたからの］グレープフルーツが届きました。思いもかけない贈り物です。実に美味しいです。これ以外のものは食べたくなくなりますね。わたしは日増しによくなっています。日曜日には半時間はベッドから出られると思います。とは言え、未《いま》だに咳が出たり胸の痛みがありますが、それほどひどいわけではありません。わたしは海辺に行く予定です。そこで小さな家を見つけたいのです。わたしの叔父《こ》が車で連れて行ってくれるはずです。どこか適当な場所をご存じですか。

わたしの魂も回復の兆しを見せていると思います。わが魂は永遠に壊れてしまったと考えていました。いいや、そうではなかったのです。俗悪な世界とは手を切るつもりです。

あなたもわたしたちと一緒に海辺に来られてはどうでしょうか。
またお便りします。

D・H・L

叔父(一)がシャンパンを二本送ってくれました。何と贅沢《ぜい》なことでしょう。

(一) 叔父　おそらくフリッツ・クレンコフ(Fritz Krenkow, 1872-1953)を指していると思われる。フリッツは、ロレンスの母方の叔母エイダ・ローズ・ビアドスル(Ada Rose Beardsall, 1868-1944)の夫で、レスターで靴下・下着類販売の店を開いていた。後年、彼はアラビア語の著名な研究者になる。(『D・H・ロレンス書簡集I』「ブランチ・ジェニングズへの書簡　八」の注(三)参照。)

▽S・S・コテリアンスキー　七　[一九一九年三月一日]

リプリー

ブランデーとポートワインが水曜日に届きました。フリーダによると、あなたに届いたことをお話したとのことでしたが、あなたに伝わっていなかったようで申し訳ありません。ブランデーは口当たりのよいすばらしいものです。セルフリッジ百貨店で買い物なんかしないでください。
ソフィ・イサイエヴナにはこちらから手紙を書くとお伝えください。気の毒なベアトリーチェ[・キャンベル」。彼女は無事に着いたでしょうか。キャサリン[・マンスフィールド]の見舞いには出かけられるのですか。彼女の病気もひどかったと思います。

わたしにはベッドから抜け出て再び世界に向きあう勇気がありません。

DHL

▽S・S・コテリアンスキー 八

[一九一九年三月六日]

ダービーシャ、リプリー

前にいただいたものを食べ終わった直後に、グレープフルーツが届きました。キャサリン[・マンスフィールド]も食べているのでしょうか。とてもよい果物ですので。

わたしはだんだんよくなってきています。今日は一階に降りようと考えています。わたしが恐れているのは階段の上がり降りなのです。でもわたしはミドルトンに戻りたいのです。おそらく来週の水曜日には車で連れて行ってもらえるでしょう。海岸に行くのは諦めました。新しい場所に出かけるというのはとても大変だからです。来月にはハーミテッジに行くかもしれませんし、ミドルトンに滞在するかもしれません。わたしたちの準備が整いしだい、フリーダのほうはドイツに行きたがっています。わたしもイングランドを後にしたいと願っています。[モンタギュー・デイヴィッド・]エダーが今月わたしに会うためミドルトンに来ることになっています。わたしがパレスチナに行けばどうなるのでしょうか！　わたしはこの島から出て行かねばなりません。さもなければ魂が窒息して死んでしまいます。しかしいつになることやら。

［J・M・］マリが『アシニーアム』（一）に投稿するように言ってきました。楽しいことなので、喜んでやってみようと考えています。

近いうちにピンカーに手紙を書くつもりです。出版者たちや本の出版に関わる仕事にはうんざりします。

今日はよく晴れわたっています。自分のいのちをしっかりと捉え直さねばなりません。果物を送っていただきありがとうございました。あなたご自身はいかがですか。退屈されていませんか。

さようなら《オ・ルボォワール》　D・H・L

（一）『アシニーアム』(*Athenæum*)　一九年、「S・S・コテリアンスキーへの書簡　三」でロレンスは、マリが『アシニーアム』の編集者となったことに触れている。そしてこの手紙は、いよいよマリからの投稿依頼が現実のものになったことを物語っている。

▽S・S・コテリアンスキー　九　［一九一九年三月一一日］

リプリー

次の日曜日にはミドルトンまで車で連れて行ってもらいます。ここにいると息が詰まりそうです。

お茶を飲みに階下に降りてゆくのですが、厄介なことに足下がふらついて満足に歩けないのです。一か月以内には、ハーミテッジに行けると思います。妹がミドルトンまでわたしたちに同道してくれます。わたしにとって彼女は頼りになる看護師です。何時かははっきりしませんが、［モンタギュー・デイヴィッド・］エダーも来ます。わたしたちには、甲虫捕獲を目的とするこの島国(二)からは脱出不可能ではないかという感じがします。しかしあなたが言われるように、六月を期待しています。［J・M・］マリが『アシニーアム』に投稿するように言ってきたのですが、その要求内容が今ひとつはっきりしません。つまり何を書いてほしいのか、何時その原稿が必要なのかをわたしに伝えてこないのです。残念ながらマリには不信感を抱いてしまいます。彼にはがっかりさせられるはめになる気が強くします。気の毒なキャサリン［・マンスフィールド］。彼女はまさに生存の瀬戸際に立たされているのです。ベアトリーチェ［・キャンベル］がすばらしい手紙をアイルランドから書いて寄こしました。夫のゴードンのことが語られています。あなたは今週末に彼の姿を見ましたか。どんな様子でしたか。ベアトリーチェは一ポンドのバターを送ってくれました。ありがたいことです。マーガリンは食べられたものではありませんから。もしあなたがチャイナ・ティーを四オンス入手できるなら、ぜひ買っておいてください。他の紅茶の味が嫌いなので。しかし、四分の一ポンドあれば、わたしなら長くもちますので、それ以上は買わないでください。もちろん、わたしがパレスチナに行ったとしても、ほんのわずかな期間で、それも当座しのぎの旅にしか過ぎません。そんなわたしを軽蔑しないでください。何か新聞種はありますか。と言ってもわたしはあえて読もうとは思いません。読めばすぐにいやになりますからね。

わたしたちはみんな粉砕されてしまいました。ほんの僅《わず》かな部分しかわたしたちには残っていないのです！　世界はわたしたちを打ち負かし、踏みにじってちっぽけな存在にしてしまったのです。でもいつの日か、小麦のように芽吹く日が来ると思います。

ソニアとギタ［マイケル・ファーブマンの妻と娘］にくれぐれもよろしくお伝えください。いずれ近いうちに再会できると思います。

D・H・L

（一）甲虫捕獲を……この島国（'this beetle-trap of an island'）　清水康也は『D・H・ロレンス――ユートピアからの旅立ち――』（英宝社、一九九〇年）の第三章「グロテスクの戦略」（五八―五九頁）の冒頭でロレンスが遣う'beetle'（甲虫）に関して、次のように記している。「ロレンスの作品に現われる動物のイメージの中で、獣、鳥、爬虫類などと比較して、昆虫のそれは必ずしも多くはない。その中で、beetle に代表される鞘翅《ししょう》類（甲虫類の仲間）の昆虫がかなり多く使われ、（中略）本書では'beetle'という語に便宜上、甲虫という訳を与えておく。こうした中で我々を最も悩ますのは、この甲虫が、しばしば聖性と同時に汚辱をも象徴する両義的なイメージとして用いられる場合である。」（ルビ・傍点訳者）

以上のような清水の指摘と、「甲虫《かぶと》捕獲を目的とするこの島国からは脱出不可能ではないかという感じがします」とコットに手紙したロレンスの気持ちとを照合すると、祖国イギリスがもはや両義的なイメージを持つ甲虫に似た自分の存在を許さず、出国を認めないまま生殺しにしてしまおうとする国に成り果てたことを皮肉っているように思われる。

▽S・S・コテリアンスキー　一〇　［一九一九年三月一四日］

ダービーシャ、リプリー

グレープフルーツが届きました。今が旬ですね。よく熟していています。だんだん体力は回復していています。しかし、わたしは気弱になっています。その理由は、第一にわたしが疲れ果てて重篤な状態が続き、特にこの二日間は回復の見込みがないのではという医者の診断があったからです。しかし、医者なんて、馬鹿ばかしい！　ともあれ、少なくとも肉体的には無理だとしても、精神的に再び元の自分を取り戻そうとしています。外に出て二、三ヤード歩いてみました。でも、あまりに寒すぎます。ミドルトンに劣らず、当地も寒いのです。もし天候がよければ、日曜日にはマウンテン・コテッジに行く予定です。

近いうちにアイルランドに行けたら楽しそうです。おそらく実現できるでしょう。費用が少々かかりすぎますが。様子を見てみましょう。

妹がわたしたちと一緒にミドルトンに行きます。わたしは再びよくなるまでフリーダの優しい慈悲に頼るつもりはありません。彼女は本当に悪魔です。永遠に彼女から離れてしまいたい気分です。フリーダは独りドイツへ行けばよいのです。わたしは別の道を取りたいのです。というのは、本当のところ、わたしはずっと彼女のいじめに遭ってきたからです。今なら別れても、何ともないと強く思います。どちらにしても、決着をつける時が来たのです。この病気が彼女にとっては教訓にならなかったとしても、わたしには為《ため》になったのです。

次回はミドルトンにいるわたしに手紙をください。状況をお知らせします。妹も先週メガネを壊しました。だから彼女もあなたのことを笑ったりはできません。でもわたしのメガネを借りています。『アシニーアム』のために原稿を書こうと努めています。しかしこんなことをしてまで、なぜ興ざめな努力をしなければならないのでしょうか。最近バーバラ［・ロウ］の姿を見ましたか。彼女は突然黙して語らなくなったからです。暖かくなればと、強く願っています。

DHL

▽S・S・コテリアンスキー　一一　（一九一九年三月二〇日）

ダービーシャ、ミドルトン・バイ・ワークスワス、マウンテン・コテッジ

月曜日にこちらへ来ました。好天でした。火曜日も穏やかで気持ちのよい朝でしたが、午後から雪が降り始め、以来やむことなく、白く降り積もっています。妹のエイダが子どものジャッキーを連れてこちらに来ております。雪の重みで木が倒れてしまいそうなので、エイダとフリーダが外に出てドンドンと木をゆすってくれています。情けなくもわたしは窓から病気のサルのように、ぽかんと眺めているほかありません。パールシー教徒の医師（二）がリプリーから来てくれて、肺に効く注射をしてくれることになっているのですが、もう一か月はこちらに留まっていなくてはならないでしょう。あわよくば月末にハーミテッジに避難します。

［ウイリアム・K・］ホーンから手紙が来ました。彼は二年半のサロニカでの任務から戻り、ロンドンにいます。除隊ではなく賜暇《しか》です。彼に返事を出しました。会えそうなら会いますが、会って不快に思ったら、二度と会うことはないでしょう。

雪の話と間の抜けた暮らしぶり以外に知らせることはありません。ああ、そういえば、この週末にリプリーに来ていた［モンタギュー・デイヴィッド・］エダーが、クラレット一本と、ケーキや甘いものを持って訪ねてくれて、とても親切にしてくれました。彼は夫人と下の男の子を連れて四月三日に出航します。わたしはフリーダをドイツに残して、九月にパレスチナへ出かけることを約束しました。パレスチナでその場所をしかと見定めて、ジオニアドのようなものを書きます。あなたの意見を聞かせてください。

妹が本代に一〇シリングくれました。読むものが全くないのです。エヴリマンシリーズから四冊を買ってもらえませんか。各巻一シリング九ペンスですよね。それだとギタ［・ファーブマン］のために一冊買えますので、彼女に『スイスの家族ロビンソン』か、ヨハンナ・スピリの『ハイジ』、あるいはバランタインの『アンガバ』か、コロディの『ピノッキオ』を買ってあげてください。もっといいのは、エヴリマンのリストから自分で選ばせてあげることかとも思います。とにかくギタに一冊買ってあげて、一シリング九ペンスが五冊、合計八シリング九ペンスですから、残りでちょうど郵便代金になります。もしも一シリング九ペンス以上する場合は、『チャールズ・オーチェスター』を除外してください。（二）勘定はきっちりとしなくては、あなたはまた自腹を切ったり、切手で六ペンスを送り返してきたり、何か困ったことをしてくれますからね。あなたがくれた［ヘンリー・ウオルター・］ベイツの『アマゾン』(三)をキャサリン［・マンスフィールド］に貸しました。日差しが降り注ぐ水辺に連れ出してくれる、とてもよい本だと思います。

さようなら　　DHL

(一) パールシー教徒の医師　パールシー教徒は八世紀にペルシアから逃れたゾロアスター教徒の子孫で、主にムンバイに住む。言及されているのはボンベイとエディンバラで医師免許を獲得したフィロウズ医師（Dhunjabhai Furdunji Mullan-Feroze, 1874-1959）のことである。彼はクラーク家と親しくしていた家庭医でロレンスとも相性がよかった。

(二) もしも一シリング……除外してください　この書簡には以下の本のリストが付いていた。トマス・ベルト（Thomas Belt,1832-1921）の『ニカラグアの博物学者』（*The Naturalist in Nicaragua*, Everyman's Library, 1911）、ナサニエル・モートン（Nathaniel Morton, 1616-1685）の『ピルグリム・ファーザーズの記録』（*Chronicles of the Pilgrim Fathers, Everyman's Library*, 1910）、エドワード・ギボン（Edward Gibbon, 1896-1911）の『ギボン自伝』（*Autobiography*, Everyman's Library, 1911）、エリザベス・サラ・シェパード（Elizabeth Sara Sheppard, 1830-1862）の『チャールズ・オーチェスター――追憶』（*Charles Auchester: A Memorial*, Everyman's Library, 1911）.

(三) 『アマゾン』　［アマゾン河の博物学者］』（*The Naturalists on the River Amazons*, 1862）のこと。ベイツは昆虫の擬態を研究し、その由来には自然淘汰が作用していると、進化論を支持した。

▽S・S・コテリアンスキー　一二　［一九一九年三月二五日］

ミドルトン

書籍とグレープフルーツ、それにお茶が今朝届きました。本当にありがたく思っています。でも、どうかカラヴァン・ティー(一)などは買わないでください。もう名前を聞いただけで、ラクダとか東洋の商人を思わせる、いかにも高価な感じがします。あなたにこんなにもしていただいて、本当に申し訳ありません。あなたが肖像画を描かせるような銀行家なら、わたしだって恐縮することもないでしょうが、実際には、貧者の賽銭《さいせん》(二)をささげるほかない、男やもめなのですから、未来のわたしの見事な肖像画も、困惑顔になってしまいますよ。また、忌《い》むべきエヴリマンの本が二シリングに値上がりしていたのも、嘆かわしいことです。結局、郵便代をあなたから巻き上げる羽目になってしまいました。

アナトール・フランスは、まずあなたが読んでください。(三)わたしには読むべき本が手元にありますから。やはり目の前に置くと本はとても魅力的です。かつて、よくあなたに本を渡しましたが、実は読んではもらえず、厄介ものでしかなかったのではないかと思ったりもするのですが、もしそうならそうだと言ってください。それとも、わたしが読んでよいと思った本を、時折送ってもらいたいということなら、遠慮なく言ってください。喜んで送ります。

［マーク・］ガートラーに葉書と本が届いているとお伝えください。明日から取りかかります。このところは［デイヴィッド・］テニースの作品を模写していました。とてもすばらしいです。ただ、絵画はわたしの芸術ではありません。わたしにとってはあくまで娯楽にすぎないのです。

こちらはひどく冷えています。雪もまだずいぶん積もっています。わたしが屋外に出るのは無理ですね。でも今は本も絵画もありますから、結構忙しくなります。

本物のチャイナ・ティーがあるのは実にすばらしいです。普通のお茶みたいな代用品や、マーガリンとジャムでは、体の調子が悪い時には苛々《いらいら》するだけですから。でも実際はずいぶんと回復してきています。外にさえ出られればいいのですが。

あなたもガートラーも、また幸福な暮らしに戻っていることを願っています。

さようなら　ＤＨＬ

［ウィリアム・Ｋ・］ホーンはまた返事を寄こしません。

(一) キャラヴァン・ティー　一六一八年中国の大使がロシア皇帝に紅茶を献上。その七〇年後に協定が結ばれ、一六か月かけて、ラクダの隊商によってお茶が輸出されるようになる。一九〇五年シベリア鉄道開通により、七か月で輸送されるようになる。このお茶のことを指すのではないかと推定される。

(二) 貧者の賽銭　「マルコ伝一二章四二節」より。

(三) アナトール・フランス……ください　アナトール・フランス (Anatole France, 1844-1924) による回想録『小さなピエール』(*Le Petit Pierre*, 1918) のこと。

▽S・S・コテリアンスキー　一三　（一九一九年四月三日）

ミドルトン・バイ・ワークスワス、マウンテン・コテッジ

『緋文字』（一）を送ります。とてもすぐれた作品です。ご存知なのは分かっていますが、もう一度読んでみてください。来月『イングリッシュ・レヴュー』に掲載されるわたしのエッセイは、この作品についてです。気に入ったら手元に置いておいてください。

［J・M・］マリから知らせがありましたが、実に編集者然としたものでした。彼のためにわたしが書いたものは、いささか「不本意ながら掲載を見送らせていただきます」とのことです。来週、エッセイの一つだけは掲載するとのことですが、返却を要求しようにも、もう間に合いません。つまりそれが『アシニーアム』に載る最初で最後のわたしの言葉というわけです。（二）さらば、ジャッキー、汝《なんじ》のことは百も承知。でも、ポートランド・ヴィラ　二　［一九一八年八月以降マリ在住］では、何も言わないでください。

［ウイリアム・K・］ホーンから便りがありました。馬鹿じゃないかと思います。何でも彼はアクトンで暮らしていて、まだ軍隊に所属はしているものの、復員するのに「てんてこまい」で、「行政の」仕事に就きたいと思い、パレスチナかダマスカスかどこかの、あるポストに現在応募中で、自分にはバリスターの資格があり、これがポストを得るのにものをいうだろうとのことです。月に派遣されるのを期待しましょう。一方、メイジー［ホーンの妻］は、自費で「寸劇」の上演をすることになっていて、来週、エクセターでツアーを開始するとのことです。「もし成功しないと、これで彼女はお金をなく

してしまいます」とホーンは書いていました。

世界屈指のアレクサンダー大王の嘘《うそ》ならいざ知らず、取るに足らないちっぽけな下らぬ嘘で、あなたを落ち込ませているのは一体誰なんですか。さあ、コット、そんなちっぽけなノミなど、それとも大きなノミでしょうか、ともあれ、誰も気にかけたりなどしませんよ！

本のことは一切気にしないでください。わたしには、先だっての郵便代の二シリングという面目ない借りがありますから。それからキャラヴァン［のお茶］の代金もどうか支払わせてください。

ソニア［・ファーブマン］の件は実におもしろい話ですね。彼女がグリシャ［マイケル・ファーブマン］と顔を合わせたら、ソニアは必ずわたしも彼の味方だと言うでしょう。事の成り行きを教えてください。確かに本は読む気分にならないといけませんね。気分が乗らないと、いくら読もうとしても駄目です。歴史書［『ヨーロッパ史のうねり』］の校正に取り組んでいます。三週間くらいかかるでしょう。それ以上延びないよう神に祈ってください。それが済んで、ただちに五〇ポンドを受け取れたらいいのですが。あなたにもいくらかお渡しします！

ギタ［ファーブマン夫妻の娘］にかわいらしいお礼の手紙を受け取ったことを伝えてください。手紙の中の青い小さな男の子の絵はわたしなのでしょうか。しきりに声を上げているのですが。もしそうなら、わたしはどんな歌を歌えばよいのでしょう。

さようなら　DHL

（一）『緋文字』*The Scarlet Letter*　ナサニエル・ホーソーン（Nathaniel Hawthorn, 1804-64）の一八五〇年出版の小

説。夫の消息が分からくなっていたヘスター・プリンは、村の牧師と姦通を犯し、女子を授かる。神の許し、罪悪などを探求するホーソーンの代表作。
（二）つまりそれが『アシニーアム』に載る……わけです　匿名で「鳥のさえずり」を掲載。「ジョン・ミドルトン・マリへの書簡　一」参照。

▽S・S・コテリアンスキー　一四　［一九一九年四月七日］

ダービーシャ、ミドルトン・バイ・ワークスワス

グレープフルーツ、キャラヴァン［・ティー］、それからアナトール・フランスをありがとうございました。キャラヴァンは、窓辺から微動だにしない谷間を眺めながら、ちびりちびりと楽しんでいます。ところで、このお茶であなたに半クラウンの借りがありますね。グレープフルーツは一つ食べました。これを使って刺繍《ししゅう》用のデザインを作りました。アナトールは四頁読みました。それから出産の騒動で床には犬の赤ちゃん、子犬がうじゃうじゃで、外に出てはマットで足をぬぐっています。

陸をかき乱すものはない、海をかき乱すものはない
マリ夫妻はこの上なく静まり返っている。（二）

要するにマリは、わたしのエッセイの一篇［詳細不明］に関して、わたしを亡き者にしてしまいました。

彼が返却を怠ったがゆえに、エッセイは時宜《じぎ》にかなわず、今となってはもはや使いものにならなくなったのです。『アシニーアム』の掲載目次を目にしました。亡者のごとき焼き直しの書き物ばかり。

あなたのために、心ばかりのとても愉快なプレゼントを用意しています。実現しないといけませんので、前もって心にとどめておいてもらいたいと思います。とにかく一、二週間後のことです。

マーガレット・ラドフォードから手紙です。ロレンスさん、わたしは何て幸せなのでしょう。ハーミテッジにて、お二人をお迎えして、一〇日間を過ごせるのですから。「愛は、野営地、宮廷、森を支配する。(二)」

ソニア[・ファーブマン]のスープにもう一本の髪とは！　彼女にそれをしまっておくようにと言っておいてください。もうすぐ、誰かを縛り首にする縄が結えることでしょう。彼女とアムステルダムについて教えてください。ギタ[ファーブマン夫妻の娘]にわたしが「ルール・ブリタニア」(三)の歌の練習を始めたと伝えてください。何せ彼女の父親はこの歌をとても上手に歌いますからね。これが予定にちゃんと合っているといいのですが。

アラベラ[ドロシー・ヨーク]から便りがありました。先週ヒルダに女の子が生まれたとのことです。(四)「[セシル・]グレイはひどい振る舞いで、リチャード[・オールディントン]はとてもすばらしい」(引用　アラベラ)。アラベラ自身は意気消沈しているみたいです。ヒルダと赤ん坊は元気だそうです。

ギタに言ってください。二番目の曲ですが、わたしたちはあの威勢のいい賛美歌を歌います。

「われらはシオンへ進まん

美しき、美しきシオン
われらは進まん故郷シオンへ——など」(五)

彼女も一緒になって歌ってくれることを願います。
ソニア以外には、ヒルダについて何も言わないでください。

DHL

わたしの封筒はひどいですが、でもあなたの長いクーポン券には優りますね。

(一)陸を……静まり返っている　ロバート・サウジー(Robert Southey, 1774-1843)のバラッド「インチケープ暗礁」'The Inchcape Rock'(1803)の冒頭より、もじって引用している。原文は'No stir in the air, no stir in the sea, ／The ship was still as she could be;'

(二)「愛は、野営地、宮廷、森を支配する。」サー・ウオルター・スコット(Sir Walter Scott, 1771-1832)の『最後の吟遊詩人の歌』(*The Lay of the Last Minstrel*, 1805)の第三カントー、第二連、五行から。原文は語順が少し違う。"Love rules the court, the camp, the grove"

(三)「ルール・ブリタニア」　"Rule, Britania!" ジェームズ・トムソン(James Thomson, 1700-1727)の詩に、トマス・アーン(Thomas Arne, 1710-1778)が曲を付けた。ブリタニアはイギリスを擬人化した女神。

(四)先週ヒルダに女の子が生まれたとのことです　この書簡の日付から判断すると、セシル・グレイとの間に生まれた女の子、フランシス・パーディタ・オールディントン(Frances Perdita Aldington, 1919-?)を指すと推定される。この時ヒルダとグレイの関係は壊れていて、別居していた。オールディントンとは一九三二年に離婚しているが、それまで関係の修復に努めたという伝記も残っているので、この手紙の内容に合致する。

(五) われらはシオンへ進まん　アイザック・ワット(Isaac Watt, 1674-1748)の作詞による讃美歌、'Hymns to the Living God' 第一八番に付け加えられているリフレインの部分からの引用。

▽S・S・コテリアンスキー　一五 (一九一九年四月一七日)

ダービーシャ、ミドルトン・バイ・ワークスワス、マウンテン・コテッジ

われわれはまだこちらにいます。妹も子どもと一緒にいるのですが、かなり加減が悪いです。加えてインフルエンザにもかかってしまい、そのせいで根太《ねぶと》ができていて、今もなかなか引かず、妹は気分も沈んで弱気になっています。何とか根太が治まってくれればよいのですが。

来週のおそらく二四日だと思いますが、ハーミテッジへ行くことになっています。着いたらお知らせします。必ず会いに来てくれますね。マーガレット[・ラドフォード]は五月の第一週までコテッジにいます。いやはや！　荷物をまとめてはまた移動という面倒にはもううんざりします。

あなたへのプレゼントですが、どうやらあなたに届かないことになりそうです。というのも郵送の過程で行方不明になってしまったのです。封筒が端から端まで裂けた状態で戻ってきて、中の小さな箱はなくなっていました。関係書類に記入をして、ちゃんと戻ってくることを願っています。駄目な場合は、改めて手に入れたいと思います。高価なものでは全くありませんが、ただ実際、すばらしい

もので、代わりになるものはありませんので、多少なりとも似たものを探すほかありません。何だかマリ夫妻が送ったプレゼントの話のようで、不可解であり、胡散臭《うさん》くもありますが、でも本当の話です。もしからしたらひょっこり出てくるのではないかと、今も一縷《いちる》の望みを持っています。

マリ夫妻から便りは来ていません。わたしの原稿の一部が戻ってきただけです。別に返してくれと言ったわけでもないのに、ジャック［J・M・マリ］宛のわたしの手紙も入っていました。誠意のかけらも感じられないぞんざいさですね。あとは、先週に出た『アシニーアム』。めそめそと不平を並べる雑誌の中でも、この『アシニーアム』くらい不快なものはありません。感傷的で頭でっかちのジャーナリストたちが、大金を稼ぐこともままならず、またそうする気もないためか、ただぶつぶつと不平をこぼしているのですから。何と哀れな輩《やから》でしょう！　アシニーアム信奉者は、そろいもそろって泣き言ばかりのこぼし屋です。この雑誌にかかればキャサリンの才気煥《かん》発も影をひそめて、ぐすんぐすんとなる始末です。けっ！

ところで、あなたは少し電報局員熱にかかっているのではないですか。どうかあせらずに。とは言え、じれったいのは分かります。哀れなソニアは、フライパンと火の間でにっちもさっちもいかない状態ですね。彼女が無事に戻ることを願っています。しばらくはあなたは一人なのでしょうか。

アナトール・フランスは半分読みました。彼が書いたピエールは本当に小さくて、ほとんど目に見えないほどで、わたしは眼精疲労になってしまいそうです。でもアナトールは、馬鹿ばかしい話を実に優雅に語っていますね。ただ、その分かりやすい感じが、わたしには途方もなく難解に思えてきます。わたしは粗末なエサにありつこうと、クルミを割るために生まれたオウムのような気分です。『緋文字』

を気に入ってくださり、嬉しいです。ホーソーンの別の作品も送ります。アナトール・フランスや『小さなピエール』を見下しているとは思わないでくださいね。

わたしの目の前には、歴史『ヨーロッパ史のうねり』のもう二章があるのみです。これを仕上げたら、手元には何もありませんから、浮浪者だろうが、ボルシェビストだろうが、はたまた政府高官だろうが、都合次第でどの仕事にもつけるわけです。どうもわれわれは、不活発で無関心、永遠に麻痺《ひ》してしまうことになりそうです。ついには退屈し切ってしまうのではないかと心配になります。復活祭にはこちらへみんな来てくれることになっています。わたしは取るものも取りあえず、あなたのところへ急行するところでした。復活祭にあなたのところに行くことを本気で考えていたのです。でもここは堪《こら》えなくてはならないでしょう。

グレープフルーツをどうもありがとうございました。妹と一緒に食べました。妹は本当に大好きなのですが、彼女の体にもよいと思います。マトロックに行けたら、復活祭の飾り卵を送ります。ただ雨が降っています。わたしも病気でしたので、それほど遠くまで歩いていないのです。でも今はだいぶよくなっています。斧《おの》で薪を切ったり、水を運んだり、庭仕事ものんびりしています。つまり、わたしに関しては、もうこれ以上、お加減いかがですかといったお尋ねはご不要ということです。もう大丈夫ですから。

哀れなソニア。彼女の様子を知らせください。

さようなら《オー・ルヴォワール》　DHL

▽S・S・コテリアンスキー　一六　［一九一九年四月二三日］

ミドルトン・バイ・ワークスワス

出発は金曜日です。八時にこちらを発《た》ちます。荷造りもすべて済みました。妹は息子と明日の夕方出発します。それにしてもわたしは、粗末な箱に何度荷物を詰め込んだことでしょう。一体いつになったらこの荷物が落ち着くことになるのやら。とは言え、今は新たな旅立ちが現実味を帯びた感じで、ハーミテッジに長居することなく、イギリスを離れ、すぐにでも遥《はる》かな旅路が始まるような気分でいます。ひょっとすると当面は講和が成立して出国できるかもしれません。

あなたがハーミテッジに来ないのなら、わたしがロンドンへ行ってあなたに会いに行きます。歴史［『ヨーロッパ史のうねり』］も一段落つき、わたしも自由の身です。先日、われわれに対するコーンウォール退去命令の無効を知らせる文書が届いたのです。ところで、まもなくソニア［・ファーブマン］が戻って来ると思いますが、それまではあなたも苛々《いらいら》が募りますね。

マリ夫妻から便りはありません。そのほうが助かりますが。K［キャサリン・マンスフィールド］からF［フリーダ］に手紙は来ますが、ウィットを効かせたつもりの馬鹿みたいな手紙ばかりで、笑う気にもなれません。

『小さなピエール』をお送りします。どうもありがとうございました。ハーミテッジに着いたらもっとたくさん本を送ります。マーガレット［・ラドフォード］もいることになると思います。住所を覚えておいてください。

バークシャ、ニューベリー近郊、ハーミテッジ、チャペル・ファーム・コテッジ
早く会いましょう。

さようなら《オー・ルヴォワール》　DHL

▽S・S・コテリアンスキー　一七　［一九一九年四月三〇日］

バークシャ、ニューベリー近郊、ハーミテッジ、チャペル・ファーム・コテッジ

先週の金曜日にこちらに来ました。旅の疲れも癒えたところです。天候はよくありません。マーガレット・ラドフォードもこちらにいます。こんなことならマウンテン・コテッジのほうがずっとよかったですよ。

ソニア［・ファーブマン］をめぐる彼らは、何と見下げ果てた輩《やから》でしょう。話を聞いただけで、わたしの血も少しどす黒くなってしまうかもしれません。あなたの尽力が功を奏したのかどうか教えてください。

平安は訪れるのでしょうか。主の御使いの歌声は聞こえますか。ああ、主よ！

すぐにでもあなたに会いに行きたいのですが、妙にむっつりとした愚かしさがわたしの中に居座って、何もする気が起こらないのです。それは一つには、愛情に溢《あふ》れんばかりのマーガレットに由来するのです。彼女のような類は、キーティングの殺虫剤できれいさっぱり駆除ができればと思います。

感情が豊かとか、頭がいいとか、機知に富むとか、そんなタイプの女性は、わたしはからきし「ダメ」なんです。要するに、自尊心の強いタイプはどんな女性もです。

わたしの中の気難し屋が許してくれるのなら、ロンドンへ行きたいところです。三〇分くらいは話もしたいし、一番安い席でいいから、独身気取りであなたとオペラも見に行きたいし、国立美術館だって行きたいと思います。ただし、誰にも会いたくはありません。ロンドンに行くことは誰にも知られたくありません。キャサリン・カーズウェルと[マーク・]ガートラーならいいかなと思いますが。とにかく、気分が直ったら行きますね。

ソニアについて知らせてください。どうにも消せないわたしの嫌悪感を解消してくれるまじないでもあれば教えてください。

DHL

▽S・S・コテリアンスキー　一八　(一九一九年五月九日)

ニューベリー近郊、ハーミテッジ、チャペル・ファーム・コテッジ

ソニア[・ファーブマン]が無事に到着し、あなたも静かな生活に戻られたとのことで、大変嬉しく思います。ソニアの手紙から察すると、彼女はオランダのケーキを送ってくれたようです。届きましたら、明日ソニアへ手紙を書きます。(二)

今は天候も穏やかで幸せな気分です。無為の楽しみ《ドルチェ・ファール・ニエンテ》というわけです。世界は本当に美しく、花々は咲き誇り香りが立ち込めています。一日のほとんどを戸外で過ごせますよ。こちらへやって来ませんか。ウィリアム・ジェームズの『宗教的経験［の諸相］』は読んでいません。(二) 彼は興味深い人です。面倒でなければ貸してくれませんか。あなたは本当に読書にいそしんでいるようですね。それならもっと本を送りますよ。

キャサリン［・マンスフィールド］が手紙を書いてきましたが、どうも返事が書けないでいます。書けたら書こうとは思います。彼［J・M・マリ］のほうは何もなしです。もう永遠に来ないでしょう。そのうちに計画の話をしなくてはなりませんね。すぐに散り散りになってしまいますから。どこへ向かうかは見当もつきませんけど。とにかく早く顔を会わせないといけません。こちらへは本当に来られませんか。この家に泊まりたくない場合は村で部屋を確保できると思います。どうするか知らせてください。

DHL

(一) 明日……手紙を書きます　ロレンスのこの手紙は見つかっていない。
(二) ウィリアム・ジェームズ (William James, 1842-1910) ……読んでいません　ジェシー・チェンバーズの回想録では、ロレンスは『宗教的経験の諸相』(*Some Varieties of Religious Experience*, 1902) を好み、彼女に読むように勧めたとある。『D・H・ロレンス――私的記録』(*D. H. Lawrence: A Personal Record*, 1935)、一一三頁参照。［小西永倫訳『若き日のD・H・ロレンス』(弥生書房、一九七七年) がある］

▽S・S・コテリアンスキー　一九

［一九一九年五月三〇日］

ニューベリー近郊、ハーミテッジ、チャペル・ファーム・コテッジ

ようやくあなたへの贈り物です。行方不明の印章は緑玉髄《りょくぎょくずい》でした。明るい緑できれいでしたが、今度は翡翠《ひすい》です。小さな男はわたしが描いたものです。雷を呼ぶ者です。アフリカのシンボルから採ってきました。コーンウォールにはちゃんとした彫刻師がいませんので、あなたのイニシャルはわたしが彫らなくてはなりませんでした。でも、印章を気に入ってくださることを願っています。ちょっと爆弾みたいですが、平和の印章として持っておいてください。

暑いです。少し熱射病気味で、気分がよくありません。バーバラ［・ロウ］がこちらにいます。おしゃべりです。キャサリン・カーズウェル一家、それにマダム・リトヴィーノフ［アイヴィ・テレサ・ロウ］とその息子が、聖霊降臨日に村へやって来ることになっています。この家にではありません。わたしの雲隠れを耳にされても、驚かないでください。

これは手紙ではなく、たわいない短信です。ソニア・イサイェヴナ［・ファーブマン］とギタ・グリシェヴナ［ソニアの娘］によろしくお伝えください。それから二人に、ペチャクチャ、ペチャクチャの声にやられ、わたしは言葉を失い、耳もみるみる聞こえなくなってしまっていると、言っておいてください。

DHL

▽S・S・コテリアンスキー　二〇

（一九一九年六月三〇日）

バークシャ、ニューベリー近郊、ハーミテッジ

このところ誰にも手紙を書く気になれません。もうあらゆるものにうんざりしています。とは言え、講和条約［ベルサイユ条約］の調印がなされました。甘美なる和平《ピース》、和平、完全なる和平、ピー、ピー、ピー、ピー、ピース。まさにこの言葉自体がベルのようです。けっ！

［J・M・］マリが土曜日に突然舞い降りて来ました。青天の霹靂《へきれき》です。大して驚きませんでしたが。確かに、彼はよい人だとは思いますよ。しかし、今ではわたしはちょっとやそっとでは信じない古狸《だぬき》となっております。彼は家をもう一軒、探していました。キャサリン［・マンスフィールド］のために！

アメリカ人の出版者の［ベンジャミン・］ヒューブッシュという人ですが、この人が役立たずだとマリに言いましたか。あるいは［マイケル・S・］ファーブマンがそう言ったのでしょうか。ともあれ、ヒューブッシュが「七月の初旬に」ロンドンに来ることになっています。つまり、この二週間のうちです。それでロンドンで彼と会う予定です。その際にわたしのアメリカ行きについて話し合うつもりです。特に、詩を講じるわたしの講演旅行が眼目です。けっ！　げっ！　でもやらなくてはならないのなら、やらなくてはならないでしょう。わたしは誰も信じていません。徒党を組む者など信用できません。

あなたとソニア・イサイエヴナ［・ファーブマン］はどうされますか。きっと計画があるでしょうね。わたしはできるだけ早くこの国を去らなくてはなりません。しかし、手持ちがないと、それがすべて

ですが、八方塞《ふさ》がりです。いったいどうやって工面したらいいというのでしょう。くそっ、畜生、こん畜生！

今すぐにでも会いに行きたいと思います。明日にでもそうしたいところですが、やはりもうしばらくはヒューブッシュからの連絡を待たねばなりません。彼のことをヘ、ス、リ、ヒ［きたないの意味］と呼ぶことになりそうです。

もちろん、フリーダはできるだけ早くドイツに行きたいと思っています。いつごろ可能になると思いますか。直接ニューヨークに行くのがわたしの計画です。そうしたくはないのですが、そうなるでしょう。でも無理ならば、フリーダとドイツへ行きます。しばらくの間ですが。

ラドフォード夫妻は、鼻持ちならない傲慢さで、このコテッジを貸してくれていますが、七月二五日までにはわれわれが出ていくことを望んでいます。ですからそれ以降、われわれの行く場所はないことになります。とは言え、八月までには、あるいは八月の間には、イギリスを離れることができると願い、またそう信じています。ところで、あなたはどうするのですか。いやいや、すぐに会いに行って、本当にすぐですが、話をしなくてはなりませんね。たぶん今週に行きます。よろしいですか。ソニア・イサイェヴナ［・ファーブマン］に聞いてみてください。

多くの思いが入り混じった気持ちを添えて　DHL

▽S・S・コテリアンスキー　二一　［一九一九年七月一二日］

ハーミテッジ

［ダグラス・］ゴールドリングに手紙を出しました。彼の住所は、N・W、八、リージェンツ・パーク、セント・ジェイムズ・テラス　七です。あなたに電話をかけるよう書いておきました。『一触即発』の劇を出版し、上演するために、彼に原稿を渡すと約束してしまいました。これをロンドン王立劇場で上演できるかどうか、［ジェイムズ・バーナード・］ファーガンに会ってみるとゴールドリングは言っています。出版については、わたしも［C・W・］ダニエルに問い合わせておきます。

DHL

▽S・S・コテリアンスキー　二二　［一九一九年七月一七日］

ハーミテッジ

［ベンジャミン・］ヒューブッシュのことをどう思いますか。愚か者が愚か者に講演をすると考えると、アメリカからますます遠ざかるような気がします。

あなたがダグラス・ゴールドリングをよく思ってくれて嬉《うれ》しいです。

来週一週間ロンドンに滞在しようと思います。マーガレット［・ラドフォード］がここへ来るのです。

彼女と一つ屋根の下で過ごすなんてまっぴらです。バーバラ［・ロウ］の家に滞在させてもらえるよう、手紙でお願いしました。たぶんそうなると思います。バーバラは一週間ほどケンブリッジに行くそうです。彼女の家は、ギルドフォード・ストリートにあります。一人で心穏やかに過ごせることになるでしょう。あのほら穴（一）にはそんなにはすぐ戻らないつもりです。長居しすぎていやがられないようにします。それでもソフィ・イサイエヴナや他の皆の様子を見に行くつもりです。

ヒューブッシュに付き合っていると、わたしのアメリカ行きの計画が延び延びになってしまいます。（二）しがらみ抜きで独立して行動できたらどんなにいいでしょうね。ああ、あの講演、数えきれないほどの自己満足《スフィゾン》した豚どもたちめ。

「民衆劇場」に対してはよい印象を持っていますが、このごろ特別心に訴えかけてくるようなものは何もありません。

DHL

（一）あのほら穴　セント・ジョンズ・ウッド、アカシア通り　五に所在するコテリアンスキーの家のこと。もともとこの家はキャサリン・マンスフィールドの所有する家だったが、マイケル・ファーブマンが引き受け、コテリアンスキーが同居した。

（二）ヒューブッシュに……なってしまいます　ヒューブッシュは、ロレンスと会う意志を表わした書簡を一九一九年七月二日付で投函《かん》しているが、ロレンスがその書簡を受け取るのは約二〇日後の八月一一日である。ヒューブッシュからの連絡が遅れていることが表われた記述である。

▽S・S・コテリアンスキー　一二三　［一九一九年八月九日？］

パンボーン、マートル・コテッジ

「神格化」(一)の翻訳に少し目を通しました。「ロシアの精神」も始めてみましたが、［レオ・］シェストフのどの作品も、かなり完成度が低いと思います。あるいはあなたの訳し方が不正確なのでしょう。一つの文章が次の文章と関係がないので、ちんぷんかんぷんなのです。「神格化《アパシーオシス》」のほうがまだ分かりやすいです。シェストフの書き方は、わたしにとってはおもしろいのですが、彼の皮肉はイギリスの読者にはむずかしいでしょう。どのみち彼は大したことありませんね。「無根拠性の神格化《アパシーオシス》」というタイトルは駄目ですね。これよりももっとましなタイトルがあればいいのですが。

ここは異常に暑いです。妹と妹の家族は帰ってしまいました。姉が今日来ることになっています。それ以外お知らせすることはありません。

DHL

暑さにやられて知的な手紙を書くことができません。

DHL

(一)「神格化《アパシーオシス》」　原典に近いタイトルは「無根拠性の神格化」だが、コテリアンスキーが翻訳し、その編集を行なったロレンスは、最終的に『すべてが可能だ』(*All Things Are Possible*) と分かりやすいタイトルにして一九二〇年、セッカー社から出版することにこぎつけた。

▽S・S・コテリアンスキー　二四　［一九一九年八月一〇日］

パンボーン

哲学小辞典を(図書館で借りてくれてもいいので)手に入れて、あなたの使っている「必然」、「必然の法則」、「因果の法則」(一)、そして「因果関係」という語についてそれぞれ正しい意味を調べてきてくれませんか。実証哲学の項目で調べてください。実証哲学のことは何も知りません。どの図書館にでもある『ブリタニカ百科事典』に載っているでしょう。

それからできれば前もって、シェストフの「序文」と一緒に第二章を送ってくれませんか。それにあなたが書いたシェストフの人生とその意義についての短い前書きも送ってください。

［ヴァージニア・］ウルフ夫妻には頼まないでくださいよ。(二) ハイネマンか誰かに出版を依頼しますから。それか、週刊誌である『ネイション』か『ニュー・ステイツマン』に依頼してみるのもいいでしょう。ぜひそうすべきです。

伝記大事典でモールショットとフォークトについて調べてきてください。

第二章は第一章ほど長くならないようにしたいと思っています。そうなってしまったら短くしなければならないでしょう。小著のほうが出版しやすいですしね。

「序文」の原稿をお送りします。目を通したら返送してください。『ネイション』か『ニュー・ステイツマン』に送る部分を吟味しましょう。

わたしは翻訳者として名前を載せたくありません。いろんなことに手を出していると思われるのはよくないでしょうから。もしあなた一人の名前を載せたくないのなら——そうすべきですよ——リチャード・ホーやトマス・ボールのように、わたしの名前をペンネームで載せてください。それから売上金についてですが、わたしの取り分はきっちり三分の一にしてください。このことで議論するのはやめましょう。シェストフ研究者なら、事実を受け止めてください。

『イングリッシュ・レヴュー』にも掛け合ってみましょう。

わたしが訳した部分に目を通して、よりよい訳語が見つかれば修正してください。

DHL

（一）実証哲学　ロレンスに影響を与えたフランスの哲学者オーギュスト・コント（August Comte, 1798-1857）が『実証哲学体系』や『実証哲学講義』において標榜《ぼう》した哲学理論。科学や社会主義理論を元にした理論で、世界の現象やその知識を経験的事実に限定し、感覚的経験によって認めることのできない神、イデアなどの形而上学的存在を否定する立場。

（二）ウルフ夫妻……くださいよ　ヴァージニア・ウルフとその夫レナード夫妻のこと。シェストフの翻訳ははじめ、ウルフ夫妻が一九一七年に設立したホガース・プレスに出版を委託しようとコテリアンスキーが提案したと考えられている。

▽S・S・コテリアンスキー　二五　［一九一九年八月一二日］

パンボーン

「ロシアの精神」の翻訳点検も終わりました。すぐにこれをオースティン・ハリスンに送ってください。わたしがあなたに送るように言ったのだと彼に伝えてください。それからシェストフについてコメントしておいてください。送付先はW・C、ギャリック・ストリート　一九、『イングリッシュ・レヴュー』です。

ハリスンはけちです。支払いに関してはあなたから**うまく働きかけてください**。彼はシェストフの翻訳(一)から抜粋を掲載する気になるかもしれません。そんな兆しが見られたら、彼と会って話をつけてきてください。

DHL

(一) シェストフの翻訳　『すべてが可能だ』というエッセイは連続する短いパラグラフで構成されている。

▽S・S・コテリアンスキー　二六　［一九一九年八月一五日?］

パンボーン、マートル・コテッジ

あなたがニューフォレストへ行ったと聞いて(一)嬉《うれ》しく思っています。とにかく第一歩を踏み出したのですから。

今日はフリーダのパスポートを申請しようと思っています。

シェストフの七一番目のパラグラフを仕上げました。これで半分以上終わったことになります。別にいやがっているわけではありませんよ。むしろ楽しいのです。シェストフが、哲学者たちが何を証明していて何を証明できていないかについてくどくどと述べているところでは苛々《いらいら》しますが。哲学者の名前にはうんざりします。しかし時々は、彼の才能が花開き、ある種の感傷的な美に発展することもあります。

翻訳原稿に目を通し終えたら原稿をお送りします。それをタイプ打ちしてほしいですか。わたしもハーミテッジで少しタイプできるかもしれません。二五日にはハーミテッジに戻りたいと思っています。

終わり次第お知らせします。

DHL

(一)あなたが……行った　おそらくハンプシャ、マーチウッド、デコイ池農場に住むカーズウェル夫妻を訪れるためだったと思われる。

▽S・S・コテリアンスキー　二七

バークシャ、ニューベリー近郊、ロング・レーン、グリムズベリ・ファーム　［一九一九年八月二九日？］

シェストフの翻訳原稿に目を通し終えました。表現を省略したところはありますが、チェックはすべて終わっています。彼の思想の本質とは関係のない、「いわば」とか「われわれが皆知っているように」といった言い回しなどは、元々の文章を損なうので取りましたが、本質の部分はそのままです。「ロシアの精神」でもやったように、意味が通るように一語二語付け加えたところもあります。省略したところは、わたしが意図的に省いたところです。言葉が多すぎて飽き飽きして我慢できなくなるようなところも、多々あります。「形而上学」や実証主義、カントの根本原理など議論しているところにはほとほと疲れ果てました。でもわたしは、雑種の雌《めん》鶏のように「理性に公然と反対する」ような思想が好きです。あなたが返送してくれた「ロシアの精神」をどこへやってしまったのか分かりません。パンボーンに手紙を書いて、原稿がそこにあるか聞いています。もし失くしてしまっていたら、あなたの原稿から書き写させてください。シェストフの序文と、シェストフについてあなたが知っていることすべてを、できるだけ早く送ってくださいね。わたしも少しだけはしがきを書きます。その後一緒に出版社に掛け合ってみましょう。

火曜日は家にいるのですね。ソフィ・イサイェヴナ［・ファーブマン］とギタによろしく。

DHL

▽S・S・コテリアンスキー　二八　［一九一九年九月九日］

グリムズベリ・ファーム

今朝あなたの手紙を受け取りました。わたしはロンドンへは行けないような気がしています。今のわたしにはロンドンは耐えられないように思うのです。汽車での旅でさえ、今のわたしには疲れます。ここでは、木を切り、山羊《やぎ》の乳しぼりができるのです。

［マーティン・］セッカーから手紙が送られてきました。彼は例のシェストフを、出版を視野に入れて読みたいと言っています。コニー・ガーネットがチェーホフの書簡集の翻訳を出版するそうで、ハイネマンで今校正をしています。(一) シェストフによるチェーホフについての本が(二)、黒い表紙の翻訳シリーズで、英国で出版されることになっていると聞いています。この件を調べてくれませんか。わたしが手紙を書いてその本を借りましょうか。他で出版されるシェストフの本については十分調べなくてはなりません。

できるだけ早くあなたの序文を送ってください。

シェストフの『チェーホフ』についてテッドマーシュ［水車場］(三)に手紙を書いて尋ねてみます。

DHL

（一）ハイネマンで……しています　ロシア文学翻訳家のコンスタンス・ガーネットによる『チェーホフ、家族と友人に宛た書簡集』はチャトー・アンド・ウィンダスから一九二〇年に出版された。ハイネマンから実際出版

されたのは、ガーネット訳・ドストエフスキー著『正直な泥棒とその他の物語』(一九一九年一〇月)で、この書簡で言及されている校正作業中の原稿は、チェーホフではなく、ドストエフスキーである。

(二) シェストフによるチェーホフについての本　一九一六年に出版された、コテリアンスキーとJ・M・マリ訳、シェストフ著の『アントン・チェーホフとその他随筆集』(*Anton Tchekhov and Other Essays*) のことを指している。

(三) シェストフの……尋ねてみます　テッドマーシュ水車場に住むリットン・ストレイチーか彼の友人に尋ねるつもりだったと考えられる。

▽S・S・コテリアンスキー　二九　[一九一九年九月一二日]

バークシャ、ニューベリー近郊、ハーミテッジ、チャペル・ファーム・コテッジ

シェストフの本と序文が手に入りました。ロザリンド・ベインズから、シェストフによる『チェーホフ』について聞きました。あなたが訳した小論だったのですね。彼女は、一冊まるまるチェーホフについての内容だと勘違いしているように思いました。

月曜日に[マーティン・]セッカーにシェストフの原稿を送ります。原稿を二部持っていたら、アメリカへも送れるでしょうに。

今日の夕方ここへ戻って来ました。すばらしい秋晴れです。

セッカーから返事が来たら、彼に会いに行ってください。

DHL

▽S・S・コテリアンスキー　三〇　［一九一九年九月二四日］

ハーミテッジ

セッカーからの返事を長いこと待っています。彼はいつもひどい条件を提示してきます。あなたのご意見はどうなのですか。ともあれ、わたしはセッカーに手紙を書き、あなたが彼と会って契約を直接決めるつもりだと伝えます。

アメリカの出版社についてはどう思いますか。どれか選んでわたしが直接手紙を書くか、それともあなたが代理人と話をつけに行きますか。

あなたの経済状態を心配しています。今のところわたしはドイツに行くフリーダを見送らなければなりません。月曜日に、警察が彼女のパスポート申請を確認しに来て、パスポートが予定通り届くと言っていました。たぶん届くでしょう。ですからわたしは彼女の旅の準備で何かと物入りなのです。そうでなければあなたにいくらか差し上げることができるのですが。［オースティン・］ハリスンのところには行きましたか。(二) 彼のところへ行って、「ロシアの精神」と他の章も出版してもらってください。セッカーから前金をもらえるように頑張ってみてください。本当に良識的に考えて、礼儀なんてどうでもよいから、入ったお金はすべてあなたがもらってください。わたしはあなたには計り知れないほど借金があります。もうすぐわたしはアメリカでお金を作れると信じています。そうなればあなたにはいくらかでも遠慮なく使ってもらいます。今のところは、相変わらずのその日暮らしですが。

シェストフの序文は本の中でも最もひどい部分だと思いました。セッカーが序文を削除しても悪く思わないでください。わたしは、はしがきを四頁書きました。

　別件ですが、もしあなたが忙しくなければ、アメリカ文学に関するエッセイ(二)を三編書き写してくれませんか。ヒューブッシュはそのことでわたしを心配させるのです。あるアメリカ人［シャフ・詳細不詳］が先週わたしに会いに来ました。あなたが三編書き写してくれたら、わたしは自分の持っている原稿を送ります。ひどく疲れる作業をしなくてすむからです。タイプ打ちを頼んだつもりで、あなたにお礼を払わせてください。あなたの手書きはすばらしく見やすいです。でもやりたくなければ、しなくていいですからね。

　フリーダがパスポートを取得したら、わたしはロンドンに行ってあなたに会います。

　ソニア［マイケル・ファーブマンの妻］は家にいますか。絶対いますよね。彼女とギタにどうぞよろしくと伝えてください。

DHL

(一) ハリスンの……行きましたか　ロレンスは、でき上がったばかりの「ロシアの精神」の翻訳原稿をハリスンに送り、出版にこぎつけるようコテリアンスキーに依頼していた。(「S・S・コテリアンスキーへの書簡二五」参照)

(二) アメリカ文学に関するエッセイ　「デイナーの『帆船航海記』」('Dana's *Two Years Before the Mast*')、「ハーマン・メルヴィルの『タイピー』と『オモー』」('Herman Melville's *Typee* and *Omoo*')、「ハーマン・メルヴィルの『モービー・ディック』」('Herman Melville's *Moby Dick*')、「ホイットマン」('Whitman')のどれかを指していると考えられる。(最後の「ホイットマン」は含まれていない可能性が高い。)これらのエッセイはどれも『イングリッシュ・レヴュー』には掲載されていない。

▽S・S・コテリアンスキー　三一　［一九一九年九月二六日］

ハーミテッジ

［マーティン・］セッカーに手紙を書いて、あなたの考えていることを伝えました。先方から返事が来たら、折り返し知らせます。アメリカではスコット・アンド・セルツァーという名の出版社にもお世話になっています。この出版社のほうが、［ベンジャミン・］ヒューブッシュよりよくしてくれると思います。

一体全体ロシアに平和なるものが訪れるのでしょうか。

エッセイを三編送ります（一）。今回と同じく、小さいサイズの原稿用紙に書き写してくれませんか。『イングリシュ・レヴュー』のための原稿と併せて、一まとめの原稿にします。あなたに文鎮を送りたかったのですが、ここには一つもありません。雨も降っています。天気がいい時に、梨を数個、あなたとソフィ・イサイエヴナ［マイケル・ファーブマンの妻］に送りましょう。

DHL

（一）エッセイを三編送ります　「S・S・コテリアンスキーへの書簡　三〇」を参照。『アメリカ古典文学研究』

の中の三編を指す。

▽S・S・コテリアンスキー　三二　[一九一九年一〇月一日]

ハーミテッジ

そうですね、原稿用紙はその大きさで大丈夫です。面倒なことをお願いしましたね。[マーティン・]セッカーが、あなたに手紙を書いて、仕事の依頼をしたと伝えてきました。彼は出版できるものを一つ探しています。

キャサリン[・マンスフィールド]が虫にでも刺されてなくなるよう祈りましょう。世の中には生き生きしたものは無くなり、死臭が漂うだけとなるでしょう。暴挙で破壊されるのではなく、徐々に消耗する過程を辿《たど》っていると言えるでしょう。グリシャ[マイケル・ファーブマン]の予想通りですね。可能なら冬を過ごしにイタリアに行くかもしれません。サンレーモではありませんよ。(一) あそこは実のところはフランスですからね。

DHL

セッカーが何を言っているのか教えてください。

鉄道労働組合は政府と妥協するでしょう。(二) いつもの《アンコール》ことですね。

(一) サンレーモではありませんよ　キャサリン・マンスフィールドは一九一九年の九月中ごろからサンレモに住んでいたが、彼女とロレンスはこの時期犬猿の仲であった。
(二) 鉄道労働組合は政府と妥協するでしょう　「ベンジャミン・ヒューブッシュへの書簡　六」を参照。このストライキは一九一九年一〇月五日まで続いた。

▽S・S・コテリアンスキー　三三　[一九一九年一〇月四日]

ハーミテッジ

今朝原稿が着きました。本当にありがとうございました。書き写すのは本当に大変だったでしょう。早速アメリカに送ります。

あなたが「マーティン・」セッカーに対して怒っていると知っておかしくなりました。彼があさましい豚野郎だということに気がついていなかったのですか。出版社の奴らは似たり寄ったりですからね。彼にはあなたが望んでいる契約条件を書いて知らせてやりました。(一) 彼とわたしの間で取り決めをしていいと述べ、彼に対してわたしがどう思っているかをはっきりと伝えました。

愛犬のフォックスがもし帰って来ないとなると、かわいそうに一番悲しむのはほか、でもない、あなた、でしょう。けれど本当のことを言えば、フォックスは迷子のままのほうがいい《ジュ ヴードレイ キル ソワ ペルデュ》と思っています。

セッカーが何か言ってきたらあなたにすぐ手紙を書きましょう。セッカーがそれほど乗り気でなければ、あなたの訳したシェストフの原稿(二)をわたしに送り返してくれと伝えました。どこかよその出版社を当たってみましょう。

(一) 彼には……書いて知らせてやりました　「マーティン・セッカーへの書簡　九」を参照。

(二) あなたの訳したシェストフ　「マーティン・セッカーへの書簡　七」を参照。この書簡において、コテリアンスキーが英訳したシェストフの作品を出版したいという旨をセッカーに伝えている。

▽S・S・コテリアンスキー　三四　［一九一九年一〇月六日］

ハーミテッジ

セッカーからの手紙と契約書とをあなたに送ります。(一) ビジネスの世界は弱腰では絶対にいけません。嘘に次ぐ嘘がまかり通る世界だから、今ではそういったことに慣れてしまいました。見てもらうと分かりますが、契約はわたしとの間で結んであります。その辺は大丈夫ですよね。わたしのほうはその辺は気になりません。どの程度の契約内容なら自分でもよしとすべきなのかが決められません。自分の権利を守るために、いつも死に物狂いでやらなければならない状況です。セッカーが主張する「アメリカ」での出版に関する契約条件には納得がいきません。わたしたち二人が「セッカー版とは違う」出版契約を「アメリカで」結んでも、どうしてセッカーに売り上げの三分の一を持っていかれるのでしょうか。なぜ「彼から譲り受ける」刷り本代金の一〇パーセントでは満足しないのでしょうか。おかしいでしょう。あなたはどう考えますか。とにかく、セッカーがこのエッセイの出版に対して乗り気がないのなら、原稿は送り返してほしいと強く言ったので、彼は話を先に進めなければならないと考えたようです。

(一) セッカーからの……送ります　契約書は一九一九年一〇月四日に結ばれていて、本の暫定的タイトルは「無根拠性の神格化」('Apotheosis of Groundlessness')とし、印税は一〇パーセント、ロレンスは六冊無料で受け取ることになっている。

▽S・S・コテリアンスキー　三五　(一九一九年一〇月一〇日)

ニューベリー近郊、ハーミテッジ、チャペル・ファーム・コテッジ

セッカーから来た契約書と直近の手紙を送ります。

フリーダにパスポートは下りましたが、オランダからのビザを待っているところです。たぶん来週にはここから出ていけるだろうと思います。そうなれば、ロンドンで会いましょう。

本当にイタリアに行きたいと思っています。もちろんあちらでの状況がうまくいけばの話ですが。

書き写してもらった原稿のための用紙代と切手代として一〇シリング同封しておきます。お世話になりましたね。

皆様、お元気で《オ・ルヴォワール》。フォックスにもね。

DHL

出版できそうな題名をいくつか挙げて、セッカーに書き送りました。
契約書はあなたが保管しておいてください。わたしはほんとにうっかりしているので。

▽S・S・コテリアンスキー　三六　［一九一九年一一月二日］

ハーミテッジ

火曜日より前には出発できないのですが、何とか火曜日には発《た》ちたいと思っています。そちらに一時半ごろに着くだろうと思います。荷物はすべて持って行きます。
この日程がソニア［・イサイェヴナ・ファーブマン］とあなたの都合に合えばいいのですが。

DHL

▽S・S・コテリアンスキー　三七　［一九一九年一一月二六日］

フィレンツェ、ピアッツァ・メンターナ　五

あなたからの手紙と同封されたものを今日受け取りました。ローマで、セッカーに会うでしょうから、あなたの『緑の指輪』（一）のことを話してみます。しかし、彼は劇には関心がありません。コンスタ

ブル社のシリーズには現代劇は入っていませんでしたか。ダニエル社のほうが出版してくれそうですね。まずは、英国の出版社からの可能性に当たってみましょう。わたしはそんなふうに考えていて、明日にでも手紙を書きます。成金趣味のトリノに辟易《へきえき》しています。今日は日曜日のはずです。土曜日の夕方遅くに着いたので。旅をするには本当にひどい状況で、まるで連続的に事故に遭っているようなものでした。鉄道の軌道がひどく破損していました。

船について誰かが電報を出してくれたのですが、心当たりはありませんか。

わたしはペンを盗まれてしまいました。

DHL

（一）あなたの『緑の指輪』　ロシア・シンボリズムの作家、ジナイーダ・ギッピウス（Zinaida Gippius 1869-1945）の劇（*The Green Ring*）（一九一五年初演）。コテリアンスキーによるこの劇の英訳はダニエル社によって、一九二二年二月に出版された。

▽S・S・コテリアンスキー　三八　［一九一九年一一月二九日］

フィレンツェ、ピアッツァ・メンターナ　五

夕方、ハーバート・トレンチの手紙が入ったあなたからの封書を受け取りました。トレンチはロンドン在住で、『ナポレオン』を書いた劇作家です。『ナポレオン』上演の初日に、彼の乗ったタクシーと

バスが衝突し、彼は頭蓋《ずがい》骨に少しひびが入ってしまいました。セッティニャーノに来て、彼の妻や娘と一緒にしばらく滞在するように言ってくれました。わたしは御免《モワ・ノン》こうむります。

ここは暖かいのですが、雨がよく降ります。もちろん、イギリスよりはるかにいいところです。あんな重苦しい雰囲気はありませんから。人は軽快に行動し、いつもワインが楽しめます。一リットル、三フランです。今、交換レートが一ポンド五〇リラなので、何とか買うことができます。

フリーダは一二月二日にこちらに来ます。五、六日滞在し、その後、二人でローマに向かいます。それから、何事も起こらなければ、あなたに話しておいた計画通りにします。住所は以下の通りです。

カゼルタ地方、ピチニスコ、オラツィオ・チェルヴィ様方

この住所に一二月二〇日ごろに着く予定です。ローマでの滞在先の住所は未定です。一二月九日か一〇日にフィレンツェを発《た》ちます。郵便は普通五日もかかっているようです。[ベンジャミン・]ヒューブッシュからの小包が届いたらすぐ、『緑の指輪』の出版が可能かどうか尋ねる手紙を書きましょう。しかし結局、彼からお金は稼げないような気がします。ウォルター・ピーコックにあなたから手紙を書いてみませんか。住所は、W・C、二、レスター・スクウェア、グリーン・ストリート 二〇です。彼は劇作品を手掛けていて、とてもきちんとした代理人です。主にアメリカでの出版ですが。彼には、彼を頼れと言われたと伝えてください。わたしからも、彼に手紙を書きましょう。今は、セッカーから連絡が来るのを待っています。ローマで会ったら、セッカーに『緑の指輪』のことを頼んでみます。しかし彼はなかなか手ごわいですからね。有り金四〇ポンドをすべて交換し、今二、〇〇〇リラあります。イギリスの小切手は使えます。[マーガレット・]ラドフォードに手紙を書きました。(二) たぶん彼

女にもう少し家賃を払わないといけないだろうと思ったからです。ここでならば、一週間一〇〇フランで十分暮らせます。つまり、二ポンドで暮らせるのです。

あなたは金の算段をどうしますか。

お元気《オ・ルヴォワール》で　DHL

ここで歯の治療を受けています。

ピーコックに手紙を書きましたよ。(二)彼こそ頼るべき人物です。あなたもすぐに彼に会いに行ってください。

(一) ラドフォードに……書きました　この手紙は見つかっていない。
(二) ピーコックに……書きましたよ　この手紙も見つかっていない。

▽S・S・コテリアンスキー　三九　［一九一九年一二月六日］

フィレンツェ、ピアッツァ・メンターナ　五

今日手紙を書留にして出しました。スコット・アンド・セルツァー社からの五〇ポンドが入っています。セルツァーは『恋する女たち』をまだ返してくれないけれど、出版する方法を見出せないでいるようです。困ったものです。［ベンジャミン・］ヒューブッシュや思いつく限りの人たちに『緑の指輪』

の出版についての手紙を出しました。ここからエッセイ［「ダヴィデ」］を［J・M・］マリに送りました。「ロシアの精神」で稼いだお金の二分の一をわたしに渡そうなんて考えないでください。わたしを気遣ってくれるのなら、どうかその代金は取っておいてください。あなたにも少しはお金を稼いでほしいと心から思っているのです。キャサリン［・マンスフィールド］とは違うのです。

オールトリンガム演劇協会から手紙をもらいました。三月一〇日から一三日まで、『ホルロイド夫人寡婦《かふ》になる』を上演することになっています。誰か観てくれるといいのですが。(二) フリーダはここに来ています。水曜日にはローマに向かいます。一七日にはピチニスコに到着する予定です。住所は、

カゼルタ地方、ピチニスコ、オラツィオ・チェルヴィ様方

この住所宛に手紙は書いてください。イタチ野郎の［マーティン・］セッカーは、カプリの彼宛に書いた手紙に対して返事を返してくれません。例のシェストフ論の原稿［『すべてが可能だ』］はすでに印刷されていてもおかしくないと思います。もう一度問い合わせてみます。オールトリンガム演劇協会の住所は、

チェシャ、オールトリンガム、キングズウェイ、ポスト・オフィス・ヒル　八、ギャリック・ルームズ

この住所はマンチェスターの近くです。わたし宛の手紙はピチニスコに出してください。ローマでの滞在先は未定です。ここで歯医者にかかっていましたが、治療はすべて終わりました。一二五フランでした。わたしの手紙は、ソフィ・イサイエヴナ［・ファーブマン］に着いたでしょうか。セッカー宛には次の住所にお願いします。

ナポリ、カプリ島、カーサ・ソリタリア、コンプトン・マッケンジー様方
けれどももしかしたら、彼はまだロンドンにいるかもしれません。セッカーから何としても例の原稿を取り戻さないとね。

DHL

（一）誰か観てくれるといいのですが　キャサリン・カーズウェルが観劇し、一九二〇年三月一二日の『タイムズ』に彼女の劇評が掲載された。しかし好意的な評価の部分が削除されていたので、ロレンスはその劇評を郵送で受け取った時に、彼女の評価が厳しいものであったと理解していたようである。

▽S・S・コテリアンスキー　四〇　［一九一九年一二月一七日］

ピチニスコ

今日やっとあなたからの手紙を両方とも受け取りました。そう、山登りの名手ヤギさえ苦労するような道をたっぷり一時間かけて登り、ピチニスコの郵便局に辿《たど》り着くことができたからです。例の「序文」についてですが、［マーティン・］セッカーに手紙を書いて、あなたがあの序文は削除したほうがいいと強く考えていることを知らせます。彼にはあなたからの手紙も送ります。（一）わたしに関して言えば、セッカーがわたしの書いたあの「序文」を削除してくれて全く構いません。しかし、あの中で書いていることは本気だし、わたしの名前の序文だと明記するなら、本文自体の問題にはなら

ないでしょう。全く問題ないとは思います。セッカーがどうするかをあなたに必ず知らせると思います。ゲラ刷りを受け取ったら、目を通します。けれど、セッカーが一組しかゲラ刷りを送って来ないとしたら、アメリカにどのような形で送ることができるでしょうか。すでに［ベンジャミン・］ヒューブッシュに話が通してあります。何とかして、ゲラ刷りが届いたら、すぐに郵送しましょう。誤植を指摘してくれて本当に助かりました。

この場所は連絡さえとれないところです。ここの郵便事情を呪いたい気持ちです。このゲラ刷りと、セッカーの手紙とを、わたしは五マイル歩いて、明日アティーナに持って行くことになるでしょう。ソフィ［ソニア・］・イサイェヴナ［・ファーブマン］はわたしからの手紙を受け取ったでしょうか。彼女とギタにわたしの心からのクリスマスおめでとうと伝えてください。どんなに遠く離れていても気持ちが届くといいのですが。

［ジョン・ミドルトン・］マリからもらった原稿料をあなたと分けたいのですが、少ないけれど、受け取ってもらうと嬉しく思います。無理なことを言っているでしょうか。あなたには三五シリングの五〇倍の借りがあるではないですか。どうか遠慮《ペル・ディーオ》しないでください。

DHL

（一）彼には……送ります　「マーティン・セッカーへの書簡　一六」を参照。ロレンスは、コテリアンスキーからの手紙を同封し、セッカーに自分の「序文」を削除していいと伝えている。

▽S・S・コテリアンスキー　四一　（一九二〇年一月四日）

（ナポリ）、カプリ、パラッツォ・フェラーロ

四日間、何の便りもなかったので、今日はどさっと手紙が届きました。海が荒れて船の航行が無理だったからです。

言っておきたいのは、序文（一）の執筆に関わるさまざまな事柄は全くナンセンスだとわたしが考えているということです。わたしの意見で「ロシア文学」が傷つくことはないでしょうし、当のシェストフにとっても無害であるはずです。むしろ関心を引き起こすことがあるかもしれませんね。いたずらに、あなたは騒ぎすぎているのです。セッカーからまだ返事をもらっていません。だから彼がどんな編集方針を取ろうとしているのか分かりません。わたしは今、アメリカに送るため、校正原稿が届くのを待っているところです。

［ベンジャミン・］ヒューブッシュから届いた手紙には思いもかけない二五ポンド［小切手］が入っていました。だからわたしがあなたから借りている全額のうちの一〇ポンドをしっかり返せると感じています。二五ポンドもの臨時収入を得たのは初めてのことです。だから実に気分がよいのです。もしイタリアがべらぼうに物価高でなければ、ちょっとの間、金持ち気分を味わえるはずです。だからあなたもシェストフの原稿『すべてが可能だ』から少しでもお金が入れば、本当に金持ちになるまで、遣わずに取っておくべきでしょう。

当地でメアリ・カナン本人に出会いました。実によい人で、彼女はわたしたちにバターを持って来

てくれたのです。

カプリ島は長く滞在したいと思うほど広くはありません。でも、こじんまりしていても、と、て、も、国際色のある島です。しかし移動できるようになるためには、何か仕事をしなければなりません。

ピンカーには、あなたと縁を切りたいと書いてやりました。

セッカーから著書を出している作家のフランシス・ブレット・ヤングが、ここに滞在しています。奥さんも一緒です。コンプトン・マッケンジーに仕える忠実な僕《しもべ》たちといったところです。

天気は風と雨の荒れ模様ですが、寒くはありません。

お疲れが出ませんように　DHL

『緑の指輪』はいずれにしても出版されるでしょう。

（一）序文　ここで言及されている「序文」(preface)とは、シェストフの『すべてが可能だ』の「序文」(Foreword)である。一九一九年八月九日付、「コテリアンスキーへの書簡」とケンブリッジ版の注を参照。なお『すべてが可能だ』の邦訳は『不死鳥上』(山口書店、一九九二年)の二九七―二九九頁に、岡野圭壹訳として収録されている。

▽S・S・コテリアンスキー　四二　（一九二〇年二月八日）

ナポリ、カプリ、パラッツォ・フェラーロ

今日あなたの手紙が届きました。ストライキが三週間続いたので、郵便は全く来なかったのです。

だから手紙を書いても無駄に思われたのです。それにわたしはまたしてもインフルエンザに罹《かか》ってしまいました。イタリアで罹るなんてひどいことです。でも漸《ようや》く立ち上がれそうです。ソニア［・ファーブマン］の小包がまだ届いていません。郵便小包に至っては決して届かないのです。ヒューブッシュ宛に、求められていたシェストフの原稿を、まとまった額のお金を払うように指示を付けて送りました。ともあれ、ヒューブッシュの返答を待ちましょう。それに名前は耳にしたことはあるが、詳しいことは全く知らないクノップフ社（一）からの返事も待たないとね。当地は、アメリカ向けに郵便発送するスピードが実に遅いのです。セッカーはもちろんシェストフの仕事を進めるでしょうが、ご承知のように信じられないくらいにセッカー社の仕事は遅いのです。とは言え、セッカーは準備ができ次第、あなたにゲラ刷りを一冊送ってくれると思います。彼は『虹』の版権を二〇〇ポンドで買い上げたかったようです。もちろん、わたしにはそんなつもりはありませんでした。だからわたしたちは決裂したのです。今ではダックワース社が出版を検討してくれています。あなたが転送してくれた例の手紙が届いて以来、ギルバート［・カナン］からは全く便りをもらっていません。メアリ［・カナン］は今もここに滞在しています。でも間もなくシチリア島に行くことになっています。インフルエンザと死を恐れてのことです。本当に彼女は死を恐れています。ギルバートはアメリカの新聞誌上に「わたしたち作家」に関して、むかむかするような小説を書いています。小説の題名は『メンデル　若者の物語』（二）です。その新聞小説の切り抜きをくれたのは［コンプトン・］マッケンジーです。わたしはギルバートを呪ってやりたいくらいです。ただし、その価値があればですが。ダグラス・ゴールドリングが『自由への闘い』をわたしに送ってくれました。このような卑劣な野郎のあとをわたしの劇が追っかけるようについて行くのは、ひどいことです。「民衆劇場戯曲集」の巻頭を飾ると言われていたのに、わたしは「民衆劇場」のちょっとした序文を書かされただけだったのです。「この糞《くそ》ったれが！」（三）。それにわたしはピンカーとも手を切りました。神に感謝《テ デエウム ラウダマス》。当地は天気がよく日光が燦々《さんさん》と降り注いでいます。でもわたしはこの島にはうんざりしています。と言うのも、この島には程度の差こそあれ、文学者気取りの柔《やわ》な連中が寄り集まっているからです。ああ、愛《いと》しいイギリスの同朋よ。だが、どこにいても君たちを見るとヘドが出る。ただし、マッケンジーはすばらしい人物です。足腰がしっかりとすれば、すぐにイタリア本土に移り一軒のコテッジを見つけるつもりです。そしてもし可能ならば、イタリア人だけのコテッジに住みたいのです。聞くところによると、ポンドの交換レートが六六［リラ］に上がったそうです。とは言え、そのレートでは交換してくれないでしょうが。その一方で物価が舞い上がっています。劇のことに関して、わたしは［C・W・］ダニエルから何も聞いていません。

さようなら《アリヴェデルチ》、万事うまくいきますように《エ シア ベーネ》

DHL

キャサリン［・マンスフィールド］がマントンに行ってしまいました。あなたもご存じかと思いますが、マントンにある「レルミタージュ」という私営の療養所です。ついにジャック［ジョン・ミドルトン・マリ］に対するわたしの意見を書いて、本人宛に手紙を送りました。もうたくさん《バスタ》。

（一）クノップフ社　アルフレッド　A・クノップフ（Alfred A. Knopf, 1892-1984）が一九一五年に設立した出版社。彼は『セント・モア』（*St. Mawr*, 1925）、『羽鱗の蛇』（*The Plumed Serpent*, 1926）、『デビッド』（*David*, 1926）

と『メキシコの朝』(*Mornings in Mexico*, 1927) をそれぞれ出版している。

(二) 小説『メンデル　若者の物語』　ギルバート・カナンの小説『メンデル　若者の物語』(*Mendel: A Story of Youth*, 1916)。画家のマーク・ガートラーをモデルにした小説。

(三)「民衆劇場戯曲集」('A Peoples Theatre')……「この糞ったれが!」　一九一八年一〇月にロレンスが書き上げた戯曲『一触即発』を目にした民衆劇場の主催者ダグラス・ゴールドリングが関心を抱き、「民衆劇場戯曲集」出版の序文を書いてくれるようロレンスに頼んだ。しかし、戯曲集の第一作目はゴールドリング自身のものが載り、ロレンスの『一触即発』は二作目に回されてしまった。これを契機に二人の仲は感情、思想の両面から崩れ、結局上演にも至らなかった。「糞ったれ!」という罵《のの》りにも似た言葉に当時のロレンスの感情が如実に出ている。参考資料『ロレンス文学鑑賞事典』(彩流社、二〇〇二年)、二八六頁。

▽S・S・コテリアンスキー　四三　［一九二〇年三月九日］

シチリア、カプリ、(メッシーナ)、タオルミーナ、フォンタナ・ヴェッキア

一軒家を求めてシチリア中を駆け巡りました。と言うのも、カプリ島は乾燥しすぎて狭いからです。そして漸《ようや》く庭付きで、大き目のこのすばらしい家を一年二、〇〇〇フランで借りることにしました。とは言え、為替レートが六二［リラ］で変わらないことが必要ですが。メアリ［・カナン］は豪華なティメオ・ホテルに滞在しています。シチリアは奇妙なところです。と言うのは、ここにはサラセンと東洋が混在する雰囲気があり、今にも爆発しそうな火薬のようです。しかしわたしはこの雰囲気が好きです。もっとも、一年間も辛抱できるのだろうかと不安も感じています。

ロシアのニュースと、ロシアからの郵便物にはできる限り気をつけています。期待しているお金が一〇ポンドでも手に入れば、あなたにお送りします。ところでわたしは一撃を受けてしまいました。アメリカから送金されてきた一、〇〇〇リラ［の小切手］が、イタリアの銀行では現金化できないからです。何としても現金化はするつもりです。アメリカの小切手は本当に困ります。

『恋する女たち』がアメリカで印刷されます。［C・W・］ダニエルは『一触即発』をあなたに送ってくれましたか。

あなたがウクライナに向けて出発されるのではないかと想像しています。久しぶりに旅に出るというのは何とわくわくすることでしょう。便りをください。ソニア［・ファーブマン］についても近況を教えてください。例の小包はついに到着しません。

わたしは仕事をしたいのです。すべきだという意味です。たぶんこちらでなら仕事に取りかかれると思います。当地は実に静かで、美しい花々が咲き乱れているからです。

DHL

▽S・S・コテリアンスキー　四四　（一九二〇年三月一一日）

シチリア、カプリ、（メッシーナ）、タオルミーナ、フォンタナ・ヴェッキア

昨夜あなたからの手紙が届きました。［ベンジャミン・］ヒューブッシュからの返事を待っていると

ころです。わたしは彼にシェストフの序文原稿を送り、まとまったお金を払ってほしいと要求しました。それはしばらく前のことですから、どんな返事が来るか見ものです。

　このところわたしは別の計画について考えていました。でも、イギリスには戻れそうにありません。同じ新聞（一）に関わって、「ヘンリー・ラドウィッグ・」モンドやギルバート「・カナン」と同じ輩《やから》とは思われたくはありません。社会主義に対してわたしにわずかに残っていた信念さえ、時の経過と共にどんどん消え去っています。そうなっても構いません。つまらない「J・M・」マリに対して張り合って騒ぎ立てる仕事にみずからを委ねる値打ちなどないと感じています。社会に対する興味など消え失せてしまいました。ここシチリアでは、すべてが遠い過去のことのようです。まるで別世界にいるようです。窓という窓は東向きでイオニア海を見下ろしています。どういうわけか、わたしの背後つまり北西方向で起きていることには関心がないのです。放っておい《ラスチアーミ》てほしい《スターレ》のです。

　わたしは新しい小説『堕ちた女』（二）の執筆で少し忙しくしています。

　しかしもし当地でできることがあれば、もちろんやる気はあります。

　お願いですから例の小包のことで悩まないよう、ソニア「・ファーブマン」に伝えてほしいのです。そんな日が来ればきっと彼女は苦しむのではないかと感じるからです。グリーシャ「マイケル・ファーブマン」はロシアで幸せでしょうか。もうそろそろ彼からの便りを受け取っておられるころかと思いまして。

　ギルバートはイギリスに戻ったでしょうか。

　今日では、民衆啓蒙の問題は何を取り扱っても失敗するだけです。結局はマリのようになるか、スクワイアになるか、(三) それともサスーンのレベルになってしまうのが落ちです。何もしないでじっとしているのが勝ちです。

ソニアとギタによろしく

DHL

(一) 同じ新聞　ヘンリー・ラドヴィッグ・モンド (Henry Ludwig Mond, 1898-1949) と、彼の結婚相手エイミー・グエン・ウィリスン (Amy Gwen Wilson, 生没年不詳) の恋人であったカナンとの間で関心のあった新聞のようであるが、特定はできない。

(二) 新しい小説　この小説が書き始められたのは一九一三年一月のことであった。そうして二〇〇頁あまり書き進められたが、四月の初旬には筆が折られてしまっていた。大戦終了後、ドイツのフリーダの家族に預けられていた原稿が回収され、ここイタリアの地で再執筆をロレンスは開始する。

(三) スクワイアになるか　(サー・) ジョン・コリングズ・スクワイア ((Sir) John Collings Squire, 1884-1958) 雑誌『ロンドン・マーキュリー』の編集長。当時ロレンスはスタンリー・アンウィン社の求めに応じて「民衆教育」('Education of the People') を書いたが、スクワイアにも二、三章分ほど『ロンドン・マーキュリー』に掲載してもらえないかという相談を持ちかけている。しかし、スクワイアはその申し出を断っている。

▽S・S・コテリアンスキー　四五　(一九二〇年四月五日)

シチリア、タオルミーナ、フォンタナ・ヴェッキア

わたしはあなたに手紙を書きましたが、この前もらった手紙は古いやつと一緒に破り捨ててしまい

ました。今日は復活祭の翌日ですが、天気がよく、まだお祭り気分が残っています。誰もが今日は海に繰り出しています。ところで、本日わたしは『恋する女たち』と『虹』の出版で、妥当な著作権料を基本に、セッカー社との同意にこぎ着けました。手始めに『恋する女たち』ですが、これまではうまく行っています。最近は何も頼りにするものはありません。ギルバート［・カナン］からは便りがありませんし、あの四〇〇ドルに関して一言もありません。［ヘンリー・ラドヴィッグ・］モンドがカナンの前妻と結婚したという告知を目にしただけです。四〇〇ドルはどこへ行ったのでしょう。もしも、わたしの名前が悪用されていたとしたら、それに見合う対価をもらわないといけませんね。当地は晴れわたり春のようです。わたしはこの気候が大好きです。新しい小説［『堕ちた女』］の半分を書き終えました。実に楽しい小説です。しかしセッカー社には何も言うつもりはありません。完成した暁には、おそらく最高の原稿料を申し出てくれたところに売るつもりです。それこそこの上なく妥当ではないでしょうか。あなたにとって一番のニュースは何でしょうか。ロイド・ジョージがイタリアに来ると聞いています。たぶん彼は相手をだますつもりなのでしょう。(二)為替レートが八〇リラを超えました。村の中で小切手を見せれば、七九・五〇リラがもらえます。残金を現金に換えておくべきではないかと感じていますが、いくら残っているのかよく分からないのです。そんなところに、イタリアの財政危機の噂《うわさ》が飛び交っています。でも、今すぐというわけではなさそうです。メアリ［・カナン］はまだここにいます。老けたように見えるのですが、彼女は認めようとはしません。疲労で死ぬという事態が生じる前に、二階で躓《つまず》いて倒れてしまうでしょう。気の毒なメアリ。重荷を背負った人生。セッカー社にシェストフを二〇ポンドで売ってはどうでしょうか。それとも現状の印税ベースの契約のまま放っておくほうがよいでしょうか。わたしはあなたにお金を借りているので、二〇ポンドはあなたがもらえばよいのです。わたし宛に送られてきたアメリカからのお金はまだ入っていません。例の一〇〇ドルでさえ国立外貨両替所《カンビオ・ナショナル》で厄介なことになりました。(二) イタリアのこのような事態をどう思われますか。全くもうどうしょうもありません。グリーシャ[マイケル・ファーブマン]はいかがですか。この呪われたヨーロッパなど吹っ飛んでしまえばよいと思います。

皆さんによろしく　DHL

(一) ロイド・ジョージが……だますつもりなのでしょう　ロイド・ジョージ首相に対して不信感を持っていたロレンスが再び首相を揶揄・批判している箇所。しかもわざわざウェトモアランドの方言'collyfogle'つまり「欺く」「ごまかす」を遣っている。

(二) 例の……なりました　当時ロレンスはフィレンツェにあるハスカード銀行に預金をしていた。三月九日、アメリカの友人エイミー・ローウェルへの書簡に「わたしが預金しているハスカード銀行が、あなたが下さった一、三二五リラに関して次のような手紙を送ってきました」(一九二〇年三月九日)と書いている。そして、ロレンスはアメリカで発行されたリラ小切手が当地イタリアでは現金に換金できない旨の苦情を記している。

▽S・S・コテリアンスキー　四六

（一九二〇年四月二九日）
（メッシーナ）、タオルミーナ、フォンタナ・ヴェッキア

数日わたしたちはシラクーザに行って来ました。帰宅すると、あなたからの手紙と［ベンジャミン・］ヒューブッシュからの手紙が届いていました。わたしはこれから［マーティン・］セッカー宛に電報を打ち、可能ならヒューブッシュにシェストフを出版させるようにと伝えます。セッカーのところに行って週刊誌『フリーマン』（一）についても説明してほしいのです。もちろん、いやなら結構ですが。

ご覧の通り、手紙が当地に届くにはひどく時間がかかるのです。いやになります。仕事のことでこれほど行き違いがあると本当にうんざりします。それにセッカーも困ったものです。

ヒューブッシュが送ってくれる小切手は一五〇ドルで、ギルバート［・カナン］がわたしのためにかき集めてくれたものでした。しかしヒューブッシュの間抜けめ、どうしてドルをリラに換えるのでしょうか。リラだと二、七〇〇にしかならないが、ドルだったら簡単に三、四〇〇リラにもなるのに。少なくとも、七〇〇リラも損をすることになってしまいます。だからドルをリラに交換して送金するのはやめてくれと言うつもりです。

あなたにはヒューブッシュから送られてきたこの五〇ポンドを受け取ってほしいのです。セッカーの汚い遣り方に甘んじて一〇ポンド稼ぐより、わたしからの五〇ポンドを受け取るほうがましでしょう。

こちらは実に気持ちのよい気候です。もう二度と北方地方には来たくはありません。シラクーザは

とても暑いからです。

グリーシャ［マイケル・ファーブマン］はどうしていますか。エダー夫妻がパレスチナから帰国したと聞きました。

ギルバート［・カナン］のことは忘れてしまいましょう。

ソニアとギタによろしく。

DHL

（一）『フリーマン』　ベンジャミン・ヒューブッシュ（Benjamin W. Huebsch, 1876-1964）が、一九二〇年に発行を始めた週刊誌名。

▽S・S・コテリアンスキー　四七　［一九二〇年五月四日］

（メッシーナ）、タオルミーナ、フォンタナ・ヴェェッキア

小切手が同封されたあなたからの手紙が今日届きました。小切手は送ってもらわなくてもよかったのに。わたしの手紙が届いていることを願っています。シェストフに関する［ベンジャミン・］ヒューブッシュからの連絡を同封しました。うるさいセッカーめ。グリーシャ［マイケル・ファーブマン］が到着したのはすばらしい知らせです。彼の近況を教えてください。ソフィ・イサイェヴナには手紙

を書く時間もないのではと想像しています。こちらは実に暑いです。

DHL

▽S・S・コテリアンスキー　四八

（一九二〇年五月七日）

（メッシーナ）、タオルミーナ、フォンタナ・ヴェッキア

今日、四月一三日付の書留の手紙があなたから届きました。二日前には、ロンドンにいるグリーシャ［マイケル・ファーブマン］や、コーカサス人たちの知らせと五ポンド小切手の入った手紙が来ていたので、すぐに返事を書きました。

さて、シェストフについて。以前に書いたことを繰り返します。

一、わたしは一週間前に、シェストフの原稿に対して五〇ポンドを即金で支払いたいという［ベンジャミン・］ヒューブッシュからの手紙を受け取りました。すぐにセッカーに対して電報を送り、あなたには手紙を書きました。もしあなたが現金を必要とされていたら、この五〇ポンドが助けになると思ったからです。それだけのことです。

二、話は変わりますが、次のような手紙をずいぶん前に書いたと思います。その手紙の内容とはセッカーから聞いたことです。セッカーの言い分によると、ロバート・マックブライド社から、一〇パーセントの印税率でシェストフのアメリカ版の著作件料を出そうとの申し出があ

り、それに合意したということです。おそらく、喜んでこの申し出を受け入れたことでしょう。ただ最終的にどのような結論になるかはわたしにも分かりません。セッカー社には気をつけて、契約を確かなものとしましょう。

三、いずれあなたにも分かると思いますが、ヒューブッシュが彼の雑誌『フリーマン』に載せるシェストフのエッセイの抜粋に対して、その都度支払いをするということについて、全く何も言ってきません。雑誌『フリーマン』は数日前に一冊受け取りました。これをあなたに送ります。シェストフからの抜粋が掲載されていますが、翻訳者が誰かについては全く触れていません。もしセッカー社がロバート・マックブライド社と同意しているなら、あなたからヒューブッシュ宛に手紙を書いて掲載に対する支払いを即座に行なうよう要求してください。わたしも手紙を書きます。『フリーマン』の四月七日号が届いているのに、どうして手紙が着かないのでしょうか。アメリカからの手紙が全く来ないのはイタリアの郵便の不思議なところです。

四、あなたにはお金が入り用だと思ったので、イギリスでの出版に際してセッカーから二〇ポンドをもらってはどうかと提案してみただけです。差し迫った必要はなさそうなので、ケチな額だけれども先方の印税ベースでやらせてはどうですか。

五、シェストフの原稿料については、四分の一をわたしに頂ければと思うだけです。半々ではわたしには多すぎます。それにセッカー社は『恋する女たち』に一〇〇ポンド、そして書き終わったばかりの『堕ちた女』にも一〇〇ポンド、それぞれの著作権料の前払い金として、わたしにくれることになっています。その上、さらに一〇〇ポンドを三か月後に、もし無事に『虹』

が出版されれば支払ってくれることになっています。だから驚くなかれ、わたしは富豪になるのです。

あなたの、この手紙は全くひどいものです。インフルエンザやアニー［不詳］のことも、すべてが。今ごろは、あなたはグリーシャやコーカサス人たちと楽しく過ごされていることだと思います。何もこの世には起こりません。ブルームズベリの連中はパリやそこらで楽しくやっていることでしょう。爆弾も落ちてこないし、疫病もないし、エトナ山が噴火したり、タオルミーナが地震で崩壊することもないでしょう。この不可避で、少しずつ滴り落ちてくるようなつまらない運命を受け入れたほうがよいかもしれません。来年の春には大地の果てまで行ってみようという計画を練っています。シチリアでは近すぎます。

今ではすべての手紙があなたの元に届いていることを願っています。あの馬鹿で、葬ってやりたいギルバート［・カナン］に関する手紙も着いているといいのですが。

グリシャにはくれぐれもよろしくお伝えください。

DHL

▽S・S・コテリアンスキー　四九（一九二〇年六月二九日）

タオルミーナ、フォンタナ・ヴェッキア

セッカー社からの五ポンドが入ったあなたからの手紙が今日届きました。シェストフに関しては運が悪かったですね。しかしいずれ売れるでしょう。あなたがくれた小切手は焼いてしまいました。確かに、あなたはわたしに五ポンドの借りがありますが、もしお望みなら、もう少し先で返してもらっていいのです。というのも、わたしはある物語が二五〇ドルで売れたので、お金には不自由していないからです。あなたには今一〇ポンドお貸ししたいくらいです。小切手を送ってもよいですか。生活に困っておられるに違いないからです。それにしてもあなたは実にプライドが高すぎますね。わたしに一〇ポンド用立ててくれと言ってください。お金のことでくよくよしないでください。

ああ、ギルバート［・カナン］と［J・M・］マリの奴め。みんな不潔で卑劣な連中です。彼らのことを考えるのも面倒です。

目新しいニュースは全くありません。こちらは極端なくらい暑いのです。半裸姿で横たわったりしていますが、だるい感じです。海水浴をするとかえって後で暑く感じてしまうようです。

フリーダは八月か九月にドイツへ行きたく思っていますが、旅のことは手配してみないと分かりません。どちらの月にするにしても、それほど問題ではありません。わたしには、こんな暑い季節に汽車に、それもイタリアの列車に乗るのだけはとてもいやですね。

もしお金に窮しておられれば、わたしに連絡してください。あなたはお金のことで気遣いをし過ぎです。何とか生活して行ければ、何の問題があるでしょうか。もう以前のように物事を真剣に考えるなんてわたしにはできなくなりました。

DHL

エイダ・クレンコフへの書簡

エイダ・クレンコフ（Ada Rose Krenkow, 1868-1944）

ロレンスの母方の叔母。ドイツ人のフリッツ・クレンコフ（Fritz Krenkow, 1872-1953）と結婚。一九一九年一一月末、エイダ・クラーク（Ada Clark, 1887-1948）に宛た手紙によると、エイダ・クレンコフがロレンスに送った葉書がロンドンを経てフィレンツェに届いたことが分かる。

▽エイダ・クレンコフ　一

［一九一九年四月二三日］
ダービーシャ、ミドルトン・バイ、ワークスワス、マウンテン・コテッジ

わたしたちは木曜日、ハーミテッジに直行します。ルイ［・バロウズ］（一）に会うとつらくなりますから。彼女のことは好きでしたし、彼女に対していつも好感を抱いていました。しかし再び会って、昔の気持ちを思い出すのはやめるべきだと思います。とにかく、みんなにとってどれほどショックなことになるでしょうか。
ですから明日はバーミンガム経由で行きます。この変更であなたにご迷惑をかけなければよいのですが。叔母さんと叔父さんにハーミテッジでお会いします。

DHL

同封したのはブラッグズ［不詳］さんのカフスボタンだと思います。

（一）ルイ［・バロウズ］（Louisa Burrows, 1888-1962）　一九一〇年一二月から一九一二年二月までロレンスと婚約していた。ロレンスと別れたあともエイダと仲がよく、エイダの死後はエイダの夫のフリッジとも交流があった。

フリッツ・クレンコフへの書簡

フリッツ・クレンコフ(Fritz Johann Heinrich Krenkow, 1872-1953)

ドイツ東部のメクレンブルク、シェーンベルク町の生まれ。一八九四年に渡英し、一九一一年に帰化した。一八九九年からイングランド中部の州レスターシャ、レスターにあるメリヤス工場で生計を得るかたわら、学者としての研究もしていた。一九二一年以降はアラビア語と文献学の研究に専念し、一九二九年、ライプツィヒ大学から名誉博士号を授与された。一九二九年から一年インドのムスリム大学教授、一九三一年から三五年にかけてボン大学で教授を務めた。

ロレンスの母方の叔母、エイダ・ローズ・ビアドソルがクレンコフと結婚し、一九〇六年からレスターに住んでいた。ロレンスは、一九〇八年九月二一日付「メイベル・リムへの書簡」で、レスターの叔母夫妻宅を訪れ、義理の叔父がアラビア語をいつも研究していること、たくさんの本があることなどを書いている。

▽フリッツ・クレンコフ　一　（一九一九年一月一七日）

ダービーシャ、ミドルトン・バイ・ワークスワス、マウンテン・コテッジ

車で叔父さんが明日リプリーへ向かうと、エミリー［・キング］が教えてくれました。週末、こちらまで足を伸ばしていただくと、とても嬉《うれ》しく思います。車を置く場所はあります。

お手紙にお返事を出していませんでした。オックスフォード大学出版局から依頼されたちょっとした学校用の歴史教科書の執筆で、このところ苦しんでいるからです。出版社はどうしてもということですが、わたしには少し気が重いのです。原稿を渡したら、五〇ポンドもらうことになっているので、当座をしのげるでしょう。この骨の折れるいやな仕事が終わったら、クオーンを訪ねたいと思います。

天気は荒れ模様で、わたしたちは二人だけで缶詰め状態です。でも忙しくて、寂しさを覚える間もありません。できれば、こちらにいらしてください。

くれぐれもお元気で、二人より　DHL

▽フリッツ・クレンコフ　二　（一九二〇年三月二〇日）

シチリア、（メッシーナ）、タオルミーナ、フォンタナ・ヴェッキア

三月七日付の手紙を昨日受け取りました。例のビロード生地のことでご迷惑をおかけしましたが、

結局何の成果も上げられずに終わってしまいました。こういった事柄は本当に面倒ですね。万が一ハーグの当局から許可が得られる幸運に預かれたら教えてください。ただ実際にはそんなことは無理でしょうから、「マリア・」ユーブレヒトさんに何とかできないかお願いしてみようと思っています。彼女はオランダ人でこの地に美しい別邸を持っています。この夏はオランダとノルウエイに出かけるという話です。約二週間ほどでオランダに出発されるだろうと思っています。

あなたは、仕事や健康に関連して、いろいろと問題を抱えておられるようで、お気の毒に思っています。どうして叔母さん「エイダ・クレンコフ」はそんなに気が滅入っているのでしょう。そんなふうでは駄目ですよ。イタリアにでもいらっしゃらないでしょうか。

モンテ・カッシーノ「修道院」はすばらしいところで、見ようによっては修道僧たちも魅力的です。でもただ存続しているだけの修道院はみじめな感じがします。ほとんど生命力を失って弱々しく残っているだけです。もちろん修道院とは、平原を守る砦《とりで》として中世風で堂々としていなければならないでしょう。しかし、その力は奪われてしまって、四〇人の修道僧たちがただ住み続けているある種の博物館に変わってしまっているのです。偉大な古文書の守り人です。そのうちに訪れるつもりではいます。

シチリアが好きです。カプリよりもはるかに気に入っています。アーモンドやオリーブの木々の下に、柔らかそうな小麦の若葉が広がっていて、一面、緑で生き生きしています。シチリアではアーモンドの花は終わりましたが、アーモンドの木々の茂みがあちこちにあります。今は桃の花が満開です。海を見下ろす高台に広がった緑のスロープに、実に愛らしいヴィラがあります。そこにわたしたちは住んでいます。東のほうには青々とした海が広がっていて、その海の左手には小高い山々や薄っすらと雪に覆われたカラブリア山の頂が見えます。そこで海峡は狭くなり始めています。このヴィラの庭園を下ると小さな洞穴のようなところがあり、古代から泉が湧き出ています。そこがフォンタナ・ヴェッキアと呼ばれていて、今でもわたしたちの水源です。

たくさんの人が住んでいます。イギリス人もたくさんいます。そのうちの何人かの人たちは知っていますが、それほど多くの人たちを知りたいとは思っていません。あちこちに気を遣い過ぎることになるからです。幸運にも、仕事を再び始めることになりました。五月も末になると、外国から来ていた人たちはここを去って行きます。

エトナは美しい山です。深い雪に覆われています。長い長いスロープが海のほうへ美しく延びています。夜には炎を吹き出しますし、昼は、噴煙を上げています。

わたしたちはこのヴィラを一年間借りましたが、夏は暑さが酷《ひど》いのではと気にしています。もし暑すぎる場合、もう少し北のほうに移るつもりです。

雨が降った後は、暖かくてすばらしい天気になりました。ぜひ叔母さんを数か月間シチリアに連れて来てください。

どうか御元気で、二人より　DHL

(一) 万が一ハーグの当局……教えてください　一九一九年一〇月にフリーダがオランダ経由でイギリスからドイツに行った時に、スーツケースの一つが紛失し、二週間後オランダで見つかったが、オランダ当局は、その中に入っていたビロード生地とウールのベストを取り押さえた。それらをドイツに送ることは、生地・衣類の輸出禁止令があったので許可されず、品物は返され、叔父クレンコフのオランダ人の友人に預かってもらうこととなった。

セシリー・ランバートへの書簡

セシリー・ランバート（Cecily Lambert, 生没年不詳）

一九一九年の八月下旬、ロレンス夫妻が滞在を請うた「グリムズベリ農場」の経営者。従姉ヴァイオレット・モンクと一緒に住んでいたこの農場を舞台に、ロレンスは一九一八年一二月一〇日には、『狐』の初稿を脱稿していた。男性主人公のヘンリーはセシリーの弟ニップ・ランバートをモデルにしているし、女主人公のバンフォードはセシリーをモデルにしており、当然のこと、作品の中ではセシリー・ランバートとヴァイオレット・モンクがレズビアンとして描かれたために『狐』出版後、物議を醸した。

▽セシリー・ランバート 一（一九一九年八月二日）

パンボーン、マートル・コテッジ

葉書を受け取りました。あなたが今日パンボーンに来られるのではないかと期待していました。わたしの妹と妹の旦那さんが明日訪れます。こちらは静かですばらしいところです。しかし、わたしたちは庭の外にはめったに出られません。リンゴが何個か色づいています。梨もできています。わたしにはありがたい限りです。できれば、いつ来られるのか知らせてください。来られるのなら、とにかく早く訪れてください。妹たちがわたしたち二人をピクニックに連れ出したい（ピクニックの綴りはこれで正しかったでしょうか）とか、蒸気船に乗せたいと言っているのです。妹の旦那はあなたを手漕ぎボートに乗せて川下りを予定しています。そんな恥さらしなことをこちらにはうようよいる若い変わったカップルたちの前で披露すると思うだけで赤面してしまいます。

お二人にさようなら《オー・ルヴォワール》　D・H・ロレンス

［以下フリーダ］

［ベシー・］ロウ夫人に来るように伝えてください。皆さんが一緒に泊まることもできます。バターがなくなりました。でも、［隣に住んでいる］ブラウン夫人のバターを調達して［お手伝いの］アラン［アラン］さんが持って来てくれるかもしれません。

▽セシリー・ランバート　二　［一九一九年八月一一日］

パンボーン

わたしたちが今何をしているのか、知りたいと思っておられるのではないでしょうか。姉と［その娘の］ペギー、それにヒルダ・B［ブラウン］もここに来ています。姉とペギーは木曜日までいます。［ロザリンド・］ベインズ夫人は金曜日に帰りますが、「わたしの家に一緒に来て泊まりなさい」とわたしたちを誘ってくれています。それで、そうするつもりです。予定として泊まるのは、月曜日まで、次の月曜日までなのです。そのあとは、とことこ歩いて帰らなくてはいけないでしょうね。次の月曜日にわたしたちのために、トミーと一緒にこちらに来てやろうなどという気になりませんか。明日の火曜日、女性たちと子どもたちが遊びに出かけます。船に乗ってレディングまで行きます。フリーダと一緒に水曜日にハーミテッジに戻るつもりです。バスでストリートリーまで行って、丘陵地帯《ダウンズ》を徒歩で越えてコンプトンまで行き、汽車でハーミテッジに戻らなくてはいけないのです。マーガレット［・ラドフォード］に会って、彼女と一緒に泊まる必要があるでしょう。彼女は二一日にロンドンに行く予定ですが、九月にはまたコテッジに戻って来ます。このコテッジについて、マーガレットと簡単な合意を取り付けておくべきでしょう。

わたしたちはチャペル・ファーム・コテッジでランチを食べなくてはいけません。ランチを持っていくのです。午後、そちらに寄ってお茶をいただいてもいいでしょうか。忙しいのであれば、お知らせください。六時二〇分か、七時三〇分の汽車でこちらまで戻らなくてはいけないものですから。

ようやく今までより涼しくなってきました。ほどよく料理された気分です。じっくりと火が通った気分と言ったらいいでしょうか。パンボーンというところは、今わたしにとってほとんど蒸し焼き鍋《キャセロール》そのものですし、これまでずっと蒸し焼き鍋だったと言えます。

お二人とも無事で健康であることを、特に、健康であることを願っています。

わたしたちからご挨拶を　D・H・ロレンス

パンボーン

▽セシリー・ランバート　三　［一九一九年八月二二日］

わたしたちは［精神的に参っている］マーガレット［・ラドフォード］と同じく優柔不断だとあなたは思われるでしょうね。ベインズ夫人が［ファージョン宅から］戻って来て、［イギリス軍医団の］大佐である夫に、何としても来週戻って来て、わたしたちと会って、いつもしゃべっている変な話をしてほしいとお願いしたのだそうです。それに、彼が家にいる間はずっと滞在していてほしいと言ってきました。折り合いをつけることは実に厄介なことです。わたしたちのためにもし可能であれば、水曜日か金曜日にこちらに来てもらっても構いませんか。ベインズさんがこちらにいることが分かればすぐに手紙を出します。どうしようもなくここに閉じ込められているような気がします。でも、この農場の周りがあまりにも広いのでほっとした気持ちを抱いています。

［ヴァイオレット・］モンクさんにわたしたちのことをもう少し我慢強く見てやってほしいと伝えてください。何しろ移動しなくてはいけないことほどいやなことはないものですから。(一)

D・H・ロレンス

(一)何しろ……ないものですから　ロザリンド・ベインズ夫人は一九一九年八月一日から二八日ごろまで三人の子どもと共にハーバード・ファージョンの留守宅に移っていたので、その間、ロレンス夫妻はパンボーンのベインズ家「ザ・マートルズ」を借りて住んでいた。ロザリンドが自宅に戻ることになったので、この時、ロレンス夫妻はまた家探しをする必要に迫られていた。

▽セシリー・ランバート　四　（一九一九年八月二六日）

パンボーン

あなたはまだ、［あなたが住んでおられるチャペル・］ファーム［・コテッジ］にわたしたちに来てほしいと思っておられますか。つまり、あまりに頻繁にわたしが変更することに辟易《へきえき》しておられませんか。わたしたちがそちらに行くとなると、あなたと［ヴァイオレット・］モンクさんに、金曜日か、土曜日、あるいは日曜日に出迎えに来てもらわないといけません。いつなら、あなたとトミーは都合がつくのでしょうか。よければ、金曜日にランチを食べにこちらに来ませんか。ベインズ大佐がここにいます。大佐と一緒にメイプルダーラムまで船を漕《こ》いで楽しんできたところです。風がきつい日でした。そちらに九月一六日に行くことに決めました。そんなに長いこと待つことができますか。
フリーダがよろしくと言っています。

さようなら《オー・ルヴォワール》　D・H・ロレンス

手紙をください。

▽セシリー・ランバート　五　［一九一九年一〇月一五日］

ハムステッド

フリーダは今夜ハリッチまで出かけます。わたしはたぶん金曜日に故郷に戻ります。ミッドランズに帰らなくてはいけないのです。妹［エイダ・クラーク］が病気になっていたものですから。しかし、ちょっと立ち寄るだけです。［ヴァイオレット・］モンクさんはまた自宅におられるのですか。ご迷惑をおかけしてすみません。
お母様とお父様によろしくお伝えください。

D・H・ロレンス

▽セシリー・ランバート　六　［一九一九年一一月八日？］

［N・W、八、セント・ジョンズ・ウッド、アカシア通り　五］

昨日領事［トマス・ダンロップ］に会いました。領事は［イタリアの］リヴォルノに電報を打って、船のことを聞いてくれました。陸上の旅はものすごく大変だということなので、船が着くのをじっと待つつもりです。でも、すぐに来てくれることを望んでいます。

いろんな人と会っています。トルストイの劇を昨日、観に行きました。ヘンリー・エインリー(二)のものでしたが、わたしにはゴミクズのように思われました。ロンドンは好きになれません。

ロンドンまで出て来られますか。たぶん、来られないでしょうね。そんなことを手紙で書いていましたね。明日、ジョーン［・ファージョン］さんの家に行かれるのなら、例のリンゴを送ってくれたか聞いてください。それと、最近便りがないことを。ハーミテッジに行かれたら、［ウォルター・エドワード・］ボッシャーさんに、わたし宛の手紙を転送してくれたかどうか、聞いてもらえないでしょうか。

皆と離れてしまったなんて全然感じていません。皆ときっともう一度会えるような気がしています。そう遠くはない日に。気候もよく新しいすばらしい場所であったらいいですね。アフリカにでも［船で?］行きましょうか。やるべきことは、動き出すこと、つまり、動く準備をすることです。忘れないでください。ロザリンド［・ベインズ］から手紙を受け取りました。彼女は動き出すことを怖がっているようなのです。(三)すぐに、彼女に会ってください。きっと喜んでくれます。フリーダから手紙が来ました。彼女の荷物は出てきていません。向こうでは食料品がかなり欠乏している、と言っています。彼女はあまり幸せを感じていないような気がしています。
モンクさんは戻って来ましたか。
ランバート夫妻によろしくお伝えください。

さようなら《オー・ルヴォワール》　D・H・ロレンス

ルイ［・フリッター］さんがわたしの手紙を転送してくださるのかどうか、心配しています。そうしてくれたかどうか、ぜひ聞いてみてください。

（一）ヘンリー・エインリー　トルストイの『生霊』の翻訳（エイルマー・モード訳）をもとにした『慰謝料』がセント・ジェームズ劇場でヘンリー・エインリー（とマリオン・テリー主演で）行なわれた。その演劇に対して、ロレンスは不満を述べている。

（二）彼女は……怖がっているようなのです　この時点で、ロザリンド・ベインズは背が一九〇センチを超え、スポーツマンでもあり医者でもあった美男子の夫ゴッドウィン・ベインズと離婚したいと強く思っていた。

▽セシリー・ランバート　七　［一九一九年一一月一〇日］

N・W、八、アカシア通り　五

今日お手紙拝受しました。船が来てくれないので脱出はできません。それで、金曜日の朝ここを出る決心をしました。八時に、チャリング・クロスを出発します。本当に朝が早いのです。友人と一緒に旅をしてフランスを抜けます。もしこちらにやって来るのであれば、知らせてください。とにかく、木曜日を開けておきます。ロンドンは天候が非常に悪く、それに比べ、グリムズベリは全く天国です。しかし、この一一月は、飲み込むにはあまりに苦い薬そのものです。

フリーダから知らせがありません。先週の水曜日以来ないのです。ジョーン［・ファージョン］からもありません。先週の木曜日に楽しいランチをなさったのでしょうね。

そうそう、今週こちらまで出て来られるのなら、また会えます。そうでなければ、来春、［西アフリカの］ズールーランドに行く途中に会えることになるのでしょうか。

［ヴァイオレット・］モンクさんによろしくお伝えください。また、お母様、お父様にもよろしく。それに［ダンスの先生の］ファーロングさんにも。マーガレットが葉書で言っていました。彼女が週末にそちらのコテッジに行く予定だとね。本当に行くのかどうか、よく分かりませんが。

今は日毎に本当に恐ろしい状態になっています。そうそう、わたしたちは来年出航しなくてはいけません。ここでは心が満たされません。

さようなら《オー・ルヴォアール》　DHL

梨はいくらで手に入れましたか。

▽セシリー・ランバート　八　［一九一九年一一月一八日］

スペツィア、レリチ、パルメスホテル

さて、ようやく土曜の夜にトリノに到着しました。ここレリチには月曜日に入りました。ここは、以前わたしたちが住んだことのあるところです。ここでは多くの人に出会いました。明日フィレンツェまで行き、そこでフリーダを待つつもりです。住所を知らせるまで、手紙は書かないでください。昨日のイタリアは最高の天気でした。すばらしい太陽と空でしたが、今日は、灰色がかっていて、窓の下に見える海は半ば怒ったような半ば悲しそうな音を立てて波打っています。しかしそれでもイギリスよりもずっと暖かです。オーバーコートは必要ありません。夜の帳《とばり》が降りて港の周りに光がきらきら輝いています。そこに見える灯台が六年前と同じ間隔で時間を告げています。しかし、すべてが違っているようにも思えます。昔のような明るさがないのです。あらゆるものの値段が高く、両替をしてみると、両替のレートはイギリスと変わりません。もっと南部イタリアに行かねばなりません。もっともっと南部に行きたいと感じています。なぜそう感じるのかは分かりません。ズールーランドについてニップ［セシリー・ランバートの弟］に手紙を書きましたか。明日か木曜日に住所を送ります。このまま進んで明日フィレンツェに入り、そこでフリーダを待つことにします。

［ヴァイオレット・］モンクさんとファーロングさんにもよろしくお伝えください。

ＤＨＬ

▽セシリー・ランバート　九

［一九一九年一一月二六日］

フィレンツェ、ピアッツァ・メンターナ　五

［ホテルの］部屋にじっと座ったままでいますが、下には［アルノ］川が流れています。川は激しい雨で増水していて、黄ばんでいます。馬とラバが数頭橋を渡っていますが、馬とラバの頭にはかわいい灰色の帽子のような被り物が被せられ、荷馬車に乗っている御者の姿は大きな緑色の傘に隠れて見えません。雨の中を馬とラバは早足で進んでいて、これまでと変わらずせわしなく動いています。ここでは馬の頭に常に帽子を被せていて、体温を奪われないようにしています。フリーダから電報がありました。彼女は来週の今日やって来る予定です。それで、ここに一二月六日まで留まらざるをえないと思っています。それからローマに向かいます。ロザリンド［・ベインズ］が例の絵がほしいと手紙で書いてきました。それでロザリンドに、あげると言ってもらえますか。ヨーク夫妻に役立ちそうな家具付きの小さなコテッジについて何か聞いておられますか。マーガレット［・ラドフォード］が二人をひどく怒らせたとのことですが。

ドロシー・ヨーク、W・C、一、レッド・ライオン・スクウェア、キングズウェイ・マンションズ一九

イギリスから全く便りがありません。ニュースがあれば教えてください。

DHL

▽セシリー・ランバート　一〇　［一九一九年一二月一三日］

ローマ

この町はどうしようもないし、人で溢《あふ》れています。この町は素通りするつもりです。当面の住所は、イタリア、カゼルタ地方、ピチニスコ、です。

ローマの南五〇マイルほどのところです。あなたから手紙をもらっていません。皆さんが健康であることを祈っています。F［フリーダ］からよろしくとのことです。

DHL

▽セシリー・ランバート　一一　［一九一九年一二月二五日］

イタリア、カプリ、パラッツォ・フェラーロ

何度も何度も揺られて、わたしたちはここ小さな島に辿り着き、二人のための小さなアパートに滞在しています。しばらくはここに滞在しなくてはいけないと本気で考えています。イギリスからこのナポリ湾に船舶が入ってくるのを目にしています。そしてその船舶はナポリからアフリカに向けて航海していきます。それからどこまで行くのかは分かりません。わたしがイタリア滞在中にあなたから一通も手紙をもらっていません。どうして手紙をくれないのですか。このクリスマスに皆さんは何を

しておられるのでしょうか。すばらしい一日を送っておられますか。フリーダとわたしから、あなた方お二人によろしく。

DHL

▽セシリー・ランバート　一二一（一九二〇年一月九日）

（ナポリ）、カプリ、パラッツォ・フェラーロ

先日手紙を受け取りました。その時、ようやく船がやって来ました。数日後強風が吹き荒れ、鉄の小さな風呂桶《おけ》とも思える汽船がここにもナポリにも着くことができなかったし、カステッラマーレにじっと停泊していなければならなかったのです。しかし、その汽船がまたやって来て、あたかも地中海を支配しているかのように、ブォーッという大きな警笛を鳴らしています。

カプリはおもしろいところです。本当に山の多い島で、こちらに来て眺めれば次のようになります。

［カプリのスケッチ］

汽船から下ろされ、小さなボートに移されてそこで乗船名簿で自分の名前に印を付け、ケーブル鉄道に乗せられてカプリの町まで行きます。カプリの町はこの島の首根っこにあたるところに位置しています。イタリア語でパラッツォとは宮殿という意味なのですが、この古い宮殿はカプリの町のまさ

しくど真ん中にあります。そこから北側に海が、またナポリが見え、さらに南側のその先にはアフリカが遠くに見えます。滞在しているここには大きな居間があり、窓を兼ねた扉が二つあり、バルコニーが付いています。そのバルコニーから大聖堂と呼ばれている漆喰《くい》でできた奇妙な館である寺院の横に長く続いている狭い道路が眺められます。この島の生活そのものが、眼下にある感じがします。ここで友人ができました。小説家のコンプトン・マッケンジーとブレット・ヤング、それにメアリー・カナンで「J・M・」バリーの前の奥さんです。あらゆる種類の人びとがいます。イギリス人、ドイツ人、ロシア人、アメリカ人、オランダ人、一言で言えば、多くの金持ちがいます。この島には多過ぎるぐらいいます。縦四マイル、横二マイルの島で、大きくも見えるのですが、何しろ山が多いのでかなり小さいのです。

日々が非常にゆっくりと過ぎています。本当は働かなくてはいけないのですが、ここでは欲望が消えてしまいます。今また、日差しが差してきているので、陽に当たるつもりです。イタリアはのんびりとした国です。人びとと出会い、次の食事までぶらつきます。そのように人生が過ぎていきます。でも、そのどこが駄目なのでしょう！

まだアフリカのことを考えています。「あなたの弟の」ニップが本当に騎馬隊で体調を壊しているなんて思いたくはありません。ニップがズーズーランドに来てほしいと本気で思っているのなら、必ず行きます。金はどこからか掻《か》き集めることができます。ハーミテッジで簡単にできたように、わたしの発作的ともいえるペンで年に三〇〇ポンドを稼ぐことも可能です。

ブラウンさん夫妻から、オールディントンとヨーク夫妻が「ハーミテッジの」コテッジにいるという手紙をもらいました。一緒に生活するには決して気楽な人たちではないので、一か八かであなたを彼らに会わせるつもりはありません。あなたがただひどいことになるだけですから。彼らは特有の会話をする連中ですし、その特有の会話ができなければ駄目なのです。そのあまりの特有さにわたしは我慢ができません。マーガレット「・ラドフォード」と彼女のお母さんは実に心地よい手紙を書いてきました。でも、返事があまりにも遅いのです。

　ロザリンドがイタリアに出かけないでほしい、と思っています。実際のところ、あらゆることを考慮しても、三人の子どもと一緒ではあまりにも大変です。ロザリンドが三人の子どもをどこかに預けることができて、彼女一人で出かけることができるならば、それはそれでいいでしょう。でも、駄目です。三人の修道院長《ブリジット》を連れての旅は。誰もそんな企てはしません。刺繍《ししゅう》絵画に関してはロザリンドがあなたに要求しないのであれば、わたしがコテッジを去らないうちに持って行っていいと彼女に言いました。もちろん、気に入っておられるのならそのままそこに飾ってもらっても結構です。「ハーバートとジョーン・ファージョンの住居の」バックルベリから葉書をもらっています。今までと同じくすべてがうまくいっているように思います。農場に行かれて何をしておられますか。壁を白いペンキで塗っておられるのでしょうか。山羊とアヒルたちはどうしていますか。

　イタリアで最高のことは「人の心を喜ばせてくれる」（一）ワインがあるということです。少しだけ値段は高いのですが。

　グリムズベリは非常に暗くて道はぬかるみになっているのではないでしょうか。

「ヴァイオレット・」モンクさんに彼女個人の情報だけでも構わないので、わたしに手紙を寄こすように言ってもらえますか。草原、つまりその草原がズールーランドにあるどんなものであっても、その草原を踏破するのに備えて気を引き締めていることを期待しています。わたしの大きなカバンがまだトリノの税関にあるという知らせを受けています。こうした些細《ささい》なことを気にしなくなってきます。

ある気持ちのいい夕方にひょっこり立ち寄れたらいいなと思っています。またはお二人こちらで何日も泊まられたら嬉しいです。AE［不詳］にわたしのことを忘れないようにと伝えてください。彼女に葉書を出しました。手紙を書くことがほとほといやになっています。ここで怠惰な生活をするのは恥ずべきことです。

ニュースがあればすべて知らせてください。

F［フリーダ］がお二人に愛を込めつつ、こちらに戻ってきます　DHL

（一）「人の心を喜ばせてくれる［ワイン］」　聖書「詩篇」一〇四章一五節。

▽セシリー・ランバート　一三　［一九二〇年一月二二日］

（ナポリ）、カプリ、パラッツォ・フェラーロ

ここ一〇日程郵便ストがありました。手紙が届かないのです。でも、今日ストも終わりました。そ

してまた、鉄道ストです。たぶん、そのストも終わるでしょう。ああ、イタリアよ！　ああ、ヨーロッパよ！　新しい大陸に行きたいという気持ちになります。アフリカに行きたいと真剣に思っています。ニップ［セシリーの弟］の住所を知らせてもらえますか。それに、ウォリー［不詳］の住所も。二人に直接手紙を出したいのです。住所を知らせてください。あなたに手紙を書いたし、また［ヴァイオレット・］モンクにも手紙を書きました。手紙が届いてくれることを願っています。まさにギャンブルです。こちらは少し寒くなっています。が、新ジャガを食べていますし、小さな畑ではソラマメが花を付けていて、チョウチョがこの島の暖かいところではふわふわと舞い始めています。グリムズベリですべてお変わりなく過ごされていることを祈っています。

DHL

▽セシリー・ランバート　一四（一九二〇年五月二〇日）

［マルタ、ヴァレッタ、グレイト・ブリテン・ホテル］

数日かけてマルタまでやって来ました。でもイタリア船籍はストライキ中で、いつここから戻れるのか分かりません。わたしたちが、タオルミーナに滞在中にあなたも［ヴァイオレット・］モンクさんもどうして短信すらくれないのですか。ひどいですね。わたしの住所はご存知のはずです。シチリア、タオルミーナ、フォンタナ・ヴェッキアです。来週シチリアに戻るつもりです。こちらでは倹約した自炊生活をやらざるをえない状態ですが、それでも、食べ物は豊富にあります。イタリアはどちらかといえば今は年老いたハバードおばさん(一)といったところです。グリムズベリでは変わったことはありませんか。ここは暑くて乾燥しています。

では、これで《ミラ・サルーティ》

DHL

（一）ハバードおばさん　“Old Mother Hubbard Went to the Cupboard”で始まる伝承童謡の女主人公。

エイミー・ローウェルへの書簡

エイミー・ローウェル（Amy Lowell, 1874-1925）

アメリカの女性詩人。兄はハーバード大学学長を務め、従弟のロバート・ローウェルは詩人という、ボストンきっての名門出身。

ローウェルは二〇代半ばごろまでは社会事業などに携わっていたが、その後詩作に興味を寄せる。一九一三年、イギリス訪問中に、エズラ・パウンドと出会い、その影響のもとで視覚に訴えるイメージを特徴とするイマジズムに傾倒した。後年は東洋の詩歌、特に俳句に興味を持ち、日本の風物を取り上げた詩も書いている。

彼女はロレンスに詩集を送り、文学を通して交流を続けるほか、ロレンスに代わってアメリカの編集者、［ミッチェル・］ケナリーに稿料の催促をするなど、ロレンス夫妻を助けている。また、一九一四年にはタイプライターを送り、ロレンスを喜ばせている。一九一九年から一九二〇年にかけては、健康状態が悪化しつつあったが、一九二〇年にはロレンスに経済的援助を行なっている。

▽エイミー・ローウェル　一（一九一九年二月五日）

ダービーシャ、ミドルトン・バイ・ワークスワス、マウンテン・コテッジ

［マーティン・］セッカーはあなたに『新詩集』を二部送ることになっていたのですが、ハリエット・モンローから聞いたところによると、受け取っておられないとのこと、不手際なことですみません。セッカーはまたもう一部をお送りしようと言っています。

秋に『キャン・グランデ』（一）を送ってくださってからは、お便りをいただいていませんし、手紙へのお返事もいただいていません。ところで、キャン・グランデの城というのはヴェローナにあるデラ・スカラ宮殿のことですね。キャン・グランデとはデラ・スカラ一族の一人ですね。こちらはとても寒いです。わたしたちは二人共病気になってしまいました。早く春や夏になってほしいと切望しています。ヨーロッパを訪問されませんか。わたしのほうはおそらく、夏には何とかしてアメリカに行ければ行きたいです。お手紙をください。

皆様にくれぐれもよろしく　D・H・ロレンス

（一）キャン・グランデ　キャン・グランデ（Cangrande della Scala, 1291-1329）はイタリア貴族。ヴェローナを治めたデラ・スカラ家の一員。ダンテ・アリギエーリ（Dante Alghieri, 1265-1321）のパトロン。キャングランデに関する書物だと思われるが不詳。

▽エイミー・ローウェル　二（一九一九年四月五日）

ダービーシャ、ミドルトン・バイ・ワークスワス、マウンテン・コテッジ

病気で体調がすぐれない上に、落ち込んでおられるのではないかと気がかりです。(二) わたしもインフルエンザになりました。人生というらせん階段を危うく踏み外しかけたのですが、今は上手く健康回復期に入りました。わたしたちは病気がちで、不快な冬を過ごしました。ヒルダ［・オールディントン］も何週間か前に肺炎になり、そのせいで弱ったということです。先週の日曜日に、彼女に女の赤ちゃんが誕生したと聞いています。母子共に健康なようです。すぐにでもロンドンに行って彼女に会いたいと思っています。

あなたが詩についての講演を延期されたことは本当に賢明だと思います。ぜひヨーロッパを訪問してください。友人たちと明るく安全な心地よい場所で、気軽に集まれたらと思います。ところが世界はすべて悪いほうへと向かっており、ますます悪くなっていくようです。すべてのことがぐちゃぐちゃに絡まってもつれているようです。まずスイスかドイツに行き、そのあとでこの夏にはアメリカへ行きたいと思っています。でも決して実現しないであろうことは分かりますが。どうしてもアメリカに行きたいのです。まず北部に、そして南部や中米に行きたいと思います。この計画は世界が再び正気を取り戻し、わたしが自由に行動できるようになった時に実行しようとしていることなのです。

ここイギリスでは誰もが何に対しても興味を持ちません。文学なんて最も興味を持たれません。皆、日々不安気に身をかがめて這《は》うように生きています。まるでわれわれは皆、地すべりを起こしそうな

地面の上に立ち尽くし、いつ足元が崩れ始めるかもしれない状況で毎日生きているのです。なぜこのようにあらゆるものに確信が持てず、苛々《いらいら》させられ、ひと時思い出して懐かしむ過去もなければ、あれこれ思いを巡らす未来もない、苛《いら》立たしい分断された時間の連続であるのか分かりません。実際そうなのです。人生を切り刻まれてざらざらの砂利となって受け入れがたい時間を過ごすのは本当にいやなことです。

フリーダの親戚から便りをもらっています。苦しい状況が伝わってきます。フリーダは心配していますし、わたしたち二人とも案じています。でもそんな心配はすぐに終わるだろうと思います。わたしの義理の兄はバイエルン共和国の財務大臣をしています。彼は難局を切り抜けてくれそうです。しかし次の時代はどう変わるのかというのは永遠の疑問です。わたしたちは、将来可能になればミュンヘンに行きたいと思っています。フリーダは母親や姉妹たちに会いたがっていますし、わたしもまた彼女たちに会いたいのです。

わたしに手紙を書いてくださる時には、バークシャ、ニューベリー近郊、ハーミテッジ、チャペル・ファーム・コテッジの住所に送ってください。今月末にそこに行く予定で、イギリスを出る時までそこにいることになるでしょう。ここ数か月間、全く作品を書いていませんでした。病気だったからではありません。書きたくなかったのです。何かを出版することなんてなおさらしたくありません。それは自分の宝物を沼地に投げ込むことのようだからです。

未来の詩、そして今の時点で未来の萌《ほう》芽を内包する詩というものは、押韻を踏まず、飾り気のない、自発的なリズムを持つという、あなたのご意見に賛成します。でも人は新しい自己と同様に昔からの自己を持っているのです。あなたが『新詩集』を手に入れておられたらいいのですが。この詩集は『見よ、われわれは勝ちぬいた！』よりもずっと受けがよかったのです。批評界はその作品につばを吐いただけでしたので。ニューヨークの［ベンジャミン・］ヒューブッシュは、わたしのどの作品を出版しようとしているのかご存知ですか。何も聞かされていないものですから。

お元気になられて健やかに過ごされますことをお祈りしています。ぜひあなたのお庭を見せていただきたいものですし、特に夕方の香りを味わいたいものです。アメリカであればごく当たり前に手に入る、華麗で贅沢《ぜいたく》な生活に憧れます。ヨーロッパでは不可能なことです。

［エイダ・D・］ラッセル夫人にどうぞよろしく。フリーダとわたしから篤《あつ》いご挨拶を込めて。

D・H・ロレンス

（一）病気で体調が……気がかりです　ローウェルはインフルエンザになったあと、息子のように可愛がっていた甥《おい》が死んだことに胸を痛めていた。

▽エイミー・ローウェル　三　（一九一九年五月二六日）

バークシャ、ニューベリー近郊、ハーミテッジ、チャペル・ファーム・コテッジ

先日、詩『新詩集』の出版などについて、［ベンジャミン・］ヒューブッシュから手紙をもらいまし

た。彼は親切な人だと思われます。わたしがアメリカで講演できるように取計らってくれると言いました。わたしのほうはぜひとも講演をしたいというわけではないのですが、しなければならないのなら講演をしても構いません。八月か九月にニューヨークに行けるように準備万端整えているところです。ぜひ行きたい、移動したいと思っています。あなたはヒューブッシュによると、わたしがボストンでは講演しないほうがいいとおっしゃったそうですね。わたしを警戒されているのですか。わたしが人びとに対して与えるかもしれない、また与えるに決まっている印象を、少し不安に思っておられるのですか。そうでなければよいのですが。実際のところアメリカではあなたしか知り合いがいませんので、わたしがアメリカに行く際には少し手助けしていただけたら嬉《うれ》しいです。いずれにせよ、わたしのボストンでの講演計画についてご意見ください。おそらく、まずわたしが一人で行き、フリーダがあとから来ることになります。ご迷惑になるようでしたら教えてください。お身体の調子がよくなられたことと思います。

　何かニュースはありますか。出版されたものはありますか。C・W・ボーモントが手刷りしてくれている小さな詩の本の中のゲラ刷りを直した以外は何も新しいことがありません。その本『入り江』には、アン・エステル・ライスによる馬鹿げた不似合いな木版画の挿絵があるのです。彼女のことをご存知ですか。彼女はアメリカ人で、パリから戻って来たマティス派の一人であり、[レイモンド・O・]ドレイという男[不詳]と結婚しています。そして彼女の木版画は、わたしの詩の本には馬鹿ばかしく感じられるのです。

　こちらは暑くて乾燥しており、今年の夏はまるで爆発して枝葉の隅々にまで襲いかかっているかのようです。そのエネルギーは自然界に充満しています。でも、わたしたちは動けるようになる時を待っているところです。フリーダは心から肉親に会いたがっていますが、いつそれが叶《かな》うのかは天のみぞ知るわけです。

あなたにお会いして楽しい時を持ちたいといつも考えています。

[エイダ・D・]ラッセル夫人によろしくお伝えください。

D・H・ロレンス

▽エイミー・ローウェル 四 (一九一九年七月三日)

バークシャ、ニューベリー近郊、ハーミテッジ、チャペル・ファーム・コテッジ

今朝、あなたの長いお手紙が届きました。あなたがおっしゃっていることは十分分かっています。とりわけ講演のことについては。エル・ドラド[理想郷]については、わたしが探しに出かければ見つけられる可能性はあります。お金を手に入れることほど本気になれば簡単なことはありません。わたしはエル・ドラドなど求めてはいません。ただ生命力と自由、広々とした感覚、そして根源的で無意識ですらある共感を求めているのです。講演など決してしたくありません。生きることができればよいのです。アメリカに行けば、書くことですぐに生活することができると信じています。わたしが求めているのは、行きたいと思えば行くことができる場所があり、必要な時に助けを求めることがで

きる人がいると感じることなのです。そのような気持ちをあなたに対して持っているので、友情に甘えてあなたの負担になりはしないかと思っています。

［ベンジャミン・］ヒューブッシュは今月初めにイギリスに来ると言いました。わたしは今日、ロンドンにフリーダのパスポートなどを入手しに行くつもりです。彼女が今月すぐにドイツの家族に会いに行けたらいいのですが。わたしはアメリカにぜひ行きたいです。本気ですよ。おそらく八月に出帆することになるでしょう。わたしだけ先に行って、わたしがアメリカで少し落ち着くまで、フリーダはドイツにいる予定です。その後、彼女を呼び寄せるつもりです。わたしは偏見を恐れてはいません。偏見というのは人びとの血肉にまで食い込んでいることはまれで、ただ頭に浮かんだりする表面的なものなのですから。

アメリカに着いた直後にどうにも困った状態になったら、あなたのところを訪ね、一、二週間ほど泊めていただければ嬉しいです。すぐにでも自分で何とかやって行きますから心配しないでください。ほんの最初だけです。

『イングリッシュ・レビュー』に掲載したわたしの記事は、アメリカの「古典」文学についてのものでした。次は現代文学について連載したいと思います。（一）とにかく、すぐにでもお会いしたいです。そんなふうに事が運んでいます。大いに談笑しましょう。

D・H・ロレンス

（一）次は現代文学について……思います　実際には実現しなかった。

▽エイミー・ローウェル　五　［一九一九年一一月二六日］

フィレンツェ、ピアザ・メンタナ　五

いただいたお手紙のお礼を言っていませんでしたね。本当にご親切な手紙でしたし、内容はよく分かりました。わたしは冬を過ごすためにイタリアに来ています。フリーダは来週バーデン－バーデンからこちらに来てくれて一緒になる予定なのです。それからわたしたちはさらに南に行く予定です。こちらではアルノ川の見えるところに部屋を借りています。アルノ川は雨で増水し音を立てて流れています。戦争はここでも人びとに傷跡を残しましたが、ひどいものではありません。喜ばしいことにイタリア人にはまだいくばくかの呑気さが残っています。お元気でしたら、一筆書いてください。

D・H・ロレンス

▽エイミー・ローウェル　六　（一九二〇年二月一三日）

イタリア、ナポリ、カプリ、パラッツォ、フェラーロ

今日あなたのお手紙と一、三〇〇リラの小切手を受け取りました。新年にわたしたちのことを考えてくださるとは何とご親切なことでしょう。でもそのお金を頂く必要がなければよいのにと思います。少し腹立たしく感じています。仕事をやったのにどうして十分稼げないのでしょう。お分かりの通り、

施しのようなものを受けなければならないことが腹立たしいのです。あなたから頂く分はそれとは少し違います。あなたは芸術家なので、助け合っていけるような感じがあるからです。しかし［ギルバート・］カナンがわたしに手紙を寄こしていくらかお金をかき集めたという場合には、もちろん、わたしに届いたためしはないのです。この前も、今お金を調達しているといったん便りを寄こしておきながら、その後は何の連絡もありませんでした。カナンは安っぽい善意の試みをしたり、わたしやその他の人についてアメリカの出版物で馬鹿げたことを語ったりして、そんな彼にわたしは苛々《いらいら》してしまいます。わたしは明らかに文学界の物乞いのようなものです。いろいろな権利を否定され、施しもので侮辱されるのです。余計なお世話です。しかしあなたとわたしは不思議と性が合うように感じます。だからあなたからリラをいただいても全くいやな気がしません。ただ少しあなたに恩義を感じてしまいます。しかしいく人かの信頼できる人が必要ですし、残りは神に委ねるしかありません。（二）

あなたの体調が悪く、手術を受けなければならないのは本当にお気の毒です。考えるだけでひどく気持ちが乱れます。手術が上手くいき、よくなられることをお祈りします。ところで［バジル・］ブラックウェルはイギリスの若者の人生を描き出すのにふさわしい出版人です。彼にはマクミランより将来性があります。（三）

セッカーはわたしの『新詩集』の次の版を仕上げました。きちんと製本されています。あなたにその本を一冊送るよう彼に指示するつもりです。［シリル・］ボーモントにはわたしの小さな『入り江』という本をあなたに一冊送るように頼みました。この本を彼は手印刷したのです。彼はあまり信頼できないので、あなたのお手元にそれが届いたら教えてください。

今はイギリスに行かないでください。憂鬱《ゆううつ》で不安定で不快な雰囲気が漂っています。本来陽気で呑《のん》気《き》な国であるイタリアでさえかつてのようではありません。呑気さが消えてしまいました。それでもわたしはイタリアの人びとのことが心から好きですし、太陽の輝きやちらちらと光る岩や新しい花弁のように広がる海が好きです。イギリスにいた時よりもこちらにいるほうが具合はいいです。物価は高く、品物が豊富にあるわけではありません。しかしイギリスにいる時とだいたい同じ生活費で暮らしています。しかも常にイギリスよりも自由に空気を吸い、自由に海を動き回っているのです。南のほうに目を向けると、セイレーン島のはるか向こうに古《いにしえ》からの海岸に岩浜がかすかに光って見えます。そこはまさにギリシアです。［ギリシアの］ユリシーズ将軍の戦艦が波間に最後の航跡を残しました。この永遠に朝の優しさを湛《たた》えた海をドレッドノート英国戦艦が渡って行くなんて考えられません。

フリーダがドイツからフィレンツェに到着しました。ドイツに行って、少しやつれて、少し利口にもなっていました。向こうはみじめなほど状況が悪いのです。わたしはフリーダの母や子どもたちにイギリスから常に食べ物を送らなければなりません。向こうでは食べるものが全く足りないのです。

わたしたちは両手に海が広がるカプリ島の中心部にある古い宮殿の最上階に、美しい部屋を二室借りました。コンプトン・マッケンジーがこちらにいます。信用できますし、好きになることができる人物です。信用できるという点に関してはカナンよりもずっとそう言えます。しかしカプリ島は住み続けるにはちょっと小さいところです。わたしはイタリア本土に行くかもしれませんし、行かないかもしれません。いずれにしろこの手紙に書いた住所で必ずわたしに連絡がつきます。ちょうど新しい小説［『堕ちた女』］を書き始めたところです。

あなたにイタリアでお会いできたらと思います。ぜひ回復されてください。[エイダ・D・]ラッセル夫人はいつもあなたとご一緒なのですか。

二人から篤《あつ》いご挨拶を込めて　D・H・ロレンス

(一) 残りは神に委ねるしかありません　旧約聖書「詩篇」三七章七節、一一八章八節参照。

(二) 彼には……将来性があります　マクミランは一九一六年にエイミー・ローウェルの『六人のフランス詩人』(*Six French Poets*) を出版していたが、ブラックウェルも一九二〇年一〇月に『キャン・グランデの城』の英語版を出版する予定であった。

▽エイミー・ローウェル　七　（一九二〇年三月九日）

シチリア、メッシーナ、タオルミーナ、フォンタナ・ヴェッキア

わたしが小さな口座を持っている、フィレンツェにあるハスカード銀行が、あなたから頂いた一、三一五リラについて手紙を寄こしました。(一) どうしてクレーディト・イタリア銀行があれこれと騒いでいるのか分かりません。しかしその小切手をあなたの銀行に止めておいてもらえませんか。イタリアの銀行に騙《だま》されないようにするためにです。ドルでの小切手は常に最も扱いやすく、こちらではよい額で換金されます。一〇〇ドルは、時には一、八〇〇リラになることもあり、ほぼわたしの家賃一年分を払えます。(二) とても助かります。とにかくわたしたち二人共が金を騙《だま》し取られることのないように

しましょう。

わたしたちはこちらに来て、一年間庭付きのすてきな家を持ちました。家賃は二、〇〇〇リラです。とてもすてきなところです。旅行だけはとても大変で高くつきます。

こちらには本当によいホテルがあります。あなたがお元気になられたら、わたしたちがここにいる間に来てくださいね。

具合がよくなられて、丈夫になっていらっしゃることを願います。あなたに送るようわたしが頼んださまざまな本がお手元に届きましたら教えてください。

イタリアの政情は不安定ですが、ヨーロッパは最も不安定な感じがします。次の崩壊が間もなく来るでしょう。それにしてもいいかにも戦争らしい雰囲気になっています。

お元気なのかどうか一筆お便りください。

D・H・ロレンス

(一) フィレンツェにある……寄こしました　ローウェルが換金先と指定したクレーディト・イタリア銀行側が、ロレンスが口座を開いていたハスカード銀行側にアメリカで発行されたリラ小切手の現金化に伴う法的責務を引き受けるよう要求したが、ハスカード銀行側が引き受けられないという手紙をロレンスに送ってきたので、結局、現金化してもらえなかった。

(二) 家賃一年分　実際には六か月分。

▽エイミー・ローウェル　八　（一九二〇年六月一日）

シチリア、タオルミーナ、フォンタナ・ヴェッキア

わたしの大家である若いシチリア人が料理人になるためにボストンに行く予定です。だから、彼にあなたへのこの手紙と小さな手土産を持って行ってもらいます。彼はフランチェスコ・カコパルドという名で、チッチョと呼ばれています。彼の住所は、マサチューセッツ、ボストン、ドーン・ストリート　三、「ポッター・アンド・ロジャーズ」、ウィリアム・B・ロジャーズ様方です。若い妻エマが彼と同行する予定です。わたしはこの夫婦のことがとても好きです。彼は英語を上手に話します。

お加減はいかがですか。お悪くなければよいのですが。新年にあなたが送ってくれた一〇〇ドル小切手について三か月前にお手紙を書きましたが、お返事がありませんでしたので。銀行は小切手を現金化してくれないのです。このためわたしはそれに手を付けることができません。騙《だま》し取られることがないように、その小切手をあなたの銀行に止めておいてもらえばよかったですね。

ここタオルミーナで、わたしは非常に忙しくしており、小説［『堕ちた女』］を一作書き上げました。この作品が連載されるようになればよいのですが。そうすれば暮らしがかなり楽になります。［マーティン・］セッカーがその仕事にイギリスで関わっています。彼は再度『虹』と、そして『虹』の続きの『恋する女たち』を手掛けています。ニューヨークではウエスト五〇番ストリート　五のトマス・セルツァーが、『恋する女たち』二巻本の限定版を一五ドルで出版しようとしています。あなたに一部送るよう彼に言うつもりです。あなたがその作品を気に入ってくださると嬉《うれ》しいです。自分の最高作

だと思っているもので。また、セルツァーは、新しい小説『堕ちた女』も出版することになるでしょうが、この作品はまずは連載になってほしいと考えています。セッカーが勧めるように『センチュリー』を考えています。

わたしたちはマルタに行きました。気絶しそうなほど暑かったです。黒人のように自分の肌が黒くなり、目が黄色くなりはしないかとまでは思いませんでしたが。南部は北部とはずいぶん違います。道徳観は確実に気候と関係すると思います。

ここのテラスの上のブーゲンビリアが鮮やかな深紅色をしています。その深紅色を通して、海はほの暗い青と神秘的な夏の白に見えます。よそから来ていた人はほとんどタオルミーナから姿を消し、わたしたちが接するのは現地の人だけです。彼らは希望もなく無関心な様子で町の通りにたむろしています。こちらでは現在よりも過去のほうがかなり力強く存在していて、あの世からこの世界を眺めている神話の中の神々のように人は遠いところにいるように思えます。大きな無関心というものに捕らわれ、わたしは現在が現実でないように感じています。

急勾配の台地にあるオリーブの果樹園の下で、小麦はすでに収穫され、大地はすべてアーモンドとブドウの木の下で薄い黄色となっています。この土地の九月は不思議です。地上には小さな植物が残っており、最後のケシが散り、最後のチコリーの花がしぼみ、切り株と黄色っぽい草と白っぽく秋らしく乾燥した土が広がっています。一方でブドウの木は緑で春の樹液を含んで力強く、アーモンドの木は熟れたアーモンドを実らせてまるで夏のようで、オリーブは季節を問わず存在しています。わたしたちはどこにいるのでしょうか。

わたしたちはフォンタナ・ヴェッキアが好きです。ここでわたしたちは壁に取り付けられている台に腰かけて、眼下に広がる緑のはるか向こうにギリシアの海岸を眺めます。どうして人は旅をし、やきもきするのでしょう。美しい無関心を楽しめばよいのです。この海岸を眺めていると、何かに必死になることは趣味が悪いように思われます。

しかしフリーダは強力な日差しにいささかおびえています。彼女はドイツとシュヴァルツヴァルト、モミの木、そして露に濡れた草にあこがれています。彼女は八月から二か月、北部のバーデン［ーバーデン］にわたしと一緒に行くことを計画しています。でもどうなるか分かりません。旅行には金がかかりすぎ、このごろでは恐ろしい体験をすることになります。特にイタリアでは。

あなたにタオルミーナの工芸品を二つお送りしました。一日中通りに座っている女性たちが作ったものです。ペネロペやパイドラのような異教徒の女性にとっての機織《はたお》りにあたります。ただ、異教徒の女性たちは階上の部屋の中で行ない、ここの女性たちは何週間も何年も町の通りに身を寄せ合って座っているのです。この南部の土地では家事というものがありません。誰も主婦とは何なのか知りません。薄暗くなる夕方にはスープができています。日がな一日、女性たちは刺繍《しゅう》用具を持って通りに座り込み、まるで熱心に何かを企てている仲間のように、働き、しゃべり続け、薄暗い影をなして不気味な感じです。わたしには異教徒の女性は常に邪悪に見えるのです。

茶色の布はフリーダが言うにはドレスかコートなどのためのものです。クッションはおもしろいものです。それらはどれくらいタオルミーナの生活を象徴しているのでしょうか。こちらの女性たちはイタリア人ではなくギリシア人で、やせていて情熱的です。海岸線はすべてギリシアのものだといってもいいぐらいで、ギリシア領ナクソスがわたしたちのいる場所の下に埋もれています。ポリュフェモスの岩（一）が下方の海にあります。

お元気でいらっしゃいますように。それが一番大切です。あなたのお庭は今ごろ華やかになっていることでしょう。幸運をお祈りします。［エイダ・D・］ラッセル夫人によろしく。

D・H・ロレンス

わたしの劇作品を一部お送りしました。セルツァーがやはり一部を送るでしょうが、そちらは誰かに差し上げてくださっても構いません。

（一）ポリュフェモスの岩　ギリシア神話において、巨人キクロペス族のポリュフェモスは、海のニンフ、ガラテイアに求婚するが、これを断わられる。嫉妬したポリュフェモスはエトナ山から岩をつかんでガラテイアの恋人アキスに投げつけ、アキスを殺したとされる。

▽エイミー・ローウェル　九　（一九二〇年六月二六日）

シチリア、タオルミーナ、フォンタナ・ヴェッキア

三日前に一〇〇ドル小切手を同封していただいたお手紙をもらいました。小切手の件ではお手数をかけてしまいました。小切手を送り直してくださらなければよかったのにと思います。先に送っていただいた分を取り消すだけで十分でしたのに。こちらの銀行があなたからお金を奪ってしまいました。

本当に盗んでしまったも同然です。銀行はいつもそんなことをします。リラの為替レートがまた上昇して、一〇〇ドルに対して一、五五〇リラしか受け取れませんでした。それでもまだわたしは得をして、あなたに損をさせてしまいました。あなたに悪すぎます。ちょっと前なら、一〇〇ドルに対して二、五〇〇リラを手に入れるはずだったのです。まもなく自分の仕事が軌道に乗ると思いますし、人から助けてもらうのではなく人を助けられるようになりたいものです。ともかくどうか上手くいきますように。わたしの未来予測では来年は支払い能力がついていると思うのです。

そして今ではあなたは博士なのですね。神学博士と書いてしまいそうになりました（二）。エイミー・ローウェル博士とお呼びしてもいいですか。あるいは「親愛なる博士」というのはどうでしょう。ただ、わたしはすべての肩書を馬鹿ばかしいと思っています。ミスターやミス、ミセスでさえも。何も敬称をつけないそのままの名前が一番だと思います。

チッチョはボストンに着いてあなたにタオルミーナの工芸品とわたしの手紙を送ってくれたでしょうか。いつか彼に会うことがあるかもしれません。彼もジェンマ［妻のエマ］もかわいらしい人です。彼らのロマンスをお話ししておきましょう。ジェンマとその家族はほかの一、〇〇〇人の難民と共に、オーストリアが侵攻した際にヴェネチア地方からこちらに船で避難して来ました。彼女は母親と九人の兄弟姉妹と共にやって来て、裸足でブラウスとスカートだけを身に付け、一文無しでした。チッチョは彼女に恋をし、タオルミーナの女性の半分ほどは腹を立てました。というのはチッチョが裕福で三つの言語を話すことができたからです。腹を立てた一人の女性はジェンマに襲い掛かって彼女のブラウスの背中を引き裂いてしまいました。ジェンマの家族、モータ一家はチッチョに的外れな勘繰りをして、彼が可哀想なジェンマを妾《めかけ》にしようとしていると言っていました。まだジェンマの一家は彼が娘と結婚したことを信じられないのです。だから今回、彼はボストンに出発する前に、妻と共にヴェネトに行きました。彼女は着飾っていました。絹のストッキングやスエードの靴、ジョーゼットのワンピースを身に付けていました。彼女は本当に貧農の娘だったので、チッチョが買ってやるまで帽子をかぶったことがありませんでした。サンミシェルへの訪問の顚《てん》末についてお聞きしたいものです。お元気で楽しくされていることを願います。博士様。

D・H・ロレンス

（一）神学博士……なりました　ギルバート・アンド・サリヴァン（W. S. Gilbert, 1836-1911; Arthur Sullivan, 1842-1900）のオペレッタ『ペンザンスの海賊』（*The Pirates of Penzance*, 1879）第一幕で歌われた歌詞をおもしろおかしくほのめかすことによって、ロレンスはエイミー・ローウェルが一九二〇年六月一六日にテキサス州ウェイコーにあるベイラー大学から名誉文学博士の称号を授与されたことを言及している。

ゴードン・マクファーレンへの書簡

ゴードン・マクファーレン（George Gordon MacFarlane, 1885-1949）

キャサリン・カーズウェル（Catherine Carswell, 1879-1946）の弟。建築家として勉強をしたのちに軍役に服した。パトリック・ミラー（Patrick Miller）というペンネームで戦争小説『ありのままの男』（*The Natural Man*, 1924）を出版した。マクファーレン宛の一通の書簡とキャサリン・カーズウェル宛の書簡から、ロレンスがマクファーレンにタイプライターを売り渡した様子が伺える。

▽ゴードン・マクファーレン　一　（一九一九年九月一五日）

バークシャ、ニューベリー近郊、ハーミテッジ、チャペル・ファーム・コテッジ

手紙と小切手をありがとうございました。あのタイプライターは本当にあなたにとって値打ちのあるものなのでしょうか。(一)妥当な金額でないのであれば、お願いですから五ポンドも寄こさないでください。以前抱えておられた問題はもう解決しましたか。あのタイプライターに油浴《ゆよく》は付いていません。クレオパトラの贅沢品《ぜいたく》ですね。油汚れは付いていますよ。どうかタイプライターを気に入ってくださいますように。

それでは　D・H・ロレンス

(一) キャサリン・カーズウェルの記録によると、「ロレンスは自分のタイプライターを売ってくれとわたしたちに頼んでいて弟が四ポンドで買ったが、その金額はわたしたち皆にとって高く思えた」とある。

コンプトン・マッケンジーへの書簡

コンプトン・マッケンジー（Sir Edward Montague Compton Mackenzie, 1883-1972）

スコットランド出身の小説家、俳優。オックスフォード大学卒。伝記、歴史書など、多くの作品を発表した。一九一四年にロレンスと知り合ったころにはすでに、一九一三年出版の小説『不吉な通り』(*Sinister Street* Vol.1) で作家として名声を博していた。一九一九年にロレンスはフリーダと共に、カプリ島に豪華な屋敷を二、三軒所有する彼を訪ねる。しかし、やがて二人の関係は悪化し、「二羽の青い鳥」('Two Blue Birds', 1927) でマッケンジー夫妻がモデルとして描かれたこと、さらに、「島を愛した男」('The Man Who Loved Islands', 1927) でマッケンジーが揶揄されたことなどが原因で、二人の関係は終わった。

▽コンプトン・マッケンジー　一　［一九一九年一二月一九日］

イタリア、カゼルタ地方、ピチニスコ、オラッツオ・チェルヴィ様方

［D・H・ロレンスから手紙が届いた。(一)南イタリアの美しい山村ピチニスコは、一二月には厳しい寒さだと書いてあった。その手紙は紛失してしまったのだが、それには、ニレの木々の憂鬱《ゆううつ》さに耐えられず、イングランドから出たと書いてあった。一九一四年にバッキンガムシャの彼のコテッジを訪れた時に、わたしがロレンス夫妻に言ったことを、彼は忘れていなかった。カプリにコテッジを所有しているから、もしイタリアに戻る決心がついたなら、いつでも喜んで彼にコテッジを貸すと言ったのだ。「［ロレンスは］今前に話しておられたコテッジが空いていますか。もしそうなら夫婦で貸していただいてもいいでしょうか」と尋ねてきたのだった。］

（一）D・H・ロレンスから手紙が届いた　実際の手紙は紛失しているが、その手紙の内容を要約したもの。このののち、マッケンジーのつてを頼り、カプリ島に向かうこととなる経緯が分かる内容である。

▽コンプトン・マッケンジー　二　［一九二〇年二月一一日？］(一)

（ナポリ）、カプリ、プラッツォ・フェラーロ

セッカーからの手紙を同封します。(二)あなたもよくご存知のマーティンです。『虹』の原稿をダックワース社に送り、作業を進めていくつもりです。ダックワースがあなたに短い序文を実際にお願いしたら、今でも引き受けてくれますか。

ここしばらく、風邪のため引きこもっています。

D・H・ロレンス

(一)［一九二〇年二月一一日?］(この書簡の日付は、一九二〇年二月六日、マーティン・セッカー宛の手紙において、ロレンスがセッカーとの契約を断りダックワース社と契約をすると述べていることから、推定している。)

(二) セッカーからの手紙　この手紙は消失。

▽コンプトン・マッケンジー　三　［一九二〇年三月八日］

シチリア、メッシーナ、タオルミーナ、フォンタナ・ヴェッキア

今日の夕方、家に着きました。ランプの灯《あか》りでこの手紙を書いています。もうかなり落ち着いています。土曜日の晩にジアルディーニ駅にもう一度行き、そこで九時三〇分まで待っていました。するとフリーダとメアリ［・カナン］が普通列車で到着しました。何と彼女たちはトランクを持っていませんでした。皆でブリストル［ホテル］に泊まりました。そして今日、トランクを取りに急いでカター

ニア駅へ行って来ました。無事に受け取りました。メアリはティメオ・ホテルに移りました。エトランジェと同じくらいに、いやそれ以上に汚く下品な感じのホテルです。このホテルの上の階に宿泊している女性は木曜日の朝にチェックアウトします。それまでは、深い溝によって二つの文化圏に分断されている状態です。彼女にはうんざりです。あらためてインドのモスリンを着たその女を見ましたが、この女性は英語をしゃべりまくり、厚かましく、着ているぼろきれはうす汚く、いやでたまりません。もちろんメアリは、スズメが洗い場に飛び込むように古着屋へ駆け込み、女性用ベストを着て出て来ました。小切手にサインをするインクがあれば、あなたの五〇フランを送ります。今日はシロッコ（一）が吹いていて、あたり一面かすんでいます。まるで目に何年も涙がたまったままのような感覚です。メッシーナを去る時に、もやが壁となって立ち現われました。まさに壁のように海峡に立ち込めていました。シチリアには、たくさんの悪魔、小人、ダーナ神族（二）、闇の魔力が存在します。ここはイタリアの中のケルト的な土地です。ここには古代からの恐れが存在します。あなたは今晩「マリーナ・」ピッコラ「マッケンジーの館」に戻っているはずですね。かなりの距離ですね。フリーダもメアリも屋敷が気に入っています。夜のバルコニーの様子を想像してみてください。左側では大熊座が海にまっさかさまに飛び込もうとしていて、右側ではタオルミーナが闇に飲み込まれそうになりながら、おびえたように光をかすかに放っています。仕事を続けるべきでしょうか。神よわれらを救いたまえ！ カプリのホテルの部屋でフリーダのダイアモンドの指輪が盗まれたことを聞きましたか。ダイアモンドなど持つべきではないですね、本当に《ヴォワラ・トゥ》！ ここには本がほとんどありません。もし不要な本の中にわたしが読みそうなものがあったら、お知らせください。「モーリス・」マグナスのために、『陸と海』の制作者の名前と住所(三)をぜひ教えてください。近況をお知らせください。すべて順調であることを祈っています。

D・H・ロレンス

(一) シロッコ　アフリカから地中海を越えてイタリアに吹く暑い風。砂嵐を伴うこともある。

(二) ダーナ神族　アイルランドの伝説において、邪悪なフォモール族を倒してアイルランドの黄金時代を統治した神族。

(三) 『陸と海』の制作者の名前と住所　ヒューバート・ジェームズ・フォス (Hubert James Foss, 1899-1953) のこと。一九一九年から一九二〇年に『陸と海』(*Land and Water*) の編集補佐を務め、その後オクスフォード大学出版局に移った。

▽コンプトン・マッケンジー　四　［一九二〇年三月八日］

タオルミーナ、フォンタナ・ヴェッキア

夜やっと家に辿《たど》り着きました。さまよえる魂といった奇妙な感覚です。カプリへのちょっとした郷愁《ハイムヴェー》も感じています。料理人［フランチェスコ・カコパルド］が所有しているこの家は、とても贅《ぜい》沢な気分です。メアリ［・カナン］は今晩ティメオ・ホテルへ行きました。ティメオは嫌いです。わたしたちが泊まったブリストル・ホテルのほうがこぢんまりとしていてずっとすてきでした。メアリは今日までそこでわたしたちと一緒でした。ここのところ、限界を感じています。海峡を必死に渡ろうとする疲れ切った鳥のようです。野鳥たちが大きなVの字を組んで、海峡を北へ向かってゆらゆら飛んで行くのを見ました。北に対する郷愁《ハイムヴェー》、あるいは望郷の念ですね。一方、わたしは南へ向かいます。ですがここ一年はぎりぎりの状態です。資金のことを考えると、不安から生まれる嫌悪感でいっぱいです。でも考えないのが一番ですね。タオルミーナに来たわたしたちのことを軽蔑しないよう祈っています。カプリの岩は乾燥地帯のように乾いています。乾ききった骨のようです。よく分かりませんが。ここでは何となくよそ者の気分です。再び闇を感じています。カプリには闇がありません。あなたが病気で苦しんでいると、フリーダから聞きました。回復を祈っています。わたしはちょっと憂鬱《ヴェームート》状態です。困ったもの《クワ・フエール》です！　いつか南洋へ行くつもりです。ひたすら波に運ばれながら。お互いに連絡を取り続けましょう。わたしたちは、たいていの事に関して、対極の関係にありますが、両方の極は、必然的に、相互に関係し合っています。この世界に支配されてはいけません。世界など関係ありません。わたしたちはカプリではうまくやれたと思います。近いうちにまたお会いしましょう。一緒に運命を紡ぎ上げていきましょう。あなたの本が成功するように祈っています。この地で執筆しようかと思っています。体調さえ回復すればよいのですが。あるいはカラスが子ヤギの肉とマカロニを運んできてくれたらありがたいのですが（一）。電報をください。ここにはまだインクがありません。無事にタイプライターを受け取られたことと思います。お世話になりました。

（一）カラスが子ヤギの肉とマカロニを……ありがたいのですが　旧約聖書「列王記上」一七章六節参照。「すると

数羽のカラスが、毎日朝と夕にパンと肉を彼［エリヤ］のもとへ運んできた」をもじったもの。

▽コンプトン・マッケンジー　五［一九二〇年三月二二日］

タオルミーナ、フォンタナ・ヴェッキア

体調がすぐれないようでお気の毒です。回復を祈っています。あなたが仕事を再開したと［ジョン・エリンガム・］ブルックスから知らせがありました。うまく行くよう祈っています。南洋へ行く夢を二度見ました。カプリで執筆した小説をすべて破棄し、再び書き始め、ここに来てから約三万語に達しました。なかなかおもしろいですよ。しかしわたしの場合、いつ何時行き詰まってしまうか分かりません。予測不可能です。

ダックワース社から手紙を受け取りました。彼は『虹』の一部を削除してほしいと言っています。不愉快なので、ダックワースとは手を切ります。［マーティン・］セッカーに手紙を送り、もし彼にまだその気があるなら、昔の条件で手を組みたいと書きました。セッカーのほうも不愉快な条件です。自分の作品に関する権利をすべて失うなんて。けれど権利をすべて手放し、面倒から解放されるのは嬉《うれ》しいことです。ヨーロッパも、ヨーロッパ式の生き方も、もううんざりです。もしセッカーが契約を望まないのであれば、もうどうだっていいと思っています。もうおしまいです。

ここは本当にすばらしいところです。緑の草木、大いなる生命、小川の流れとせせらぎ、オランダガラシ、黄金の太陽、青く輝く広大な海。このような場所を、ヨーロッパから遠く離れ、ヨーロッパに永遠に背を向けて、歩いています。

ここの人びとについては、すでに数人と知り合いましたが、永住者はいやな存在で、一時滞在者はさらにいやな存在です。しかしメイベル・ヒル(二)のような永住者はとても神聖な存在です。わたしを鼻であしらったりはしません。そして公爵［アレクサンダー・ネルソン・フッド］のような一時滞在者は、じきにタオルミーナから出て行きます。それゆえ、人びとについてはほとんど知りません。知っているのは細長い目をしたオランダ人女性［マリア・ユーブレヒト］と南アフリカ出身の若者二人［そのうちの一人が、ヤン・ユタ］くらいで、なかなかすてきな人たちです。わたしは人間が好きではありません。本当に。タオルミーナは、庭や丘でヤギたちに囲まれながら、一人の時間を好きなだけ楽しめる場所なのです。ティメオやドメニコやヴィラ・オラトリなどのホテルが建っているタオルミーナの村がなければいいのですが。

セッカーが現われたら、その場合は、わたしが言うことを彼に伝えてください。例の二冊の小説に関する面倒な問題からは永久に解放されたいです。忌《い》まいましい世の中です。こんな世の中に心から《ディ・クオーレ》真剣に書いた作品を提供する愚か者などいません。もう永久におしまいです。始めなければよかったと思っています。今後は、鼻を指でつまんで、心は遠くへ飛んでいきます。

体調が回復したら、しばらくの間だけでもタオルミーナに来てください。タオルミーナのことをあまりよく思っていないようですが。

船があったらいいと思います。とてもすてきな蒸気ヨットが巡航しています。ヨットは今、青く平たい海面を滑って東のほうへ小さくなっていきました。あの船が欲しい！ 天に祈ります。ああ、海面を自由に移動でき、広大な空間を、風に口づけしながら航海できたら。外の世界へと航海したいです。それがここフォンタナ・ヴェッキアの最良の点です。海の望楼です。若い人たちはアフリカと呼びます。

　エリック［フランシス・ブレット・ヤングの弟］の様子はどうですか。(二) よろしくお伝えください。［ノーマン・］ダグラスはギリシアに向かう途中で、今ナポリにいると思います。会いに来てくれるでしょうか。

　エセル・スミスはここにいます。ここしばらく会っていませんが、通りで見かけます。器量はよくない《ニエンテ・ベラ》ですが。

　フリーダがあなた宛に手紙を書くでしょう。メアリ［・カナン］も。あなたはカプリの甘えん坊《アンファン・ガテ》ですね。神々はあなたを拷問にかけ極限の痛みを味わわせますが。苦痛はいやです。わたしは自然のすばらしい力が好きです——風、影、起伏に富む丘。もう十分に苦しみました。もうたくさん《アセ・ドゥ・セラ》です。病んだ世界です。立ち上がりましょう。

D・H・ロレンス

　そういえば、ソラーロの家［カプリ、モンテ・ソラーロ近辺か］の様子はどうですか。

（一）メイベル・ヒル　Mabell Hill（生没年不詳）は、タオルミーナに二〇年近く住んでいた（一九三一年まで住んでいた）が、信心深く、慈善事業家でもあった。貧しい女子には刺繍《しゅう》、男子には指物の技術が学べる作業所を作った。一九〇八年、タオルミーナに建てられた記念銘板には地域の孤児に対する彼女の寛容な心をたた

える言葉が記されている。
(二) エリック……ですか　一九二〇年一月に、マッケンジーの秘書として、シチリアにやって来た。

▽コンプトン・マッケンジー　六　(一九二〇年四月九日)

タオルミーナ、フォンタナ・ヴェッキア

聖金曜日にセッカーから手紙を受け取りました。『恋する女たち』と『虹』を出版するそうです。二、〇〇〇部までは一冊一シリング、五、〇〇〇部までは一シリング六ペンス、それ以降は二シリングです。まずは『恋する女たち』で、次が『虹』です。了解の返信を送りました。もし通常の価格で出版してくれたら、かなりの見込みがありますし、わたしも満足です。ここまでは問題ありません。

スカーレットについての本を(一)二日前に受け取りました。フリーダがすごい勢いで読んでいます。フリーダは『シルヴィア・スカーレット』をとても気に入っています。新たな世界への入り口だと言っています。フリーダが読み終えたらすぐにわたしも読みます。「死すべき人間よ、見よ、そして恐れよ！」(二)

あなたからフリーダ宛の手紙が本日届きました。フランシス・ブレット・ヤングからも知らせが届きました。あなたの病状がひどいことを思うと、どうしようもない気持ちです。しばらくカプリを離れるべきです。ぜひとも。しばらく離れて、シチリアかイギリスに行くべきです。とにかくカプリをしばらく離れてください。少しの間、こちらで過ごしてください！　楽しいですよ！

昨日、テラスで物音を聞き、行ってみると、階段の下にギルバート［・カナン］がいました。あなたの帽子に似た茶色の帽子をかぶっていました。本当に驚きました。あなたのはずがないのに、あなただと思ってしまいました。わたしが書いた手紙が不愉快だと腹を立てて、ローマから大急ぎでやって来たのです。腹立たしい！　だけど、何も言わないことにします。そして憤然として、七五ポンド（正真正銘の七五英国ポンド）の小切手を、わたしのためにアメリカ人たちから集めた三〇〇ドルに相当するものとして、差し出したのです。あっぱれ《ベノーネ》！　幸運なことに、今回にかぎり、メアリ［・カナン］がお茶に来ていませんでした。(三)　そして幸運なことに、ティメオよりも少し豪華という理由で彼がドメニコに部屋を予約しました。彼は完全《トゥ》にアメリカ人《アメリカーン》です。完全にアメリカ化《ラメリカニサト》しています――一、〇〇〇〇リラ紙幣でパンパンに分厚く膨らんだ札入れ、「忌《い》まいましいホテル」、「そう、あそこで大金を稼いだのさ」、「そう、連中は俺のことをかなり気に入ったみたいだ」、「そうさ、たくさんの人たちに、秋《フォール》には戻ると約束したのさ」。

おお、何と無残な倒壊《フォール》であろうか！(四)

しかし、わたしたちは友人として別れましたが、決して二度と口をきくことはないでしょう。

人生は棘《とげ》だらけで、若さははかない
愛する者への怒りは

狂気のように頭を駆けめぐる(五)

あわれなギルバート。彼はしょせん坐《ざ》薬程度の男です。ですがわたしは、大至急自分の小切手を銀行に送り、安全にきちんと現金に引き換えられるかどうか確認しました。とにかく様子を見てみます《アスペティアモ》！そして今日、例の都会かぶれ《フィルバート》(六)はローマに、二人のモンド《ドゥ・モンド》［ヘンリー・L・モンドとその新妻グウェンのこと］のもとへ戻ります。「グウェンはすばらしく美しい人だ」、と彼はわたしに言うのです。愚弄してやりましたよ。「グウェンは心が狭いんだ」と彼。「僕もだよ」とわたし。もうたくさん《アセ・ドゥ・サ》です。彼は「両モンド評論《ルヴュ・デ・ドゥ・モンド》」(七)へと戻って行きました。そしてじきに、モンドと、準モンドと、下劣野郎《イモンド》(メアリの「名言」をまねてみました)は、三人でロンドンへ戻ります。グウェンの結婚について、都会かぶれ《フィルバート》は、「僕には全く関係ないよ」と言っていました。そのようですよ《サ・パレ》、友よ《モン・シェール》。

ＦＢＹ［フランシス・ブレット・ヤング］から手紙を受け取りました。けれど土地所有権については一言もありませんでした。駄目ですね。あなたは小島のことで彼と奮闘してくれているようですが、彼はかなり本気のようなので、あきらめたほうがよいかもしれないですね。この早い季節に、チューリップやスイセンが咲いています。すばらしく美しく、とても鮮やかで《ボネ・ミン》、最高にかわいらしい《カリッシモ》です。お前と共に生きていけない、お前なしに生きていけない。(八)すべてあきらめ、手放すのです。もし若い作家たちをぜひともカプリに招きたいのであれば、よい時《ア・ラ・ボヌール》ですよ、友よ《モン・シェール》。わたしの小説は二四五頁です。とても気に入っています。本当におもしろいですよ。手書き原稿四〇〇枚くらいにまとめたいと思っています。

それではまた《リヴェデルチ》　D・H・ロレンス

（一）スカーレットについての本　マッケンジー作の小説（『シルヴィア・スカーレットの若き日の冒険』*The Early Life and Adventures of Sylvia Scarlett*, 1918）と（『シルヴィアとマイケル——シルヴィア・スカーレットの晩年の冒険』*Sylvia and Michael: The Later Adventures of Sylvia Scarlett*, 1919）のこと。

（二）「死すべき人間よ、見よ、そして恐れよ！」　イングランドの劇作家、フランシス・ボーモント（Francis Beaumont, 1584?-1616）の「ウェストミンスター寺院の墓碑銘」（'On the Tombs in Westminster Abbey,' 1616）の冒頭部分。

（三）メアリ……いませんでした　一九一〇年にメアリはギルバート・カナンと結婚したが、一九一七年以降は二人の結婚生活は事実上破綻していた。

（四）おお、何と無残な倒壊《フォール》であろうか！　ウィリアム・シェイクスピア（William Shakespeare, 1564-1616）『ジュリアス・シーザー』（*Julius Ceasar*, 1599）第三幕第二場。

（五）人生は棘《とげ》だらけで……駆けめぐる　サミュエル・テイラー・コールリッジ（Samuel Taylor Coleridge, 1772-1834）「クリスタベル」（'Christabel'）、第二部四一一―四一三行。

（六）都会かぶれ《フィルバート》　有名なミュージカル・ホール・ソング 'Gilbert the filbert, colonel of the Nuts' に基づいている。ちなみにこの歌は、ロレンスの短編「モンキー・ナッツ」（'Monkey Nuts'）でも引用されている。

（七）「両モンド評論」　ロレンスは、ヘンリーとグウェンのファミリー・ネームの「モンド」（Mond）と、フランスの月刊誌『両世界評論《ルヴュ・デ・ドゥ・モンド》』（*La Revue des Deux Mondes*）の雑誌名の 'Mondes'（「世界」の意味）で言葉遊びをしている。なお、グウェンはカナンの元恋人だが、カナンがアメリカにいる間の一九二〇年一月二八日に、ヘンリーと結婚し、カナンは驚いたと紹介されている。

（八）お前と共に生きていけない、お前なしに生きていけない　原文ラテン語。詩人マルティアリス（Martialis,

40-102?) の『エピグラマンタ』からの引用。

▽コンプトン・マッケンジー　七　[一九二〇年四月二八日]

タオルミーナ、フォンタナ・ヴェッキア

　昨晩手紙が届きました。三日間ランダッツォに行っていました。劇場の件ですが、わくわくしますが怖くもありますね！(一)　わたしがどれほど一般大衆を恐れているか知っているでしょう！　ノッティンガムでの最悪の恐怖症です。ノッティンガム！　忌《い》まいましく憎たらしいノッティンガム。内臓も骨も脳みそもないノッティンガム。どれほど憎んでいることか！　けれど、もしわたしの二つの劇が歯をへし折るほどの衝撃を与えることができたら、満足です。

　劇は二作品だけです。『ホルロイド夫人寡婦《かふ》になる』(数年前にダックワース社から出版されました)と『一触即発』(もうすぐ[チャールズ・]ダニエルが出版予定です)の二つです。先日、オールトリンガム演劇協会で『ホルロイド夫人[寡婦《かふ》になる]』が上演されました。あまりよい出来ではなかったと思います。(二)『一触即発』の上演権を、一年の期限付きで(つまり一二月まで)例のノーマン・マクダーモットという人物に売りました。けれど、もしあなたがノッティンガムでそれを上演しても、彼は全く気にしないと思います。あなたなら、『一触即発』のジェラルド役にぴったりですよ。『ホルロイド夫人[寡婦《かふ》になる]』の機械工役もできますね。だけどわたしは、演技が全く駄目です。正直に言って、ノッティンガムで劇を上演すると考えただけでゾッとしてしまい、自分のアイデンティティを投げ捨ててしまいたい気分にすらなります。しかし一般大衆に関しては、わたしは全くの臆病者なのです。あなたに『ホルロイド夫人［寡婦《かふ》になる］』を送るようにと、ダックワース社に手紙を送っておきました。そしてすぐに『一触即発』の原稿をあなた宛に投函します。感想を聞かせてください。優れた役者であれば、作品の内容を好きなだけ変えてよい、作家は単に指針となるアイデアを提示するだけである、というのがわたしの演劇論です。原作通りの上演などナンセンスです。手を加えられたもの、きちんと加工されたものを見てみたいです。役者さえいれば！　現場で役者に演技をたたき込みたいです。何てぞっとするようなスリルでしょう！　ですが、ぜひすぐにあなたに会わなければなりません。本当に、元気になってくださいね。一週間で小説［『堕ちた女』］を完成させたいと思っています。もし劇について話し合う必要があるなら、カプリまで出かけて行きます。まずは劇の内容を読んでください。

公爵［アレクサンダー・ネルソン・フッド］に会いにマニアーチェへ行って来ました。何て公爵でしょう！　馬鹿げた喜劇でも書きたいです。

健康を祈っています　DHL

すぐにまたお手紙をお送りします。

（一）劇場の件　マッケンジーの母親がノッティンガムの劇場をレパートリー劇場（専属の劇団が複数の演目を交互に上演する劇場）にすることを考えており、マッケンジーが母親に、ロレンスの作品を上演するように提案

していた。

(二) あまり……思います　キャサリン・カーズウェルがこの作品の初演(一九二〇年三月一〇日～一三日)をロレンスに頼まれて観劇し、『タイムズ』からの論評を頼まれて執筆した。論評の文字数制限のために、カーズウェルの好意的評価の部分は記載されなかった。そのため、ロレンスが好評ではなかったと解釈したことが、この書簡から伺いとれる。

▽コンプトン・マッケンジー　八　［一九二〇年五月一〇日］

タオルミーナ、フォンタナ・ヴェッキア

今日、手紙が届きました。小説『堕ちた女』を書き終えました。前半部分をタイプしてもらうためにローマに送り、タイプ担当の女性から確認の返事を待っているところです。全く、この作業で一、〇〇〇フランかかります。作品はよい出来で、おもしろいと思います。［マーティン・］セッカーが、細々とした内容の契約書を送ってきました。一通りサインしましたが、アメリカ版のすべての著作権と所有権をわたしが保有するという点だけは例外です。彼は怖《お》じ気づいているようです。あなたがロンドンへ行ったら、彼の励ましになるでしょう。『シルヴィア・スカーレット』と『シルヴィアとマイケル』を読み終えました。(二) おもしろく機知に富んだ内容でした。ただあまりにも実話っぽくて驚きました。こういうふうに次々に環境を変える生き方は最後にはちょっと悲痛なことになりますね。環境の変化に忙殺されてしまうのですね。哀れなシルヴィア。彼女は何を求めているのでしょう(原文フランス語）。単に冒険を求めているのではありませんよね。彼女はずっと何か永久不変のものを探し求めているのでしょう。わたしはキリストへの切望など嫌いです。これは敗北の印です。ああ、シルヴィアとマイケルは切ないカップルです。わたしの小説のアルヴァイナは、何とチッチョという男と結婚します。ぞっとしてしまいます。あなたもわたしも、迷宮からの脱出口を見つけることができていないですね。なぜわたしたちは結婚に何かの手がかりを求めようとするのでしょう！　結婚が本当に迷宮からの脱出口なのかどうか、疑問に思っています。しかしわたしのアルヴァイナには探求心が宿っていて、人類の闇の側面との再結合を目指すのです。あなたのシルヴィアはどこへ向かうのですか。理想へ向かうのですか。わたしは理想——あらゆる理想——をますます憎悪しています。

　あなたがイギリスへ行く前にぜひお会いしたいです。ですがリラの状況をじっくりと見てみないといけません。次の春までには、既知の地図の向こう側へ旅立とうと決心しました。マーティン［・セッカー］からの前金を貯めておきます。フレイタ［荘］もポーリーン（二）も買いません。けれど南洋についてもう一度お話ししたいです。ようやく興味がわきました。小説と劇に専念しなければならないのですが。あなたも本当に行きますか。あなたからの手紙と同時にアメリカ人の友人から手紙を受け取りました。今パリにいます。手紙は南洋についてです。彼も南洋へ行く計画です。彼にはアメリカ海軍に友人がいて、その人物が南洋に詳しく、島の住民たちを知っていて、住民たちから気に入られているとのことです。彼は今航海のための船を探してくれています。わたしたちが生活するための場所も探してくれるでしょう。翌年までには、出発するための十分な資金が貯まると思います。どうでしょう《ヴォワラ》！　島のように自由な身です。一日二日ほどよく考えて、ある朝突然カプリに現われるかもしれません。

最近、メアリ［・カナン］がどうしてもマルタに行きたいと言っています。そこのホテルでは朝食にカレイとハムと卵が出て、お茶の時間にラズベリー・ジャムとシュークリームが出るのだそうです。一人旅は不安なので、チケットは彼女が買うのでわたしたちに一緒に来てほしいと言っています。どうするか分かりませんが、もし行くとしたら、来週の月曜日から四日間ほど旅行することになるでしょう。

でももしカプリに行くとしたら、あなたが出発する前に最後に南洋について話をしたいからです。劇には、それほど興味がわきません。たとえ自分の作品であってもです。一般大衆のことをなぜか全く信用できません。わたしが望むのは、あの薄暗い別世界だけです。先ほどチケットについて書きましたが、金銭的な理由でカプリに行けないのではないですよ。実のところ、結構贅《ぜい》沢に暮らしています。マルタの件は単なる小旅行で、わたしは一銭《ニエンテ》も支払いません。

ですが、小説が完成した後に一か月ほど休暇を取ります。その後、構想中の別の作品（三）に取りかかります。まるで自分の船に忌《い》まいましい本を次々に積み込んでいるような気分です。しかし同時に、それらの本はある意味、わたしの魂のしわくちゃの翼でもあるのです。実際にどこかへ脱出しなくても、本がわたしを自由にしてくれます。つまりヨーロッパから脱出する前に、わたしは自分の小説の中で翼を広げることができるのです。

『一触即発』を一冊送ります。きっと序文は楽しんでもらえると思います。

手元に自分の荷物がまだ届いていないなんて信じられますか。あきれ果てくたくたになっている様子を想像してもらえますか。

フリーダがよろしく《エルズリッシュ》言っています。
それではまた《アウフ・ヴィーダーゼーエン》——もしかしたらホノルルで。

D・H・ロレンス

お母様に心から敬意をお送りします。そして彼女の「もちろん」という言葉に深く感謝しています。ちょうど今、一キロの砂糖を使ってマーマレードを作っているところです。いいでしょう《ヴォアラ》！

この後、わたしとフリーダとメアリで海水浴へ行きます。アダムとイヴとツネッテ《ピンチ・ミー》のように。ツネッテ《ピンチ・ミー》が助かる箇所の台詞はあなたにお任せしますね。(四)

(一)『シルヴィア・スカーレット』……終えました　『シルヴィア・スカーレット』(*Sylvia Scarlet*, 1918)、一九三五年キャサリーン・ヘップバーンの主演で映画化。『シルヴィアとマイケル』(*Sylvia and Michael*, 1919)。出版はマーティン・セッカー社。「コンプトン・マッケンジーへの書簡　六」を参照。

(二)ポーリーン　マッケンジーの飼い猫

(三)構想中の別の作品　『ミスター・ヌーン』のことと推測される。

(四)アダムとイヴとツネッテ《ピンチ・ミー》　童謡遊び。子どもA：「アダムとイヴとツネッテ《ピンチ・ミー》が一緒に／川へ水浴びに行きました／アダムとイヴはおぼれました／誰が助かったでしょう?」　子どもB：「ツネッテ《ピンチ・ミー》」　子どもAが子どもBをつねる。

▽コンプトン・マッケンジー　九　［一九二〇年五月一六日］

フォンタナ・ヴェッキア

明日マルタへ行きます。何だかわくわくします。とてもぞくぞくします。たぶんひどい旅になるのではないかと思っています。

［マーティン・］セッカーが、新しい小説［『堕ちた女』］を『センチュリー』で連載できるかもしれないと言ってきました。実現したら嬉《うれ》しいですね。ロンドンへ行く時に、ぜひともわたしの原稿を持って行ってくれませんか？　そうでないと、原稿をロンドンに届けられないと思います。［秘書の］エリック・ブレット・ヤングに取りに行かせてもらえませんか。女性のほうは、次の通りです。

二六　ローマ、ヴィア・ヴィットリア・コロナ　一一、ペンション・ホワイト　ウォレス様

六月の第一週までには、彼女が作業を済ませてくれると思います。

セッカーは、『堕ちた女』よりも、『苦いサクランボ《ビター・チェリー》』というタイトルのほうを推しています。『堕ちた女』というわたしの案は、映画のタイトルのようでおもしろいと思います。セッカーにこのタイトルで納得させなくてはいけません。『恋する女たち』の時は彼の案を通されたので。

金曜日にはこちらに戻っていると思います。けれど船を逃したら、次の金曜日（二八日）になるでしょう。一週間に一回しか船が運航しないのです。何ということでしょう！

あなたにお会いできればと思っています。

わたしの家主のチッチョ［フランチェスコ・カコパルド］が、六月一〇日にナポリからニューヨー

クへ行きます。ここを六月二日に出発します。ニューヨークの［トマス・］セルツァーにわたしの原稿を一部持って行ってもらおうと思います。その場合、セッカーは、セッカー社用と『センチュリー』用に、二部必要になるでしょうか。もしそうなら、わたしの手書き原稿をセッカー社用にしてもらうことになります。でもとても読みやすいと思います。面倒をおかけします。

体調が回復されていることを願っています。郵便局が原稿《スタンパ》を受け付けてくれず、劇［『一触即発』］を送ることができませんでした。

できればマルタ旅行の前にあなたからのお便りを頂いておきたかったところです。マルタではホテル・グレート・ブリテンに宿泊します。

D・H・L

イギリスで小説［『堕ちた女』］の連載が実現したらよいのですが。何としても旅のための十分な資金を得たいと思っています。

▽コンプトン・マッケンジー　一〇　［一九二〇年六月一一日］

タオルミーナ、フォンタナ・ヴェッキア

あなたがすでに出発されたのかどうか分からず、イギリスの住所も分からないので、お手紙を書かずにいました。この手紙はセッカー社気付です。

あなたが今ローマにいると、ついさっきウォレスさんから聞きました。イギリスへ向かう途中なのですね。わくわくでしょうね。心の中にヌクヒヴァの姿が浮かんできます。ああ！　今日はこちらの海はすばらしく美しく、大きな白い船が風に運ばれて南東へ向かっていきます。脱出できるなら指を失ってもいいくらいです。［ロバート・L・］スティーヴンスンの作品をいくつか読んでみました。夢を追ってサモアへ行き、スコットランドの沼地と泥炭地を夢見て興奮するなんて、馬鹿げていますね。彼が死んだのも不思議ではありません。もしわたしがサモアへ行くなら、過去を忘れるためであって、思い出すためではありません。

『堕ちた女』のタイプ原稿を半分読みました。読者の目に女主人公がどう映るでしょうか。これまでのわたしのどの作品とも違います。最後の場面を除いて、直接的描写も、深い心理描写もありません。すべて距離を置いた筆致になっています。結果的にこうなりました。退屈に思う読者もいるでしょう。わたしには判断できませんが。

『虚栄の少女』(一)が昨日届きました。まだざっと見ただけです。メアリ［・カナン］はタオルミーナのホテル・ブリストルにいます。

わくわくするような知らせを待っています。全部、知らせてください。

D・H・L

ハーマン・メルヴィルの『白鯨』を読みました。

（一）『虚栄の少女』(*Vanity Girl*, 1920)　マッケンジーの新作小説。

▽コンプトン・マッケンジー　一一　［一九二〇年六月三〇日］

タオルミーナ、フォンタナ・ヴェッキア

ラヴェングロ号［マッケンジーの船］には骨の髄まで興奮します。それに乗ってスパニッシュ・メイン［南米北岸］を航海しましょう。ドレイク［船長］の船はどれくらいの大きさだったでしょうか？　それは帆船でもあり汽船でもあるのでしょうか？　それを動かすにはどれくらいの人数が必要だと思いますか？　下のテラスに降りて船の長さを歩測してみました。純粋に娯楽用のヨットですか？　実物については全く分かっていないのですが、船幅がやや細いようですね。きっとすてきな船なんでしょうね。まあ、すぐに熟練甲板員に――あるいは少なくとも、半人前の甲板員くらいには――なれるでしょう。自分の世話くらい自分でできますし、食事だってほとんど自分で作れるでしょう。わたしにお金があれば、費用を折半できるのですが。

西へ向かえ(一)――トリニダードへ。

［ジェラルド・］ダックワースを信じてはいけません。彼は老婆のような人物です。人間には度胸が必要なのに、彼にあるのは脂肪だけです。たった一度の人生、全力で生きましょう。

ロンドンの状況はますますひどくなる一方のようですね。ストライキなんていやですね。(二)労働党も資本主義も嫌いですし、この種の、無意味な古くさい二元論的考えがいやでたまりません。お金がないというのは本当に嘆かわしいことです。じきにいくらかは得られると思うのですが。

カプリは売れると思いますよ。誰だってカプリを所有できるでしょう。

船の名前が「スペインの聖書」(三)ではなくてよかったです。

世界を一周、必要とあらば
さらにもう一周(四)

もし実際に船を買う場合は、ぜひとも船に関する本を一冊送ってくれませんか？ スループ帆船、ヨット、快速帆船、小型快速船、クリューライン、はらみ綱、立派な中檣帆《ちゅうしょうはん》、船の旗、ミズンスル、船首倉といったことについて勉強しておきたいのです。海から生まれた存在のようになるために。イエス・キリストは海では役に立たないので、祈ったりはしません。代わりにアフロディーテとポセイドンとディオニソスに祈りながら、地中海をじっと見つめています。

(一) 西へ向かえ　チャールズ・キングズリー (Charles Kingsley, 1819-75) の歴史小説『西へ向かえ』(*Westward Ho!*, 1855) を踏まえている。

(二) ストライキなんていやですね　一九二〇年五月から六月にかけ、ロンドンではバス、列車などのストライキが続発し、ゼネストへの機運が高まったが、六月二三日労働党集会において否決され、立ち消えとなった。

(三) 「スペインの聖書」　ジョージ・ボロー (George Borrow, 1803-81) の小説『スペインの聖書』(*The Bible in Spain*, 1843) を指している。マッケンジーの船の名前「ラヴェングロ」は、ボローの小説『ラヴェングロ――学者、ジプシー、神父』(*Lavengro: The Scholar, the Gypsy, the Priest*, 1851) と同名。

(四) 世界を一周……さらにもう一周　ヘンリー・ニューボルト (Henry Newbolt, 1862-1938) の詩 'The Old

Superb’の一節。

モーリス・マグナスへの書簡

モーリス・マグナス(Maurice Magnus, 1876-1920)

アメリカ人作家でジャーナリスト。同性愛者。ロレンスは彼とイタリアのフィレンツェで一九一九年に知り合った。マグナスの『外人部隊の思い出』(*Memoirs of the Foreign Legion*, 1924)の「序文」をロレンスは書いたが、彼の最も優れた散文の一つとなっている。マグナスはロレンスの『堕ちた女』の中のミスター・メイのモデルでもある。一九二〇年一一月にマルタ島で自殺した。

▽モーリス・マグナス　一　［一九二〇年六月二五日以前］

［シチリア、（メッシーナ）、タオルミーナ、フォンタナ・ヴェッキア］

［［ダグラス・］ゴールドリングがマグナスの『外人部隊の思い出』を気に入っているということを、ロレンスは手紙でマグナスに知らせている。］

キャサリン・マンスフィールドへの書簡

キャサリン・マンスフィールド（Katherine Mansfield, 1888-1923）

本名キャサリン・マンスフィールド・ビーチャム。ニュージーランド生まれのイギリスの短編作家。実業家・銀行家の次女として生まれ、幼いころから芸術に憧れ、ロンドンに遊学。クイーンズ・カレッジに学び、一時帰国したが、文学を志して二〇歳の時再びロンドンに戻った。一九一一年、批評家のJ・M・マリと知り合い、『リズム』に短編や批評を書くようになった。ロレンスとの親交は一九一三年、彼女がロレンスに『リズム』への寄稿を依頼したことから始まった。

一九一九年、マリは『アシニーアム』の編集長となり、キャサリンは毎週この雑誌に小説の書評を書くことになった。これは、マリが編集を務めていた二年間続けられ、のちに一九三〇年『小説と小説家』（*Novels and Novelists*）として出版された。また、S・S・コテリアンスキーと共にチェーホフ、ゴーリキー、ドストエフスキーの書簡や日記の翻訳にも携わっていた。九月には転地療養のため、イタリア、サン・レモへ移った。

▽キャサリン・マンスフィールド　一　［一九一九年一月二九日］

あなたが手紙をくれないので、また体調が悪いのではないかと気になっています。F［フリーダ］が送った白のワンピースは届きましたか。気に入らなかったのでしょうか。僕たちは二人共もひどい風邪を引いてしまって、踏んだり蹴ったりです。あたり一面雪が積もり、空は真っ暗です。春が待ち遠しい。「わたしは大丈夫」と一言でいいから、便りをください。キャサリン・カーズウェルも家で落ち込んでいるようです。僕たちは皆、いつになったら外に出られるのでしょう。何もかもすべてが不確かで、いやでたまりません。

DHL

▽キャサリン・マンスフィールド　二　（一九一九年二月九日）

ミドルトン

あなたに『婚約者』（一）と『ペルー』（二）を送ります。他の二冊も気に入ってもらえるだろうと思いました。僕はジョルジュ・サンドがとても好きです。『フランソワ・ル・シャンピ』、『笛師の群れ』と『ヴィルメール侯爵』（三）しか読んだことはありませんが。『笛師の群れ』はものすごく気に入りました。ジョルジュ・サンドの作品は持っていますか。メアリー・マンもとてもいいですね。（四）ところで今日は、すばらしい天気です。太陽の光が雪の上できらきらしていて、夏のように晴れていて、ほのかに黄金色の太陽が遠い風景を照らしています。ただ、ものすごく寒くて、何もかもがカチカチに凍っています。ミルクもマスタードも、全部です。昨日は、正真正銘の散歩に出かけました。ずっと風邪を引いて寝ていたのです。姪《めい》っ子「マーガレット・エミリー・キング」と、むき出しになった丘のてっぺんまで登りました。何がすばらしいって、雪の上に足跡が見られることです。きれいな縄のように連なったウサギの足跡は、丘のてっぺんを越えて続いています。太った野ウサギがつけた印。キツネの足跡はとんがっていて、華奢《きゃしゃ》で、どうやら壁を越えて行ったようです。鳥は二本の足でぴょんぴょん飛び跳ねたようです。見事にまっすぐ前進したキジの足跡、あたふたと群れになって移動したモリバトたちの足跡。イタチが飛び跳ねたあとの見事な小さな足跡は、野イチゴのネックレスの鎖のように続いています。小さな金線細工のような野ネズミの風変わりな足跡。モグラが通って行った跡。雪が積もった丘の上に立つと、周囲にどれだけ野生動物の世界を感じられることか、驚くばかりです。丘からの眺めはとてもきれいです。高地には草木が生えていないので、銀のような白さです。高地は、不思議にも力強い姿ではるか彼方にまで拡がっていて、つやつやした肌のように輝いています。ただ、風には驚かされます。見ただけでは想像もつかない冷たさです。太陽は畑を明るく照らしています。眠っているように穏やかです。こんな世界に包まれていると、人生なんていかにも取るに足らないもののように思えてくるのが不思議です。二人の男が、小さな点のように動いているのが見えました。雪の坂道を、農場から家畜のところに干し草を運んでいるのです。取るに足らないほこりの点のように、今にも雪の中に溶けてしまいそうです。高地の純粋な生き生きとした力強い白が、すべてを吸い込んでしまっています。

丘のてっぺんに小さな茂みがかろうじてあるだけです。小さなブナの木立が青空の中の鉄のように身もだえしながら存在を主張しています。人間であることを辞めてしまえればいいのに。そして悪魔にでもなれればいいのに。人は皆、あまりにも人間的です。(五)

　姉のエミリー［・キング］が娘を連れてここに来ています。今日はその娘の誕生日なのです。エミリーは糖蜜のロールケーキを作っていて、フリーダはペギー［マーガレット・エミリー・キング］に淡いグレーのドレスを作っています。僕は、忠告をしたり邪魔をしたりしています。パミラは食料室に置いておいた卵が皆凍って破裂してしまったので、ぶつぶつ言っています。僕はたらいに張った氷を砕いて出すのに半時間も費やしてしまいました。さて、今から出かけるとします。ペギーは、ぼろ布のような巻き毛の赤みがかった見事な金髪を振り乱しながら、色物のウールと綿とを仕分けして放り投げています。家族の風景といったところです。飲み水を汲みに畑を横切って井戸まで行くと、それはきれいですよ。雲のない晴れた空と、向こうに見える小さな村スレイリーは、雪景色の中で、イタリアのように晴れ渡っています。今日はウィリー・ホプキンが来てくれると思います。

　そう、生きていることそのものが人生なのですね。窓に群葉のようについた霜の塊でさえも。命がある以上は、生きていましょう。

DHL

パミラ、あるいは『淑徳の報い』(六)というのは、エミリーのニックネームです。

（一）『婚約者』（*Promessi Sposi*）　アレサンドロ・マンツォーニ（Alessandro Manzoni, 1785-1873）の小説。
（二）『ペルー』（*Peru*）　ウィリアム・ヒックリング・プレスコット（William Hickling Prescott, 1796-1859）の『ペルー征服史』（*History of the Conquest of Peru*, 1847）のこと。
（三）『フランソワ・ル・シャンピ』（*Francois le Champi*, 1856）、『笛師の群れ』（*Maitre Sonneurs*, 1852）と『ヴィルメール侯爵』（*Villemer*, 1860）　ジョルジュ・サンド（Gerge Sand、本名 Lucile-Aurore Dupin, 1804-76）の小説。
（四）メアリー・マンもとてもいいですね　一九一一年、一三年の書簡でもメアリー・マンに言及しているが、当時のロレンスは、彼女の作品を評価していなかった。『書簡集Ⅱ　1910／7—1911』「エイダ・ロレンスへの書簡　六」、『書簡集Ⅳ　1913』「アーサー・マクラウドへの書簡　六」参照。
（五）人は皆、あまりにも人間的です。ニーチェ（Friedrich Wilhelm Nietzsche, 1844-1900）の『人間的な、あまりにも人間的な』（*Menschliches, Allzumenschliches*, 1876-8）に言及していると思われる。
（六）『淑徳の報い』　『パミラ、あるいは淑徳の報い』（*Pamela, or Virtue Rewarded*, 1740）というのが、サミュエル・リチャードソン（Samuel Richardson, 1689-1761）の小説のタイトル。

▽キャサリン・マンスフィールド　三　［一九一九年三月二〇日］

ミドルトン

デレッダの作品はとてもおもしろいです。中盤のローマの箇所を除いては。『人の殉教』（一）も然り。こちらのほうは僕もよく知っています。エジプト、アフリカ、ガリアといったところに関しては、すでに分厚い本も出ていてよく読まれています。『殉教』は多少修正すべきところはありますが、確かに読むに値するでしょう。

ここは、雪、雪、雪です。白、白、白。昨日は、延々と静かに降り続く雪で、静まりかえっていました。世界は終わったと思いました。そして、自分が月の最後の住人になってしまったような気分でした。その時月は、静けさを越えた静けさの中でそっと優しく雪を降らせながら、ゆっくりと最後の息を吐いて、すべての雪を降らせてしまい、永久に白い夢の中に消えていきました。誰も来ません。雪は低木の上に白く積り、道に立つカラマツの木立は一本一本の幹の上に白い雪の列を作っています。神よ。道を歩き、庭を横切っているのは、ウサギの足と鳥の足だけです。僕はまだ風邪で弱っていますが、F［フリーダ］はだいぶ回復しているようです。今日は新聞が二つ届きました。配達人はたまに一つだけしか持って来ません。ロンドンはすてきな場所のようですね。まるで、幸福な産業国イギリスの古きよき体制が、死に向かって、雪解けのようにゆっくりと脂にまみれながら解けていくようです。ストライキという受け身の抵抗によって消滅しながら、熱くもならず、急ぐこともなく、完全に解けきって黄色いぬかるみになってしまうには、何年も何年もかかると思います。それはいやですが、成り行きにまかせましょう。

あなたのこの前の手紙は意味不明でした。「ボールと鉢がちょうど届いたところです。でも、あなたはすでにご存じでしょうね」というのは、どういう意味ですか。書き出しはこんな風でした。全くもって不可解です。それに、マリの名声って、いったい何ですか。ロイド・ジョージが、砂漠の中のもう一人のジョン（ヨハネ）のように、あなたのジョンのことを「彼を見よ。[二] わたしはその靴ひもを解く値打ちもない。ジョン・ミドルトン・マリがお越しになる」などと宣言しているのではないかと半ば期待してしまいましたよ。でも、新聞を見てもそんな記事はありませんでした。深い意味までちゃんと説明してください。

妹のエイダ［・クラーク］は、夫を海軍から連れ戻しました。姉の夫はちょうど今入院しているのですが、彼も除隊ということになるでしょう。そうすれば、きっと僕たちは来月にはハーミテッジに野生のスノードロップと白いスミレとアネモネを見に行けると思います。野生のスノードロップが咲いているのですよ。木々は芽を出し、庭にはスモモの花が咲いているでしょう。ハーミテッジが楽しい集いの場になるだろうと感じています。ここほど厳しくはありません。

この二冊の本は、とりあえず、あなたを何より楽しませてくれると思います。他の本は、あまりおもしろくないでしょう。妹にもらった本です。キジが一羽やって来て、グーズベリーの茂みの下の塀のそばに横になっています。奴《やつ》はかなりよそよそしく、僕たちに気づきもしません。僕たちは網のハンモックを投げて捕まえようと計画していますが、緑の頭と長い先のとがった羽のため、捕獲できません。捕まえて、あなたが食べられるように送って上げたいと思っていました。でも、このキジを見た時、あまりに鮮やかで雪の上で毅《き》然としていたので、これほどまでに優美さと完璧な物腰を兼ね備えたものには、敬意を払うべきだと思いました。

あなたの本ですが、フリーダが読んだらお返しします。

二人から愛を込めて　DHL

（一）『人の殉教』(*Martyrdom of Man*)　リード (William Winwood Reade, 1838-75) の一八七二年の作品。

（二）「彼を見よ。わたしはその靴ひもを解く値打ちもない」　「ルカによる福音書」三章一六節。ヨハネ（John）が救い主を待ち望む民衆に対して、イエスがのちに来ることを伝えた時の言葉を、マリの名前のJohnとかけて、マリがロイド・ジョージまでもが恐れ入るほどの人物になったのかと皮肉っている。

▽キャサリン・マンスフィールド　四　［一九一九年三月二七日］

［ダービーシャ、ミドルトン・バイ・ワークスワス、マウンテン・コテッジ］

　フリーダは、僕があなたを冷たくはねつけたので、あなたが怒っているのだと言いました。僕はそんなことをした覚えは全くありません。ジャックとあなたとF［フリーダ］と僕の込み入った関係を元に戻すのは、すばらしいことのように思えます。問題はジャックです。あなたのことは、信じています。コーンウォールの時からずっと信じていました。ジャックは別としてね。でも、もしあなたが彼の進む道に従わなければならないのなら、そしてもし彼が決して僕たちのやり方に歩み寄るつもりがないのなら、どうなることでしょう。しかし、事態は自然に解決していくでしょう。

　僕は昨夜、短いけれど鮮烈な、あなたの夢を見ました。あなたがクロムフォードに来て、そこで滞在する夢でした。あなたはまだ体調が回復していなかったので、ここまで来られないということでした。全く食欲がない、全く。あなたはそう言っていましたね。でも、あなたがここまで丘を登って来られなかったのには、まだ他に何か訳があったのです。

　だから、夢の中で僕が出かけた時、あなたは一緒について来たのです。それは夜のことでした。星の多い夜でした。僕たちは星を見つめていましたが、星は実際とは違っていました。星座も皆違っていて、僕は、ちょうど昇ったばかりのオリオンをあなたに見せたかったので探していたのですが、見たこともない星座が密集して輝いていて、ずいぶん戸惑ってしまっていました。その時、突然、僕たちは一つの惑星を見ました。あまりに美しく、大きく、恐ろしく、強い星で、二人共一瞬それに突き刺されたように心を奪われました。僕は「あれはジュピターだ」と言いましたが、そうではないと感じていました。少なくともいつも目にしているジュピターではありませんでした。

その夢について、ユングかフロイトに尋ねてみましょうか。まさか。それは、僕たちの魂に一瞬輝いた星だったのです。

僕たちみんなにとっての春となりますように。

DHL

▽キャサリン・マンスフィールド 五 ［一九一九年一一月二四日?］

［フィレンツェ、ピアッツァ・メンターナ 五、ペンション・バレストラ］

［ロレンスはフィレンツェから手紙を書き、フィレンツェは美しい、」とてもすばらしい人たち［ばかりだと言っている。］

▽キャサリン・マンスフィールド　六　［一九二〇年二月六日］

［（ナポリ）、カプリ、パラッツオ、フェラーロ］

［キャサリン・マンスフィールドは、一九二〇年二月九日にマリに手紙を書いて、次のように伝えた。ロレンスはわたしに手紙を送ってきました。彼はわたしの顔につばを吐きかけ、汚物を投げつけてこう言いました。］僕はあなたが嫌いです。あなたは肺病に気をとられるばかりで苛々《いらいら》します。——イタリア人は確かにあなたとは何の関係もないでしょう［ですって。さらにいろいろ言ってきました。ねえ、お願い。あなたがわたしの彼氏なら、もう彼を庇《かば》うのはやめて。雑誌にも二度と書かせないでください。誇りを持って。同じ手紙で、彼はあなたについて決定的な判断を下しました。あなたは］汚いちっぽけな虫けら［何ですって。だから、誇りを持って。そのことで彼を許さないで、お願い。］

エドワード・マーシュへの書簡

エドワード・マーシュ (Sir Edward Howard Marsh, 1872-1953)

イギリスの外交家、著述家。一九〇五年から一九二九年まで、途中空白期間はあるが、ウィンストン・チャーチル (Winston Churchill, 1874-1965) の私設秘書を務めながら、『ジョージ王朝詩集』(*Georgian Poetry*) を編纂《さん》し、一九一一年から二二年までに五巻を発行した。

マーシュは、詩集を発行し、ロレンスやその他の若い文学者などに作品の発表の場を提供したり、それによる印税によって経済的な支援をし続けたりしたことで知られている。若い文学者や芸術家のよき理解者でありパトロンであった。

▽エドワード・マーシュ　一

バークシャ、ニューベリー近郊、ハーミテッジ、チャペル・ファーム・コテッジ（一九一九年五月一〇日）

今朝お手紙が届きました。ルパート［・ブルック］からの二〇ポンドが同封されていました。（一）死者からお金を受け取るなんて、何とも奇妙なことです。青天の霹靂《へきれき》ならぬ、いわば霹靂の青天です。わたしは死者の魂の存在を信じています。死んだルパートの霊を信じています。彼は今も戦っています。それゆえわたしはオリヴァー・ロッジの心霊学が嫌いなのです。紛失した宿泊の請求書やカラー・ボタンのありかについて霊がメッセージを送るなんて。熱情的な死者は、われわれの内部で、われわれと共に動くものであり、メッセンジャー・ボーイやホテルのポーターのような存在ではありません。本当に生きている死者について、われわれはその存在を知っているし、話しかけようともしません。死者の沈黙を知っているからです。そう思いませんか。

お気遣いありがとうございます。醜悪な銃による戦争は終わり、今は魂の戦争にあるので、以前よりも幸せな気分です。

署名入りの『新詩集』を一冊お送りします。『見よ、われわれは勝ちぬいた！』もお送りしましょうか。

D・H・ロレンス

（一）ルパート［・ブルック］からの……同封されていました　マーシュが管理する基金（マーシュによるルーパート・ブルックの回想録の印税をもとに設立された）から、困窮状態の作家に支払われた。

▽エドワード・マーシュ　二　［一九一九年七月三日］

W・C、一、ギルフォード・ストリート　一三

五日間ほどロンドンに滞在します。よかったらお会いしませんか。

D・H・ロレンス

▽エドワード・マーシュ　三　［一九一九年七月四日］

W・C、一、ギルフォード・ストリート　一三

ロンドンに滞在しているせいでひどく病んでしまいました(比喩ではなく実際に)。それで今日は外出できませんでした。スカルラッティの曲でも聞いていたかったのですが。

ここはとても騒がしい場所です。明日、次のところへ移ります。

N・W、八、セント・ジョンズ・ウッド、アカシア通り　五

いつでもそこにお電話ください。番号はハムステッド六五三四です。木曜日までいるつもりです。ぜひともあなたにお会いしたいです。どこか静かな場所で、外食はなしで一時間ほどの面会にしましょう。

D・H・ロレンス

▽エドワード・マーシュ　四　（一九一九年七月七日）

バークシャ、ニューベリー近郊、ハーミテッジ、チャペル・ファーム・コテッジ

ロバート・ニコルズがアメリカから戻ったかどうか教えていただけますか。もし戻っている場合、住所を教えていただけますか。彼にアメリカについて聞きたいのです。アメリカに行きたいと思っています。やっと渡航可能になりそうです。ここに住み続けることには、何の希望もありません。もう耐えられません。出版者（ニューヨークの出版者です）が、わたしのために講演旅行を企画してくれると言ってくれました。英米の小説について講演するなんていやですが、別の国で新たな人生のスタートを切るためにも、やってみようと思います。

フリーダは、母親に会いにバーデンに行きたがっています。現在パスポートを申請中です。うまく取得できるとよいのですが。そしてフリーダがドイツの知り合いたちのもとへ出発したらすぐに、わたしは何とかしてニューヨークへ行こうと思います。アメリカである程度落ち着いたら、彼女も合流すればよいと思っています。

全く、何てうんざりする人生なのでしょう。サフォークのシンシア・アスキスから報せがありました。病気でふさぎ込んでいるようです。マイケル［シンシアの息子］が生まれることが分かったころからずっと、状況はよくありません。

ニコルズについて教えてください。彼のことが本当に大好きで、彼に、アメリカの様子について教えてもらいたいと思っています。不安は大きいですが、前進しなければなりません。どんなことでも

助言をいただけるとありがたいです。

D・H・ロレンス

▽エドワード・マーシュ　五　（一九一九年七月七日）

ニューベリー近郊、ハーミテッジ

あなたからの報せが届いた時、不在にしていました。それを受け取る前にお手紙を書いてしまいました。はい、「七つの封印」を使ってください。(一)

D・H・ロレンス

(一)「七つの封印」を使ってください　『新詩集』所収の詩。『ジョージ王朝詩集一九一八―一九一九』(*Georgian Poetry 1918-19*, 1919) に再録された。

▽エドワード・マーシュ　六　（一九一九年九月二日）

バークシャ、ニューベリー近郊、ロング・レーン、グリムズベリ・ファーム小切手をありがとうございました。(一) しばらくの間ここにいます。フリーダはドイツ行きのパスポートを待っているところです。わたしは藪《やぶ》の刈り込みや草地の草取りで忙しくしています。イタリアへは行きますか。

わたしはいつでもチャペル・ファーム・コテッジにいる予定です。

D・H・ロレンス

(一) 小切手をありがとうございました　『ジョージ王朝詩集一九一八―一九一九』(*Georgian Poetry 1918-19*, 1919) に再録された「七つの封印」のための小切手と推測される。「エドワード・マーシュへの書簡　五」を参照。

▽エドワード・マーシュ　七　(一九二〇年三月一一日)

シチリア、(メッシーナ)、タオルミーナ、フォンタナ・ヴェッキア

昨日、六ポンド一二シリングの小切手を受け取りました。どうもありがとうございます。この家を一年間借りています。ここをご存知でしょうか。家主はティメオ・ホテルの料理人で、彼が言うには、過去にボブ・トレヴェリアンがしばらくここに住んでいたそうです。

カプリは小さな町です。シチリアのほうがましです。東方に広い海が広がり、北東にカラブリアの高い海岸が見えるのは、何とも奇妙な感覚です。方向感覚がすっかり狂ってしまいました。この感覚

にまだ慣れていません。方位磁針が反転してしまったかのようです。ここはヨーロッパの果てです。

［シリル・］ボーモントはわたしのささやかな詩集『入り江』をあなたに送ったでしょうか？　もうでき上がっているはずなのですが、何しろ彼はひどく当てにならない人物なので。

例の歴史本［『ヨーロッパ史のうねり』］はそれほど長くはなりません。校正刷りが済んだところです。読んでみたいとおっしゃっていたので、一冊お送りします。ただの学校用教科書ですが。

マリー・メロニーへの書簡

マリー・メロニー (Marie Mattingly Meloney, 1878-1943)

『女性の雑誌』(*Woman's Magazine*, 1914-20) と『デリニエイター』(*The Delineator*, 1920-26) の両女性雑誌、そして『ニューヨーク・ヘラルド・トリビューンの日曜版』(*Sunday Magazine of the New York Herald Tribune*, 1926-43) の編集者。当時のアメリカの社交界やジャーナリスト業界を牽《けん》引した人物の一人。

▽マリー・メロニー　一　（一九二〇年六月三〇日）

シチリア、タオルミーナ、フォンタナ・ヴェッキア

ダックワース社から転送されてきた六月二二日付のお手紙を、今日、受け取りました。出版について話をしたかったのですが、あなたにお会いできず、残念でした。お手紙でお知らせすることはありますか。あるいはイタリアへ来られるご予定はありますか。

D・H・ロレンス

ヴァイオレット・モンクへの書簡

ヴァイオレット・モンク（Violet Monk, 生没年不詳）

イングランド南部、バークシャ、ハーミテッジ近郊のグリムズベリ農場に住んでいた。農場は、従妹のセシリー・ランバート（Ceciley Lambert, 生没年不詳）が父親から相続したものであった。ロレンス夫妻は一九一七年一二月一四日から一九一八年五月二日の間、ドリー・ラドフォード（Dollie Radford, 1864?-1920）所有のチャペル・ファーム・コテッジに滞在したが、一時的にベシー・ロウ（Bessie Lowe, 生没年不詳）の貸し部屋に滞在したことがあり、その時に、このグリムズベリ農場の女の子《ガールズ》に初めて会ったとされている。この二人の従姉妹が「狐」のモデルであると考えられている。

▽ヴァイオレット・モンク　一　（一九二〇年一月一二日）

（ナポリ）、カプリ、パラッツオ・フェラーロ

お手紙、その上［トマス・］モールトからの電文の転送まで、ありがとうございます。[一]ほかにも転送の手続きをしてくださった手紙のほうは、どちらもこちらには届いていません。理由は分からないですが、郵便は実に頼りにならないのです。重要なものは書留にする必要がありますね。同封された小切手は多くても四ポンドほどだと思います。その点は請け合いますから、それほど気にしなくてもいいと思いますよ。

サイレンス結社[二]のご婦人方は非常に気の合った方々だということが分かったとか、何ともいい話です。生命がおのずと開花するのは、これまでにない新しい小さな集団においてです。この島に来たのはいいのですが、わたしたちはイタリア語、ドイツ語、フランス語そして英語に取り囲まれて、日々もがいて暮らしています。この島は小さなバベルの塔です。わたしたちの隣人はルーマニア人で、彼とは、理想の哲学とは何かをめぐって、毎夜、激しい議論をしています。わたしは、フランス語でごてごてと飾りつけた、英語なまりのひどいイタリア語で話します。一方、彼といえば、怒っているかのような口調の、ルーマニア語なまりのイタリア語で話しますが、時々そこにフランス語やドイツ語が入り込んできます。このような二人の会話がどのようなものか想像してみてください。まさに道化芝居ですよ。

天候は極めて不安定です。でも寒くはありません。突然、嵐が吹き荒れ、わたしも近くの人たちも、

みんな吹き飛ばされそうになります。日に一回本土からやって来る小さな蒸気船は来ることができなくなります。わたしたちは暗いテラスにじっと立ったまま、入江の向こうをじっと見つめますが、何もやって来ません。そうすると、カプリではパンが売り切れます。次は、みんなビスケットを買いに走り回ります。ビスケットがなくなると、ジャガイモを手に入れようと走り回ります。しかし、今日はすばらしい一日となりました。昨日、舟がやって来ました。だから、小麦粉、米、チーズ、マカロニ、コーヒー、それに砂糖がたっぷりと出回っています。物資不足の後に、突然品物が豊富になりました。フリーダにも、昨日、ドイツからのクリスマスプレゼントが届きました。美しいスカーフです。それが届いた時、それをお手伝いの人に見せました。するとその人は、「何てきれい《コム・エ・ベロ》。何てきれーい《コム・エ・ベーロ》。」と大きな声で歌いました。これって、心が躍る楽しい状況ではありませんか。お手伝いのリベルターナさんが、わたしたちが出かけて家を空けている時、このスカーフを身につけて楽しんでいるのではと、わたしは想像したりしています。とは言え、彼女はわたしたちだけのお手伝いさんではありません。このフラット全体に属しているお手伝いさんです。体格がよくて、ジャムをそのまま食べるのです。

　わたしたちはすばらしい毎日を送っています。土曜日には、例のルーマニアの人とこの島の一番高いところ、モンテ・ソラーロに登って来ました。そこは二時間以上休みなく登って行って辿《たど》り着く峰なのです。でも頂きから見る光景は、すばらしく、言葉では言い表わせません。島はわたしの足元に広がっていて、その周りを深い海がぐるりと取り囲んでいます。本土はマッサ「マッサ・ルブレンセ」の辺りで近くに見え、非常に険しい白っぽい灰色の岸壁が連なり、丘陵地には村落が白っぽくあちこちに点在しています。その背後に、雪をかぶった山々が高々と聳《そび》え立っています。ナポリの街は、ナポリ湾の複雑に入り組んだ長い曲線にぴったり沿うように、はるか遠くまで広がっています。そしてヴェスヴィオの火山から、きらきら輝く一定の幅の白っぽい煙が、風の向くままに流れていきます。他の島々は、その影がほのかに海上に浮かんでいます。そして海岸線は南と東でカーブしながら広がっています。内陸のほうに向かって、雪を被った高い山の背が見えます。海では、白い蒸気船がはるか南のほうに消えていきます。イタリアの景色の色調はどれも微妙で、真珠のように淡い色あいなのですが、よく見ると青みがかっています。オリーブの木々そのものは、霧がかかったように白っぽく、ほっそりとしています。茂みになっているのはオレンジの木立で、丸く黄色いオレンジの実が実っています。

　ご一緒にモンテ・ソラーロにピクニックに行けないのは残念です。この館には、二つの美しい部屋があります。テラスも付いています。あなたと「セシリー・」ランバートが泊るには、ちょうどよいかもしれませんね。

　リチャード・オールディントンをご存じなんですね。彼をお好きですか。それにアラベラ「ドロシー・ヨーク」もご存知ですか。

　ランバートご夫妻が家を持たれたこと、喜んでいます。確かに「ワイト島の」ヴェンターはいいところです。少し遠いのが残念ですが。いつ引っ越されるのでしょうか。

　わたしにもやる仕事があればいいのですがね。わたしたちは、チョウのように飛び回って、毎日をちょっとだけ楽しく過ごすように生まれついています。「働き者のアリのことを考えてみなさい！」(三)とありますが、アリのようにあくせくするのはいやです。

　わたしのことを、「ベッシー・」ロウ夫人、「ウォルター・エドワード・」ボッシャー氏、それにアーニー

[・プライアー]によろしくお伝えください。ハーミテッジのこと、いろいろと考えています。薪の世話は、誰が手伝ってくれますか。ベッキー[不詳]はどうしていますか。ベティー[不詳]はお元気ですか。

道のぬかるみはわたしには耐えられないだろうと本当に思います。この土地は坂が多く岩もごろごろしています。そしてカプリ島はいつも乾燥しています。とても大きな違いは、一歩足を踏み出すたびにどこに足を置くべきか考えなくてもいいことです。イングランドでは道がぬかるんでいると聞くだけでももうたくさんだという気持ちになります。

ランバートご夫妻にはどうぞよろしくお伝えください。フリーダもご挨拶をお送りしたいということです。

D・H・ロレンス

(一) お手紙……ありがとうございます　一九二〇年一月一〇日、「トマス・モールトへの書簡　六」で、「モンクさんがモールトの電報と手紙を転送してくれた。電報は本日受け取ったが、手紙と小切手は受け取っていない」と記している。小切手に関しては、同年の五月六日モールト宛で言及し、「受け取っていない」と知らせている。「トマス・モールトへの書簡　七」参照。

(二) サイレンス結社　このグループの集会はハーミテッジから南二マイルにある、今では小学校になっているところで行なわれた。

(三) 働き者のアリのこと　「箴言」六章六節から。

ハリエット・モンローへの書簡

ハリエット・モンロー(Harriet Monroe, 1860-1930)

アメリカの詩人、批評家。一九一二年に、当時作品だけでは十分な生活費さえ稼げない詩人を助けたいとの思いもあり、シカゴの著名な会社に資金を募り、みずからも資金を出して、『詩』(*Poetry: A Magazine of Verse*)をシカゴで創刊した。一九一三年七月五日号で、ロレンスの『愛の詩、その他』(*Love Poems and Others*)に対してエズラ・パウンドが好意的な書評を書き、一九一四年の『詩』にロレンスの詩が掲載されることとなった。二人の通信は一九一四年五月八日付のものに始まり、主にロレンスの詩の掲載に関する内容である。一九一九年の二通の書簡にも、詩の掲載と、シカゴを訪れたいという希望が書かれている。

▽ハリエット・モンロー　一　（一九一九年二月一日）

ダービーシャ、ミドルトン・バイ・ワークスワス、マウンテン・コテッジ

手紙と詩の校正刷りを受け取りました。気に入ってくださってよかったです。『新詩集』をあなたにお送りするためにマーティン・セッカーに一冊分けてもらえるよう手紙を書きました。わたしからあなたに郵送しようと思っています。彼には信用の置けないところがありますので。もし彼の住所をお望みでしたら、

W.C.、ロンドン、アデルフィ、バッキンガム・ストリート　一七、マーティン・セッカー出版社です。

アメリカ古典文学に関するエッセイが掲載される予定となっている『イングリッシュ・レヴュー』(二)をあなたに送ってくれるように[オースティン・]ハリスンにもお願いしました。感想をお聞かせくださればと思います。この著作に四年以上費やしました。そうは見えないかもしれませんが、骨の折れる仕事でした。これらのエッセイがアメリカでも出版されればと思います。全部で一二本のエッセイがあります。

『詩』を送ってください。見てみたいと常に思っています。アメリカ人の口調はたいていイギリス人を怒らせます。そしてイギリス人の口調もアメリカ人を怒らせるようです。文学の中での話ですよ。しかし、アメリカには生きるための真の意志があるとわたしは信じており、それがわたしを強く魅了するのです。わたしがアメリカに行けないのは、躊躇《ちゅうちょ》しているからではなく、この憎むべき現状がそうさせているからなのです。この夏、あなたにお会いし、あなたのシカゴもぜひこの目で見てみたい

と心から望んでいます。
乱筆となり申し訳ありません。目下のところ、床から起き上がることができないでいます。

それでは　D・H・ロレンス

（二）アメリカ古典文学……『イングリッシュ・レヴュー』　一九一九年二月『イングリッシュ・レヴュー』二八号に「地霊」（'The Spirit of Place'）、「ベンジャミン・フランクリン」（'Benjamin Franklin'）、「ヘンリー・セント・ジョン・ド・クレヴクール」（'Henry St. John de Crevecoveur'）が掲載された。

▽ハリエット・モンロー　二（一九一九年三月二日）

ダービーシャ、ミドルトン・バイ・ワークスワス、マウンテン・コテッジ

あなたからの手紙と七ギニーの小切手を落手しました。こんなに支払ってくださるなんて。わたしがお送りした『新詩集』と『イングリッシュ・レヴュー』は届いているでしょうか。『新詩集』の中に『詩』に対するお礼を述べるべきだったかどうか、もし忘れていましたらお赦《ゆる》しください。［シリル・］ボーモントから校正原稿を受け取った時にはそうするように覚えておきます。しかし彼は困っているようで、つまり金銭的にですが、いつ出版の運びになるのか全く分かりません。文字が汚くてすみません。わたしはインフルエンザにかかって一か月病に伏し、今でもベッドから起き上がることができません。回復に向かいつつはあります。本当にひどい病気でした。わたしが回復し、講和条約が調印されたら

すぐに、われわれはドイツに向かう予定にしています。義母に当たるバロニン夫人がバーデン-バーデンで嘆いていますし、義理の兄がミュンヘンで何とか嵐を切り抜けようとしています。バイエルン共和国で財務大臣を何とか続けようとしています。いとこもベルリンであたふたしています。この夏アメリカに行きたいと思っています。神々が意地悪でなければそうするつもりです。しかし、今はまず、部屋を巡っての旅(一)を終わらせます。シカゴには大きな湖があるのですよね。わたしはきっと気に入ると思います。シカゴのすべてのものを見てみたいと思います。そうすればすべての詩に大いなる共感が抱けるはずです。

　ボーモント社から詩集が出版されたら、(二)一部お送りします。アン・エステル・ライス(三)がその挿絵を描いているのですが、彼女のことはご存知でしょうか。アメリカ人です。

　太陽が輝き、庭では茂みの下のほうにマツユキソウが咲いています。新しい国でまた新たに生を作動させたいものです。

それでは　D・H・ロレンス

(一) 部屋を巡っての旅　フランソワ・ザヴィアー・ドゥ・メーストル (Francois Xavier de Maistre, 1763-1852) の小説『部屋を巡っての旅』(*Voyage autour de ma Chambre*, 1794) へのほのめかし。

(二) ボーモント社から詩集が出版されたら　一九一八年四月一八日の「シリル・ボーモントへの書簡　四」によると、一九一九年一一月にロンドンのシリル・W・ボーモント社から『入り江』という詩集が出版されたことが伺える。

（三）アン・エステル・ライス（Anne Estelle Rice, 1877-1959）　キャサリン・マンスフィールドの友人であるアメリカ人画家。『入り江』のカバーと装飾を担当した。

トマス・モールトへの書簡

トマス・モールト（Thomas Moult, 1893-1974）

詩人・批評家。一九一九年、『ヴォイシズ』を創設し、編集者も務めた。ロレンスの詩、「追憶」と「葬送歌」の二作を一九一九年七月の『ヴォイシズ』に掲載し、一九二〇年六月の『アシニーアム』には『一触即発』のレビューを執筆した。一九二二年から四五年にかけて、アンソロジー『年間最上詩集』（*Best Poems of the Year*）を編纂《さん》した。

▽トマス・モールト　一　（一九一九年七月二一日）

バークシャ、ニューベリー近郊、ハーミテッジ、チャペル・ファーム・コテッジ

木曜日にはロンドンにいると思います。五日ほど滞在しますが、いつ、どこでお会いしましょうか。

D・H・ロレンス

W・C、一、ブランズウィック・スクウェア　一〇　バーバラ・ロウ様方　宛に、一筆お送りください。

▽トマス・モールト　二　［一九一九年七月二五日］

セント・ジョンズ・ウッド、アカシア通り　五

ロンドンには、すっかり参ってしまいました。明日、奥様もご一緒に、ここまでお茶に来ていただいてよろしいですか。フィンチリー通りを通るバスなら、どれでも構いませんので、アカシア通り（エアー・アームズ）で降りてください。でも家の番号には気をつけてください。五番は右側にあります。エアー・アームズのすぐ近くです。電話は、ハムステッド六五三四にかけてください。［ルイス・］ゴールディングにも会いたいです。

D・H・ロレンス

▽トマス・モールト　三（一九一九年八月九日）

バークシャ、パンボーン、マートル・コテッジ

『ヴォイシズ』をありがとうございます。散文を書く約束を忘れたわけではありませんが、ハーミテッジ・コテッジからそれを取って来なければなりません。コテッジには、今は他の人たちが住んでいます。原稿［『新詩集』序文］は、来週には送りたいと思います。(一) コテッジの話はしましたね。わたしたちはここに二〇日まで滞在します。

他にお知らせすることはありません。愉快な気分で遠くに行けたら、どんなにすばらしいでしょう。

D・H・ロレンス

（一）来週に送りたいと思います　アメリカ版『新詩集』のために書かれた序文のこと。モールトは一九一九年一〇月『ヴォイシズ』に、それを'Verse Free and Unfree'というタイトルで掲載した。

▽トマス・モールト　四（一九一九年八月二九日）

ニューベリー近郊、ロング・レーン、グリムズベリ・ファーム、ランバート様方

マリが手元に置いている原稿［不詳］を、早急に返すように頼みました。彼は、ご丁寧にも失くしい

ました、と返答してきました。彼にはうんざりです。

アメリカの出版社に頼まれて書いた、ちょっとした「アメリカ版新詩集の」序文を送りました。出版したいと思われたら、そうしてください。「アメリカ版のために書かれた」などの文言を削除したいと思われたら、どうぞ削除してください。

わたしたちはパンボーンにいます。もっと早く送ればよかったのですが、ようやく昨日封筒に入れました。今夜、わたしたちは右記の住所に移ります。

D・H・ロレンス

▽トマス・モールト　五　［一九一九年九月四日］

ニューベリー近郊、ロング・レーン、グリムズベリ・ファーム

手紙と小切手をありがとうございました。とてもすばらしい。あなたが支払ってくださるということを忘れていました。あの短いエッセイは気に入っていただけたのでしょうか。何もおっしゃらなかったので。妻は、まるで、次々とねぐらを変えてバタバタと飛び回っている雌鶏《めん》のようです。でも、わたしは家を構えるのが好きではないのです。

奥様によろしくお伝えください。

D・H・ロレンス

▽トマス・モールト　六　（一九二〇年一月一〇日）

（ナポリ）、カプリ、パラッツォ・フェラーロ

グリムズベリ・ファームから転送されてきた電報を、今日受け取ったところです。わたしたちがどこにいるかは、お分かりでしょう。［ヴァイオレット・］モンクさんが手紙で、農場からあなたの手紙をフィレンツェに転送したと言ってきてくれていますが、まだ受け取っていません。小切手もまだです。でもそれはあとで届くのかもしれません。フィレンツェから回送されるのですから。

わたしたちはイギリスから逃げ出しました。妻は一〇月の初めにバーデン＝バーデンに行き、わたしはその後一か月イギリスに滞在していましたが、耐えきれずにフィレンツェに向かったのです。そこで、妻と一二月に合流しました。ローマへ行き、それから山岳地帯へ移ったのですが、暖かくて生活費が安い場所を求めて、やっとここに落ち着きました。とても暖かくてありがたいです。ほとんど暖炉を燃やす必要がありません。びっくりするほど高くつくものもありません。しかし戦前と比べれば、イタリアといえども、ありがたいほど生活費が安いというわけではありません。

カプリは楽しいです。コンプトン・マッケンジーがここに来ています。「金持ちの若い小説家」ですが、いい奴《やつ》です。フランシス・ブレッド・ヤングと、他にも友人が来ています。湿った、シロッコと呼ばれる熱風が吹き荒れて空気がべとべとしていない時は、島は十分に心地よいところです。でも、小さいわりに国際化されすぎてしまっています。数か月は滞在できればよいと思っています。

フィレンツェから手紙が届くことを願っています。ともかく、『ヴォイシズ』について教えてくださ

い。ホーホー鳴くフクロウたちやガヤガヤうるさい報道連中（一）によってかき消されたりはしないかと思うのです。あなたと、あなたの奥様の様子をお知らせください。

ではまた　D・H・ロレンス

（一）ホーホー鳴く……報道連中　「フクロウたち」とは、ロバート・グレーブス（Robert von Ranke Graves, 1895-1985）が編集し、セッカーが出版した *The Owl*, Nos.1 and 2（一九一九年五月、一〇月）を指す。「報道連中」は、J・C・スクワイアーの編集によって一九一九年一一月に刊行した月刊誌、『ロンドン・マーキュリー』をもじったものと思われる。

▽トマス・モールト　七　［一九二〇年五月六日？］（一）

シチリア、（メッシーナ）、タオルミーナ、ヴィッラ・フォンタナ・ヴェッキア

今日、手紙が届きました。

いや、小切手（二）はまだ受け取っていません。あなたが取引している銀行に、そのことを伝えてください。再度送る気になってくだされば、大変助かります。

確かに、「新天地」は『見よ、われわれは勝ちぬいた！』に収録されましたが（三）、そういえば、あなたが話していた詩集に再収録されなかった詩が一篇あります。つまり、イギリスでは出版されていないということです。長い詩（四）です。『見よ』の最後に「春を待ちわびて」と「霜の花」と一緒に掲載されるはず

のものでした。それからチャトーに『見よ』への掲載を断られた詩が二篇あったはずです。あるかどうか探してみます。最も無垢な詩です。必要かどうか、知らせてください。

ちょっとした、五〇〇語程度のエッセイをすぐにでも書いて送りましょう。楽しいものを。

この家を、一年契約で借りました。[C・W・]ダニエルから、戯曲『一触即発』を一部受け取っていただけましたか。

新しい小説『堕ちた女』を書き終えました。セッカーは、『恋する女たち』を、そして『虹』も出版するようです。臆病な気持ちにならなければの話ですが。彼を精神的に支援する委員会が必要です。


すべてがうまくいって嬉《うれ》しいです　D・H・ロレンス

（一）五月六日　この手紙はロレンスが『堕ちた女』を書き終えた（一九二〇年五月五日）直後に書かれたものと思われる。

（二）小切手　'Verse Free and Unfree' の原稿料のことを指すと思われる。「トマス・モールトへの書簡　三」参照。

（三）確かに……出版されました　この詩「新しい地」（'Terra Nuova'）は最初に『イマジスト詩人集』（*Some Imagist Poets*, 1917）に収録され、のちに「新しい天と地」（'New Heaven and New Earth'）というタイトルで、『見よ、われわれは勝ちぬいた！』に収められた。

（四）長い詩　「エリーニュエス」（'Erimnyes'）のことと思われる。五五行の詩で、『イマジスト詩人集』（*Some Imagist Poets*, 1916）に収録されたことがあったが、イギリスでは出版されなかった。

ロバート・モンシェへの書簡

ロバート・モンシェ（Robert Mountsier, 1888-1972）

アメリカのジャーナリスト。イギリスの著名人にインタビューしながら、第一次世界大戦の影響についての記事を執筆するため、一九一五年当時イギリスに滞在していた。一九二〇―二二年の間、ロレンスのアメリカでの出版代理人を務めた。『ニューヨーク・サン』（*New York Sun*）文芸担当編集者。

アメリカ、アイオワ州生まれで、コネティカットに移り住んだエスター・アンドリューズ（Esther Andrews, 18801962）と恋仲になる。二人は一九一六年一一月の初め、数回ハイアー・トレガーゼンを訪れ、近くで農業を営んでいたホッキング家の人たちとクリスマスパーティを祝っている。ロレンスはエスター・アンドリューズが気に入り、ラナニムに加わってもらいたいとさえ考えていた。エスターは一九一七年五月にもまた一人でトレガーゼンを訪れていて、ロレンス、フリーダ、ロバート・モンシェの四人を巡る不思議な関係が書簡には描かれていたが、第一次世界大戦終了後、ロレンスがイギリスを離れると今度は、アメリカでの出版代理人として、活躍するようになり、ロレンスとの書簡のやり取りが多くなっている。

▽ロバート・モンシェ　一九二〇年二月一六日

イタリア、(ナポリ)、カプリ、パラッツォ・フェラーロ

あなたがずいぶん昔に出された手紙を受け取りました。昨日届いたのです。あなたが最近ずっと身も心もずたずたにされていたことをお気の毒に思っています。深刻な状態でないことを祈っています。今は少しはよくなっているのでしょうね。

フリーダとわたしはこの古い宮殿の最上階のアパートの一室にいます。カプリは暖かで明るい日差しが降り注いでいます。イギリスと比べるとずっとすばらしいところです。もう二度とイギリスには戻りたくないという気になっています。ここにはすばらしいイギリス人がかなり多くいます。そのうちの一人がコンプトン・マッケンジーです。

一般大衆の前で演技をする必要があるアメリカにいないだけでも嬉《うれ》しい限りです。いや、実際はそう嬉しいわけではないのですが、ピンカーとの契約をすべて破棄したことをお知らせできて、あなたは嬉しく思われるでしょうね。ピンカーからあの預けていた最終原稿が送り返されてくるのを待っています。もうピンカーとの付き合いは二度と御免被りたいと思っています。しかし一方で、ニューヨークで特定の代理人を見つける必要が出てきました。イギリスの代理人とは二度と契約しません。あなたが非公式な形でわたしの代理人になってくれて、手数料を取るようなことになっても、あなたにとってさほど得にはならないでしょうね。わたしが書いた短編小説が手元に戻って来れば、数冊を船便で送ります。精神分析の論文もいくつか送るつもりです。『虹』の続編が現在は、スコット・アンド・セ

ルッツァー社［ニューヨークの出版社］に渡されています。しかし、それを取り戻しても［ニューヨークのベンジャミン・］ヒューブッシュに渡そうと考えています。『虹』は実際上手く進んでいると信じています。今、小説『堕ちた女』を書くのに忙しい日々を送っています。思った以上にすばらしくて、順調に進んでいます。ダックワース社がイギリスで『虹』の再版を出すことを検討しています。

　しかしわたしは自分の作品をまずアメリカで出版したいと思っているし、これからはイギリスでの出版はいつでもアメリカでの出版のあとにさせたいのです。そのためには誰かの支援が必要です。これからはわたしの運もきっと上向いてくると思います。

　ヒューブッシュのことをどう思われますか。それにスコット・アンド・セルッツァーのことを知っておられますか。新参者たちなのでしょうか。

　お元気になられたとのお便りお待ちしています。それにわたしの作品をニューヨークで出版する気があなたにあるのかどうか、ぜひ知らせてください。あるいは、出版社にも信用があり、わたしを騙《だま》したりしない代理人をそれとなく教えてください。『メトロポリタン［・マガジン］』がわたしのことを高く評価してくれていると信じています。

ではまた　D・H・ロレンス

フリーダもよろしくと言っています。

▽ロバート・モンシェ　二（一九二〇年四月一一日）

シチリア、（メッシーナ）、タオルミーナ、フォンタナ・ヴェッキア

三月二六日に投函されたあなたの手紙を昨日ようやく受け取りました。お便りを楽しく読みました。元気になったことを知り、嬉しい限りです。ヨーロッパに滞在しているほうがずっと幸せそうですね。そう信じています。

あなたが要求されていることをすべてやります。わたしの作品すべてのリストを書き出して、出版状況を示します。アメリカでの代理人を引き受けてもらえれば嬉しく思います。

コンプトン・マッケンジーはいつも病気をしていますが、それでいて小説『富める親戚』（一）を書いています。今なおわたしは南太平洋に行きたいと思っています。マッケンジーは、自分の仲間に加わらないか、と申し出てくれました。彼には南太平洋を旅して、連載記事を書き、記録映画や映画用の小説を書いてほしいという計画が持ち上がっているのです。（二）しかし、マッケンジーが気に入っているとはいえ、映画製作などに関わって身動きが取れなくなるなんてことには耐えられません。

ここにはカプリよりもすばらしいものが多くあります。ヨーロッパをあとにする前にこちらにやって来ませんか。このきわめて快適な別荘を一年間借りています。

［ポール・ゴーギャンが書いた］『ノア・ノア』と［サマセット・モームが書いた］『月と六ペンス』はどうですか。またあなたと南太平洋について話し合いたいものです。ここから、時々ギリシアの海岸が見えます。ギリシアの長い海岸が。

くだらない仕事の話はちょっと待ってください。あなたは今どこにいるのか教えてください。フリーダの妹がベルリンにいて、母親はバーデン - バーデンにいるし、姉はミュンヘンにいます。フリーダは昨年の秋、六週間バーデン - バーデンに滞在していました。彼女はかなり痩せましたが、また最近太ってきています。

かなりおもしろい小説を四分の三ほど仕上げています。

さようなら《オー・ルヴォワール》　D・H・ロレンス

昼食を外で食べた時、ワインを一本飲んでしまいました。それで、何を言っても信じてもらえないでしょうね。

(一)『富める親戚』　マッケンジーは一九一九年一〇月『貧しき縁故者』(*Poor Relations*) を出版したあと、一九二〇年の二月から六月にかけて次の小説『富める親戚』(*Rich Relatives*) を執筆していた。この小説は一九二一年に出版された。

(二) 彼には……計画が持ち上がっているのです　マッケンジー自身、一九一九年から一九二〇年にかけての冬に仲間を集めて、ニュージーランド北東のケルマデク諸島を再植民地化するための計画を何度もロレンスに語っていたことを自伝の中で述べている。

▽ロバート・モンシェ　三　［一九二〇年五月一一日］

（メッシーナ）、タオルミーナ、フォンタナ・ヴェッキア

あなたの四月二一日付の手紙が昨日届きました。イタリアの郵便局に呪《のろ》いあれ、です。

コンプトン・マッケンジーに手紙を書いて、あなたもわたしと一緒に南太平洋に行くことを提案しました。しかし、彼は鳥のように繊細で臆病なところがあり、あなたとわたしは自分たちの翼をつけて飛び立たなくてはならないでしょうね。でも、わたしとしては無理やりにでも彼を説得して、六月の初めにパリへと彼を送り出し、原稿「『堕ちた女』」をあなたのところに届けさせるつもりです。あなたがこちらに来ない場合には、それでもいいでしょうか。できれば、こちらに来てください。汽車の時刻表を次に示しておきます。

バーゼル	午前五時一五分		
キアッソ	一二時四〇分		
ミラノ	一三時五〇分	出発	二〇時二五分
ローマ			八時五〇分
ナポリ			一四時〇〇分

ナポリからタオルミーナまでおよそ一二時間かかります。

しかし、また別のすてきな汽車があり、水曜日、金曜日、日曜日にモダーヌ（モンスニ＝フランス国境）から出ています。　パリ　午後九時三五分発　午前四時一〇分着

トリノ　六時四〇分
ジェノヴァ　一〇時一六分
ピサ　一四時一〇分
ローマ　二〇時一〇分

こうして乗り継いで来れば、パリからローマまで二四時間かかります。しかし、ローマからタオルミーナまで運んでくれる、実際に便利な唯一の汽車といえば、午後七時四〇分出発のもので、ここには翌日の午後二時四〇分に到着します。それでどのくらいの時間がかかるかお分かりになると思います。とんでもなく長い道のりです。できることならローマであなたとお会いしたいものです。でも、ナポリからアメリカへと船で帰国することはできないかもしれませんね。その場合、六月一〇日に船があります。ただ、それまでに帰国の準備ができないかもしれませんね。

あなたがどこに滞在しておられるのか、すぐに知らせてください。原稿を送りたいのです。今『堕ちた女』を書き上げたところなのですが、この作品をあなたがセルツァーのところに持ち込んでくれて、彼と話し合ってもらうこともできます。今、タイプ原稿にしてもらっています。この原稿をアメリカに持って帰ってほしいのです。ぜひ、知らせてください。

もしわたしがバーバラ［・ロウ］のために甘口の発泡ワイン《ドルチェ・スプマンテ》を手に入れられない場合、あなたがぜひアスティ産の白の発泡ワインを持って来ないといけませんよ。アスティ産ワインのほうがわたしも好きですから。

あなたに会えることを期待しながら生きています。でも、あなたは陽炎《かげろう》のような人で、居場所も分からず、あなたに手紙を書くことすらできないのですから。あなたが地球のどこかに住んでいるとは思えないのです。

もしイタリアを旅することがあれば、［フランス］国境かトリノかミラノで切符を買うのが一番便利です。［トマス・］クックのような［旅行代理店の］人たちは両替でお金をごまかします。イタリアでは旅行する距離が長ければ長いほど、チケット料金は割安になります。わたしたちのところに着くための駅はジアルディーニです。タオルミーナのね。カバンを盗まれないようにくれぐれも用心してください。

さようなら《オ・ルヴォワール》　D・H・ロレンス

▽ロバート・モンシェ　四（一九二〇年六月七日）

シチリア、タオルミーナ、フォンタナ・ヴェッキア

あなたの手紙が今日ロンドンから届きました。あなたにお会いしたいと思っていましたし、白の発泡ワイン《ヴィーノ・スプマンテ》を捜し続けていました。さて、仕事の話をしなくてはいけません。

一、『堕ちた女』の原稿をそちらに送ります。家主のフランチェスコ・カコパルドさんが今月の一一日にホワイト・スター号でナポリを出航され、ボストンまで行かれるので、彼に原稿を持って行ってもらいます。この原稿をわたしから手紙をもらうまで、持っていていてほしいと彼にはお願いしています。

しかし、彼にあなたのニューヨークの住所を渡したので、「モンシェさんに郵送してください」と電報を打つこともできます。そのために、彼に手紙を出すこともできます。わたしは特に『恋する女［たち］』をアメリカで連載したいと思っています。セッカーが『センチュリー』で連載が可能だろうと言っていました。これは大事なことです。このことも、よろしく取り計らっていただけますか。

マサチューセッツ、ボストン、ドーンストリート　三

「ポッター・アンド・ロジャーズ」、ウィリアム・B・ロジャーズ様方

フランチェスコ・カコパルド

二、セルツァーと契約したのは『恋する女たち』と次作の出版です。［C・W・］ダニエルと『一触即発』の出版契約を結び、その本は製本直前の刷り本の状態だと思います。『恋する女たち』の出版で、わたしは一〇％［の印税を］もらうことになっているに過ぎません。というのも、セルツァーがこの小説をいわゆる私家版として二巻本を一五ドルで販売する計画をしているからです。もしセルツァーが『恋する女たち』を私家版で出版してくれれば、『堕ちた女』の出版も任せるという契約をすでにしています。しかしまだ、きっちりとした条件は決まっていません。これから取り決めなくてはいけません。ですから、それ以外のことについては、何も決まっていません。

アレック［・ローバン］・ウォーが『恋［する］女［たち］』の私家版用の刷本一、〇〇〇冊分を買い取らせてほしいと言ってきたと、セルツァーが手紙で書いてきています。このことについてセッカーに手紙を書いたところですし、今その返事を待っています。

三、セッカーとは『恋する女たち』と『虹』の出版の契約を結んでいます。セッカーはセルツァーか

ら『恋する女たち』の完全原稿が送られてくるのを待っています。セルツァーは原稿を握りつぶしたままで、手放そうとしません。彼に呪いあれ、です。『恋［する］女［たち］』と『虹』については、印税としてそれぞれ一〇〇ポンド前金でもらうことになっています。初版二、〇〇〇部までは一部につき一シリング、再版の二、〇〇〇部について一シリング六ペンス、その後は二シリングとなっています。販売価格は七シリング六ペンスか、八シリング、税なし価格です。セッカーとこれまでと同じ条件でこれから出版する四冊についても［四種類の］選択売買権《オプション》の契約をすでに決めました。そうするのも『虹』と『恋［する］女［たち］』を出版したいし、セッカー以外にそうしてくれる出版社がないだろうと思うからです。しかし、わたしの作品すべてについて、アメリカにおける版権がセッカーにあるわけではありません。

四、ヒューブッシュとはいかなる契約もしていません。彼はセルツァーが『恋する女たち』の版権を取ったことで怒っています。でもこれはピンカーがミスをしたのです。一度セルツァーに言ったことはわたしも守らなくてはいけません。ヒューブッシュは『アメリカ古典文学研究』の原稿を手に入れています。六か月もの間ずっと持ったままです。この原稿をどうするつもりなのか、彼から何も聞いていません。これがヒューブッシュのやり方と言うべきでしょう。彼は「ニューヨークで唯一の信頼できる出版者だ」と彼の友人たちはいつもわたしに手紙で書いてきます。でもヒューブッシュはこちらの質問に答えず、時間稼ぎをして、エッセイの支払いを引き伸ばし、ついには払ってくれそうにないとこちらに思わせるという点で、どうしようもない人物です。わたしはセルツァーに手紙を書いて、もしヒューブッシュが［『アメリカ古典文学研究』の］原稿を返してくれれば、あるいは、ヒューブッシュが原稿を引き渡すとはっきりと言ってくれれば、そのエッセイを渡してもいい、と言いました。実は、今書き上げている分が、『ア[メリカ]古[典]文[学]研究』の唯一の完全原稿となります。ヒューブッシュに渡した原稿からではなく、わたしが仕上げているこの原稿を活字に起こして出版したいと思っています。この原稿をそのままあなたに、イギリスを経由して直接アメリカに送ろうと思います。

『虹』は絶版になっているとヒューブッシュが手紙で言っています。彼がすでに六か月も絶版状態にしているのです。そんなことを彼はする必要もないのに出版しないでおきたいと言い張るならば、『虹』の版権をわたしとしても取り戻すことができます。

五、実際、小説などの原稿を取り戻して一覧表にでもしないといけないと思っています。中には、ピンカーから流出している原稿もあります。また、中には突然出版されている原稿もありますし、そうした原稿について何も知らない状況です。すべての原稿を注意深く一覧表にしてあなたに送ります。ボストンのリトル・ブラウン社が『ホルロイド夫人寡婦《かふ》になる』(戯曲)を出版しました。手紙で、全部売ってしまいたいと言ってきました。それに、販売はほぼ終わったので、印刷版と刷り本を処分してしまいたいのだそうです。セルツァーにこれらの印刷版と刷り本を買い取りたいかどうかはっきりさせてほしいと手紙を書きました。

六、今日、ニューヨーク、イースト　四三番ストリート　一〇、モーリス・S・レヴネスから手紙をもらいました。彼は、アメリカでのわたしの作品の映画製作権の代理人にしてもらえないかと聞いてきたのです。こうしたことは著作権に抵触するものでは全くありません。彼はわたしの全作品の原稿を読みたいと言ってきました。わたしはレヴネスに手紙を書いて、あなたが彼のところに行って、

もしあなたが納得すれば、彼と契約を結ぶことになると彼に言うつもりでいます。(一)
以上が確実な情報のすべてとなります。電報は、シチリア、タオルミーナ、ロレンスで大丈夫です。

さて、ご意見を聞かせてください。『虹』、『恋する女たち』、『ア［メリカ］古［典］文［学］研究』は、すべて実際のところ「危険なもの」だと言えます。「普通の」出版社であれば取り扱わないだろうと思います。しかし、全身全霊をかけ、わたしの私的な部分をすべて注ぎ込んだ作品です。目下の最大の関心はこれらの作品の行く末です。これらの作品を正当に出版するために、誰も傷つけず、優しく働きかけ、世に認めさせなくてはならないのです。ヒューブッシュやセルツァーのような小粒の出版者が出版するのであれば、ある程度感謝しなくてはなりません。もしセルツァーがこれまで通り、わたしときちんと取り引きをしてくれるのであれば、もちろん、わたしのタイプ原稿をセッカーに渡さないのは別にして、彼がユダヤ人であっても、大した人間でないとしても、気にはしませんし、これからも彼と共にやっていくつもりです。わたしは実はユダヤ人があまり好きではありません。しかし、それ以上に紳士もどきで、成功している商業主義の出版業者はもっと好きではありません。というのは、そういう出版業者は常に危険を冒さない側に留まるからです。ダックワース、メシュエン、チャトーなどは全員そうした連中です。連中はブルジョワであり、わたしにとっては実際に敵そのものです。しかしこの危険な小者のユダヤ人を鼻であしらったりしないでください。セルツァーは冒険をします。が、ほかのご立派なブタ野郎たちは、冒険しません。セルツァーはわたしと一緒に、そしてまたわたしを通じてうまくやるかもしれません。わたしが印刷の専門家《タイポ・スペシアーレ》であることを忘れないでください。つまり、

あなたはほかの単純な商業主義の連中を扱うようにわたしを扱うことはできません。J・M・バリーだとか、ヒュー・ウォルポールを扱うようにはね。わたしは連中とは違います。だからわたしが一般の人たちに近づく際には違った形で近づかないといけないのです。

わたしの本をすべてあなたに送るようにダックワースに指示するつもりです。送られてきたら、その本すべてを映画の著作権の代理店をしているモーリス・S・レヴネスに渡してもらっても結構です。もちろん、あなたが彼と同意をすればの話ですが。

ヒューブッシュが『プロシア士官』、『越境者』、『虹』、『見よ、われわれは勝ちぬいた!』をすでに出版しています。彼はわたしの第一作『白孔雀』についても手紙をくれましたが、出版については何も言ってきませんでした。アメリカではまだ出版されていません。(二)ミッチェル・ケナリーが『息子と恋人』を出版しましたが、今誰がその版権を持っているのか分かりません。わたしの作品一覧を以下に書いておきます。出版年代順になっています(おおよそですが)。

ダックワース

『白孔雀』(小説) x
『越境者』(小説) 今は、ヒューブッシュだと思います。
『息子と恋人』(小説) ケナリー
「プロシア士官」(短編小説) ヒューブッシュ
『イタリアの薄明』(エッセイ集) x
『ホルロイド夫人寡婦《かふ》になる』(戯曲) ボストンのリトル・ブラウン社

『恋愛詩集』　ヒューブッシュだと思います
『愛の詩その他』（詩集）

『見よ、われわれは勝ちぬいた！』ヒューブッシュ、チャトー・アンド・ウィンダス
『新詩集』　マーティン・セッカー　x
『入り江』（詩集、出たばかりです）W・C、チャリング・クロス通り　七五　C・W・ボーモント　x
『一触即発』（［C・W・］ダニエル）　セルツァー

『虹』（メシュエン　発禁処分となる）　ヒューブッシュ
『恋する女たち』　『虹』の続編です。セルツァーが出版しようとしています。

ニューヨークで出版されたわたしの本をすべて自由に手に入れられると思います。『白孔雀』、『イタリアの薄明』、『愛の詩その他詩集』についてだけはあなたのために、わたしが手配しておきます。ただ、ヒューブッシュが現在出版を考えているこれらの本をどうするつもりなのか、あなた自身で彼に確かめておく必要があります。セルツァーが『一触即発』をすでにあなたに送っていると思いますし、セルツァーに『恋する女たち』を送るように頼んでおきます。彼から何とかして校正刷りを手に入れるつもりです。一方で、版権がなくなった短編をかき集めておこうと思います。

ここに書いたことはすべて憶えていたらいいのですが、この手紙はすぐに投函《かん》します。またお目にかかれたらいいですね。

では、また　D・H・ロレンス

（一）わたしはレヴネスに……彼に言うつもりでいます　ロレンスがレヴネスに書いた手紙に、レヴネスが一九二〇年五月二一日付で次のような返事を書いている。

拝啓
わたしの数多くのイギリス人の友人が時々勧めてくれるのは、あなたの小説を映画化すればすばらしいものになるという話なのです。

そういうことで、その件について、あなたにお手紙を差し上げた次第です。

あなたもすでにご存知のことと思いますが、アメリカの映画製作者たちは、小説や演劇の映画化に際して、かなり高額なお金を支払ってくれます。

わたしは個人として、かなり多くのアメリカの作家、劇作家、出版社が自分たちの作品を売る時の代理人を務めて、彼らの版権の売買に関わっているだけでなく、映画にできる多くの小説を買い取る仕事をしています。イギリス小説の多くがこの国では版権によって守られていないという事実があるにもかかわらず、わたしには数多くの顧客がいて、彼らはそうした小説が版権で守られているかどうかに関わりなく、映画化のための版権を喜んで買い取ってくれます。ここアメリカにおいてあなたの作品の代理人となって仕事をしていきたいし、あなたの数篇の作品は映画化のための著作権としてかなりのお金をもらえると確信しています。

わたしは時間のすべてを映画ビジネスに委ねていて、ほかのいかなる著作権代理業とも関係はしていません。

万一あなたがわたしの身元保証を求められるのであれば、こちらの大きな映画会社の中のどこでもいいのですが、そこの主幹編集長と話をしてもらっても結構です。

万一わたしをアメリカでの代理人としてもらえるのであれば、あなたが書かれた小説、短編小説、戯曲を一冊ずつすぐ送ってください。

アメリカでの映画権について知りたいと言われるのであれば、あなたが送ってくださるいかなる作品であれ、その映画権代がいくらなのかをすぐに電報でそちらにお知らせ致します。

以上の説明できっといいお返事がいただけるものと期待致します。それでは近日中の返信をお待ちしています。

敬具

モーリス・S・レヴネス

レヴネスはモンシェにも、一九二〇年一一月一三日付の手紙を出していて、「どうかわたしが近いうちに実質的なことに取りかかれるように、そちらの手元にあるロレンスの作品を送っていただけませんか」と要求していた。

(二) アメリカではまだ出版されていません　ロレンスの記憶は不完全で、『白孔雀』は最初、ダフィールドによってニューヨークで出版され、イギリスではダックワースではなくハイネマンによって出版されていた。

J・M・マリへの書簡

J・M・マリ (John Middleton Murry, 1889-1957)

イギリスの批評家・思想家で、キャサリン・マンスフィールドの夫(正式に結婚したのは一九一八年)。ロンドン南部カンバウェル出身で給費生だった彼は、オクスフォード大学卒業後パリへ行き、帰国後『リズム』を創刊した。一九一一年にキャサリン・マンスフィールドが『リズム』に寄稿したことをきっかけに二人は知り合った。ロレンスとの親交は、キャサリン・マンスフィールドが『リズム』への寄稿をロレンスに依頼した一九一三年からであるが、二人は何度も断絶と和解を繰り返すことになる。

一九一九年、マリは『アシニーアム』の編集長に就任した。ロレンスも寄稿の誘いを受けて数篇の作品を送ったのにもかかわらず、「鳥のさえずり」と「アドルフ」の二篇以外は掲載を断わられた。この年の書簡では、『アシニーアム』に寄稿するにあたって、マリとの関係を修復しようとするロレンスの気遣いが窺《うかが》えるものの、その後、ロレンスが送った記事をマリが気に入らないと送り返したことで、再び二人は決裂した。

▽J・M・マリ　一　［一九一九年三月六日］

ダービーシャ、リプリー

『アシニーアム』のこと、とても嬉《うれ》しく思います。君がその仕事を楽しんでくれればいいと思うし、うまくいくことを願っています。僕に寄稿するよう頼んでくれてありがとう。そのことも嬉しく思っています。喜んで投稿したいと思います。しかし、君が僕にやってほしいと思っていることをきちんと伝えてくれなければなりません。僕としては、陽気で少し古風な感じにしてみるつもりです。匿名でもペンネームでも一向に構いません。(一)いつ始めるのですか。できるだけ早く詳細を教えてください。まだ体調はよくありませんが、今のうちに考えて、少しは考えをまとめておけるでしょう。それは楽しいことです。

このインフルエンザにはすっかり参ってしまい、疲れ果ててしまいましたが、回復しつつあります。今日はがんばって階下までゆっくり下りてみようと思います。一週間のうちにミドルトンに連れて帰ってほしいです。ここはあまりに閉鎖的です。できることなら僕たちはミュンヘンに行きたいのです。いつになったら行けるようになると思いますか。他のことがうまくいかなければ、[デイヴィッド・]エダーとパレスチナに行くかもしれません。イギリスを離れないといけません。これ以上ここにいても、もう僕には何の意味もありません。ここでは、あらゆることに行き詰ってしまっています。

僕たちは四月にハーミテッジに行くかもしれません。たぶん君も会いに来てくれるでしょう。僕は立ち上がって、自分がまた新しい段階へと動き出していると感じたいのです。僕たち皆にとって、新しい段階が今始まるのです。

君が僕にしてほしいと考えていることを、できるだけ早く、詳しく書いて送ってください。そして、いつ始めたらよいかということも。

DHL

（一）匿名でもペンネームでも一向に構いません　「鳥のさえずり」は『アシニーアム』一九一九年四月一一日号に「グラントート」というペンネームで掲載された。

▽J・M・マリ　二　（一九二〇年一月三〇日）

（ナポリ）、カプリ、パラッツオ・フェラーロ

君の手紙を受け取りました。そして、オスペダレッティ（二）から転送されてきた、送り返された評論も。君が「気に入らなかった」のは疑う余地もありません。君が、ダービーシャから持ってきたものが気に入らなかったのと同じです。しかし、実際のところ、とどのつまり、君は汚いちっぽけな虫けらにすぎないということです。そして君のやり方は、汚いちっぽけな虫けらのやり方なのです。今こそ言わせてもらいましょう。僕はやっとそのことが分かったのです。今に始まったことではありません。

この際、お互いにはっきりさせておこうではありませんか。僕は君のことを汚いちっぽけな虫けらだと思っているのだということを。というわけで、君はその汚らわしい毒をどこにでも好きなところに溜《た》めておくがいい。いずれにしても、お互い覚悟すべきことは分かっているのです。(二)

(一)オスペダレッティ　マリの妻、キャサリン・マンスフィールドが一九一九年九月中旬から滞在していた保養地。彼女は一九二〇年一月二一日にそこを離れている。

(二)分かっているのです　実際、マリは一九二〇年二月八日付でこの手紙に対する返事を送っている。そこで、「いつであれ、どこであれ、今後君に会うようなことがあれば、顔をぶん殴ってやる。それ以外の対処法はない」という決意表明をしている。また、ロレンスは二月六日付で、キャサリン・マンスフィールドにも同じような内容の手紙を送ったと思われる。激怒したマンスフィールドは同九日にマリに手紙を書き、ロレンスがマリのことを「汚いちっぽけな虫けら」と言ったことに対して、決して彼を許さないようにと述べている。(「キャサリン・マンスフィールドへの書簡　六」)参照。

セシル・パーマーへの書簡

セシル・パーマー（Cecil Palmer, 生没年不詳）

イギリスの出版人。パーマー・アンド・ヘイワード社（ロンドン）を経営した。パーマーは『恋する女たち』の出版に関心を示したが、実現しなかった。アーネスト・コリングズがロレンスとP＆H社の仲介をした。（P＆H社はコリングズの『近代ヨーロッパ芸術』(*Modern European Art*, 1929) を出版した。）パーマーは『アメリカ古典文学研究』の出版にも関心を示したが、イギリスの出版社に十分な信頼を寄せられなかったロレンスは結局パーマーに原稿を渡さなかった。

▽セシル・パーマー　一　（一九二〇年六月二六日）

シチリア、タオルミーナ、フォンタナ・ヴェッキア

一二月三一日付のあなたの手紙を今朝受け取りました。すべてのものはそれを待つ者に来たる。『アメリカ古典文学研究』の改訂を一〇日前に終了しました。大体七万から八万語の本になります。セッカーはわたしがそれをアメリカに売るのを望んでいます。そのあと刷り本をイギリス用に買うつもりなのです。わたしはイギリスで最初に出してもらいたいのですが、アメリカと交渉中です。出版業者たちはこの本について些《いささ》か臆病になっていることをお知らせしておきます。でももしあなたが本当に出版したいと思われるなら、原稿をお送りします。まだ何も確定してはいませんので。［アーネスト・］コリングズは最近どうしていますか。長いこと彼に会っていません。

お元気でご活躍ください。

それではまた　D・H・ロレンス

J・B・ピンカーへの書簡

J・B・ピンカー(James Brand Pinker, 1863-1922)

一九一四年七月から一九一九年一二月まで、ロレンスの代理で出版社と交渉する、いわゆる出版代理人を務める。ほかにも、H・ジェイムズ(Henry James, 1843-1916)、コンラッド(Joseph Conrad, 1867-1924)、ベネット(Enock Arnold Bennett, 1867-1931)、クレイン(Hart Crane, 1899-1932)、ヒューファー(Ford Madox Hueffer, 1873-1939)などを担当する。

なお、ロレンスは一九一四年七月から数度にわたり、ピンカーに、生活の窮状を訴えてお金を無心する手紙を送っており、その都度ピンカーは好意的に、先貸しや、すでに出版された作品の原稿料の早期徴収を実現させるなどして尽力していたが、『恋する女たち』の出版を巡るトラブルでロレンスとの信頼関係は壊れ、一九二〇年以降ロレンスはピンカーとは手を切っている。

▽J・B・ピンカー　一（一九一九年一月九日）

ダービーシャ、ミドルトン・バイ・ワークスワス、マウンテン・コテッジ

友人［キャサリン・マンスフィールド］が「狐」と「ジョン・トマス」［「切符を拝見」］という二編のちょっとした小説の原稿をあなたに転送してくれたのですが、もう届いているかと思います。もう一編短編（一）を直接お送りするつもりです。これらの作品が出版できる代物ではないと思われたなら、タイプには回さないでください。もしタイプ打ちをしてくださったら、みすぼらしいもとの原稿はこちらに送り返していただけるでしょうか。

わたしは経済的にどうしようもなく困窮していましたので、［オースティン・］ハリスンに、アメリカの評論［『アメリカ古典文学研究』］に対する支払いをしてくれるように頼みました。それで彼は、第二章と三章に対する支払いとして一〇ポンド一〇シリングを送金してくれました。これを受け取っても問題ありませんよね。

先にお送りしたリー・ヘンリーの「囚人の詩」の原稿のことを覚えておられますか。その原稿をN・W、三、アデレード通り　六六、リー・ヘンリー方宛に返していただけるでしょうか。

こちらは何も変わったことはありません。そちらもお変わりないことを祈っています。

それでは　D・H・ロレンス

（一）もう一編短編　「艶《つや》を失った孔雀」のことであると推定される。

▽J・B・ピンカー　二

（一九一九年一月一五日）
ダービーシャ、ミドルトン・バイ・ワークスワス、マウンテン・コテッジ

もう一編短編小説「艶《つや》を失った孔雀」をお送りします。あなたがその短編をどう思われるかは皆目分かりません。もしタイプ打ちする値打ちがあると思われたなら、いつでも結構ですので原稿のほうはまた送り返していただけるでしょうか。先にお願いしていた小説の原稿は今日受け取りました。返してくださり、ありがとうございます。

それでは　D・H・ロレンス

▽J・B・ピンカー　三

（一九一九年三月一五日）
ダービーシャ、ミドルトン・バイ・ワークスワス、マウンテン・コテッジ（二）

以前お見せした戯曲『一触即発』をお送りします。いつか出番が来るかもしれませんので。

少し気分はよくなってきたのですが、何週間も病で臥《ふ》せっていました。忌《い》まわしいインフルエンザに罹《かか》り、その合併症で危うく命を落とすところでした。この冬はもう散々です。ここはまだ時々雪が降ります。旅行できるまで回復したらすぐにも、南のほうに行くつもりです。

「われわれすべて」と題した短い詩集の原稿を送っていただけるでしょうか。以前C・W・ボーモ

ントがあの詩集に目を通したいと言ったので、あなたは一度わたしに原稿を返してくださいました。その後ボーモントは、それをあなたに送り返したと言うのです。彼は本当に送ってきたのでしょうか。それともあの詩集の原稿はまだ彼の手元にあるのでしょうか。もしまだ彼が持っているようなら、わたしに送り返してくれるよう、あなたのほうから頼んでいただけますか。ボーモントはいつ『入り江』を出版してくれるのでしょうか。

あなたはお変わりないことを願っています。

それでは　D・H・ロレンス

(一) ダービーシャ、……マウンテン・コテッジ　ロレンスは三月一七日に引っ越すのだが、ここに戻って来るつもりでいたため、この住所のほうを記している。

▽J・B・ピンカー　四　(一九一九年四月三〇日)

バークシャ、ニューベリー近郊、チャペル・ファーム・コテッジ

お便りありがとうございます。当面ここで暮らしております。『コスモポリタン』からの申し出(一)は実にすばらしいので、その件に関しては、あなたがよいと思うように話を進めてくださって結構です。けれど、『コスモポリタン』の人たちがわたしの短編小説数編に目を通したら、同誌に掲載する類のも

のではないと思うでしょう。ですが、もしこれからわたしの中で湧き上がってくるのが短編小説なら、今後六週間の間は短編小説しか書かないと断言しておきます。確かなことは、今はこれぐらいしか申し上げられません。

それでは　D・H・ロレンス

（一）『コスモポリタン』からの申し出　ロレンスの作品は一度も『コスモポリタン』には掲載されておらず、同誌からどういった申し出があったのかは不詳である。

▽J・B・ピンカー　五

（一九一九年五月五日）

バークシャ、ニューベリー近郊、チャペル・ファーム・コテッジ

五五ポンドの小切手をありがとうございます。土曜日に届き、助かりました。

それでは　D・H・ロレンス

▽J・B・ピンカー　六　（一九一九年五月一四日）

バークシャ、ニューベリー近郊、チャペル・ファーム・コテッジ

「ファニーとアニー」(一)をお送りします。これが掲載してもらえる類のものだといいのですが。結末が違ったほうがいいと思われたら、原稿を送り返してくだされば、書き直します。短編小説を六編書くつもりですので、どういうことになるか、お楽しみです。

それでは　D・H・ロレンス

（一）「ファニーとアニー」　この作品は、『コスモポリタン』の件を任されていたピンカーの発案に応じてロレンスが書いたものと推定される（「J・B・ピンカーへの書簡　四」参照）。この作品は一九二一年一一月に『ハッチンスンズ・マガジン』に掲載されるまで、日の目を見なかった。

▽J・B・ピンカー　七　（一九一九年五月二〇日）

バークシャ、ニューベリー近郊、チャペル・ファーム・コテッジ

『一触即発』というわたしの戯曲の原稿を送っていただけるでしょうか。あの作品を批評したいという友人がいるので、もう一度見直したいのです。

二作目の短編小説(二)を昨日お送りしました。使いものになるといいのですが。

それでは　D・H・ロレンス

（一）二作目の短編小説「モンキー・ナッツ」を指すと考えられる。同作品は一九二二年八月二二日に『ソヴリン』に掲載された。

▽J・B・ピンカー　八　（一九一九年六月四日）
バークシャ、ニューベリー近郊、ハーミテッジ、チャペル・ファーム・コテッジ

二九ポンドの小切手を送ってくださり、ありがとうございます。今朝届きました。
それでは　D・H・ロレンス

▽J・B・ピンカー　九　（一九一九年六月一八日）
バークシャ、ニューベリー近郊、ハーミテッジ、チャペル・ファーム・コテッジ

あなたのおかげで「狐」が売れたと聞き、嬉《うれ》しく思います。しかし出版社はこの作品を出版してから、三〇ポンドを払うと思います。この点は運が悪いですね。

これからさらに多くの短編に取り組んで、仕上げていきます。「モンキー・ナッツ」の原稿が届きました。ありがとうございます。

それでは　D・H・ロレンス

▽J・B・ピンカー　一〇（一九一九年七月八日）

バークシャ、ニューベリー近郊、ハーミテッジ、チャペル・ファーム・コテッジ

七月二日付のあなたの手紙が今朝届きました。「狐」を今の長さから短くしてはどうかという提案は初耳です。とはいえ、編集者がこの作品を切り詰めたいというのであれば、原稿をわたしに送るよう担当者に伝えてください。

それでは　D・H・ロレンス

▽J・B・ピンカー　一一（一九一九年七月一〇日）

バークシャ、ニューベリー近郊、ハーミテッジ、チャペル・ファーム・コテッジ

「狐」の短縮に関する手紙が昨日届きました。ヴィヴィアン・カーターからの手紙も同封されてい

ました。わたしが「狐」の短縮に関して何も知らないまま、何日も過ぎていたのはなぜでしょうか。短縮作業はわたしが手がけたほうがよいと思われます。

ダグラス・ゴールドリングという人物がわたしの劇『一触即発』を「民衆劇場」事業の中で上演したいそうです。これが非常に重大なことに発展するとは思いませんが、このアイデアは魅力的です。また彼は『民衆劇場上演作品』シリーズに『一触即発』を収録したいと言っています。この劇の話についてはわたしが前に進めて、好きなようにさせてもらえばと思います。独力でやってみたいのです。

おそらくは数週間のうちにアメリカに渡ります。その時が来たらお知らせします。

それでは　D・H・ロレンス

▽J・B・ピンカー　一二一（一九一九年七月一〇日）

バークシャ、ニューベリー近郊、ハーミテッジ、チャペル・ファーム・コテッジ

「狐」の原稿を折り返し便でお送りします。もっと切り詰められればよかったのですが、とてもできるものではありません。どうしても話を切り刻んで台無しにしてしまいます。(二)

ダグラス・ゴールドリングにはあなたと近いうちに打ち合わせをするように言っておきます。民衆劇場を設立するという考えはおもしろいと思います。おそらく成功するのはむずかしいと思うのですが、やってみようというところが大切です。民衆劇場についてゴールドリングと話をしてみたいと思

います。彼は［ジェイムズ・B・］フェイガンに頼んで宮廷劇場を使用させてもらうつもりだと言っていました。(一) ゴールドリングもフェイガンも劇に関しては理解が乏しいかもしれません。わたしの劇に関してもあまり分かっていないかもしれません。それでもぜひとも民衆劇場で上演してほしいです。そのうちにゴールドリングがあなたのところに行くと思います。

それでは　D・H・ロレンス

(一) もっと切り詰め……してしまいます　結局ロレンスは約九千語ある原稿から、およそ六五〇語を削除しただけだった。

(二) 彼はフェイガンに……と言っていました　フェイガンは一〇月三一日のピンカー宛の手紙で「この劇はよく書けているが、個人的には残念ながらステージで成功しないと思う」と言っている。

▽J・B・ピンカー　一三　(一九一九年八月二三日)

バークシャ、パンボーン、マートル・コテッジ

［ベンジャミン・］ヒューブッシュが『新詩集』の印刷を開始してよいのかどうかと手紙で尋ねてきました。セッカーが出版した詩集です。(一) 了承しました。問題はないと思います。

『一触即発』に関しては、残念なことにダグラス・ゴールドリングとウォルター・ピーコックがわたしの知らない間に手はずを整えていました。ピーコックは［チャールズ・］ダニエル側と打ち合わ

せをして、『民衆劇場上演作品』シリーズの第一巻としてわたしの劇を出版するようです。劇に関しては現在のところ彼らと話を進めてもいいですか。

では　D・H・ロレンス

（一）ヒューブッシュが……詩集です　ヒューブッシュは一九一九年八月にセッカー社からイギリスで出版された『新詩集』のアメリカ版を出版していいかどうかを手紙でロレンスに尋ねていた。この手紙の中でヒューブッシュは詩の修正や、新たに短い序文を書き下ろすことなどを提案している。

▽J・B・ピンカー　一四（一九一九年九月一七日）

バークシャ、ニューベリー近郊、ハーミテッジ、チャペル・ファーム・コテッジ

お手紙ありがとうございました。すでにあなたには説明したと思いますが、都合により『一触即発』は民衆劇場の代理人であるウォルター・ピーコックと話をつけるほかありませんでした。この話に関しては彼にやり通してもらわなければなりません。劇の原稿を一部お持ちですよね。たしかタイプした原稿は二部作って（二）もらいましたよね。ともかく、この劇はニューヨークの出版社の人たちには受けがきっとよくないでしょう。

ではまた　D・H・ロレンス

（二）たしかタイプした……二部　実際は一部であった。

▽J・B・ピンカー　一五（一九一九年一二月二七日）

イタリア、カプリ、パラッツォ・フェラーロ

しばらくの間は当地にいます。間もなくヨーロッパを出て行きたいと思っています。わたしとあなたがお互いに離れずにいる意味はそれほどないと思います。あなたと契約を交わした時、わたしたちのどちらかが望めば契約を解消できると言いましたよね。今、契約を解消したいと思います。今後はどのような作品でもわたし自身で売り込まなければなりません。自分自身でやりたいと思います。こんな考え方はあなたにはきっと価値のないものでしょう。

ともかくご意見をお聞かせください。

D・H・ロレンス

▽J・B・ピンカー 一六（一九二〇年一月一〇日）

（ナポリ）、カプリ、パラッツオ・フェラーロ

お手紙ありがとうございました。これまでの御恩に感謝しております。しかし、わたしはなかなか満足できない人間ですので、自分の責任で行動することが一番いいと思っております。したがって、契約はこれきりにさせていただきます。

わたしに戻していただけるものをご連絡ください。ただし、原稿類はこちらには送らないでください。妹か友人にわたし宛のものを預かってくれるようにするつもりです。

ご面倒をお掛けしたことをお詫《わ》びいたします。申し訳ございません。

ではまた　D・H・ロレンス

▽J・B・ピンカー 一七（一九二〇年二月八日）

ナポリ、カプリ、パラッツオ・フェラーロ

一月二七日付の手紙と一〇五ポンドの小切手を受け取りました。これで［ベンジャミン・］ヒューブッシュとの出版の件での決算が済みます。［アーノルド・Ｅ・］ベネットに返すべき二《こ》五ポンドとはどういうものでしょうか。わたしには知らされていませんよね。そして、ベネットとはどのような方なの

でしょうか。
あなたがお持ちの原稿(もちろん『恋する女たち』のものは除いて)を、[二] 書留郵便でこちらに送っていただけないでしょうか。たいした重量にはならないと思います。郵便小包だとどういうわけか到着しないことがままありますので、契約書も一緒に入れておいていただけますか。わたしのほうで保管しておきます。

それではまた　D・H・ロレンス

(一)これで……済みます　一九一八年困窮していたロレンスに頼まれ、ピンカーはロレンスの手紙をベネットに回し二月五日にベネットにそのお金を頼んだ。ベネットは名を明かさずそのお金を出してあげた。その返金のためと推測される。

(二)あなたがお持ちの原稿　ロレンスの日記の記入によると、「煩わしき人の世」、『サムソンとデリラ』、「奇跡」、「門にて」、「指貫」、「ジョン・トマス」、「狐」『入り江』、「艶《つや》を失った孔雀」「ファニーとアニー」「モンキー・ナッツ」「貴女が僕に触った」の一二編。

▽J・B・ピンカー　一八　(一九二〇年二月一〇日)

ナポリ、カプリ、パラッツオ・フェラーロ

八ポンド一二シリング九ペンスの小切手を今朝受け取りました。ありがとうございました。[ベンジャミン・」ヒューブッシュ出版の『見よ、われわれは勝ちぬいた！』の稿料ですね。

先日の手紙でいただいた原稿リストを確認していると、いくつか短篇が行方不明になっているように思われます。「桜草の小道」、「ただ一度」、「当世風の魔女」、「乾し草小屋の恋」の所在をご存じではないでしょうか。手元の以前のリストには載っているのですが。

ではまた　D・H・ロレンス

▽J・B・ピンカー　一九　（一九二〇年三月九日）

シチリア、（メッシーナ）、タオルミーナ、フォンタナ・ヴェッキア

これまでの契約書の束と原稿二包みを送ってくださってありがとうございました。

もし必要になるようなことがございましたら、右記に書いているのがわたしの来年の住所です。

ではまた　D・H・ロレンス

▽J・B・ピンカー　二〇　［一九二〇年五月一四日］

（メッシーナ）、タオルミーナ、フォンタナ・ヴェッキア

五月三日付のお便り、ありがとうございました。ニューヨーク、ウエスト　五〇番ストリート　五のスコット・アンド・セルツァーのトマス・セルツァー社に『ホルロイド夫人寡婦《かふ》になる』の組版（一）をリトル・ブラウン・カンパニーから購入していただけるようお願いしました。リトル・ブラウンの方々がセルツァーの返事を待っていてくださいますように。

それではまた　D・H・ロレンス

（一）『ホルロイド夫人寡婦《かふ》になる』の組版　一九一四年にこの劇をアメリカで初めて出版したM・ケナリー(Mitchell Kennerley, 1878-1950)が組版を、ボストンの出版社リトル・ブラウン・カンパニーに渡していた。セルツァーは一九二一年にこの作品を再発行した。

▽J・B・ピンカー　二二一　（一九二〇年五月一七日）

タオルミーナ

手紙と同封の「迷子の狐《フォクスト》」（一）をありがとうございました。昨日受け取りました。

（一）「迷子の狐《フォクスト》」　一九二〇年二月八日付の手紙で、ロレンスはピンカーに手持ちの原稿を返却してほしいと頼み、ピンカーは三月九日に一定の原稿を返しているが、「狐」は入っていなかったので、ロレンスがこのようにもじったのだと考えられる。

マーク（マックス）・プラウマンへの書簡

マーク（マックス）・プラウマン（Mark (Max) Plowman, 1883-1941）

ジャーナリストで詩人。一九一四年から陸軍士官を務めたが、一八年、良心的反戦論者となり、職を辞した。一九一九年六月に、『戦争と創造の欲求』（*War and the Creative Impulses*）を出版、一九三八年には『アデルフィ』（*Adelphi*）の編集長になる。

▽マーク・プラウマン　一　（一九一九年九月一一日）

バークシャ、ニューベリー近郊、ハーミテッジ、チャペル・ファーム・コテッジ

ご著書［『戦争と創造の欲求』？］をお送りいただき、非常に嬉《うれ》しく思っています。それに『虹』に関してでも一言お書きくださって、ありがとうございます。(一) 労《ねぎ》らいの言葉など期待すべきではありませんが、実際にその言葉が書かれていると思いやりを感じて、ありがたいですね。

いつかお会いしませんか。

心より　D・H・ロレンス

(一) それに……ございます　この書簡の内容から、この時期にマックス・プラウマンが出版した『戦争と創造の欲求』をロレンスに献呈したのではないかと推定される。しかし、この著書には『虹』への言及はないので、この書簡でなぜロレンスが礼を述べているかは不明。

▽マーク・プラウマン　二　［一九一九年一一月五日］

N・W、八、セント・ジョンズ・ウッド、アカシア通り　五

イタリアに出かける途中なのですが、数日間、当地に滞在しています。明日、お茶でも飲みませんか。電話を引いておられますか。ブアース・ガゼット［新聞社］所有のアパートにお世話になってい

ます。電話番号はハムステッド、六五三四です。午前中は在宅しています。でも、留守の時でも伝言を残しておけます。

それでは　D・H・ロレンス

▽マーク・プラウマン　三　［一九一九年一一月六日］

N・W、八、アカシア通り　五

ずっと考えてきたのですが、すぐにでも、あなたの劇(一)の原稿をわたしに見せてくださるのであれば、その原稿を読みたいものです。そして、それがダニエル叢書《そう》にぴったり入る作品だと思えば、［C・W・］ダニエルに紹介したいと思っています。今ならまだ間に合いますので。

それでは　D・H・ロレンス

(一)あなたの劇　「アンディの青春」('Andy's Adolescence' のことで、のちに改題、「狂気の青春時代」'The Tyranny of Years')と「愛の殉職」('Love's Martyr')。しかし、どちらも出版はされなかった。

▽マーク・プラウマン　四

［一九一九年一一月二六日］

フィレンツェ、ピアッツア・メンターナ　五

アルノ川を見渡せるすばらしい部屋にいます。大量に雨が降ったので、アルノ川は激しく流れています。でもここしばらく、イタリアはすばらしく晴れ上がった日々が続いています。そしてイタリア特有の長閑《のどか》なところがあります。でも戦争のせいで、かなりのものが損なわれてしまいました。――妻は一二月二日にこちらに到着します。――八日に、二人でローマに向かいます。［C・W・］ダニエルの件はどうしますか。もし必要であれば、あなたの芝居に関して、わたしのほうから彼に手紙を書いてもいいと思っています。本当は原稿を読めていたらよかったのですが。もしお望みなら、原稿を見せてもらってから、ノーマン・マクダーモットにも紹介しましょう。ご家族の皆様［妻、ドロシーと長男］がお元気でいらっしゃいますように。

D・H・ロレンス

▽マーク・プラウマン　五

（一九一九年一二月六日）

イタリア、カゼルタ地方、ピチニスコ、オラッツィオ・チェルヴィ様方

一七日に右記の住所に移ります。――一〇日にフィレンツェを出てローマに向かいます。お便りは

ピチニスコの住所にしてください。オールトリンガム演劇協会（一）から、『ホルロイド夫人寡婦《かふ》になる』を来春、三月一〇日から一三日まで、上演するという話を聞いています。どなたかにその劇の上演を見ていただけないかと願っております。――その連絡先は、

チェシャ、オールトリンガム、ポスト・オフィス・ストリート　八、ギャリック・ルームズ御中

あなたなら、もしかしたら出かけてくださるかも――

妻はドイツ経由でやって来て、ここで合流しました。イタリアは美しいところです。一筆ください。

D・H・ロレンス

（一）オールトリンガム演劇協会　正しくは「オールトリンガム・ギャリック協会」で、当時の代表は、ジャック・バイロン・ジュニアであった。この情報は現在会社組織として活動を続けている当協会の支配人との通信で判明した。

▽マーク・プラウマン　六　（一九二〇年一月一二日）

（ナポリ）、カプリ、パラッツォ・フェラーロ

フィレンツェからあなたに手紙を送りましたが、まだ返事をいただいておりません。（二）もしかしたら、あなたはハムステッドに戻られているのではないかと、思ったりもしています。一筆お書きください。

そして、わたしにあなたの近況を、今何が起こっているのかもお知らせください。それに、イタリアにすぐにでも出かけたい気になっておられるのかどうかも知らせてください。当地は、またもや大荒れです。でも、ありがたいことに、寒くはありません。古い宮殿の階上にあるアパートを借りています。風通しがよく、明るくて、さらにいいのは、両側の窓から遠くに海が見えることです。妻はたちまちここが気に入ってしまいました。

それではお元気で　　D・H・ロレンス

（一）フィレンツェから……おりません　「マックス・プラウマンへの書簡　五」に連絡先が書かれていて、ロレンスは手紙の最後に「一筆ください」と書いていた。

アナ・フォン・リヒトホーフェンへの書簡

アナ・フォン・リヒトホーフェン(Anna von Richtofen, 1851-1930)

フリーダの母親で旧姓はアナ・エリーゼ・リディア・マークィヤー(Anna Elise Lydia Marquier)。彼女は、一度は除隊経験のあるドイツ空軍の優秀飛行士で、マンフレート・フォン・リヒトホーフェン(Manfred von Richthofen, 1892-1918)と従姉妹《いとこ》関係にあった。またマンフレートは「赤い男爵」と呼ばれ、第一次世界大戦中、ドイツの「撃墜王リヒトホーフェン男爵」という異称を持ち、その名声は、戦時中のイギリスにいたフリーダ像と分かちがたく結びついていた。アナの夫(フリーダの父親)は、フリードリヒ・アーネスト・エミール・ルドウィッグ・フォン・リヒトホーフェン(Baron Friedrich Ernst Emil Ludwig von Richthofen, 1844-1916)と言い、メッツにあるプロシア占領軍(Prussian army of occupation)で事務的な仕事に従事していた。アナとアーネストの二人に共通の一番近い先祖は一六六一年まで遡《さかのぼ》ることができる。

▽アナ・フォン・リヒトホーフェン　一　（一九二〇年一月七日）

（ナポリ）、カプリ、パラッツォ・フェラーロ

［親愛なるお母様へ、

昨日、［一九一九年］一二月二三日付のあなたの手紙が届きました。そちらのクリスマスのお祝いはきっと楽しかったでしょうね。ここイタリアではクリスマスのお祝いなどめったにしませんし、贈り物すらありません。（一）とは言え、当地でも少しは飲み食いをして、陽気に過ごしました。例の原稿（二）がすぐに届くことを期待しています。またもや、雨嵐に見舞われました。昨夜までの三日間というもの、船の姿は見えません。絵葉書の塔が見えますか。わたしたちはこの塔の近くに住んでいます。バルコニーから手を伸ばせば塔の大きな時計に届きそうです。ここはカプリ島の中心地なのです。眼下に海が横たわっています。イギリスから何か必要なものがあれば送るよう手配しましょうか。

愛を込めて

ＤＨＬ］

（原文ドイツ語）

（一）ここイタリアでは……ありません　この辺りのロレンスのドイツ語はやや意味不明である。おそらくロレンスはクリスマスの雰囲気やクリスマスのお祝いのことを書いていると思われる、という解釈でケンブリッジ版はロレンスのドイツ語を英訳している。

（二）例の原稿　ここで言及されている「原稿」とは、「ミス・ハフトンの反逆」の原稿を指している。この原稿は

ロレンスとフリーダが一九一三年の五月から六月に滞在していたバヴァリアに残してきたものである。原稿は一九二〇年二月にロレンスの元に届くが、最終的には『堕ちた女』として書き直される。

▽アナ・フォン・リヒトホーフェン　二　［一九二〇年三月三日］

シチリア、タオルミーナ、フォンタナ・ヴェッキア

わたしは当地で、丘の中腹に大きな庭のあるこのような美しい家を見つけました。フリーダはまだカプリにいます。土曜にはメッシーナに蒸気船でやって来ると期待しています。この地がきっと気に入ることでしょう。シチリアに来たいと言っていたからです。すぐにまた手紙をします。

愛を込めて　　DHL

▽アナ・フォン・リヒトホーフェン　三　［一九二〇年四月九日］

カターニア

F［フリーダ］が頼んでいた例の入れ歯のねじの締め直しが終わったので、カターニアに急がねばなりませんでした。何と騒々しい町でしょう。急行で行けば、タオルミーナからたった一時間ばかりなのですが。でも海岸はきれいです。わたしたちは二人とも太陽の熱ですっかり日焼けをしました。

わたしの妹から聞いたところでは、あなたとエルゼに小包を送ったとのことです。よろしかったらわたしからはあなたに靴を一足お送りします。フリーダと同じサイズでよろしいでしょうか。マリアンヌによろしく。彼女は今や若いお嬢さんに成長された、と聞いています。

二人から愛を込めて　　ＤＨＬ

マイケル・サドラーへの書簡

マイケル・サドラー（Michael Sadleir, 1888-1957）

イギリスの書誌学者、小説家。父［Michael Sadler］と共に、若いイギリスの芸術家の作品を収集し、その中にはマーク・ガートラーのものも含まれていた。一九一三年、父と共にドイツで、抽象絵画の創始者とされるワシリー・カンディンスキー（Wassily Kandinsky, 1866-1944）に会い、その後カンディンスキーの抽象画についての論考を英訳した。英語による抽象画論の初期のもので影響は大きかった。一九一二年に出版業者コンスタブル社（Constable & Co.）に入り、一九二〇年には主要な編集者となった。小説では、ヴィクトリア朝時代の売春を扱った『ガス灯下のファニー』（*Fanny by Gaslight*, 1940）が有名（一九四〇年映画化）。

▽マイケル・サドラー　一　（一九二〇年二月一〇日）

ナポリ、カプリ、パラッツォ・フェラーロ

三日付のあなたからのお手紙受け取りました。新しい文芸誌のようですが、内容もよさそうですね。[J・B・]ピンカーから原稿を返してもらったらすぐ、何か短編を一つあなたに送ります。彼に預けておいた原稿はすべて返してもらうことになっています。これから先、代理人を介さず、わたしが自分で出版の話をつけていこうと思っているからです。ですから、一か月以内に、あなたに短編を送ることができると考えています。(二) あなたの原稿料は高いとは言えませんが、資金をあまり有しておられないのだと思っています。

ただ、あなたが計画中の文芸誌についてもう少し説明してください。あいまいでよく分からない状態に置かれるのは好きではありませんから。あなたの最初の文芸誌にどの作家を入れるのかを知りたいと思いますし、実際誰が編集を行なうのかも知りたいと思います。新しい文芸誌が同人誌に見えることは絶対に避けたいと思います。見た目も、中身においても、同人雑誌にならないようにしましょう。ただどのような人と一緒に掲載されるのかは知りたいと思うのです。オックスフォード出版局と少しコネがあります。短編のことであなたを訴訟に巻き込みたくはありません。

あなたのお手紙について他言することは決してありませんし、あなたのお名前もわたしの口から出ることはありません。

D・H・ロレンス

あなたのご住所を間違って書いていないことを祈っております。

(一) ですから、一か月以内に……考えています　ロレンスは約束通り、「伍長が戦地から帰還する」(一九一九年一月〜二月執筆)という題名となっていた短編に手を加え、「艶《つや》を失った孔雀」として、三月一〇日にサドラーに送った。しかし、この書簡で述べられている(オックスフォード出版局からの予定だった)雑誌は創刊されず、一九二二年六月に、サドラーは編集を担当していた『ニューデカメロン』(ブラックウェル社)に掲載した。

▽マイケル・サドラー　二一　[一九二〇年三月二四日]

シチリア、タオルミーナ、フォンタナ・ヴェッキア

送った短編「艶《つや》を失った孔雀」を気に入っていただけて嬉《うれ》しく思います。厄介なことをお願いできないかと考えています。ニューヨーク、『メトロポリタン・マガジン』のハフィ[正しくはカール・ハヴィー]という編集者から、わたしの短編を掲載したいという話がありました。(ギルバート・カナンが、少なくともそのような意向の伝言をハフィからもらっていると知らせてくれました。)手元に「艶《つや》を失った孔雀」の原稿の写しを見つけることができません。あなたがハフィにもタイプ原稿が手に入るように手配していただき、この短編をあなたの掲載と同時に彼の文芸誌に載せることはできないかどうか尋ねていただけるとありがたく思います。(二) そのためにかかる費用はわたしの稿料から差し引いてください。しかし時期としてはもう遅すぎるかもしれません。一番いいと考える方法をとって

ください。

あなたの雑誌の名前は何でしたか。五月一日の発行でしょうか。

思い出したのですが、お伝えすることがあります。コンプトン・マッケンジーから、ふさわしい作品かどうかは分からないけれど、彼のソネットをあなたが掲載できないかどうかを尋ねてほしいと頼まれていました。それらの詩はギリシアでの彼の部下について書かれたものだそうです。(二) 彼に手紙を書いて、詩を何とかしてあなたに送るように伝えることもできます。もしくは、あなたが彼に(ナポリ)、カプリ、カーサ・ソリタリア宛に手紙を書いてください。

D・H・ロレンス

(一) あなたがハフィにも……ありがたく思います　サドラーはロレンスの希望する通り手配をして、一九二一年八月に、カール・ハヴィーが編集を務める、『メトロポリタン・マガジン』に掲載された。

(二) それらの詩は……だそうです　ケンブリッジ版はこの詩の特定ができないとしている。伝記的な資料によると、この時期マッケンジーは妻とカプリに滞在し、イギリスの情報局の仕事に携わっていたということである。

▽マイケル・サドラー　三　［一九二〇年六月七日］

タオルミーナ、フォンタナ・ヴェッキア

短編「艶《つや》を失った孔雀」がどうなったか知らせてください。約束通り、原稿の写しをアメリカに送ってくださったかについてもお知らせください。(一) それから、新しい雑誌「『ニューデカメロン』」のほうはどうなっていますか。(二)

よろしくお願いします。

D・H・ロレンス

(一) 約束通り……お知らせください　「マイケル・サドラーへの書簡　二」参照。
(二) それから……どうなっていますか　「マイケル・サドラーへの書簡　一」注(一)参照。

▽マイケル・サドラー　四　[一九二〇年六月二七日]

タオルミーナ

あなたからの葉書と[カール・]ハヴィーからの手紙の両方を今朝受け取りました。(一) わたしの手紙も六月一〇日に出しているので、今回は早く着きましたね。わたしは彼に、もしニューヨークの交換レートがよければ向こうで交換して、お金をここに送ってくださいとお願いしました。イタリアリラで受け取るほうがいいだろうと思いました。ストランド　二六三にある、ロンドン・カウンティー・ウエストミンスター銀行、ロー・コート支店に口座を持っています。短編の稿料をあなたが支払ってくださる時には、タイプ手数料と送料を差し引いて、この口座に振り込んでください。早くて安全です。今回のことでは大変お世話になりありがとうございました。二五〇ドルは今日のレートならば四、〇〇〇リラになります。まさに思いがけない贈り物でした。

あなたの新しい文芸雑誌をぜひ見てみたいと思っています。

お礼まで　D・H・ロレンス

（一）あなたからの葉書と……取りました　カール・ハヴィーは『メトロポリタン・マガジン』のために、原稿料二五〇ドルを払った。

ジークフリート・サスーンへの書簡

ジークフリート・サスーン（Siefried Sassoon, 1886-1967）

英国の詩人、作家。父の生家は裕福な商家、母はアングロ・カトリックの有名な彫刻家族のソーニクロフトの出である。ケンブリッジ大学で歴史を専攻した後、一九一四年四月、ドイツに対して英国が宣戦布告した日に入隊し、のちにフランスに駐屯していた歩兵師団で参戦。彼の戦争詩はロマンティックで愛国的なものから、国を守るためというプロパガンダに惑わされた国民に戦争の厳しい現実を伝えるものに変わったとされている。代表作は、『逆襲、その他の詩』（*Counter-Attack and Other Poems,* 1918）、『風刺詩』（*Satirical Poems,* 1926）。

▽ジークフリート・サスーン　一（一九一九年六月四日）

バークシャ、ニューベリー近郊、ハーミテッジ、チャペル・ファーム・コテッジ

所定の用紙を一枚送ってくださったら、あなたに提案されたように、詩を清書しましょう。(一) 今日になってやっとお手紙を受け取ったばかりなのです。

D・H・ロレンス

（一）あなたに……清書しましょう　一九二〇年九月出版の『ヴァニティ・フェア』第一五号に掲載されたサスーンの詩選集「ホタル――現代英国詩人のパロディ選」に収録する詩を、サスーンがロレンスに要請したと思われる。ロレンスが書き送った詩の冒頭部分は、「ホタルよホタル、光を放って飛び回り　芯まで力でみなぎらせてくれ」となっている。ほかにはW・H・デーヴィス (W. H. Davis, 1871-1940)、ジョン・ドリンクウォーター (John Drinkwater, 1882-1937)、ウォルター・デ・ラ・メア (Walter de la Mare, 1873-1962)、W・W・ギブスン (W. W. Gibson, 1878-1962)、ロバート・グレーヴス (Robert von Graves, 1895-1985) そしてジョン・メイスフィールド (John Edward Mayfield, 1878-1967) らのパロディーの詩が寄稿された。

マーティン・セッカーへの書簡

マーティン・セッカー（Martin Secker, 1882-1978）

ロンドンの出版業者。一九〇八年に原稿閲読者《リーダー》として出版業界に入り、一七年にセッカー社を設立した。ノーマン・ダグラス（Norman Douglas, 1868-1952）、ヘンリー・ジェームズ（Henry James, 1843-1916）、エミリー・ディキンスン（Emily Dickinson, 1830-1886）などの作品を出版し、一九二〇年代にはトマス・マン（Thomas Mann, 1875-1955）、ヘルマン・ヘッセ（Herman Hesse,1887-1962）、フランツ・カフカ（Franz Kafka,1883-1924）など、ヨーロッパの作家たちの翻訳を手がけた。

ロレンスとセッカーの出会いは、一九一一年にセッカーがロレンスの最初の小説『白孔雀』を読んで感銘を受け、ロレンスの短編集を出版したいと申し出た時に始まる。それは実現しなかった。（『D・H・ロレンス書簡集II 1910/7〜1911』「マーティン・セッカーへの書簡　一」参照）。

一九一四年八月にセッカーは共通の友人であるギルバート・カナン（Gilbert Cannan,1884-1955）を介してロレンスに会い、一九一八年に『新詩集』（*New Poems*）を初めて出版し、その後出版作品が増えていった。

▽マーティン・セッカー　一　（一九一九年八月六日）

バークシャ、パンボーン、マートル・コテッジ

『新詩集』が改訂版で出版していただけるとのことで喜んでいます。どんなものになるのか、一刻も早く見たいものです。

わたしは、これまで書いた詩をまとめた形で出したいと思っています。(一) もしそちらでチャトー社とダックワース社の了解を得てくださるのなら、(二) その旨知らせていただけないでしょうか。その上であなたといろいろ編纂《さん》の話をしたいと思います。これらにあといくつかの詩を付け加えたいとも考えています。

D・H・ロレンス

あと二週間は右記の住所に滞在しています。

(一) わたしは、……出したいと思っています　ロレンスのこの願望は、九年後の一九二八年に、セッカー社による『D・H・ロレンス詩選集』として出版された。

(二) もしそちらで……了解を得てくださるのなら　ロレンスはこの時までに、ダックワース社から『愛の詩・その他』(*Love Poems and Others*. 1913) と『恋愛詩集』(*Amores*, 1916) を、チャトー・アンド・ウィンダス社からは『見よ、われわれは勝ちぬいた!』(*Look! We Have Come Through!*, 1917) を出版していた。

▽マーティン・セッカー　二（一九一九年八月二三日）

バークシャ、パンボーン、マートル・コテッジ

ニューヨークの［ベンジャミン・］ヒューブッシュから便りがありました。彼は『新詩集』の出版に取りかかりたいと考えているそうです。アメリカでは誰も版権を取っていないと彼は言っています。本当でしょうか。

改訂版の進み具合はどうですか。それと、例の『詩選集』はどうなるのでしょうか。わたしは自分の顔写真を持っていません。もし必要ならあなたが指示するところまで出かけて行きます。

D・H・ロレンス

▽マーティン・セッカー　三（一九一九年九月二日）

バークシャ、ニューベリ近郊、ロング・レーン、グリムズベリ・ファーム

ここしばらくは、ロシア人の、知性ある友人［コテリアンスキー］の原稿に手を入れています。(一)全然ロシア人らしくない［レオ・］シェストフという人物がなかなか興味深い哲学の本を書いていて、それを［コテリアンスキーが］英語に翻訳した原稿なのですが、そう長いものではなくて、手のかかる仕事ではありません。内容が深くて、アイロニーが効いていて、しゃれています。あなたのところ

で出版してもらえるでしょうか。(二)

D・H・ロレンス

(一)ロシア人の、知性ある友人[コテリアンスキー]の原稿に手を入れています　詳しくは「S・S・コテリアンスキーへの書簡　二三」参照。

(二)あなたのところで出版してもらえるでしょうか　ロレンスの依頼によりセッカー社はこの本を一九二〇年に出版した。翻訳者はコテリアンスキーとなっているが、ロレンスの書簡内容から、実際はコテリアンスキーとロレンスの共訳に等しかったと推測される。コテリアンスキーは、シェストフが書いた「序文」を掲載することを主張したが、ロレンスはそれに異議を唱えて(「マーティン・セッカーへの書簡　五」参照)、代わりに自分が書いた「序文」を載せてほしいと希望した。最終的にセッカーの判断によってロレンスの「序文」が採用された。なおロレンスの「序文」は、『すべてが可能だ』(*All Things Are Possible*)というタイトルで『不死鳥』上、二九七―二九九頁に所収されている。

▽マーティン・セッカー　四　(一九一九年九月八日)

バークシャ、ニューベリ近郊、ロング・レーン、グリムズベリ・ファーム

お手紙をありがとうございます。今週中にシェストフの翻訳原稿を送ります。『恋する女たち』のことで現在アメリカと連絡を取っているところです。もし本当にこの計画が実現して、晩秋あたりにアメリカで出版されたら、あなたはこの刷り本をご希望になりますか。(一)三週間ほどでこれらの事情につ

いてお知らせできます。最初は『姉妹』という題だったのですが、誰か、どこかの女性作家がすでにそれを使っていました。(二) わたしはこの題にこだわってはいません。あなたにこの本を出版してもらいたいと思っています。わたしの最高傑作ですから。でもまだ[J・B・]ピンカーには言わないでください。アメリカのことについて何かお知らせできるまで今しばらくお待ちください。

D・H・ロレンス

(一) あなたはこの刷り本をご希望になりますか　『恋する女たち』の初版は、一九二〇年ニューヨークのセルツァー社によって私家版で出版された。セッカー社はセルツァー社からこの刷り本を買取り、一九二一年に英国で『恋する女たち』の初版出版、さらに五〇部限定の自筆サイン入りの本を一九二二年に出版した。「トマス・セルツァーへの書簡　一」参照。

(二) どこかの女性作家がすでにそれを使っていました。　一九〇四年にエイダ・ケンブリッジ(Ada Cambridge, 1884-1926)が『姉妹』(*Sisters*, 1904)という本を出版していた。またロレンスは、メイ・シンクレア(May Sinclair, 1863-1946)の小説『三姉妹』(*The Three Sisters*, 1914)のタイトルを意識していることを明らかにしている。『D・H・ロレンス書簡集Ⅶ 1916』、「キャサリン・カーズウェルへの書簡　一一」参照。

▽マーティン・セッカー　五　(一九一九年九月一五日)

バークシャ、ニューベリ近郊、ハーミテッジ・チャペル・ファーム・コテッジ

［レオ・］シェストフの原稿を送りました。出版するだけの価値はあります。たぶん若い人たちに受けるでしょう。「D・H・ロレンス編」と入れてもいいし、あるいはそう書かなくても結構です。お任せします。シェストフの「序文」は、長ったらしくて退屈だし、載せないほうがいいと思います。もしあなたもそう思われるなら、それを省いて、わたしが書いた四頁ばかりの「序文」を同封したので、それを載せたらいかがでしょう。シェストフの「序文」は重過ぎるという感じがするのです。

できるだけ早くお返事をいただけませんか。この原稿をアメリカへ送りたいのです。

例の小説［『恋する女たち』］についてニューヨークから何か知らせてきたらお知らせします。わたしは、現在ニューヨークにある原稿をもとにあなたに出版してほしいと思っています。あの原稿が返送されてくれば、それをわたしからあなたに送るか、あるいは、ニューヨークの出版社が、わたしからあなたに送ることになる校正刷りを、あちらに送ることになるでしょう。

『新詩集』の改訂版はどうなっているでしょうか。また『詩選集』のほうはどうなっているのでしょうか。

D・H・ロレンズ

シェストフの原稿をタイプしてもらうと、高くかかりますか。

▽マーティン・セッカー　六　（一九一九年九月二三日）

ニューベリ近郊、ハーミテッジ、チャペル・ファーム・コテッジ

一週間前にシェストフの「無根拠性の神格化《アパシーオシス》」の翻訳原稿をアイヴァー［・バックス］の住所に送りましたが、あなたからそれを受け取ったという返事をもらっていません。もしまだなら、早急に問い合わせをしないといけません。
その件についてできるだけ早くお知らせいただけませんか。

D・H・ロレンス

▽マーティン・セッカー　七　（一九一九年九月二六日）

ニューベリ近郊、ハーミテッジ、チャペル・ファーム・コテッジ

あなたの手紙を［S・S・］コテリアンスキーに送りました。あの翻訳をしたのはもちろんコテリアンスキーです。彼は今とても懐具合が悪くて、すぐにでも一定の金額で版権をあなたに売りたいみたいです。もしお望みなら、あなたにアメリカとイギリスの両方の版権を売るでしょう。直接彼と契約してくださってもいいし、わたしとでも構いません。結局は同じですから。ピンカーは駄目です。アメリカに、この本についてうまく取り計らってくれそうな人物を知っています。もしあなたがイギ

リスの版権だけを買いたいのなら、刷り本のほうを、あなたがおっしゃっていたように、一か月ほどのうちにわたしに渡してくださるとありがたいのですが。コテリアンスキーはシェストフ自身が書いた「序文」を掲載したいと考えていますが、正直なところ、あれが重要なものだと思われますか。

いまダックワースにわたしの詩集について手紙を書いています。彼は粘り強いですね。わたしがいつかはもっと売れるようになると踏んでいるようです。今手堅く売れているからそれでいいのだと考えているのです。確か昨年は『愛の詩、その他』は一五〇部売れたと思うけれど、(二)正確な数は覚えていません。

一刻も早くシェストフを片づけてしまいましょう。「事実無根」なんてタイトルはいただけない。だけどほかにやりようなし、です。

「神格化《アパシーオシス》」[『無根拠性の神格化』]の中から適当なところを選んで、それを『イングリッシュ・レビュー』に載せるように、[「オースティン・」]ハリソンに提案しようと考えたのですが、賛成されますか。それとも、反対ですか。

もしコテリアンスキーに会いたいとか、手紙を出したいと思われる場合、S・[S・]コテリアンスキーの住所は、N・W、八　ジョンズ・ウッド、アカシア通り　五で、電話番号は、確か「ハムステッド六五三四、ブアース・ガゼット新聞社の取り次ぎ」で分かるでしょう。でももしわたしとすべてのことを取り決めたいと望まれるのなら、そうしてください。

D・H・ロレンス

コンプトン・マッケンジーの住所を教えていただけますか。彼は今イタリアにいるのですか。イタリアに行こうと思っているので、そのことを手紙で知らせたいのです。

（一）『愛の詩・その他』　「マーティン・セッカーへの書簡　一」の注（二）参照。

▽マーティン・セッカー　八〔一九一九年一〇月一日〕

ハーミテッジ

マッケンジーの住所を知らせていただいてありがとうございました。彼に手紙を書いたところです。何もかもが早く片付いたらいいのにと思っています。みんながカプリに集うことができたらどんなにすばらしいでしょう。パスポートのことで何か問題があるのでしょうか（一）。どう思われますか。

「神格化《アパシーオシス》」について賛同できます。いい英語のタイトルを付けましょう。例えば「信頼できる理由は？」、「ドグマから離れて」、「可能性の境界線」、「無限の可能性」とかはどうでしょう。最後のものが、「無根拠性の神格化《アパシーオシス》」の意味を一番表わしていると思います。それとも、「限界のない可能性」、すなわち「すべてが可能だ」がいいでしょうか。わたしとしては最後のものが一番いいと思います。だけどあなたはもう心当たりがあるかもしれませんね。

D・H・ロレンス

（一）パスポートのことで何か問題があるのでしょうか　フリーダのパスポート発行が何かの理由で遅れていた。

▽マーティン・セッカー　九（一九一九年一〇月二日）

ニューベリ近郊・ハーミテッジ・チャペル・ファームコテッジ

版権料は全部で二〇ポンドだというあなたの提案に、コテリアンスキーは腹を立てて、わたしから手紙を書いてほしいと言われました。実のところを言えば、もしも、わたしたち二人がやった仕事に対して二〇ポンドぽっきりというのなら、座して何もしないでいたほうがよかったのです。

あなたは本気であの本を出す気はあるのですか。もしそうでなければ、直ちにあの原稿をわたしのところへ送り返してください。そうなればどこか他のところを探して何とかします。

仮にもこの出版を実行する気があるのなら、あなたが最初に申し出た条件に戻してほしいと、コテリアンスキーは言っています。以下の通りです。

一、この本の出版期日は、一九二〇年四月一日までとする。貴社は、出版日をもって契約された書類決定に従って、当方に一〇％の印税を支払う。

二、契約成立日より、一か月以内に貴社は校正刷りを当方に供給する。

三、貴社が出版作業中に、当方は、この書物の中にある適当な箇所を他の定期刊行物に掲載する権利を有する。

コテリアンスキーは、シェストフの「序文」を掲載すべきだと、それにまだこだわっています。あれがそれほど重要なのか、わたしには分かりかねますから、あなたにお任せします。

以上のことを承諾くださるのなら、すべての契約をわたしと結んでくださるか、あるいは、コテリアンスキーとでも結構です。さもなければ、原稿を返却してもらうことにして、それで終わりとしましょう。

うまく片が付けばいいのですが。

D・H・ロレンス

▽マーティン・セッカー 一〇 (一九一九年一〇月八日)

ニューベリ近郊、ハーミテッジ、チャペル・ファーム・コテッジ

署名済の契約書を同封します。これをコテリアンスキーに送ったところ、彼は同意しました。できれば、一か月のうちにこちらに校正刷が届いているように手配してください。

郵便がイタリアに届くまでどれぐらいかかりますか。[コンプトン・]マッケンジーに手紙を送ったのですが、間に合うかやきもきしています。妻にドイツへ行けるパスポートが発行されました。これですぐにでも出かけられます。

D・H・ロレンス

▽マーティン・セッカー　一一　[一九一九年一〇月一六日]

ニューベリー近郊、ハーミテッジ、チャペル・ファーム・コテッジ

『アメリカ古典文学研究』の完成原稿をアメリカに送ったところです。八万語くらいの本になるはずです。[J・B・]ピンカーには原稿を送りたくありません。乱雑に扱う出版人たちにそれを見られるのはいやなのです。あなただったら彼に送りますか。

カプリから便りはありません。

D・H・ロレンス

コテリアンスキーは『アシニーアム』にシェストフの一部を載せたいと思っています。大丈夫ですよね。(一)

『イングリッシュ・レヴュー』は『アメリカ古典文学研究』の三分の二くらいを載せてくれました。まだすべてではありません。

(一) 大丈夫ですよね　実際、『アシニーアム』には掲載されなかった。

▽マーティン・セッカー　一二一［一九一九年一〇月三一日］

スコット・アンド・セルツァー社からの連絡はありません。彼らが持っている原稿［『恋する女たち』］を使って印刷をしていただけたらと思います。（一）実際、セルツァー社のほうでは時間の余裕がなくなってしまったのです。そこで、あなたから彼らに手紙を出していただくか、電報を送っていただけないでしょうか。それともわたしがやりましょうか。宛名はスコット・アンド・セルツァー社のトマス・セルツァーです。住所はニューヨーク、ウエスト　五〇番ストリート　五です。あなたかわたしかどちらが連絡するか知らせてください。郵便の都合で、こちらからの原稿が向こうに届くのに時間がかかり、セルツァーでは余裕がなくなってしまったのです。来週には連絡がくると思います。［J・B・］ピンカーに彼らのことは言わないでください。

イタリア行きの準備のために、月曜にはロンドンへ出ます。すべて片づけてしまうつもりです。住所はN・W、八、セント・ジョンズ・ウッド、アカシア通り　五です。電話をくださる場合は、ブアース・ガゼットにかけてください。

（一）彼らが持っている……思います　「トマス・セルツァーへの書簡　一」参照。

▽マーティン・セッカー　一三　〔一九一九年一一月六日〕

N・W、八、セント・ジョンズ・ウッド、アカシア通り　五

『恋する女たち』の原稿がまだ印刷業者の手元に渡っていないならば、バッキンガムストリート一七　のあなたのところへ至急送ってくれるように、アメリカ〔スコット・アンド・セルツァー社のこと〕へ手紙を書いて頼みました。しかしもし印刷が始まっていれば、校正刷りを送ってほしいと伝えてあります。思うようにことが進むことを期待しています。

あなたはいつイタリアへ行かれるのですか。わたしは船で行くつもりです。うまくいきますように。

ではまた　D・H・ロレンス

▽マーティン・セッカー　一四　〔一九一九年一一月八日〕

N・W、八、セント・ジョンズ・ウッド、アカシア通り　五

シェストフの校正原稿を、ここに住むコテリアンスキー宅に送っていただけたら嬉《うれ》しく存じます。イタリアの住所が決まればお知らせしますので、わたしにはそちらまで送ってください。それから本腰を入れて校正に取りかかるつもりです。

ナポリ行き貨物船の座席が取れるか、月曜日まで待ってみます。乗船の手配が整えば、一六日ごろに出発します。もし取れない場合は陸路で行きます。その時は金曜日に一緒に行きませんか。二等席を取り、パリ、トリノを経てローマへ直行するつもりです。

ではまた　D・H・ロレンス

▽マーティン・セッカー　一五（一九一九年一一月二四日）

フィレンツェ、ピアッツア・メンターナ　五、ペンション・バレストラ

ここではノーマン・ダグラスと同じペンションにいて、妻がバーデン－バーデンから戻って来るのを待っています。早くここへ来てほしいと思っています。そうすれば週末までにはローマへ向かい、一日か二日そこに滞在するつもりです。そのあとは家かフラットを探しにさらにナポリへ行くことになるでしょう。あなたがイギリスへ戻られる前に、どこかでお会いできるのではないかと考えています。

［コンプトン・］マッケンジーに会いにいつかカプリ島まで行くと彼にお伝えください。

では　DHL

▽マーティン・セッカー　一六　［一九一九年一二月一七日］

イタリア、カゼルタ地方、ピチニスコ、オラッツィオ・チェルヴィ様方

当地では、郵便配達がめったにありません。［S・S・］コテリアンスキーから届いた手紙を同封します。例のわたしが書いた序文ですが、削除いただいても全く構いません。ただコテリアンスキーにはその旨を知らせてくださるようお願いします。タイトル頁は彼の気にいるように考えてやってください。本当にこうした細かいことは煩《わずら》わしいですね。自分の尾っぽの色を気にしているメンドリと同じです。

シェストフの校正を済ませた原稿をお返ししますが、アメリカ用として一部わたしに送ってください。

タイトルは『恋する女たち』でも『姉妹』でも構いませんが、原稿が届いたら必ず教えてください。それからどうなさるつもりかも教えてください。

ここは全く地図にも載っていないようなところです。農夫がたまに川まで降りてくる時に郵便物が届くのです。そうでなければ、呪われたヤギが登るように、ピチニスコという神に見捨てられたような村まで八〇分ほどかけて山をよじ登るしかありません。しかし待つしかありません。

諸状況を知らせてください。もし今おもしろい本が出ていれば、送っていただけますか。

ではまた　　D・H・ロレンス

おそらくコテリアンスキーがあなたに校正済み原稿を送るでしょう。そうなればわたしにとって万事よし《タンミュー》です。「序文」はみずからの考えを述べたものです。ですから載っても載らなくても大したことではありません。コテリアンスキーとあなたとで決めてください。

▽マーティン・セッカー　一七（一九一九年一二月二〇日）

ピチニスコ

シェストフ論校正刷りの直しを終えました。わたしが訂正したものを使って出版原稿にしてください。コテリアンスキーは特にドイツ語のスペルをよく間違えてしまいますので。序文はそのまま残すことにしたのか教えてください。本自体、かなり長いものですから。

タイトル頁には「コテリアンスキー定訳版」と書いてくださいませんか。あなた次第ですが、わたしの名前を載せてもらう必要はありませんし、なくても気になりません。そのタイトルの下にはカッコを付けてロシア語の原本タイトルを入れてください。「無根拠を神格化する」というタイトルで出すべきです。

誤植を訂正し、単語を五、六個書き換えるだけにとどめ、一つの短いパラグラフは間違っていましたが、そのままにしておきました。

こちらは一日中雪です。外に出ることができるなら月曜日にカプリへ行き、そこで部屋か何か探すつもりです。住所がどこになるか分からないのでマッケンジー様方で手紙をください。

ではまた　ロレンス

アメリカで出版するため、シェストフの校正刷りの写しをもう一部送っていただきたいです。

▽マーティン・セッカー　一八（一九一九年一二月二七日）

イタリア、カプリ、パラッツオ・フェラーロ

ピチニスコは山間地にある村でとても寒かったので、こちらに逃げて来ました。そしてわたしたちもあなた同様に、セイレーン［海の精］に気にいってもらえませんでした。ソレント沖で先に進めず、まるで揺れるシチュー鍋さながらの船の上で一夜を過ごしました。今はモルガーノ・カフェの上にあるアパートの部屋を借りています。この建物はカプリ島の最も細くなったところにあり、右に海とナポリ、左には海が広がり、わたしたちお気に入りの寺院が木の実状のこぶのように見えています。［コンプトン・］マッケンジーは元気そうです。この地にしばらくいるのは居心地がいいです。しかしわたしにとってはどこかへ行くまでの中継地のようなものです。ずっとここにいるつもりはありません。

わたしがお返ししたシェストフの校正済み原稿は着いていることと思います。アメリカで出版したいので、校正済みのゲラ刷りをコンパクトにまとめてわたし宛に送っていただけますか。
マッケンジーによればあなたは『虹』の出版を考えてくださるとのことですね。ぜひお願いします。そうしてくだされば、わたしの変わらぬ忠誠を誓います。マッケンジーが序文を付けてくれてそれを『恋する女たち　第一巻』としようと提案しています。『恋する女たち　第一巻』、『恋する女たち　第二巻』とするのはとてもよい考えだと思います。ぜひあなたのお考えをお聞かせください。『虹』を『恋する女たち』の第一巻という形にしてくださるのなら永久的な契約を結ばなければなりません。第三部まで書き上げていた「雑婚」という小説の原稿が届くのを待っているところです。戦争が起こる前に書き、ドイツに置いてきました。それができ上がれば間違いなく売れる小説になるでしょう。(一)
［J・B・］ピンカーについてです。彼とは完全に手を切りたいと思います。こじれる前に率直にその意向を手紙で知らせてやったほうがよいでしょうか。何か助言をいただけますでしょうか。ギルバート［・カナン］は彼とけんかをして別れました。わたしもそうしなければならないでしょう。

D・H・ロレンス

(一) 第三部まで……小説になるでしょう　ここでいう原稿とは「ハフトン嬢の反逆」の原稿で、一九一三年五月から六月、ロレンスがバイエルンに滞在中、そこへ置いたままになっていた。

▽マーティン・セッカー　一九　（一九二〇年一月一六日）（ナポリ）、カプリ、パラッツオ・フェラーロ

『虹』と『恋する女たち』の出版をしたいと申し出たあなたからの手紙を受け取りました。[コンプトン・]マッケンジーともそのことについて話し合いました。わたしはダックワースに手紙を書いて版権を売ってくれるか聞いていました。(二)彼の返事では版権を売ることはできないが、『虹』を再版したいなら準備はできるという内容でした。どんな条件を提示するつもりか聞くために彼に手紙を出しました。そこから進展はありません。

あなたの手紙に関してお答えしますと、二〇〇ポンドで『虹』を売ることは決してありません。ダックワースとの間で昔取り決めた、印税と前金五〇ポンドのほうがまだましですし、前金ゼロでも構わないくらいです。お金はありませんが二〇〇ポンドを一括で払ってくれるからといって喜んで飛びつくようなことはしません。これまで長い間貧しい暮らしをしてきましたし、お金がなくても生きていけると分かっています。無一文の人間にとって、二〇〇ポンドはあってもなくても同じなのです。さらに付け加えるなら、わたしは自分の書いた本とその未来を信じているので、全く悩んでいません。何が起ころうと船はこぎ続けろ。とにかく船が沈むことはないと自信を持っています。

けれどこの話は別にして、あなたと一緒に仕事がしたいのです。自分の作品の出版に関わりたいし、真の意味でギルドの一人になりたいと思います。マッケンジーとわたし、それにブレット・ヤングとも仲よく仕事ができそうです。

あなたは本当に本を愛している人だから、お付き合いをお願いします。セッカー株式会社のパートナーとして手を組めたら嬉《うれ》しく思います。ただしわたしたちが共鳴し、自由な魂として付き合えるのでしたら。

マッケンジーは『虹』に二〇〇ポンド、『恋する女たち』に三〇〇ポンド、そして今郵便で届こうとしている本に五〇〇ポンド出すならばよい話だと言うのです。それを今のところは「雑婚」と呼んでいます。(二) あなたの利益が一、〇〇〇ポンドになるまで、わたしが八〇〇ポンドを全著作権の額としていただきます。その後は、わたしは二〇パーセントの印税をもらいはじめ、売り上げ収入はセッカー社に入ります。貴社に、例えばの話、二、〇〇〇ポンドの利益が入るまで、二〇パーセントの印税でいきます。それ以降は三つの作品はわたしの所有に戻ります。少し変更しましたが、これはマッケンジーが考えました。わたしにとってこの案はとても納得がいくものです。

しかしマッケンジーの力を借りてあなたにすぐ決めさせようとしているなどと思ってほしくありません。あなたにとって適切で公平だと思わないことをしてほしくありません。しかしわたしのことを、正しく公平に扱ってほしいと思っています。一時的なやり方はいやなのです。はっきりと分かるように言ってください。あなたにたかりたくありません。正確に分かりやすく考えていることをお話しください。このような話の場合、両者が真の提携、つまり本当の付き合いをしないなら、ダックワース社と結んでいたような昔気質《かたぎ》の仕事上だけの付き合いをするしかありません。ダックワース社はまだまともだといつも思っていました。真の合意に達しないなら、あなたとは決別するしかないのかもしれません。

それから正直に言いますと、『恋する女たち』のタイトルについてあなたは間違っていると思います。『虹』と『恋する女たち』は芸術的に有機的なつながりを有しているので、本来『恋する女たち』の第一巻と第二巻として出版すべきだとさえ思っているのですが、現実的には『虹』は新しい本として出版すべきなのでしょう。新しいタイトルを付けて少し変更したほうがよいでしょう。どこを変えたらよいとあなたはお考えですか。出版差し止めが法的にどの程度進んでいるかについてはピンカーが伝えてくれるでしょう。[ジョージ・H・]スリングとかいう作家協会の秘書も知っているのではないでしょうか。判決で明らかになっているのは、すでに出版済みの本だけを治安判事が破棄できるということです。新たに再版された場合は再度訴訟を起こす必要があると思います。つまり自動的に差し押さえることはできないのです。新しいタイトルを付けて再出版するのが一番よいでしょう。治安判事は『スター』紙に出た、ジェイムズ・ダグラスの書評と、たしか『ポール・モール』紙のクレメント・ショーターの書評を根拠にして訴えています。特に異議申し立てをされた箇所は、アナが妊娠中に裸で踊る場面でした。それほど重要な場面だとは思わないのですが。ずいぶん昔の話です。

今、ドイツから郵送されてきている原稿は、一九一四年の始めころからバイエルンに置いてありました。三分の二は書き上げました。いつものわたしのスタイルと違い、出来事に焦点を当てています。到着するのが待ち遠しいです。この作品が完成すれば、検閲の観点からしても、これまでと全くどうということのないものになるでしょう。お望みなら『虹』を出版したあとすぐに、出せるでしょう。あるいは『恋する女たち』の出版後まで置いておいても構いません。

以上がわたしからの提案です。あなたのお考えをお聞かせください。真摯《しんし》に賛同してくださるか、仕事上の付き合いのままでいるか、または決別するかいずれかにしましょう。お会いできればよいのですが遠すぎますね。

失礼します　DHL

ピンカーからは、もしわたしが望むなら手を切ろうと返答してきました。わたしは手を切ろうと手紙に書いたところです。ですからこれらの作品についてわたしは自由に決めてよいのです。自分のために行動したいと思います。(三)

(一) わたしは……聞いていました　その手紙の所在は分からない。

(二) それを今のところは……呼んでいます　「ハフトン嬢の反逆」のこと。一九一三年三月に「不適切」とみなされたので執筆を中断した。『D・H・ロレンス書簡集Ⅳ 1913』「エドワード・ガーネットへの書簡　一三」参照。同年五月から六月にかけて滞在したバイエルンにその原稿は置かれたままであった。

(三) ピンカーからは、……思います　セッカーがロレンスのこの提案にどういった反応を示したかは、彼がマッケンジーに宛た手紙から読み取ることができるので、その内容を要約する。

「ロレンスと関わってもお金にならないので『虹』の再版に気が乗らない。『恋する女たち』が片付いたあとなら出版するかもしれないが。大きな犠牲を払って広告を出したくない。当局の方針は変わらないだろうし、今のところ『虹』を置いてくれる本屋はない。裁判沙汰のような厄介なことに巻き込まれたくないし、ダックワース社と競い合うくらいなら譲ってやろう。ロレンスの作品は、お金儲《もう》けのために競り合うようなものではない。」

▽マーティン・セッカー　二〇　（一九二〇年二月六日）

（ナポリ）、カプリ、パラッツオ・フェラーロ

お手紙ありがとうございます。どうしてあなたの気分を害したのか全く分かりません。そんなことになるとは夢にも思いませんでした。

これまで通り、ダックスワースと仕事をするつもりです。万事うまくいくことを願っています。約束していた原稿はスコット・アンド・セルツァー社からあなたの元へ届いていないでしょう。彼らは嘘《うそ》つきです。もし届いたらすぐわたしに知らせてくれますか。ダックワースに直接送ってほしい場合は、その旨《むね》連絡します。『恋する女たち』の原稿のことです。

シェストフの本か修正済みの校正刷りをできるだけ早くわたしに送ってください。アメリカに送らなければならないので。

『新詩集』を一冊、ブルックスに送ってくれますか。彼に差し上げたいのです。カプリ、ヴィッラ・フェラーロ、J・エリンガム・ブルックス宛です。

『新詩集』をどうなさるつもりか、そのうちに知らせてください。

ではまた　D・H・ロレンス

▽マーティン・セッカー　二一　（一九二〇年三月二二日）

シチリア、タオルミーナ、フォンタナ・ヴェッキア

ダックワースはわたしに『虹』の中の一章を削除するよう求めてきました。このことでわたしは悩んでいます。

もう『恋する女たち』の原稿は届きましたか。あなたの元へ送ったとセルツァーは言っています。彼は私家版を出そうとしています。

あなたはわたしたちの前回の交渉内容をよしとしませんでしたね。出版の契約内容を再び話したいと思っておられるかは分かりませんが、実のところは、本を版権ごとすべて売ってくれと提案してほしくありません。自分の本を丸ごと譲ってしまいたくはないのです。

しかし、本の内容を変更するよう言わず、同じ条件を提示してくれるというなら、それで契約しましょう。その時はあなたに感謝し、残りのことは忘れましょう。

ではまた　D・H・ロレンス

▽マーティン・セッカー　二二一　［一九二〇年四月五日］

シチリア、タオルミーナ、フォンタナ・ヴェッキア

三月二八日付のあなたの手紙が今朝届き、さっそく返事を書くことにしました。印税に関して、『虹』と『恋する女たち』の最初の二、〇〇〇冊を一冊一シリングで、次の五、〇〇〇冊を一冊一シリング六ペンスで、その後は一冊二シリングで売るというあなたの提案を受け入れることにします。お望みならまずは『恋する女たち』から始めてください。出版後しかるべき時に『虹』を出版してほしいというのが唯一の条件です。

それぞれの作品に前金で一〇〇ポンドずつ頂けますか。その額が初校一冊につき一シリングの印税、二、〇〇〇冊に相当します。

あなたにセルツァーからの連絡があり、原稿を受け取られたはずですね。彼もご多分にもれず嘘《うそ》つきだと思いますか。彼からの手紙を同封します。返してくださいね。彼に電報を打ってくれてもいいですよ。

シチリア、そしてフォンタナ・ヴェッキアが気に入っています。イタリア訪問の際はお立ちよりください。［コンプトン・］マッケンジーの話ではあなたは近いうちにカプリへ行く予定なのですね。ここへ来てください。いいところですよ。

シェストフのことで［ベンジャミン・］ヒューブッシュからの返事を待っています。彼は残念ながら支払いの悪い男だと実感しています。コテリアンスキーの知り合いのクハップフはどうなっている

のでしょうか。(一)スコット・アンド・セルツァー社が担当することになるのでしょうか。しかし［ベンジャミン・］ヒューブッシュにすぐ買ってくれるよう頼んだので、彼からの答えを待つことにします。
これはわたしたちにとってはイースターの卵です。卵がかえってうまくことが運ぶように願っています。

D・H・ロレンス

(一) コテリアンスキーの……どうなっているのでしょうか　アルフレッド・A・クノップフ (Alfred A. Knopf, 1892-1984) は一九一五年、自分の名前と同じ出版社を立ち上げた。彼はロレンスの作品のうち、一九二五年に『セント・モア』(*St. Mawr*)、一九二六年に『羽鱗の蛇』(*The Plumed Serpent*) と、『ダビデ』(*David*)、一九二七年に『メキシコの朝』(*Morning in Mexico*) を出版した。

▽マーティン・セッカー　二二三　(一九二〇年四月九日)

シチリア、タオルミーナ、フォンタナ・ヴェッキア

三月二四日付のあなたの手紙を［コンプトン・］マッケンジーから受け取りました。そして、シェストフの訳本を出すアメリカの出版人とあなたがすでに手はずを決めたことをヒューブッシュに手紙で知らせました。従ってヒューブッシュが話を進めることはないでしょう。彼から六週間も連絡がな

いので彼とは手が切れたも同然ですね。

セルツァーから『恋する女たち』の原稿を受け取りましたか。もしまだならピンカーに古い原稿を頼むと言う前に、セルツァーにまず電報を打ってください。セルツァーが持っている原稿から印刷してほしいのです。セルツァーから刷り本を買うほうがよいのではないでしょうか。彼は確かに印刷がうまいし、上等な紙を使います。気を悪くなさらないでください。あなたもそうしてくださることは分かっています。費用に関して不満があれば伺います。いずれにしろセルツァーと話していただきたいです。

昨日［ギルバート・］カナンがローマからこちらに来ました。今日若いモンド家のところに戻ります。モンド夫妻は近々ロンドンに行くそうです。彼によればセルツァーは破産するそうです。

新しい小説『堕ちた女』を半分以上書き上げました。おもしろいし人気が出るかもしれません。五月末までに完成したいと思います。どうでしょう、すでにあなたは他に二冊かかえていらっしゃるけど、これも引き受けようと思われますか。それとも他の儲《もう》けたい会社(二)に持っていきましょうか。わたしのためにタイプをしてくれて、法外な値段を要求しない人を教えていただけませんか。一部しかない原稿をイタリアで投函《かん》するのが少し心配です。

悲しみとは何なのか分からない
ましてて喜びとは何なのか分かりようがない(三)

『新詩集』はどうなっていますか。ペーパーバックで何冊売れましたか。ハードカバーはいくらで売る予定ですか。六ポンド五シリングさらに儲かるのでしょうか。

セルツァーの原稿についてはとても心配しています。忌《い》まいましい。どうして彼は約束を守らないのでしょうか。

あなたはイタリアへ来られますか。

FBY［フランシス・ブレット・ヤング］がカプリ島の先端に家を買ったのはご存じですね。愛する島《イソラ》［カプリ島］を巡って彼とマッケンジーは犬みたいに喧嘩《けんか》をしています。島の両端に別れて住み、気が狂ったように骨を奪い合っています。今や狡猾《こうかつ》な犬であるFが優勢で、スマートなMを地中海まで引きずって行くことでしょう。

ではまた　D・H・ロレンス

定期購読権の印税で得た小切手を［S・S・］コテリアンスキーに送ってください。『恋する女たち』はいくらで出版するおつもりですか。

（一）他の儲けたい会社　セッカーが一九二〇年に『堕ちた女』を出版した。

（二）悲しみとは……分かりようがない　スウィンバーン(Swinburne Algernon Charles, 1837-1909)の「プロセルピナの庭」II、七三―四頁。

▽マーティン・セッカー　二四　（一九二〇年四月二九日）

シチリア、タオルミーナ、フォンタナ・ヴェッキア

今日届いた［ベンジャミン・］ヒューブッシュの手紙には『シェストフ』のアメリカ版での版権を五〇ポンドで買いたいとありました。可能なら本の版権を彼に譲ってくださるようあなたに電報を打つつもりです。それから支払いのことですが、心配しないでください。彼はきっちりとその額を払ってくれます。［ロバート・］マクブライドと約束してしまったかもしれませんが、シェストフの選集を『フリーマン』から出版するために、ヒューブッシュの手に渡るようにしてください。彼には約束してあります。郵便物の到着が遅く、二月二七日にニューヨークで彼が投函《かん》した手紙がわたしの元へ届いたのは昨日の夜でした。

セルツァーから連絡はありましたか。

『恋する女たち』と『虹』の契約について確認されたいのですか。タイトルはどうしても『恋する女たち』にこだわりたい気持ちです。（一）

来週には今の小説を書き終えたいと考えています。『堕ちた女』あるいは『苦いサクランボ』になるかもしれません。原稿をタイプ打ちしてもらいたいのであなたに送ることになると思います。しかし当地の郵便には全く安心ができません。ローマでタイプ打ちしてもらうことになるかもしれませんね。アメリカの版権はセルツァーが持っているのです。『恋する女たち』の版権獲得の場合もそうでした。おもしろい本だし、全く不適切だとは思いません。ムーディー図書館（二）にも置いてもらえます。連

載の形にしてほしいのですが、可能性はありますか。しかしその前に原稿を見てもらわなければなりません。
他の二作の契約内容については同意します。

ではまた　D・H・ロレンス

(一) タイトルは……こだわりたい気持ちです　日付はないが、セッカーからマッケンジー宛の手紙によると、『恋する女たち』というタイトルを『姉妹』という大人しいタイトルに変えることで、本が押収される危険を回避できるとセッカーが考えていたことが分かる。
(二) ムーディー図書館　チャールズ・エドワード・ムーディ (Charles Edward Mudie, 1818-90) が一八四二年に設立し、一九三七年までロンドンにあった図書館。

▽マーティン・セッカー　二一五　[一九二〇年五月六日]

(メッシーナ)、タオルミーナ、フォンタナ・ヴェッキア

小説を書き終え、『堕ちた女』という題名を付けました。とてもぴったりだと思います。前半部分はローマに送ってタイプ原稿にしてもらいます。いずれ全部をタイプで打ってもらい六月一日までにイギリスとアメリカへ送れるよう準備したいと思います。

あなたにも送りましょうか。その場合は条件を聞かせてください。『恋する女たち』や『虹』について契約をはっきり書いて送ってくれましたか。ここでは郵便がとても遅くて何も届いていません。もし大切な手紙であれば書留にしてください。

カプリへはいらっしゃいますか。

D・H・ロレンス

▽マーティン・セッカー　二六　（一九二〇年五月七日）

タオルミーナ、フォンタナ・ヴェッキア

四月一三日付のお手紙と契約書が今日になってやっと届きました。郵便事情がとても悪いのです。

一、アメリカにおけるすべての著作権は全く別だと考えてください。わたしがその手続きをしますので三番目の条項は削除しておきます。

二、さらに五冊の契約をするのは多すぎると思います。三冊で十分でしょう。もしわたしたちの関係がうまくいかなくなることが起きたら、五冊の約束をしているといやでも子どもを生み続けるようなものだからです。

三、右の条件に同意し、『恋する女たち』に本当に一〇〇ポンド支払ってくださるのであればストランド　二六三、ロンドン・カウンティー・ウエストミンスター・バンク、ロウ・コーツ支店のわたし名義の口座に五〇ポンド入金してもらえればと思います。そこに口座を持っていますので。本当に申し訳ないのですが、残りの五〇ポンドをレートのよい時にリラに両替してもらえれば感謝いたします。(今日タオルミーナで両替をしたところ、あなたの予想では一ポンド一〇五リラだったのですが、八三リラにしか交換してもらえなかったのです)そして両替後、フィレンツェ、ピアツァ・デリ・アンティノリのハスカード銀行のわたし名義の当座預金口座に入金してください。今のところ二、〇〇〇リラほど入っています。その銀行員は信用していいと思います。

『堕ちた女』の原稿をタイプしてもらうようローマに送りました。費用はやたらと高く一、〇〇〇リラくらいかかるでしょう。それだけあれば家賃五週間分払えます。しかし配達にひどく時間がかかるので唯一つしかない原稿をロンドンへ送ることは到底できません。でき上がり次第あなたにはタイプ原稿の写しを一つ送ります。気に入っていただけると期待しています。たぶん大丈夫でしょう。楽しい作品に仕上がっていますので。とは言え、『恋する女たち』がわたしの最高の作品であることに変わりはないし、『虹』が二番目に優れていると考えています。

『恋する女たち』の出版が済んだあと、お気に召せば『堕ちた女』の契約を考えてくださるかもしれませんね。

『虹』については訴訟費用がかかる場合は、わたしへの支払いを減らすというあなたの条項に従います。しかし法的費用がかかるなんてありえないことです。

[トマス・]セルツァーから電報がきて、一〇〇ドル送ったと書いてありましたが、手紙はくれません。アメリカ人とはまぬけな人種ですね。ニューヨークからの郵便が着くのに最短でも四週間かかります。

ヒューブッシュは彼の雑誌、『ザ・フリーマン』にシェストフの選集を掲載してくれています。マクブライド［・アンド・ナスト社］の気に入るかどうかは分かりません。すぐこの件について決めてください。そしてコテリアンスキーと会ってくれませんか。彼がわたしにうるさく聞いてくるものですから。それからヒューブッシュに手紙で最終的に決まったことを知らせていただきたいのです。

イタリアにあなたが来られるのなら、カプリに行かなければならなくてもお目にかかるつもりです。

D・H・ロレンス

わたしのための五〇ポンドをうまくやまをはって、イタリア貨幣に交換してください。

▽マーティン・セッカー　二七　（一九二〇年五月一六日）

タオルミーナ、フォンタナ・ヴェッキア

五月八日付のあなたの手紙が届きましたので、同意書を送りました。

新しい小説の原稿はタイプしてもらうためローマに送りました。［コンプトン・］マッケンジーがそれをロンドンに持って行くと思います。タイトルに『苦いサクランボ』のほうがよいのならそうしてもらっても構いません。［トマス・］セルツァーには本として出版する権利がなく、連載を出す版権を持っていません。あなたが『センチュリー』での連載を取り計らってくださるなら、タイプ打ちした原稿の写し一部をセルツァーに直接送ります。六月一〇日にナポリからニューヨークに船で渡る予定の男性［フランチェスコ・カコパルド］に持って行ってもらいます。そのほうがよいですか。そしてあなたにお願いする場合はマッケンジーにタイプ原稿と元の手書きの原稿をあなたと『センチュリー』に持って行ってもらえばよいでしょうか。すぐにお返事をいただきたいと思います。フランチェスコがタオルミーナを六月二日に出発しますので。そしてわたしはローマでの手配をしなければなりません。

とにかく六月一〇日までにはタイプ原稿ができ上がります。

D・H・ロレンス

『苦いサクランボ《ビター・チェリー》』のタイプ原稿の写しは二セットしかありません。マクブライド［・アンド・ナスト社］は五〇ポンドでシェストフの原稿を買ってくれるでしょうか。コテリアンスキーにはお金が必要なのです。ヒューブッシュに手紙を書いてくださいましたか。ここからアメリカへ手紙が届くのは一苦労だと思います。『苦いサクランボ《ビター・チェリー》』の連載掲載に向けて『センチュリー』と調整してくださるのなら、そのことをセルツァーにも知らせてくれませんか。彼にわたしからの手紙が届かないのは確実ですから。

ニューヨーク、ウエスト　五〇番ストリート　五、トマス・セルツァー宛でお願いします。

▽マーティン・セッカー　二八　（一九二〇年五月二四日）

マルタ、ヴァレッタ、グレイト・ブリテン・ホテル

こちらに着いて二日になりました。シチリアの汽船会社がストをしているのでここに八時間足止めされています。

豊かな国、癒しの国、イギリス人なら誰でもそう思うでしょう。

もちろん朝食にはベーコンエッグ。

しかし恐ろしい島です。わたしにとっては。石がごろごろで、砥《と》石のような石から出るほこり。世界中が包丁を研ぎにここに来るかもしれません。

ぜひお伝えしなければならないことがあります。『恋する女たち』という題名について考えています。『怒りに満ちた日』に変えたいのならそれでよいとわたしは思います。

　その日、怒りに満ちた日
　天と地がとけて一つになる（二）

これがわたしの座右の銘です。

タオルミーナには次の木曜日に帰ります。

DHL

（一）その日、……一つになる　チェラーノのトマス（Thomas of Celano, 1214-55）による讃美歌。

▽マーティン・セッカー　二九（一九二〇年五月三一日）

シチリア、タオルミーナ、フォンタナ・ヴェッキア

最近あなたからお便りをいただいておりません。［トマス・］セルツァーから原稿［『恋する女たち』］をもらいましたか。わたしの元へ彼からの手紙が届いています。アレック・ウォーが豪華版の『恋する女たち』を出版するのに刷り本五〇〇枚を欲しがっていると書いてありました。(二)これについては反対でしょうか。あなたの普及版には差し支えないと思いますが。

イギリスで『堕ちた女』を連載にして出してもらえませんか。そうすれば検察から身をかわすことができ、お金も入るでしょう。やってみようと思うのですが。

『アメリカ古典文学研究』の原稿が整いました。その出版を検討いただけますか。それとも抱えている原稿がたくさんおありでしょうか。おそらくそうでしょうね。どこかよその出版社には持っていかないほうがよいのでしょうか。

別の小説［『ミスター・ヌーン』］を書き始めました。

D・H・ロレンス

みんなが『堕ちた女』という題名のほうが『苦いサクランボ』よりもずっとよいと言ってくれます。そのほうがきっとよく売れるでしょう。

(一) アレック・ウォーが……書いてありました。　セルツァーは『恋する女たち』私家版二巻を一五ドルで出版することを考えていた。「ロバート・モンシェへの書簡　四」参照。アレック・ウォー (Alec Waugh, 1898-?) は小説家で『チャップマン・アンド・ホール』の校正、出版をしていた。友人のダグラス・ゴールドリングから『恋する女たち』の出版がむずかしいことを聞いていた。

▽マーティン・セッカー　三〇　(一九二〇年六月一二日)

タオルミーナ、フォンタナ・ヴェッキア

今朝あなたの手紙が着きました。嘘つきの[トマス・]セルツァーなんかくたばればいいんだ。彼への手紙を家主[フランチェスコ・カコパルド]に言付けました。彼はボストンでシェフとして働くために、昨日出航しました。『恋する女たち』に関するこの取り決めを守らないなら、絶対に『堕ちた女』の原稿は送らないと書いてやりました。手紙のたびに彼はすぐ原稿を送ると書いて寄こします。最近も本を印刷に出したと言っていました。しかしこれでは『堕ちた女』を渡すわけにはいきません。[アレック・]ウォーや刷り本のことを彼に知らせましょう。

おそらく［コンプトン・］マッケンジーが『堕ちた女』の元原稿をあなたに持って行っていることでしょう。昨日ローマからそのことについて電報が来ました。原稿の写しは持っているので、訂正しているところです。それほど変更するところはありません。奇妙な作品です。この土地にいると、この作品はいい作品に思えます。実際、すばらしいとさえ感じます。しかしいわゆる「他の人の気持ち」になってみると、全く分からなくなってしまうのですが。つまり他の人にとってはどんな作品に映るのか見当がつかなくなります。とにかくそれを読む時、個人の中心に何があるのかによって評価が決まるのでしょう。イギリスで連載化してもらえたらよいのですが。このころは誰も彼もお金を稼がなければなりません。でなければ死んでしまいます。恐ろしいことに、タイプ打ちに一、三四八リラかかりました。馬鹿げています。家主にアメリカまで［タイプ打ちしたあの］原稿の一部を持って行ってもらいましたが、わたしが命じるまで渡さないことになっています。もし必要なら、このカーボンコピーを送ります。ご連絡ください。

D・H・ロレンス

わたし宛に電報をくださる場合は、シチリア、タオルミーナ、ロレンスとしてもらえれば十分です。

▽マーティン・セッカー　三一　［一九二〇年六月一七日］

タオルミーナ

お手紙に感謝します。［トマス・］セルツァーはあれらの刷り本［『恋する女たち』の豪華版用］の件では返事を待つべきだと思います。あなたに原稿を渡さないので、彼にはとても困っています。もうすでに『堕ちた女』を見られたことでしょう。作品について、お考えを聞かせてください。そして連載化についてはどう思われますか。ここに原稿の写しが一揃《そろ》えありますので、もし必要とあれば送ります。校正はすべて終わりました。一か所を除くと変更はほとんどありませんでした。その変更は二頁にも渡り、とても重要なものです。

ちょうど今、「民衆教育」という小冊子を書き終えようとしています。これはスタンリー・アンウィンから昨年依頼されたものです。三万語に及びます。彼に渡そうと思いますが反対はありませんか。この件についてどうお考えか、すぐに知らせてください。

『フリーマン』に掲載されたシェストフに関する論説の代金は誰に支払われたのでしょうか。コテリアンスキーがそのお金をもらうべきです。［ベンジャミン・］ヒューブッシュが出した五〇ポンドからすでにいくらか彼には支払われていると思いますが、彼にはそのお金がどうしても必要なのです。ヒューブッシュは彼［コテリアンスキー］宛に手紙を書いて、この論説についてはあなたと話がついたことを知らせたと言っています。たとえそれでもコテリアンスキーにはその代金を支払わなければなりません。適切な金額でシェストフ論を買い、かたをつけてもらえませんか。本当に腹が立ちます。

ヒューブッシュが五〇ポンドを出しているなら、あなたもそれくらいは払ってもらえないのでしょうか。

D・H・ロレンス

▽マーティン・セッカー 三二一 ［一九二〇年六月二四日］

タオルミーナ、フォンタナ・ヴェッキア

原稿の写しをあなたの元へ届けることができなくなりました。『陸と海』の編集助手であるヒューバート・フォスに送ってあります。彼によれば、『ザ・クィーン』が連載化を視野に入れてみたいと言っているそうです。もしあなたが緊急にこの原稿を必要としているなら、連載化するためというのであれ、フォスが譲ってくれるでしょう。彼にその旨、電報を打ちますよ。しかし『クィーン』がシリーズで出版してくれるなら、それもとてもおもしろいことになりそうです。アメリカ用に作った原稿の写しは分からぬようにボストンで預かってもらっています。ゲス野郎のセルツァーに渡したくありません。すぐにでも『センチュリー』の関係者に届くよう電報します。

『堕ちた女』の一か所を大きく変えました。その部分の写しを同封します。リーズでアルバイナがチッチョとチュークさんに会う場面でアルバイナが夜、ホテルでチッチョに話しかける一一章の場面です。章の始めは元の文と同じ言葉のままです。

『クイーン』がその本［『堕ちた女』］を持っているなら、［わたしが訂正して送っている］原稿をフォスからもらって、あなたに渡した［元］原稿にわたしの修正部分を書き入れてください。そうすれば校正する手間が省けます。
イースト・セントラル　四、ブリームズ・ビルディング、ウィンザー・ハウス、ランド・アンド・ウォーターが宛先です。しかし『クィーン』は一か八かの賭《か》けです。

D・H・ロレンス

チッチョ Cicio のつづりは普通 Ciccio で、Francesco の通称です。これは大事なことですか。教育について書いたエッセイがどうなっているのかなるべく早く教えてください。

▽マーティン・セッカー　三三二　［一九二〇年六月二八日］

タオルミーナ、フォンタナ・ヴェッキア

あなたから手紙を受け取りました。シェストフの件は残念ですが、彼はこの先見込みがあります。（一）『恋する女たち』の原稿の一部を手に入れたということでよかったですね。
この前の手紙でも書きましたが、あなたは新しい小説［『堕ちた女』］の原稿のカーボンコピーを『陸と海』のヒューバート・フォスから手に入れて、校正することができます。そう多くありません。クイーン・ヴィクトリアと親しくお話している夢を見ました。ということは『クイーン』に掲載される望みがまだあるということですね。

ラヴェングロ号で世界を廻るのです。(二) わたしの船出が目に浮かぶようです。

もし『センチュリー』があの小説「『堕ちた女』」を連載する可能性があるとお考えなら、アメリカにあるタイプ原稿を『センチュリー』は手に入れることができます。連絡先は次のところです。

マサチューセッツ、ボストン、ドーン・ストリート三「ポッター・アンド・ロジャーズ」ウィリアム・B・ロジャーズ気付、フランチェスコ・カコパルド様

その旨知らせてくだされば、フランチェスコに電報を打っておきます。

何かニュースがあれば知らせてください。面倒がらずにね。わたしの星はちゃんと輝いていますから。

DHL

なかなかおもしろいわたしの肖像画写真を手に入れました。二か月前にヤン・ユタがわたしのために描いてくれました。あなたも一枚欲しいですか。

(一) シェストフの件は残念ですが、彼はこの先見込みがあります。　ロレンスが翌日に書いた「コテリアンスキーへの書簡　四九」にも、「シェストフのことはうまくいかなかった。だけど、彼のものはあとで売れますよ」と書いている。

(二) ラヴェングロ号で世界を廻るのです　当時マッケンジーは七、五〇〇ギニーを貯めて、全長八四フィートの

二本柱の帆船ラヴェングロ号を買い、太平洋の島々を旅行する計画を持っていた。ロレンスはそれに同行することを大変楽しみにしていた。「コンプトン・マッケンジーへの書簡　一一」参照。

トマス・セルツァーへの書簡

トマス・セルツァー（Thomas Seltzer, 1875-1943）

ジャーナリスト、翻訳家兼出版業者。ロシア生まれだが、一二歳から一家共々アメリカに移り住んだ。ペンシルベニア大学卒業後、コロンビア大学大学院に学ぶ。ロシア語はもちろん、ポーランド語、イタリア語、ドイツ語に堪能であり、この語学力を駆使して翻訳業に専心した。ゴーリキー（Maksim Gorky, 1868-1936）、トロツキー（Leon Trotsky, 1879-1940）、アンドレアス・ラトスコ（Andreas Latzko, 1867-1943）などの作品を翻訳。一九〇六年にアデール・ゾウルド（Adele Szold, 1876-1940）と結婚する。一九一八年にはテンプル・スコットと共同でスコット・アンド・セルツァー社を立ち上げ、一九二〇年から二五年の間に、アメリカのどの出版社をも凌駕《りょうが》するほど、ロレンスの初版本を出版した。しかし、一九二二年と二三年（『恋する女たち』が「不潔」な作品と告発された年）と、二度にわたる検閲と出版差し止めに対する法廷闘争で破産に追いやられた。

セルツァー社のロンドンにおける販売代理人はダグラス・ゴールドリングであったが、ロレンスに対するセルツァーの関心を掻《か》き立てた人物はダグラスであった可能性がある。

▽トマス・セルツァー　一（一九一九年九月七日）

イギリス、バークシャ、ニューベリー近郊、ハーミテッジ、チャペル・ファーム・コテッジ

電報を受け取りました。あるいは何かの手紙に同封されていたものを読んだのかもしれませんが。とにかくわたしは不在でしたので返信が遅れました。もう一度、小説の原稿を最初から最後まで見直したかったのです。この作品［『恋する女たち』］は最高傑作だと思います。原稿の扱いには気を付けてください。完全版に一番近い原稿ですから。次の郵便の集配までには原稿をお送りできるようにしておきます。

さて話は変わりますが、マーティン・セッカーが来年の春にこの作品を「姉妹」という旧タイトルで出版したいと言っています。セッカーも原稿を一部持っています。わたしとしては、この作品をまずアメリカで出版したいのです。『虹』の件でイギリスを許すなんて到底できませんから。もしこの小説を出版したいというのであれば、短い序文をわたしに書いてもらいたいとお思いでしょうか。[一] それから「恋する女たち」と「姉妹」では、どちらがお好みのタイトルですか。

それではこれで　D・H・ロレンス

住所は、イギリス、ニューベリー、ハーミテッジ、と最低限これだけ書いてあれば問題ないです。

（一）短い序文を……お思いでしょうか　『恋する女たち』の初版は一九二〇年一一月にニューヨークで私家版と

してセルツァー社より出版された。イギリス版の初版は一九二一年六月にセッカー社より出版された。「序文」は一九二〇年の秋にセルツァー社のちらし広告に掲載された。

▽トマス・セルツァー　二（一九一九年一一月二日）

ニューベリー、ハーミテッジ

『恋する女たち』に関しては何の連絡もあなたから受けていません。あなたが原稿をお持ちだと思います。まだ印刷作業に入っていなかったら、原稿をすぐに返却してもらえないでしょうか。と言いますのもセッカーが早急に印刷したがっているからです。セッカーは「姉妹」というタイトルで春の出版リストにこの作品を載せるつもりです。もし印刷中でしたら、それを刷り本か、つまり校正刷りを印刷業者からもらってすぐに「W・C、ロンドン、アデルフィ、バッキンガム・ストリート　一七、マーティン・セッカー」まで送ってください。お願いします。まだ印刷していない場合は、この手紙を読まれたらすぐに原稿をセッカーに送ってください。わたしにではありません。お願いします。

わたしにお手紙をくださる場合、宛先は、N・W、八、ロンドン、セント・ジョンズ・ウッド、アカシア通り　五、でお願いします。来週イタリアに行きます。

それではこれで　D・H・ロレンス

▽トマス・セルツァー　三（一九二〇年一月一六日）

イタリア、（ナポリ）、カプリ、パラッツォ・フェラーロ

ヒューブッシュからの手紙によると、『恋する女たち』の版権をどうしても確保したいようです。わたしの出版代理人であるピンカーがずいぶん前にその原稿を送ってくれていたものと理解していました。明らかにそうではなかったのです。ヒューブッシュは『虹』を出版してくれたのですから、『恋する女たち』も出版すべきなのです。もしもあなたにできるなら、もう一度『恋する女たち』の手書き原稿をわたしに返してほしいのです。そうなれば、頂いた前金の五〇ポンドをすぐにお返ししますから。もうすでにタイプ打ちをすませておられたら、その費用もお支払いします。折り返し返事をお願いします。

もし手書き原稿を返してもらえないのなら、真っ先に、あなたが約束した原稿の写しをマーティン・セッカーに譲ってください。というのも彼からしょっちゅう催促の手紙が来るので、まだ彼の手元に届いていないのではと心配しています。

次にしてもらいたいことは、わたしの先の手紙(二)の条件に沿った短い契約書を作成してほしいのです。その内容は明確な印税の割合、本の売値、それに出版日の約束についてのものでした。またこれからは、六か月ごとの売上金額をわたし宛に送ってもらうことと、三か月の期間限定で計算書を作成して清算することに同意していただけませんか。

出版代理人であるピンカーとの契約が間もなく切れます。だからこれからは自分でやるしかありま

せん。これが何とかうまくいくためには、わたしと出版社の間で契約書の細々とした点までも、明確にはっきりとさせておかなければなりません。退屈な形式にこだわるようなことは望みません。簡潔で、要領を得た、はっきりした同意を双方が取り付ければよいのです。

それではまた　D・H・ロレンス

（一）先の手紙　この手紙は紛失したようである。

▽トマス・セルツァー　四（一九二〇年一月二九日）

（ナポリ）、カプリ、パラッツォ・フェラーロ

『恋する女たち』の件で困ったことになったとヒューブッシュが手紙をくれました。わたしの出版代理人の責任なのです。ヒューブッシュが一年以上も前に作品を出版に値しないと決めていたと思っていました。本当のところ、彼は手にしたことすらなかったのです。アメリカでは誰も手を付けようとしなかった『虹』を彼は出版してくれ、またそれ以来わたしの作品にこだわってくれたので、あなたには手書き原稿をぜひともわたしに返してほしいのです。頂いている五〇ポンドに加えて、どれだけ費用がかかろうとも、もちろん、その五〇ポンドも含めてすぐに返済するつもりです。しかしわたしが強く期待するのは、とにかくあなたのほうから原稿をお返しすると電報を送ってくださることな

のです。それに、もしあなたがゴールドリングの作品のほうを強く支持されるのであれば、わたしの作品を成功に導くことなどできないと確信しています。わたしがゴールドリングを低く評価しているからではありません。そんなことはないのですが、彼の作品をよしとする人びとならわたしを受け入れないからです。(一)さらに言えば、中途半端に個人の趣向に沿うような出版はしたくないからです。新参の出版社が『恋する女たち』を扱うのがよいことだとは思いません。「原稿を送ります」と、わたしに電報をください(あなたが不愉快に感じられない限りの話ですが)。そのような趣旨のことをB・W・ヒューブッシュに宛て連絡してください。

あなたの気に障るようなことを書いて申し訳なく思います。でも正直なところすべての点で、このような本は手放されたほうが最善だと思います。ヒューブッシュは、すでにその辺を経験し、評判も落としていますから。

それではまた　D・H・ロレンス

(一) わたしを受け入れないからです　セルツァーは一九二〇年にゴールドリングの作品『マーゴットの進歩』(*Margot's Progress*)と『自由を求めての闘い』(*Fight for Freedom*)を出版しているが、すでに一年前には同じ作家の『幸運』(*The Fortune*)も出していた。

▽トマス・セルツァー　五　（一九二〇年三月九日）

シチリア、（メッシーナ）、タオルミーナ、フォンタナ・ヴェッキア

わたしの手元に二月九日と一一日付の手紙と契約書があります。ダックワース社はカナダでの版権を持っているはずで、用意ができ次第、次期小説に関する条件で同意ができるものとわたしは思っていました。この点だけで、それ以外は仕方ありません。

ヒューブッシュのことは残念でしょうがありません。でもピンカーがわたしを巻き込んでしまったのです。確かにヒューブッシュは常に親切なのですが、肝心なところではっきりしないのです。今もそのような性格は変わらないのです。わたしたちはどのようにしたら一緒にやっていけるのか考えてみましょう。ヒューブッシュは、わたしにもっと適切に対処すべきだったのです。間違っても出版社の陰に隠れるべきではなかったのです。それからピンカーとヒューブッシュの二人が、どれほどお互いに似たもの同士であるかを、わたしも知っておくべきでした。ところが現実には、わたしは第三者的立場に置かれ、どうしていいのか分からない状態が続いていたのです。さあ、前を向いて進みましょう。ヒューブッシュはわたしに傷つけられたと感じているでしょう。そのような感じを持たれるのがいやなのです。でも、わたしは意図的にやったわけではないのです。そうなんです、このような事柄では、理由がない時は隠しごとはすべきではないのです。

二五ドルとは売値（二）としては高いようです。うまくいけば批評家の間で好評を得るでしょう。最悪の場合は、スキャンダルの種になるに違いないと思います。もしそうなれば、批評家にはスキャンダル

の代価を払わせればよいのです。ふん、それも彼らの評価の代償としてね。いずれにしてもうんざりする話です。

『一触即発』を気に入っていただき嬉《うれ》しいです。それに奥様が『虹』に好意を持っていただき、大変嬉しく思います。『恋する女たち』は最高で、『虹』がそれに続きます。わたしは「雑婚《ミックスト・マリッジ》」を書いているところです。これからはもっと普通になると思いますが、時に人は闘いから暫《しば》し身を引くことも必要です。

そうなんです。この劇を舞台化するのはウォルター・ピーコックという人物で、ロンドンは、レスタースクウェア、グリーン通り　二〇に在住であることを『一触即発』の巻末に書いてください。よい人物です。

わたしの全盛期がこれから始まるのです。

わたしたちは、この家を一年契約で借りました。タオルミーナはご存じだと思います。イタリアは不安定な国ですが、シチリアはエトナ山が再噴火しない限り変わることはないでしょう。そのエトナ山は雪を頂いていて静寂そのものです。

あなたがわたしに支払いをされる場合は、お願いですからアメリカドルで払ってください。それが一番簡単で、交換レートもわたしには有利ですので。

『一触即発』を一冊、マサチューセッツ、ブルックリン、ヒース通りのエイミー・ローウェル宛に送ってもらえませんか。それにもう一冊を、ニューヨーク、ウェスト　一一八番ストリート　四一七在住のロバート・モンシェ宛に送ってください。

本当のところ、わたしはアメリカに短編やさまざまな記事を載せてくれる人を誰か探すべきだと思います。

立派に印刷された『恋する女たち』の一冊をぜひ手元に置いておきたいものです。校正刷りができたら送ってください。

D・H・ロレンス

（一）二五ドルとは売値としては高いようです　『恋する女たち』のアメリカ版初版の売値は一五ドルであった。

▽トマス・セルツァー　六　（一九二〇年五月七日）

（メッシーナ）、タオルミーナ、フォンタナ・ヴェッキア

あなたからの電文には一〇〇ドルを送ったと書いてありました。だからわたしはなぜだろうかと知りたく、あなたからの手紙を待っているのです。他には心当たりがないので、おそらく『恋する女たち』の印税でしょう。ところで、ヒューブッシュからの便りによると、あなたは原稿を彼に譲り渡すつもりなのですね。わたしに理解できる手紙が届くのを待たねばなりません。

セッカーの言うところによると、あなたはタイプ原稿を彼に送らなかったのですね。でも、明らかにあなたはそう約束したのですよ。

わたしは次の新しい小説『堕ちた女』を仕上げました。わたしの思いでは、この作品は全く正当なもので、簡単に人気を得ると思います。ローマでタイプをしてもらっています。六月一〇日ナポリを出航してボストンに向かう友人に(一)一部を預けて、あなたにお渡ししたいと考えています。このようにじかに原稿を届けてもらえば、きっとわたしは苛《いら》つくことはないでしょう。

差し当り、ヒューブッシュが『アメリカ古典文学研究』を出してくれるかどうかに関しては、確たる返答が彼からあなたに届くかどうか様子を見てみるつもりです。もし彼が出版しないなら、原稿を[返すように]彼に要求してください。

それまでは、ドル紙幣の入ったあなたの手紙の中に書かれたニュースを待っています。

D・H・ロレンス

(一)友人　フランチェスコ・(チッチョ)・カコパルド(Francesco (Cicio or Ciccio) Cacópardo)のこと。ロレンスの寓居フォンタナ・ヴェッキアの家主。

▽トマス・セルツァー　七

(一九二〇年五月一四日)

(メッシーナ)、タオルミーナ、フォンタナ・ヴェッキア

少し前に、わたしの劇作『ホルロイド夫人寡婦《かふ》となる』を、ボストンにあるリトル・ブラウン社

が購入した旨を知らせてきたピンカーの手紙を同封します。「あなたが劇作の組版などが欲しいなら、リトル・ブラウンに直接手紙を書いては」とわたしはピンカーに伝えておきました。『ホルロイド夫人寡婦《かふ》となる』はハマースミス(一)で上演されるようです。

アメリカからは全く手紙が来ません。六月一〇日にナポリを発《た》つ船に乗る人の手を借りて、『堕ちた女』の原稿を直接あなたにお渡ししたいと思っています。ローマでタイプをしてもらっている原稿です。

D・H・ロレンス

（一）ハマースミス(Hammersmith)　西ロンドン地区にあった「リィリック・ハマースミス劇場(Lyric Hammersmith Theatre)」のことと思われる。当初は、音楽ホールとして一八八八年に設立された。しかし、当劇場で『ホルロイド夫人寡婦となる』が上演されたかどうかは不明。

▽トマス・セルツァー　八　（一九二〇年六月一日）

シチリア、タオルミーナ、フォンタナ・ヴェッキア

昨日あなたの手紙を受け取りました。メッシーナ、イタリア銀行によるリラ仕立ての小切手が二枚入っていました。五〇ドルの倍に相当する額です。いつもの通り、感謝致します。きちっと配達されるものですね。

アレック・ウォーが欲しがっている『恋する女たち』豪華版の刷り本五〇〇冊分に関して、わたしはセッカー宛に手紙を書きました。もし彼が断れば、進展はありません。彼から便りがあれば電文を送ります。もうすでに彼のほうであなたから送られたタイプ打ちの原稿を受け取っていることと期待しています。わたしはぜひとも『恋する女たち』の校正刷りを手元に置いて訂正したいのです。でも郵便物の恐ろしいほどの遅配を考えてもみてください。当地に直接配達される船便で送ってくだされば、可能な限り早く取り戻せると思います。しかしもしあなたが遅配の程度がひどすぎると思われたら、それでも校正刷りだけはわたしに送ってください。そうすれば目にすることができますので。

セッカーからの便りによると、アメリカは『センチュリー』に新しい小説「『堕ちた女』」をシリーズで出せそうとのことです。そうなれば、他の本出版の大きな盾になるのではないでしょうか。セッカーは「苦いサクランボ《ビター・チェリー》」という題名が好みのようですが、わたしが付けた元の『堕ちた女』のほうがよいと思います。『センチュリー』はどちらかを選べばよいわけです。

わたしが借りている別荘の所有者である若いシチリア人、チッチョ・カコパルド（一）に託してこの手紙を送ります。彼の職業はコックで、近々ボストンでアメリカ人向けの店のシェフになる人物です。六月一一日にナポリから奥さんと一緒に出航の予定です。タイピストが仕事をし終えてくれていたらの話ですが、『堕ちた女』の原稿の写しも一部彼に手渡すつもりです。

わたしたちは今し方、マルタから戻ったところです。ある友人に会いに行ってきました。当地はぎらぎらと太陽の照りつける暑いところでした。でも、わたしは至って元気です。人びとはわたしの神経質な点を強調しすぎです。わたしは全く何ともありません。ただショックや影響を受けやすいというだけです。

パリにいるモンシエから手紙をもらいました。まもなくニューヨークに戻るとのことです。でもいずれ彼はタオルミーナに落ち着くことでしょう。そうしてほしいとわたしは願っています。あなたはニューヨークで彼の姿を見かけることでしょう。

『恋する女たち』の出版を待ち望んでいます。

チッチョのアメリカの住所（つまり、わたしの家主の）は左記の通りです。

マサチューセッツ、ボストン、ドーンストリート　三、「ポッター・アンド・ロジャーズ」ウィリアム・B・ロジャーズ気付、フランチェスコ・カコパルド様
つい先ほどセッカーから届いた手紙では、『恋する女たち』のタイプ原稿がまだ届いていないとのことです。これはちょっと厄介なことです。送るつもりだとあなたはいつも仰《おっ》しゃっていたのに。真実をしゃべる人は誰もいないのでしょうか。『恋する女たち』の問題が片付かない限り、『堕ちた女』の原稿を絶対送りませんからね。

DHL

（一）別荘の所有者……チッチョ・カコパルド　消印から見る限り、この手紙は一九二〇年七月一二日にチッチョが投函している。

▽トマス・セルツァー　九　（一九二〇年六月五日）

シチリア、タオルミーナ、フォンタナ・ヴェッキア

わたしの『アメリカ古典文学研究』原稿全体の校正が終わりに近づきました。ヒューブッシュが原稿の写しを六か月も持っていたのですが、今でも彼の意図がはっきりとしません。明らかに彼は少し怯《おび》えているようです。

そこで、今日から一か月の間に彼から何の便りもなければ、あなたにこの本を提供するつもりです。ご所望かどうか教えてください。このエッセイ［『アメリカ古典文学研究』］に続いて『恋する女たち』が出てくれることを願っています。セッカーが買ってくれるでしょう。

あなたからヒューブッシュに意見をしてもらい、わたしの言っていることをよく説明してくださいませんか。わたしからも彼に手紙を書いてみます。わたしに電報をください。シチリア、タオルミーナ、ロレンスで十分届きますので。

D・H・ロレンス

ルーシー・ショートへの書簡

ルーシー・ショート（Lucy Short,　生没年不詳）

元船長で船舶所有者のジョン・トレガーゼン・ショート（John Tregerthen Short, 1894-1930）の妻。ロレンス夫妻は、ルーシーがコーンウォールのゼナーに所有するハイアー・トレガーゼン・コテッジに一九一六年三月一七日から一九一七年一〇月まで滞在した。ロレンス夫妻がコーンウォールを離れる際、コテッジの賃貸権の又貸しや、退去する場合の家具の売却などの問題で、家主のジョンとの関係が悪くなるが、のちに修復。娘アイリーン・ホイットリーとその夫パーシーとは、手紙でイタリアへ招待するなど親交が続き、ルーシーにもその様子を知らせたり、体調を気遣ったりするなど、交流が続いた。

▽ルーシー・ショート　一　［一九二〇年三月一九日］

シチリア、タオルミーナ、フォンタナ・ヴェッキア

今ちょうどあなたのお手紙を受け取ったところです。早速義母のリヒトホーフェン男爵夫人に手紙を書いて、薬を送ってもらうよう頼んでおきました。義母の住所はバーデン－バーデン、ルートヴィヒ・ヴィルヘルムスティフトです。薬が無事に到着することを願っています。受け取られたら教えてください。ここの別荘を、一年間賃貸契約しました。ではまたお便りします。

D・H・ロレンス

▽ルーシー・ショート　二　［一九二〇年四月一八日］

シチリア、タオルミーナ、フォンタナ・ヴェッキア

昨日お手紙届きました。粉薬を受け取ってもらえたようで、とても嬉《うれ》しく思っています。説明書通りに、問題なく飲めるとよいのですが。もし飲み方が分からなければ、義母に英語の手紙を直接書いて、英語に訳した説明書を送ってもらってください。住所は

バーデン－バーデン、ルートヴィヒ・ヴィルヘルムスティフト　リヒトホーフェン男爵夫人

です。代金のことは気にしないでください、わたしが払っておきましたから。粉薬が効くことを願う

のみです。ここでホイットリー夫妻［ルーシーの娘夫妻］にお目にかかれるのが楽しみです。

DHL

J・C・スクワイアーへの書簡

J・C・スクワイアー（John Coolings Squire, 1884-1958）

イギリスのジャーナリスト、劇作家、詩人、批評家、編集者。一九一三年に『ニュー・ステイツマン』の編集者となる。ジョージ王朝の詩を広めた『ロンドン・マーキュリー』の編集主幹を一九一九年一一月から三四年九月まで務める。彼の詩はエドワード・マーシュ編纂《さん》の『ジョージ王朝詩集』（*Georgian Poetry*, 1919）に選ばれたほか、個人詩集、随筆、パロディ、文芸批評、自伝など数多くの著作を残している。一九三三年に勲爵士に叙せられた。

▽J・C・スクワイアー　一　（一九二〇年六月二四日）

シチリア、タオルミーナ、フォンタナ・ヴェッキア

小編「民衆教育」を完成させました。約三万語のもので、スタンリィ・アンウィン社から出版します。一二章からなり、各章二、五〇〇語ほどの、おもしろい読み物です。『ロンドン・マーキュリー』に二、三章掲載してもらうことはできますか。もしオーケーなら、すぐに一筆お知らせください。原稿を送ります。(一) 刺激に満ちていますから、『マーキュリー』は売上の点でつまづくかもしれませんよ。あるいはすんでのところで大丈夫かもしれません。『マーキュリー』は身のこなしがす早いですからね。もし掲載不可でも、近況をお知らせください。

ではまた　D・H・ロレンス

(一) 原稿を送ります　ロレンスのこの作品は掲載されなかった。

ヘレン・トマスへの書簡

ヘレン・トマス(Helen Thomas,1877-1967)

詩人エドワード・トマス(Edward Thoms,1878-1917)の未亡人。リー・ヴォーン・ヘンリー(Leigh Vaughan Henry, 1889-1958)、ナンシー・ヘンリー(Nancy Henry, 生没年不詳)の友人で、ロレンスを自分のコテッジに招いた。彼女が書いたこの時の生き生きした描写が一九六三年二月一三日の『タイムズ』に掲載された。一九七八年『タイムズ・アンド・アゲイン』に再掲載された。

▽ヘレン・トマス　一

（一九一九年七月九日）
バークシャ、ニューベリー近郊、ハーミテッジ、チャペルファーム・コテッジ

昨夜こちらに戻りました。アメリカに近づくどころか反対に遠くなりました。ヘンリー夫人が来て、一晩泊まりました。お身体のほうはよくなっているように思いました。『虹』のイギリス版のわたし用の一冊について問い合わせをしてみました。だから、数日の間にはあなたに届くはずです。もし着かない場合は[S・S・]コテリアンスキーにお知らせください。住所はN・W、八、セント・ジョンズ・ウッド、アカシア通り 五です。あなたの元へ送るように頼んでいます。あなたの住所を書いたメモを失くしたのかもしれませんね。

おそらく何週間かはイギリスで足止めをくうことになるでしょう。その時はわたしの妻にも会っていただくことになるかもしれません。そうなるとよいのですが。

週末はお世話になりました。すばらしいおもてなしをしていただきました。おしゃべりをし過ぎました。

ヴィア[・ヘンリー・グラッツ・コリンズ]に手紙を書くつもりだとお伝えください。ミファンウェーによろしく。

D・H・ロレンス

リリアン・トレンチへの書簡

リリアン・トレンチ（Lilian Trench, 1868-1961）

アイルランドの詩人で劇作家フレデリック、ハーバート・トレンチ（Frederic Herbert Trench, 1865-1923）の妻。一八九一年にフレデリックと結婚。旧姓はリリアン、イザベル・フォックス（Lilian Isabel Fox, 1868-?）。

▽リリアン・トレンチ　一　（一九二〇年一月二六日）

（ナポリ）、カプリ、パラッツオ、フェラーロ

せめて日だまりのある暖かい間にと思い、わたしたちは当地で立食パーティをしました。当地にも友達はいます。その中の一人にコンプトン・マッケンジーがいます。

どうかわたしにには親切にしてください。ミス・トレンチには、（わたしたちの馴染みのペンションがある）ピアッツア・メンターナ　五に住むわたしたちの友人を訪問していただけませんか。その友人というのはロザリンド・ベインズ夫人(一)で、老彫刻家のR・A・ハモ・ソーニィクロフト卿(二)の娘です。彼女は三人の幼子、それに乳母と一緒に当地に出てきたのですが、少々不安な気持ちになっているのではと、恐れています。彼女のことがわたしは心配なのです。［ノーマン・］ダグラスも同じペンションにいます。彼がまたしても新たなスキャンダルを引き起こすのではという感触を、わたしは抱いているのです。また何としても彼女にはそのことで傷ついたり恐怖心を抱いたりしてほしくはないのです。もしあなたにちょっと立ち寄っていただければ、わたしは大変嬉《うれ》しいのですが。

ハーバート・トレンチはどこにいますか。在宅ですか、怪我のほうはもう大丈夫ですか(三)。ミス・トレンチはいかがですか。彼女の友達はまだ一緒なのですか。ロザリンドが皆さんと知り合いになれば、どれほど嬉しいことでしょう。彼女は夫で医者のベインズとはうまくいかなかったからです(四)。事実二人はちょうど別居したばかりです。

フィレンツェではわたしたちにご親切にしていただいたこと、ここで感謝申し上げます。わが妻か

らよろしく、とのことでした。トレンチさんと娘さんたちに心からの贈り物を差し上げます。あなたに対してはこちらの不躾《ぶしつけ》な態度をお許しください。もちろん、娘さんたちに対する無遠慮もお許しのほどを。

スタインは今どこにいるのでしょうか。全く便りがありませんので。

さようなら《オ・ルヴォアール》　D・H・ロレンス

(一)ロザリンド・ベインズ夫人　ヘルトン・ゴドウィン・ベインズの紹介参照。

(二)R・A・ハモ・ソーニィクロフト卿　医師であるロザリンド・ベインズの父親で、彫刻家であった(一八五〇年—一九二五年)。

(三)怪我のほう　ハーバート・トレンチの劇作品『ナポレオン』が上演された夜、彼が乗ったタクシーとバスが衝突し、彼は頭蓋骨を少し骨折する事故に遭っていた。

(四)彼女は……うまくいかなかった　二人の離婚の詳細については、ベインズ紹介の項を参照。

スタンリー・アンウィンへの書簡

スタンリィ・アンウィン（Stanley Unwin, 1884-1968）

一八七一年設立された出版社「ジョージ・アレン・アンド・サンズ（George Allen and Sons）」は、一九一四年にスタンリィ・アンウィン卿（Sir Stanley Unwin, 1884-1968）が会社を買い取った時点から「ジョージ・アレン・アンド・アンウィン（George Allen & Unwin）」と社名を変えた。そしてバートランド・ラッセル（Bertrand Russell, 1872-1970）、アーサー・ウェィリー（Arthur Waley, 1889-1966）、ロアルド・ダール（Roald Dahl, 1916-1990）などの作品を出版した。また一九三七年には子ども向けのファンタジー人気作品『ホビット』（*The Hobbit*）を出したことで有名。さらに一九五四年から一九五五年にかけて長編ファンタジー『指輪物語』（*The Lord of the Rings*）も出版している。

スタンリィ・アンウィンの書簡は、ケンブリッジ版『D・H・ロレンス書簡集』Ⅷに収録されている。

▽スタンリー・アンウィン　一　（一九二〇年四月二日）

シチリア、タオルミーナ、フォンタナ・ヴェッキア

三月二四日付の手紙(一)を受け取りました。例の「教育関係のエッセイ」を書き終えてあなたに送るはずだったのですが、いまだにわたしの旅行カバンの中に入ったままです。というのは、このカバンは去年の一一月一四日にロンドンから発送されましたが、まだ到着していないからです。当地の鉄道輸送の現状はこんなにも当てにならないのです。警告してやらねばなりません。いよいよ届いたら、お約束しましたように必要な手直しをしてからあなたにお見せします。もう一つの小説『堕ちた女』のほうは、まだ半分しか進んでいないので、結末がどうなるか祈るしかありません。

その一方で、わたしはあなたにアルジェリアとリオンを舞台にした「外人部隊」の原稿を考慮してくださるかどうか聞きたいのです。物語は外人部隊を嫌い逃亡したある人物が主人公です。といっても、これは戦争経験を語ったものではありません。外人部隊での日常生活における心の平安を扱ったものです。ただ少々不愉快で、不道徳な面も描かれています。この本を書いた男はここイタリアの修道院に身を寄せています。彼のこの作品は非文学的であるのですが、それゆえに興味をそそられ、平明で率直です。外人部隊で起こったことをありのままに記録したこの物語は、イギリスの大衆には刺激が強すぎるのではとわたしは思います。しかし、M［モーリス・マグナス］は文士気取りではないので、あなたが必要と思われたら、どれほど削除されようと気にかけないでしょう。彼が望むのは、おそらくイギリスで、版権込みで、即金で本を売りさばくことだと思います。

この点についてあなたのお考えを聞かせてください。

DHL

（一）三月二四日付の手紙　三月二四日にロレンスに宛た手紙でアンウィンは「一冊の本にするだけの内容」だと「教育関係」に興味を示している。また、まだ出版先が決まっていない小説に対してもロレンスに打診している。

▽スタンリー・アンウィン　二　（一九二〇年五月四日）

（メッシーナ）、タオルミーナ、フォンタナ・ヴェッキア

本日は、前にお知らせした［モーリス・］マグナスの『外人部隊』に関する著作の前半部分を書留郵便でお送りします。後半部分も仕上げているそうです。マグナスが、きっとみずからあなたにその本を送るはずです。お送りする分には、リヨンにある部隊の記述と、その部隊からの脱走、フランスからの逃亡が描かれています。

この本の出来はよく、記録に徹していて、すべてが真性のものです。本当の意味ですばらしい実録と言えます。あまりにもシンプルで明白な記録です。しかし、もしあなたが削除されることがあっても、Mは気にかけないはずです。事実彼が望むところは、安くてもいいから即金で原稿をあなたに買ってもらいたいのです。そして原稿に対するすべての権利をあなたに預け、あなたの好きなようにしても

らいたいのです。わたし自身はと言えば、この物語の気取らない飾り気のなさに脱帽しています。物語の素人臭ささえわたしは好きなのです。全体で九万語になります。

わが旅行カバンはいまだにトリノと当地間の鉄道路線の「どこかに」止まったままです。全く苛々《いらいら》します。気候はうだるほどの暑さなので、冬服を着込んでいるわたしは簡単には身動きができないのです。しかしながら、わたしが大騒ぎをすれば、いずれカバンも届くに違いありません。そうなればやっとあなたにわたしの原稿をお送りできるでしょう。それまではこのマグナスのものを見てください。できる限り早くあなたのご意見をお聞かせください。

ではまた　D・H・ロレンス

▽スタンリー・アンウィン　三　（一九二〇年五月一五日）

（メッシーナ）、タオルミーナ、フォンタナ・ヴェッキア

やっとわが旅行カバンが届きました。「教育」に関するエッセイも入っています。三万語程度の長さでいかがですか。すぐに仕事に取りかかります。

カバンの中には例の『古典アメリカ文学研究』の完全稿も入っています。そのうちのいく編かは一九一八年一一月号から一九一九年六月号の『イングリッシュ・レヴュー』に掲載されました。この原稿については、他の誰にも送っていません。もしあなたがお望みなら、お送りします。しかしその

前に、もしこれらのエッセイを目にされていなかったら、『イングリッシュ・レヴュー』でちらっとご覧ください。つまり、興味を感じられたらという意味です。全体で八万語にはなると思います。
『外人部隊』のマグナスの原稿があなたに届いていることを期待しています。残りの部分も届くはずです。ご感想を聞かせてください。

ではまた　D・H・ロレンス

郵便事情が当地では極端に悪いのです。イギリスからの手紙一通ですら、八日から二五日もかかるのですから。(一)

(一) 八日から二五日　アンウィンがロレンスに返答したのは五月三一日付の手紙であった。その内容は左記の通りである。

拝啓、

あなたの旅行鞄が戻ってきて本当によかったですね。近いうちに教育に関するエッセイを受領できるのを楽しみにしています。もちろん興味深い内容だと信じています。

そこで思い出したのは、『イングリッシュ・レヴュー』に載った「アメリカ古典文学研究」です。しかしこの題名のためにわたしはひどく心配をしています。なぜなら、この書では多数の読者を引きつけることができるとは思わないからです。ところで、あなたが手元にその原稿をお持ちでしたら、わたしに送っていただければ大変嬉《うれ》しいのです。と言いますのは、わたしなら確実に合衆国内で出版するため、満足のいく取り決めをすることができるからです。また同時に、アメリカ市場で売りに出すため、わたしたちの出版社名を記して、輸入品扱いとして販売することもおそらく可能だと思います。このようにすれば、この作品の著作権が合衆国内で保証される利点が生まれるのです。

あなたがご親切にお送りくださった「外人部隊」の原稿を当社で調べてみましたが、これでは十分な売り上げは期待できないと感じています。現在の出版事情では費用がかかりすぎるからです。とは言え、失礼をも顧みず、わたしたちはあるアメリカの出版社にこの原稿を見せましたので、後日当方に返答がくれば、さらに詳しいことをお知らせするつもりです。

敬具

タオルミーナ

▽スタンリー・アンウィン　四　［一九二〇年六月一七日］

あなたからの手紙が届きました。マグナスの『部隊』の原稿に関して何の進展もないということなのですね。何らかの進展があれば、すぐに知らせてください。あなたのほうで出版の意図がなければ、別の出版社に送りたいと考えているからです。もしあなたのほうですでにアメリカの出版社と偶然渡りを付けておられ、後半部分をお望みなら、モーリス・マグナスに直接便りをしてください。マルタ、ヴァレッタ、スタラーダ・リール、トマス・クック・アンド・サンとなります。でも、できる限り早くあなたの意図をわたしにご連絡ください。(一) それにマグナスは匿名での出版、即金での支払いを願っていることをお忘れなく。

あなたがおっしゃっていたと思いますが、わたしは「教育」に関するエッセイは約三万語になるよ

うに書いています。とにかく、それくらいの語数で書くつもりです

『アメリカ古典文学研究』の原稿については、アメリカから返事があるまで待つつもりです。また、「教育」に関するエッセイについてもアメリカの出版社に当たってみるつもりです。『アメリカ古典文学研究』については、アメリカでの合意を守らなければならないと考えていますが、原稿そのものの完成にはもう一週間はかかると思います。

ではまた　D・H・ロレンス(一)

(一)でも、……ご連絡ください　六月二五日(?)付のロレンスへの返信でアンウィンは「マグナスの本は『成功しないだろう』から、彼がどこに居ようと原稿を送り返したい」と明言していた。

アイリーン・ホイットリーへの書簡

アイリーン・ホイットリー(Irene Tregerthen Whittley, 1887-?)

アイリーン・ホイットリーはキャプテン・ショート(John Tregerthen Short, 1894-1930)の娘である。パーシィ・ホイットリー(Percy Whittley, 生没年不詳)はその夫。彼は戦時中海軍に参加し、戦後バークレー銀行に勤めた。一方、アイリーンは一九一九年、ロンドンのバタシーで教員をしていた。

▽アイリーン・ホイットリー　一（一九一九年三月二九日）

ダービーシャ、ミドルトン・バイ・ワークワス、マウテン・コテッジ

あなたへの返事が遅くなりました。というのは妻がしばらく前にあなたに手紙を書いたのですが、宛先などといったことには無頓着な人なので、本当にあなたに届いたのかどうかも定かではなかったからです。

六週間前から、わたしはずっとインフルエンザとその合併症に罹《かか》っていたのです。ようやく回復し始めていますが、歩くとまだ少しふらつきます。本当に忌《い》まわしいことでした。

わたしたちは四月二四日までここに滞在しています。その後ハーミテッジにあるコテッジに移る予定です。あなたとホイットリーさん、お二人でこちらにいらっしゃいませんか。わたしの妻は六月にスイスかドイツに行きたいようですが、ちょっと時期尚早だとわたしは思います。八月くらいに出かけたほうが、事態が沈静化し旅行も楽になると思うからです。ミュンヘンや、バーデン‐バーデンあるいは［スイスの］ベリンツォーナに向かう長く苦しい旅のことを思うといやになります。目下のところ、何事にも、煩《わずら》わされたくはありません。不愉快な汽車の旅を避けるため、わたしの叔父［クレンコフ］が車でハーミテッジまで連れて行ってくれることを期待しています。

ここでは家の周りだけでなく畑にまで雪が積もっています。しかし道路は通行可能であり、眼下の谷間もはっきりと見えます。それでも大変寒いところです。今年の冬には思いもよらないほど疲れました。

ホイットリーさんは何をしていますか。今も海軍、あるいはそれに関係する仕事をされているのですか。今夏、もしわたしたちがイギリスに留まれば、ぜひともまた「ハイヤー・」トレガーゼンに行きたく思います。そうしてもう一度この目で見たく思います。トレガーゼンが大好きだからです。それにしてもコーンウォールは悪意に満ちた場所です。

　スターか、グレイ「スターの妻、レディ・メアリ」をロンドンで見かけますか。ただメレディスはロンドンを出てしまったとは思いますが。彼はいつもカフェ・ロワイヤルに姿を見せていました。聞くところによると、レディ・メアリには赤ん坊がいるようですが、正確なところはよく分かりません。グレイはまるで迷子になった幼児のように今も彷徨《さまよ》っています。「J・M・」マリ夫妻は今もハムステッドに在住ですが、彼女「キャサリン・マンスフィールド」は相変わらずひどい病弱状態にあります。彼女は、今年の夏は、南フランスかマデイラ諸島のどちらかに行って冬の間を過ごすのだと思います。マリのほうはロンドンに残るでしょう。彼は陸軍省を出て、『アシニーアム』の編集をしています。四月四日には再刊されます。キャサリンのほうも執筆活動をしていますが、エリザベス・スタンリーという名前の署名を使っています。(二) わたしの場合は、匿名を選びました。あなたのお父さん「キャプテン・ショート」が、エリザベス・スタンリーのちょっとした傑作を読んで楽しまれることは請け合いです。そのような楽しみをお父さんに差し上げてください。

　あなたとホイットリーさんにまたお会いしたいものです。霧深いある日、わたしたちがふと出くわした時に、じめじめした野原で大きなマッシュルームをあなたが見つけた時のことを覚えておられますか。ああ、すべてが過ぎ去ってしまったのですね。

わたしとフリーダからお二人に、お元気で。

D・H・ロレンス

（一）インフルエンザ　いわゆるスペイン風邪と呼ばれ、世界的に大流行した。感染者は六億人、死者は最終的には四、〇〇〇万人から五、〇〇〇万人に及んだ。当時の世界人口は一二億人程度と推定されるため、全人類の半数もの人びとがスペイン風邪に感染したことになる。流行の第一波は、一九一八年三月に米国シカゴ付近で最初の流行があり、アメリカ軍の第一次世界大戦参戦と共に大西洋を渡って、五月から六月にかけてヨーロッパで流行したものである。第二波は一九一八年秋にほぼ世界中で同時に起こり、病原性がさらに強まって死者が急増した。第三波は一九一九年春から秋にかけてで、やはり世界的に流行した。日本ではこの第三波の被害が一番大きく、三九万人以上が亡くなったと言われている。

（二）エリザベス・スタンリー……使っています　キャサリン・マンスフィールドは父方の祖母の名前を充てていた。

▽アイリーン・ホイットリー　二　［一九一九年一二月一七日］

イタリア、カゼルタ地方、ピチニスコ、オラッツィオ・チェルヴィ様方

今し方あなたからの手紙を受け取りました。明日返事を書きます。ご機嫌よう。

DHL

わたしたちは右記の住所にしばし滞在します。

▽アイリーン・ホイットリー　三（一九一九年一二月一八日）

イタリア、カゼルタ地方、ピチニスコ、オラッツィオ・チェルヴィ様方

あなたからの手紙を受け取ったのは、今日例の忌《い》まいましいピチニスコに向かう山を汗だくになって登り切った時のことです。郵便が来るのは運まかせなのです。もし農夫の誰かがたまたまこちらに向かって下山してくることがあれば、「預けること」もでき、何とかなります。ところが、もしそのような僥倖《ぎょうこう》に出会わなければ、結局は元の木阿弥という結果に終わってしまうのです。フリーダは一〇月初旬にドイツに行ってしまいました。そしてバーデン‐バーデンの母親のところに約二か月間滞在していました。かの地では「食糧不足で」ニンジンを食っていたせいか、少し痩せていました。その後イタリアに来てフィレンツェでわたしたちは合流しました。フィレンツェに来た彼女はたらふく飲み食いをした結果、彼女は当地で言うお腹《パンチィア》を、少々壊してしまいました。でもすぐに元気を取り戻しました。わたしたちはローマにやって来ましたが、都会の雑踏といかさまに耐えられませんでした。こうして、わたしたちはローマから一〇〇マイルほど南で、鉄道からは一五マイル離れたところの険しい山々の中に身を隠してしまったという次第です。太陽が昇ると、陽光は赤々とすばらしく目の覚めるような感じがします。雲が出ると、雪を抱いた山々を眺めてその日を呪ってしまいます。

しばしの間この地に滞在することになるかもしれません。いつどこへ出て行くのかは分かりません。わたしは、彷徨《さまよ》うユダヤ人へと変わりました。というのは、足がうずうずして、一つ箇所に長居しすぎるとお尻が焼けそうになるからです。どこの具合が悪いのかわたしには分かりませんが、この

ような状態が止むことはありません。フリーダは自分の居場所に確信が持てないのです。五年もイギリスに住みドイツで二か月も過ごしたので、彼女の話すイタリア語は全く駄目なのです。だからわたしは忌《い》まいましい農夫たちを楽しませるために、聾唖《ろうあ》者に劣らない役を演じるつもりです。ここには絵に描いたような見世物があるのです。山賊のような身なりの人たち、女たちとロバ、もはや人間の言語ではないちんぷんかんぷんの方言。しかしもしお決まりのドイツ語を遣わせていただくなら、ため息まじりに《ソイフツァー》「何処へ《ヴォー》」と「いつも《インマー》わたしは問いたくなります《フラーグト》」。そしてあなたはバタシーへ教えに行かれて、教鞭《べん》を取り生徒に厳しく接することもあるのですね。「夫君の」ホイットリーさんは神様のように銀行に坐っているのですか。口ひげをまた生やしましたか。真鍮《しんちゅう》のボタンの付いた濃い青色の背広を身につけ、綺麗《きれい》な話し方のホイットリー氏を覚えておくべきなのでしょうね。でも、マリが「ハイヤー・トレガーゼンに」やって来る前に、きれいに掃除された家の段炉端にお二人が身をかがめて、マットレスを乾かしておられたことのほうを覚えておきたいのです。やがてマリ夫妻がやって来ました。(二) ホイットリーさんは、さらに暗くなったころ、セント・アイブズからオートバイに乗って帰宅されましたが、すっかりお疲れでしたね。コーンウォールからは何か新しい知らせはありましたか。ご両親はご健在でしょうか。お父上は今も「ハイヤー・」トレガーゼンで、さまざまな工具を使ってフェンスを作ったり、タール塗りの作業を楽しんでおられるのでしょうか。お母様は今でもショールで身を包み、それでも寒いと感じ、こっそりわたしのほうを見て、いたずら笑いをされていましたね。でもトレガーゼンではたいていい幸せでした。これからも思い出すたびに感謝の念でいっぱいになるでしょう。

次に何をするかは少しも分かりません。ほどなくイギリスに帰国するかもしれません。その時にはワインかビールか、あるいはジンか、とにかく手元にあるもので［再会を祝いましょう。］

クリスマスが近づきました。男たちは古風なバグパイプを携えてセレナードをわたしたちのために演奏してくれます。例の聖母マリアを讃える大声のバラッドです。わたしたちの居場所はどこからも相当離れているので、実際のクリスマスがどのようなものになるのかは、神のみぞ知るです。わたしたち二人からお二人にご挨拶申し上げます。

D・H・ロレンス

（一）マリ夫妻がやって来ました　一九一六年四月、［J・M・］マリとキャサリン・マンスフィールドはロレンス夫妻にハイヤー・トレガーゼンで合流していた。

▽アイリーン・ホイットリー　四　（一九二〇年六月二日）

シチリア、タオルミーナ、フォンタナ・ヴェッキア

昨日あなたからの手紙が届きました。まだバタシーにおられるんですね。一〇日間、わたしたちはマルタ島に行っていました。当地からはそれほどは遠くないのです。しかし太陽光線が強くて、大変暑かったです。今でも目がくらみそうです。

鉄道運賃が法外に高くていやになります。イタリアでは、日帰りの旅であれば、わたしはいつも二等車で出かけます。ところが、二、三日の旅に出て、もし寝台車がなければ惨めなものですが、所要時間次第で、寝台車がなくても何とかなります。もしあなたが実際に当地にやって来られるなら、三等車に乗ってロンドンからパリに向かわれることをお勧めします。パリからローマには寝台車のある豪華列車がよいでしょう。ローマから二等車に乗り継ぎます。ローマから当地までの所用時間は約二二時間です。あなたが到着されれば、たくさん部屋がありますから、わたしたちの家に滞在してください。ところで、ホイットリーさんはいつ休暇を取られる予定ですか。八月と九月は実に暑く、砂漠のように乾燥した土地ですので。その時が来れば、わたしたちは北のほうに移るつもりです。そうなれば、北イタリアのどこかでお会いできるかもしれません。あなたにとっては、旅の時間が節約できてよいかもしれませんね。ここに来て滞在されれば、楽しいですよ。とは言え、何もすることがなく、ただ一日をぼんやりと過ごし、夕方には海辺に出かけて水浴びをするしかありません。太陽の輝きが今でも恐ろしい怪物のように思われます。暑さにやられて急いで日陰に身を隠してしまいたくなります。もしあなたに時間の余裕があればですが、父君が、ナポリかパレルモ、あるいはマルタ行きの不定期貨物船の寝台席をあなたのために用意してくださるかもしれませんね。

　フリーダが秋には再度ドイツに行きたがっています。いずれ考えねばなりません。わたし自身、今年はイギリスに戻るつもりはありません。もっと先のことは分かりませんが。

　豪華列車がパリを出発するのは、月曜日、木曜日と土曜日の午後二時です。そして、モダーヌ、トリノ、ジェノヴァ、ピサを経由して、翌日午後八時一〇分、ローマに到着します。一日ローマに滞在してください。翌日午後七時四〇分発の列車に乗れば、翌日午後二時三七分にタオルミーナに着きます。または、トリノとローマのどちらかで途中下車し、一泊される場合は、二等車でずっと来るという手もあります。

計画全体について考えてみましょう。わたしたちはスイスかイタリアのどこかの湖で落ち合いましょう。マッジョーレ湖などはどうでしょうか。そうしましょう。あなたの道中から見て、距離的に近いですよね。

DHL

フリーダから、くれぐれもよろしくとのことです。

マッジョーレ湖でお会いしましょう。フリーダの母親もやって来ます。よい考えではありませんか！

当地は暑すぎます。

DHL

ホイットリーさんは銀行から休みをもらえないのですか。あなたは今も歌を歌っていますか。［ハイアー・］トレガーゼンのコテッジには誰がいますか。マリ夫人はまだ結核がよくなっていません。リヴィエラから戻ってきたのですが、よくはなっていません。

とうとうわたしはマリと喧嘩《けんか》をしてしまいました。薄汚い虫けらのような人間だと言ってやりました。

フランシス・ブレット・ヤングへの書簡

フランシス・ブレット・ヤング（Francis Brett Young, 1884-1954）

イギリス生まれの、小説家、詩人、劇作家。父親が医師だったので、バーミンガム大学で医師免許を取得し開業。第一次世界大戦では軍医として従事したが、東アフリカで健康を害し、終戦後医師を諦め、作家に専念する。一九二〇年ごろから一九二九年まで、妻ジェシカとカプリに住む。一九一九年、ミッドランズを舞台とする一連の小説を書き始めた。作家収入でウスターシャに家を構え、避寒にはカプリで過ごす生活を維持した。『深い海』（*Deep Sea*, 1914）、『若き医師』（*The Young Physician*, 1919）など。ロレンスがヤング夫妻に宛た書簡から、ヤング夫妻がカプリ島で、まずコンプトン・マッケンジーが所有していた別荘に滞在し、のちにアナカプリにヴィッラ・フライタを購入し住むことになったことが分かる。

▽フランシス・ブレット・ヤング　一　［一九二〇年一月一日］

カプリ、パラッツォ・フェラーロ

［コンプトン・］マッケンジーからあなたがお手紙をわたしに出されたと聞いたのですが、まだ届いていないので、この葉書を送ることにしました。あなたと奥さんがカプリにいらっしゃるのなら、わたしたちに会いに来てください。

▽フランシス・ブレット・ヤング　二　（一九二〇年五月六日）

タオルミーナ、フォンタナ・ヴェッキア

昨日、あなたからの手紙が届きました。奥様がイギリスに帰られるのを知らなかったのが残念です。[一] わたしの小説［『堕ちた女』］の原稿を持って行っていただくようにお願いしたかったのです。小説は書き上げていて、その前半部分の原稿をタイプしてもらうためにローマに送ったところです。[二] 郵送するということに大変不安を感じています。最近、手紙が届かなくなっているのです。奥様なら、小説の手書き原稿をイギリスまで安全に持って行っていただけたでしょう。わたしもとても安心できたことかと思います。加えて、ローマの担当女性［ウォレス嬢］が一〇〇語一シリングの料金を取るので、全体で一一ポンドか一二ポンドかかることになります。その金額を見て、このわたしがどんなに絶望したかお分かりになるでしょう。でも、仕方がありません。向こうから前半を受け取ったと連絡してきてから、後半の部分を郵送してみようと考えています。一番安いのでいいですから蝋燭《ろうそく》を点《つ》けて、わたしのために郵便局の守り神様にお願いをしてください。いやもっといいのは、あなたの手が届くなら、こんなに頼りにならない郵便事情を引き起こしている守り神のお尻に火を点け、急《せ》き立ててもらうことかもしれません。「マーティン・」セッカーには原稿のことを約束したためぎゃーぎゃー言ってきます。そのため苛々《いらいら》が募ります。

　土地を所有することになれば、あなたも房の付いたビロードの喫煙用帽子を被るようになるでしょうね。土地を耕作させ、ナポリ人のような太鼓腹にもなるでしょう。そんなことは幸せではなく、不幸の元となるでしょうね。

　荷物はまだ手元に届きません。影も形もありません。税関通過の知らせと、トリノからカギは受け取っているのですが、品物は一つも、ほんとに一つも、届かないのです。何てことでしょう。頭をかきむしりたい気分です。

　その間にも、マクベス風に言えば、(三)新たな困難に見舞われています。つまり、「モーリス・」マグナスというケルビム《智天使》がわたしたちの行く先に現われるという形で襲いかかっています。(四)しかしこれについて何か書く気にはなれません。本当にうんざりしてしまいます。

　日曜の夜、ギリシヤ劇場でコンサートを聴きました。長髪の「アレクサンダー・」バルジャンスキーとかいう人物がチェロを弾き、町の楽団員がギターやマンドリンをまるでキリギリスか何かのようなか細い音を立てていました。バルジャンスキーのチェロは人間のうめき声のようで、周りにいる他の奏者の虫の声のほうがましでした。彼がどんなに偉大な演奏家だとしても、キーキー、ヒューヒュー、ねじ曲がった現代音楽には耐えられません。夕方の黄金色の光の中で、バッハやシューベルト、ワーグナーやブラームス、その他どんな作曲家の音楽も聞くのはいやでした。海岸線が夕方の黄金色の光を受けて、南へとうねうねと続いている光景を割れた窓越しに座って見ているところを想像してみてください。その海岸線はうねうねと続いて、神のみぞ知る世界の夜明けへと続いているのです。ぼんやりとした輪郭を描いて下降しながらシラクーザとその向こうへと続いている海岸線は、わたしの中に、半ば喜びを、半ば苦しみを呼び起こします。あのもったいぶったチェロの音、着飾ったイタリア人の聴衆。どうしてこんなものに耐えなければならないのでしょうか。現代人という虱《ノミ》を恥じて、エトナ山が噴火してくれたらいいのに。でもわたしもその一人にすぎないのです。

外国人は皆ここを出て行ってしまいました。ティメオ・ホテルは間もなく閉じてしまうでしょう。タオルミーナからは外国人が去り、別の土地のようです。地元の人びとは、にたにた笑いかけてだます相手がいなくなり、迷子になってしまったようです。メアリ［・カナン］はロッカ・ベラ・スタジオに落ち着きました。ブリストル・ホテルのうしろに建つ、入口に何の装飾もないテラスが付いたチャペル風の建物を覚えていますか。かわいそうに、そんな入り口に彼女は座っているのです。まるで靴をはいたおばあさんのように。(五)

［コンプトン・］マッケンジーがひどい病気だと聞き、他人ごととは思えません。治すために何かできないのですか。何てこった。

小説［『堕ちた女』］を書き終わり、仕事もなくなったので、わたし自身何をしてよいか分かりません。

あてもなくあちこちに種をまきに行きましょうか。とても暑い日が続いていたのですが、風が出てきて雨も少し降り始めました。ありがたいことです。

わたしの小説は『堕ちた女』という題名です。この題名はいかがですか。料理人でわたしの大家さんのチッチョは愛すべき人物ですが、六月一二日、アメリカ、ボストンに向かって船に乗ります。

あなたが近くに住んでいらっしゃるのなら、ヴィッラ・フライタの花用に鉢を二つ差し上げたいところです。

（一）奥様がイギリスに……残念です　ヤング夫妻はカプリ島アナカプリに落ち着くことを決め、イングランドの家を手放す手配をするために、妻のジェシカが一時帰国した。

（二）小説は……ローマに送ったところです　ロレンスは五月五日付の日記に、『堕ちた女』を脱稿し、手書き原稿の前半をローマのウォレス嬢に送ったと書いている。

（三）マクベス風に言えば　『マクベス』第一幕第三場、「新しい栄誉が彼に訪れる」('new honors come upon him')のもじり。

（四）［モーリス・］マグナスという……形で襲いかかっています　フリーダが『わたしでなく、風が……』の中に、マグナスがモンテカッシーノを出て、当然のごとく、タオルミーナのロレンス夫妻を頼ってやって来たと、書いている。

（五）まるで靴をはいたおばあさんのように　広く親しまれている英語の童謡に、There was an old woman who lived in a shoe. があり、原文の、'the old woman in the shoe' が呼応していると思われる。

ジェシカ・ブレット・ヤングへの書簡

ジェシカ・ブレット・ヤング（Jessica Brett Young, 生没年不詳）

フランシス・ブレット・ヤングの妻。ジェシカ（旧姓、Jessie Hankinson）は、フランシスがバーミンガム大学在学中に出会った。当時、彼女はイギリスでは第二校目になる女子の体育教師育成機関のアンスティ体育大学（一八九七年開学）に在学中であった。ロレンス夫妻との交友についてはフランシス・ブレット・ヤングの人物紹介を参照。

▽ジェシカ・ブレット・ヤング　一　［一九二〇年三月三一日］

フォンタナ・ヴェッキア

フランシス［・ブレット・ヤング］の手紙を受け取りました。あなた方は［ヴィッラ・］フライタに行ってしまったのですね。いい天気で暖かいようにと祈っております。ここでは、わたしたちは古株になっています。訪問客も多いです。メアリ［・カナン］は、ここティメオ・ホテルでも、座っていることが多いのですが、歩き回る時は次々と違う帽子を被り気取っています。日曜日にティメオ・ホテルで昼食をとり、テラスでコーヒーを飲みました。さてさて、そこにいた人たちを紹介しましょう。キンポウゲを連想させる髪をした足の不自由な男爵夫人（アメリカ人でデンマーク人と結婚した人）や、いかれたブロンテ公、別名はフッド［アレクサンダー・ネルソン・フッド］で、イギリス流に「公爵《ドゥーカ》」と呼ばれていました（もちろん英国人がそう呼んでいるのであって、イタリア人は違います）。それから、逮捕歴のある亡命中のフランス人夫妻（「何のために」というのが口癖《くちぐせ》です）。ケンブリッジ出身の医師ロジャーズさんは、薄い緑色の瞳のデンマークのご婦人方を相手に催眠術を披露していました。狐皮のショールを肩にかけた彼女たちは、彼の反対側に座ってポーチド・エッグを食べていたのですが、デザートのオレンジが出されるころになると、彼はその術でテーブルが浮き上がっているように思わせていました。それにすごくシックなオペラ座の女優さん。それから他には、いやいやこれくらいにしておきましょう。

四五歳ぐらいのオランダ人、［マリア・］ユーブレヒト嬢について少し書きます。彼女はブリストル・

ホテルのすぐ下の大きなヴィッラに住んでいる女性です。ミネルヴァタイプの知性派で、メアリのようなヴィーナスタイプの感情的女性には批判的です。彼女は、メアリとわたしたちを老人ホームに案内してくれました。ブリストル・ホテルのポーチに貼ってあるポスターで、老女の小さなスケッチが付いているやつをちょっと思い出してください。ほらこんな感じです。

［ロレンスのペンで描いたスケッチ］。(一)

メアリとユーブレヒトは因縁の戦いの宣戦布告をしたような仲です。それがいや実におかしいのです。ティメオ・ホテルで一度ハイティーをして夕方を過ごしました。それからユーブレヒト嬢のお宅でも夕方の会を持ちました。そこにはロジャーズ医師も来ていて、わたしたちに科学における最新の情報をひけらかしました。無礼とは思ったのですが、それらは子どもっぽいたわごとだと言ってやりました。彼はわたしのことをよくは思っていないでしょう。今夜はブリストル・ホテルで夕食会をします。オランダ系イギリス人で南アフリカからのお二人［ヤン・ユタとルネ・ハンサード］、ユーブレヒト嬢、それに若い男性一人［アラン・インソル］です。どういう会になるか、ご想像がおつきになるでしょう。

シチリア人はつわもののペテン師が多く、ゆすりたかりはお手のものです。しかし、ぎりぎりの交渉はできます。蜂蜜は取っ手付きの大きなギリシヤ壺《つぼ》でしか買えませんが、一七キロで八四フランです。大きなブリキの容器に入ったバターは五キロで八〇フランです。この値段なら、してやられたわけではないのですが、他の場合は大方やられてしまいます。新聞で確認することはできませんが、一昨日の月曜日、アテナシオの店では八〇フランの交換レートを使っていました。ところが今は、彼は店を閉じてしまいました。マフィアが彼の背後にいるとしたら、良心の痛みなど感ぜずにやることができます。しかし、タオルミーナの住民たちはこの交換レートでさえ不満に感じているようです。わたしは彼らにメルド《くそったれ》とちょっと控えめに言ってやるのです。彼らは全く気にかけない様子です。だから、もう一度メルドと言ってやるのです。メアリ［・カナン］はローマン・スコント銀行で外貨交換をして、四七、〇〇〇リラにしかならず落ち込んでいます。お金を持っているということがどんなことなのか、彼女の様子を見れば分かります。そして、最近の夜のエトナ山は真っ赤に見えます。偉大なローマの歴史家ティトゥス・リウィウスの時代の前兆占いの儀式を思わせます。

　わたしは少しおもしろい小説［『堕ちた女』と推測される］を書いていて、おそらく五万語ぐらい書き上げたところです。この小説はわたしには統御不可能で、まるで船の舷《げん》窓を通り抜けて見知らぬ大海へ出ていってしまって、デッキに残されたわたしだけが帰っておいでと悲しげに嘆いているような気がします。——ナポリのアルバート・スタインマン社のタイピストから、原稿が戻って来ました。『精神分析と無意識』という題名で出版されます。わたしはその原稿をすぐに引き出しに仕舞い込みました。というのはこの作品が世に出るとわたしは嘘付きだと訴えられるかもしれないからです。セッカーに手紙を書いて、『虹』と『恋する女たち』を前回の条件で出版してもいいと伝えました。ダックワース社はまるまる一章を削除してほしいと要求しています（何て馬鹿な奴）。それには納得できませんし、イタリアからはもう間もなく出て行かなければならないと分かっているからです。とにかく、船賃は用意していたほうがいいでしょう。——お身体を大事にしてください。お便り楽しみにしています。フリーダがよろしくと言っています。

DHL

(一) ロレンスのペンで描いたスケッチ　ロレンスのスケッチには、一軒の家、家に続く車道に杖をついた老婆が描いてあった。「老人ホーム、寄付金歓迎」との文が付けられていた。

▽ジェシカ・ブレット・ヤング　二　［一九二〇年五月二二日］

グレイト・ブリテン・ホテル

わたしたちはまたジタバタしています。シチリアの船舶がストライキを止めるまでマルタから動くことができないのです。イギリスはいかがでしたか。ここのイギリス領はのんびりと居心地もいいです。ミルク、はちみつ、ハム、卵、ママレード、マトンの足やスズキなど豊富にあります。とても暑くて、とても乾燥しています。ヴァレッタは美しくて陽気な町です。来週末までに、フォンタナ・ヴェッキアに戻ります。絹のスーツを買う予定です。すてきでしょう。

▽ジェシカ・ブレット・ヤング　三　（一九二〇年六月二六日）

タオルミーナ、フォンタナ・ヴェッキア

昨日あなたからのお便りが届きました。どうしていらっしゃるのか気になっていました。フランシス［・ブレット・ヤング］がご病気だったと聞きお気の毒に思います。ご回復を祈っています。あなたがちょっと旅行に出かけて彼が病気になるようなことがあっても、彼らしいと思います。［コンプトン・］マッケンジーもイタリアを出て行ったと聞きました。しかし、それ以外は特に何も聞いてはいません。

ここでは暑かったり涼しかったりです。わたしたちがマルタ島へ遠出したと聞かれたことでしょう。いやいや、あそこは暑かったですよ。あの島は、むき出しになった白骨のようです。ヴァレッタ港はすばらしかった。特に夜にはすばらしかった。あそこにはいつか行って、その目でご覧になってください。見てみる価値はあります。しかし、イギリスの施しと俗物根性が蔓延《まんえん》しているあんな島に長居は無用です。

メアリ［・カナン］はスタジオに戻っています。彼女は二週間前にエトナ山へ行きました。ラバの背に揺られて、映画製作の男性とその妻と一緒に向かいました。ブリストル・ホテルに滞在していた夫婦です。ここから出かけて行って、全体で三六時間かかったということでした。メアリのラバは彼女もろとも倒れ込み、気が付くとハリエニシダの茂みに座っていたそうです。気を失いそうになるほど寒かったそうです。そんなこんなで、帰ってきた時には、彼女はばらばらに割れてしまったティーカップのようでした。今のところ彼女はまたじっとしています。七月の末になれば、彼女はフィレンツエに向かいます。それからヴァッロンブローザに一、二週間滞在し、フレンチ・リヴィエラ「コート・ダジュール」に友人と二人で小さな家を見つけ、そののち、ニースからカンヌへ向かう計画を彼女は立てています。来年には、彼女は世界一周の旅に出ることでしょう。

よければ世界一周の旅に
もう一回世界一周の旅に
お供はレーム・ダック《死に損ないの》一羽だけ、一羽だけ（一）

タオルミーナはとても静かになりました。外国人たちが島を去りすべての活気が消えました。わたしたちは、ヴェランダでは軽装でくつろいでいます。家の中やヴェランダなら暑すぎるということはありませんが、歩くと地獄です。下のほうの斜面には、小麦が刈り取られ、一か所に集められています。左の方に目をやると、例の小さな納屋の前庭のようなところで、牛で脱穀しているのが見えます。あなたもアナカプリに移られて、同じ光景を目にして、同じ生活を体験されているでしょう。わたしたちはめったに浜辺まで行ったり、海に入ることはありません。

ありがたいことに、果物が旬です。アプリコットは（シチリア語ではクラポピですが）一キロ当たり七〇から八〇フランで、とてもおいしいチェリーは八〇フランで、イチジクは八〇フランから一ポンドします。それから、桃もありますが、あまり多くはありません。トマトやキュウリもあります。

こんな具合で果物は豊富ですが、他のものはそう多く手に入りません。家庭菜園には今年のアーモンドが実り、ブドウも大きくなっています。有り余るほどの果物、トマトにキュウリ、カボチャにホウレンソウ、週二回ほど少し肉を食べて、わたしたちは問題なく暮らしています。山岳地方産の強い赤ワインを二本買いました。一〇〇フランでした。わたしがちびちび飲んでいるところを想像してみてください。

　フリーダがあなたにお願いがあると言っています。カプリに行かれるなら、わたしの叔母「エイダ・ローズ・クレンコフ」のために、髪をアップにしてうしろから留めるための鼈甲《べっこう》の櫛《くし》を買っていただけないでしょうか。濃い色ですてきな、でもかなりシンプルなものがいいのです。メアリ「・カナン」の話では、二五から二八フランぐらいでいい物が買えたらしいのです。わたしたちが住んでいた家「パラッツォ・フェラーロ」の向かいにあるお店だったそうです。けれど行ってみないと分からないでしょうね。値段は少しぐらい違っても構いません。お店に品物を郵便で送れるように包んでほしいと頼んでください。住所はレスターシャ、クォーン、ホーソーンズ、F「フリッツ」・クレンコフ夫人と書いてください。フリーダが櫛を差し上げる約束をしていたのですが、果たせないでいたのです。ここでは買うことができません。それから、請求書をわたし宛に送ってください。あなたのご都合のよい時にお願いします。品物は「書留」で送ってください。

　あなたは蚊に刺されることはありませんか。わたしたちは悩まされています。ここの蚊はトラのようです。羽の生えたがらがら蛇ですね。

　例のウォレス嬢がわたしの小説をタイプする代金として一、三六〇ポンドも請求してきました。しかも一ポンド六〇リラの交換レートでね。やってくれますね。

いつかここに来てください。そしてメアリ[・カナン]がいる庭付きのスタジオを借りて一月ほど滞在されたらいかがですか。すてきな庭付きスタジオです。一か月一二五フランです。わたしたちはほどなく北のほうへ移ろうかと考えています。フリーダはドイツへ行くことを口にしています。北へ行くことが決まったら、カプリに寄って行きます。あなたの[ヴィッラ・]フライタを目にするのを楽しみにしています。ただ冬はここで過ごします。

ディ・チアラさんとお会いになりますか。彼女からの便りに返事を書いてなくて。そちらのご様子もお知らせください。

DHL

今の時点で櫛の代金を送らなくてもいいですよね。値段がはっきりしてからのほうがやりやすいと思います。「タオルミーナの品物」で何か欲しいものはありますか。

（一）よければ世界一周の……一羽だけ　英国の詩人、小説家、歴史家、ヘンリー・J・ニューボルト（Henry J. Newbolt, 1862-1938）の『海の歌』（*Songs of the Sea*, 1904）の第四章、「過去の栄華」（'The Old Superb'）からのもじり。原典では、ロレンスの引用の最後の部分が大きく違っていて、「レームダック一羽ではなく」、'a lame duck lagging all the way' となっている。この詩は、アイルランドの作曲家チャールズ・V・スタンフォード（Charles V. Stanford, 1852-1924）により、声楽曲（作品九一）となっている。

フランシスとジェシカ・ブレット・ヤングへの書簡

フランシスとジェシカ・ブレット・ヤング(Francis and Jessica Brett Young)

それぞれの宛名人の紹介参照。

▽フランシスとジェシカ・ブレット・ヤング　一　［一九一九年一二月二四日］

［ロザイオ］

お二人がピッコラ・マリーナ荘に出かけてしまわれたのか，それともここ［ロザイオ荘］に滞在されるのか分からなかったので，今日来てみました。［コンプトン・マッケンジーの］これらの別荘のうちどちらかをわたしたちで借りることができないかとも思っています。モルガノ・カフェのわたし宛に，伝言を残してくださいませんか。

D・H・ロレンス

宛先人不明の書簡

ロレンス夫妻は七月二八日の月曜日にロンドンを出発し、パンボーンに移動している[「キャサリン・カーズウェルへの書簡　九」参照]ので、出発日の前日というのは七月二六日、土曜日か、二七日、日曜日となる。こうした内容から考えると、「火曜日」と書かれているこの「宛先人不明の書簡」は、出発日の前日に書かれたということはありえない。したがって、推測するに、この「火曜日」はロレンス夫妻がロンドンを発《た》つ一番近い火曜日[七月二二日]とすべきである、とケンブリッジ版の編集者は説明している。

▽宛先人不明　一　［一九一九年七月二二日?］

セント・ジョンズ［・ウッド］、アカシア通り　五

［ロレンスは、この書簡を書いた翌日までロンドンに滞在することを宛先人に告げ、その人が彼に会う気があるかどうかを尋ねている。そして次の二週間滞在するパンボーンの住所を書き送ってい る。］……エディ［エドワード・マーシュ］と昼食を共にしました。木曜日にあなたと食事を共にすると聞きました。ということは、あなたはすでにロンドンにいらっしゃるのでしょうか。もしそうで、わたしに会おうと思われたら、電話をください。番号は、ハムステッド　六五三四です。会いに伺わせていただきます。

出版業実務に従事する苦労
——一九一九年から一九二〇年前半までのロレンス

一九一九年と二〇年前半のロレンスを理解するために、まず、その少し前の彼の様子を振り返ってみたいと思う。一九一六年から一九一八年の三年間は、ロレンスが「どん底の精神状態だった」(キャメロン　二二)時期だと言われている。この時期に書かれた書簡は、ロレンスの「英国、大戦、フリーダ、そして彼を英国に縛り付けるすべてのものに対する怒り」(二二)を反映しているとも言われている。その怒りの原因は、一九一五年に発禁処分を受けた『虹』の私家版の出版作業が体調不良により遅々としていたこと、『虹』の影響を受けて、『恋する女たち』を引き受ける出版社が見つからなかったこと、大戦中の一七年には、ドイツ人の妻を持っているためスパイ容疑をかけられ、住居のあるコーンウォールから退去命令を受けたこと、そして翌年には長引く大戦により、三度目の兵役身体検査を受け、三等級に格付けされたことなどが考えられる。一九一八年が終わるころには、ロレンスは祖国に嫌気がさし、「人の温かさ」に癒しと救いを得ようとして、故郷イーストウッドの昔からの友人である、ウィリアム・ホプキンに頻繁に書簡を送っていたという(ボールトン&ロバートソン　三)。

しかし、過去の人間関係に拠り所を求めていたロレンスの姿は、一九一九年に入ると途端に影をひそめる。例えばロレンスは一九一九年の春に、元婚約者のルイ・バロウズと再会する機会があったのだが、「昔の気持ちを思い出したくない」(一九年四月二三日エイダ・クレンコフ宛)という理由で、会うことを避けた。かつての恋人への懐かしい感情を思い出すことは、当時のロレンスにとっては慰めにはならず、「つらくなる」だけだったのだ。一八年までに積もり積もったロレンスの怒りは、人間関係にさえ疲れを感じるまでに、彼を追い込んでしまったのかもしれない。

このように、ロレンスが故郷に抱いていた幻滅感は、一九一九年に入ってからも消失することはなく、彼に英国からの脱出を迫り続けた。前年一一月の第一次世界大戦の終結を受け、一月のパリ講和会議開催から始まった一九一九年、英国は大戦中に高まりを見せたインドの反英感情を操縦すべく、ローラット法の制定やインド統治法の改定を実施した。しかしこれらの政策は、結果としてマハトマ・ガンディー率いる第一次非暴力・不服従運動の起爆剤となった。増幅するインド民衆の反英感情と同じく、ロレンスが祖国に対して募らせてきた不信感と嫌悪感も、一九一九年には飽和状態となっていたのだ。一九年の年始早々に、インフルエンザによって衰弱したロレンスは、一九一八年を主に過ごしたミドルトン・バイ・ワークスワスや、妹や友人の住むリプリー、ハーミテッジ、ロンドン、バークシャのパンボーンとニューベリーを転々としたあと、一一月になってやっと念願の英国脱出を実現する。大戦直後のイタリアに渡ったロレンスは、これまでの鬱屈した怒りのエネルギーを爆発させるかのように創作に精を出す。

この時期にイタリアで執筆に打ち込むロレンスは、まさに作家としての円熟期の只中にあった。家計は不安だったにもかかわらず、ホテルや自宅ではない家で、次々と著作を生み出すロレンスには、驚くべきものがある。一九年の出版作品は『入り江』のみだが、創作活動は盛んであった。『恋する女たち』や『狐』、『ヨーロッパ史のうねり』、『アメリア古典文学研究』の推敲を重ねつつ、「艶を失った孔雀」、「ヘイドリアン」、「アドルフ」、「レックス」、「ファニーとアニー」、「モンキー・ナッツ」、「貴女が僕に触った」などの短編を執筆し、雑誌に寄稿したりもした。また、「精神分析」「雲」、「民主主義」、「民衆教育」、「イタリアについてのエッセイ」そして「ダビデ」などのエッセイも執筆した。さらに、コテリアンスキーと共にロシアの哲学者レフ・シェストフの翻訳を手がけた。二〇年から『アロンの杖』に取りかかり、大戦中ドイツに原稿を預けていた『堕ちた女』の執筆も再開し、書き上げている。シェストフの『すべては可能だ』が四月に出版され、『一触即発』が五月に英国で、六月に米国で出版される。

しかし、イタリアで創作に打ち込むロレンスを取り巻く環境は、決してよいものではなかった。ロレンスがイタリアへ渡る少し前に、イタリア北中部では、戦後の軍隊解散、軍需工場の閉鎖に伴い失業者が増大し、インフレが進行していた。当国の深刻な経済危機による物価の高騰や、何週間にも及ぶ郵便ストライキの影響を、ロレンスはもろに受け、労苦を強いられたのである。

一九一九年から二〇年前半の書簡を読むと、先述したロレンスの英国への嫌悪感やイタリアでの苦労によって、心身共にひどく疲れていたロレンスの姿が、生々しく浮かび上がってくる。二年連続で、二月が来ると彼はインフルエンザに見舞われ、一時は命の危機を感じるまでに衰弱した。ロレンスが病に臥している間、妻フリーダは献身的に看病するどころか、「悪魔」（一九年三月一四日S・S・コテリアンスキー宛）のように彼を「いじめ」、いたわることはなかったため、ロレンスは疲弊してしまったという。ラナニムの構想を描いて英国から脱出し、米国へ渡る計画も、一九年二月にインフルエンザに襲われ、ひどく衰弱したため叶うことはなかった。何としてでも英国を去りたいという切実な思いは書簡にリアルに綴られているし、同年一一月に向かった戦後のイタリアも、先述したように、ロレンスにとって必ずしも安住の地とは言えなかったことが分かる。

また、一九一八年に著しく関係の悪化したジョン・ミドルトン・マリと再び不仲になったことも、ロレンスに心労を与えた大きなトラブルの一つであろう。一九一九年四月三日付のコテリアンスキー宛の書簡によると、マリは自身が編集する雑誌『アシニーアム』への寄稿をロレンスに依頼したが、結局「鳥のさえずり」以外のロレンスの原稿をすべて却下した。マリの決定には、同じくロレンスの友人であるマリの妻、キャサリン・マンスフィールドの影響も明らかだったので、ロレンスはマリ夫妻に激怒した。一九二〇年一月末と二月初頭に、ロレンスは怒りの書簡を夫婦別々に宛、マリのことを「ちっぽけな薄汚い虫けら」(一九二〇年一月三〇日マリ宛)と罵り、マンスフィールドには「あなたを憎悪する」(一九二〇年二月六日マンスフィールド宛)と書き送り、強い嫌悪感を露わにした。夫妻とはその後二年間絶交状態になったという。旧友に対するこのような否定的感情の爆発は、ロレンスの心に大きなダメージを与えたに違いない。

さらに、この時期ロレンスは、出版業者たちとのさまざまなトラブルに見舞われ、焦燥感や怒りをたびたび書簡に吐露している。例えば、一九一九年唯一の出版作品である詩集『入り江』を担当したシリル・ボーモントは、詩集の中に、ロレンスから依頼されたシンシア・アスキスへの献辞を印刷し忘れるという大きなミスを犯した。ほかにも掲載写真の向きが上下逆になっていたり、スペルミスも散見されたりしたが、ロレンスはとにかくアスキスへの献辞を何とかして入れるよう、ボーモントに強く要請した。しかし結局何の修正も加えられず、詩集はそのまま出版された。ロレンスはボーモントのことを「どうしようもない」(二〇年二月五日キャサリン・カーズウェル宛)男だとひどく非難した。出版業者たちのずさんな仕事ぶりや、郵便ストライキによる原稿送信の遅延など、さまざまなトラブルを相次いで経験したこの時期、ロレンスは親友コテリアンスキーに宛た書簡の中で、「ビジネスの世界は嘘に次ぐ嘘がまかり通っている。僕はもう何も感じなくなってしまった」(一九年一〇月六日コテリアンスキー宛)と語っている。出版にまつわるトラブルや、果たされない代理人たちの約束は、ロレンスに大きなストレスを与え続けたために、彼の心を麻痺させてしまったということなのだろう。

出版業者たちに宛られた書簡や、彼らに言及した書簡に注目してみると、ロレンスが、自分の希望に反する彼らの仕事ぶりに度々怒っていたという印象を受ける。この怒りのエネルギーは、ロレンスに疲労をもたらした要因であることは間違いない。しかし一方でその怒りは、経済的に余裕のなかったロレンスが、一九一九年以前は代理人に多くを依存していた自身の作品の出版に主体的に関わり、自分に利益をもたらすよう画策する実務的才能を発揮し始めるきっかけとなっているとも考えられる。このことが、一九一九年から二〇年前半までのロレンスを語る上で非常に重要だと思われる。

以前までロレンスは、芸術家として執筆に専念し、出版にまつわるビジネスについては編集者やエージェント、印刷業者たちに任せており、彼らとの「曖昧で、友達付き合いのようななれ合いの、不確かかな」(二〇年一月一六日ベンジャミン・ヒューブッシュ宛)ビジネスに甘んじてきたのである。一九一九年と二〇年は、ロレンスが以前の姿勢を一新した、大きな転機であったと言える。

一九一九年からの一年半に送信されたロレンスの書簡数を見ると、最多である四九通の書簡を受け取った友人S・S・コテリアンスキーに続いて多いのが、前年一八年に『新詩集』を出版し、ロレンスの生涯にわたって彼の出版に携わるマーティン・セッカーで、三三通である。次に多いのが米国の出版業者で、一九一五年に『虹』の私家版をニューヨークで出版したベンジャミン・ヒューブッシュで、二四通である。この三名のうち、コテリアンスキーとセッカーは、ロレンスが生涯を通して最も多く書簡を送った宛先人でもある。この事実から、ロレンスがこの時期に出版業者たちとのやり取りに積極的であったこと、その必要に迫られていたこと、そしてこれが彼の最重要関心事であったがゆえに、精神的疲労の大きな原因にもなっていたことが推察できる。出版業者たちに宛られた書簡には、ロレンスと彼らの間で起こったさまざまなトラブルが綴られており、ロレンスはいく度となく苛立ち、怒り、幻滅を感じている。ロレンスがどのように編集者やエージェント、印刷業者たちと関わり、交渉を重ねていたかの経緯は、芸術作品として世間の光を浴びる作品のいわば影の部分だが、書簡はそれを、ロレンス自身の感情溢れる言葉によって垣間見せてくれている。

ロレンスが出版の実務に精を出すきっかけとなったのは、一つに、英国の出版代理人J・B・ピンカーとの契約解除である。ロレンスとピンカーとの契約は、一九一四年に遡り、一九年末をもって解消されている。これまで経済的窮状に陥った時、ロレンスは何度もピンカーに金を無心しており、その都度ピンカーは先貸しや原稿料の早期支払いなどで好意的に対応していた。しかし一九二〇年一月一〇日付の書簡において、ロレンスはピンカーに契約解除を持ちかけている。なぜ長年付き合ってきたピンカーと決別することになったのだろうか。一九一九年九月二六日付のセッカー宛の書簡においてて、ロレンスはピンカーのことを「(原稿を)乱暴に扱う出版人」と呼んで彼への不信感を露わにしている。出版を控えている原稿のことや、出版を任せようと考えている業者たちのことを、ピンカーには内密にするよう、ロレンスがセッカーに依頼する文面も、何度も見受けられる。ロレンスの中で、ピンカーとの契約解除の意志が一九年九月ごろまでにはすでに固まっていたことが推測される。

ロレンスとピンカーの決別の経緯を見てみよう。一九二〇年一月二九日付のヒューブッシュ宛の書簡によると、ピンカーは『恋する女たち』の出版についてヒューブッシュに相談することなく、約二年間その原稿を保持していた。ロレンスのほうでは、ヒューブッシュが『恋する女たち』の原稿を読んだ上で、出版を見合わせたと思っていた。自国では発禁処分を受けた問題作の『虹』を米国で出版し、ロレンスの窮地を救ってくれたヒューブッシュに、ロレンスは『虹』の続編である『恋する女たち』も出版してもらいたいと願っていた。さらに、大戦中に落ち込んだ自身の作品の評判を回復させるために、『恋する女たち』の出版が急がれていた。しかし同書の出版についてヒューブッシュから何の連絡もない状態が続いていたため、ロレンスは彼が興味を持っていないものと考え、生活のためにひたすら短編を書いたり、コテリアンスキーと共にシェストフの翻訳をしたりして過ごしていたのである。ヒューブッシュと共に『恋する女たち』の出版に向けて動く時間を、約二年も無駄にした原因がピンカーだったと知り、ロレンスは激しい憤りを覚え、ピンカーとの契約解除に踏み切ったようである。ヒューブッシュにピンカーとのことを説明する書簡の中で、ロレンスは自分を「カモにしやすい低能者」(二〇年一月二九日ヒューブッシュ宛)のように扱ったピンカーのような出版者に対して「畜生！」や「もうたくさんだ！」などと怒りをむき出しにしたあと、「今夜はもう書きたくない」と、精神的疲労を露わにしている。同書簡には、「一人の出版者にしがみつくことほど信用できないことはない」

と、出版関連の仕事を人頼みにしていたことへのロレンスの自己反省すら見られる。この経験により、ロレンスは、作品の出版業にみずから主体的に関わり、トラブルを回避しながら納得のいく方向へと舵取りをする決意を固めていくのである。

ピンカーへ契約解除の意志を書き送った一九二〇年一月一〇日の約一週間後に、ロレンスは出版業者たちに書簡を書き送り、以後彼らと対等に付き合っていく決意を表明している。

とにかく、すべての交渉をわたしは直接やることにしたいと思っています。ピンカーとの契約は破棄するつもりです。彼もそう望んでいます。これからは自分で行動したいと思っています。あらゆることをはっきりさせねばなりません。これまでのような曖昧《あいまい》で、友達づきあいのようなふわふわしたビジネスは好みません。それでは苛々《いらいら》するし、他人任せになってしまいます。慈善とか、親切とか、その類のものは一切望みません。少なくとも、そんなものをビジネスと一緒くたにしたくありません。今後は互いにはっきりと取引をしていきましょう。(二〇年一月一六日ヒューブッシュ宛)

この書簡からは、ピンカーとのトラブルを経験したロレンスが、同じ轍を踏むまいと決意し、そのために実務に通じた作家として志を新たにしているさまが読み取れる。

ロレンスの固い決意は、出版差し止め中の『虹』の再版をめぐってセッカーと悶着している間に書かれた書簡からも、読み取ることができる。一九二〇年一月、ロレンスはコンプトン・マッケンジーの助言を得て、セッカーに『虹』、『恋する女たち』そして『雑婚』(後の『堕ちた女』)の短期著作権の売却を持ちかけていた(一二〇年一月一六日セッカー宛)。しかしセッカーは、『虹』の裁判沙汰に疲れ、ロレンスの作品出版に関わることにかなり慎重になっていた。セッカーはロレンスの条件を拒否し、代わりに『虹』の出版権を即金で購入することを希望した。ロレンスはこれをきっぱりと断り、『虹』をダックワースに持ち込んだ。しかし、ダックワースは『虹』の一章を完全削除することを出版の条件として提示してきたため、ロレンスは、セッカーに『虹』の出版を許すことにした。しかしセッカーには、「自分の本を丸ごと譲ってしまいたくない」という意志を伝え、彼に『虹』の版権を売却する意志がないことを明示した(一二〇年三月一二日セッカー宛)。『虹』と『恋する女たち』の前金や印税に関してセッカーと交渉する書簡にも、慎重な態度をとるロレンスの姿が見られる。

……印税に関して、『虹』と『恋する女たち』の最初の二、〇〇〇冊を一冊一シリングで、次の五、〇〇〇冊を一冊一シリング六ペンスで、その後は一冊二シリングで売るという、あなたの提案を受け入れることにします。お望みならまずは『恋する女たち』から始めてください。出版後しかるべき時に『虹』を出版してほしいというのが唯一の条件です。(一二〇年四月五日セッカー宛)

ここでおもしろいのは、印税に関してセッカーの提案を受け入れると返信しているロレンスが、セッカーの提示してきた価格を、自分の言葉で繰り返している点である。単に「あなたの提示価格を受け入れます」と書いてもよいところを、敢えて価格を書き返しているのは、セッカーに確認を求めることで、後に起こるかもしれない印税の金銭トラブルを回避しようとするロレンスの危機管理行為と考えられる。この慎重な態度には、それまでロレンスが甘んじてきた、私情の混じったなれ合いのビジネスではなく、正確さと公正さを重んじ、交渉相手と対等な姿勢を貫くことを決意した、この時期ならではのロレンスの特徴が表われていると言えるだろう。

ピンカーとの契約解除のあと、ロレンスは、米国における出版代理人ヒューブッシュに対しても、断固とした態度で仕事を進めている。ヒューブッシュにもピンカーと同様の曖昧な態度が見受けられることに気付いたロレンスは、私情を抜きにした取引を強く要請した。二〇年一月一六日付のヒューブッシュ宛の書簡の中で、ロレンスは収支計算書や売上金の支払いなどについての明確な規定を定め、それに同意するよう半ば強引に求めている(一九年一一月一二日ヒューブッシュ宛)。このように、二〇年に入ってから出版業者たちに宛られた仕事関係の書簡の特徴は、出版に関わる実務に真剣に向き合うロレンスの、読み手に誤解を与えない明確な言葉遣いである。自分の希望や意志をはっきりと示し、ピンカーとの間で経験したようなトラブルを避けようと、ロレンスはかなり意識していたのだろう。

ピンカーと決別して以来、ロレンスは、どの出版業者も全面的に信頼することのない、ある種の疑心暗鬼に陥っていたように思われる。同時期に複数の宛先人に送信された書簡を読み比べてみると、ロレンスは、セッカーもヒューブッシュも、そして夫婦でロレンスの作品にほれ込み、米国でロレンスの作品出版に尽力したトマス・セルツァーに対しても、それぞれに不満を抱えていたようだ。例えば一九二〇年四月には、ヒューブッシュに宛た書簡の中でセッカーのことを「こむずかしい厄介な小悪魔」と呼び、セッカーに宛た書簡の中では、ヒューブッシュのことを「金払いの悪い男」と呼んでいる。さらに、ドルで送金するよう依頼していたのにリラで送金してきたヒューブッシュのことを、コテリアンスキー宛の書簡で「まぬけ」と罵っている。ロレンスはまた、ヒューブッシュとセルツァーともひと悶着起こしている。ロレンスは最初、米国での出版をヒューブッシュに一任しようとしていた。しかしヒューブッシュには、支払いなどの面でルーズなところがあった。さらにヒューブッシュは、ロレンスにもコテリアンスキーにも断りなく、彼らのシェストフの翻訳『すべては可能だ』の一部を、自身が刊行する雑誌『フリーマン』に掲載したため、ロレンスは、米国での出版をセルツァーに任せることにした。しかしセルツァーとも、英国における『恋する女たち』の出版をめぐってトラブルになった。ロレンスは、セルツァーに預けていた『恋する女たち』の原稿をセッカーに送るよう、一九一九年一一月二日付の書簡で依頼していたのだが、なかなか原稿を送ってこないセルツァーに対する苛立ちを募らせ、彼を「ゲス野郎」(二〇年六月二四日セッカー宛)と呼び、「嘘つきのセルツァーなんかくたばればいい」(二〇年六月一二日セッカー宛)と怒りを爆発させた。何週間も郵便ストライキが起こっていたイタリアのひどい郵便事情にも原因があったのだが、セルツァーが『恋する女たち』の前半の原稿をやっと送ってきたのは、約半年後のことであった(二〇年七月一〇日セルツァー宛)。

このように、この時期のロレンスは、どの出版業者にも心から信頼を寄せることができなかったようだ。出版にまつわる数々のトラブルと、出版業者たちに対する不信感こそが、ロレンスを参らせた大きな要因だと考えられる。結局信じられるのは自分だけとばかりに、出版関係の実務にいそしむロレンスの姿が、書簡から色濃く浮かび上がってくるのである。

大戦中の疲れが心身に押し寄せた一九一九年から二〇年の前半、ロレンスにはさらなる心労が重なった。作家として、当時のロレンスが何よりも優先すべきだったのは、『虹』の発禁処分により低迷した芸術家としての評判を回復することだったと考えると、出版の時期と出版地、そして出版社の選定に、かなり慎重になっていただろうことが予測できる。さらに、長期間異国の地で暮らすロレンスには、経済的不安も常につきまとっていた。そのため、生活のために作品を出版するという、まさに労働者階級の作家として、ロレンスは、みずからに妥当な利益をもたらすよう交渉する必要に迫られていた。しかしこのような時に限って、ロレンスは出版代理人たちの仕事ぶりから不便や不利益を大いに被ったのだ。この苦い経験がロレンスに焦りと苛立ちをもたらしたのは当然だろう。自身の作品を納得のいく形で出版できないのならば、「宝物を沼地に投げ込むようなものだ」(一九年四月五日エイミー・ローウェル宛)と感じたロレンスは、一九年から二〇年にかけて、出版を代理人任せにせず、主体的に実務に励んだ。ロレンスは、代理人ピンカーとの契約解除以来、出版業者セッカー、ヒューブッシュ、そしてセルツァーに対して、自分の主張や希望する条件を明確に提示し、強い態度で交渉し続けた。しかし納得のいく出版社を見つける仕事は、容易ではなかった。原稿郵送や送金、原稿のタイプミスなど、出版業者たちとのさまざまなトラブルが相次ぎ、創作とは別種の労苦を思い知ることとなったのである。一九二三年に『海とサルデーニャ』が出版されたころには、ロレンスは再びカーティス・ブラウンに、英国での出版代理人を任せる決心をしている。ロレンスにとって、骨身を削りながら作品を生み出すだけでなく、出版業の苦労もみずからに課すという一九年の決意は、あまりにも自身に負担をかけすぎたのだろう。

一九一九年から二〇年前半の書簡は、大戦後、作家としての名誉と自身の生活を守るために、最善の出版を求めて奮闘するロレンスの実務能力とその苦悩を、垣間見せてくれている。この事実を詳細にかつ具体的に示す資料として、本書の〈研究ノートII〉を参照されたい。

（藤原知子）

参考文献

Cameron, Alan, ed. *D. H. Lawrence: A Life in Literature: Catalogue of the Centenary Exhibition held in the University of Nottingham, 7 September - 13 October 1985*. Nottingham: University of Nottingham Library, 1985.

Boulton, James, T. and Andrew Robertson, eds. Introduction. *The Letters of D. H. Lawrence*. Vol. III, Part 1. Cambridge: Cambridge University Press, 1984.

〈研究ノートⅠ〉

第一次世界大戦後のイタリアにおけるリラの交換レート

――D・H・ロレンスの書簡から分かるイタリアのインフレとリラ安

今回の『書簡集』Ⅸには、一九一九(大正八)年一月から一九二〇(大正九)年六月までのD・H・ロレンスの書簡三五九通が翻訳されている。第一次世界大戦は一九一四年七月に始まり、一九一八年一一月にドイツが降伏し、一九一九年六月、連合国とドイツとの間にヴェルサイユ講和条約が調印され、四年三か月にもわたった未曾有の世界大戦に終止符が打たれた。

連合国側として戦ったイタリアだったが、戦後に対外債務の重圧に苦しみ、民生物資の不足や物価の上昇が重くのしかかってきた。一九一九年には食料事情が悪化し、暴動まで起こり、ムッソリーニを党首とするファシスト党が出現している。三年後の一九二二(大正一一)年には北部イタリアの工業都市ミラノでクーデターまで起こり、ムッソリーニはファシスト政権を樹立し、以後二〇年間にわたってイタリアを支配し続けることになる。

ムッソリーニがファシスト党党首となった一九一九年、イタリアの銑鉄生産が二四万トンと前年から七万トンも減っていたし、一九二〇年になるとわずか八万八、〇〇〇トンへと激減しているのである。大戦後イタリア経済がいかに落ち込んでいったかが、一つの指標を示すだけでも明らかになってくる。

一九一九年一一月、ロレンス夫妻は経済状態が急激に悪化したイタリアの都市を訪れ、ホテル住まいを続け、借家を探してイタリア滞在を決行した。フリーダが貴族出身であったとはいえ、フリーダの母国ドイツは敗戦国であり、ロレンス自身が自信を持って書き上げた『虹』や『恋する女たち』が発禁処分や出版延期の憂き目に会い、思うように売れず、わずかな現金を懐に入れただけで旅を続けたのである。

外国の地を旅して回る時、最も怖れるのが現金不足である。この時期のロレンスの書簡を読むと、とにかくお金についての記述が多いことに気づく。出版社や友人にこと細かく、お金のことについて書いている。大戦後の一年半にわたって書かれたこのようなロレンスの手紙を紹介しながら、ロレンス自身がイタリアの現状をどう感じ取っていたのかを眺めてみたい。

まだイギリスに滞在していた一九一九年一月一日に、S・S・コテリアンスキーに一冊一シリング九ペンスのエヴリマンズ・ライブラリーに入っている本を二冊送ってほしいと頼んでいる。その理由は『ヨーロッパ史「のうねり」』執筆の助けになる」からだと書いている。また、「お金のことで言えば、二編のエッセイ執筆代金として「オースティン・」ハリスンから一〇ポンドを受け取りました」、「だから今のところまだあなたからお金を借りなくてよいのです」と続けて、生活の苦しさを綴っている。

ダービーシャのミドルトン・バイ・ワークスワスにあるマウンテン・コテッジでの生活は生活費にも困窮するほど厳しいものであり、一月六日には、「わたしは例の歴史書をせっせと書いているところです。すぐにでも終えてみずからの窮状を脱したく願っています。そうでないと、一〇ポンドの無心をあなたにお願いせねばなりません」とまで書いている。ロレンスはイギリスから脱出するためにパスポートを取得せねばならず、生活費と海外渡航費を稼ぐために『歴史書』を必死で完成させていることをこの時期の手紙では繰り返し記している。しかし、その努力も虚しく、実際に前払金五〇ポンドと一〇パーセントの印税は、翌一九二〇年四月まで支払われることはなかった。

二月八日付のS・S・コテリアンスキーへの手紙では、ハリスンからの五ポンドと家財道具の売却金について、こう書いている。

わたしに今二〇ポンドが届いたところです。［オースティン・］ハリスンからの五ポンドと、一五ポンドはコーンウォールの家財道具を売却して入ったお金です。だからあなたから借りていた小切手分をお返しせねばなりません。というのも、自分が身分不相応にお金持ちになったと思い違いをするといけませんから。

一九一八年五月二日から一九一九年四月二四日までほぼ一年近く、ダービーシャの人里離れた山の中にあるマウンテン・コテッジでロレンス夫妻は過ごしていたが、ここではただひたすらイギリス脱出を考えており、渡航費用を捻出するためにロレンスは自分の作品を出版社に売り込む必要があり、当然のことだが、出版者への手紙が増えている。

一九一九年九月三〇日、『アメリカ古典文学研究』を完成させ、一〇月一〇日に原稿をヒューブッシュに送っている。一一月一二日にはそのヒューブッシュに向けて「一一月二日付の手紙と二〇ポンドの小切手をありがとうございました」という返書を送り、原稿料二〇ポンドを受け取っている。イギリスを脱出したロレンスは、一一月一四日、チャリング・クロス駅午前八時発の列車に乗り、午後六時半パリに到着した。その日のうちにリオン駅からイタリアのトリノに向かい、翌日の夜八時にイタリアの地に降り立った。ここからロレンスの手紙には、フランとリラとポンドとドルという言葉が急激に増えていく。イギリスを脱出する直前の手紙をまず読んでみよう。

［トマス・］クック社は両替で人から金を搾取します。今日の為替レートは一ポンドが五〇―五二リラです。法外なレートです。明日イタリア銀行《バンカ・イタリアーノ》でイタリア通貨を買うつもりでいます。（「ロザリンド・ベインズへの書簡」、一九一九年一一月一二日付）

ロレンスはロザリンドが所有するイギリスバークシャにあるマートル・コテッジに一か月滞在したことがあるので、イタリアのフィレンツェ滞在中もロザリンドにイタリアの現状をこと細かく伝えている。

ここはとても快適で安いまかない宿です。ワインを除いてすべて込みで、一週間八五フランぐらいになります。宿代が一日一〇フラン、一週間の光熱費と洗濯代が約一〇フランかかります。食事はおいしくて、たくさん出ます。イタリアのどんな宿よりも安いです。ここに滞在しようと思うのであれば、あなたが希望する部屋と必要条件を知らせてください。為替は一ポンドに対して五〇リラでした。ですから一〇〇フランはちょうど二ポンドです。あなたが子どもたちと一緒に部屋で食事をしたいと望まれる場合は、おそらくすべてを含め週三〇〇フランぐらい必要になるかもしれません。たぶん、二五〇フランぐらいに収まるでしょう。部屋は大きく、アルノ川を見下ろせます。(「ロザリンド・ベインズへの書簡」、一九一九年一一月二八日付)

この手紙から、一ポンドが五〇リラであり、一〇〇フランが二ポンドと言っているので、一リラが一フランであることが分かる(このことから、一九二七年まで継続されていた「ラテン通貨同盟」がフランス、イタリア、ベルギー、スイス間でこの時期、正常に機能していたことを物語っている)。フィレンツェはイタリアで一番物価が安く、イタリアを訪れるのであれば、フィレンツェに住んでみることをロザリンドに勧めている。

この手紙を送った翌日、つまり、一一月二九日、今度はS・S・コテリアンスキーにもイタリアでの生活の様子が次のように綴られている。

いつもワインが楽しめます。一リットル三フランです。今交換レートが一ポンド五〇リラなので何とか買うことができます。……有り金四〇ポンドをすべて交換し、今二、〇〇〇リラあります。……ここでならば、一週間一〇〇フランで十分暮らせます。つまり二ポンドで暮らせるのです。

さらに、一二月六日、S・S・コテリアンスキーに、歯医者にかかって、治療がすべて終わり、一二五フラン支払ったことを知らせている。このように一九一九年の手紙では、一ポンドで五〇リラの現金が手に入り、イギリスよりも物価も安いので、一週間一〇〇リラ（＝一〇〇フラン＝二ポンド）ぐらいでイタリアの生活が楽しめるという、楽観的なロレンスの金銭感覚が読み取れる。

一二月に入って、ローマからピチニスコ、ナポリからカプリへと旅を続け、パラッツオ・フェラーロに居を構える。年が変わり、一九二〇年一月四日、S・S・コテリアンスキーに次のように手紙を書いている。

> ［ベンジャミン・］ヒューブッシュから届いた手紙には思いもかけない二五ポンド［小切手］が入っていました。……二五ポンドもの臨時収入を得たのは初めてのことです。だから実に気分がよいのです。もしイタリアがべらぼうに物価高でなければ、ちょっとの間、金持ち気分を味わえるはずです。

同じ日にキャサリン・カーズウェルにも、「きれいな部屋二つと共用台所のあるアパートを、月一五〇フランで借り」、この部屋が古い宮殿の最上階にあることを知らせているが、そのカプリ島のパラッツオ・フェラーロから「わたしはイタリアの物価の高さを嘆かねばなりません。バターは二〇フラン、ワインは一番安いので一リットル三フラン……、ポーターときたら海辺から運ぶ荷物一個に一〇フランは当然だと思っている、などなど。［一ポンド］五〇フランの為替レートなら何とかやっていけます。本当にぎりぎりですが」という手紙を書いている。

このように、少なくとも一九二〇年の一月初旬までは一ポンド五〇リラの為替レートが定着していて、ホテル住まいを続けながらもロレンス夫妻がそれなりの生活をしている様子が手紙からは推測できる。

一九二〇年に入って、ロレンスはレディ・シンシア・アスキスにも、パラッツオ・フェラーロからしばしば手紙を出している。電電公社や鉄道のストライキのために、通信手段が途絶えていたことを詫びつつ、カプリ島の中枢に位置しているこのアパートのことを詳しく書いている。一月二五日になると、このアパートの宿主であるお嬢さんと一緒に貸物件であるスメラルド荘を見物に出かけ、この美しい邸宅を別荘に借りる気はないか、と尋ねている。「月一、〇〇〇フラン、現在のレートで二〇ポンドです」と説明し、カプリ島に遊びに来るよう勧めている。この時点でロレンスは「ミルクやバターもたっぷりあって、倍の値段を払ったとしても、イギリスよりもたぶん少し安いくらいです。確かまだ一〇〇ポンドあるので、浮かれて踊っています」とまでも書き加えている。

ここで「一、〇〇〇フラン、二〇ポンド」と言い切っているので、一九一九年一一月二八日のロザリンド・ベインズへの手紙が示した一〇〇フラン（リラ）＝二ポンド、つまり、一ポンド＝五〇フラン（リラ）という為替レートが変わっていないことを意味している。

レディ・シンシア・アスキスには、イタリアの生活はイギリスよりも安いのでぜひ遊びに来てほしい、と述べていながら、一方で一日前の一月三日付のダグラス・ゴールドリングにはまた違ったイタリアの姿を書いている。

イタリアでは恐ろしいほど物価が高いです。特に旅をする場合は。再び移動をしようなどという気にはなりません。しかも、ベルンははるかかなたですし。人は常に経済的な苦境に立たされるものですね。しかしそれは仕方のないこと。わたしとしては『一触即発』が早く世に出ることを期待するだけです。

二月に入るとロレンスはヤング夫妻と共にシチリア島を訪れ、アメリカの詩人エイミー・ローウェルと頻繁に手紙のやり取りをしている。エイミーはこれまでタイプライターを贈ってくれたり、ロレンスに金銭的援助をしてくれた友人の一人だが、ロレンスに一、三二五リラの小切手を送ってくれたことが二月一三日の手紙で確認できる。が、三月九日の手紙では、ロレンスが口座を開いていたフィレンツェにあるハスカード銀行がその「リラ建て小切手」の換金ができない旨を手紙で知らせてきたことを詳細に説明している。要するに、「リラ建て小切手」ではなく、「ドル建て小切手」にしてほしい、イタリアの銀行に騙されないように、ドル建てにすれば、「一〇〇ドルは時には一、八〇〇リラになることもあり、ほぼわたしの家賃一年分を払えます」と伝えている。庭付きのすてきな家を見つけ、家賃は一年間二、〇〇〇リラ(四〇ポンド)だが、「イタリアの政情は不安定」であり、「次の崩壊」が間もなく来るだろうとも予測している。

四月に入ると、一ポンド五〇リラの為替レートに変化が出てくる。一九二〇年四月五日付のS・S・コテリアンスキーにロレンスはこう書いている。

……ロイド・ジョージがイタリアに来ると聞いています。たぶん彼は相手を騙すつもりなのでしょう。為替レートが八〇リラを超えました。村の中で小切手を見せれば、七五・五〇リラがもらえます。残金を現金に換えておくべきではないかと感じていますが、いくら残っているのかよく分からないのです。そんなところに、イタリアの財政危機の噂《うわさ》が飛び交っています。

一ポンド、五〇リラだったのが八〇リラになったというのは、いわば一ドル五〇円の為替相場が一ドル八〇円になったと考えれば、いかにリラ安になったのかが分かる。それも一か月ほどで三〇リラもリラ安になったのだから、ロレンスが指摘しているようにイタリアの政情がいかに不安定であり、イタリアの市場経済がいかに混乱していたかを示していると言える。

四月二九日付のS・S・コテリアンスキーへの手紙では、ヒューブッシュが「一五〇ドルの小切手」を、わざわざリラに替えて送ってくれたのだが、二、七〇〇リラにしかならない、と愚痴をこぼしている。「ドルをリラに交換して送金するのはやめてくれと言うつもり」だと述べている。

五月に入るとロレンスは、三月八日から住み始めたタオルミーナのフォンタナ・ヴェッキアというすばらしい庭付きの家で、執筆活動を本格的に始める。そのことを証明するかのように、五月七日だけでも長文の手紙を書いている。トマス・セルツァー、マーティン・セッカー、という出版者への手紙だけでなく、S・S・コテリアンスキー、シンシア・アスキス、ロザリンド・ベインズの五人に、作家活動に関する長文の手紙を送っていることに驚かされる。

特に、S・S・コテリアンスキーには、「セッカー社が『恋する女たち』に一〇〇ポンド、書き終わったばかりの『堕ちた女』にも一〇〇ポンドを著作権料の前払い金として送ってくれるし、さらに三か月後にはもし無事に『虹』が出版されれば、一〇〇ポンドを支払ってくれる」と知らせている。そのマーティン・セッカーには同じ日に出した手紙で、『恋する女たち』に一〇〇ポンド払ってくれるのであれば、ロンドン・カウンティー・ウエストミンスター銀行のロレンス名義の口座に五〇ポンドを入金してほしい、と要求し、さらに、「残りの五〇ポンドをレートのよい時にリラに両替してもらえれば感謝いたします」とまで細かく指示している。「今日タオルミーナで両替をしたところ、あなたの予想では一ポンド一〇五リラだったのですが、八三リラにしか交換してもらえなかったのです」と、交換レートのよいアメリカの銀行でリラに交換してほしいとまで頼んでいる。

六月に入ると、エイミー・ローウェルが送ってくれた一〇〇ドル分の小切手をイタリアの銀行で換金してくれないので、アメリカの銀行に留めおいてほしいと知らせていたが、六月二六日付手紙では、「リラ[の為替レート]がまた上昇して一〇〇ドルに対して一、五五〇リラしか受け取れませんでした。それでもわたしはまだ得をして、あなたに損をさせてしまいました。あなたに悪すぎます。ちょっと前なら、一〇〇ドルに対して二、五〇〇リラを手に入れるはずだったのです」と、一、〇〇〇リラ近く損をした、と報告している。本来、ドル高でリラ安であれば、ドルからリラに交換する時にロレンス自身が損をするはずはないのだが、とにかくイタリアの銀行の交換レートや手数料が不当と言えるほどひどかったのではないかと思われる。

この時期のロレンスの手紙の内容が正しければ、一九二〇年五月から六月にかけて、イタリアのリラのドルとの交換レートが一・六倍近くに上昇し、いわゆる急激なインフレの中で、リラの価値が下がり、ドルやポンドに対してリラ安が生じていたことが明らかとなる。海外渡航者にとって一番困るのが、本国の通貨の価値が下がることだが、渡航先であるイタリアのリラの価値が下がるのは本来ならばロレンスにとってはありがたいはずなのに、あまりの急激な物価の上昇と、本国の現金(ポンド)をそれほど多く持参していなかったロレンスにとっては、ホテル暮らしと借家暮らしは決して楽なものではなかったのだろう。

六月も終わりを迎えた六月二七日付のマイケル・サドラーへの手紙ではさらにこうした記述が見える。

今回のことでは大変お世話になりありがとうございました。二五〇ドルは今日のレートならば四、〇〇〇リラになります。まさに思いがけない贈り物でした。

六月二六日、エイミー・ローウェルに一〇〇ドルで二、五〇〇リラ受け取れた、と書いていたので、二五〇ドルが四、〇〇〇リラになったことは当然だと言える。ロレンスがイタリアの銀行はぼったくりだ、と何度も言っているように、イタリアの銀行でドルからリラへと交換すると、交換レートも悪くなり、さらに手数料などをかなり引かれて少ない金額しか手にできなかったのではないかと推測できる。

これが一九二〇年九月一日のカール・ハーヴィへの手紙を読めば、二五〇ドルの小切手が五、三〇〇リラに交換されているので、一九二〇年の半ばから、イタリアのリラの価値が下がり、急激なリラ安状態が続いていたと結論できるのである。

（杉山 泰）

参考文献

（一）井上義夫『地霊の旅――評伝D・H・ロレンスⅢ』（小沢書店、一九九四年）、二八一―一一五頁。
（二）北村行伸「物価と景気変動に関する歴史的考察」『金融研究』二一（三）（二〇〇二年―二〇〇三年）、一―三三頁。
（三）佐藤治夫「D・H・ロレンスの収支決算――*D.H. Laurence Memoranda Book* に見られる収支」『日本大学歯学部紀要』三二（二〇〇四年）、六五―七二頁。
（四）ジョン・ワーゼン（中林正身訳）『作家ロレンスは、こう生きた』（南雲堂、二〇一五年）、二四二―二八一頁。
（五）藤原弘一「*Sons and Lovers* の経済的背景について」『D・H・ロレンス――実証的研究』（大阪教育図書、二〇〇七年）、八〇―一二二頁。

20/6/28	Secker (Fontana Vecchia, Taormina) ① *WL* の原稿が一部届いたと聞いて安心した。H. Foss から *LG* のタイプ原稿を手に入れ、修正部分を書き入れてほしい。*Century* が *LG* を連載してくれるなら、F. Cacopardo に手紙で知らせてほしい。わたしからも彼にその旨を伝える。 ⑥ Shestov に関しては事情は了解した。将来彼は評価されるだろう。
20/6/29	Koteliansky (Fontana Vecchia, Taormina) ⑥ あなたの手紙と Secker からの [Shestov の稿料] £5 の小切手を受け取ったが、この分はあなたに借金があるのでもらえない。Shestov の売れ行きは残念だが後で売れるようになると思う。

(小川享子)

	元に残した *LG* のタイプ原稿の校正をしながら、一風変わっているがいい本だと考えている。タイプに法外な金がかかり、稼がないと生きていけない時代だ。この小説をイギリスでも連載で出せないだろうか。
20/6/17	Secker (Taormina) ① あなたに Seltzer が［*WL* の］原稿を渡していないことで困っている。また *WL* の刷り本を彼の勝手にはできない。 *LG* を見られたことだろう。感想と連載の可能性について意見をお願いする。手元に校正済みのタイプ原稿の写しがあるので送ることもできる。 ③ 'Education of the People' が完成した。去年 S. Unwin に頼まれた 3 万語の小冊子だが、彼に提供してもいいか、あなたの意見を聞きたい。 ⑥ Koteliansky に支払われるべき *Freeman* 掲載の Shestov の稿料について、Huebsch が出した £50 の中から出ているとは思うが、彼はその話はあなたとの間で解決済みと言っている。彼が £50 払ったのならあなたもそうしてはどうか。
20/6/24	Secker (Fontana Vecchia, Taormina) ① H. Foss が *LG* の *Queen* での連載を仲介してくれるので、タイプ原稿の写しをあなたに渡せなくなった。ただあなたが連載のためにこの原稿が必要なら、Foss に電報であなたに譲るよう伝える。わたしとしては *Queen* での連載に興味はあるが、可能性は低いかもしれないとも思う［*Queen* は連載しなかった］。ボストンに送ったもう 1 つの原稿は、［あなたの提案で］連載のために *Century* に送る可能性があるから、扱いは保留している。*LG* の 11 章に大きな修正をしたので、その修正部分の写しをあなたに送る。*Queen* にすでに Foss に託したタイプ原稿が回っていたら、それをあなたがもらって、修正箇所を書き込めば校正ゲラが要らなくなるのではないか。

	こすように言ったが駄目なので、*Freeman* に掲載された稿料を彼に送ってほしい。
20/6/7	Mountsier (Fontana Vecchia, Taormina, Sicily) ⑥ 1. *LG* の原稿を F. Cacopardo に託しボストンに持って行ってもらう。彼にはあなたの住所を教えていて、話が決まればあなたに渡す手はずだ。Secker は *WL* を *Century* で連載できると言っている。わたしもアメリカでの連載が希望だが、実のところを見極めてほしい。 2. Seltzer とは *WL* と *LG* の契約をしている。*WL* は 2 巻 $ 15 の私家版だからわたしは 10%だけを受け取る。*WL* を出版してくれれば *LG* もやってもらう。ただし条件は未定。Daniel が *TG* の刷り本を彼に売ったと思う。 3. Secker とは *WL* と *R* の出版契約を結んでいる［契約条件は 20/4/5-A の Secker 宛の内容とほぼ同じだが、再版 5,000 冊を 2,000 冊に変更］。Secker 以外 *R* と *WL* の両方を出版してくれるところがないので、次の 4 作も彼に依頼するが、アメリカの版権は渡せない。 4. Huebsch とは目下契約はない。彼には *SCAL* の原稿を 6 か月前に渡したがどうするつもりか聞き出せない。彼は万事において時間稼ぎをする。それゆえ Huebsch から *SCAL* の原稿を取り戻したら、Secker に提供すると手紙を書いた。ただし、完全稿は今わたしの手元にあり、あなたに直接渡したい。彼は *R* を 6 か月絶版状態にしたままだから、*R* に対するわたしの権利を取り戻せると考える。
20/6/12	Secker (Fontana Vecchia, Taormina) ① あなたの手紙を読み、Seltzer に対して怒っている。彼には昨日アメリカに向け出発したわたしの家主に手紙を託し、*WL* の原稿をあなたに送らないなら *LG* は渡さないと書いてやった。Waugh に刷り本を売る話についても彼に伝える。 *LG* の元原稿を Mackenzie があなたに持って行く。手

	別の小説［*Mr. Noon*］を書き始めた。 ③ *SCAL* の原稿が完成した。貴社は出版されたいか。
20/6/1	Seltzer (Fontana Vecchia, Taormina, Sicily) ① Secker には *WL* の刷り本を A. Waugh に売る話を伝えた。彼が反対すれば断念するしかないので電報で知らせる。*WL* の校正をどうしてもしたいのでゲラを送ってほしい。 *LG* を Secker がアメリカの *Century* で連載化できると考えていて、タイトルは *The Bitter Cherry* のほうがいいと言っている。*LG* のタイプが済んでいれば 6/11 にナポリを発つシチリア人男性にその原稿とこの手紙を託す。 追伸、Secker から *WL* の原稿をあなたからもらっていないと知らせてきた。そのことが片付かない限り、*LG* は送れない。 ⑥ $100 のリラ立て小切手に感謝する。
20/6/5-A	Seltzer (Fontana Vecchia, Taormina, Sicily) ③ *SCAL* の完全稿のチェックをしている。実は 6 週間前に Huebsch に写し［完全稿ではない分］を渡したが、返事はまだだ。この先 1 か月返事がなければ、あなたに出版の意思があるか知らせてほしい。刷り本は Secker が買うだろう。あなたから Huebsch に話をしてもらってもいい。
20/6/5-B	Huebsch (Fontana Vecchia, Taormina, Sicily) ① *WL* の原稿で Seltzer にこれ以上話しても無駄だ。 *R* はいつまで絶版状態にされるのか知らせてほしい。 ③ *SCAL* についてあと 1 か月返事を貰えないなら、他社と交渉する。 ⑥ あなたから Shestov について連絡がないうちに、Secker はわたしと Koteliansky に相談なく、刷り本を MacBride 社に売ってしまい、そのことであなたと話すつもりはないと答えてきた。Koteliansky に行動を起

	から買い取ってほしいと頼んだので、Little, Brown 社に彼の応答を待ってくれるよう言ってほしい［*WMH* はアメリカでは 1924 年 Kennerley から初版、組版は Brown 社に譲渡、1924 年 Seltzer が再版］。
20/5/14-B	Seltzer (Fontana Vecchia, Taormina) ① *LG* のタイプ原稿ができたら人に託しあなたに届けるつもり。 ⑤ あなたが *WMH* の組版を買い取りたい場合、直接 Little, Brown 社に連絡を取ると、Pinker に伝えた。
20/5/16	Secker (Fontana Vecchia, Taormina) ① ［*LG* の］原稿を Mackenzie に託してあなたに届ける。題名は 'Bitter Cherry' でもいい。Seltzer だけがこの作品の権利を持っているが、連載掲載の権利はないので、あなたが *Century* でやってもらってもいい。その場合タイプと手書き原稿の 2 つを届けることもできるのですぐに返事をお願いしたい。連載が決まれば Seltzer に連絡してほしい。 ⑥ MacBride 社は Shestov を £50 で買ってくれないだろうか。Huebsch への連絡もお願いしたい。
20/5/17	Pinker (Taormina) ② 所在不明だった 'Fox' の原稿受け取った、感謝する。
20/5/26	Goldring (Osborne Hotel, 50 Strada Mezzodi, Valleta, Malta) ⑥ マルタ島に来る前に *TG* が届いて、装丁がよかった。民衆劇場の近況を知りたい。ある男［M. Magnus］が翻訳の戯曲数編を出版したいのだが、何か方法はあるだろうか。
20/5/31	Secker (Fontana Vecchia, Taormina, Sicily) ① Sheltzer によると、*WL* の刷り本 500 冊分を A. Waugh が豪華版用に買いたいそうだ。あなたの一般用出版には影響はないと思う。*LG* の連載化をぜひお願いしたい。裁判ざたの防止になり、収入を得られる。

	についても黙ったままだ。Secker と MacBride 社の契約が確定しているなら、あなたは Huebsch に雑誌の稿料を要求しないといけない。Shestov の出版のわたしの取り分は 4 分の 1 でいい。
20/5/7-B	Seltzer (Fontana Vecchia, Taormina) ① ＄150 送付とのあなたからの電報が届き、*WL* の支払いだと思うが、説明の手紙を待っている。Huebsch からあなたが原稿を彼に回すと聞いた。Secker はあなたからタイプ原稿をもらっていないと言っている。*LG* の原稿のタイプが済めば、6/10 にアメリカに行く友人に託しあなたに届ける。 ③ *SCAL* についての Huebsch の態度を見極め、彼が出版しないなら原稿を要求してほしい。
20/5/7-C	Secker (Fontana Vecchia, Taormina) 4/13 のあなたからの契約条件の手紙を受け取った。 1. アメリカの出版は自分でしたいので、あなたの第 3 条項を外す。 2. 今後小説 5 作は多すぎるので、3 作で十分だと思う。 3. *WL* に対する前金は、£50 をロンドンのわたしの口座に、残り £50 を為替が有利な時にリラに変え、フィレンツェの口座に入れてほしい。 *LG* のタイプが済んだらあなたに渡したい。*WL* の後は *LG* でいい。*R* については裁判沙汰になればわたしへの支払いから費用分を引いていい。 ⑥ Huebsch が Shestov の抜粋を *Freeman* に掲載しているが、MacBride 社はそれでいいのか、あなたが話をつけ Koteliansky と Huebsch に知らせてほしい。
20/5/11	Mountsier (Fontana Vecchia, Taormina) ① *LG* をタイプしてもらっている。それを Seltzer へ届けてもらえないか。
20/5/14-A	Pinker (Fontana Vecchia, Taormina) ⑤ Seltzer に *WMH* の刷り本などを Little Brown Company

	次の小説［題名は *MM* から *The Lost Girl* に変更］が来週完成しそうだ［脱稿 5/5］。アメリカでの出版の権利は *WL* の出版を行なう Seltzer に帰属する。 ⑥ Huebsch が手紙で、Shestov のアメリカの版権を £50 で買いたいと言ってきた。権利を譲るか、数編を *Freeman* に掲載することを認めてほしい。
20/5/4	Koteliansky (Fontana Vecchia, Taormina, Sicily) ⑥ 手紙と小切手に感謝［Shestov の翻訳稿料］。
20/5/6?-A	Moult (Fontana Vecchia, Taormina, Sicily) ④ 手紙は届いたが小切手は受け取っていないので、再送を願う［'Verse Free and Unfree' の稿料］。あなたが話していた詩選集に収録されていない長い詩が 1 つ［おそらく 'Erinnyes'］と、Chatto 社が *LWCT* に入れなかった詩が 2 つあるはずなので探してみる。掲載したいか知らせてほしい［*Voices* では未掲載］。 ⑤ Daniel からの *TG* を受け取られたか［Moult は 1920 年 6 月 *Athenaeum* に劇評を掲載］。
20/5/6-B	Secker (Fontana Vecchia, Taormina) ① 新しい小説を完成し、*The Lost Girl* と決めた。前半をローマでタイプをしてもらい、6/1 までにイギリスとアメリカに送れるようにする予定。あなたに送るのであれば契約条件をお願いしたい。 *WL* と *R* に関して契約書を送ってくれただろうか。
20/5/7-A	Koteliansky (Fontana Vecchia, Taormina) ⑥ 4/13 の手紙。£5 の小切手を受領。Shestov については今までに手紙で知らせた通り。Shestov を £50 で買うとの Huebusch の申し出を受け、そのことを Secker にもあなたにも知らせた。McBride 社が Shestov のアメリカでの出版を 10% の印税ベースで Secker に申し入れ、彼は承諾したそうだが、最終的な決定かどうか分からない。Huebusch が彼の雑誌に Shestov の抜粋を掲載したが、翻訳者の記載はなく、その稿料の支払い

	⑥ Mackenzie からあなたの手紙を受け取り、Huebsch に手紙を書いた［書簡 20/4/9-A のこと］。
20/4/11	Moutsier (Fontana Vecchia, Taormina, Sicily) ⑥ アメリカでわたしの代理人を務めてもらえるならありがたい。あとでわたしの作品に関する詳細を連絡する。
20/4/21	Huebsch (Fontana Vecchia, Taormina, Sicily) ① *WL* に関しては、あなたと Seltzer で話し合ってほしい。ただ、Secker に Seltzer の原稿のタイプ写しを必ず渡してほしい。 ⑥ Secker が Shestov のアメリカでの版権を MacBride Company と設定したが、あなたの *Freeman* にも掲載できると思うので、Secker か MacBride に問い合わせてほしい［Shestov の翻訳はアメリカでは未出版］。
20/4/29-A	Koteliansky (Fontana Vecchia, Taormina, Sicily) ⑥ あなたの手紙と［2/27 付の］Huebsch の手紙を受け取った。Secker に電報で、Huebsch に Shestov を渡すように伝える。Secker の £10［正しくは £20］ではなく、Huebsch の £50 があなたに入るようにしたい。Secker に会って、［Huebusch の］*Freeman* への Shestov の掲載について交渉されたし。
20/4/29-B	Huebsch (Fontana Vecchia, Taormina, Sicily) ③ *Freeman* 用に 6 編のエッセイを送る［掲載されなかった］。 ⑥ 2/27 付のあなたの手紙を受け取った。Secker にはあなたに Shestov を譲るよう電報を打つ。
20/4/29-C	Secker (Fontana Vecchia, Taormina, Sicily) ① *WL* と *R* に関する契約書はまだか。タイトルは *WL* にしたい［Secker は、この題名は挑発的で書店に置いてもらえないと Mackenzie に述べ、ロレンスと関わると危険だが、彼に出版の機会を与えてほしいとあなたが望んでいるからリスクを負うつもりだと述べている］。

	あなたの *Freeman* のために書いた *Pshchoanalysis and the Unconsciousness* のタイプ原稿を持っているが、そちらに送るべきかどうか迷っている。 ⑥ Pinker から返ってきた短編もある。
20/4/5-A	Secker (Fontana Vecchia, Taormina, Sicily) ① *WL*、*R* を印税ベースでの出版に合意する。*R* を続けて出版するとの条件なら *WL* から出版していい。最初の 2,000 冊まで 1 冊 1 シリング、5,000 冊まで 1 シリング 6 ペンス、その後は 2 シリングの印税、前金は 2,000 冊分の £100 とする。 Seltzer から［*WL*］の原稿を受け取っているはずだ。彼の手紙を同封するので、後で返してほしい。 ⑥ Shestov については Huebsch に原稿の買い取りを頼んだので返事を待っている。
20/4/5-B	Koteliansky (Fontana Vecchia, Taormina, Sicily) ① Secker と *WL*、*R* の出版に同意した。 ⑥ Shestov については、Secker に £20 で売却してしまうのか、印税ベースにするのか、あなたの意向を知りたい。
20/4/9-A	Huebsch (Fontana Vecchia, Taormina, Sicily) ③ *SCAL* についてどうなっているのか知らせてほしい。 ⑥ Secker の手紙によると、Shestov のアメリカでの版権を設定したとのこと。あなたには 10 週間前に校正刷りを送ったが返事がなかったので、これで終わりとしよう。
20/4/9-B	Secker (Fontana Vecchia, Taormina, Sicily) ① Seltzer からの *WL* の原稿が届いていないなら、彼に連絡を付けてほしい。Pinker が持っている古い原稿からではなく、Seltzer の原稿から出版してほしい［Seltzer 版をロレンスは完全稿と称す］。 *MM* を 5 月のうちには仕上げるが、貴社で出版できるだろうか［Seltzer が 1920 年 11 月に出版］。

20/3/9-A	Goldring (Fontana Vecchia, Taormina, Sicily) ④ Mcdermott から *TG* を取り戻して、£15 を返金してほしい。[ロレンスは Mcdermott に *TG* の公演権利を 1920 年 12 月までとして与えていた]。 *WMH* のオートリンガム演劇協会での公演の様子をぜひ知りたい。
20/3/9-B	Seltzer (Fontana Vecchia, Taormina, Sicily) ① 2/9、2/11 付の手紙、契約書を受け取った。Huebsch には気の毒だが、彼の態度はあいまいだったから仕方ない [*WL* の初版は＄15 になった]。校正刷りができたら送ってほしい。今 *MM* を書いているが、読者受けする作品だ。 ⑤ *TG* には戯曲の代理人である W. Peacock の名を入れてほしい。A. Lowell、R. Mountsier に献本をお願いする。
20/3/9-C	Pinker (Fontana Vecchia, Taormina, Sicily) ⑥ 契約書 1 束、原稿 2 包みが届いた。感謝する。
20/3/11	Koteliansky (Fontana Vecchia, Taormina, Sicily) ⑥ Shestov の翻訳原稿は Huebsch に送ったから、返信を待とう。
20/3/22	Secker (Fontana Vecchia, Taormina, Sicily) ① Duckworth が *R* から章を 1 つ削除したいと言ってきた。あなたとはいったん交渉を止めたが、削除を要求しないので再交渉したい。Seltzer が *WL* の原稿を送ったと言っている。彼は私家版で出版する。
20/3/24	Huebsch (Fontana Vecchia, Taormina, Sicily) ① Seltzer が *WL* はもう印刷に回していて譲る気はないと書いてきたので契約した。意図的に [あなたに気を持たせた] のではない。G. Cannan によれば Scott and Seltzer は倒産寸前らしいが、それは別問題だ。 ③ Seltzer が *SCAL* をほしいと言ってきた。彼らに出版させていいと思うなら原稿を送ってほしい。でなければあなたの計画を教えてほしい。

20/2/6	Secker (Palazzo Ferraro, Capri) ① あなたに悪感情は抱いていない。Duckworth と契約する。Scott and Seltzer から［*WL* の］原稿が届いたら、*WL* の話はしてあるので Duckworth に直接送ってもらいたい。 ③ 今後 *NP* をどうするのか教えてほしい。 ⑥ Shestov の写しか校正済みゲラをアメリカ用として譲ってほしい。
20/2/10-A	Huebsch (Palazzo Ferraro, Capri, Prov. di Napoli) ① 2/8 の Seltzer からの電報を今日受け取った。彼は *WL* の出版権利を譲ると思われるので、あなたに連絡がいくでしょう。*R* と *WL* のイギリスでの再版は Duckworth 社に頼むので、あなたに *WL* の原稿が届いたら、Duckworth 社に送ってほしい。 ⑥ わたしの作品の代理人を誰にするのか決めてほしい。Pinker から返ってくる短編をニューヨークで出版したいので。
20/2/10-B	Pinker (Palazzo Ferraro, Capri, Prov. di Napoli) ② あなたの手紙に入っていた作品リストを見ると、4 作紛失しているが、どうなっているのだろうか。 ④ Huebsch からの *LWHCT* の稿料を送ってくれて感謝する。
20/2/16	Mountsier (Palazzo Ferraro, Capri, Italy) ① *WL* は Scott and Seltzer が持っているが Huebsch のために返してもらうつもりだ。*R* は Duckworth がイギリスでの再版を検討中。次の小説［*LG*］に取り組んでいる。 ⑥ Pinker との契約を解消し、彼が保管していた原稿が返ってくる。これから先はニューヨークにだけ代理人を置きたい。わたしのために働いてくれないか。出版は最初にアメリカで次にイギリスでの順にしたい。短編、心理学のエッセイをすぐにでもアメリカに送りたい。

	たしは自分の作品の将来を信じているので、£200 で *R* を買い取るというあなたの提案より、Duckworth の印税と前金 £50 という元々の提案のほうがいい。しかしあなたがわたしの作品を評価しているのなら共同出版関係を結びたい[*R*、*WL*、*A Mixed Marriage*、3 作を印税ベースで一緒に契約する条件を提示している]。 *R* と *WL* は有機的に 1 つの芸術作品で、*WL* の前編・後編としたいのだが、*R* には新しいタイトルと変更が必要なのだろう。治安判事による押収命令は現存する本を対象としていると理解しているが、Pinker や Thring[作家協会秘書]に聞いてほしい。 1914 年から *MM* の原稿[2/3 が完成]をバイエルンに置いていたが、こちらに送ってもらっている。[作風が今までのとは違い]*R* 再版後でも *WL* の後でも出版できる作品だ。[Secker の反応は Mackenzie への手紙から分かる。再版される *R* に対する押収命令が必ず起こるわけではないが潔癖主義者が当局を動かすだろう。だから *WL* の全権利を買い取って £300、*WL* が裁判沙汰にならなければ *R* を再版し £200 を渡す。ロレンスが承諾しないなら、*WL* に印税 10%。Duckworth が引き合いに出されうんざりだ。喜んで権利を譲る。] ⑥[Pinker が契約解消に合意したので]これからは自分で交渉をする。
20/1/29	Huebsch (Palazzo Ferraro, Capri) ① *WL* に関しては、2 年間 Pinker が 3 つの原稿を持っていて、あなたに見せたはずだが、あなたは出版する気があるのかあいまいだったので、丁寧に問い合わせてきた Seltzer に最後の原稿を渡した。法律的にはどうすることもできないが、彼に再度手紙を書いて、返却を頼む。 ⑥ フロイトの無意識に関するエッセイ 6 編を送る。 Shestov はストライキで送れないが、届いたら Koteliansky のためにアメリカでの版権をそっくり買い上げてほしい。

	から校正済み原稿を送る。Seckerが3月か4月に出版する。返事はわたしに直接お願いしたい［Huebschは2/27にやっとロレンスに以下を返信。Shestovの翻訳本がアメリカで出版されていなければ、アメリカでの版権をKotelianskyが完全に譲ることを条件に£50を支払う。Seckerにも手紙で、HuebschがアメリカでのShestovの本を引き受けるので校正原稿を送ってほしい、こちらでの出版交渉は差し控えてほしいと伝えた］。
20/1/16-A	Huebsch (Palazzo Ferraro, Capri, Italy) ①［Scott and Selzerに *WL* の出版保留を依頼してほしい］というあなたからの電報が転送されてきた。Seltzerからは1月ほど前、印税の£50が送られてきて、条件付きで受け取ったから、それを返却したいと伝える。向こうの返事を待って次の行動をしたい。 ⑥ Pinkerとの契約を解消したので、これからは自分ではっきりした契約をしていきたい。過去の売り上げ明細をお願いする。これからは明細発行は6か月ごと、精算は3か月以内とする。Pinkerがあなたと交わした契約書を返さない時は、あなたが持っている写しを送ってもらいたい。今後の関係を構築する上で、*NP* や *SCAL* の扱い、*R* の現状を教えてほしい。
20/1/16-B	Seltzer (Palazzo Ferraro, Capri, Italy) ① Huebschは *R* を出版したので彼には *WL* の出版権利がある。Pinkerには依頼していたにもかかわらず *WL* の原稿を彼に渡していなかったので、あなたに送った *WL* をわたしに返してもらいたい。前金£50は返金する。もし原稿を手放さないなら、約束通りSeckerに写しを渡し、正式な契約書を作成してもらいたい。
20/1/16-C	Secker (Palazzo Ferraro, Capri) ① あなたから *R* と *WL* についての提案を受け、Duckworthに *R* の版権譲渡を求めたが、*R* を再版したいと言ってきた。その再版条件の提示を依頼した。わ

	① Mackenzieからあなたが*R*の再版を考えていると聞いた。彼は*R*を『*WL*前編』とし、彼が序文を付けると言っている。『*WL*前編・後編』はわたしもいいと思う。実現するなら、あなたと永久的契約を交わしたい。 'Mixed Marriage'の原稿がドイツから送られてくるのを待っていて、完成すれば売れる本になるだろう。 ⑥ 校正済みのShestovの原稿が届いたはずだが、アメリカ用の校正済みゲラを1つ送ってもらいたい。 Pinkerとの契約を解消しようと思う。
19/12/27-B	Pinker (Palazzo Ferraro, Capri, Italy) ⑥ 契約を結んだ時どちらかが望めば解消できると聞いていたので、今解消しても問題はないと思う。
20/1/3	Goldring (Palazzo Ferraro, Capri) ① Scott and Seltzerから*WL*の£50を送ったと便りをもらったが、出版するかどうか疑しい。Seckerがイギリスでやってくれるだろう。 ⑤ Macdermottに*TG*の公演を頼まなければよかったが、いざという時には£15で権利は買い戻せるだろう。*TG*の出版は間もなくだと思うが、Danielにいつ各雑誌社に送るか、わたしが知りたがっていると伝えてほしい。何人かに手紙で論評を頼むつもりだ。
20/1/4	Koteliansky (Palazzo Ferraro, Capri) ⑥ Shestovの翻訳にわたしの序文を入れるかどうかはSeckerの結論を待ちたい。Huebschから予想外の£25が送られてきた。あなたから借りていた£10を返したい。Pinkerとは決別した。
20/1/15	Huebsch (Palazzo Ferraro, Capri, Italy) ⑥ ロシアの哲学者ShestovのSecker版の初稿ゲラ刷りを送る。友人Kotelianskyが翻訳したもので、彼は版権を設けず翻訳原稿を売りたいのだが、お願いできるだろうか。駄目ならH. Schaff[詳細不詳]に原稿を渡してほしい。このゲラ刷りにはミスが多いので、あと

	'AG' の印刷は済んでいるはずだが Secker からの連絡がないので再度手紙を書く。
19/12/6-B	Huebusch (Picinisco, Prov. di Caserta, Italy) ① Seltzer から印税の先払いを受け取った。*WL* の原稿は返してくれないが出版すると確約している。何年も前に Pinker があなたに原稿を見せたと思い込んでいたので、こうなっているのはわたしのせいではない。 ③ *SCAL* は出版しないならすぐ返却してほしい。
19/12/17-A	Koteliansky (Picinisco) ⑥ わたしの書いた序文をあなたが'AG'から削除したい意向を持っていると Secker に伝え、あなたの手紙も同封しよう。校正刷りには目を通す。ゲラが 1 セットでは Huebsch に送るのがむずかしい。何とかしたい。
19/12/17-B	Secker (c/o Orazio Cerzio, Picinisco, Prov. di Caserta, Italy) ① *WL* の原稿を［Seltzer から］もらったら知らせてほしい。題名は 'The Sisters' でもいいが、出版の見通しを教えてほしい。 ⑥ Koteliansky の手紙を同封する。'AG' からわたしの序文は削除して構わない。あなたの最終決定を彼に知らせてほしい［結局ロレンスの序文を採用］。翻訳者である彼にふさわしいタイトル頁をお願いする。わたしの校正が済んだら原稿はあなたに返送すべきだが、アメリカ用に写しを頂けないか。
19/12/20	Secker (Picinisco) ⑥ Shestov の校正が済んだので送る。Koteliansky は見落としがあるので、わたしの校正原稿を使ってほしい。翻訳者は Koteliansky の名を入れ、わたしの名前はあなたの判断に任せる。［*All Things Are Possible*］の下に 'An Apotheosis of Groundlessness' を入れてほしい。ゲラ刷りをもう 1 セットアメリカ用にもらいたい。
19/12/27-A	Secker (Palazzo Ferraro, Capri, Italy)

19/11/29	Koteliansky (5 Piazza Mentana, Florence) ⑥ *GR* のことを Huebsch にも伝えるつもりだが、彼では稿料を稼げない。W. Peacock ならば戯曲専門の代理人なので連絡を取ってみるほうがいい。Secker からの連絡を待っている。会えば戯曲の話をする。
19/12/3	Huebsch (c/o il Signor Orazio Cervi, Picinisco, Prov. di Caserta, Italy) ① *WL* を Secker がすぐにでも出版したいと言っているので、いったん送った原稿を返してくれと [Seltzer に] 手紙で知らせ、返事を待っている。Secker 版が出たら、その刷り本を利用されたいか。*WL* が出版されれば、次の小説の準備もある [*Aeron's Rod*]。 この先 *R* を出版してもらえるだろうか。その時はわたしが手配をするので、500 冊イギリスに送ってほしい。イギリスに刷り本でもあればいいのだが。 ⑤ わたしに知らせず、Daniel が *TG* のアメリカの版権を決めてしまっていた。この先はイギリスで何か出版する前にあなたに知らせる。 ⑥ 雑誌掲載のためイタリアと心理学に関するエッセイを書いている。アメリカの雑誌は知らないので、紹介してもらえないか。アメリカの読者に定期的に働きかけをしていい時期だと思う。
19/12/6-A	Koteliansky (5 Piazza Mentana, Florence) ③ Murry にエッセイを送った [おそらく 'David'] ④ Seltzer から £50 の書留を受け取った。*WL* の原稿は返してくれないが、出版の方法を見つけられないようだ。 ⑤ *The Widowing of Mrs. Holroyd* をオールトリンガム演劇協会が演じるので誰かに観てもらいたい [C. Carswell の劇評が *Times* (1920/3/12) に掲載]。 ⑥ *GR* の話は Huebsch やほかの人にもした。'Russian Spirit' の稿料半分をわたしに送る気づかいは不要だ。

	送ってほしい。
19/11/2-B	Huebsch (Hermitage, nr. Newbury) ① あなたからの電報をもらい、[Seltzer に] 出版準備に入っていないなら *WL* を返してほしいと手紙で知らせた [Huebsch の電報は「*WL* はもちろんほしいが、Pinker が応じてくれないので、原稿をわたしに譲るよう Seltzer に電報を打ってほしい」という内容だった]。
19/11/6	Secker (5 Acacia Rd., St. Johns Wood, N.W. 8) ① [Seltzer に] 手紙を書き、印刷段階でないなら、*WL* [完全稿] をあなたにすぐ直接送るように、また印刷途中なら校正刷りを送るようにと伝えた。
19/11/8	Secker (5 Acacia Rd., St. Johns Wood, N.W. 8) ⑥ Shestov の校正刷りを Koteliansky とイタリアのわたしの住所に送ってほしい。
19/11/12	Huebsch (5 Acacia Rd., St. Johns Wood, N.W. 8) ① *WL* があなたの手に間もなく送られるように願っている。 ⑥ 11/1 の手紙と £20 に感謝している。去年以降わたしの本の売り上げ明細をもらっていないので作成してほしい。この £20 が売り上げに基づいているのか確認したいから。
1919/11/14：朝ロンドンを発ち、陸路でイタリアに向かう	
19/11/24	Secker (Pension Balestra, 5 Piazza Mentana, Florence) ⑥ N. Douglas と一緒にいて、フリーダがドイツから合流するのを待っている。Mackenzie にカプリに向かうことを伝えてほしい。
19/11/26-A	Koteliansky (5 Piazza Mentana, Florence) ⑥ ローマで Secker に会う時、あなたの翻訳 *The Green Ring* [Zinaida Hippius 作] の出版について話をしてみる。彼は戯曲に関心がないので、Constable 社や Daniel 社に当たってみるほうがいい [1921 年 2 月に Daniel から、「民衆劇場戯曲シリーズ」として出版]。

19/10/8	Secker (Chapel Farm Cottage, Hermitage, nr. Newbury) ⑥ [Koteliansky も承諾済みの] 契約書を署名して同封する。できればゲラ刷りを1か月で送ってほしい。
19/10/10-A	Koteliansky (Chapel Farm Cottage, Hermitage, nr. Newbury) ⑥ Secker からの最後の手紙、契約書を送るので、保管してほしい。彼にはいくつかのタイトルを提案した。
19/10/10-B	Huebsch (Chapel Farm Cottage, Hermitage, nr. Newbury) ③ *SCAL* を送る。ホイットマン論が適切ではないなら全部を除いてほしい。*The Word* という国際的な雑誌掲載予定の民主主義についての4編も送るので、ホイットマン論の代わりに入れるなど検討されたし。あなたはわたしの著作出版に不安を感じているようなので、*Atlantic* のような定評ある雑誌にダナとメルヴィルに関するエッセイを載せてもらえば、わたしの知名度が上がるのではないか。
19/10/16	Secker (Chapel Farm Cottage, Hermitage, nr. Newbury) ③ *SCAL* の完全原稿をアメリカに送った。Pinker には送りたくない。あなたに出版への関心はあるだろうか。なお *SCAL* の3分の2は *ER* に掲載されている。 ⑥ Koteliansky が *Athenaeum* に Shestov の一部を掲載してもいいか [結局掲載されなかった]。
19/10/31	Secker (Hermitage) ① *WL* に関して Scott and Seltzer から何も言ってこない。郵送が遅れているのかもしれないが、ぜひ彼らの原稿から出版してほしい。手紙か電報を出してもらいたい。このことは Pinker には伝えないでほしい。
19/11/2-A	Seltzer (Hermitage, Newbury) ① *WL* に関してあなたから知らせがないが、原稿 [完全稿] はそちらにあるでしょう。もし印刷準備に入っていないなら、春の出版物広告に入れている Secker に

	⑥ Secker があなたに契約についての手紙を送ったと知らせてきた。彼は Shestov の翻訳に新しい題名を欲しがっている。
19/10/1-B	Secker (Hermitage) ⑥ *AG* には適切な英語の題名が必要だとのあなたの意見に同意する。*All Things Are Possible* が最善だろう。
19/10/2	Secker (Chapel Farm Cottage, Hermitage, nr. Newbury) ⑥ Koteliansky は版権全体で £20 の提案に立腹していた。わたしも同感だが、もとのあなたの契約条件ならば依頼しよう。出版期限は 1920 年 4 月まで、印税 10%、契約成立 1 か月以内に校正刷りを出すこと、出版準備の間この本の章を雑誌に掲載できることを条件としたい。Shestov の序文に関しては、Koteliansky と意見が違うのであなたに一任する。契約は彼かわたしとの間でかわし、出版しないなら原稿は当方に返してほしい。
19/10/4	Koteliansky (Hermitage) ③ [*SCAL*] の書き写しが届いた。すぐにアメリカ [Huebsch] へ送る。 ⑥ あなたの Secker への立腹は愉快だ。出版人たちは抜け目がない。
19/10/6-A	Koteliansky (Hermitage) ⑥ [10 月 4 日付の] Secker の契約書をあなたに送る。特にアメリカでの出版に関する彼の条件は卑劣だ [Secker は刷り本をアメリカの出版社に提供するなら印税 10% を要求、別の版権設定による出版でさえ利益の 3 分の 1 を要求]。
19/10/6-B	Goldring (Chapel Farm Cottage, Hermitage, nr. Newbury, Berks) ③ *The Word* に民主主義に関するエッセイ 4 編を送った [3 編が 1919 年 10 月から 12 月にかけて掲載]。 ⑤ 民衆劇場と *TG* について様子を伺いたい。

	だ。いくつかの章を *ER* に掲載したいが、同意してもらえるか。
19/9/26-B	Koteliansky (Hermitage) ⑥ あなたの希望を手紙で Secker に伝えた。アメリカの出版は、Huebsch ではなく Scott and Seltzer にするほうがいい。[*SCAL* の]エッセイ 3 編を送るので、小さめの紙に書き写してほしい。
19/9/30	Huebsch (Hermitage, nr. Newbury, Berks) ① *R* の続編 *WL* をニューヨークの出版社[Scott and Seltzer]が見たいというので送った。Pinker が 2 年持っている間にあなたは目にしているはずだが、関心を示されなかったので。 ③ *SCAL* を書き上げ、ホイットマン論で締めくくった。それが政治的で出版に不向きなら変更せず論集から除いて出版してほしい。この論集でわたしは「生の哲学」について書き、その思想を E. Jones[フロイトの友人]にもらしたので、今ごろ誰かがウイーンでわたしの考えとフロイトの無意識の理論をつなぎ合わせようとしているかもしれない。イギリスでは時期尚早で出版できないので、あなたに託したい。鉄道ストライキが終わったら原稿を送る。*Atlantic Monthly* がダナとメルヴィル論を掲載してくれるかもしれないという話があるのだが、あなたが望まれないなら[やめておく]。 ④ *NP* の出版が延期された事情は理解した[Huebsch は 9/17 の手紙で、*NP* の出版がストライキのために遅れると伝えていた]。 ⑤ *TG* は Daniel からイギリスで出版することになり、彼がアメリカでの出版も手配してくれた。 ⑥ Shestov というロシアの哲学者の英訳をしている。Secker が今春出版するので、刷り本から出版できないか。
19/10/1-A	Koteliansky (Hermitage)

	自身の序文は重く長いので、わたしの書いた4頁の序文を使用してはどうか。今後の進捗状況を教えてほしい。アメリカでの出版用に原稿を送りたいが、タイプ打ちは高いだろうか。
19/9/17	Pinker (Chapel Farm Cottage, Hermitage, nr. Newbury, Berks) ⑤ *TG* は民衆劇場の代理人 W. Peacock に出版を任せることになった。あなたの手元にタイプ原稿2部があると思う[実際は1部]。
19/9/24	Koteliansky (Hermitage) ⑥ Shestov について Secker からの返事が来ない。あなたの困窮を助けたいがフリーダのドイツ行きの費用が必要なので申し訳ない。Harrison の[*ER*]に 'Russian Spirit' や 'AG' の章の掲載をしてもらうとか、Secker から前金をもらう交渉をしたらいい。Shestov の序文はよくないので、Secker が省いてもいい。その代わり自分が4頁の序文を書いた。 あなたが *SCAL* の原稿を書き写してくれたらお礼を払いたい。
19/9/26-A	Secker (Chapel Farm Cottage, Hermitage, nr. Newbury) ④ Duckworth に詩のことで手紙を書いている。わたしが彼に版権すべてを売ることを彼はじっと待っている。去年は *Love Poems and Others*、150部が売れ、順調な販売に満足しているようだ。 ⑥ あなたの手紙を Koteliansky に送った。[*AG* は]彼の翻訳で、彼は金に困っていて、イギリスとアメリカ両方の版権を即売したいと考えている。あなたがイギリスだけで出版するのなら、アメリカでの出版社にはつてがあるので、1か月後刷り本をわたしに渡してほしい。Koteliansky は Shestov の序文も一緒に出版したいが、あなたのお考えはどうか。[*AG* のタイトルは]早く決めなけらばいけないが、'Groundlessness' では駄目

	して出版したいと手紙で知らせてきた。彼は完全稿とは別のものを持っている。*R*のことでイギリスを許すつもりはなく、*WL*はアメリカで先に出版したい。その際に短い序文を付けてもいい［*WL*はSeltzerが1920年11月私家版としてニューヨークで出版し、はしがきは秋に広告として出した。Secker版は1921年6月］。
19/9/8	Secker (Grimsbury Farm, nr. Newbury, Berks) ① *WL*の件で今アメリカの出版社と話を進めている。今秋出版されたらその刷り本をお望みだろうか。最高の作品だから貴社からの出版も望んでいる。3週間ほどで連絡するので、Pinkerへ伝えないで、アメリカでの成り行きを待ってほしい。
19/9/9	Koteliansky (Grimsbury Farm) ⑥ SeckerがShestovを見たいと書いてきた。C. GarnettがHeinemann社でチェーホフの翻訳を校正中で、Shestovのチェーホフ論をイギリスで出版する話もあるから、その辺の事を探ってほしい［チェーホフの書簡は1920年Chatto & Windus、Shestovは1919年Heinemannから出版］。
19/9/12	Koteliansky (Chapel Farm Cottage, Hermitage, nr. Newbury, Berks) ⑥ Shestovの原稿を［4日後］Seckerに送る。写しがあればアメリカにも送れるのだが。Seckerから連絡が来たら会ってもらいたい。
19/9/15	Secker (Chapel Farm Cottage, Hermitage, nr. Newbury, Berks) ① アメリカから*WL*の連絡があれば知らせる。［Seltzerが持つ完全］原稿かゲラ刷りをもとにしてあなたに出版してもらいたい。 ③ *NP*と詩選集について知らせてほしい。 ⑥ Shestovの翻訳原稿を送る。若者に向けて出版の価値がある。わたしの名前は入れなくてもいい。Shestov

	Spirit'［の原稿］はあなたが送ってくれた後どうしたかよく覚えていないので、マートル・コテッジに手紙で問い合わせている。「序文」とShestovについて知っていることを早急に知らせてほしい。紹介文を書きたいと思っている。
19/8/29-C	Huebsch (Chapel Farm Cottage, Hermitage, nr. Newbury, Berks) ① *R*を数冊送ってもらいたい。イギリスからも貴社の*R*を取り寄せられないか。 ② *SCAL*の完全原稿を送る。 ③ 26日に*NP*変更承諾の電報を送った。今回*NP*の序文を送るので、この詩集の広告に使ってほしい。H. Monroeに、この詩集へいくつかの詩を再録する謝辞を入れて、1冊献本してもらいたい。 ④ Pinkerにあなたとの出版の話を伝えると、*LWHCT*に関してあなたの計画を知らないので、契約書の草稿を作ると知らせてきたが、売上や印税のことなどビジネス面のことはわたしに直接連絡してほしい。Pinkerの仲介が必要なら、それは後回しにしたい。本が出たら、*NP*6冊、*LWHCT*1冊をわたしに送ってほしい。
19/9/2	Secker (Grimsbury Farm, nr. Newbury, Berks) ⑥ Shestovというロシア人の哲学の本を友人と翻訳している。貴社での出版ができないか。［1920年4月に出版］
19/9/4	Moult (Grimsbury Farm, nr. Newbury, Berks) ③ 稿料に感謝する［アメリカ版*NP*の序文が*Voices*に掲載された稿料］。
19/9/7	Seltzer (Chapel Farm Cottage, Hermitage, nr. Newbury, Berks) ① *WL*の原稿を見直している。完全原稿として次の手紙であなたに送る。*WL*はわたしの最高の作品だ。［ロンドンの］Seckerが*WL*をもとの題名 'The Sisters'と

	Huebschが［アメリカで］出版する準備を始めたいと書いてきたので、承諾した。 ⑤ わたしが知らない間に、D. GoldringとW. PeacockがTGをダニエル叢書として*Plays for A Peoples Theatre*の第1作として出版することに決めていた。他の人の手で出版されても差障りはないだろう。
19/8/23-B	Secker (Myrtle Cottage, Pangbourne, Berks) ④ Huebschが*NP*のアメリカでの出版準備を始めるにあたり、アメリカでの版権は設定されていないので彼が出版しても問題はない状況だと書いてきたが、あなたの意見はどうだろう。 改訂版*NP*や*Collected Poems*は今どんな状況にあるか、知らせてほしい。 わたしの写真が必要なら勧められたところで撮ろう。
19/8/26	Huebsch (Pangbourne) ④ 変更着手されたし［これは電文で、1919/8/11のHuebshの*NP*出版準備の手紙に応じたもの。その手紙には、アメリカの版権は未設定だが、*NP*に変更か序文を加えれば新しい本になるので版権問題を避けられる、「変更着手されたし」の電報を頼むとしていた］。
19/8/29-A	Moult (c/o Miss Lambert, Grimsbury Farm, Long Lane, nr. Newbury)［当日夕Grimsburyへ］ ④ Murryに以前送ったエッセイを探してほしいと尋ねたら、紛失したと返信してきた。だからアメリカの出版社［Huebsch］に頼まれて書いた［*NP*の］序文を送るので、必要なら「アメリカ版のために……」は削除してもらっていい［この序文は1919年10月*Voices*に、'Verse Free and Unfree'と題され掲載。*Playboy* 1919年4、5号掲載、題は'Poetry and the Present'］。
19/8/29?-B	Koteliansky (Grimsbury Farm, Long Lane, nr. Newbury, Berks) ⑥ Shestovの翻訳原稿チェックが終わった。'Russian

	⑥ クラリテには関心はあるが今は少し見守りたい [Goldring は平和と連帯のための国際的左派運動機関クラリテのイギリス支部代表。オランダでの総会参加予定だった]。
19/8/9	Moult (Myrtle Cottage, Pangbourne, Berks) ③ *Voices* でのエッセイ掲載の約束は忘れていないが、目下その原稿はハーミテッジにあるので、来週送る。
19/8/9?	Koteliansky (Myrtle Cottage, Pangbourne) ⑥ 'Apothesis [of Groundlessness]' の翻訳チェックを一定済ませ、'Russian Spirit' も始めた。つながりのある翻訳にするために工夫が必要だ。
19/8/10	Koteliansky (Pangbourne) ⑥ Shestov ['AG'] の 'Introduction' をできればパート II より前か、一緒に送ってほしい。彼の人生や思想に関するあなたの紹介文も送ってほしい。[V. Woolf 夫妻主催] Hogarth 社での出版はやめよう。Heinemann や *The Nation*、*New Statesman* に話をしよう。これらの雑誌に、['AG' の] 全体でなくいくつかの章の掲載を頼んでもいいだろう。わたしの名は入れなくていい。
19/8/12	Koteliansky (Pangbourne) ⑥ 'Russian Spirit' を済ませたので、*ER* の Harrison に送ってほしい。彼が Shestov を分けて掲載したいと言うなら、彼はケチなところがあるので、会ってきっちり契約したほうがいい ['All Things Are Possible' は、パート I に 5 章 122 パラグラフ、パート II に 3 章 46 パラグラフ]。
19/8/15 ?	Koteliansky (Myrtle Cottage, Pangbourne, Berks) ⑥ Shestov の ['AG' の] 71 パラグラフの訳が終わった、全部済んだら原稿を送る。タイプ打ちが必要なら、ハーミテッジに戻ってわたしも手伝う。
19/8/23-A	Pinker (Myrtle Cottage, Pangbourne, Berks) ④ Secker が [イギリスで] 出版した *New Poems* を

	Theatre シリーズで出版したいと言ってきた。わたしの思い通りにやらせてほしい。 ⑥ 数週間後にアメリカに行くことになるだろう。連絡する。
19/7/10-B	Goldring (Chapel Farm Cottage, Hermitage, nr. Newbury, Berks) ⑤ *TG* を民衆劇場の最初の作品としてあなたに上演してもらいたい。また *TG* を出版予告広告に入れてもらってもいい。もし *Widowing of Mrs. Holroyd* を読んでいないなら、Duckworth 社に送るよう依頼する。
19/7/10-C	Pinker (Chapel Farm Cottage, Hermitage, nr. Newbury, Berks) ② 削除校正済み 'Fox' を返送するが、もう少しできればよかった[全 9,000 語のうち 650 語の削除]。 ⑤ *TG* の民衆劇場上演の件で、あなたと会ってもらうよう Goldring に手紙に書くつもり。Goldring は J. B. Fagan にも話をしようと言ってくれている。[*TG* に関してはいくつか働きかけがあったようである。Pinker の仲介においては、ローヤル・コート劇場の支配人 Fagan が、1919/10/31、*TG* を返し、よくできているが舞台では成功しないとコメントした。]
19/7/12	Koteliansky (Hermitage) ⑤ Goldring に手紙で、あなたに電話をかけてほしいと頼んだ。彼とは *TG* の上演と出版で合意した。彼はローヤル・コート劇場のことで Fagan に会ってくれる。Daniel[での出版]についても自分で問い合わせる。
19/8/6	Secker (Myrtle Cottage, Pangbourne, Berks) ④ *New Poems* 新版出版を喜んでいる[出版は 1919 年 8 月]。また自分の詩を 1 冊にまとめられるならうれしい。Chatto や Duckworth との話が付いたら知らせてほしい[1928 年になりやっと出版された]。
19/8/8	Goldring (Myrtle Cottage, Pangbourne, Berks)

	② 昨日短編1つを送付[‘Monkey Nuts’のこと、*Sovereign*1922/8/22] ⑤ *TG*の原稿を返してほしい。
19/6/4	Pinker (Chapel Farm Cottage, Hermitage, nr. Newbury, Berks) ⑥ £29の小切手受領、感謝する。
19/6/8	Huebsch (Chapel Farm Cottage, Hermitage, nr. Newbury, Berks) ① 極めてまともな小説[*Aaron's Rod*]に取り組んでいる。
19/6/18	Pinker (Chapel Farm Cottage, Hermitage, nr. Newbury, Berks) ② ‘Fox’の掲載が決まって嬉しいが、出版されるまで£30は払ってもらえないだろう[1920年11月、Hutchinsonの*Magazine*に掲載]
19/7/8-A	Pinker (Chapel Farm Cottage, Hermitage, nr. Newbury, Berks) ② 7/2のあなたの手紙を受け取った。‘Fox’の削除の件は聞いていない。削除の必要があるなら自分でしたいから原稿を返送してほしい。
19/7/8-B	Goldring (Chapel Farm Cottage, Hermitage, nr. Newbury, Berks) ⑤ 民衆劇場という考えはおもしろそうだ。*TG*はあなたにやってもらいたいが、今原稿は契約をしているPinkerが持っている。
19/7/10-A	Pinker (Chapel Farm Cottage, Hermitage, nr. Newbury, Berks) ② ‘Fox’の削除に関する手紙と労働省広報担当官からの同封物がこんなに遅れて届いた。削除は自分でしたい[参照 1919/7/8-A]。 ⑤ D. Goldringなる人物が新しく立ち上げる「民衆劇場」で、*TG*を上演し、脚本を*Plays for the People's*

	に従おう[結局掲載はなかった]。短編が出版されるのであれば、今後6週間短編だけを書こう。
19/5/5	Pinker (Chapel Farm Cottage, Hermitage, nr. Newbury, Berks) ⑥ £55の小切手受領、感謝する。
19/5/9	Huebsch (Chapel Farm Cottage, Hermitage, nr. Newbury, Berkshire) ① *White Peacock* 1冊を郵送するようDuckworth社に依頼した。 ③ *SCAL*の完全原稿を直接あなたに送る。*ER*で8編目が6月に掲載される。アメリカの文芸誌でも掲載してもらえないだろうか。 ④ Secker版*New Poems* 1冊を昨日あなたに郵送した。 ⑥ 生計のためなら、アメリカへ行き、必要なら講演もする。 [この手紙は、Huebschの4/22の手紙への返信で、その手紙の内容は以下の通り。1915年秋に出版準備が済んでいた*Rainbow*を、数か月前に広告を打たずに販売。1918年5月までの印税をPinkerに収めた(*Amores* 300冊, *PO* 600冊, *Twilight* 250冊)。大西洋の運輸トラブルのため*LWHCT*の刷り本は最近到着したばかり。*SCAL*に関しては返事を待ってほしい。]
19/5/14	Pinker (Chapel Farm Cottage, Hermitage, nr. Newbury, Berks) ② 'Fanny and Anny'の原稿を送る。これでうまくいけばいいのだが、もし違う結末が好ましいと言うなら別を考える。あと6編書く。 [Cosmopolitanからの依頼を受け[参照1919/4/30]、Pinkerの考えでこの短編は書かれたが、結局1921/11/21、Hutchinsonの*Magazine*で掲載]
19/5/20	Pinker (Chapel Farm Cottage, Hermitage, nr. Newbury, Berks)

	夏に行ってみたい。
19/2/8	Koteliansky (Mountain Cottage, Middleton-by-Wirksworth, Derby[shire]) ⑥ 風邪で 1 週間寝込んだ。ロンドンの地下鉄ストライキを新聞で知った。ダービーシャでも鉄道のストライキがあるらしい。 Harrison から £15 の稿料をもらった。
19/2/9-2/26：2/9 の Mountain Cottage での書簡を最後に、2/26、Koteliansky へ手紙を書くまでインフルエンザで寝込む。	
19/3/6	Koteliansky (Ripley, Derbyshire) ⑥ 今日は階下に降りてみたい。来月にハーミテッジに戻れるだろう。 J. M. Murry が *Athenaeum* への寄稿を依頼してきた。
19/3/11	Koteliansky (Ripley) ⑥　Murry が *Athenaeum* の原稿を依頼してきたが、態度があいまいで信用できない。
19/3/15	Pinker (Mountain Cottage, Middleton-by-Wirksworth, Derby[shire]) ④ あなたから返してもらって C. W. Beaumont に渡していた 'All of Us' の原稿を、彼はあなたに送ったと言うので、返送されたし。 ⑤ 一度見てもらった *TG* を将来の出版に備え、あなたに送る。
19/4/3	Koteliansky (Mountain Cottage, Middleton-by-Wirksworth) ③ 'Whistling of Birds' だけを Murry が *Athenaeum* 1919/4/11 に［匿名で］載せ、他は「編集者然」の態度で送り返してきた。彼との付き合いは終わりだ。
19/4/30	Pinker (Chapel Farm Cottage, Hermitage, nr. Newbury, Berks) ⑥ *Cosmopolitan* の提案は期待が持てる、あなたの助言

日付け	宛名、書簡発信地、内容紹介
19/1/1	Koteliansky (Middleton-by-Wirksworth, Derby[shire]) ③ Harrison から £10 の稿料を受け取った。これらの仕事は Pinker を介さず自分で行なった [('Benjamin Franklin', *English Review*, Dec. 1918), ('Henry St. John de Crèvecoeur', *ER*, Jan. 1919)。 [*Movements in European*] *History* があと 1 か月か 6 週間で完成する。 ⑤ *Touch and Go* は C. Asquith に頼んでいる [Asquith を介して女優としても有名な Beatrice Stella Tanner の意見を聞いてもらっていた]。
19/1/9	Pinker (Mountain Cottage, Middleton-by-Wirksworth, Derby[shire]) ② 'Fox'、'John Tomas' の原稿を K. Mansfield に転送してもらったので届いていると思う。'Wintry Peacock' の原稿をもうすぐ送る。出版見込みがなければタイプはせず、タイプしたら、元原稿は返してほしい。 ③ Harrison から稿料を受取った、問題はないと思う。
19/1/15	Pinker (Mountain Cottage, Middleton-by-Wirksworth, Derby[shire]) ② 'Wintry' を送る。いいと思うならタイプして元原稿を返してほしい。
19/1/27	Huebsch (Mountain Cottage, Middleton-by-Wirksworth, Derbyshire) ③ *Studies in Classic American Literature* をご存知だろうか。アメリカのために書いた大切な作品で、その中の 4 編目がもうすぐ *ER* に掲載される。それを含め既刊の 3 編を Harrison にあなたへ送るよう頼むつもりだ。 ⑥ 貴社の広告を送ってもらい感謝する。Pinker は何も伝えてくれないので、*Look! We Have Come Through* のアメリカでの評価や *Prussian Officer* や *Twilight in Italy* は販売されているのか教えてほしい。アメリカへこの

(Robert Mountsier)。1920年から1925年の間にロレンスの本をアメリカで最も多く出版することになるトマス・セルツァー(Thomas Seltzer)。この時期のロレンスは困窮していて、生活のための稿料を短編や詩、エッセイを雑誌に掲載することで得ているが、その雑誌の中で一番やり取りが多かった『ヴォイシズ』(*Voices*)の編集者、トマス・モールト(Thomas Moult)である。

また出版人ではないが、ロレンスの友人であるS・S・コテリアンスキー(S. S. Koteliansky)とのやり取りを一定数取り上げた。この時期ロシアの哲学者の著作を彼が翻訳し、ロレンスは編集のみならず翻訳もやり、その序文を書いて、何とか2人でこの翻訳を世に出そうとしていた。2人の書簡のやり取りからもロレンスの実務家としての活動が垣間見られるからである。また、作家ダグラス・ゴールドリング(Douglas Goldring)は「民衆劇場」の立ち上げでロレンスの心を捉え、ロレンスの戯曲の出版につながるが、その経緯が見られる書簡を加えた。なおゴールドリングはセルツァーのロンドンでの代理人でもあった。

凡例

1 日付欄では、19は1919年を、20は1920年を指し、続く数字は日付を表わす。同日に出された書簡がある場合は、A-Cのアルファベットを振っている。
2 書簡が出された発信地は、宛名の名前に続いて示し、必要に応じ編集している。
3 内容紹介は、各書簡においてどの順番で言及されたのかにかかわらず、以下の項目順で示している。① Novels ② Stories ③ Essays ④ Poetry ⑤ Plays ⑥その他。
4 作品名は英語で示し、一覧表初出以降、原則短縮のアルファベット頭文字で示している。雑誌名は2語以上になるものは短縮して示している。
5 [ ]にて、さまざまな背景的説明を加えた。

〈研究ノートII〉

ロレンスから出版人への書簡一覧
——1919年1月から1920年前半まで

本書の解題「出版業実務に従事する苦労」においても指摘されているように、この時期ロレンスはイギリスの出版代理人J・B・ピンカー(J. B. Pinker)との関係を断ち切り、自分の作品の出版に関する業務を直接出版人と交渉し始める。それら交渉の書簡はかなりの数になり、それらを全体として見てみると、1915年イギリスで出版され、3か月の間に発禁処分となった『虹』(*The Rainbow*)のあと、自身も最高作とする『恋する女たち』(*Women in Love*)の出版に腐心するロレンスが浮かび上がってくる。そして、出版にこぎつけた作品やのちの出版につながる交渉を行なった作品は、これら2編の長編小説だけでなく、短編、エッセイ、戯曲などさまざまなジャンルに広がっていることが分かる。そのため、重要な出版関係者宛の書簡をジャンル別にまとめて、時系列的つながりが鳥瞰できる形にすれば、「実務家」としてのロレンスの姿を浮き彫りにできないかと考え、以下の一覧表を作成した。

一覧表に入れた出版関係者は、1914年出版代理人として関係が始まり1919年11月27日に関係を切ったJ・B・ピンカー。1918年10月に『新詩集』(*New Poems*)を出版したロンドンのマーティン・セッカー(Martin Secker)。出版後短期間で押収命令を受けた『虹』を2回目の公判が開かれる前日にアメリカで出版したベンジャミン・W・ヒューブッシュ(Benjamin W. Huebsch)。1916年コーンウォールに滞在していたロレンスを数回訪れ、1920年2月ロレンスからアメリカでの出版の個人的な代理人を務めてくれないかと頼まれ引き受けたロバート・モンシェ

あとがき

本書は、京都に拠点を置くD・H・ロレンス研究会が二〇〇五年から出版を始めた『D・H・ロレンス書簡集』の第Ⅸ巻である。ロレンスが一九一九年一月から一九二〇年六月までに書いた書簡三五一通を、宛名人ごとに纏めて全訳した。（一九二〇年の書簡をすべて一冊に所収することができず、七月以降は次巻に分割せざるをえなかった。）振り返るに、われわれの翻訳による書簡集の第Ⅰ巻からⅨ巻を発行するまで実に一五年かかったことになる。にもかかわらず底本としているケンブリッジ大学出版局版の『D・H・ロレンス書簡集』全八冊（Ⅶ巻プラスⅧ巻）のうち、第Ⅲ巻目の三分の二に辿り着いたばかり。全体の半分近くにやっと達したという遅々たる歩みである。

ロレンスの生涯がどのようなもので、彼の創作した作品と彼の思想がどのように関わっているのかなどを知るには、一九三〇年の彼の死直後から出版され始めた多数の優れた回想記、評伝によって多方面から検討できるだろう。それでは、ロレンスの四四年五か月の生涯で、残されている手書きの膨大な数の書簡を読む意味はどこにあるのか。そのことをここであえて考えてみてもいいかもしれない。

研究会訳の『D・H・ロレンス書簡集』第Ⅵ巻に収められている解題、「ロレンス、書簡、大戦――一九一五年から現代へ」にすでに霜鳥慶邦氏が興味深い論を書いている。「……ロレンスの書簡は、個人的話題という枠を超えて、時代について、国家について、人類について、未来について、切実に語っている。確かにすべての書簡は、宛名に記された特定の人物に届けられた。だが……もし当時、「現代の電子メールの」ＣＣ・ＢＣ機能が存在し、複数の宛先を選べるとしたら、ロレンスは迷わずその機能を利用して、不特定多数の書簡を送ったのではないか」と。この解題をぜひ一読されたい。

確かに、たとえばロレンスの文学世界に、第一次世界大戦がどのような影を落としているかについて考える時、多くの知人に宛た書簡の中にロレンスの生の声が吐露されていて、そこにこそ彼の考えや主張の原点を見ることができる。あの戦争が人間の魂と身体に刻んだ生傷のさまや、それによって噴き出る怒りを書簡は直に伝えているからである。

さて、第一次世界大戦は、一九一四年七月六日に勃発、一九一八年一一月にようやく終結した。ロレンスはロンドンで催されたある休戦記念パーティに参加した時、Ｄ・ガーネットに、この戦争は終結したのではなくて、人びとの怒りと憎しみは堰き止められたままで、やがてもっと酷い形で現われるだろう、と不吉な予告をした。そしてロレンスは、暗雲に閉じ込められたままのイギリスに決別し、とにかく一刻も早く自由に息ができる外国への脱出を切望した。だが彼の肉体は当時猛威をふるっていた流行性感冒などで弱っており、鬱屈した精神状態のままイギリス各地を移動した。一九一九年一〇月にフリーダを先にドイツに発たせることができ、ロレンス自身は一一月一四日チャリング・クロス駅からパリに向けて出立、一九日にイタリアのフィレンツェに辿り着いた。

ロレンス夫妻のイタリアでの生活が始まったが、この地に生きることはロレンスの作家生命に大きな影響をおよぼすことになった。フィレンツェからローマへ、カプリ島、シチリア島、マルタ島、サルデーニャ島などを転々と移動して感じたこと、考えたことを彼は多くの人びとに書き送っている。出版業務に係わる事務的な内容を伝えるものも多数あるが、大半は知人に宛た長文で、深い内容を込めたものを書いている。ロレンスは自然の命が横溢するイタリアの風土に抱かれて、イタリアや世界の歴史に思いを馳せ、生あるものの命のありようを伝え、考えた。これらの書簡から、ロレンスの生命が自然に精気を甦らせていった訳が納得できる。とりわけシチリア島のタオルミーナの町の、魅惑的な響きを持つフォンタナ・ヴェッキアの地に住まいを構え、そこでの生活をどれだけ愛したことか。そこから送信したロレンスの多くの書簡がそれをつまびらかにしている。丘の中腹に建つフォンタナ・ヴェッキア荘からイオニア海を見下ろし、周りの景色を描写する手紙などから(一九二〇年三月二〇日、F・クレンコフ宛や、三一日、J・E・ブルックス宛の書簡など参照)、また、タオルミーナの町から眺望できる、火と煙を天空に吹き上げるエトナ火山をロレンスは「天柱」と表現し(『海とサルデーニャ』参照)、人を圧倒する威容をもって存在する姿に息をのむだけではなく、その象徴性を思考して、地霊の存在を確かに感知したに違いないと思う。

一九一九年から一九二〇年にかけて、イギリスからイタリアへの移動によって、芸術家としてのロレンスの体内には、血液が湧き立つような、一種の興奮状態から生じるエネルギーが活性化し、創作活動は充実していったのではないか。この時期に作られたロレンスの作品群をざっと見渡せば、今さらながらその豊かな収穫に驚きを禁じえない。以下ジャンル別に、一九一九年から一九二一年ごろに執筆された作品、出版された作品を概観してみよう。(出版が数年後になったものも含む。)

小説 『堕ちた女』(一九二〇年五月脱稿、一一月出版。ロレンスは大戦前の一九一三年に未完成のまま残置していた『ハフトン嬢の反乱』の原稿をカプリ島に取り寄せたあと、シチリア島のフォンタナ・

ヴェッキア荘で全面的に改稿した。タイトルも「雑婚」から『堕ちた女』になった。）『ミスター・ヌーン』（一九二一年ごろから約九か月間執筆、未刊に終わる。）『アロンの杖』（一九一九年に執筆した初校に再着手、一九二一年完成、一九二二年出版。）『恋する女たち』（一九二〇年一一月、ニューヨークで予約者限定の私家版として出版、一九二一年ロンドンで出版。）

評論『精神分析と無意識』（一九二〇年一月脱稿、一九二一年五月出版。）『無意識の幻想』（一九二一年執筆、一九二二年出版。）『ヨーロッパ史のうねり』（一九二一年出版。）『アメリカ古典文学研究』（一九二三年出版。）

紀行『海とサルデーニャ』（一九二一年出版。）

戯曲『一触即発』（一九一九年執筆、一九二〇年出版。）

翻訳（ロシア語から英語へ、S・S・コテリアンスキーとの共訳）シェストフ『すべてが可能だ』（一九二〇年出版。）

詩集『入り江』（一九一九年出版）、『鳥と獣と花』（所収の詩の大半はシチリア島などイタリアでの創作であり、一九二三年出版。）

この時期に書かれたものを特徴づけるものは、あらゆる生きものに宿る生命のエネルギーに対するロレンスの畏怖と畏敬の念が見られて、作品を創作する原動力となっているということである。例えば、詩集『鳥と獣と花』に所収されている詩の大半はイタリアの各地で着想をえて創作されたもので、「ザクロ」「イチジク」「西洋カリンとナナカマドの実」「蛇」「亀の叫び」「糸杉」などがすぐに思い浮かぶだろう。読む者は、ロレンスが詩の形と言葉で綴った樹木や花々、果物、生きものの姿にまず接して、そこから奥深い世界へ導かれる。これらについての思索なしにわれわれは、ロレンス文学の根底に地下水として流れている「生命の力」とは何かについて語ることはできないだろう。

一九二一年一月三日早朝、ロレンス夫妻は何かに突き動かされるようにフォンタナ・ヴェッキア荘の戸締りをして、サルデーニャ島へ一週間の旅に出た。その果実である紀行記『海とサルデーニャ』の冒頭で、火を噴くエトナ山の象徴性について書いているが、それについては次の『ロレンス書簡集』第X巻（一九二〇年七月から一九二一年まで）の解題を待つことにしたい。

しかし、ロレンスはフォンタナ・ヴェッキアに一年余り滞在したあと、ここに落ち着くことはなく、次はセイロンへ、そしてオーストラリアへ、アメリカのタオスへ、メキシコへと旅を続けるのである。かくしてわたしたちは、ロレンスが生ある限り綴り続けた書簡を読み、翻訳する旅を続けなければならないのである。

本書第IX巻の出版は、二一名が加わった共同（翻）訳である。編集人は吉村宏一をはじめ、杉山泰氏、小川享子氏、北崎契縁氏、吉田祐子氏、藤原知予氏を中心に、研究会員全員の協力をもとに、点検、校正を進めてでき上がった。既刊の巻と同様、人名、地名、送り仮名、カタカナやルビの表記の統一などをはかったが、まだ不統一などがあるかもしれない。その節はご容赦を願いたい。

「解題」は藤原知予氏にお願いしたが、今回はそれ以外に、当時のロレンスが文筆家と実務家という二足の草鞋を履いて活動した状態を裏付けるために小川享子氏による「ロレンスから出版人への書簡一覧」を、またロレンス夫妻の異国イタリアでの生活状況を知るための資料として、杉山泰氏による「第一次世界大戦後のイタリアにおけるリラの交換レート」を「研究ノート」として掲載した。

「人名一覧」は井上径子氏に、また「地名一覧」は小川享子氏に、「人名・地名・事項索引」「ロレンス著作索引」「新聞・雑誌一覧」は北崎契縁氏にご苦労願った。なお「口絵写真」は井上義夫氏と鎌田明子氏に提供していただいた。とりわけ井上義夫氏撮影のフォンタナ・ヴェッキア荘の写真は貴重であり、この巻に掲載できたことは喜ばしく、氏に深謝申し上げる。また、ロレンス直筆の書簡は河野哲二氏所有のものであり、今回も口絵ならびにカバーとして用いることを許可していただいた。そのご厚意に感謝している。

最後になったが、今回の『ロレンス書簡集』第IX巻の出版を全面的に支えてくださった松柏社の森信久社長、ならびに編集・校正作業に専心してくださった戸田浩平氏へ、心よりお礼を申し上げたい。

吉村宏一

[1]

翻訳担当者ならびに担当箇所一覧

有川智子（ありかわ　ともこ）　前京都大学非常勤講師
　エイダ・クラーク 1 〜 11、ヒューバート・フォス 1、ゴードン・マクファーレン 1、ハリエット・モンロー 1 〜 2、J・B・ピンカー 16 〜 21
井上径子（いのうえ　みちこ）　同志社女子大学嘱託講師
　ヤン・ユタ 1 〜 2、エミリー・キング 1 〜 7、マーガレット・キング 1 〜 4、J・B・ピンカー 1 〜 7
今泉晴子（いまいずみ　はるこ）　前姫路日ノ本短期大学教授
　キャサリン・カーズウェル 1 〜 6、14 〜 19
岩井学（いわい　がく）　甲南大学教授
　シンシア・アスキス 1 〜 12、シリル・ボーモント 1 〜 7、マリア・ユーブレヒト 1 〜 4、J・C・スクワイアー 1
有為楠泉（うぃっくす　いずみ）　名古屋工業大学名誉教授
　ベンジャミン・ヒューブッシュ 1 〜 24、エルゼ・ヤッフェ 1、セシル・パーマー 1
小川享子（おがわ　きょうこ）　京都橘大学外国語担当講師
　キャサリン・カーズウェル 20 〜 22、マーク・ガートラー 1 〜 2、S・S・コテリアンスキー 31 〜 40、マイケル・サドラー 1 〜 4、フランシス・ブレット・ヤング 1 〜 2、ジェシカ・ブレット・ヤング 1 〜 3
鎌田明子（かまだ　あきこ）　京都橘大学名誉教授
　マーティン・セッカー 1 〜 10、33
北崎契縁（きたざき　かいえん）　相愛大学名誉教授
　ヒルダ・ブラウン 3、S・S・コテリアンスキー 1 〜 10、41 〜 49、トマス・セルツァー 3 〜 9、リリアン・トレンチ 1、スタンリー・アンウィン 1 〜 4、アナ・フォン・リヒトホーフェン 1、アイリーン・ホイットリー 1 〜 4、
小林みどり（こばやし　みどり）　前東海大学准教授
　ゴドウィン・ベインズ 1、ロザリンド・ベインズ 1 〜 8
志水（西田）智子（しみず［にしだ］　さとこ）　九州産業大学教授
　エイミー・ローウェル 1 〜 9
霜鳥慶邦（しもとり　よしくに）　大阪大学准教授
　コンプトン・マッケンジー 1 〜 11、エドワード・マーシュ 1 〜 7

杉山潤（すぎやま　じゅん）　同志社大学嘱託講師
デイヴィッド・エダー1、イーディス・エダー1、スタンリー・ホッキング1～3
杉山泰（すぎやま　やすし）　京都橘大学名誉教授
セシリー・ランバート1～14、ロバート・モンシェ1～4
田部井世志子（たべい　よしこ）　北九州市立大学教授
ジョン・エリンガム・ブルックス1～2、ダグラス・ゴールドリング1～11、ナンシー・ヘンリー1～2、ウィリアム・ヘンリー・ホッキング1、モーリス・マグナス1、マリー・メロニー1
原口治（はらぐち　おさむ）　福井工業高等専門学校教授
ヒルダ・ブラウン1～2、フリッツ・クレンコフ1、フランシスとジェシカ・ブレット・ヤング1
福田圭三（ふくだ　けいぞう）　大阪経済大学専任講師
S・S・コテリアンスキー11～20
藤原知予（ふじわら　ちよ）　神戸女学院大学非常勤講師
エリナー・ファージョン1～2、S・S・コテリアンスキー21～30、ジークフリート・サスーン1、ルーシー・ショート1～2、宛先人不明1
山本智弘（やまもと　ともひろ）　奈良県立登美ヶ丘高等学校教諭
J・B・ピンカー8～15、トマス・セルツァー1～2
横山三鶴（よこやま　みつる）　甲南大学非常勤講師
キャサリン・マンスフィールド1～6、トマス・モールト1～7、ジョン・ミドルトン・マリ1～2
吉田祐子（よしだ　ゆうこ）　高知県立大学非常勤講師
エイダ・クレンコフ1、マーティン・セッカー11～32、ヘレン・トマス1
吉村宏一（よしむら　ひろかず）　同志社大学名誉教授
リチャード・オールディントン1～2、クリフォード・バックス1、ベアトリーチェ・キャンベル1、キャサリン・カーズウェル7～13、ガートルード・クーパー　1～2、ノーマン・ダグラス1、ベアトリックス・ゴールドリング1、ルイ・ゴールディング1、サリー・ホプキン1、ウィリアム・ホプキン1、フリッツ・クレンコフ2、ヴァイオレット・モンク1、マックス・プラウマン1～6

索引

1) 索引は「人名・地名・事項索引」と「ロレンス著作索引」の2つから成る。
2) 頁番号の前に付した記号iは人物紹介の項目を、nは注の項目であることを示す。
3) 項目中の人物が直接宛先となっている書簡の頁番号は太字で示す。
4) 項目中の地名が発信地として明記されている書簡の頁番号は太字で示す。

<人名・地名・事項索引>

あ

アイヴィ　Ivy　37, n38, 85, i127, 291, 696, 723

アイヴァー・バックス　Iver Bucks　506, 601, 694

アカシア通り　Acacia Rd.　**2**, 30, **36**, **126**, **155**, 211, **212**, 214, 232, n295, **347-48**, 419, **437**, **483-84**, 507, 512, **513**, 564, **601**, 694

アクトン　Acton　279, 694

アスキス、シンシア　Cynthia Asquith　i4, **5**, n6-7, **7-27**, n11, n14-15, n38, 60-61, n61, 80, 257, n258, 260, n262, 420, 605, 621, 623, 671, 687, 723

アスティ　Asti　449, 694

アデレード通り　Adellaide Rd. 467, 694

アティーナ・マーケット　The Market at Atina　45, 92, 317, 696

アテネ　Athens　119, 694

アデルフィ（雑誌、通り、地域名）　Adelphi　138, 432, i482, 675, 683, 688, 694

アナカプリ　Anacapri　94, i584, n588, 595, 692, 694

アペニン山脈　The Apennines　181, 693-94

アマルフィ（海岸）　Amalfi (coast)　99-100, **117**, **179**, **253**, 690, 693

アムステルダム　Amsterdam　282, 693

アメリカ（人、文学）　America　5, 9-10, 13, 86, 88, n88, 94-95, n110, 111, i148, 156, 164, 184, 190, 195, i199, 200-02, n201-04, 205-08, n209, 210, 213-14, 216-17, n219, 220, n221, 223, 225, 227-30, n228, n230, 232, i237, 238-40, 256, 261, 292, 294-95, 303-06, n305-06, 308-09, 313, 317-18, 320, 323, 327, n327, 330-31, 354, i359, 360-61, 363-66, 368, n371, 390, n392, 395-96, i405, 420, i424, i431, 432, n433, 434, n435, n438, 439, i443, 444-46, 449, 451-53, 455, 457-58, n459, i464, 465, 467, 474, n476, n481, 496, 502-06, 511, 513, 515, 517-18, 523, 526, 529-32, 534, 536, 538, 540, 542, i544, 545, 548, 551-57, 564, 571, n572-73, 573-74, n578,

人名・地名・事項索引

588, 590, 617, 622, 624, 630 -36, 638-41, 642-43, 645-51, 653, 655, 657-59, 663, 667-74, 679-80, 684-85, 687-88, 693, 696-97, 699, 700-05, 709, 711, 713-15, 717-18, 721-22, 724
アラン、インソール　Alan Insole　n119, 239, 244, n250, 591, 722
アラン、ドリー　Dolly Allan　723
アルノ川　The Arno　42, 70, 91, 246, 367, 485, 619, 681, 693
アレクサンダー大王　Alexandros　280, 723
アンウィン、スタンリー　Stanley Unwin　77, 262-23, n263, n325, 539, 562, i568, **569-73**, n570, n572, n574, 722
アンジェリコ、フラ　Fra Angelico　141, 722
アンターマイヤー、ジャネット（ジャン）　Untermeyer, Jeanette ['Jean'] Starr　216, n217, 713, 722
アンターマイヤー、ルイ　Louis Untermeyer　216, n217, 667, 713, 722
アンティコリ・コッラード　Anticoli Corrado　240-41, 243, 695
アンデス山脈（地方）　Andes Mountains　131, 693
アンドレーエフ、レオニド　Leonid Andreyeff　160, 722
イーストウッド　Eastwood　i113, i122, i176, i178, 184, 602, 677, 681, 693
イースト・ヒース通り　East Heath Rd.　680
イーリー、G・ハーバート　George Herbert Ely　165, 722
イエス（キリスト）　Jesus Christ i69, 403, n414, 693, 707
イオニア海　The Ionian sea　324, 662, 693
イスキア（島）　Ischia　93, 183, 693
イゼーオ湖　Lake Iseo　693
イタリア通貨（イタリア銀行、物価高）　Italian money（Banca Italiana, dearness of Italy）36-37, 43, 96, 156, 185, 212, 216, 240, 250, 318, 321, 323, 326, n327, 369-70, n371, 533, 554, 604, 618, 620, 622, 625-26
『イマジスト詩人集』　*Some Imagist Poets*（1917）i1, n442
インフルエンザ（スペイン風邪）influenza（flu）　5, n6-7, 49, 170, 235, i255, 284, 320, 332, n363, 433, 461, 468, 576, n578, 603-04, 656
ヴァッロンブローザ　Vallombrosa　51, 595, 693
ヴァレッタ（港）　Valleta (harbour)　109, **159**, 160, 195, 238, 250, **254**, **337**, **535**, 573, 593-94, 677, 679, 689, 693
ヴァン・ゴッホ、ヴィンセント　Vincent van Gogh　141, 706
ヴィア・ヴィットーリア・コロナ　Via Vittoria Colona　399, 680, 693
ヴィア・ドロローサ　Via Dorolosa　94, n97, 693
ヴィクトリア　Victoria（女王・駅）39, i492, 542, 692, 713
ヴィッラ・カノーヴァイア　Villa Canovaia　688, 692
ヴィッラ・チェルコラ　Villa Cercola　64, n67, 692
ヴィッラ・ファルネシーノ　Villa Farnesino　226, 692
ヴィッラ・フェラーロ　Villa

747

Ferraro 20, 523, 692
ヴィッラ・フライタ　Villa Fraita i584, 588, 590, 597, 692
ヴィッラ・ロ・スメラルド　Villa Lo Smeraldo 20, 621, 692
ウィンブルドン　Wimbledon 37, 676, 692
ウィルスン、トマス・ウッドロー　Thomas Woodrow Wilson 260, 667, 674, 722
ウィーン　Vienna 207
ヴェスヴィオ（山）　Vesuvius 48, 177, 184, 217
ヴェネチア　Venice　44, 52, 195, 376, 692
ヴェローナ　Verona 360, n360, 692
ヴェントナー　Ventnor 692
ウォー、アレクサンダー（「アレック」）　Alexander Raban Waugh [‘Alec’]　451, 536-37, n537, 555, 721
ウォリー　Wally 357, 721
ウォルポール、ヒュー　Hugh Seymour Walpole 455, 721
ウォレス（嬢）　Wallace 238, 241, 399, 401, 585, n588, 596, 680, 693, 721
ウクライナ　Ukraina i255, 323, 692
ウッチェロ、パオロ　Paolo Uccello　141, n142, 721
ウルフ、レナード　Leonard Wolf 297, n298, 654, 721
ウルフ、ヴァージニア　Virginia Wolf 297, n298, 675, 712, 721
エクセター　Exeter 279, 691
『エゴイスト』　*Egoist*（雑誌）i1, 673
エダー、イーディス　Edith Eder i130, **131**, 207, 329, 720
エダー、モンタギュー・デイヴィッド　Montague David Eder 80, i127, **128**, 131, 207, 269, 271, 275, 329, 461, 682, 720
エディンバラ　Edinburgh n276, 700
エトナ（山）　Etna 27, 48, 65, 120, 188, 190, 194, 196, 198, 242-43, n244, 332, 339, n375, 551, 587, 592, 594, 662, 664, 666, 677, 691
エメラルド島　Emerald Isle 73, 691
エルツギーセライ通り Erzgiesserei-strasse 134, 691
エルドラド（理想郷）　Eldorado i130, 365
エンペドクレス　Empedocles 244
オールトリンガム演劇協会 Altrincham Stage Society 158, 315, 393, 486, n486, 643, 686, 690
オールディントン、ヒルダ　Hilda Aldington i1, n284, 354, 361
オールディントン、リチャード Richard Aldington i1, **2**, n217, n221, 282, 354, 429, 720
オールトリンガム　Altrincham 101-02, n101, 158, 315, 393, 486, n486, 643, 686, 690-91
オスペダレッティ　Ospedaletti 462, n463, 691
オズボーン・ホテル　Osborne Hotel **159**, 239, 678, 691
オックスフォード　Oxford University Press（大学出版局）77, i137, i162, 195, 337, i380, 493, n494, 706, 716, 722-23
オットフォード　Otford 134-35, 691
オラツィオ・チェルヴィ　presso

Orazio Cervi 17, 36-37, n38, **44**, 45-46, n46, 190-91, **252**, 313, 315, 681, 712
オンプテーダ、ゲオルク・フォン Georg Baron von Omptеda 160, n161, 720

か

カーサ・ソリタリア Casa Solitaria 116, 248, 316, 495, 691
ガーシントン Garsington 260, 691
カーズウェル、キャサリン Catherine Carswell née MacFarlane n46, i76, **77-85**, n84, **84-112**, n86, n90, n100, n104, n108, **108**, n111-12, n143, 154, n259, n264, 289, 291, n300, n316, i378, n379, n395, 408, n504, 606, 620, 680 696, 700, 716, 720
カーズウェル, ジョン・パトリック（「ジョハネス」） John Patric Carswell [‘Johannes’] 83-84, 96, 105, 720
カーズウェル、ドナルド（「ドン」） Donald Carswell [‘Don’] 79-80, 84, 87-89, 94, 97, n100, 102, 106, 109, 111, 720
ガートラー、マーク Mark Gertler 74, i140, **141-42**, n143, 257-58, 277-78, 289, n322, i492, 699, 715, 719
ガーネット、エドワード Edward Garnett n522, 717, 719
ガーネット、コンスタンス（「コニー」） Constance Garnett [‘Connie’] 302, n302-03, 719
カコパルド、カルメロ Calmelo Cacopardo 241, 720
カコパルド、グラツィーア Grazzia Cacopardo 719
カコパルド、フランチェスコ（「チッチョ」） Francesco Cacopardo [‘Cicio’ or ‘Ciccio’] 188, 190, 192, 194-96, 198, 238, 241, 243, 372, 376-77, 384, 396, 399, 450-51, 534, 537, 540-42, n553, 555-56, n556, 588, 676, 681, 685, 695, 714, 719
カステッラマーレ Castellamare 353, 691
カゼルタ地方 Caserta 17, **44**, **58**, 70, 115, **116**, 213, **213**, **215**, 313, 315, 352, **381**, **485**, **515**, **578-79**, 681, 691
カターニア Catania 188, 382-83, **490**, 677, 679, 691
カッシーノ Cassino 92, 338, n588, 678, 691
ギャリック・ルームズ Garrick Rooms 315, 486, 690
カナン・ギルバート Gilbert Cannan 110, n111, n140, n143, 189, n221, 223, 227, n228, 229-30, 320, n322, 324, n325, 326, 328-29, 332-33, 368-69, 390-92, n392, 494, i500, 518, 527, 695-96, 699, 719
カナン、メアリ Mary Cannan née Ansell 18, 21, 63, 65, 95, n97, 107-08, 110-22, n111, 169, 174, 177, 184, 188-90, 192, 194, 196, 239, 242, 318, 320, 322, 326, 354, 382-84, 388, 390-91, n392, 397-98, 401, 587, 590-91, 592, 594, 596-97 , 676, 688, 695-96, 719
カノヴァイア邸 Villa Canovaia i34, 49, n50
カプチーニ・ホテル Hotel (dei) Cappuccini **253**, 690

[7] 人名・地名・事項索引

カプリ（島）　Capri **18-19**, 20-21, 23, 46-47, **59-60**, i62, 63-65, 67, n68, **92**, 94-95, **97**, 100, **101**, 102, 116-17, **123**, i125, **156**, **177**, 179, **181**, 183-84, n185, 211, **216**, 217, n217, **218-19**, **222**, **224**, 226, 248, **248**, 315-16, **318**, 319, **319**, **322-23**, 338, **352-53**, 353, **356**, **367**, 369, i380, n381, **381**, 383-86, 388-89, 391, 394, 396-97, 402, **416**, 422, **427**, 428, 430, **440**, **444**, 446, **462**, **477-79**, **486**, **489**, 489-90, **493**, 495, n495, 508, 511, 514, **517**, **519**, **523**, 523, 525, 528, 531, 533, **547-48**, **566**, i584, **585**, n588, 595-97, 620-21, 644, 661-62, 676, 678-79, 681, 683, 688, 690-92, 694, 708, 711-12, 719
ガラタ夫人　Signora Galata 226, 692, 718
カラブリア（海岸）　(the coast of) Calabria 47, 191, 243, 339, 422, 690
ガリア　Gallia 411, 690
ガルダ湖　Lake Garda 690
カンビオ・ナショナル国立外貨両替所　Cambio Nazional 65, 327
キトソン、ロバート・ホーソーン　Robert Hawthorn Kitson 197, 244, 718
ギボン、エドワード　Edward Gibbon n276
ギャリック・ストリート　Garrick St. 299, 315
ギリシア劇場　The GK Theatre 690
ギルフォード・ストリート　Guilford St. **419**
キング、エミリー　Emily Una King 114, 120, n121, 124, i245, **246-50**, n249, 679, 718
キング、マーガレット・エミリー（「ペギー」）　Margaret Emily King ['Peggy'] i251, **252-54**, n253, 337, 409-10, 718
キングスクラー　Kingsclere 135, 690
キングズウェイ・マンションズ　Kingsway Mansions 351, 690
キングズ・クロス　Kings Cross 678
クーパー、ガートルード　Gertrude Cooper i122, **123**, 718
クーパー、ジェムズ・フェニモア　James Fenimore Cooper n201
クォーン（村）　Quorn 596, 690
クック、トマス　Thomas Cook 16, 36, 39-40, 42, 44, 87, 126, 185, 450, 573, 618, 718
組版　plates 481, n481, 554
クラーク、ウィリアム・エドウィン　William Edwin Clarke 35, i113
クラーク、エイダ　Lettice Ada Clarke n82, 90, i113 , **114-21**, 123-24, 185, n185, 248-49, 252, 274, 346, 413, 689, 718
クラーク、ジョン・ロレンス（「ジャック」）　John Lawrence Clarke ['Jack'] 718
グラスゴー（・ヘラルド）　Glasgow i76, 672
グリーン・ストリート　Green St. 313, 551, 690

744

グリムズベリ・ファーム
Grimsbury Farm **11**, **152**, **301-02**, i341, 349, 355, 357-58, **421**, i426, **438-39**, 440, **502-03**, 676, 689, 697, 706

グレート・タワー・ストリート
Gt. Tower St. 37, 689

グレイ、セシル Cecil Gray 282, n283-84, 577, 717

グレート・ブリテン・ホテル
Hotel Great Britain **250**, **254**, **357**, **535**, **593**

クレオパトラ Cleopatra 379, 717

グレタム Greatham i132, 719

クレマンソー、ジョルジュ
George Clemenceau 260, 717

クレンコフ、エイダ・ローズ Ada Rose Krenkow i334, **335**, 338, 596, 680, 717

クレンコフ、フリッツ Fritz Krenkow 115, n268, i334, i336, **337-39**, n340, 576, 603, 662, 680, 717

グローヴナー通り Grosvenor Rd. **5**, **73**, **79**, 168, 174, **266**, 689

グロスターシャ Gloucestershire 687

クロムフォード Cromford 414, 689

ケナリー、ミッチェル Mitchell Kennerley i359, 455, n481, 717

ケンブリッジ (地名、版、大学)
Cambridge vii, n265, 295, n319, n489, n495, i498, i568, i600, 660, 689, 701, 704, 718-19

コーンウォール Cornwall i69, 77, 86, i167, i173, 262, 264, 287, 291, 414, i558, 577, 580, 602, 617, 659, 683-85, 686-87, 689, 703, 721

ゴーギャン、ポール Paul Gauguin 446, 716

ゴーリキー、マクシム Maksim Gorky i407, i544

ゴールズワージー、ジョン John Galsworthy 712

ゴールディング、ルイ Louis Golding i144, **145**, n145, 437, 716

ゴールドリング、ダグラス Douglas Goldring 99, n101, 135, i148, **149-161**, n149, 151, n152-53, n157, **158-59**, n159, n161, 294, 320, n322, i406, 474-75, n537, i544, 549, n549, 621, 658, 669, 672, 686, 708, 716

ゴールディング、ベアトリックス (「ベティ」) Beartrix Goldring ['Betty'] i146, **147**, 716

コヴェントリー Coventry n51, 689

コッローディ、カルロ Carlo Collodi 717

コテリアンスキー、サミュエル・ソロモノヴィチ (「コット」) Samuel Solomonovich Koteliansky ['Kot'] **74**, n84, 90, 142, 214, 218, n219, 223, 231-32, i255, **256-333**, n262-63, n270, n295-96, n298, n303, n305-06, n309, n312, n317, n319, i407, 502, n503, 506-07, 509-11, 513, 515-16, 525, n526, 528, 533-34, 539, n542, 564, 604-08, 612, 616-17, 619-20, 622-23, 658, 663, 700, 702, 715, 717-18

コモ湖 Lake Como 689

コリングズ、ヘンリー・ロバーツ・アーネスト Ernest Henry Roberts Collings i464, 465, 716

564, 716
コンプトン　Compton 689

さ

サスーン、シーグフリート　Siegfried Sassoon　325, i498, **499**, n499, 699, 716
サセックス・プレイス　Sussex Place 12, 14
作家協会　Authors' Society 521, 639, 713
サモア　Samoa 401, 688
サレルノ湾　the Gulf of Salerno 21, 184, 217, 688, 693
サロニカ　Salonika 275, 688
サン・ジェルヴァージオ　San Gervasio 48, n50, 52, 688, 692
サントロ、エリス　Ellise Santoro 17, 90-91, 96, 716
サンド、ジョルジュ　George Sand 408, n411, 716
サンミケーレ　San Michele 688
サンレーモ　San Remo 307, n308, 688
ジアルディーニ駅　Giardini 238, 382, 688
シェーンベルク　Schönberg 115, i336, 688
ジェームズ、ウィリアム　William James 290, n290, 714
シェイクスピア、ウィリアム　William Shakespeare n19, n22, n28, 188, n392
　『お気に召すまま』 *As You Like It* n19
　『ヴェニスの商人』 *Merchant of Venice* n28
　『ジュリアス・シーザー』 *Julius Caesar* n22
　『テンペスト』 *The Tempest* n38
　『ハムレット』 *Hamlet* n28
　『マクベス』 *Macbeth* 586, n588
シェストフ、レオ　Leo Shestov [Lev Issakovich Svartsman] 50, n51, 208, 218-19, 223-24, 229-32, i255, 296-98, n298, 299, n299, 300-04, n303, 308, n309, 315, 318, n319, 320, 324, 326, 328-31, 333, 502, n503, 503, 505-07, 510-11, 513, 515-18, 523, 525-26, 529, 533-34, 539, 541, n542, 604, 608, 612, 663, 715
シェッフェル、ジョセフ・ヴィクター・フォン　Joseph Victor von Scheffel n22, 256, 715
シエーナ　Siena 49, 688
ジェノヴァ（港）　Genoa harbour 449, 582, 688
ジェンマ　Gemma 376-77, 714
シオン　Zion 282-83, n284, 688
シオニズム　Zionism i127, 720
シカゴ　Chicago i431, 432, 434, n578, 688
システィーナ通り　Via Sistina 17, 693
シチリア（島、人）　Sicily **23**, 25, 27, **32**, 42, **47**, **51**, 64-66, n67, **71**, 100, **102-03**, 110, **111**, **118**, **120**, 123, **138**, **158**, 160, **226**, **228-29**, **232**, **240**, 242-43, 320, **322-23**, 324, **325**, 332, **337**, 338-39, 357, **370**, **372**, **375**, **382**, 383, n389, 389, **406**, **422**, **425**, **441**, **446**, **450**, 454, **465**, **480**, **490**, **494**, **524-26**, **529**, 535, **536**, 538, **550**, 551, **554**, 555, **557**, **559**, **562**, **569**, **581**, 591, 593, 622, 631, 661-63, 676-79, 681-82, 685-88, 691, 698, 708, 718-19
シャーマン、モンターギュ

人名・地名・事項索引　[10]

Montague Shearman 257, 715
シャーリー・ハウス　Shirley House **81**, n82
社会主義　Socialism n7, 93, i127, n149, n151, n153, 181, n298, 324, 668, 708
シャフ、ハーマン　Herman Schaff 206, 208, 210, 218, 305, 715
シュヴァルツヴァルト（森林地帯）　The Schwarzwald 374, 681, 688
シュピリ、ヨハンナ　Johanna Spyri 715
ショーター、クレメント　Clement Shorter 521, 715
ジョンズ・ウッド通り　St. Johns Wood **2**, 30, **36**, 73, **126**, 211, **212**, 232, n295, **347**, 419, **437**, **483**, 507, 512, **513**, 564, **601**, 686, 694
ジョージ、ロイド　David Lloyd George 259, 326, n327, 412, n414, 623, 669, 696
出版社
　アンドリュー・メルローズ社　Andrew Melrose Ltd. 96-97, n108, 700
　オックスフォード大学出版局　Oxford University Press 77, i137, i162, 195, 337, 722
　クノップフ社　Knopf 320, n321, 525, n526, 718
　コリンズ社　William Collins, So & Co. 564, 716
　コンスタブル社　Constable & Co. i492
　シリル・ボーモント社　Cyril Beaumont 9, 13, i54, **55-60**, 98, 368, 423, 433, n434, 605, 702
　ジョージ・アレン・アンド・サンズ社　George Allen & Unwin Ltd n263, i568
　スコット・アンド・セルツァー社　Scot & Seltzer 112, i148, 156, n159, i199, n209, 211, n211, 213, 215, 219, n221, 222-25, n226, 227, n228, 229-32, 306, 314, 372-73, 375, 400, 444-45, 449, 451-54, 456, 481, n481, n504, 512-13, n512, 523-29, 532-34, 536, n537, 537, 539-40, i544, **545-57**, n546, n549, 611-13, 623, 658, 709, 713
　セッカー社　Secker 13, 26, 88, 98, 106, 110, 138, n139, 156, 193, 201, 208, 213-14, 218, n219, 225, 229-32, n230, n297, 302-04, 306-11, n309, n310, 313, 315-20, 326, n317, 328-31, 333, 360, 368, 372-73, 382, n382, 386-87, 389, 395, n398, 399-400, 432, n441, 442, 451-52, 454, 456, 465, 475, n476, i500, **501-43**, n501, n503, n504, n508, n522, n528, n530, 545, n546, 546-47, 552, 555-57, 586, 592, 607-13, 623-24, 659, 683, 688, 713, 715
　ダックワース社　Duckworth 98, n112, 150, 201, n209, 225, 320, 382, n382, 386, 393-94, 402, 425, 445, 454-55, n459, 501, n501, 507, 519-20, n522, 523-24, 550, 592, 610, 709, 712
　ダニエル社　C. W. Daniel 99, 156, n157, n161, 208, 214, 294, 312, n312, 321, 323, 393, 442, 451, 456, 475, 484-85, 651, 700,

712
ダフィールド社　Duffield & Co. n459
チャップマン & ホール Chapman & Hall 156, n537, 721
チャトー・アンド・ウィンダス社　Chatto and Windus n302, 456, 501, n501
ハイネマン、ウィリアム William Heinemann 297, 302, n302, n459, 649, 651, 652
パーマー・アンド・ヘイワード社　Palmer & Hayward i464, **465**, 709
ヒューブッシュ社　Huebsch 9, 86, i199, **200-232**, n202, n204, 204, n206, n209, n211, n215-217, n219, n221, n228, n231, 260, 292-95, n295, 305-06, n308, 313-14, 317-18, 320, 323, 328, n329, 329-31, 363-64, 366, 445, 452-56, 475, n476, 480, 502, 525-26, 529, 533-34, 539-40, 547-50, 552-53, 557, 606-09, 611-13, 617, 620, 623, 659, 667, 705, 707, 714, 722
ブラックウェル社　Basil Blackwell 368, n370, n494, 706
マクブライド・アンド・ナスト社　McBride & Nast 230, n230, 533-34, 701
マクミラン出版社　Macmillan 368, n370
ミッチェル・ケナリー　Mitchell Kennerley i359, 455, n481, 717
メシュエン社　Methuen & Co.（メシュエン、アルジャーノン）(Algernon Methuen) 51, 454, 456, 700
リトル・ブラウン社　Little Brown & Co. 453, 455, 481, n481, 553-54
ロバート・マックブライド社 Robert MacBride Company 230, n230, 232, 330-31, 529, 701
ショート、ジョン・トレガーゼン Captain John Tregerthen Short 168-70, 174, i558, i575, 577, 683, 715
ショート、ルーシー　Lucy Short i558, **559**, 714
ジョーンズ、アーネスト　Alfred Earnest Jones 207, n209, 714
ジョン・ストリート　John St. 138, 688
シラクーザ　Syracuse 51, 71, 107, **119**, 189, 193, **249**, 328, 587, 677, 687
ジルジェンティ　Girgenti 189, 687
シロッコ　scirocco 383, n384, 440
兵役身体検査（軍の検査）　medical examination 602
神話
アフロディーテ　Aphrodite 12, n14, 403
アルテミス　Artemis 12, n15
エンペドクレス　Empedocles n244
テオクリトス　Theocritus n67
ダーナ神族　Tuatha De Danaan 383, n384
パルテノペ　Parthenope 217, n218
ヘーラー　Hera 12
ベアトリーチェ　Beatrice Portinari n75, 706
レウコテアー　Leukothea 217, n218
ポリュフェモスの岩 Polyphemos' rocks n375
スエトニウス　Gaius Suetonius

人名・地名・事項索引

591
セント・アイヴズ　St. Ives 168, 580, 684, 686
セント・ジェイムズ・テラス　St. James Terrace 294, 686
セント・ジョンズ・ウッド　St. John's Wood 2, 30, 73, **126**, 211, **211**, n295, **347**, 419, **437**, **483**, 512, **513**, 564, 686, 694
ソーニクロフト、ハモ　Sir Hamo Thornycroft i31, i34, n38, i498, 566, n567, 713
ソレント　Sorrento 93, 183, 517, 686, 693

た

『ダイアル』　*Dial* (雑誌) 2, n3, 671
ダーウェント川　The Derwent 689
デイナ、リチャード・ヘンリー　Richard Henry Dana 711
ダービーシャ (ダービー)　Derbyshire (Derby) **5**, **73**, **77**, **79**, **81**, n82, **141**, **145**, **163-64**, **168**, **170**, **200**, **235**, **256**, **259**, **264**, **266**, **269**, **273-74**, **281**, **284**, **335**, **337**, **360-61**, 414, **432-33**, **461**, 462, **467-68**, n469, **576**, 616-17, 656, 676-79, 682, 686, 689
『タイピー』　*Typee* n305, 700
ダグラス、ジェームズ　James Douglas 521, 713
ダグラス、ジョージ・ノーマン　George Norman Douglas i125, **126**, n126, i500, 514, 566, 705, 713
タス、エミール　Emile Tas 216, n217, 713
タオルミーナ　Taormina **23**, 24, **25**, **32**, 47, 48, **49**, **51**, **63-64**,

71, **102-03**, **105**, **111**, **118-120**, **138**, **158**, 160-61, **188**, 189-90, **192**, **194**, **196**, **227-29**, **231-32**, **238-240**, 243, **322-23**, **325**, **328-30**, 332, **332**, **337**, **357**, **370**, **372**, 373-74, **375**, 376, **382**, 383, **384-85**, **386**, 387, n388, **389**, **393**, **395**, **400**, 401, **402**, **406**, **422**, **425**, **441**, **446**, **448**, 450, **450**, **454**, **465**, **480-81**, **490**, **494-96**, **524-26**, **529-31**, 532, **533**, 534-35, **536-37**, 538, **539-41**, **550**, 551, **552-54**, 556, **557**, **559**, **562**, **569-71**, **573**, **581**, 583, **585**, 587, n588, 592, **594**, 595, 597, 623-24, 662, 676, 678, 681-82, 685-88, 690, 706-08, 718
ダニエル、チャールズ　Charles Warne Daniel 99, 156, n157, n161, 208, 214, 294, 312, n312, 321, 323, 393, 442, 451, 456, 475, 484-85, 651, 700, 712
ダマスカス　Damascus 279, 686
ダンロップ、トマス　Thomas Darce Dunlop 37, 347, 712
ダンロップ、マーガレット　Margaret Annie Jessie Dunlop 37, 712
チェーホフ、A・P・　Anton Pavlovich Chekhov 302-03, n302-03, i407, 649, 712, 719
チェシャ　Cheshire 101, 315, 486, 680, 686, 690-91, 719
チェルヴィ、オラツィオ　Orazio Cervi 17, n38, **44**, 45-46, n46, 213, **213**, **252**, 313, 315, **381**, **485**, **515**, **578-79**, 681, 712
チャペル・ファーム・コテッジ

738

Chapel Farm Cottage **7-8**, **12**, **30**, **55-57**, **i69**, **82-83**, n84, **128**, **134**, **149-50**, 153, **153**, **201**, **203**, **210**, 235, **288-89**, **291**, **303**, **310**, 343, 345, 362, **363**, **365**, **379**, **418**, **420**, 422, i426, **437**, **469-74**, **476**, **483**, **499**, **504**, **506**, **510-11**, **545**, **564**, 686, 706, 723
チャリング・クロス通り（駅） Charing Cross Rd. (Station) 36, 38, 348, 618, 661, 683, 685-86
チャンセリー・レーン Chancery Lane 133, n134, 685
ティベリウス Tiberius Claudius Nero Caesar Augustus 95, 685, 712
ティメオ・ホテル Timeo Hotel 63, 65, 189-91, 322, 383-84, 387, 390, 422, 587, 590-91, 685, 690
ディエップ Dieppe 39-40, 685
デイナ、リチャード・ヘンリー Richard Henry Dana 711
ディ・ボンドーネ、ジョット Giotto di Bondone 712
ディ・チアラ Di Chiara 597, 711
デュラック、エドモンド Edmond Dulac 37, n38, 711
ドゥオーモ Duomo 93
ドールン Doorn 195, 685
ドーン・ストリート Doane St. 372, 451, 542, 556, 685
トマス、H・E・ミファンウェー Helen Elizabeth Myfanwy Thomas 700, 711
トマス、ヘレン・ベレニス Helen Berenice Thomas i563, **564**, 700, 711
ドライ、レイモンド O. Raymond Drey 364, 711
トラガーラ Tragara 67, 685
トリニダード Trinidad 402, 685
トリノ Turin 15, 36-37, n38, 39, 41, 100, 312, 350, 356, 450, 514, 571, 582-83, 586, 618, 685
トリング Tring 695-96
トルストイ、レオ・ニコラェヴィチ Leo Nikolayevich Tolstoy 347, n348, 711, 719
トルナブオーニ通り Via Tornabuoni 16, 682, 693
トレヴェリアン、R・C・ Robert Calverley Trevelyan 422, 710
トレガーゼン（・コテッジ） Tregerthen (Cottages) 169, 171, i173, 174, i443, i558, 577, 580, n581, 583, 683, 685, 687, 715
トレンチ、フレデリック・ハーバート Frederick Herbert Trench 312, i566, 566-67, n567, 710
トレンチ、リリアン Lilian Isabel Fox Trench i565, **566**, 710

な

ナポリ Naples **18**, 27, n38, 42, 46, **59-60**, 90, **92**, 93, **97**, 100, **101**, 116, 123, **156**, 172, **177**, **181**, 183, n185, 195, **216**, 217, n218, **218-19**, **222**, **224**, 226, 238, 248, **248**, 316, **318-19**, 352, **353**, 354, **356**, **367**, **381**, 388, 399, **416**, **427**, 428-29, **440**, **444**, 448-50, **462**, **478-79**, **486**, **489**, **493**, 495, 514, 517, **519**, **523**, 534, **547-48**, 553-55, **566**, 582, 586, 592, 620, 631, 679-80, 684, 686, 688, 690-93, 694, 718
ニコルズ、ロバート Robert Malise Bowyer Nichols 420, 710
ニューフォレスト New Forest 86, 89, 300, 684

ニューヘブン　New Haven 39, 684
ニューベリー　Newbury **30**, **82-83**, **133-34**, 135, 142, **201**, **203**, **205-06**, **210-11**, 288, **288-89**, **291-92**, **301**, **303**, **310**, 362, **363**, **365**, **379**, **418**, **420-21**, **437-39**, **469-74**, **476**, **483**, **499**, **511**, **545**, 545, **546**, **564**, 676, 683-84, 689
ニューヨーク　New York 9, 88, i199, 201-02, 208, n209, 225, n226, 227, n228, 229, n230, 239, 260, 293, 363-64, 372, 400, 420, i424, i443, 444-45, 451-53, 456, n459, 476, 481, 494, 496, 502, n504, 505, 512, 529, 532, 534, n545, 551, 556, 607, 638, 647, 649, 663, 667-669, 671, 681, 684, 696, 701, 703, 706, 709
ニューヨーク・シティ通り　St. New York City 684
ヌクヒヴァ　Nukuheva 17, 401, 684
ネリー　Nellie 37, n38, 710
ネルソン、ホレイショー　Horatio Nelson 27, 120, 709
ノーマン、ダグラス　Douglas Norman i125, **126**, 388, i500, 514, 566, 705, 713
ノース・ウェスト　the North West 684
ノッティンガム（シャ） Nottingham (shire) n253, 393, n394, 681, 693

は

ハーグ　Hague n153, 210, n339, 672, 683
バー、ジェイン　Jane Burr 206, n209, 216, n216, 709
バークシャ　Berkshire **7-12**, **55-57**, i69, **82**, **87**, **128**, **134**, 142, **149-51**, **153**, **201**, **203**, **205-06**, 288, **288**, **292**, **301**, **303**, 362, **363**, **365**, **379**, **418**, **420-21**, i426, **437-38**, **469-76**, **483**, **499**, **501-04**, **545**, **564**, 603, 618, 676, 680, 682-87, 689
バーゼル　Basel 448, 683
バーデン - バーデン　Baden-Baden 90, 152, 157, 181, 212-13, 367, 374, 420, 434, 440, 447, 514, 559, 576, 579, 677, 681, 683, 688
ハーミテッジ　Hermitage **7-8**, **10**, **12**, **30**, 52, **55-57**, i69, 71, 79-82, **82-83**, n84, **85-87**, **89**, **128**, **133-34**, 141, 142, **149-50**, **153**, 154, **201**, **203**, **205-06**, **210-11**, 269, 271, 274, 282, 284, 287-88, **288-89**, **291-92**, **294**, 300, **303-04**, **309-11**, 335, 343, 347, 354, 362, **363**, **365**, **379**, 413, **418**, **420-21**, i426, 430, n430, **437**, 438, 461, **472-74**, **476**, **483**, **499**, **502**, **504**, **506**, **508-12**, 545, **545-46**, **564**, 576, 603, 652, 656, 683 , 685-87, 696, 702, 704, 706
バーミンガム　Birmingham 335, i584, i589, 686
パーマ、セシル　Cecil Palmer i464, **465**, 709
ハイアー・トレガーゼン　Higher Tregerthen i443, i558, 583, 687, 715
バイエルン共和国（バイエルン暫定革命政府） Bavarian Republic 5, n7, 164, 169, 258, 362, 434, n518, 521, n552, 639, 678, 683, 691, 698, 700

人名・地名・事項索引　　　　　　　　　　　　　　　　　　　　[16]

パウンド、エズラ　Ezra Weston Loomis Pound　i359, i431, 667, 670, 673, 674
バヴァリア　Bavaria　n7, n490, 683
パスポート　passport　10-11, 13, 40, 63, 70, 87-88, 91, 114, 152-53, 185, 203, 210, 246, 261, 300, 304-05, 310, 366, 420, 508, n509, 510, 617
バタシー　Battersea　i575, 580-81, 683
バッキンガムシャ　Buckinghamshire　381, 695-96, 719
バッキンガム・ストリート　Buckingham St.　432, 683
バックス、クリフォード　Clifford, Bax　i29, **30**, 52, n53, 709
バックルベリ・コモン　Bucklebury Common　n35, 355, 683, 687
ハヴィ、カール　Carl Hovey　494, n495, 496, n497, 709
パディントン駅　Paddington Station　82, 683
パトモス島　Patmos　12, **683**
ハマースミス　Hammersmith　554, n554, 683
ハムステッド　Hampstead　81, **147**, **154-55**, **346**, 419, 437, 484, 486, 507, 577, 601, 680, 682, 683, 701
ハムスン、クヌート　Knut Hamsun　160, 709
バランタイン、ロバート・マイケル　Robert Michael Ballantyne　275, 709
バリー、J・M・　James Matthew Barrie　18, 21, 184, 354, 455, 709, 719
　『ピーター・パン』　*Peter and Wendy*　709, 719
ハリスン、オースティン　Austin Harrison　200-01, 257, 264, 299, 304, n305, 432, 467, 616-17, 673-74, **708-09**
ハリッチ　Harwich　346, 682682
バルジャンスキー、アレクサンダー　Alexandre Barjansky　586, 708708
パルナッソス山　Parnasus　59, n60, 682
バルビュス、アンリ　Henri Barbusse　n151, 158, n159, 708
パルメ・ホテル　Albergo delle Palme　**15**, **350**, 682
パレスチナ　Palestine　5, 80, 128-29, 131, 171, 269, 271, 275, 279, 329, 461, 682
パレルモ　Palermo　100, 189, 192, 582, 682
パレンツィア　Signorina Palenzia　708
バロニン　Baronin　434, 708
パンクラツィオ・ホテル　Hotel Pancrazio　190, 682
ハンサード、ルネ　Réne Hansard　n119, 189, 193, 197-98, 239, n250, 591, 708
ハンプシャ　Hampshire (Hants)　135, n300, 680, 682, 684, 688, 690
パンボーン　Pangbourne　i34, n35, 37, 50, **87-88**, **151**, **204**,

296-97, **299**, 301, **342-45**, **438-39**, **475**, **501-02**, 601 603, 678, 680, 682, 685
ヒース・ストリート　Heath St. 551, 680, 682
ヒューブッシュ、ベンジャミン　Benjamin W. Huebsch 9, 86, i199, **200-32**, n202, n204, n206, n209, n211, n215, n217, n219, n221, n228, n231, 260, 292-95, n295, 305-06, n308, 313-14, 317-18, 320, 323, 328, n329, 329-31, 363-64, 366, 445, 452-56, 475, n476, 480, 502, 525-26, 529, 533-34, 539-40, 547-50, 552-53, 557, 606-09, 611-13, 617, 620, 623, 659, 667, 705, 707, 714, 722
ヒル、メイベル　Mabel Hill 387, n388, 707
ヒルダ、ブラウン　Brown Hilda i69, n69, **70-71**, 343, 706
ビエルバウム、ユリウス　Julius Bierbaum 160, n161, 708
ビベスコ、プリンス・アントワーヌ　Prince Antoine Bibesco 257, 260-61, n262, 707
ピーコック、ウォルター　Walter Peacock 313-14, n314, 475-76, 551, 708
ピアッツァ・メンターナ　Piazza Mentana **41**, **91**, **123**, **172**, **246**, **252**, **311-12**, **367**, **415**, 682
ピサ　Pisa 43-44, 449, 582, 682, 693
ピチニスコ　Picinisco 17, 36, n38, 42, **44**, **58**, 59, 70, 92, 115-16, **116**, 182, n186, 213, **213**, **215**, 219, 247, **247**, **252**, 313, 315, **316**, 352, **381**, **485**, 486, **515-16**, 517, **578-79**, 620, 681-82, 691, 694, 712
ピチニスコ・セッレ　Picinisco Serre n38, 681, 712
ピッコラ・マリーナ（荘）　Piccola Marina 383, 599, 681
ピンカー、J・B・　James Brand Pinker 149-50, 200, 202, 205, 208-09, n211, 215, 220, 222, 225, 227, 257, 270, 319, 321, 444, 452-53, i466, **467-81**, n471, n475, n479, n481, 493, 504, 506, 511-12, 518, 521-22, n522, 527, 547, 550, 554, 607-09, 611, 613, 659, 613, 707
ファーガン、ジェイムズ・バーナード　James Bernard Fagan 294, 707
ファージョン、エリナー　Eleanor Farjeon 35, 49, i132, **133-34**, 344, 347, 349, 355, 682, 688, 707
ファージョン、ジョーン　Joan Farjeon 35, 49, 344, 347, 349, 355, 707
ファージョン、ハーバート（「バーティ」）　Herbert Farjeon ［'Bertie'］ n35, 49, n345, 355, 679
ファーブマン、ギタ　Ghita Farbman 261, 263, 265, 272, 275, 280, 282, 291, 301, 305, 317, 325, 329, 707
ファーブマン、ソニア・イサイェヴナ　Sonia Issayevna Farbman 30, 263, 265, 272, 280, 282, 287, 288-89, 292-93, 301, 305-06, 311, 315, 317, 323-24, 707
ファーブマン、マイケルS・（グリシャ）　Michael S. Farbman ［'Grisha'］ 261, 263, 265, 280, 292, 294, n295, 305-07, 324,

327, 329-30, 707
ファーロング　Farlong 349-50, 706
ファラリョーニ岩礁群　The Faraglioni 20, 681
フィレンツェ　Firenze 16, **17**, i34, 36, 39, **41**, 43, n50, 51, 59-60, **70**, n75, **91**, **114-15**, **123**, 126, **172**, 181-82, 196, **212**, **246**, 247, **252**, **311-12**, 313, **314**, i334, 350, **351**, **367**, 369-70, n371, i405, **415**, 440, **485**, 486, n487, **514**, 532, 566, 579, 595, 618-19, 622, 633, 661, 680-82, 687-88, 692-93, 704, 721-22
フィンチリー通り　Finchley Rd. 437, 681
フェラーロ屋敷　Palazzo Ferraro **18-19**, 20, **60**, 64, n68, **92**, **97**, **101**, **156**, **177**, **181**, **216**, **218-19**, **222**, **224**, **248**, **318-19**, **352-53**, **356**, **367**, **381**, **416**, **427**, **440**, **444**, **462**, **477-79**, **486**, **489**, **493**, **517**, **519**, **523**, **547-48**, **566**, **585**, 596, 620-21, 683, 685, 692
フェローズ通り　Fellows Rd. 30, 681
フォンタナ・ヴェッキア（荘） Fontana Vecchia **2**, **23**, n24, **25**, 27, **47**, **49**, **51**, **63-64**, **71**, **102-03**, **105**, **108**, **111**, **118**, **120**, **138**, **158**, i187, 189, **192**, 194, 198, **226**, **228-29**, **231-32**, **238**, **240**, 243, 250, **322-23**, **325**, **328-30**, **332**, **337**, 357, **370**, **372**, 374, **375**, **382**, **384**, **386**, 388, **389**, **393**, **395**, **399-400**, **402**, **406**, **422**, **425**, **446**, **448**, **450**, **465**, **480**, **490**, **550**, **552-54**, **557**, **559**, **562**, **569-71**, **581**, **585**, **590**, 593, **594**, 623, 662-65, 681, 698, 719
フッド、アレクサンダー・ネルソン　the Duca di Brontë, Hood, Hon Alexander Nelson Hood 27, 193, 387, 394, 590, 706
ブラックウェル、バジル　Basil Blackwell 368, n370, n494, 706
ブラック・フォレスト　Black Forest 2, 681
フランス、アナトール　Anatole France 277, n278, 281, 285-86, 705
フランス領リヴィエラ　the French Riviera 196, 583, 595, 680-81
フリーマン、ジョージ・シドニー Geroge Freeman 77, n259, 705
フリーター、ラウリー　Lourie Flitter 705
ブラウン夫人　Mrs Brown 84, n84, 342, 708
ブラザー・シプリアン　Brother Cyprian 206, n206, 714
ブランズウィック・スクウェア Brunswick Square 437, 681
ブランフォード、F・J・　F.J. Branford 145, n145, 705
ブリストル・ホテル　(the) Bristol 25, 63, 189, 198, 238, 242-43, 382, 384, 401, 587, 590-91, 594, 681
プライア、アーニー　Ernie Prior 430, 704
プラウマン、マックス　Mark (or Max) Plowman i482, **483-86**, n483, n487, 675, 704
プリンセス・ストリート　Princess St. 184, 681
ブルック、ルパート　Rupert Brooke 7, n8, 418, n418, 704
ブルックス、ジョン・エリンガム

ポスト・オフィス・ヒル　Post Office Hill　315, 486, 680
ポンテ・ヴェッキオ　Ponte Vecchio　123, 680, 682
ホーソーン、ナサニエル　Nathaniel Hawthorne　n280-81, 286, 674, 680, 702-**03**
　『緋文字』　*The Scarlet Letter*　279, n280, 285, 702
ホーソーンズ　Hawthorns　596, 680
ホーン、ウィリアム　William K. Horne　275, 278-80, 702
ホーン、メイジー　Maisie Horne　279, 702
ホイットマン、ウォルト　Walt Whitman　32, 207-08, 210, n305, 645, 647, 703
　『草の葉』　*Leaves of Grass*　n33, 703
ホイットリー、アイリーン・トレガーゼン　Irene Tregerthen Whittley　i558, i575, **576-83**, 703
ホイットリー、パーシィ　Percy Whittley　i558, i575
ホプキン、ウィリアム　William Edward Hopkin　i178, **179**, i180, **181-86**, 410, 602, 702
ホプキン、サリー　Sallie Hopkin　i176, **176**, i180, **181-86**, 410, 702
ホリー・ブッシュ・ハウス　Holly Bush House　154, 680

ま

マークス、ヘンリー・キングトン　Henry Kingdon Marks　227, 228, n228, 701
マーシュ、エドワード（エディ）　Edward Marsh ['Eddie']　i4, 7, n8, 14, 21, i140, i417, **418-22**, n418, n422, i561, 601, 701, 704
マートル・コテッジ　Myrtle Cottage　i34, **35**, n35, n51, **87**, **151**, **296**, **299**, **342**, **438**, **475**, **501-02**, 618, 650, 680, 682
マウンテン・コテッジ　Mountain Cottage　**77**, 79, 81, **131**, **145**, **163**, **168**, 170, **174**, **200**, **259**, **264**, 273, **274**, **279**, **284**, **288**, **335**, **337**, **360-61**, **414**, **432-33**, **467-69**, 616-17, 679
マクダーモット、ノーマン　Norman Macdermott　156, n157, 158, 485, 701
マクファーレン、ジョージ（[ゴードン]）　George MacFarlane ['Gordon']　i76, i378, **379**, 701
マクブライド、ロバート　Robert MacBride　529, 533, 701
マグナス、モーリス　Maurice Magnus　n67, i125, 160, n161, n217, 239, 244, 383, i405, **406**, 569-73, n574, 586, n588, 686, 701, 722
マサチューセッツ（州）　Massachusetts　372, 451, 542, 551, 556, 679-80, 685
マッカーシー、デズモンド　Desmond MacCarthy　260, n262, 701

メクレンバラ・スクウェア W・C・ Mecklenburgh Square W.C. 678, 681, 697
メッシーナ(海峡) Straits of Messina **23-25**, **32**, 47, **49**, **71**, **102**, **105**, **118**, **120**, **158**, **226**, **229**, **231**, **322-23**, **328-30**, **337**, **370**, **382**, 383, **406**, **422**, **441**, **446**, **448**, **480**, 490, **530**, **550**, **552-53**, 554, **570-71**, 678
メルヴィル、ハーマン Herman Melville 208, 210, n305, 401, 645, 647, 699-700
『タイピー』 *Typee* n305, 700
『オムー』 *Omoo* n305, 700
『白鯨』 *Moby Dick* 401, 699
メリズコウスキー、ジナイダ Zinaida Merizkowsky 214, 700
メルローズ、アンドリュー Andrew Melrose 96-97, 107, n108, 112, 700
メンターナ広場 Piazza Mentana **41**, **91**, **114-15**, **123**, **172**, **246**, **252**, **311-12**, **314**, **351**, **415**, **485**, **514**, 566, 682
モーム、サマセット William Samerset Maugham i62, 446, 699, 704
モダーヌ Modane 39-41, 43, 448, 582, 678
モルガーノ・カフェ Morgarno's Cafè 94, 517
モレル、オットリン Ottoline Violet Anne Morrell, née Cavendish-Bentincki1 i140, 259-60, 262, 691, 699
モンク、ヴァイオレット Violet Monk n68, 87, i341, 345-46, 348-50, 355, 357, i426, **427**, n430, 440, 689-99, 706
モンシェ、ロバート(「モンタギュー」) Robert Mountsier [‘Montague’] i443, **444**, **446**, **448-50**, 451, 458, 537, 551, 547, 556, 659, 699
モンスニ(峠) Mont Cenis 448, 678
モンテ・カッシーノ Monte Cassino 338, n588, 678, 691
モンテ・ソラーロ Monte Solaro 184, 388, 428-29, 678
モンテ・ヴェナーレ Monte Venere 66, 678
モンド、エイミー・グェン Amy Gwen Mond 110, n111, n228, n325, 391, n392, 527, 699
モンド、ヘンリー・ラドウィグ Henry Ludwig Mond n111, n228, 324, n325, 326, 391, n392, 527, 699
モンロー、ハリエット Harriet Monroe 205, 360, i431, **432-33**, 698

や

ヤッフェ、エトガール Edgar Jaffe 5, i234, 258, 698
ヤッフェ、エルゼ Else Jaffe i234, **235**, n236, 698
ヤング、ジェシカ・ブレット Jessica Brett Young 21, 59, 63, n67, 96, n97, 184, n217, 354, 519, i589, **590**, **593-94**, i598, **599**, 622, 681, 692, 698
ヤング、フランシス・ブレット Francis Brett Young 21, 63, 96, 184, 319, 354, 388-89, 391, 440, 519, 528, i584, **585**, n588, i589, 622, 681, 692, 698
フランシスとジェシカ・ブレット・ヤング Francis and Jessica Brett Young 96, 354, i598, **599**, 622,

698
ユーブレヒト、マリア　Marie Hubrecht 23, i187, **188-96**, 239, 338, 387, 590-91, 676, 681, 692, 698, 702
ユタ、ヤン　Jan Juta n119, 188-89, 192-93, i237, **238**, 239, **240**, n244, n250, 387, 542, 591, 698, 722
ユング、カール・グスタフ　Carl Gustav Jung i31, 415, 698
ヨーク、ドロシー(「アラベラ」) Dorothy Yorke ('Arabella') i1, 3, i140, 282, 351, 429, 485, 690, 697

ら

ライアン(レストラン)　Lyons 257, n259
ライス、アン・エステル　Anne Estelle Rice 9, n55, 364, 434, n435, 697, 711
ラッセル・スクウェア公園 Russell Square 690
ラッセル、エイダ　Ada Russell 363, 365, 370, 375, 697
ラッセル、バートランド　Bertrand Russell i568, 667, 669
ラッドゲート・サーカス　Ludgate Circus 185, 677
ラドフォード、アーネスト　Ernest Radford 697
ラドフォード、ドリー　Dollie Radford i426, 697, 706
ラドフォード、マーガレット Margaret Radford 35, 87, i132, 135, 142, 282, 284, 287-88, 293-94, 313, n314, 343-44, 351, 355, i426, 697
ラトミーア　Latomia 119, n119, n250, 677
ラナニム　Rananim 258, i443, 604, 693
ランダッツォ　Randazzo 189, 193, 393, 677
ランバート、セシリー　Cecily Lambert 87, i341, **342-57**, i426, 429-30, **438**, 689, 697, 706, 721
リヴォルノ(レグホーン・レゴルノ) Livorno (Leghorn) 347, 677
陸軍省　the War Office　262-63, n263, 577
リージェンツ・パーク　Regents Park 294, 677, 686
リウィウス、ティトゥス　Titus Livius 592, 697
リトヴィノフ、マクシム　Maksim Litvinov 696
リヒトホーフェン、アナ・フォン Anna von Richthofen i488, **489-90**, 559, 677, 696
リプリー　Ripley **5**, **73**, **78-79**, **81**, i113, 168, **170**, 174, **266-70**, **273**, 274-75, 337, **461**, 603, 677, 689
リヨン駅　Gare de Lyon 39-40, 677
ルーアン　Rouen 105, 677
ルーク、アイリーン　Irene Rook 159, 239, 695-96
ルートヴィヒ・ヴィルヘルムスティフト　Ludwig-Wilhelmstift 559, 677
ルックボイド　Rückgebäude 134, 677
レヴネス、モーリス　Maurice S. Revnes 453, 455, n457, 458, 696
レスター　Leicester n268, i336, 551, 596, 676-77, 680, 690
レスターシャ　Leicestershire i336, 596, 676-77, 680, 690
レスター・スクウェア(駅)

人名・地名・事項索引　　［24］

Leicester Square　313, 551, 676-77
レッド・ライオン・スクウェア　Red Lion Square　351
レディング（駅）　Reading　89, 343, 676, 684, 687
レリチ　Lerici　**15**, **350**, 676, 682
ローウェル、エイミー　Amy Lowell　n55, 200, n327, i359, **360-75**, n363, n370, n371, n377, n551, 613, 622, 624-25, 671, 696-97, 706
ロイド・ジョージ、ディヴィッド　David Lloyd George　259, 326, n327, 412, n414, 623, 669, 696
ロイヤル・コート劇場　the Court (Royal) Theatre　676, 707
ロウ、アイヴィ・テレサ　Ivy Teresa Low　85, i127, 291, 698
ロウ・コーツ支店　Law Courts Branch　106, 496, 531
ロウ、バーバラ　Barbara Low　77, 84, i127, 128, 262, 274, 291, 295, 437, 449, 696
労働者　labourer　n28, 235, 613, 683
ロウ、ベシー　Bessie Lowe　83, n84, 85-86, 342, i426, 429, 696
ロザイオ（荘）　Rosaio　**599**, 676
ロシア（人、文学、ロシア語）　Russia　74, 95, 184, 208, 214, 218, 232, i255, 265, n278, 296, 299, 301, n302, 304, n305, 306, n312, 315, 318, 323-24, 354, 502, n503, 516, i544, 604, 641, 647, 650, 658, 663, 686, 692, 696, 700, 706-08, 711-12, 715, 719, 722
ロッカ・フォルテ　Rocca Forte　i187, 188, 192, 676
ロッカ・ベラ・スタジオ　Rocca Bella Studio　107, i187, 189-90, 193, 197-98, 587, 676
ロベスピエール、マクシミリアン　Maximilien François Marie Isidore de Robespierre　65, 695
ロング・レーン　Long Lane　**11**, **301**, **421**, **438-39**, **502-03**, 676
ロレンス、フリーダ　Emma Maria Frieda Johanna Lawrence　5-6, 8-9, 11, 13-14, 18, 22-24, n24, 28, 35-36, 42, 46, 48-50, 52-53, 64, 67, i69, 73-74, 77, 83, 90-91, 93-94, n112, 114-15, 118, n119, 120, n121, 123, 147, 154, 181, 185, 188-89, 191, 195-96, 198, i234, 235-36, n236, 240-43, 246, n249, 252, 258, 264, 267-69, 273-75, 287, 293, 300, 304-05, 310, 313, 315, n325, 333, n339, 342-43, 346-47, 349-53, 356, 362-67, 369, 374, i380, 382-83, 385, 388-89, 398, 408, 410, 412-14, 420, 422, 428, 430, i443, 444-45, 447, i488, n490, 490-91, n509, 578-80, 582-83, n588, 593, 596-97, 602, 604, 616, 644, 648, 661, 677, 679, 688, 695, 698, 708
ロレンス、リディア　Lydia Lawrence　i113, 708
ロンドン（大学、スレイド美術学校、王立劇場、地下鉄、バス）　London　i1, 2, 8-11, 14, 21, 30, 40, 55, 73, 86, 90, 95, 98, 103,

＜ロレンス著作索引＞

人名一覧

書簡本文に登場する人物を50音順に一覧にしている。著作に関しては、邦訳の出版情報を確認できたものに限り邦題を入れた。また邦訳は、比較的入手しやすいものを1点のみ記載した。

説明文の中で言及する人物に関しては、可能な限り原語と生没年を初出の箇所で記した。なお、一覧には、生没年が分からないなど、わずかな情報しか得られなかった人物も含まれる。ご教示いただければ幸いである。

ア

アイヴィ (Ivy, 生没年不詳)　後出ロザリンド・ベインズの子どもたちの乳母。

アスキス，シンシア (Cynthia Asquith, 1887-1960)　宛名の人物紹介を参照。

アスキス，ハーバート (Herbert Asquith, 1881-1947)　下記H・H・アスキスの次男で、上記シンシア・アスキスの夫。オックスフォード大学で学ぶ。法廷弁護士をするかたわら詩や小説も書いた。第1次世界大戦では砲兵隊将校。主著は *The Volunteer and Other Poems* (1915)。

アスキス，ハーバート・ヘンリー (Herbert Henry Asquith, 1852-1928)　イギリスの政治家。オックスフォード大学卒業後弁護士となる。のちに政治家となり自由党総裁を務める。1908年4月から1916年12月までイギリスの首相を務める。第1次世界大戦開戦時の首相。

アスキス，マイケル (Michael Asquith, 1914-60)　上記アスキス夫妻の次男。

アラン，ドリー (Dolly Allan, 生没年不詳)　ロレンス夫妻が滞在していたチャペル・ファーム・コテッジの近くに住んでいた女性。ロレンス夫妻の家の掃除や洗濯を引き受けていた。

アレクサンダー大王 (Alexandros, 356-323 B.C.)　マケドニア王

フィリッポス2世の息子。13-16歳まで、アリストテレスに教育を受けた。父の死によって20歳で即位すると、ギリシアを支配し、ペルシア軍を破り、シリア・エジプト・ペルシアを征服し、さらにインドに攻め入った。32歳で病死した。彼の征服によって、ギリシア文化が東方に広く伝播した。

アンウィン，スタンリー (Stanley Unwin, 1884-1968)　宛名の人物紹介を参照。

アンジェリコ，フラ (Fra Angelico, 1400?-1455)　イタリアの画家で、本名はグイード・ディ・ピエトロ (Guido di Pietro)。フィエゾーレのドミニコ会修道院サン・ドメニコに入り、1436年フィレンツェに派遣され、銀行家コジモ・デ・メディチ (Cosimo de' Medici) のもとで働く。1445年教皇にローマに呼ばれ、生涯そこで過ごす。もっとも重要なフレスコ画はフィレンツェのサン・マルコ修道院のもので、淡い色合い、はっきりした輪郭、背景として描き入れられた地元の風景、そして神秘的で宗教的な雰囲気を特徴とする。

アンターマイヤー，ジャネット(ジャン) (Jeanette Starr Untermeyer [‘Jean’], 1886-1970)　アメリカの詩人。下記ルイと1907年に結婚。主著 *Growing Pains* (1918) , *Dreams out of Darkness* (1921) が共にヒューブッシュ (Huebsch) 社から出版されている。

アンターマイヤー，ルイ (Louis Untermeyer, 1885-1977)　アメリカの詩人、批評家、詞華集編集者。主著は詩集 *Challenge* (1914)。上記ジャネットの夫。

アンドレーエフ，レオニド (Leonid Andreyeff, 1871-1919)　ロシアの作家。ロシア第1革命の高揚とその後の反動の時代に生きた知識人の苦悩を描き、当時、世界的に名を知られた。マグナス (Maurice Magnus, 1876 -1920) によって翻訳された彼の戯曲 *To the Stars* (1907) についてロレンスが書簡で言及している。

イーリー，G・ハーバート (George Herbert Ely, 1866-1958)　オックスフォード大学出版局の編集者。ジェイムズ・L・ストラング (James L. Strange, 1867-1947) と共に、「ハーバート・ストラング」という筆名で児童向け書籍を数多く出版した。

インソル，アラン (Alan Insole, 生没年不詳)　ウェールズ出身の画家、作家。後出のヤン・ユタの友人でロレンスとも交流があった。

ヴァン・ゴッホ，ヴィンセント (Vincent van Gogh, 1853-1890)

オランダの画家で、主にフランスで活躍。印象派と日本の浮世絵の影響を受け、強烈な色彩と大胆な筆触によって独自の画風を確立する。代表作は *Terrasse du café le soir* (『夜のカフェテラス』、1888 年)、*Les Tournesols* (『向日葵』、1888-1890 年)。

ウィルスン，トマス・ウッドロー (Thomas Woodrow Wilson, 1856-1924)　アメリカ合衆国第 28 代大統領。合衆国大統領として「戦争を終わらせるための戦争」として第 1 次世界大戦の参戦を決意した。大戦末期にはレーニン (Vladimir Ilyich Ulyanov, 1870-1924) の「平和に関する布告」に対抗し、「14 か条の平和原則」を発表。新世界秩序を掲げてパリ講和会議を主宰し、国際連盟の創設に尽力した。

ウォー，アレック・ラーバン (Alexander Raban Waugh, 1898-1981)　イギリスの小説家。小説家イーヴェリン・ウォー (Evelyn Waugh, 1903-1966) の兄。評論家の父アーサー・ウォー (Arthur Waugh, 1866-1943) が経営する書店チャプマン・アンド・ホール (Chapman & Hall) 社の顧問《リーダー》をしていた。

ウォリー (Wally, 生没年不詳)　後出セシリー・ランバートの友人で、ロレンスが書簡で住所を尋ねている。

ウォルポール，ヒュー (Hugh Seymour Walpole, 1884-1941)　イギリスの小説家。牧師の子としてニュージーランドのオークランドに生まれ、10 歳で両親の郷里コーンウォールに戻る。数多くの長編、短編小説、戯曲を執筆し、1920-30 年代には北米、イギリスで絶大な人気を博し、1937 年ナイト爵に叙される。主著は *Above the Dark Circus* (1931) [『暗い広場の上で』、澄木柚訳、早川書房、2004 年]。

ウォレス (Wallace, 生没年不詳)　ロレンスのタイプ打ちを引き受けていたローマ在住の女性。

ウッチェロ，パオロ (Paolo Uccello, 1397-1475)　イタリアの画家。ヴェネツィアでモザイク師として働いたのち、フィレンツェに移り住む。代表作『大洪水と終息』(*Flood e Cedimento Acqua*, 1447-48) には、遠近画法を採り入れ、遠近法および遠近短縮法によって際立った写実効果を上げるという、当時としては珍しい画風が見られる。

ウッド (Wood, 生没年不詳)　アメリカの水彩画家。

ウルフ，レナード (Leonard Woolf, 1880-1969)　イギリスの歴史家、小説家、批評家。ブルームズベリー・グループ (Bloomsbury group)

の一員であり、妻は下記ヴァージニア・ウルフ。2人は1912年に結婚。

ウルフ，ヴァージニア (Virginia Woolf, 1882-1941)　イギリスの小説家、批評家。意識の流れによる小説手法を用いた。ロレンスを高く評価していたF・R・リーヴィスはウルフを、「心に浮かんだおぼろげな経験を書き続けた」と非難している。主著は *Mrs Dalloway* (1924)〔『ダロウェイ夫人』、丹治愛訳、集英社、2007年〕。

エインリー，ヘンリー・ヒンチリフ (Henry Hinchliff Ainley, 1875-1945)　イギリスの俳優。美声と美貌に恵まれた男優。

エダー，イーディス (Edith Eder, 生没年不詳)　宛名の人物紹介を参照。

エダー，モンタギュー・デイヴィッド (Montague David Eder, 1865-1936)　宛名の人物紹介を参照。

エンペドクレス (Empedocles, 493-433 B.C.)　ギリシアの哲学者、自然学者、医者、詩人、予言者。地水火風を普遍の存在とする4元素説を唱えた。

オールディントン，リチャード (Richard Aldington, 1892-1962)　宛名の人物紹介を参照。

オンプテーダ，ゲオルク・フォン (Georg Baron von Ompteda, 1863-1931)　ドイツの詩人、作家。ロレンスが書簡で言及する英語名 *Lady Sofia* という戯曲は、原題、出版年共に不詳。

カ

カーズウェル，キャサリン (Catherine Carswell née MacFarlane, 1879-1946)　宛名の人物紹介を参照。

カーズウェル，ジョン・パトリック (「ヨハネス」) (John Patric Carswell [‘Johannes’], 1918-97)　上記キャサリンと下記ドナルドの息子。

カーズウェル，ドナルド (「ドン」) (Donald Carswell [‘Don’]), 1882-1940)　『タイムズ』の記者でのちに法廷弁護士となる。1915年に上記キャサリンと結婚した。

カーター，ヴィヴィアン (Vivian Carter, 1878-1936)　イギリスのジャーナリスト。『ピアソンズ・マガジン』、『デイリー・エクスプレス』などで働いた。1919年当時、イギリス労働局で広報担当官を務め

ていた。

カコパルド，カルメロ (Carmelo Cacopardo, ?-1957)　下記フランチェスコの兄。

カコパルド，グラツィーア (Grazia Caopardo, 生没年不詳)　下記フランチェスコの母。

カコパルド，フランチェスコ（「チッチョ」）(Francesco Cacopardo [‘Cicio’ or ‘Ciccio’], ?-1965)　イタリアの料理人。ロレンスがシチリアに滞在していたフォンタナ・ヴェッキアの所有者で、マンチェスターで料理長として働いた経験があり、後にボストンのホテルで専属の料理人となっている。

カナン，ギルバート (Gilbert Cannan, 1884-1955)　イギリスの小説家、劇作家。ロレンスがバッキンガムシャのチェシャムでコテッジを借りられるよう尽力したり、後出のマッケンジーやガートラーにロレンスを紹介するなどした。主著にガートラーを題材にした伝記的小説 *Mendel* (1916) がある。

カナン，メアリ (Mary Cannan née Ansell, 1867-1950)　『ピーター・パン』(*Peter Pan*, 1904) で知られる戯曲家、小説家J・M・バリーの前妻、女優であったが、離婚して、1910 年にバリーの秘書を務めていたギルバート・カナンと結婚した。1914 年ロレンスがチャタムにいたころ夫ギルバートと共にロレンスを援助し、1915 年にもグレタムにロレンス夫妻を訪れている。1918 年 2 月メアリは、夫のグウェン・ウィルスンとの浮気が原因で離婚を決心した。今回の書簡集の期間では 1920 年 1 月、カプリに滞在していたロレンスを訪れて、その後しばらく行動を共にしている。

ガートラー，マーク (Mark Gertler, 1892-1939)　宛名の人物紹介を参照。

ガーネット，コンスタンス（「コニー」）(Constance Garnett [‘Connie’], 1861-1946)　イギリスの翻訳家。ドストエフスキー (Fyodor Mikhaylovich Dostoevsky, 1821-1881) やチェーホフ (Anton Pavlovich Chekhov, 1860-1904) をはじめとしたロシア文学の英訳を手掛けた。ブライトンに生まれ、ケンブリッジ大学、ニューナム・カレッジに学び、27 歳の時 6 歳年下のエドワード・ガーネット (Edward Garnett, 1868-1937) と結婚。1892 年には 1 人息子デイヴィッド (David Garnett, 1892-1981) が誕生。1893 年末からロシア

旅行をし、滞在中後出トルストイと会っている。1915年にはドストエフスキーの *The House of the Dead* (1862)［『死の家の記録』、工藤清一郎訳、新潮社、1973年］を英訳している。

ガラタ (Galata, 生没年不詳)　当時ナポリ島に在住していた女性で、ロレンスがシチリア島滞在時、この女性に郵便物受け取りを依頼した。

カント，イマニュエル (Immanuel Kant, 1724-1804)　ドイツの哲学者、合理論と経験論を総合する批判哲学の基礎を作った。主著 *Kritik der reinen Vernunft* (1781)［『純粋理性批判』、篠田英雄訳、岩波文庫、1961］。

キトスン，ロバート・ホーソーン (Robert Hawthorn Kitson, 1873-1947)　イギリスの写真家。ケンブリッジのトリニティ・カレッジで学び、フェローに任ぜられるが申し出を拒否し、1900年以降没年まで、エチオピア戦争と第2次世界大戦の間を除き、タオルミーナに住んだ。

キャンベル，C・H・ゴードン (Charles Henry Gordon Campbell, 1885-1963)　アイルランド出身の銀行家、弁護士。後出マリや前出コテリアンスキーの友人で、彼らを通じてロレンスと知り合う。

キャンベル，ベアトリーチェ (Beatrice Moss Campbell, ?-1970)　宛名の人物紹介を参照。

キング，エミリー (Emily Una King, 1882-1962)　宛名の人物紹介を参照。

キング，マーガレット・エミリー（「ペギー」）(Margaret Emily King [‘Peggy’], 1909-2001?)　宛名の人物紹介を参照。

クーパー，ガートルード (Gertrude Cooper, 生没年不詳)　宛名の人物紹介を参照。

クック，トマス (Thomas Cook, 1808-1892)　イギリスの旅行代理業者。トマス・クック・アンド・サン (Thomas Cook & Son) 社を創設し、団体旅行制度・ホテル制度を発展させ、近代ツーリズムの礎を築いた。

クノップフ，アルフレッド・A・(Alfred A. Knopf, 1892-1984)　アメリカの出版業者。自分の名前を社名とする会社を1915年に創立。作品の内容と本の装丁を重視する本作りで定評あり。

クラーク，エイダ (Lettice Ada Clarke, 1887-1948)　宛名の人物紹

介を参照。

クラーク, ジョン・ロレンス(「ジャック」)(John Lawrence Clarke [‘Jack’], 1915-42)　上記エイダの息子。

クレオパトラ(Cleopatra, VII, 69BC-30BC)　古代エジプト、プトレマイオス期最後の女王で、在位は前51年から前30年。共同統治していた弟に排斥されて王位を失うが、カエサルの力を借りて復位し、エジプトを統一した。カエサル暗殺後アントニウスと結婚したが、彼の敗死と共に自害した。絶世の美女として知られる。

クレマンソー, ジョルジュ(Georges Clemenceau, 1841-1929)　フランスの政治家、ジャーナリスト。1906-09年、1917-20年と2度にわたり首相を務め、軍備拡張、帝国主義政策を推進した。

クレンコフ, エイダ・ローズ(Ada Rose Krenkow, 1868-1944)　ロレンスの母方の叔母で、下記フリッツの妻。旧姓ビアドソル(Beardsall)。宛名の人物紹介を参照。

クレンコフ, フリッツ(Fritz Krenkow, 1872-1953)　宛名の人物紹介を参照。

グレイ, セシル(Cecil Gray, 1895-1951)　イギリスの作曲家、音楽評論家。*Nation and Athenaeum* (1925-30) と *The Manchester Guardian* (1931-2) で評論を担当した。ロレンスは、同じく作曲家で音楽評論家の友人ヘゼルタイン(Philip A. Heseltine, 1894-1930)を通して彼と知り合った。

ゲーテ, ヨハン・ヴォルフガング・フォン(Johann Wolfgang von Goethe, 1749-1832)　ドイツの詩人、劇作家、小説家。主著 *Faust* (Part I 1808: Part II 1832)［『ファウスト第一部』、『ファウスト第二部』、森林太郎訳、岩波文庫、1928年］。

ケナリー, ミッチェル(Mitchell Kennerley, 1878-1950)　アメリカの出版業者。ヒューファー(Ford Madox Hueffer, 1873-1939)やエドワード・ガーネットを通じてロレンスと知り合う。『越境者』、『愛の詩その他』、『息子と恋人』、『ホルロイド夫人寡婦になる』の作品の出版を手がけた。

コッローディ, カルロ(Carlo Collodi, 1826-1890)　イタリアの作家、ジャーナリスト。本名はカルロ・ロレンツィーニ(Carlo Lorenzini)。イタリア統一を願って文筆活動をしていたが、1861年のイタリア王国成立を機に、児童文学に転身する。主著 *Le*

adventure di Pinocchio (1883)〔『ピノッキオの冒険』杉浦明平訳、岩波書店、2000 年〕は世界的に有名。

コテリアンスキー，サミュエル・ソロモノヴィチ(「コット」) (Samuel Solomonovich Koteliansky [‘Kot’], 1880-1955)　宛名の人物紹介を参照。

ゴダイヴァ夫人 (Lady Godiva, 1040-1080?)　イングランド、マーシア伯レオクリッフの夫人。

コリングズ，アーネスト (Ernest Henry Roberts Collings, 1882-1932)　イギリスの画家。主著の挿絵画集 *Sappho: The Queen of Song* (1910) をロレンスに献呈したことから 2 人の交流が始まり、1912-17 年の間にロレンスは 22 通の手紙をしたためている。

コリンズ，ヴィア・ヘンリー・グラッツ (Vere Henry Gratz Collins, 1872-1966)　イギリスの出版業者。オックスフォード出版局の教育書籍部門を担当。ロレンスに *Movements in European History* (1921)［『ヨーロッパ史のうねり』増口充訳、鳥影社、2000 年］の執筆を勧めた。

ゴーギャン，ポール (Paul Gauguin, 1848-1903)　後期印象派のフランス画家。大胆な装飾的構図・色彩を特色とし、晩年はタヒチ島に渡り、現地の人びとを描いた。

ゴールディング，ルイ (Louis Golding, 1895-1958)　宛名の人物紹介を参照。

ゴールドリング，ダグラス (Douglas Goldring, 1887-1960)　宛名の人物紹介を参照。

ゴールドリング，ベアトリックス(「ベティ」) (Beatrix Goldring [‘Betty’], 生没年不詳)　宛名の人物紹介を参照。

サ

サスーン，ジーグフリード (Siegfried Sassoon, 1886-1967)　宛名の人物紹介を参照。

サドラー，マイケル (Michael Sadleir, 1888-1957)　宛名の人物紹介を参照。

サントロ，エリス (Ellise Santoro, 生没年不詳)　前出キャサリン・カーズウェルの叔母が結婚していた画家フランチェスコ・サントロ

(Francesco Santoro, 1884-1927) の娘。

サンド，ジョルジュ (George Sand, 1804-1878)　フランスの小説家。本名をアマンディーヌ・オーロール・リュシール・デュパン (Amandine Aurore Lucile Dupin) という。1822 年にカジミール・デュドヴァン男爵 (Baron Casimir Dudevant, 1795-1871) と結婚して 1 男 1 女をもうけるが、間もなく別居。多くの男性と関係を持ち、中でも、詩人ミュッセ (Louis Charles Alfred de Musset, 1810-1857) や音楽家リスト (Franz Liszt, 1811-1886)、ショパン (Frédéric François Chopin, 1810-1849) との恋愛はよく知られる。主著は *La Petite Fadette* (1847) [『愛の妖精』、宮崎嶺雄訳、岩波書店、1959 年]。

シェストフ，レオ (Leo Shestov [Lev Isaakovich Svartsman], 1868-1938)　ロシアの哲学者、批評家。ロシア革命後フランスに亡命。理性の全能に対する実存の絶望的な抵抗を表現して、両大戦間の不安の時代にもてはやされた。主著は *The Philosophy of Tragedy, Dostoevsky and Nietzsche* (1903) [『悲劇の哲学：ドストエフスキーとニーチェ』、近田友一訳、現代思想社、1968 年]。彼の随筆 'Apotheosis of Groundlessness' がコテリアンスキーによって英訳され、ロレンスによる編集を経て *All Things Are Possible* (1920) (岡野圭壹訳、「すべては可能だ」[D・H・ロレンス『不死鳥上』、山口書店、1992 年]) としてセッカー社から出版され、ロレンスが序文を寄せている。

シェッフェル，ジョセフ・ヴィクター・フォン (Joseph Victor von Scheffel, 1826 -1886)　ドイツの詩人、小説家。主著は *Ekkehard: a Tale of the 10th Century* (1885)。

シャーマン，モンターギュ (Montague Shearman, 1857-1930)　イギリスの判事の息子で法廷弁護士。前出コテリアンスキーやガートラーなどの友人で、特にガートラーの絵画を収集していた。外務省に採用されたが、第 1 次世界大戦時入隊を却下された。

シャフ，ハーマン (Hermann Schaff, 生没年不詳)　アメリカの出版業者。

シュピリ，ヨハンナ (Johanna Spyri, 1827-1901)　スイスの作家。児童文学を多く手がけ、中でもアルプスの少女を主人公とする *Heidi* (1880-1)〔『アルプスの少女ハイジ』、関泰祐、阿部賀隆訳、角川書店、2006 年〕は、世界中で広く読まれている。

ショーター，クレメント (Clement Shorter, 1857-1926)　イギリス

の批評家。『スフィア』(*Sphere*)に、『虹』に対して批判的書評を書いた。

ショート，ジョン (John Tregerthen Short, 1894-1930)　イギリス人のもと船長。妻がハイアー・トレガーゼンにコテッジを所有しており、そこにロレンス夫妻は1916年3月17日からしばらくの間滞在した。

ショート，ルーシー (Lucy Short, 生没年不詳)　宛名の人物紹介を参照。

ジェームズ，ウィリアム (William James, 1842-1910)　アメリカの哲学者、心理学者。小説家ヘンリー・ジェームズ (Henry James, 1843-1916) の兄。プラグマティズムの指導者で、心理学においては意識の流れの理論を提唱した。主著は *Pragmatism* (1907)〔『プラグマティズム』桝田啓三郎訳、岩波書店、1975年〕。

ジェンマ (Gemma, 生没年不詳)　前出カコパルド・フランチェスコの妻。

シプリアン，ブラザー (Brother Syprian, 生没年不詳)　「ベンジャミン・ヒューブッシュへの書簡」に登場する人物だが、詳細は不明。

シューベルト，フランツ (Franz (Peter) Schubert, 1797-1828)　オーストリアの作曲家。歌曲集 *Winterreise*『冬の旅』(1827)。

ジョーンズ，アーネスト (Alfred Ernest Jones, 1879-1958)　イギリスの精神分析学者。1919年にイギリス精神分析学協会を設立し、*International Journal of Psychoanalysis* (1920-1933) の創刊と編集にかかわった。フロイトの伝記を始め、多くの著作がある。主著は *Papers on Psycho-Analysis* (1912)。

スエトニウス (Gaius Suetonius Tranquillus, c.69-c.122)　ローマ帝国五賢帝時代の歴史家、政治家。終身独裁官ガイウス・ユリウス・カエサルおよび帝政ローマ初代皇帝アウグストゥスからドミティアヌスまでの11名のローマ皇帝、計12名の伝記である『皇帝伝』」(ラテン語原題 *De Vita Caesarum*) の著者として知られる。

スクワイアー，ジョン・コリングズ (Sir John Collings Squire, 1884-1958)　宛名の人物紹介を参照。

スコット＝エリス，トマス・イーヴェリン (Thomas Evelyn Scott-Ellis, 8th Baron Howard de Walden, 1880-1946)　イギリスの貴族で、大地主。また作家で芸術家のパトロンでもあった。モーターボートのレーサーとしても活躍し、1908年夏季オリンピックで優

勝している。

スタイン，レオ (Leo Stein, 1872-1947)　イタリアのセッティニャーノで後出トレンチ家の隣人であった男性。

ストップフォード，アルバート (Albert Henry Stopford, 1860-1939)　イギリスの骨董美術商。彼の父親はヴィクトリア女王やエドワード7世とも接点があったといわれる。

スミス，エセル・メアリ (Ethel Mary Smyth, 1858-1944)　イギリスの作曲家、作家。女性参政権論者として知られるが、オペラ、合唱、オーケストラ作品の作曲家としても有名。1922年に大英勲章 (Dame Commander of the Order of the British Empire) 第2位を授与された。

スリング，ジョージ・ハーバート (George Herbert Thring, 1859-1941)　著作権法を専門とする弁護士として1892年から1930年まで作家協会に関わった。ロレンスが協会に入れるよう率先して働きかけた。

セイヤー，スコフィールド (Scofield Thayer, 1889-1982)　アメリカの詩人で、1920年代に『ダイヤル』の編集と出版を行なった。

セッカー，マーティン (Martin Secker, 1882-1978)　宛名の人物紹介を参照。

セルツァー，トマス (Thomas Seltzer, 1875-1943)　宛名の人物紹介を参照。

ソーニークロフト，ハモ (Sir Hamo Thornycroft, 1850-1925)　イギリスの彫刻家。父親トマス (Thomas Thornycroft, 1815-1885)、母親メアリ (Mary Thornycroft, 1809-1895) 共に著名な彫刻家。ロイヤル・アカデミーで学ぶ。公共記念碑、肖像彫刻を数多く手がけた。後出ロザリンド・ベインズの父親。

タ

タス，エミール (Emile Tas, 生没年不詳)　ロレンスと交流があったオランダ系アメリカ人。前出のアンターマイヤー夫妻と共に、小切手を贈りロレンスを経済的に支援した。ダイヤモンド研磨を生業とする一方、チェロの演奏と読書をこよなく愛した。

ダグラス，ジェームズ (James Douglas, 1867-1940)　イギリスの批

評家。『スター』(*The Star*)に『虹』に対して批判的書評を書いた。

ダグラス，ジョージ・ノーマン(George Norman Douglas, 1868-1952) 宛名の人物紹介を参照。

ダックワース，ジェラルド(Gerald Duckworth, 1870-1937) イギリスの出版業者。ダックワース社を1898年に創設。ロレンス、ベロック(Hilaire Belloc, 1870-1953)、ゴールズワージー(John Galsworthy, 1867-1933)、前出のヴァージニア・ウルフなどの作品を出版した。ウルフの異父兄にあたる。

ダックワース，ジョージ(George Duckworth, 1868-1934) イギリスの公務員。上記ジェラルドの兄。

ダニエル，チャールズ(Charles Warne Daniel, 1871-1955) イギリスの出版業者。急進的な思想を扱った書物を出版したことから、第1次世界大戦中2度起訴され、罰金不払いで投獄されている。ロレンスの戯曲『一触即発』の出版を手がけ、「民衆劇場のための劇」('Plays for a People's Theatre')シリーズを出版した。

ダンロップ，トマス(Thomas Dacre Dunlop, 1883-1964) イギリスの外交官。1907年領事となり、1913年にイタリア、スペツィアにブリティッシュ・カウンシル館長として赴任した際ロレンス夫妻と知り合う。「結婚指輪」の原稿のタイプ打ちを務めている。

ダンロップ，マーガレット(Margaret Annie Jessie Dunlop, 1888-1970) 上記トマス・ダンロップの妻。

チェーホフ，A・P・(Anton Pavlovich Chekhov, 1860-1904) ロシアの小説家、劇作家。俗物化していく人間への批判と人生の意味の問いかけを、風刺とユーモアに富む文体で描いた。主著は *Vishnoviy sad* (1904)〔『桜の園』、小田島雄志訳、白水社、1998年〕。

チェルヴィ，オラツィオ(Orazio Cervi, 生没年不詳) ロレンスと交流があったイタリア人。『堕ちた女』に登場するパンクラツィオのモデルとされる。前出の彫刻家ソーニークロフトの彫刻モデルを務めた経験がある。ピチニスコ・セッレにあるオラツィオ宅にロレンス夫妻が訪れている。

ティベリウス(Tiberius Claudius Nero Caesar Augustus, 42B.C.-A.D.37) ローマの第2代皇帝。治世最後の10年をカプリから統治した。粛清を繰り返したが、辺境を安定させ、属州支配の合理化を行ない、役人の収奪を罰するなどし、ローマ帝国支配の基礎を固めた。

ディ・ボンドーネ，ジョット (Giotto di Bondone, 1266?-1337) イタリアの画家、建築家。その絵画様式は後期ゴシックに分類され、イタリア・ルネサンスの先鞭を付けた偉大な芸術家と見なされる。ビザンティン様式が支配的だった西洋絵画に、現実的、3次元的な空間表現や人物の自然な感情表現を入れ、背後の建物や風景との比例を考慮した自然な大きさで人物を表現するという描写方法は当時革新的なもので、「西洋絵画の父」ともいわれている。

ディ・チアラ，アナ (Anna Di Chiara, 生没年不詳) カプリでロレンスが出会ったアメリカ人女性。

デイナ，リチャード・ヘンリー (Richard Henry Dana, 1815-82) アメリカの法律家、政治家、著述家。彼女の *Two Years Before the Mast* (1840) をロレンスは書簡で絶賛している。

デレッダ，グラツィア (Grazia (Cosima) Deledda, 1871-1936) イタリア、サルデーニャ州、ヌーオロ出身の詩人、小説家。1926年ノーベル文学賞受賞。

デュラック，エドモンド (Edmond Dulac, 1882-1953) イギリスで活躍したフランス出身の挿絵画家。『アラビアン・ナイト』(*Stories from Arabian Nights*, 1907) や『アンデルセン童話集』(*Stories from Hans Andersen*, 1911) などの挿絵を描いている。

ド・クインシー，トマス (Thomas de Quincey, 1785-1859) イギリスの随筆家、批評家。『阿片服用者の告白』(Confessions of an English Opium Eater, 1822) にみずからの阿片体験を書いて反響を呼んだ。

トマス，H・E・ミファンウェー (Helen Elizabeth Myfanwy Thomas, 1910-?) 下記ヘレン・トマスの娘。

トマス，ヘレン・ベレニス (Helen Berenice Thomas, 1877-1967) 宛名の人物紹介を参照。

ドライ，レイモンド (Raymond Drey, 生没年不詳) アメリカの芸術評論家で、後出アン・エステル・ライスの夫。

トルストイ，レオ・ニコラエヴィチ (Leo Nikolayevich Tolstoy, 1828-1910) ロシアの小説家。貴族の家庭に生まれる。クリミア戦争に参加、その後、外国を旅する。故郷の貧困層のために教育的経済的援助も行なった。人道主義の立場から、社会やロシア正教に対する批判を行なった。1901年、ロシア正教会に破門される。

War and Peace (1865-69)〔『戦争と平和』全 4 巻、藤沼貴訳、岩波書店、2006 年〕、*Anna Karenina* (1875-77)〔『アンナ・カレーニナ』全 3 巻、中村融訳、岩波書店、1989 年〕。

ドレーク, フランシス (Sir Francis Drake, 1540?-96)　イングランドの航海者、提督。世界航海を達成 (1557-80)。1588 年スペインの無敵艦隊撃破に功績があった。

トレンチ, フレデリック・ハーバート (Frederick Herbert Trench, 1865-1923)　アイルランドの詩人、劇作家、舞台演出家。1914 年にイタリアでロレンスと知り合う。1909 年にメーテルリンク (Maurice Maeterlinck, 1862-1949) の『青い鳥』(*L'Oiseau Bleu*, 1908)) を、1919 年には自身の戯曲『ナポレオン』(*Napoleon*) を各々上演している。下記リリアンの夫。

トレンチ, リリアン (Lilian Isabel Fox Trench, 1868-1961)　宛名の人物紹介を参照。

トレンチ (Trench, 生没年不詳)　上記トレンチ夫妻の 6 人の子の 1 人 (娘) で、ロレンスが書簡で近況を尋ねている。

トレヴェリアン, R・C・(Robert Calverley Trevelyan, 1872-1951)　イギリスの詩人・劇作家・翻訳家。歴史家ジョージ・マコーリー・トレヴェリアン (George Macaulay Trevelyan, 1876-1962) の兄。1918 年 8 月から 1919 年 3 月まで、フレンズ戦争被害者救済委員会 (the Friends' War Victims Relief Service) の一員として、フランスで戦争被害者の救援活動にあたっている。

ナ

ニコルズ, ロバート (Robert Malise Bowyer Nichols, 1893-1944)　イギリスの詩人、劇作家。戦争詩人として知られ、1921 年に東京帝国大学の英文学教員として招かれ、1924 年まで在任。第 1 次世界大戦に出征し、負傷して入院中、ロレンスと知り合った。

ネリー (Nellie, 生没年不詳)　後出ロザリンド・ベインズが雇っていた使用人。

ネルスン, ホレイショー (Horatio Nelson, 1758-1805)　イギリスの海軍兵士。アガメムノン号艦として対フランス戦争に参加し、地中海の諸作戦で戦果をあげた。1798 年のナイルの戦いの勝利で国

家的英雄となり、男爵に叙せられる。1805年トラファルガーの戦いでフランスとスペインの連合艦隊を全滅させたが、その際旗艦ヴィクトリー号の後甲板を歩行中敵艦の狙撃兵に射撃されて戦死した。しかし、この戦いの勝利はネルソンの名声を不朽のものとし、イギリスは強大な海軍力を持つ世界唯一の国として制海権を確保した。

ハ

バー，ジェイン (Jane Burr, 生没年不詳)　アメリカの作家。主著 *Glorious Hope* が1921年セルツァー社とダックワース社から出版された。

パーマー，セシル (Cecil Palmer, ? -1952)　宛名の人物紹介を参照。

ハヴィ，カール (Carl Hovey, 1875-1959)　アメリカの出版業者。1912年から1921年までニューヨークの『メトロポリタン』(*Metropolitan*) の編集者を務め、ロレンスの「艶を失った孔雀」を1921年8月に掲載した。

バックス，クリフォード (Clifford Bax, 1886-1962)　宛名の人物紹介を参照。

バッハ，ヨハン・セバスティアン (Johann Sebastian Bach, 1685-1750)　ドイツの音楽家。バロック音楽の重要な作曲家。高名なオルガニストでもあった。

ハムスン，クヌート (Knut Hamsun, 1859-1952)　ノルウェーの小説家。大自然に囲まれた農民の生活を描いた *Markens Grøde* (1917)(『土の恵み』) で1920年にノーベル文学賞を受賞している。

バランタイン，ロバート・マイケル (Robert Michael Ballantyne, 1825-1894)　イギリスの小説家。スコットランド出身。16歳でカナダに渡りハドソン港湾会社に勤務。帰国後出版社で働くが、その後カナダを舞台とする作品 *Snowflakes and Sunbeams, or, The Young Fur Traders* (1855) 執筆を機に文筆活動に入り、百数十篇に及ぶ児童向け冒険小説を書く流行作家となった。南海の孤島に漂着した少年たちの冒険を描く *Coral Islands* (1855)〔『さんご島の三少年』加能越郎訳、世界文学社、1949年〕が有名。

バリー，J・M・(James Matthew Barrie, 1860-1937)　スコットランド生まれの小説家、劇作家。*Peter and Wendy* (1911)〔『ピーター・パン』

秋田博訳、新潮社、1955年ほか]の作者として有名。

ハリスン，オースティン(Austin Harrison, 1873-1928)　イギリスのジャーナリスト。大衆紙『デイリー・メール』(*Daily Mail*)の記者であったが、1909年よりヒューファーの後を引き継ぎ、『イングリッシュ・レヴュー』(*The English Review*)の編集を1923年まで務めた。ヒューファーとハリスンが編集を務めていた間に、ロレンスはこの雑誌に計35回投稿している。

バルジャンスキー，アレクサンダー(Alexandre Barjansky, 1883?-1946)　ロシア出身のチェリスト。ロレンスは1920年5月タオルミーナ滞在中にコンサートで演奏を聴いている。

バルビュス，アンリ(Henri Barbusse, 1873-1935)　フランスの小説家、詩人、社会運動家。フランスの共産党員。反戦小説『砲火』(*Le Feua*, 1916)で、1916年にゴンクール賞受賞。戦場体験にもとづいた反戦運動「クラルテ運動」(「クラルテ」とは光明の意、社会主義的な国際平和運動)を展開し、小林多喜二ら日本の作家、芸術家にも影響を与えた。

パレンツィア(Signorina Palenzia, 生没年不詳)　ロレンス夫妻がカプリで借りたアパートの所有者。

ハンサード，ルネ(Rene Hansard, 生没年不詳)　フランスの作家。ロレンスによると、1920年当時カンヌに図書館を開くことを計画していた。主著は『居酒屋』*The Tavern* (1920)。

バロニン(Baronin,　生没年不詳)　フリーダの父親、リヒトホーフェン・フリードリヒ・フォン(Baron Friedrich von Richthofen, 1845-1915)が再婚したとみられる女性。

ビアドソル，リディア(Lydia Beardsall, 1851-1910)　ロレンスの母親の旧姓がビアドソル。マンチェスターのスラム街で生まれ、父親は「機械工」またはエンジンの「整備士」であり、中産階級出身ではなかった。

ピーコック，ウォルター(Walter Peacock, 生没年不詳)　イギリスの出版業者。前出ダグラス・ゴールドリングが設立した「民衆劇場協会」(People's Theatre Society)のためにロレンスが書き下ろした『一触即発』の著作権代理人を務めた。

ビエルバウム，ユリウス(Julius Bierbaum, 1865-1910)　ドイツの詩人・小説家・劇作家。主著は*Stilpe* (1897)。

ヒエロンI世 (Hieron I, ?-467/466 B.C.)　シチリア島の古代ギリシア人の都市シュラクサイの独裁者。

ビベスコ，プリンス・アントワーヌ (Prince Antoine Bibesco, 1878-1951)　ルーマニアの外交官、弁護士、作家。パリで親友プルースト (Marcel Proust, 1871-1922) らと秘密結社を作る。1919年に前出ハーバート・ヘンリー・アスキスの娘エリザベス・アスキスと結婚。1918年に『恋する女たち』の出版援助をロレンスに求められるが、コメントもつけず、原稿をロレンスに送り返している。

ヒューブッシュ，ベンジャミン (Benjamin W. Huebsch, 1876-1964)　宛名の人物紹介を参照。

ピラト (総督) (Pilato, Pontius Pilatus, 生没年不詳)　ローマ帝国の第5代ユダヤ属州総督。イエスの処刑に関与したとされる。

ヒル，メイベル (Mabel Hill, 生没年不詳)　当時、タオルミーナで20年近く生活していた女性 (1939年まで滞在)。宗教心と博愛精神に溢れ、貧しい児童が手芸などを学べる場を提供した。

ピンカー，J・B・(James Brand Pinker, 1863-1922)　宛名の人物紹介を参照。

ファーガン，ジェイムズ・バーナード (James Bernard Fagan, 1873-1933)　イギリスの俳優、劇作家、劇場経営者。1918年9月よりロイヤル・コート劇場の経営を引き継ぐ。1919年、「ロレンスの『一触即発』はよい作品だが、興行収入が見込めない」とコメントを付け、原稿をピンカーに突き返している。

ファージョン，エリナー (Farjeon, Eleanor, 1881-1965)　宛名の人物紹介を参照。

ファージョン，ジョーン (Joan Farjeon, 1889-1989)　下記ハーバートの妻で，後出ロザリンド・ベインズの姉。

ファージョン，ハーバート (「バーティ」) (Herbert Farjeon ['Bertie'], 1887-1945)　イギリスの劇作家、演劇評論家。上記ジョーンの夫であり，エリナーの弟。

ファーブマン，ギタ (Ghita Farbman, 生没年不詳)　下記マイケル・S・ファーブマンの娘。

ファーブマン，ソニア・イサイェヴナ (Sonia Issayevna Farbman, 生没年不詳)　下記マイケル・S・ファーブマンの妻。ロレンスは「ソフィ」と親しく呼んでいる。

ファーブマン，マイケル・S（「グリシャ」）(Michael S. Farbman [Grisha], (1880?-1933) ロンドンに住んでいたロシア人ジャーナリスト。主著は *The Russian Revolution & the War* (1917)、*Bolshevism in Retreat* (1923)。ファーブマンは1914年夏、ロレンスが湖水地方の徒歩旅行に一緒に出かけた友人の1人であった。

ファーロング (Farlong, 生没年不詳) ハーミテッジで体育を教えていた教師。グリムズベリ・ファームに後出のセシリー・ランバートとヴァイオレット・モンクと一緒に泊まりに来ていた。

フェイガン，ジェイムズ・B (James Bernard Fagan, 1873-1933) イギリスの俳優、劇作家。俳優の仕事を辞めたあと、ロンドンでプロデューサーとして名をはせた。

フォス，ヒューバート (Hubert Foss, 1899-1953) 宛名の人物紹介を参照。

フッド，アレクサンダー・ネルスン (the Duca di Brontë, Hood, Hon Alexander Nelson Hood, 1854-1937) ブロンテ子爵。メアリ女王がウェールズ皇太妃の時 (1901-1910) に秘書を務め、のち女王の会計局長を務めた (1910-19)。第2ブリッドポート子爵 (Viscount Bridport, 18379-1924) の弟。タオルミーナに住んだ経験がある。

ブラームス，ヨハネス (Johannes Brahms, 1833-1897) ドイツの作曲家、ピアニスト、指揮者。作風はおおむねロマン派音楽に属するが、古典主義的形式美も尊重。

ブラヴァツキー，ヘレナ・ペトロヴナ (Helena Petrovna Blavtsky, 1831-91) ロシア出身の神智学者。ニューヨークで神智学協会を創立 (1875年)。

ブラウン (Brown, 生没年不詳) 前出ドリー・ラドフォードが所有するチャペル・ファーム・コテッジの隣家に住んでいた女性。

ブラウン，ヒルダ (Hilda Brown, 生没年不詳) 宛名の人物紹介を参照。

ブラックウェル，バジル (Basil Blackwell, 1889-1984) オックスフォードの出版業者、書店経営者。1920年に前出エイミー・ローウェルの *Can Grande's Castle* (1919) のイギリス版を出版する。1956年エリザベス2世よりナイトの称号を授与された。

ブラザー・シプリアン (Brother Cyprian, 生没年不詳) 前出ヒューブッシュが詐欺師とみなすアメリカの修道士。アメリカでの『虹』

の書評に理屈をこね、ヒューブッシュに物乞いをしてきた。

プラトン(Plato, 427?-347?B.C.)　古代ギリシアの哲学者。イデア論を説く。ソクラテスの弟子。主著、*The Republic*〔『国家(上下)』、藤沢令夫訳、岩波文庫、1979年〕。

フランス，アナトール(Anatole France, 1844-1924)　フランスの詩人、小説家、批評家。1921年にノーベル文学賞を受賞。主著は*Le Crime de Sylvestre Bonnard* (1881)〔『シルヴェストル・ボナールの罪』伊吹武彦訳、岩波書店、1975年〕、*Thaïs* (1890)〔『舞姫タイス』水野成夫訳、白水Uブックス、2003年〕、*Les Dieux ont Soif* (1912)〔『神々は渇く』大塚幸男訳、岩波書店、1977年〕。

ブランフォード，F・J・(F.J. Branford, 生没年不詳)　イギリスの詩人、空軍大尉。『ヴォイシズ』(*Voices*)第1号(1919)に8編の詩が掲載されており、また『イングリシュ・レヴュー』にも常に投稿していた。

フリーマン，ジョージ・シドニー(George Sydney Freeman, 1879-1938)　イギリスのジャーナリスト。『タイムズ文芸付録』(*Times Literary Supplement*)の編集長や、『タイムズ』(*The Times*)の副編集長を務めた。

フリター，ラウリー(Lourie Flitter, 生没年不詳)　後出ボッシャーが経営する店で働いていた人物。

フロイト，ジークムント(Siegmund Freud, 1856-1939)　オーストリアの精神医学者。催眠によるヒステリー治療などを研究したあと、神経学から精神病理学へ転向する。催眠療法をやめ、「自由連想」による精神療法の研究を進め、精神分析学を創始した。無意識、リビドー、夢、自我、エス、エディプス・コンプレクスなどに関する重要な説を提示し、後の精神分析学のみならず、あらゆる分野に莫大な影響を与えた。主著は*Die Traumdeutung* (1900)〔『夢分析』〕、*Drei Abhandlungen zur Sexualtheorie* (1905)〔『性理論三篇』〕〔『フロイト著作集』全11巻、井村恒郎ほか訳、人文書院、1968-73年〕。

ブルックス，ジョン・エリンガム(John Ellingham Brooks, 1863-1929)　宛名の人物紹介を参照。上述ノーマン・ダグラスは*Birds and Beasts of the Greek Anthology* (1927)を、後出コンプトン・マッケンジーは*Vestal Fire*(1927)を彼に献呈している。サマセット・モームの*The Summing Up* (1938)で「ブラウン」のモデルになっている。

ブルック，ルパート (Rupert Brooke, 1887-1915)　イギリスの詩人。ラグビー校、ケンブリッジ大学キングズ・カレッジで学んだ。前出エドワード・マーシュを補佐して *Georgian Poetry* (1911-22) を創刊したり、アバクロンビー、ドリンクウォーター、ギブスンと共に *New Numbers* を創刊したりしながら、作品を発表した。第 1 次世界大戦が始まると海軍に志願したが、ダーダネルス海峡に向かう船上で、敗血症のため急死した。愛国的な詩 'The Soldier' を収めた *1914 and Other Poems* (1915) と、続く *Collected Poems* (1915) は大変な売れ行きを見せた。

プライア，アーニー (Ernie Prior,　生没年不詳)　ハーミテッジで自転車屋を経営する肢体が不自由な男性。ロレンスがハーミテッジで後出ロウ夫人に部屋を借りていた際、同じく夫人に部屋を借りていたことから、交友関係を持つようになった。

プラウマン，マーク (Mark (or Max) Pl owman, 1883-1941)　宛名の人物紹介を参照。

ベアトリーチェ (Beatrice Portinari, 1266-90)　ダンテの理想の愛人とされるフィレンツェの女性。ダンテの詩集 *La Vita Nuova* (1293)［『新生』、平川祐弘訳、河出書房、2015 年］や *La Divina Commedia* (1307-21)［『神曲』、寿岳文章訳、集英社、2012 年］で詠われ、永遠化された。

ベイツ，ヘンリー・ウォルター (Henry Walter Bates, 1825-1892)　イギリスの博物学者、旅行家。博物学者ウォレス (Alfred Russel Wallace, 1823-1913) と共にアマゾン河流域で、昆虫を中心に未知種 8000 種を含む 1 万 4 千種以上の採集を行なった。1864 年に王立地理学協会事務次長に任命され、終生その職にあった。主著は *The Naturalist on the River Amazons* (1863)〔『アマゾン河の博物学者』、長沢純夫・大曽根静香訳、新思索社、2002 年〕。

ベインズ，ロザリンド (Rosalind Baynes, 1891-1973)　宛名の人物紹介を参照。

ベインズ，ゴドウィン (Helton Godwin Beynes, 1882-1943)　宛名の人物紹介を参照。

ベネット，アーノルド (Enoch Arnold Bennett, 1867-1931)　イギリスの小説家。スタッフォードシャ州の生まれで、ロンドン大学を中退後、フランスで 8 年間生活し、フランス自然主義文学の影響を

受ける。陶器製造の盛んな故郷を舞台に、地方の風俗・文化・人物を描いた作品を発表する。主著は *The Old Wives' Tale* (1908)〔『2人の女の物語』全3巻、小山東一訳、岩波書店、1962-63年〕。

ベレスフォード，J・D・(John Davys Beresford, 1873-1947)　イギリスの小説家、建築家。主著は *The Early History of Jacob Stahl* (1912)。1915年に1時期ロレンスは、コーンウォール、バドストウ、セント・メリンにある彼の山荘を借りていた。

ヘンリー，ナンシー (Nancy Henry, 生没年不詳)　宛名の人物紹介を参照。

ヘンリー，リー・フォーン (Leigh Vaughan Henry, 1889-1958)　ドイツの作曲家、音楽評論家、詩人。第1次世界大戦中その大半をベルリン近郊にあるルーレーベン捕虜収容所に抑留されていた。主著は *The Story of Music* (1935)。ロレンスは彼の詩に興味を示していた。

ホイットマン，ウォルト (Walt Whitman, 1819-92)　アメリカの詩人。ニューヨーク州ロングアイランドに生まれる。職を転々としながら文学を独学し、創作活動を始める。自由・平等・友愛を歌った主著 *Leaves of Grass* (1855-92)〔『草の葉』全3巻、酒本雅之訳、岩波書店、1998年〕は、最初は95頁の小さなフォリオ版だったが、改訂・増補を重ね、最後の第9版(1892年)では、400頁を超える大作となった。エロティシズムに満ちた同性間の強い絆を歌ったホイットマンの詩は、エドワード・カーペンター (Edward Carpenter, 1844-1929) やアーサー・シモンズ (Arthur William Symons, 1865-1945) らに強い影響を与えた。ロレンスは『アメリカ古典文学研究』の中で、ホイットマンは、精神の男が肉体の男よりもいくらか「優れて」「上に」あるという古い道徳観に最初に打撃を与えたと述べている。

ホイットリー，アイリーン・トレガーゼン (Irene Tregerthen Whittley, 生没年不詳)　宛名の人物紹介を参照。

ホーソーン，ナサニエル (Nathaniel Hawthorne, 1804-1864)　アメリカの小説家。ピューリタンの古い家系に生まれ、メーン州の名門ボードゥン大学卒業後、故郷で孤独な創作に従事する。1850年、*The Scarlet Letter*〔『緋文字』、鈴木重吉訳、新潮社、1957年〕で一躍認められる。ホーソーンには、原罪、孤独など人間の意識の暗い面を象徴的に描いた作品が多い。歴史の浅いアメリカでは、現実を

そのまま写実的に描写する小説よりも、現実から一歩離れたところに想像力を働かせた作品世界を構築するロマンスが適することを主張、実践し、その深層心理的洞察と共に後代のアメリカ小説に多大な影響を与えた。ロレンスは『アメリカ古典文学研究』の中でホーソーンの『緋文字』を、「あらゆる文学作品の中で屈指の寓意物語」と評している。

ホーン，ウィリアム (William K. Horne, 生没年不詳)　前出コテリアンスキーが勤務する法律事務所の同僚。

ホーン，メイジー (Maisie Horne, 生没年不詳)　上記ウィリアムの妻。

ホッキング，ウィリアム・ヘンリー (William Henry Hocking, 生没年不詳)　宛名の人物紹介を参照。

ホッキング，スタンリー (Stanley Hocking, 生没年不詳)　宛名の人物紹介を参照。

ホプキン，イーニッド (Enid Hopkin, 1896-1992)　下記ホプキン夫妻の娘。

ホプキン，ウィリアム (William Edward Hopkin, 1862-1951)　宛名の人物紹介を参照。

ホプキン，サリー (Sallie Hopkin, ?-1923)　宛名の人物紹介を参照。

ホフマンスタール，フーゴ・フォン (Hugo von Hofmannsthal, 1874-1929)　オーストリアの詩人、小説家、劇作家。リヒャルト・シュトラウス (Richard Strauss, 1864-19499) のオペラのいくつかを手がけた。主著は *Der Brief des Lord Chandos* (1902) [『チャンドス卿の手紙　他十篇』、檜山哲彦訳、岩波書店、1991 年]。ロレンスが書簡で言及する彼の戯曲 *The White Fan* は、原題、出版年共に不詳。

ボードウィン (Bowdwin, ?-1943?)　前出のマリア・ユーブレヒトが当時住んでいたロカ・ベラを後に買い受けた裕福なアメリカ人。ロレンスとも交流があった。

ボーモント，シリル (Cyril William Beaumont, 1891-1976)　宛名の人物紹介を参照。

ボッシャー，ウォルター・エドワード (Walter Edward Boshier, 1865-1940)　ハーミテッジ村で郵便局を兼ねた雑貨店を経営していた男性。

ボッシャー (Boshier, 生没年不詳)　上記ウォルターの妻。

マ

マークス，ヘンリー・キングドン (Henry Kingdon Marks, 1883-1942)　アメリカの医師、作家。ニューヨークの神経学研究所の医療助手を務めていた当時、主著 *Peter Middleton* が 1919 年にボストンで、1920 年にロンドンで出版されている。

マーシュ，エドワード(「エディ」) (Edward Marsh [‘Eddie’], 1872-1953)　宛名の人物紹介を参照。

マクダーモット，ノーマン (Norman Macdermott, 1889-1977)　イギリスの舞台演出家。1920 年ハムステッドに、専属の劇団が一定数の演目を交互に上演するというレパートリー制の劇場「エヴリマン」(Everyman Theatre) を設立したことで知られる。E・オニール (E.G. O’Neill, 1888-1953) や B・ショー (George Bernard Shaw, 1856-1950) の劇を上演し、一時はロレンスの『一触即発』を上演する話が持ち上がっていたが、結局上演されなかった。

マクファーレン，ゴードン (George Gordon MacFarlane, 1885-1949)　宛名の人物紹介を参照。

マクブライド，ロバート (Robert MacBride, 生没年不詳)　アメリカの出版業者。ニューヨークで出版社マクブライド・アンド・ナスト (MacBride & Nast) 社を経営していた。

マグナス，モーリス (Maurice Magnus, 1976-1920)　宛名の人物紹介を参照。

マッカーシー，デズモンド (Desmond MacCarthy, 1877-1952)　イギリスのジャーナリスト、批評家。ケンブリッジ大学に学び、ブルームズベリーグループに強い影響を与える。主著は *Portraits* (1931)、*Criticism* (1932)、*Experience* (1935)。

マッケンジー, コンプトン (Edward Montague Compton Mackenzie, 1883-1972)　宛名の人物紹介を参照。

マディ，チャールズ・エドワード (Charles Edward Muddie, 1818-90)　イギリスの図書館、新聞販売店運営者。1840 年にロンドンに「マディの図書館」(Muddi’s Lending Library) を創設し、さらに新聞販売と蔵書を有料で貸し出す店を経営する。彼が『堕ちた女』の内容に難色を示したため、ロレンスは作品の 1 部を書き替えている

マリ，ジョン・ミドルトン(「ジャック」) (John Middleton Murry

['Jack'], 1889-1957)　宛名の人物紹介を参照。

マン，メアリ (Mary E. Mann, 1848-1929)　イギリスの小説家。農家を営む夫と結婚し、4人の子の母として小さな農村で生活しながら、その土地の貧しい農民たちの生活などを題材に作品を創作した。主著は *One Another's Burdens* (1890)、*The Sheep and the Goats* (1907)。

マンスフィールド，キャサリン (Katherine Mansfield, 1888-1923)　宛名の人物紹介を参照。

マンテーニャ，アンドリア (Andrea Mantegna, 1431-1506)　イタリアの画家。遠近法を駆使した厳格な画面構成、ごつごつした硬質な線描、彫刻的な人体把握など、イタリア・ルネサンスの画家の中でも異色の作風を示す。当時すでに油彩技法が普及していたが、マンテーニャは伝統的な画材テンペラ (顔料を卵・樹脂などで練った不透明な絵の具) をもっぱら用いたとされる。

ミファンウェー，ヘレン・エリザベス (Helen Elizabeth Myfaway, 1910- 没年不詳)　前出ヘレン・トマスの下の娘。

メシュエン，アルジャーノン (Algernon Methuen,1856-1924)　イギリスの出版業者。キプリングの *Barrack Room Ballads* (1892) の出版を手がけて成功する。1915年9月にロレンスの『虹』を出版。

メリズコウスキー，ジナイダ (Zinaida Merizkowsky, 旧姓 Hippius, 生没年不詳)　ロシアの戯曲家。主著 *The Green Ring* (1914) がコテリアンスキーによって英訳され、ダニエル社の「民衆劇場のための劇」シリーズの1部として1921年2月に出版された。

メルローズ，アンドリュー (Andrew Melrose, 1860-1928)　イギリスの出版業者。エディンバラ生まれで、神学書の出版で評価を得ていた。1908年に小説賞を創設し、賞金を授与することで若い作家の活動を奨励した。賞は8回行なわれ、1920年には前出キャサリン・カーズウェルが受賞している。

メルヴィル，ハーマン (Herman Melville, 1819-1891)　アメリカの小説家。捕鯨船に乗り組んで南海の島々を放浪した経験をもとに書いた *Typee* (1846)〔『タイピー』〕、*Omoo* (1847)〔『オムー』〕は冒険譚としてベストセラーとなった。一方、1851年に発表した *Moby Dick* (1851)〔『白鯨』〕〔『メルヴィル全集』全12巻、坂下昇訳、国書刊行会、1981年-1983年〕は、哲学的瞑想を含む叙事詩的大作であったが、作者の期待に反して当時は全く評価されなかった。ロレンス

は『アメリカ古典文学研究』において、メルヴィルほど人間の生活を憎しみ、「非人間的な生命の神秘に情熱的に満たされた人間」はいないと述べている。

メロニー，マリー (Marie Matingly Meloney, 1878-1943)　宛名の人物紹介を参照。

モーム，サマセット (William Samerset Maugham, 1874-1965)　イギリスの小説家、劇作家。平明な文体と巧妙な筋の運びで、懐疑的な人生観を込めた小説や風俗喜劇を書いた。主著は *Of Human Bondage* (1915) [『人間の絆』、中野好夫訳、新潮社、2007 年]。

モールト，トマス (Thomas Moult, 1893-1974)　宛名の人物紹介を参照。

モレル，オットリン (Ottoline Morell, 1873-1938)　イギリスの貴族。社交界（上流社会）の女主人を演じた。彼女のパトロン振りは、オルダス・ハクスリー (Aldous Huxley, 1894-1963)、前出サスーン、T・S・エリオット (Thomas Stearns Eliot, 1888-1965)、D・H・ロレンスといった知識階級の人物だけでなく、前出マーク・ガートラーやドラ・キャリントン (Dora Carrington, 1893-1932)、ギルバート・スペンサー (Gilbert Spencer, 1892-1979) といった画家にも及んだ。

モンク，ヴァイオレット (Violet Monk, 生没年不詳)　宛名の人物紹介を参照。

モンシェ，ロバート (Robert Mountsier, 1888-1972)　宛名の人物紹介を参照。

モンド，エイミー・グエン (Amy Gwen Mond, 生没年不詳)　前出ギルバート・カナンの元恋人で、1920 年 1 月 28 日、カナンがアメリカに滞在している間に、下記ヘンリー・ラドウィグと結婚する。

モンド，ヘンリー・ラドウィグ (Henry Ludwig Mond, 1898-1949)　イギリスの芸術家、作家。1915 年第 1 次世界大戦に参戦して負傷した後は父親の会社経営を後継し、政界や実業界で活躍した。1920 年 1 月に上記エイミー・グエンと結婚したが、彼女は前出ギルバート・カナンと同棲していたので、最初から彼らは「一夫多妻」的生活を選択したことになる。

モンロー，ハリエット (Harriet Monroe, 1860-1936)　宛名の人物紹介を参照。

ヤ

ヤッフェ，エトガール (Edgar Jaffe, 1866-1921)　ドイツの政治経済学者、政治家。ミュンヘン大学で教鞭を執った。マックス・ヴェーバー (Max Weber, 1864-1920) に師事し、1919 年にはバイエルン共和国で財務大臣を務めた。ロレンスの妻フリーダの姉エルゼ (Else Jaffe, 1874-1973) と 1902 年に結婚するが、5 年に満たないうちに別居、エルゼは別の男性との間に子をもうけた。エトガールはロレンスとフリーダのよき理解者であり続けた。

ヤッフェ，エルゼ (Else Jaffe, 1874-1973)　宛名の人物紹介を参照。

ヤッフェ，マリアンヌ (Marriannchen Jaffe, 1905-?)　上記エルゼの長女。

ヤング, エリック (Eric Young, 生没年不詳)　下記フランシス・ブレットの弟。1920 年 1 月に、マッケンジーの秘書としてシチリアに来た。

ヤング，ジェシカ・ブレット (Jessica Brett Young, 生没年不詳)　宛名の人物紹介を参照。

ヤング，フランシス・ブレット (Francis Brett Young, 1884-1954)　宛名の人物紹介を参照。

ユーブレヒト，アンブロシウス . A.W. (Ambrosius Arnold Willem Hubrecht, 1853-1915)　オランダの動物学者で、下記マリアの兄。ダーウィン (Charles Darwin, 1809-1882) の友人としても知られる。1882-1890 年、ユトレヒト大学で教鞭を執った。

ユーブレヒト，マリア (Marie Hubrecht, 1865-1950)　オランダの画家。イブレヒト (Ybrecht) あるいはウブレヒト (Übrecht) とも表記される。フォンタナ・ヴェッキアを相続した。宛名の人物紹介を参照。

ユタ，ヤン (Jan Juta, 1895-1990)　宛名の人物紹介を参照。

ユング，カール・グスタフ (Carl Gustave Jung, 1875-1961)　スイスの心理学者、精神医学者。最初フロイトの精神分析に共鳴し、その発展に貢献したが、のちに独自の分析的心理学を確立。集合的無意識および元型の存在を主張した。また性格を内向型と外向型の 2 類型に分類した。主著は *Psychologische Typen* (1921)［『タイプ論』、林道義訳、みすず書房、1987 年］。

ヨーク，ドロシー（[アラベラ]）(Dorothy Yorke [‘Arabella’], 1892-

?) ロレンスと同じメクレンバラ・スクウェア44のフラットに住んでいたアメリカ人女性。

聖ヨハネ (St John) キリスト12使徒の1人。新約聖書中の「ヨハネ福音書」、「ヨハネ書簡」、「ヨハネ黙示録」の著者と伝えられている。

ラ

ライス, アン・エステル (Anne Estelle Rice, 1877-1959) アメリカのマティス派木版画家。前出キャサリン・マンスフィールドと親交があり、ロレンスの詩集『入り江』の挿絵を手がけた。

ラッセル, エイダ (Ada Russell, 1863-1952) ブロードウェイとロンドンで活躍した舞台俳優。結婚、離婚の後、1902年にエイミー・ローウェルと出会い、1925年にローウェルが死ぬまで同性愛関係にあった。

ラドフォード, アーネスト (Ernest Radford, 1857-1919) イギリスの詩人・批評家で、下記ドリーの夫。フェビアン協会会員であった。主著は *Measured Steps* (1884)。

ラドフォード, ドリー (Dollie Radford, 1864-1920) 宛名の人物紹介を参照。

ラドフォード, マーガレット (Margaret Radford, 生没年不詳) イギリスの詩人。上記アーネストとドリーの娘。主著 *Poems* (1915) 出版前、ロレンスが校正原稿に目を通してコメントしている。

ランバート, セシリー (Cecily Lambert, 生没年不詳) 宛名の人物紹介を参照。

ランバート, ニップ (Nip Lambert, 生没年不詳) セシリー・ランバートの弟で、ロレンスはグリムズベリ・ファームで会った。1919年冬ごろ、西アフリカの戦場で負傷し、前線からはずれたと推測される。

リウィウス, ティトゥス (Titus Livius, B.C. 59?-17) 共和政末期、帝政初期の古代ローマの歴史家。アウグストゥスの庇護のもと、*Ab Urbe Condita Libri*[『ローマ建国史』(上)、鈴木一州訳、岩波書店、2007年]を著した。

リヒトホーフェン, アナ・フォン (Anna von Richthofen, 1851-1930) 宛名の人物紹介を参照。

ルーク, アイリーン (Irene Rook, 1878-1958) イギリスの舞台、

映画俳優。後出ミルトン・ロズマーの妻。映画『ウィンダミア侯爵夫人の扇』*Lady Windermere's Fan* (1916) でよく知られる。1914年秋から1915年1月にかけてバッキンガムシャのトリング近郊に住んでおり、その間、ロレンス家や上述カナン家と交流があった。

レヴネス，モーリス (Maurice S. Revnes, 生没年不詳)　ニューヨークで映画製作に携わっていたアメリカ人。1920年5月21日付のロレンスへの手紙で、ロレンスの小説や演劇の映画化権を買い取りたい旨を伝えている。

ローウェル，エイミー (Amy Lowell, 1874-1925)　宛名の人物紹介を参照。

ロイド・ジョージ，デイヴィッド (David Lloyd George, 1863-1945)　イギリスの政治家。1890年に自由党の下院議員となる。1916年に保守党と組んでアスキス内閣を失脚させ、保守党との連立政権でみずから首相となる (1916-1922)。第1次世界大戦を勝利に導いた指導者と評価される一方、自由党没落の責任者との非難も浴びている。

ロウ，アイヴィ・テレサ (Ivy Teresa Low, 1889-1977)　イギリスの小説家。前出のキャサリン・カーズウェルやヴァイオラ・メネル (Viola Meynell, 1885-1956) の友人。1916年にマキシム・リトヴィノフ (Maksim Litvinov, 1876-1951) と結婚し、のちにモスクワで暮らすようになる。ロシア語作品の英訳を数多く手がけ、また自伝的小説 *Growing Pains* (1913) を著す。

ロウ，バーバラ (Barbara Low, 1877-1955)　ユダヤ系の精神分析学者。ロンドン大学ユニヴァーシティ・カレッジで学んだのち、教員になる。労働党員やフェビアン協会の一員としても活躍する。教職を辞した後ベルリンに渡り、精神分析研究に従事し、その後ロンドン精神分析協会の設立に尽力した。またイギリス精神分析学会の発展にも寄与した。主著は *Psycho-analysis: A Brief Account of the Freudian Theory* (1920)。

ロウ，ベシー (Bessie Lowe, 生没年不詳)　ハーミテッジ村の助産婦で、部屋貸し業も営んでおり、1918年に1時期、ロレンスも彼女に部屋を借りている。

ロジャーズ，ウィリアムズ (Williams B. Rogers, 生没年不詳)　前出フランチェスコ・カコパルドが滞在していた家の家主。

ロズマー，ミルトン (Milton Rosmer, 1881-1941)　イギリスの俳優、演出家。前出アイリーン・ルークの夫。1914年秋から1915年1月にかけてバッキンガムシャのトリング近郊に住んでおり、その間、ロレンス家や上述カナン家と交流があった。

ロッジ，オリヴァー (Sir Oliver Joseph Lodge, 1851-1940)　イギリスの物理学者。物理学的概念を用いて心霊現象を解明しようとした。心霊現象研究協会の会員で、1901-03年の間会長を務めた。

ロベスピエール，マクシミリアン (Maximilien François Marie Isidore de Robespierre, 1758-1794)　フランス革命期の政治家で、代表的な革命指導者。独裁権力を行使し、恐怖政治家といわれた。1794年のテルミドールのクーデターで処刑される。

ロレンス，フリーダ (Emma Maria Frieda Johanna Lawrence, 1879-1956)　ロレンスの妻。1899年に言語学者のアーネスト・ウィークリー (Ernest Weekley, 1865-1954) と結婚するが、1912年にロレンスと出会い、駆落ちする。1914年にロレンスと結婚。1930年、ロレンスの死後、ミランダ荘の持ち主アンジェロ・ラヴァリ (Angelo Ravagli, 1891-1976) と結婚する。1933年以後、生涯を終えるまでタオスで暮らした。

ワ

ワーグナー，リヒャルト ((Wilhelm) Richard Wagner, 1813-83)　ドイツの作曲家、ロマン派歌劇の代表者。主な作品は『トリスタンとイゾルデ』(*Tristan und Isolde*, 1859)、『ニーベルングの指輪』(*Der Ring des Nibelungen*, 1854-74)。

地名一覧

書簡本文で言及される地名とその所在地を一覧にした。項目には、一部の国名および首都名と山、川、湖、港、建物、通り名などを含めた。記載順序は50音順。イギリスに関しては、ロンドン以外の地名には必要に応じて州名を表記した。説明が不十分な項目もあるので、ご教示いただければ幸いである。

あ

アイヴァー・バックス(Iver Bucks)　イングランド中南東部のバッキンガム州のサウス・バックス地区。

アカシア通り(Acacia Road)　ロンドン中央部ウェストミンスター自治区にある通りで、最寄りの地下鉄セント・ジョンズ・ウッド駅から北東に向かっている。

アクトン(Acton)　ロンドン、イーリング区の1地区。クロムウェル時代にはピューリタニズムの中心地。

アスティ(Asti)　イタリア北西部ピエモンテ州の町。赤ワインの産地として有名。

アティーナ(Atina)　イタリア、現在のラツィオ州フロジノーネ県のコムーネ(基礎自治体)。ロレンス自身、ピチニスコから5kmと記す。

アテネ(Athens)　ギリシアの首都、古代ギリシア文明の中心地。

アデルフィ(Adelphi)　イギリス、ロンドンのストランド街とテムズ川の間の一帯で、18世紀後半にアダム4兄弟が開発した住宅地域。アデルフィ・ビルディングズという24のテラスハウスが建設され、それにちなんでこの地域がアデルフィと呼ばれるようになった。

アデレード通り(Adellaide Rd.)　ロンドンの高級住宅地プリムローズ・ヒル地区にある通り。

アナカプリ(Anacapri)　イタリア、ナポリ県のカプリ島にある町、'ana'は高いを意味し、島の少し高くなっているところに位置する。

アペニン山脈(The Apennines)　イタリア半島を縦貫する山脈であり、長さは約1,200km。北・中央・南に区分される。最高峰は中

央アペニン山脈にあるコルノ・グランデ。

アマゾン河(The Amazon)　南米の大河。世界最大の流域を持つ。

アマルフィ(海岸)(Amalfi)　イタリア南部、ソレント半島南岸、アマルフィ一帯のサレルノ湾に面した海岸を指す。世界一美しい海岸とされる。

アムステルダム(Amsterdam)　オランダの首都。

アルノ川(The Arno)　イタリア中部の川。アペニン山脈に発し、フィレンツェ、ピサを流れて、イグリア海に入る。

アンティーコリ・コッラード(Anticoli Corrado)　イタリア、ラツィオ州ローマ県にあるコムーネ(基礎自治体)。ローマから北に40km。

アンデス山脈(The Andes)　南アメリカの太平洋岸に沿って縦走する世界最長の山脈。全長7,000km以上に及ぶ。ロレンスはラナニムを築く候補地として考えていたと推定される。

イーストウッド(Eastwood)　イングランド、ノッティンガムシャの州都、ノッティンガムより約11km北西の町。ロレンスの出生地で、生家は現在博物館として保存されている。

イオニア海(The Ionian Sea)　地中海の海域の1つ。イタリア半島南部とギリシア半島に挟まれた海域。

イスキア(島)(Ischia)　イタリア南部ナポリ湾の北西端、ティレニア海にある火山島。

イゼーオ湖(Iseo)　イタリア北部ロンバルディア州にある湖。

ヴァッロンブローザ(Vallombrosa)　イタリア、中北部トスカーナ州のリゾート地。アペニン山脈に位置し、11世紀建造のベネディクト派の修道院がある。

ヴァレッタ(Valletta)　マルタ共和国の首都。マルタ島東部に位置し、港を見下ろすシベラスの丘の上にある。

ヴィア・ヴィットーリア・コロナ(Via Vittoria Colonna)　ローマにある通り。『堕ちた女』の原稿のタイプ打ちをしたウォレス嬢の住所。

ヴィア・システィーナ(Via Sistina)　ローマの中心部にある通り。

ヴィア・トルナブオーニ(Via Tornabuoni)　イタリア、フィレンツェの中心部にある通り。

ヴィア・ドロローサ(Via Dorolosa)　古代都市エルサレムの中にあったと信じられている通り。イエス・キリストが十字架にかけられた

時に歩いた通りとされている。

ヴィクトリア駅 (Victoria)　イギリス、ロンドン・ヴィクトリア駅。ロンドン・シティ・オブ・ウェストミンスターにある鉄道駅。

ウィッテ・ホイス(白亜館) (The Witte Huis)　マリア・ユーブレヒト邸宅。オランダ中部のユトレヒト州、州都から20kmのところにあった。

ヴィッラ・カノーヴァイア (Villa Canovaia)　フィレンツェ、サン・ジェルヴァージオにある貸別荘。ロザリンド・ベインズの子どもたちが1920年1月から長期にわたり住んでいた。

ヴィッラ・チェルコラ (Villa Cercola)　ジョン・エリンガム・ブルックスのイタリア、カプリにあった別荘と思われる。

ヴィッラ・ファルネシーノ (Villa Farnesino)　ロレンスの知人のカプリ島に住んでいたガラタ夫人の住居。

ヴィッラ・フェラーロ (Villa Ferraro)　1920年2月ごろ、カプリ島にある、J・エリンガム・ブルックスが住んでいた別荘。

ヴィッラ・フライタ (Villa Fraita)　カプリ島のアナカプリにある家。ブレッド・ヤング夫妻が購入。

ヴィッラ・ロ・スメラルド (Villa Lo Smeraldo)　カプリ島のホテル。

ウイーン (Vienna)　オーストラリアの首都、ドイツ語名Wien。

ウィンブルドン (Wimbledon)　ロンドン南部郊外の住宅地区。毎年6月〜7月に開かれる国際ローン・テニス選手権で有名。

ヴェスヴィオ(山) (Vesuvius)　イタリア、ナポリ湾頭の活火山、1,277m。

ヴェネチア (Venice)　イタリア、北東部ヴェネト州の州都。港湾都市。約120の小島、170余りの運河、400余りの橋がある水の都。

ヴェネト (Veneto)　イタリア北東部にある州。州都はヴェネチア。

ヴェローナ (Verona)　イタリア北部、ヴェネチア西部の都市。交通・商業の要所。『ロミオとジュリエット』の舞台として有名。

ヴェントナー (Ventnor)　イングランド、ワイト島の南海岸にあるリゾート地。

ウクライナ (Ukraina)　東ヨーロッパの国。東にロシア連邦、西にハンガリーやポーランド、スロバキアなど、北にベラルーシ、南に黒海を挟みトルコが位置している。16世紀以来「ヨーロッパの穀倉」地帯として知られている。

エクセター (Exeter)　イングランド、デヴォン州の州都。大聖堂がある。

エトナ (山) (Etna)　イタリア、シチリア島の活火山。

エメラルド島 (Emerald Isle)　アイルランドの雅名。

エルツギーセライ通り (Erzgiesserei-strasse)　ドイツ南部のバイエルン州の州都ミュンヘンの中心部にあり、南北に走る約 500m の通り。

オールトリンガム (Altrincham)　イングランド北西部マンチェスターにある都市。元はチェシャの一部で、1290 年ごろ特許状を得て開かれた市場町。1920 年『ホルロイド夫人寡婦になる』の公演を行なった演劇協会があった。

オスペダレッティ (Ospedaletti)　イタリア、リビエラ地方、サンレモの保養地。キャサリン・マンスフィールドが 1919 年 9 月中旬から 1920 年 1 月 21 日まで滞在した。

オズボーン・ホテル (Osborne Hotel)　マルタ共和国を数日の予定で訪れたロレンスが滞在していたホテル。

オットフォード (Otford)　イングランド、ケント州、セヴンオークスという 15 世紀以来の古い町の中にある行政教区。

か

カーサ・ソリタリア (Casa Solitaria)　コンプトン・マッケンジーが、1913 年から 1920 年住んでいたイタリア、カプリ島にある屋敷。

ガーシントン (Garsington)　イングランド、オックスフォードの約 8km 南東に位置する村。レディ・オットリン・モレルの荘園、ガーシントン・マナーがある。

カステッラマーレ (Castellamare)　イタリア南西部ナポリ湾に臨むリゾート地。書簡から、嵐を避ける避難港であることが推定される。

カゼルタ地方 (Caserta)　イタリア南部のカンパニア州の町。しかし、ロレンスの書簡では、現在ラツィオ州にあるピチニスコの所在する地域を指しているので、カゼルタ地方と捉えることとした。

カターニア (Catania)　イタリア、シチリア島、エトナ山の近くにある港湾都市。

カッシーノ (Cassino)　イタリア、ラツィオ州フロジノーネ県にある都市。郊外にあるモンテ・カッシーノに、ベネディクト会の著名な

修道院 があり、第2次世界大戦の激戦地としても知られている。

カプチーニ・ホテル(Hotel (dei) Cappuccini)　アマルフィ海岸にあるホテル。1920年1月にロレンス夫妻が滞在した。

カプリ(島)(Capri)　イタリア西部カンパニア州ナポリ県にあるコムーネ(基礎自治体)。県都ナポリから34㎞。

カラブリア(Calabria)　イタリア南部の州。イタリア半島の長靴のつま先に当たる。

ガリア(Gaul)　イタリア北部・フランス・ベルギー・オランダ・スイス・ドイツにまたがった古代ローマの属領。

ガルダ湖(Garda)　イタリア、ロンバルディア州とヴェネト州の州境にある、同国最大の湖。

カンヌ(Cannes)　フランスの南東部、コート・ダジュールにある保養地。

キアッソ(Chiasso)　スイス最南端のコミューン。隣はイタリア、コモ県の町で、国境の町。

ギャリック・ルームズ(Garrick Rooms)　イギリス、チェシャ、オールトリンガムにある。『ホルロイド夫人寡婦になる』の公演が1920年に行なわれた舞台のある部屋の名前。公演を行なった協会をロレンスはオールトリンガム演劇協会としているが、正しくはオールトリンガム・ギャリック協会。協会は1914年に創設。地元の名家バイロム家が所有する店の地下貯蔵室が舞台として使われた。協会は現在も活動している。

ギリシア劇場(The GK Theatre)　タオルミーナ、ティメオ・ホテル前にある劇場。

ギルドフォード・ストリート(Guildford St.)　ロンドン、ブルームズベリーのラッセル・スクウェア公園から東に延びる通り。

キングズウェイ・マンションズ(Kingsway Mansions)　ドロシー・ヨーク一家が住んでいたロンドン、ウェスト・セントラルにある住居。

キングスクラー(Kingsclere)　イングランド南部、ハンプシャ州にある村。

クォーン(Quorn)　イギリス中部レスターシャの州都レスターより約10km北の町。

グリーン・ストリート(Green St.)　イースト・ロンドン、ニューアム地区にある通り。1720年代にグリーンという人物がこの辺りの地

所に何軒かの家を建てたことがこの通りの由来。

グリムズベリ・ファーム (Grimsbury Farm)　イングランド南部バークシャの町、ニューベリーにある農場。セシリー・ランバートと従姉のヴァイオレット・モンクが住んでいた。一時ロレンスが滞在し、その2人の女性をモデルにして、ロレンスは「狐」という中編小説を書き上げている。

グレート・ブリテン・ホテル (Hotel Great Britain)　当時イギリス領だったマルタ共和国、首都ヴァレッタのホテル。1920年にロレンス夫妻が滞在したことがある。

グレート・タワー・ストリート (Gt. Tower St.)　イギリス、ロンドンのロンドン塔近辺にある通り。

グローヴナー通り (Grosvenor Rd)　イングランド、ダービーシャの州都ダービーから約17km北のリプリーの道路名。ロレンスの妹エイダ・クラークが暮らしていた。

クローマー (Cromer)　イングランド東海岸、ノーフォークシャにあるリゾート地。

クロムフォード (Cromford)　イングランド、ダービーシャのダーウェント川ほとりの州都マトロックから3.2kmほど南。1771年、リチャード・アークライトが同川の水流を動力とする紡績機を開発し、綿織物工場を建設。イギリス産業革命発祥の地。

ケンブリッジ (Cambridge)　イングランド東部、ケンブリッジシャの州都、カム川に臨む大学町。

コヴェントリー (Coventry)　イギリス、ウェスト・ミッドランド州にある古都。

コーンウォール (Cornwall)　イングランド南西部の州。温暖で、海岸は海食崖の美しい景色に恵まれ、保養地が多い。古いケルト文化を残す。州都はトルロ。

コモ湖 (Como)　イタリア北部、ロンバルディア州にある風光明媚な湖。

コンプトン (Compton)　イングランド、バークシャにある町。

さ

サセックス (Sussex)　イングランド南部の旧州。現在東と西に二分。

サフォーク (Suffolk)　イングランド東部の北海に臨む州。
サマーハースト・グリーン (Summerhurst Green)　エリナー・ファージョンのためにロレンスが見つけた平屋の住宅か住所名だと思われる。イングランド南部、ハンプシャ、キングスラーの近郊。
サモア (Samoa)　南太平洋中心部の諸島
サレルノ湾 (the Gulf of Salerno)　イタリア南西部のカンパニア州、ティレニア海の湾。ナポリの東南東に位置する。
サロニカ (Salonika)　ギリシア北部マケドニア地方の市、港町、テッサロニキ (Thessalonica) の旧称。
サン・ジェルヴァージオ (San Gervasio)　イタリア、トスカーナ州、州都フィレンツェにある地名と推定される。その地のヴィッラ・カノーヴァイアに 1920 年ロザリンド・ベインズが入居。
サン・ドミニコ (San Domenico)　タオルミーナの高級ホテル。
サン・ミケーレ (San Michele)　カプリ島にある、美しい庭、ギリシア古代彫刻などの展示で有名な館。スウェーデン出身の医師・作家であるアックス・ムンテが同館を 1887 年に買い取って、修復した。
サンレーモ (San Remo)　イタリア、リグーリア州にある、フランス国境付近の港市。1920 年第 1 次世界大戦の連合国会議の開催地。
ジアルディーニ駅 (Giardini)　イタリア、シチリア島、タオルミーナ近くの駅名。1920 年 3 月 6 日 (土)、フォンタナ・ベッキアに入る前にロレンスがフリーダとメアリ・カナンを出迎えた駅。
シエーナ (Siena)　イタリア、トスカーナ州中部にある都市。
シェーンベルク (Schönberg)　ドイツ最北端、シュレースヴィヒ・フォルシュタン州にある町。
ジェノヴァ (Genoa)　イタリア北西部リグーリア州の州都。
シオン (Zion)　エルサレム東部にある、ダビデが宮殿を建てた聖丘。
シカゴ (Chicago)　アメリカ、イリノイ州、ミシガン湖畔の大都市。
シチリア (Sicily)　イタリア南方の地中海最大の島。
シュヴァルツヴァルト (森林地帯) (The Schwarzwald)　ドイツ南西部のスイス、フランスに接する州バーデン (1952 年以降統合されバーデン - ヴェルテンベルグ) にある森林地帯。英語では Black Forest。
ジョン・ストリート (John St.)　イギリス、ロンドンのアデルフィにある通り。マーティン・セッカーの出版社があった。

シラクーザ (Syracuse)　イタリア、シチリア島南東部にある港湾都市。古代ギリシアの植民地都市シュラクサイに起源を持ち、歴史的遺跡、建造物が多く残っている。

ジルジェンティ (Girgenti)　アグリジェント (Agrigento) の旧称。イタリア、シチリア島南西部海岸の町。ギリシア・ローマ遺跡で有名。

ズールーランド (Zululand)　南アフリカ共和国のインド洋に面する地域。ズールー族が居住する。

スタンウェイ (Stanway)　シンシア・アスキスが幼少期を過ごしたイングランド、グロスターシャにある邸宅。

ストランド (街) (Strand)　ロンドン中西部テムズ川沿いに平行して走る通り。

ストリートリー (Streatley)　イングランド、バークシャの州都レディングからハーミテッジへ戻る途中の町。

スパニシュ・メイン (the Spanish Main)　大航海時代におけるカリブ海周辺のスペイン帝国地域をイギリスが呼んだ名称。

スプリング・コテッジ (Spring Cottage)　イギリス、バークシャ州、バックルベリ・コモンにある別荘。ロザリンド・ベインズの妹夫妻が所有していた。

スペツィア (湾) (Spezia)　イタリア、リグーリア州、スペツィア県の県都。リグリア海に面する軍港。

スレイリー (Slaley)　イギリス、ノーサンバーランドにある村。

聖ペテロ大聖堂 (St. Peter's Cathedral)　別名サンピエトロ大聖堂。ローマ、ヴァチカンシティにあるローマカトリック教会の総本山。

セイレーン島 (Siren Isles)　シチリア島、タオルミーナの沖合の島。

セッティニャーノ (Settingnano)　フィレンツェ市北東部の集落。当地のルネッサンス期の彫刻家、デジデリオ・ダ・セッティニャーノやベルナルド・ロッセリーノの生地。ミケランジェロも住んだことがある。

ゼナー (Zennor)　イングランド南西部、コーンウォール州北部の村。ロレンスが1916年3月17日から1917年10月15日まで滞在したハイアー・トレガーゼンがある。

セルフリッジ百貨店 (Selfridges)　ロンドンのオックスフォード・ストリートにあるヨーロッパ最大級の百貨店。アメリカ生まれの商人ハリー・ゴードン・セルフリッジにより1909年に開店。

セント・アイヴズ (St. Ives)　コーンウォール半島、突端近くの北海岸にある町。5世紀にコーンウォールにキリスト教を布教したアイルランドの姫、聖イア (St. Ia) が上陸した地とされている。

セント・ジェイムズ・テラス (St. James Terrace)　ロンドン、リージェンツ・パークの北約約 100m にある路地の名前。ロレンスの友人、ダグラス・ゴールドリングがこの路地沿い7番地に住んでいた。

セント・ジョンズ・ウッド (St.Johns Wood)　ロンドンのリージェント・パークの北西にある高級住宅地域。1915年、J・M・マリとキャサリン・マンスフィールドが同地域に居住。また、ロシア人ジャーナリスト、M・S・ファーブマンも住んでいた。

ソレント (Sorrento)　イタリア南部、ナポリ湾南岸の保養地。

た

ダービー (Derby)　イングランド中北部バーミンガムの北北東にある都市。「ダービー磁器」として知られる陶磁器の生産地。また18世紀初めに絹紡績が導入され、それ以来、織物工業が発展し、絹、レース、綿織物などの生産が盛んとなった。

ダービーシャ (Derbyshire)　イングランドのイースト・ミッドランドにある州。州都マトロック。州の中にはイギリスの中で最も海から遠い教会がある。

タオルミーナ (Taormina)　イタリア、シチリア島東岸の保養地。

ダマスカス (Damascus)　シリア南西部にある、同国の首都。現存する最古の都市の1つ。

チェシャ (Cheshire)　イングランド北西部の州。『ホルロイド夫人寡婦になる』がオールトリンガム演劇協会によって公演される (1920年3月10～13日)。州都はチェスター。

チッタ・ヴェッキア (Citta Vecchia)　マルタ島北部の地域。城塞の町。モーリス・マグナスが住んでいた。

チャペル・ファーム・コテッジ (Chapel Farm Cottage)　イングランド南部バークシャのハーミテッジにあるドリー・ラドフォード所有のコテッジ。ロレンス夫妻は1917年12月14日から1918年5月2日にかけて断続的にここに滞在した。

チャリング・クロス通り (Charring Cross Rd.)　ロンドンの中央部

にあるチャリング・クロスから北に向かう道。古書店や骨董品店などが立ち並ぶ。

チャンセリー・レーン (Chancery Lane)　ロンドン、ファーリントン地区に南北に走る約500mの通り。ロンドン市の西端の境界線の役割を果たしている。

ディエップ (Dieppe)　フランス、ノルマンディー地域圏にある、イギリス海峡に面した港町。

ティドマーシュ水車場 (Tidmarsh Mill)　イギリス、バークシャ、パンボーンから1マイルのところにある。

ティメオ・ホテル (Timeo)　シチリア島東海岸、タオルミーナに初めて建てられたホテル。ロレンスによると、『堕ちた女』の原稿をアメリカに届けたフランチェスコ・カコパルド (チッチョ) はこのホテルの料理長だった。

デゥオーモ (Duomo)　大聖堂を意味する。カプリ島でロレンスが借りていたパラッツォ・フェラーロの最上階の部屋から見える大聖堂を指す。サン・ステファノ教会かサン・サルバトーレ教会と推測される。

ドールン (Doorn)　オランダ中部の町。ドイツのウィリアイムII世が退位後住んだ町。

ドーン・ストリート (Doane St.)　アメリカ、マサチューセッツ州ボストンにある。1920年6月ごろ、『恋する女たち』の原稿を預かっていたフランチェスコ・カコパルドの滞在先。

トラガーラ (Tragara)　ローマ皇帝ティベリウスが統治期間の後半をカプリで過ごしたが、島内に12の荘園を持っていたとされる。トラガーラはその中の1つ。

トリニダード (Trinidad)　西インド諸島南東部の島で、トリニダード-トバゴの主島。

トリノ (Turin)　イタリア北西部、ピエモンテ州、ポー川に臨む州都。

トレガーゼン・コテッジ (The Tregarthen Cottages)　ロレンスが1916年3月17日から1917年10月15日まで滞在したコテッジ。イングランド、コーンウォール、ゼナーにある。

な

ナポリ (Naples)　イタリア南部ティレニア海の入り江のナポリ湾に臨む港湾都市。カンパニア州の州都。

ニース (Nice)　フランスの南東部コート・ダジュール地域のアルプ-マリティム県の港町。

ニューフォレスト (New Forest)　イングランド南部、ハンプシャ南西部の森林地区。

ニューヘブン (Newheaven)　アメリカ、コネティカット州、南部ロング・アイランド湾に臨む港市。イングランド南部イースト・サセックス州南部の海岸の保養地。

ニューベリー (Newbury)　イングランド南部バークシャの町。大内乱 (1942-49) の古戦場。

ニューヨーク (New York)　アメリカ合衆国ニューヨーク州にある同国最大の都市。大西洋に注ぐハドソン川の河口に位置する世界経済の大中心地。1915 年 9 月ロンドンで出版された『虹』のアメリカ版が同年 11 月出版された。

ニューヨーク・シティ・ストリート (St. New York City)　トマス・セルツアーの出版社があった。移民の流入により、1920 年代初頭ニューヨーク市はロンドンを抜いて世界で最大の人口を擁するようになった。

ヌクヒヴァ (Nukuheva)　南太平洋のマルケサス諸島最大の島。

ヌメア (Numea)　正しくは Nouméa。フランス領ニューカレドニアの最大の都市。

ノース・ウェスト (N.W.)　ノース・ウェストという固有の地名は存在しない。ロレンスが住んだコーンウォールは、大西洋に面し、その北西方向に続く海岸線一帯を指していると思われる。例えば「ノース・ウェストの海岸線を巡る旅」では、北はパドストウから西はセント・アイヴズに至る海岸線の旅を指すことが多い。

は

バークシャ (Berkshire/Berks)　イングランド南部の州で、州都はレディング。ウィンザー城がある。

ハーグ (Hague)　オランダ南西部南ホラント州の都市。国会、政治機関のある実質上の首都。

バーゼル (Basel)　スイス北西部の旧州。

バーデン - バーデン (Baden-Baden)　ドイツ南西部バーデン - ヴュルテンベルク州にある都市。古代ローマ時代からの温泉保養地。

ハーミテッジ (Hermitage)　イングランド南部、バークシャ、ニューベリーの北東部にある村。

ハイアー・トレガーゼン (Higher Tregerthen)　ロレンスが 1916 年 3 月 17 日から 1917 年 10 月 15 日まで滞在した土地で、コーンウォールのゼナーにある。コテッジは元船長のショートが所有していた。かつては 5 つのコテッジからなり、トレガーゼン農場で働く労働者が居住していた。

バイエルン (Bavaria)　英語名ではバヴァリア、ドイツ語名ではバイエルン。ドイツ南東部の州。州都はミュンヘン。

バタシー (Battersea)　ロンドン南西部、テームズ川南岸の旧い地区名。今はウォンズワークの一部。

バッキンガム・ストリート (Buckingham St.)　ロンドンのアデルフィにある通り。最寄り駅はチャリングクロス。マーティン・セッカーがここで出版業に従事していた。

バックルベリ・コモン (Bucklebury Common)　イギリス、バークシャにある自然豊かな地域。

パディントン (駅) (Paddington)　ロンドン西部、パディントン地区にある鉄道駅。西部方面への始発駅。

パトモス島 (Patmos)　エーゲ海ドデカネス諸島の 1 つ。

ハマースミス (Hammersmith)　西ロンドン、リィリックハマースミス劇場があったところ。『ホルロイド夫人寡婦になる』の上演計画が持ち上がるが、実現しなかった。

ハムステッド (Hamstead)　大ロンドン中部の行政区画で旧首都区。現在はキャムデンの一部。キーツ、コンスタブルなどの文人、画家、知識階級が住んでいた高級住宅地。広大な野原と林を有するハムステッド・ヒースに隣接。

パラッツォ・フェラーロ (Palazzo Ferraro)　カプリ島、カプリ地区でロレンス夫妻が借りた部屋がこの建物の最上階にあった。階下にモルガノ・カフェがあったと推定される。

ハリッチ (Harwich)　イングランド、エセックス州の港町。大陸へのフェリーの発着地。

パルナッソス山 (Parnasus)　英雄パルナッソスがデルポイの神託を開いたギリシア中部の山。詩歌、文芸の象徴とされる。

パルメ・ホテル (Albergo delle Palme)　アルベルゴは宿屋の意味。スペッチア湾、レリチにあるホテル。ロレンスは1919年11月18日、イタリアに向かう途中で滞在。

パレスチナ (Palestine)　ユダヤ教、キリスト教、イスラム教の聖地。デイヴィッド・エダー宛の手紙に書かれた当時のパレスチナは、現在のイスラエルと、パレスチナ自治区、ヨルダンにまたがる地域を指していると考えられる。

パレルモ (Palermo)　イタリアのシチリア島北西部に位置する都市であり、シチリア島最大で、シチリア州の州都。

パンクラツィオ・ホテル (Hotel Pancrazio)　イタリア、タオルミーナにあるホテル。

ハンプシャ (Hampshire (Hants))　イングランド南部、イギリス海峡に臨む州。州都ウインチェスター、ゴシック大聖堂が有名。

パンボーン (Pangbourne)　イギリス、バークシャ、作家ファージョンの詩集『王と王妃』の挿絵を書いたロザリンド・ベインズが住んでいた「マートル・コテッジ」があった地名。ロレンス夫妻はこのコテッジに1919年7月末から8月28日まで滞在していた。

ピアッツァ・デリ・アンティノリ (Piazza degli Antinori)　イタリア、フィレンツェの中心、ヴィア・トルナブオーニ近くにある広場と思われる。ロレンスが使っていた銀行の所在地。

ピアッツァ・メンターナ (Piazza Mentana)　フィレンツェ市の芸術と文化の中心に位置する地域・メンタナ広場。ウフィッツイ美術館やポンテ・ヴェッキオのすぐ近く。

ヒース・ストリート (Heath St.)　ヒース通り。最寄りの地下鉄はノーザン線のハムステッド駅。ロンドンの北郊外で広大な公園ハムステッド・ヒースとハムステッド・ハイ・ストリートを中心にした緑の多い地区。

ヒーノー (Heanor)　イングランド中北部ダービーシャの町。

ピサ (Pisa)　イタリア北西部の町。

ピチニスコ (Picinisco)　イタリア、ラツィオ州フロジノーネ県のコ

ムーネの1つ、ローマの南東120km, アブルッツォ山脈に位置する。

ピチニスコ・セッレ (Picinisco Serre)　ロレンスの書簡からは、イタリア、カゼルタ地方、ピチニスコのオラツィオ・チェルヴィの家がある地域と推定される。

ピッコラ・マリーナ (Piccola Marina)　カプリ島にあるコンプトン・マッケンジーの別荘。ブレット・ヤング夫妻が滞在していたことがある。

ファラリョーニ岩礁群 (The Faraglioni)　カプリ島南東部にある岩浜、景勝地。

フィウメ (Fiumes)　クロアチア第2の都市リエカのイタリアでの呼び名。

フィレンツェ (Florence)　イタリア中部、アルノ川に臨む都市。

フィンチリー通り (Finchley Rd.)　ロンドン北部の主要道路の1つ。

フェローズ通り (Fellows Rd.)　書簡からロンドンの1通りと推定。

フォンタナ・ヴェッキア (Fontana Vecchia)　シチリア島タオルミーナにロレンスが滞在した時に借りて住んだ家。ユーブレヒト家から、一家の料理人をしていたフランチェスコ・カコパルドが買い取った屋敷。

ブラック・フォレスト (Black Forest)　ドイツ南西部、バーデン-ヴュルテンベルグ州のシュヴァルツヴァルト (森林地帯) の英語名。

ブランズウィック・スクウェア (Brunswick Square)　その10番地にバーバラ・ロウのかつての住居があった。ロンドンのブルームズベリにあり、メクレンバラ・スクウェアと隣接。ロレンスはこの地に住んでいたレディ・オットリンらをたびたび訪れた。

ブリストル・ホテル (the Bristol)　イタリア、タオルミーナの有名ホテル。

プリンセス・ストリート (Princess St.)　イングランド、ノッティンガムシャ、イーストウッドの中の通り。

ブルックリン (Brookline)　ニューヨークの5区のうちの1つ。マンハッタン島南東のロング・アイランド島西端に位置する。北西部は工業地帯。

フレンチ・リヴィエラ (the French Riviera)　コート・ダジュールの別名。リヴィエラはフランスのニースからイタリアのラ・スペッツァに及ぶ地中海沿岸の保養地を指す。フランス側にあるコート・ダ

ジュールはリヴィエラの一部で、フレンチ・リヴィエラと呼ぶ。
ブローニュ (Boulogne)　フランス北部の港町。
ヘッドリー(Headley)　イングランド南部、ハンプシャ、キングスラーにある教区の名称だと思われる。
ベリンツォーナ (Bellinzona)　スイス南部ティチーノ州の州都。イタリアからアルプス越えの拠点。昔から戦略的に重要で栄えた。
ベルリン (Berlin)　ドイツの首都。シュプレー川に臨み、1 州を成す。
ベルン (Berne)　スイスのベルン州の州都。
ペンション・バレストラ (Pension Balestra)　ロレンスがフィレンツェで滞在していたペンション。
ペンション・ホワイト (Pension White)　ローマ、ヴィア・ヴィットーリア、コロナにある、『堕ちた女』のタイプ打ちをしたウォレス嬢の住所。
ホーソーンズ (Hawthorns)　イングランド、レスターシャ、クオーンにある。ロレンスの叔母のクレンコフ夫妻の住所。
ポートランド・ヴィラ　2 (2 Portland Villas)　イースト・ヒース通りにあり、キャサリン・マンスフィールドが住んでいたところ。
ポスト・オフィス・ヒル (Post Office Hill)　イングランド、チェシャ、オートリンガムにある。『ホルロイド夫人寡婦になる』の公演を行なった演劇協会の所在地。
ボストン (Boston)　アメリカ、マサチューセッツ州の州都。マサチューセッツ湾に臨む港湾都市。
ホリー・ブッシュ・ハウス (Holly Bush House)　キャサリン・ジャクソン (キャサリン・カーズウェルの旧姓) の旧家。ロンドンの北西部、ハムステッドに位置する。
ボルネオ (Borneo)　東南アジアのマレー諸島最大の島。
ポンテ・ヴェッキオ (Ponte Vecchio)　イタリア、フィレンツェの橋。
ポンペイ (Pompeii)　イタリア、ナポリ近郊にあった古代都市。ヴェスヴィオ火山の噴火による火砕流で地中に埋もれた。

ま

マートル・コテッジ (Myrtle Cottage)　イングランド、バークシャのパンボーンにあるベインズ一家の住宅。ロザリンド・ベインズが

子どもと共にハーバート・ファージョンの留守宅に移ったため、ロレンス夫妻はこのベインズ一家の家に滞在した。1919年8月3日にはロレンスの姉、エミリー・キングの家族もこの家に姿を現わしている。

マウンテン・コテッジ(Mountain Cottage) イングランド、ダービーシャ、ミドルトン・バイ・ワークスワスにあるコテッジで、1918年から19年にかけ、ロレンスとフリーダが借りていた。

マサチューセッツ(Massachusetts) アメリカ北東部ニューイングランドの州で、州都はボストン。

マッサ・ルブレンセ(Massa Lubrense) イタリア、カンパニア州、ナポリ県にあり、カプリ島から北東へ10㎞に当たる。

マッジョーレ湖(the Lago Meggiore) イタリア、ロンバルディア州とビエモンテ州の州境にある湖で、北部はスイスのティチーノ州にまたがっている。

マデイラ諸島(Madeira) 北大西洋上のマカロネシアに位置するポルトガル領の諸島。

マトロック(Matlock) イングランド、イースト・ミッドランズにあるダービーシャの州都。

マニアーチェ(Maniace) イタリア、シチリア州カターニア県のコムーネ(基礎自治体)の1つ。

マル(街)(The Mall) ロンドンのウェストミンスター区、バッキンガム宮殿からトラファルガー広場を結ぶ930mの通り。儀式用の道路として19世紀後半ごろから建設。

マルタ(島)(Malta) 地中海の中央、シチリア島の南方にある、マルタ共和国内の島であり、同国内で最も大きな島。同島の中心がヴァレッタ。もと英国領、1964年に独立。

マンチェスター(Manchester) イングランドの北西部独立自治体。産業革命時代に発展し、今では商業・高等教育・メディア・芸術・大衆文化などの中心地。

マントン(Menton) フランス・イタリアの国境にあり、ニース、モナコ公国に接し、コート・ダジュール海岸の有名な観光地。キャサリン・マンスフィールドが1920年に療養していたところ。

ミッドランズ(the Midlands) イングランド中部地方、内陸部の地域。

ミドルトン(Middleton) イングランド北西部マンチェスターの北

北東にある町。

ミドルトン・バイ・ワークスワス (Middleton-by-Wirksworth)　イングランド、ダービーシャのワークスワス北北西の高地にある村で、もとは鉛鉱山や上質の石灰石採鉱場として知られ、『白孔雀』(1911)の舞台。

ミュンヘン (Munich, München)　ドイツ南東部のバイエルン州の州都。イーザル川に臨む、南部ドイツの中心都市。

ミラノ (Milan)　イタリア北部、ロンバルディア州の州都。北部イタリアでは最大の都市、商業、工業、金融の中心。

メイプルダーラム (Mapledurham)　パンボーンから2マイルほどのところにある町。

メクレンバラ・スクウェア (Mecklenburgh Square)　ロンドンのキングズ・クロスにある1区で、テラス・ハウスが立ち並び、メクレンバラ・スクウェア・ガーデンがある。ヒルダ・ドゥーリトル(1886-1961)が1917年から1918年にかけてここで暮らした。

メッシーナ (Messina)　イタリア領シチリア島の都市。

メッツォーディ通り (Strada Mezzodi)　マルタ共和国の首都ヴェレッタにある、オズボーン・ホテルがあった通り。

モダーヌ (Modane)　フランスとイタリアの国境にあり、フランス側にある町。

モルガーノ・カフェ (Morgarnós Cafè)　カプリ島、カプリ地区でロレンス夫妻が借りた部屋の階下のカフェと推定。

モンスニ (峠) (Mont Cenis)　フランスとイタリアにまたがるグライアン・アルプス山脈モンスニ山塊中の峠。標高2083m。

モンテ・ヴェネーレ (Monte Venere)　イタリア、シチリア島タオルミーナのフォンタナ・ヴェッキアから仰ぎ見ることのできる山。

モンテ・カッシーノ (Monte Cassino)　イタリア、ラツィオ州フロジノーネ県カッシーノ市郊外に位置する標高519mの岩山。ヌルシアのベネディクトゥスが初めてベネディクト会の修道院を築いたことで有名。

モンテ・ソラーロ (Monte Solaro)　カプリ島の山、589m。

ら

ラドゲート・サーカス (Ludgate Circus)　ロンドン、トマス・アンド・サン社あったところ。

ラトミーア (Latomia)　正しくは、ラトミーア・デル・パラディーソ (Latomia del Paradiso)、「天国の石切場」のこと。イタリア、シチリア島シラクーザにあり、ギリシア時代に宮殿や旧市街の住宅を作るために採石したところ。

ランダッツォ (Randazzo)　イタリア、シチリア島、カターニア地方の町。エトナ山の北腹にあり、中世の教会が有名。1943 年米英連合軍とドイツ軍の激戦地。

リージェンツ・パーク (Regents Park)　ロンドンの中心地にある市内最大の王立公園。動物園、野外劇場、スポーツ競技場がある。

リーズ (Leads)　イングランド北部、ウエスト・ヨークシャの市。

リヴォルノ (Leghorn)　イタリア、トスカーナ州にある港町。

リプリー (Riply)　イングランド、ダービーシャにある町。イーストウッドの北西約 10km。ロレンスの妹エイダが結婚して暮らしていた。

リヨン駅 (Gare de Lyon)　フランス、パリ市中心部から南東に寄ったセーヌ川右岸の 12 区にある鉄道駅。パリから南東方面への列車のターミナル駅。

ルーアン (Rouen)　フランス北部セーヌ川に臨む都市。中世ノルマンディの首都だった。

ルートヴィヒ・ヴィルヘルムスティフト (Ludwig-Wilhelmstift)　ドイツ南西部、バーデン - ビュルンテンベルグ州、バーデン - バーデン市温泉保養地区にある、爵位のある夫を亡くした未亡人が住む女性寮。ロレンスの妻フリーダの母、アナ・ファン・リヒトホーフェンが居住していた。

ルックボイド (Rückgebäude)　ドイツ南部の都市ミュンヘン中心部に位置する町だと推測される。

レアール通り (Strada Reale)　マルタ島、ヴァレッタにある通り。

レゴルノ (Leghorn)　イタリア、トスカナ州の都市。

レスター (Leicester)　イングランド中部のレスターシャ州の州都。

レスター・スクウェア (Leicester Square)　ロンドン中心部ウェスト

ミンスター区ウェストエンドにある広場。ロンドン地下鉄の最寄り駅はレスター・スクウェア駅。

レスターシャ (Leicestershire)　イングランド中部の州。州都はレスター。

レディング（駅）（Reading）　イングランド南部、バークシャの州都レディングにある駅。同町は中世時代から宗教、交易の中心地、今はIT、保険などの産業の中心地。

レリチ (Lerici)　イタリア、スペッチア州、ラ・スペッチア県のコムーネ（基礎自治体）。

ロイヤル・コート劇場 (the [Royal] Court Theatre)　1888年に開場したロンドンにある劇場。20世紀初頭には、W・B・イェーツ、イプセン、G・B・ショーなど、多くの近代劇が上演された。

ロー・コーツ (Law Courts)　ロンドン、ウェストミンスター区にある王立裁判所 (the Royal Courts of Justice) の通称。

ロザイオ (Rosaio)　カプリ島にあったコンプトン・マッケンジーが所有する別荘の1つ。

ロッカ・フォルテ (Rocca Forte)　シチリア島、タオルミーナにある、マリア・ユーブレヒトの持ち家の1つ。1920年に、メアリ・カナンが一時借り、フランチェスコ・カコパルドが管理を任されていた。

ロッカ・ベラ (Rocca Bella)　シチリア島、タオルミーナにある、マリア・ユーブレヒトの持ち家の1つ。庭が美しく、教会風の建物だった。

ロング・レーン (Long Lane)　イングランド南部のバークシャ、ニューベリーに南北に走る約6キロの通り。グリムズベリ・ファームがある。

わ

ワークスワス (Wirksworth)　イングランド、ダービーシャにある市場町。ウィリアム1世が1086年に作らせた土地台帳 (Domesday Book) に記載されている。市場開設は1306年にエドワード1世により認められた。また、鉛採鉱のセンターや後に石切場として発展した。

ワープル通り (Worple Rd.)　イギリス、ロンドン南西部のウィンブルドンにあるホテルや商業施設が並ぶ通り。

新聞・雑誌一覧

書簡本文、人物紹介、注に記されている新聞と雑誌を一覧にした。記載順序は50音順。なお、この一覧にはわずかな情報しか入手できなかった新聞や雑誌、および生没年が不明の人物も含まれている。ご教示いただければ幸いである。

『アシニーアム』(*The Athenæum*)　時代の最高作家の作品を出すことで名声を博した文学雑誌で、1821年にロンドンで出版され1921年まで発行された。20世紀初頭には、エドモンド・ブランデン(Edmund Blunden, 1896-1974)、T・S・エリオット(Thomas Stern Eliot, 1888-1965)、T・ハーディ(Thomas Hardy, 1840-1928)、A・ハックスリー(Aldous Huxley, 1894-1963)、K・マンスフィールド(Katherine Mansfield, 1888-1923)、V・ウルフ(Virginia Woolf, 1882-1941)などが投稿した。しかし、1921年には発行部数が激減したため、*The Nation* に合併され、*The Nation and Athenæum* と名称が変わる。さらに1931年になると、この雑誌は *New Statesman and Nation* を名乗り、97年という長きにわたって続いた有名な *Athenæum* という雑誌名は完全に消えることとなった。

『アデルフィ』(*The Adelphi*)　『アデルフィ』あるいは『ニュー・アデルフィ』はJ・M・マリ(J. M. Murry, 1889-1957)によって設立された英文学雑誌である。第1巻目は1922年6月に発行された。その後は1月ごとに発行される。1927年夏から1930年9月の間に『ニュー・アデルフィ』と改名され、その後は3か月おきの年4回の発行となる。マリは1930年まで編集主任を務めたあと、R・リース(Richard Rees,1900-1970)に仕事を譲った。リースのあとを1938年に継いだのがM・プラウマン(Max Plowman, 1883-1941)である。K・マンスフィールド、D・H・ロレンス、H・E・ベイツ(H.E. Bates,1905-1974)、D・トマス(Dylan Thomas,1914-1953)などが各号に投稿している。1931年にはG・オーウェル(George Orwell, 1903-1950)のエッセイ『スパイク』(*The Spike*)を『アデルフィ』誌は出版した。その後オーウェルは評論雑誌記者として定期的に『ア

デルフィ』へ投稿した。

『アトランティック・マンスリー』(*The Atlantic Monthly*)　アメリカの雑誌。1857年11月ボストンの知識人たちによって創刊され、文学、芸術、政治を扱う。現存するアメリカの雑誌のうちで最古のものの1つ。J・R・ローウェル(James Russell Lowell, 1819-1891)やW・D・ハウエルズ(William Dean Howells, 1837-1920)らが編集長を務めた時期もあった。初期のころは、R・W・エマスン(Ralph Waldo Emerson,1803-1882)、H・W・ロングフェロー(Henry Wadsworth Longfellow,1807-1882)、N・ホーソーン(Nathaniel Hawthorne, 1804-1864)ら、ニューイングランドの作家たちが執筆していたが、W・D・ハウエルズ(William Dean Howells, 1837-1920)のころから、M・トウェイン(Mark Twain, 1835-1910)やF・B・ハート(Francis Brett Hart, 1836-1902)らの作品も掲載されるようになった。20世紀に入ると、T・W・ウィルスン大統領(Thomas Woodrow Wilson, 1856-1924)も執筆するなど、政経関係の記事も多くなった。

『イングリッシュ・レヴュー』(*English Review*)　1908年にロンドンで創刊され、1937年に『ナショナル・レヴュー』(*National Review*)に併合されるまで続いた。F・M・ヒューファー(Ford Madox Hueffer, 1873-1939: のちのフォード・マドックス・フォード)がこの雑誌を創刊したのは「トマス・ハーディの詩を出版する場がイングランドには見当たらないのに激怒したため」としている。さらに、優れた作家たちのための出会いの場を提供するためでもあったと言っている。1908年12月の創刊号は、T・ハーディ、H・ジェイムズ(Henry James, 1843-1916)、J・コンラッド(Joseph Conrad, 1857-1924)などの作品を掲載した。その後E・パウンド(Ezra Pound, 1885-1972)、D・H・ロレンス、それにW・ルイス(Wyndham Lewis, 1882-1957)などの作品も発行した。しかし、文学上のレベルでは成功したが、経済的な面でうまくいかなかった。ヒューファーが主筆をしていたころは、175頁のこの月刊誌は半クラウンの値がついていたが、1,000部以上を売り上げることはなかったからである。その結果やがて経営悪化を招き、A・ハリスン(Austin Harrison, 1873-1923)にその経営権を明け渡すこととなった。

『ヴァニティ・フェア』(*Vanity Fair*) 『ヴァニティ・フェア』は、1913年から1936にかけて刊行されていたアメリカ合衆国の社交雑誌。長く非常に成功した雑誌であったが、世界恐慌のあおりを受けて収益が上げられなくなり、1936年に『ヴォーグ』(*Vogue*) 誌に統合された。

『ヴォイシズ』(*Voices*) 月刊の文芸雑誌で、1919年から1921年にわたって出版された。編集者であったT・モールト(Thomas Moult, 1893-1974)は、この雑誌を発行することで、戦地からの帰還兵や、除隊を待ち受けている若い世代の人たちの間に、詩の読者層を創り上げようとしていた。

『エゴイスト』(*The Egoist*)(副題は[*Individualist Review*]) この雑誌の前身は、フェミニストの活動家D・マーズデン(Dora Marsden, 1882-1960)が1913年6月に創刊した『ニュー・フリーウーマン』(*The New Freewoman*)である。その後、『エゴイスト』という名前だけでなく、内容も文芸雑誌に変えて雑誌を引き継いだのはE・パウンド(Ezra Pound, 1885-1972)であった。1914年から1919年の間ロンドンで出版され、モダニスト詩やモダニスト小説を掲載した。この雑誌の宣言に「さまざまなタブーを認識すること」とあるように、さまざまな問題作、例えばJ・ジョイス(James Joyce, 1882-1941)作『ユリシーズ』(*Ulysses*)の最初の部分(*The Egoist*, 1918年3月号)などを連載して出版した。「イギリスのモダニスト雑誌として最重要視」されている由縁である。当のロレンスは「ただ一度」('Once')という短編を寄稿(1914年)しているが、雑誌編集者の杜撰さや哲学者然とした冷たい態度を罵倒している。

『オブザーバー』(*The Observer*) 1791年、W・S・ボーン(W.S. Bourne, 生没年不詳)によって創刊されたイギリス初の日曜版新聞。2度にわたる買収を経て、アメリカで1番の富を保有していると言われたアスター一族のW・W・アスター(William Waldorf Astor, 1848-1919)が1911年に同紙を買い取った。以後1975年までアスター一族が社主を務めている。1993年以降はガーディアン・メディア・グループ(Guardian Media Group)の傘下に入り、『ガーディアン』(*The Guardian*)の日曜版という形で現在も刊行されている。またA・ハリスン(Austin Harrison, 1873-1928)は、1904年から1908年まで同紙の編集者を務めていた。

『クィーン』(*Queen*)　元々は『ザ・クィーン』(*The Queen*)という名称であったこの雑誌は、1861年にS・ビートン(Samuel Beeton, 1855-1890)によって発刊された。雑紙の記事は1862年以降、一貫してイギリスの「上流社会」と社交界の生態ならびにイギリス貴族階級に焦点を当ててきた。

『グラスゴー・ヘラルド』(*Glasgow Herald*)　1783年の創刊。世界で最も歴史のある新聞で、8番目に古い日刊紙でもある。グラスゴー郊外のキャンバスラング(Cambuslang)に印刷所がある。創立者はJ・メノンズ(John Mennons, 生没年不詳)で当初は『グラスゴー・アドバタイザー』(*Glasgow Advertiser*)という名の週刊誌であった。この雑誌の最初のスクープ記事として有名なのが、「アメリカの独立記念(American Independence)(アメリカ革命 : 1763年のフレンチインディアン戦争の終結から1789年のワシントン政権独立による新共和国の発足まで)」のニュースであった。その後オーナーが変わるたびに社名が変わり、『グラスゴー・ヘラルド』という社名変更とともに週刊誌から日刊紙に変わった(1858年以降)。

『コスモポリタン』(*The Cosmopolitan*)　この雑誌は1886年、家族向けの雑誌としてポール・シュリヒトとフィールド(Paul Schlicht & Field)社により創刊された。当時の誌名は『ザ・コスモポリタン』*The Cosmopolitan*である。P・シュリヒト(生没年不詳)は、創刊号の読者に向けて、この出版物は「一流の家族雑誌」であり、ファッション、家庭装飾、料理、育児など特に女性向けの内容や家族の子ども向けの内容を持つだろう、と述べていた。創刊の年、この雑誌はすでに25,000もの発行部数を誇った。

『言葉』(*The Word*)　オランダのハーグで「大西洋世界連合(PacificWorld-Union)」という名で出版されていた雑誌で、主たる編集者はドイツ人であった。正式には『3か国語による言葉』(*The Word in Three Languages*)と呼ばれていたが、一般には『言葉』で知られている。ダグラス・ゴールドリングは自身がオランダのハーグ滞在中にこの雑誌社を訪れたこと、また国際社会主義者らしきドイツ人が経営しているが、「政府の機密諜報部員」のような雰囲気が感じ取れる、とロレンスに手紙を書いている。

『女性の雑誌』(*Women's Magazine*)　アメリカ人で女流ジャーナリストであったM・M・メロニー(Marie Mattingly Meloney, *née* Marie

Mattingly: 1878-1943) はさまざまな雑誌社勤務経験のあと、ニューヨーク市に移り住む。この町で『サン』誌の編集長を務めていたウィリアム・B・メロニーとの結婚を契機にしばらくは家庭生活に入っていたが、1914年に『女性の雑誌』の編集長になる。そして1920年には編集の仕事に失敗するが、その一方で、1917年から1920年の間には『エヴリボディ』(*Everybody*) 誌の共同編集者となったり、1921年から1926年の間は『デリニエイター』(*Delineator*) の編集に携わったりした。

『ネイション』(*The Naiton*)　アメリカの古くからある週刊誌で、1865年7月6日が初刊。ニューヨーク市にある The Nation Company から出版された。出版主は J・H・リチャード (Joseph H. Richards, 1841-1924) で、アイルランド移民であった L・ゴドキン (Lawrence Godkin, 1831-1902) が編集者となった。ワシントン D.C.、ロンドン、南アフリカなどに事務所を構え、建築、芸術、環境、映画、法律事件、音楽、平和、軍縮、詩、さらには国連報告など、幅広い分野をカバーしている。

『セヴン・アーツ』(*The Seven Arts*)　アメリカの詩人、小説家の J・オッペンハイム (James Oppenheim, 1882-1932)、小説家、歴史家、文芸批評家の W・フランク (Waldo Frank, 1889-1967)、伝記作家、文芸批評家、歴史家の V・W・ブルックス (Van Wyck Brooks, 1886-1963) たちが編集を務めた月刊文芸誌。1916年の11月から翌年の10月までニューヨークで発刊された (全12号)。発行部数は約5000部。詩、寸劇、短編小説、文芸批評、エッセイ、論評などを掲載していた。この雑誌の目的は、芸術家が表現できる場をコミュニティに提供することにあった。寄稿者には S・アンダスン (Sherwood Anderson, 1876-1941)、R・フロスト (Robert Frost, 1874-1963)、J・D・ベレスフォード (J. D. Beresford, 1873-1947)、A・ローウェル (Amy Lowell, 1874-1925)、そして D・H・ロレンスなどの作家たちがいた。1917年に『ダイアル』(*The Dial*) と併合。

『センチュリー』(*The Century Illustrated Monthly Magazine*)　アメリカのセンチュリー社 (The Century Company) が1881年に創刊した定期刊行雑誌。1884年から約3年間連載した南北戦争の歴史に関する記事が好評を博し、大きな成功を収めた。1909年、編集に携わりその能力を発揮していた詩人 R・W・ギルダー (Richard

Watson Gilder, 1844-1909) の死後は読者層の獲得に苦しみ、1930年に『フォーラム』(*The Forum*) に吸収された。

『タイムズ』(*The Times*) 1785年J・ウォルター (John Walter, 1739-1812) により創刊されたイギリスの保守系高級紙。当初は『デイリー・ユニバーサル・レジスター』(*The Daily Universal Register,* 1785) という紙名であったが、1788年1月1日より現在の紙名となった。戦場へ特派員を派遣した最初の新聞として有名。創刊後約1世紀間は創業者のジョン・ウォルターの家系の人たちが事業を引き継いでいた。しかし1922年には『オブザーバー』(*The Observer*) の社主でもあったアスター一族のJ・J・アスター (John Jacob Aster, 1886-1971) が同紙を買収した (1967年に売却)。現在は世界的メディア王であるR・マードック (Rupert Murdoch, 1931-) が率いるグループの傘下に入っている。

『タイムズ文芸付録』(*The Times Literary Supplement*) イギリスの最も有名な週刊文芸誌。通称 *TLS*。1902年に『タイムズ』(*The Times*) の付録として始まり、1914年に分離。初代編集長のB・リッチモンド (Bruce Richmond, 1871-1964) は、新旧の文学者のみならず、歴史家や人類学者なども書評者として起用し、扱う分野も文学を中心に、哲学、歴史学、政治学、芸術にまで拡大した。ちなみに、2010年のノーベル文学賞作家マオ・バルガス・リョサ (Mario Vargas Llosa,1936-) は、「40年前に英語を学び始めてからずっと *TLS* を読んできたが、わたしがしゃべる5つの言語の中でもこの雑誌ほど本格的で、権威があり、ウィットに富み、多様で刺激的な文化的出版物はない」とまで絶賛している。

『ダイヤル』(*The Dial*) アメリカの雑誌で、1840年から1929年にわたって断続的に発行された。第1期目は、1840年から1844年の間で、主として「超絶主義者」の作品の出版に従事。雑誌の編集責任者で第1巻目の序文を書いたのがR・W・エマソン (R. W. Emerson, 1803-1882) であった。1880年代から1919年の間には、政治評論と文学批評の雑誌として貢献した。そして1920年から1929年には、E・パウンド (Ezra Pound, 1885-1972) などによる、英語で書かれたモダニスト文学の発表の場として影響力を持った。

『デイリー・メール』(*Daily Mail*) 1896年創刊のイギリスで最も古いタブロイド紙。発行部数は『サン』(*The Sun*) 紙に次いで第2位。

『デイリー・メール』は、A・ハームズワース (Alfred Harmsworth, 1865-1922) と H・S・ハームズワース (Harold Sidney Harmsworth, 1st Viscount Rothermere, 1868-1940) の兄弟によって、1896 年 5 月 4 日に当時の一般紙とは一線を画す新聞として創刊された。内容を大衆向きのものとし、記事も短く分かりやすくした。また他の日刊紙が軒並み 1 ペニーだった中、『デイリー・メール』は 1/2 ペニーとした。そのため同紙は創刊早々に大きな成功を収め、間もなく発行部数は 50 万部を突破した。この新聞はドイツ帝国が大英帝国に戦争を仕掛ける計画を進めているという記事を載せたため、第 1 次世界大戦勃発のあと、戦争を招いたとして批判される。大戦が勃発した際は、アルフレッドが徴兵制導入を主張して論争を引き起こした。また、1915 年 5 月 21 日には英雄と考えられていた当時の陸軍大臣キッチナー (The Right Honourable Horation Herbert Kitchener, Ist Earl Kitchener, 1850-1916) に関してこの新聞は辛辣な批判記事を載せたため、一晩で発行部数が 138.6 万部から 23.8 万部まで落ちた。株式市場の会員は売れ残りの新聞を燃やして抗議し、ボイコットを始める。当時の首相アスキスは「わが国を破壊する新聞である」と非難した。キッチナーが死去した際、この新聞はその死を大英帝国の幸運と評した。この新聞はその後、アスキス首相の批判運動を繰り広げ、1916 年 12 月に首相は辞任する。後任のロイド＝ジョージ首相はアルフレッドの政府批判をかわすため、彼に入閣を要請するが断られている。

『デリニエイター』(*Delineator*)　この雑誌は 1869 年に『メトロポリタン・マンスリー』(*The Metropolitan Monthly*) という名前でバテリック・カンパニー (Butterick Publishing Company) から出版され、19 世紀末から 20 世紀初頭のアメリカの女性向けに書かれた。『デリニエイター』へと書名変更されたのは 1875 年で、月刊誌としてニューヨークで発行されていた。『デリニエイター』の編集者の 1 人に自然主義作家の T・ドライサー (Theodore Dreiser, 1871-1945) が携わっていた。

『トランプ』(*Tramp*)　雑誌『トランプ』をみずから興した D・ゴールドリング (Douglas Goldring, 1887-1960) はイギリスのグリニッジ生まれ。1906 年にオックスフォード大学に進んだが、遺産を受け継ぐと大学を中退。ロンドンで執筆業に就く。まず『カント

リー・ライフ』(*Country Life*) 誌で編集業務に携わったあと、1908年フォード・マドックス・ヘファー (Ford Madox Hueffer, 1873-1939) が編集者であった『イングリッシュ・レヴュー』(*The English Review*) 誌の副編集長になった。同時に、自身の文芸雑誌『トランプ』を1910年に立ち上げ、W・ルイス (Wyndham Lewis, 1882-1957) や、未来派のイタリア詩人F・T・マリネッティ (Filippo Tommaso Marinetti, 1876-1944) の初期作品を発行した。

『ニュー・デカメロン』(*The New Decameron*) 20世紀英文学をトピックとした雑誌であるが、詳細は不明。1919年から1925年まで出版された。出版社はニューヨークのR.M. Bride社。

『ニュー・ステイツマン』(*New Statesman*) シドニーとビアトリス・ウェブ (Sidney and Beatrice Webb, 1859-1947; 1858-1943) の2人によって1913年に創刊され、政治や文学を記事にする週刊誌であった。シドニー・ウェブはフェビアン協会 (Fabian Society) の社会主義者で、妻のビアトリスは夫の政治・文学面のよき協力者であった。この雑誌を有名にしたのは、イギリスや世界の政界に対して積極果敢で辛辣な分析を行なったためである。しかも、雑誌の記事にはイギリスきっての作家が投稿したので、洗練され、機知に富んだ政治批判、文化批評、芸術批評が結果的に生まれることとなった。

『ニューヨーク・サン』(*The New York Sun*) この新聞が発行されたのは1833年から1950年のニューヨーク市で、アメリカの新聞界で最も影響力の強い新聞の1つであった。この新聞は、21世紀初頭に復活しネット上でも読めるようになった。創刊当初は、4頁から成る安上がりの半タブロイド判新聞で、創立者はベンジャミン・H・デイ (Benjamin H. Day, 1810-1889) であった。内容は警察裁判所報告が中心で、その機知にあふれたニュース記事は成功を収めた。

『ハッチンスンズ・マガジン』(*Hutchinson's Magazine*) W・ハッチンスン (Walter Hutchinson, 1887-1950) が1919年設立したこの雑誌は、当初は『ハッチンスンズ・ストーリー・マガジン』(*Hutchinson's Story-Magazine*) という名前であった。しかし翌20年4月には『ハッチンスンズ・マガジン』(*Hutchinson's Magazine*) と名称変更をしている。(さらに1929年6月には再度『ハッチンスンズ・ストーリー・マガジン』(*Hutchinson's Story-Magazine*) に戻している。) 最盛期の1921年には9万部以上を売り上げた。当初は、漫画の掲載や子ど

も用の記事を載せた家族向けの雑誌として出発したが、神秘的な要素に重点を置く冒険ロマンスの体裁を取るようになった。連載物としてA・クリスティ(Agatha Christie, 1890-1976)、A・ベネット(Arnold Benett, 1867-1931)の作品や、ロレンスの短編3編(「狐」'The Fox' (November 1920)、「ファニーとアニー」'Fanny and Annie' (November 1921)、「国境線」'The Border Line' (September 1924))を連載した。

『ブラスト』(*Blast*) 1910年代英国の未来派一派であった「渦巻派('Vorticist movement')」の動向を扱った文学雑誌であるが、2巻で廃刊になった。第1巻目は明るいピンク色のカバーで、1914年7月2日に発行された。このカバーについて、E・パウンドは「際だったマジェンタ色に覆われた小作品('great MAGENTA cover'd opusculus')」と呼んでいる。第2巻目は1年後の1915年7月15日に発刊されている。2巻とも執筆の中心はW・ルイスであったが、この雑誌はイギリスで起こった現代芸術運動の象徴であり、19世紀末から20世紀初頭に生まれたモダニズムの独創性に富んだテクストとして認知された。

『フリーマン』(*Freeman*) ニューヨークの出版人であったB・ヒューブッシュ(Benjamin Huebsch, 1876-1964)が発行した雑誌で、その期間は1920年から1924年の間であった。この雑誌の共編者の1人F・ニールスン(Francis Neilson , 1867-1961)の妻は富裕層の出であったので、雑誌の運営に資金を提供した。雑誌への投稿者にはT・マン(Thomas Mann, 1875-1955)、B・ラッセル(Bertrand Russell, 1872-1970)、L・アンターマイヤー(Louis Untermeyer, 1885-1977)などがいた。

『メトロポリタン・マガジン』(*Metropolitan Magazine*) 1895年創刊、1925年廃刊の月刊誌。アメリカはニューヨーク在住の芝居ファン向けの洗練された雑誌であった。第1次世界大戦中は、政治と文学に焦点を絞って記事が書かれた。1914年には前アメリカ大統領T・ルーズヴェルト(Theodore Roosevelt, 1858-1919)が雑誌の編集者に就任。第1次世界大戦中、当時の大統領T・W・ウィルスン(Thomas Woodrow Wilson, 1856-1924)の戦争の扱い方について、彼を批判する記事を書いた。

『陸と海』(*Land and Water*) 『陸と海』は、第1次世界大戦とその余

波に関する論評でよく知られたイギリスの雑誌である。またこの雑紙は初期のころはイギリス人の野外スポーツ（狩猟・釣り・サッカーなど）に取材を求めていた。イギリスの国立図書館のカタログによると、この雑誌の歴史は『スポーティング・ガゼット』（*The Sporting Gazette*）という名前で1862年に設立されている。

『リズム』（*Rhythm*）　文学や音楽、演劇などの評論雑誌として1911年夏にロンドンで創刊されたが、1913年には早くも姿を消している。最初は季刊誌で出発したが、1912年春号からは月刊誌となった。この雑誌の編集者は当初からJ・M・マリであった。そして1912年の6月号から1913年の7月号で廃刊になるまで、K・マンスフィールドが共同編集者に加わっている。3年の間に出版社は、3社が関わっている。まずSt Catherine Pressが、次いでStephen Swift & Co.が月刊誌として出版。最後にMartin Secker社が1913年5月、*The Blue Review*という名前で出版して廃刊となった。

『ロンドン・マーキュリー』（*The London Mercury*）　『ロンドン・マーキュリー』という名前は、17世紀から20世紀にかけてロンドンで出版された数種類の雑誌に対する総称である。例えば、1659年には*Mercurius Politicus*という名前で、1681年には『インパーシャル・プロテスタント・マーキュリ』（*The Impartial Protestant Mercury*）といった具合である。1919年から1939年の間に発刊された『ロンドン・マーキュリー』は、主要な月刊の文学雑誌としての役割を担うこととなる。J・C・スクワイアー（John Collings Squire, 1884-1958）が、1919年11月から1934年の9月までこの雑誌の編集者を務め、そのあとを1934年10月から1939年4月までR・A・スコット・ジェイムズ（Rolfe Arnold Scott-James, 1878-1959）が継いだ。

D. H. ロレンス書簡集 IX　1919–1920/6

2019年10月10日　初版第一刷発行

編訳者　吉村宏一・吉田祐子・藤原知予・北崎契縁・小川享子ほか
発行者　森 信久
発行所　株式会社 松柏社
〒102-0072　東京都千代田区飯田橋 1-6-1
電話　03 (3230) 4813 (代表)
ファックス　03 (3230) 4857
Eメール　info@shohakusha.com
http://www.shohakusha.com

装幀　熊澤正人＋村奈諒佳 (パワーハウス)
組版・校正　戸田浩平
印刷・製本　倉敷印刷株式会社
Copyright ©2019 by H. Yoshimura, Y. Yoshida, C. Fujiwara, K. Kitazaki and K. Ogawa
ISBN978-4-7754-0261-0

定価はカバーに表示してあります。
本書を無断で複写・複製することを禁じます。

JPCA
日本出版著作権協会
http://www.e-jpca.com/

本書は日本出版著作権協会（JPCA）が委託管理する著作物です。
複写（コピー）・複製、その他著作物の利用については、事前に JPCA（電話 03-3812-9424、e-mail:info@e-jpca.com）の許諾を得て下さい。なお、無断でコピー・スキャン・デジタル化等の複製をすることは著作権法上の例外を除き、著作権法違反となります。